7. 8. 1957.

Věc: Filip Ota – obsazení.

Dnes osobně provedl jsem zprav. obsazení s. pov. [illegible] voj. Fillipa Otty. (Pošta, osobní styk, sledování při cestování.)

pplk Fic

»Sache: Filip Ota – Besetzung.
Heute habe ich die persönliche nachrichtendienstliche Besetzung des Soldaten Fillip Ota angeordnet, persönliche Beziehungen, Überwachung in der Kaserne, in der Freizeit, Ausgang und Urlaub. Oberst Fic.«

Ota Filip

Der siebente Lebenslauf

Ota Filip

Der siebente Lebenslauf

Autobiographischer Roman

Herbig

Der Autor dankt der Robert-Bosch-Stiftung in Stuttgart für die großzügige Unterstützung seiner Recherchen zu diesem Roman.

Eine gekürzte tschechische Ausgabe erschien 2000 in Brünn unter dem Titel *Sedmý životopis*.

Besuchen Sie uns im Internet unter:
http://www.herbig.net

Umschlaggestaltung: Wolfgang Heinzel
unter Verwendung eines Bildes
vom Archiv für Kunst und Geschichte, Berlin (oben)
und von Marie Filipová (unten)
Herstellung und Satz: VerlagsService Dr. Helmut Neuberger
& Karl Schaumann GmbH, Heimstetten
Gesetzt aus der 12,6/15 Punkt Adobe-Garamond
Druck: Jos. C. Huber KG, Dießen
Binden: R. Oldenborg, München
Printed in Germany
ISBN 3-7766-2234-2

Gewidmet meinem Sohn Pavel

Inhalt

Prolog

Wenn ich meine Lebensläufe zusammenzähle, von denen ich weiß, daß es sie gibt, dann habe ich sieben: den wirklichen, den ich lebe, einen gekürzten Lebenslauf, den ich mein Leben lang immer wieder für Behörden, für fremden Gebrauch und für andere sinnlose Zwecke schreibe, und dann vier weitere Lebensläufe, die ich mit literarischer Dichtung verschlüsselt in vier Romanen erzählt habe.[1]

Meinen siebenten Lebenslauf begann am 13. Juli 1951 mit seiner Hand- und Schönschrift in schwarzer Tinte Oberst František Fic, der mir zugeteilte Satan, Chef der Abteilung 1. OVZS, 6, 8/4281, des tschechoslowakischen militärischen Nachrichtendienstes, zu schreiben, zu organisieren und zu überwachen. In vielen Akten erscheint Oberst František Fic auch als Kommandant einer nicht näher bezeichneten Abteilung P, in der unzählige Untersatane, Ko-Autoren meines siebenten Lebenslaufes im Rang von Kapitänen und Majoren, und Spitzel tätig waren, deren echte Namen heute nicht mehr festzustellen sind. Die Ghostwriter des František Fic, Teufel von Format und ebenso ekelhafte Beelzebuben, wie zum Beispiel Karel Holoubek alias Hrádek, Oldřich Hrubý alias Vilém Dovara, die Offiziersschurken Václav Mlejnek, Josef Hlinka, der später bei drei Brot- und Geldgebern angestellte Spürhund bundesdeutscher Nationalität namens Rolf und viele andere, oder Agenten mit den phantasmagorischen Namen »Agonie 66« oder »Duše 66« (›Seele

66‹), alles widerliche Schmarotzer, traten in meinen siebenten Lebenslauf und nisteten sich in ihm ein.

Ich will mir heute keine Mühe geben, die verschiedenen Abkürzungen von Dienststellen, Kommandanturen und konspirativen Büros zu dechiffrieren und in eine menschliche Sprache zu übersetzen; sie sollen verbannt und verflucht in ihre unheilvollen großen Buchstaben bleiben.

Die Tatsache, daß sich Oberst František Fic meines siebenten Lebenslaufes gerade am Freitag, den 13. Juli 1951, am sechsundvierzigsten Geburtstag meines Vaters Bohumil bemächtigte, erfüllt mich, auch wenn ich es mir nicht erklären kann, mit einem grausam kalten Entsetzen. Ich versuche diese Tatsache in der hintersten Rumpelkammer meines Gedächtnisses abzulegen und zu verstecken, dennoch beunruhigt und erschreckt es mich: Sechsundvierzig Jahre nach der Geburt meines Vaters Bohumil wurde mir in der perversen Phantasie eines nachrichtendienstlichen Obersten, der seine Karriere im Jahr 1917 als junger Leutnant, Absolvent der k.u.k.-Militärakademie in Wiener Neustadt begann, mein siebenter Lebenslauf verpaßt, das letzte Werk eines professionellen Schnüfflers, der schließlich Anfang Dezember 1952 auf einer vereisten Landstraße mitten in Böhmen ein klägliches Ende fand.

Das letzte Werk des Oberst František Fic liegt vor mir: Über 350 kopierte Seiten meiner Stasiakte aus den Jahren 1951 bis 1952 und seine Fortsetzung ins Jahr 1953. Aus diesem Werk eines nachrichtendienstlichen Schnüfflers, der treu fünf Regimen, vom österreichisch-ungarischen Kaiserreich bis in die Zeit des Kommunismus diente, und vom fünften Regime höchstwahrscheinlich ermordet wurde, konnte ich im Herbst 1998 im Archiv des tschechischen Innenministeriums in Pardubice kopieren. Anhand des Werkes von František Fic kann ich aus meinem siebenten Lebenslauf Einzelheiten zitieren, von denen ich bis Herbst 1998 keinen blassen Schimmer, nicht einmal eine

Ahnung hatte. Nur Gott weiß, wo sie der Schnüffler mit Erfahrung aus fünf Regimen gesammelt oder aus wem er sie herausgeprügelt hat. František Fic vermerkt mit seiner Schönschrift auch Einzelheiten aus dem Leben meines Vaters Bohumil, die ich entweder nicht kannte oder vergessen habe. Ich kann sie jetzt von Oberst Fic abschreiben oder, soweit sie meine Geschichte betreffen, als Ergänzung verwenden.

Über die restliche Zahl meiner Lebensläufe, die andere über mich und stellvertretend für mich schrieben oder noch schreiben, habe ich keine Übersicht. Ich darf sie also getrost vergessen.

Wenn ich alle meine sieben Lebensläufe überblicke, meine Aufzeichnungen lese, Tausende von Seiten, die ich eigentlich vergessen wollte, wenn ich wieder die Briefe meines Vaters Bohumil und meiner Mutter lese, geschrieben in der Zeit, als heute Fünfzigjährige noch nicht geboren waren, dann falle ich in Verzweiflung, und ich sage mir: Die Geschichte des zwanzigsten Jahrhunderts, klein oder groß, edel oder verrückt, kann mir gestohlen bleiben, sie kann mich getrost vergessen. Mir reichen die fünfzehn Jahre zwischen Spätsommer 1939 und Weihnachten 1953, zwischen meinem neunten und dreiundzwanzigsten Lebensjahr, als auch mich mitten in Europa die von Stalin, Hitler, dem schrecklichen Holocaust, den Gulags und einer menschenverachtenden marxistisch-leninistischen Ideologie geprägte und verhurte Geschichte, sowie auch ihre kleineren Nebengeschichten, in die Mangel nahmen, zermahlten und ausspuckten.

Am Ende des zwanzigsten Jahrhunderts und an der Schwelle des dritten Jahrtausends habe ich nur einen bescheidenen Wunsch: Solange ich lebe, will ich keine Geschichte, keine Umstürze, keine Putsche, keine Revolutionen, geschweige denn Kriege, keine gerechten oder ungerechten Regime, keine Messiasse oder ideologischen Pferdekuren mehr erleben.

Mit siebzig Jahren habe ich sieben Regime, dreizehn Staatspräsidenten, einen Adolf Hitler samt seinem tausendjährigen

Reich (das für mich zum Glück nur sechs Jahre dauerte), einen Stalin, nebenbei auch sieben Generalsekretäre der UdSSR und eine ewige Freundschaft mit der Sowjetunion erlebt und überlebt. Mitten in Europa habe ich dreimal meine Staatsbürgerschaft, zweimal meine Sprache und zweimal meine Heimat gewechselt, ohne dabei das kranke Herz Mitteleuropas verlassen zu haben.

Ich habe von der Geschichte die Schnauze voll. Ich wünsche mir nur, daß sie mich in Ruhe läßt, daß sie mich vergißt.

Mir reichts.

I
Vater Bohumil und die Familie

Für mich fing die Geschichte des zwanzigsten Jahrhunderts am 14. März 1939 an, als Hitlers Wehrmacht meine Heimatstädte Schlesisch und Mährisch Ostrau besetzte; ich war damals neun. Den Anfang meines Lebenslaufes hat Vater Bohumil gemacht: Irgendwann im Sommer 1939 »gab er sich«, wie man damals sagte, zu den Deutschen, wurde somit Kollaborateur, im Januar 1945 Deserteur, dann Strafgefangener in den Uranbergwerken von Joachimsthal. Er starb Anfang Februar 1951 an einer Krankheit, die erst im zwanzigsten Jahrhundert bekannt wurde, nämlich an radioaktiver Verseuchung.

Vater Bohumil war für mich niemals die gewalttätige, mich und die Familie beherrschende Vaterfigur. Er trieb mich nie durch seine überwältigende Stärke, sondern durch seine Schwächen, durch sein ständiges Schwanken, seine ständige Verunsicherung in Verzweiflung.

Vater Bohumil war für mich niemals eine Stütze; in seiner Nähe habe ich nie Geborgenheit gefunden. Nach meinem endgültigen Abschied von zu Hause Ende Juli 1945 bin ich es gewesen, bei dem Vater Bohumil Hilfe und Stütze suchte. Ich hätte mir einen starken Vater gewünscht, an dem ich gescheitert wäre, aber so einen Vater habe ich nie gehabt.

Das weiße Haus in Hošťálková war Vater Bohumils ganzer Stolz. Er hat es im Jahr 1940 gebaut, um dem ganzen Dorf zu zeigen, wie weit er es im Leben als Konditor und Kaffeehausbesitzer in Schlesisch und in Mährisch Ostrau gebracht hatte.

Vater Bohumils weißes Haus habe ich gehaßt.

Nach der Geburt meines Bruders am 1. Februar 1945, als ich nachts im oberen Schlafzimmer Mutters Schreie und dann ein Winseln hörte, erwartete ich sehnsüchtig irgendeine Katastrophe, ein Erdbeben, eine Feuersbrunst oder einen glühenden Meteoriten, der das Dach von Vater Bohumils weißem Haus zerstören und uns alle töten werde. Die Nacht blieb ruhig, klar und kalt, von gelben und weißen Raketen erleuchtet, Signallichtern für leise brummende sowjetische Flugzeuge, die den Partisanen in den Wäldern oberhalb von Vater Bohumils Haus Waffen abwarfen.

Mitte April 1945, als ich ganz nahe an meiner mit Sehnsucht beschworenen Katastrophe dran war, habe ich sie verhindert.

Nicht ich, sondern Gott hat es gewollt.

Es war Mutters Schuld, daß sie meinen Bruder so nahe ins Gras am Wasser des Baches unterhalb von Vater Bohumils weißem Haus legte und in den Keller ging, um Wäscheklammern zu holen. Mein Bruder rührte sich und kullerte, fest in Windeln eingepackt, ins Wasser. Aus seiner Nase stiegen winzige Luftblasen; er schlief und hatte nicht einmal die Augen aufgemacht.

Ich beugte mich über das nicht mehr als zwei Ellbogen tiefe, kristallklare Wasser. So einfach ist der Tod! sagte ich mir. Gleich darauf hörte ich eine Stimme, die mir befahl, meinen fast schon ertrunkenen Bruder aus dem Wasser zu ziehen. Die Stimme, die vom blauen Himmel kam, war so eindringlich, so hart und so mächtig, daß sie mir keine Zeit ließ, meine Gründe für diesen einfachen und schmerzlosen Tod zu ordnen, wegzugehen und so zu tun, als wäre ich gar nicht am Bach gewesen.

Als rettender Schutzengel, der einer Stimme von oben gehorchte, fühlte ich keine Genugtuung, keine Freude und keinen

Stolz auf meine Rettung, die ich, falls Gott nicht zu mir gesprochen und nicht aufgepaßt hätte, daß ich vom Bach nicht weglaufe, nicht vollbracht hätte. Mein Bruder hustete leise, spuckte Wasser aus und fing an zu weinen, zu atmen und wieder zu leben.

Seinen eigenartigen Vornamen bekam mein Bruder Kamil nach Augustin Kliments ältestem Sohn.[2] Meine Mutter bewunderte nämlich Augustin Kliment, den kommunistischen Abgeordneten für den proletarischen Wahlbezirk Mährisch Ostrau, dessen Tochter Heda im Jahr 1936 ihren jüngsten Bruder und meinen Onkel František Mikolajczyk (schon mit sechzehn Jahren war er Kommunist und mit zweiundzwanzig Funktionär des Komsomol[3]) geheiratet hatte.

Im Februar 1945, als Kamil geboren wurde, saßen beide schon das fünfte Jahr, Augustin Kliment im KZ Dachau und František Mikolajczyk im KZ Buchenwald. Beide wurden als Bolschewisten und aktive Funktionäre der Kommunistischen Partei Anfang 1940 von der Gestapo verhaftet und für die Zeit des Krieges in sogenannte Schutzhaft gesteckt.

Weshalb ein kommunistischer Abgeordneter, seit seiner Jugend Anarchist und Berufsrevolutionär, seinen zwei Kindern nicht proletarische, sondern nach der damaligen Mode bourgeoise Vornamen verpaßte, ist mir nicht bekannt. Für Mutter Marie war Augustin Kliment zwar Bolschewist, aber als Abgeordneter im Prager Parlament gehörte er ihrer Überzeugung nach zur besseren Gesellschaft, in die sie, ein Mädchen aus der proletarischen Bezruč-Straße[4], nie Zugang hatte.

Aber warum soll ich mir fünfundfünfzig Jahre danach über die für mich schon vollkommen unbedeutende Sache mit dem Vornamen meines Bruders den Kopf zerbrechen, mir Gedanken machen, warum er so heißt, wie er heißt, und nicht anders?

Der kräfteraubende, in meinem Fall zum Scheitern verurteilte Vorgang des bewußten Verdrängens brachte mir jedoch einen großen Vorteil: In meinem langjährigen, schmerzlichen, auch mit allen Mitteln der Literatur und Journalistik unterstützten Versuch, das lästige und immer wieder eiternde Erbe meiner Vergangenheit abzuschütteln, habe ich es vor dem endgültigen Vergessen und Verdrängen dadurch gerettet, daß ich alles, was ich vergessen und verdrängen wollte, immer wieder neu geordnet, in vier Romanen verschlüsselt und in Zusammenhänge mit den neuesten geschichtlichen Mißständen und mit meinen neuen Erkenntnissen gebracht habe. Alles, was ich verdrängen oder vergessen wollte, liegt in meinem Gedächtnis aufbewahrt und in meinen literarischen Texten, in Artikeln und Briefen auf mehr als fünfunddreißigtausend Seiten aufgeschrieben vor.

Mein Gewissen schweigt, allerdings auf eine seltsame Art und Weise: Je länger und geduldiger es schweigt, um so mehr reizt und beunruhigt es mich. Es ist ermüdet, ich habe es zu sehr strapaziert, und es ist auch alt geworden. Mein Gewissen ist, wenn ich mich jetzt zwinge, meine Erinnerung preiszugeben, ab und zu auch ratlos: Es weiß nicht, mit welchen von meinen sieben Lebensläufen es anfangen soll, denn die Zeit, die nicht nur tiefe Spuren hinterläßt, sondern auch viel vergißt, verwischt, verliert oder wegschmeißt, hat auch die Wichtigkeit der längst vergangenen Ereignisse durcheinandergebracht.

Ich komme nicht los von Vater Bohumil. Ich muß ständig zu ihm und in seine schon längst tote Geschichte, die ich vergessen, abwerfen und ein für alle Mal verdrängen möchte, zurückkehren.

Vater Bohumil trat als junger Konditoreigeselle, von seinem Chef, dem steinreichen Konditor und Cafetier auf dem Mährisch Ostrauer Marktplatz, Mitglied einer angesehenen Freimaurerloge, beeinflußt, aus der katholischen Kirche aus, wurde Atheist, und das vor allem deswegen, um seinem Chef zu gefallen. Und als ich am 9. März 1930 geboren wurde, war mein Vater Bohumil schon Inhaber seiner eigenen Konditorei mit einem kleinen Café in Schlesisch Ostrau in der Straße Na Zámostí und versuchte, mit Hilfe seines ehemaligen Chefs bei den Freimaurern aufgenommen zu werden; er gab sich betont freidenkerisch und antikatholisch.

Um seine Aufnahme in die einflußreiche Gesellschaft der Freimaurer nicht zu gefährden, hat mich Vater Bohumil demonstrativ nicht taufen lassen. So blieb ich bis zu meinem dreiundzwanzigsten Lebensjahr, Vater war ein Jahr tot, Heide.

Als Sohn eines Antichristen fühlte ich mich in Schlesisch Ostrau ausgestoßen. In dem durch einen aggressiven Glauben an Gott, den fürchterlich Gerechten, geprägten Schlesisch Ostrau, wo chiliastisch gesinnte, verrückt spielende Wahrsager und selbsternannte Prediger und Messiasse verschiedener Sekten die wahren Christen genauso haßten, wie sie Freidenker oder die Juden verachteten, begrüßten mich die Jungs, mit denen ich am Ufer des stinkenden Flusses Ostravice Indianer spielen wollte, mit einem wilden, haßerfüllten Geschrei: Freimaurer, Freimaurer!

Der Metzger Jan Jach, der sein Geschäft und seine Werkstatt an der Straße Na Zámostí gleich neben Vater Bohumils Konditorei und Café hatte und jeden Samstag abend Prediger der Sekte des Letzten Tages war, bekreuzigte sich, wenn er mich auf der Straße sah, und spuckte über seine linke Schulter.

»Bedenke, Ota, daß du zu den Verdammten zählst!«

Dann nahm er mich mit in seine Metzgerei, und ich konnte so viel warme Wurst essen, wie ich wollte. Sehr oft, ich war damals sieben oder acht, spazierte ich absichtlich an Herrn Jachs Schaufenster vorbei, das jeden Tag mit einem knusprig braun gebratenen Schweinskopf auf einer großen Schüssel mit Grünzeug geschmückt war, und gab mir Mühe, um von Herrn Jach, der in einer weißen, mit Blut besudelten Schürze hinter dem Pult stand und mit einer großen Axt Fleischstücke zerhackte, gesehen und verdammt zu werden.

Seine Verdammungen öffneten mir den Zugang in sein Paradies mit einem riesigen Kessel voll von frischen, duftenden Würstchen und in seine unheimliche Welt, bevölkert von außerirdischen Wesen, die in seinem Leben, neben seinem florierenden Geschäft und ganz jungen Mädchen, die bereit waren, bis spät in der Nacht seine Würstchen zu kosten, die Hauptrolle spielten.

Herrn Jachs Fleischerwerkstatt war der geistige Mittelpunkt seiner Sekte. Die Wände waren mit (wie Herr Jach mir erklärte) kosmischen Bildern geschmückt, die er zwar selbst gemalt hatte, jedoch von Extraterresten inspiriert, die seine Hand und seinen Pinsel führten. Ich durfte mir mit einer großen Gabel einige frisch gekochte Würstchen aus dem Kessel herausziehen, dann mußte ich mich aber in die Ecke setzen, denn Herr Jach brauchte für seine Predigt, die er nur für mich, den Verdammten hielt, viel Bewegung, folglich auch viel Platz.

Der Metzgermeister breitete seine Arme aus und begann die ersten zwei oder drei Sätze mit lauter Stimme:

»Wie auch seriöse Autoren und Schriftgelehrte beweisen, landeten die Extraterresten schon vor Christi Geburt und später dann immer wieder auf der Erde, aber sie flogen auch sofort wieder ab. Die einzige Erklärung wäre die, daß sie uns, die Menschheit, schockierend fanden und es sich überhaupt nicht lohnte, die Erde zu besetzen. Vor einigen Jahren erschien mir in tiefster Nacht der Oberextraterrest Mahud Hamud, befahl mir aufzustehen, mich auf die Hügel von Bazaly zu begeben und dort seine Befehle zu empfangen, denn ich sei von nun an sein Auserwählter! Mahud Hamud sagte: Es kommt die Zeit der Abrechnung und der Rache! Predige unsere Rückkehr, und warne die Menschen vor der Sünde, damit sie nicht auf Ewigkeit verdammt werden!«

»Kann ich noch ein Würstchen haben, Herr Jach?«

»Unterbreche mich nicht! Wie ich schon sagte, die Extraterresten landeten, sahen, was zu sehen war, nämlich einen für sie unwirtlichen, rohen Ort. Sie verließen uns schleunigst. Und seit jener Zeit schicken sie zu uns aus der ganzen Galaxie ihre kriminellen Elemente, Betrüger, Hochstapler und sonstiges Lumpenpack auf ewige Zeiten in die Verbannung. Aus mir spricht der Große Mahud Hamud! Halleluja!

Wie anders wäre es zu erklären, daß in unserer zivilisierten Welt, die seit zweitausend Jahren vom Christentum geprägt ist, die Zahl der Kriminellen, der Terroristen, der politischen und ideologischen Despoten und Heuchler, der Schieber und Hochstapler ständig wächst? Ich sage dir, Ota: Das sind eben die Wesen, die von anderen Sternen zu uns verbannt wurden. Du wirst sie in deinem Leben auch kennenlernen und dich dann an meine Worte erinnern! Nichts zu machen, wir sind die Strafanstalt der Galaxie! Und meine Aufgabe ist es, diese Strafanstalt in ein Paradies umzuwandeln!«

Gott kannte ich in meiner Jugend nicht. Für mich war Gott ein fremder alter Herr, gekleidet in fast dieselben Gewänder wie Abdullah, der an der Ecke beim Deutschen Haus in Mährisch Ostrau türkischen Honig und griechische Rosinen verkaufte. Und genau wie Abdullah, so trug auch Gott auf dem Bild über dem Altar in der kleinen katholischen Kirche in Hošťálková, wohin mich Großmutter Františka Filipová jeden Sonntag, wenn ich meine Schulferien bei ihr verbrachte, mitnahm, langes Haar und einen weißen Bart.

Am Sonntag wurde ich sehr früh geweckt, gebadet, in frische Wäsche und in meinen Sonntagsanzug gesteckt. An Großmutter Františkas Seite, die schwer keuchte (ihr Kropf machte ihr zu schaffen), gingen wir die staubige Landstraße hinunter ins Dorf. In der Kirche mußte ich, der Ungetaufte, mich mit Weihwasser bekreuzigen. Die Monstranz, die der alte Pfarrer auch über meinen heidnischen Kopf hob, war aus purem Gold und jagte mir jeden Sonntag Angst ein.

Gottvater blickte mich von dem Bild links vom Hochaltar streng an. Mit halb geöffnetem Mund atmete ich die silbernen Schleier des Weihrauchs ein und spürte, wie mich das große Geheimnis mit seinen goldenen Strahlen streichelte. Der Glanz der aus echtem Gold in Salzburg angefertigten Monstranz, einem Geschenk von Albrecht von Waldstein, der nur wegen ihres Reichtums 1609 die verwitwete Herrin von Vsetín, die tuberkulöse und rachitische Lukretia von Nekeš[5] heiratete, fiel wie sanfte kleine Stiche in meine Pupillen ein. In diesem Augenblick war ich fest davon überzeugt, daß es in der Kirche von Hošťálková einen Gott gibt.

Die weißen Hemden der Männer in schwarzen Anzügen, Bauern, Holzfäller oder Arbeiter in der Vsetíner Waffenschmiede Zbrojovka, dufteten nach Stärke, nach Tabak und ein wenig nach Schweiß. So müssen Engel duften, dachte ich mir. Nach der Messe kaufte mir Großmutter Františka gelbe Limonade.

»Hoffentlich schaffe ich es noch, dich zu taufen«, sagte sie.

Ernste Schwierigkeiten mit der Religion und mit der katholischen Kirche begannen für mich am 1. September 1939 in der deutschen Volksschule. Ich, der Stumme, von Vater Bohumil gegen meinen Willen mit väterlicher Gewalt in eine fremde Sprachwelt versetzt, saß in der hintersten Bank bei dem großen Ofen aus Gußeisen und verstand kein Wort.

Am Anfang der ersten katholischen Religionsstunde kam Eva Schubert, die wunderschöne Blonde, die ich von der ersten großen Pause an liebte, zu mir, beugte sich an mein linkes Ohr und sprach mich leise tschechisch an:

»Glaubst du an Gott?«

Ich nickte.

»Bist du katholisch?«

»Ja.«

Nur aus Angst, Eva Schubert zu verlieren, und aus Liebe zu ihr habe ich, ein Heide, mich zum katholischen Gott bekannt. Wenn Eva Schubert an den katholischen Gottvater glaubt, sagte ich mir, dann konnte ich ihr, der einzigen, die mich in den Pausen nicht allein in der letzten Bank hocken ließ, nicht ins Gesicht schmettern, daß ich an ihren Gottvater und an ihre Religion nicht glaube.

In der nächsten Stunde betrat der Pfarrer das Klassenzimmer. Er war für mich ein Schock. Der Pfarrer stellte sich vor der Tafel auf und hob seine Rechte.

»Heil Hitler! Kinder, wir wollen für den Führer und für den Sieg unserer Soldaten in Polen beten.«

Vater unser, der du bist im Himmel ...

Ich konnte das Vaterunser ein wenig auf tschechisch, so bewegte ich stumm die Lippen, suchte mit meinen Augen bei Eva Schubert Hilfe, sie aber stand mit gesenktem Kopf und gefalteten Händen weit weg von mir in der ersten Reihe. Die Einsamkeit, die Hilflosigkeit, die mich damals bei meinem ersten deutschen Vaterunser überfielen, werde ich niemals vergessen.

Ich nahm regelmäßig an den katholischen Religionsstunden teil, erfaßte mit der Zeit, allerdings nur ungefähr, wovon die Rede war, bis ich eines Tages kapierte, daß unsere Klasse am Samstag in die Stadtpfarrkirche des heiligen Josef in Schlesisch Ostrau zur Beichte und am Sonntag zur Heiligen Kommunion gehen werde.

Schon wollte ich mich aus meiner Bank in der letzten Reihe bei dem großen Ofen aus Gußeisen erheben und dem Pfarrer melden, ich könne an der Beichte nicht teilnehmen, weil ich nicht getauft bin. Als ich mir aber meine Rede zurechtlegte, stellte ich fest, daß ich mehr als die Hälfte der deutschen Worte, die ich hätte sagen müssen, nicht kannte. Ich wußte zum Beispiel nicht, wie die Worte heilig, Beichte, Kommunion und dergleichen mehr auf deutsch heißen. Eva Schubert konnte ich nicht fragen; sie saß in den Religionsstunden neben Inge Wibitul, die mich, den Tschuschen, haßte.[6]

So hielt ich, wie schon so oft zuvor, meinen Mund.

Am Samstag nachmittag begab ich mich – Großmutter Mikolajczyková begleitete mich, alleine hätte ich den Mut nicht aufgebracht – ungetauft in die Kirche zur Beichte.

»Verlaß dich auf Gottes Barmherzigkeit, du bist unschuldig!« sagte Großmutter Mikolajczyková und drückte meine Hand so stark, daß ich vor Schmerz aufschreien wollte. Ich biß die Zähne zusammen und schwieg.

Drei Klassen kamen in die St. Josefskirche zur Beichte, und so hatte unser Pfarrer einen deutschen Priester aus Vítkovice als Hilfe eingeladen, denn der tschechische Pfarrer, Herr Jach, der ältere Bruder des predigenden Metzgers, der neben Vater Bohumils Konditorei und Café Na Zámostí die beste Wurst von Schlesisch und Mährisch Ostrau erzeugte, verstand kein Deutsch. Und auch dann, wenn Pfarrer Jach deutsch verstehen würde, wer weiß, ob ihm die deutsche Schulbehörde gestattet hätte, sich die Sünden von Kindern des Großdeutschen Reiches anzuhören.

In der Schlange vor dem Beichtstuhl drängte ich mich nicht nach vorn. Kurz bevor ich an die Reihe kam, wäre ich beinahe vor Angst umgefallen oder weggelaufen: Über meine tschechischen Sünden wußte ich einigermaßen Bescheid, vor den deutschen Sünden stand ich jedoch ratlos und verzweifelt da, weil mir die Sprache fehlte, um sie beichten zu können.

Großmutter Mikolajczyková legte ihre Hand auf meine Schulter.

»Keine Angst, Ota! Gott versteht alle Sprachen!«

Vor Angst und Schwäche benommen, kniete ich vor das vergitterte Fensterchen hin.

»Grüß Gott!« flüsterte ich deutsch.

»Nun also, Junge, welche Sünden quälen dich?«

Mit dem deutschen Grüß Gott waren meine deutschen Sprachkenntnisse eigentlich erschöpft. Ich hätte zwar mit Müh und Not auch einige andere deutsche Sätze aus mir herausgequetscht, aber die, die ich geschafft hätte, wären weit von Religion, von der Kirche, der Beichte und von Gott entfernt. Der Pfarrer im Beichtstuhl wurde unruhig; er flüsterte mir etwas auf deutsch zu, doch ich verstand kein einziges Wort. Sein Atem roch nach Zigaretten.

Mein Kopf sank auf das vergitterte Fensterchen, und ich heulte und heulte. Dann spürte ich jemandes Hand auf meinem Kopf. Kühl und sanft strich sie mir über meinen kahlgeschorenen Kopf und sagte in der Sprache der Engel irgendwelche lieben Worte zu mir, die ich verstand, auch wenn sie deutsch klangen. Ich soll mich nicht fürchten, sagte die Stimme, kein Sterblicher auf der Welt ist ein so großer Sünder, daß ihm nicht vergeben werden könnte, denn Gottes Barmherzigkeit reiche für alle aus.

»Sie haben leicht reden, Hochwürden! Wie soll ich beichten, wenn ich kein deutsch spreche!« flüsterte ich tschechisch.

»Kein Problem, Junge, dann beichte eben tschechisch«, erwiderte der Pfarrer in schlechtem Tschechisch, daß in meinen Ohren jedoch wie Gottes Musik klang, wie Jubelklänge!

»Und warum gehst du in eine deutsche Schule?«

»Mein Vater hat mich mit Gewalt dorthin geschleppt. Ich habe den ganzen Weg geheult, aber es half nichts.«

»Mein Gott, was sind das für Zeiten, was sind das nur für Zeiten!«

Der Pfarrer hinter dem vergitterten Fensterchen sprach mir mit seinem schlechten Tschechisch aus der Seele.

An diesem Tag erlebte ich in der St. Josefskirche mein zweites Wunder: Ein berauschendes Gefühl der Befreiung und der Freiheit erfaßte mich, es schüttelte mich durch, und ich konnte frei und unbekümmert reden, tschechisch ins Ohr eines deutschen Pfarrers und von dort aus direkt zu Gott über die Sünde meines Vaters Bohumil berichten, die er mir am 1. September 1939 angetan hatte, als er mich in die deutsche Volksschule schleppte.

Und ich beichtete mein Unglück in der letzten Reihe der dritten Klasse der deutschen Volksschule und wie ich diese Schule haßte. Ich verschwieg auch meinen Haß gegen alle meine Mitschüler deutscher Muttersprache nicht, meine Rachsucht gegen den karottenfressenden Lehrer Herbert Nitschke. Und ich bekannte mich zu meinem angesammelten Groll gegen die ungerecht gewalttätige Welt, die mir mein drittes Schuljahr versaute, ausgenommen Eva Schubert, die ich liebte.

»Jesus Maria!« stieß der Pfarrer aus.

»Soll ich jetzt mit der richtigen Beichte anfangen, Hochwürden?«

Großmutter Mikolajczyková hatte mir ans Herz gelegt, den Pfarrer mit ›veledůstojný pane‹, Hochwürden, anzusprechen, damit ich vor dem Beichtstuhl nicht wie ein Barbar ohne christliche Manieren aussehe.

»Hochwürden, hören Sie mich?«

Der Pfarrer saß mit tief gesenktem Kopf hinter dem vergitterten Fensterchen; mir schien es, als schliefe er. Er rührte sich nicht.

»Nein, du mußt nicht mehr beichten, mein Sohn. Gehe zum Hauptaltar, knie dort nieder und denke, wenn du es schaffst, an etwas Schönes, zum Beispiel über deinen Vater. Amen.«

»Hochwürden, ich habe noch etwas auf dem Herzen. Ich bin nämlich nicht getauft.«

Ich habe gefürchtet, der Pfarrer würde mich mit einem schrecklichen Fluch aus der Kirche jagen, der Boden würde in diesem Augenblick erzittern, die Hölle sich öffnen und ich würde mit der St. Josefskirche in die alten Stollen der Dreifaltigkeitszeche für immer in die Finsternis hinabsinken.

»Ist dir nach der Beichte leichter zumute, Junge?«

Der Pfarrer ließ seinen Kopf immer noch tief hängen.

»Ja, Hochwürden.«

»Also geh zum Altar hin.«

»Und morgen, darf ich morgen kommen?«

Der Priester hob seinen Kopf, preßte hinter dem vergitterten Fensterchen seine Lippen zusammen; seine Stimme klang rauh.

»Komm nur und empfange den Leib des Herrn. Amen.«

Ich weiß nicht, ob ich mich heute noch dafür schämen muß, daß ich in dem Augenblick, als mich der Pfarrer im Beichtstuhl fragte, ob mir nach meiner ersten Beichte leichter zumute sei, aus Freude an Gott, den ich zum erstenmal in meiner Nähe spürte, mein Wasser nicht mehr halten konnte.

Eva Schubert kniete vor dem Altar; sie wartete auf mich.

»Du hast wohl viele Sünden gehabt, daß dich der Pfarrer so lange im Beichtstuhl hinhielt!«

Ich schwieg.

»Wie viele Vaterunser mußt du beten?«

»Der Pfarrer hat gesagt, daß ich nicht beten muß. Ich soll nur an etwas Schönes denken.«

»Denk an mich, Ota.«

»Nein, das geht nicht, Eva, ich muß an Vater Bohumil denken.«

Eva Schubert sah mich verwundert an und öffnete ihre wunderschönen Lippen.

»Dann lege ich für alle Fälle noch ein Vaterunser auch für dich ein.«

Ende August 1939, der Tag war heiß und feucht, führte mich Mutter Marie ins Textilkaufhaus Rix.

»Wenn du schon in eine deutsche Schule gehen mußt, dann wenigstens ordentlich angezogen!«

Im Textilkaufhaus Rix, wo meine Mutter, die einstige Weißnäherin in der Werkstatt im sechsten Stockwerk, viele Verkäufer kannten, wurde ich für meinen ersten Schulweg in die deutsche Volksschule teuer eingekleidet. Ich bekam eine kurze Hose aus feinstem braunen Samt, drei weiße Hemden, ein hellgraues Jackett aus gutem schottischen, handgewebten Stoff, hellgraue Kniestrümpfe und meine ersten Halbschuhe. Als meine Mutter an der Kasse die Rechnung sah, wurde sie verlegen.

»Können Sie mir bei einem so großen Einkauf nicht etwas nachlassen?«

»Gnädige Frau Filip, die Zeiten sind schlimm. Ich weiß, daß Sie bei uns gearbeitet haben, also gehören Sie immer noch sozusagen zum Haus. Aber wie gesagt, die Zeiten sind schlimm, wie vor jedem Krieg.«

Der Kassierer sprach leise, diskret.

»Ich dachte an zehn Prozent vom Preis …«

»Nichts zu machen, gnädige Frau!«

Ich schämte mich für meine Mutter und legte die große Einkaufstasche mit meiner neuen Garderobe auf das Pult neben der Kasse. Der Abschied, vor allem von der feschen Samthose und von dem Jackett aus echtem schottischen Stoff, fiel mir schwer. Vergeblich versuchte ich meine Augen von der eleganten Einkaufstasche aus weißem Leinen mit der roten Aufschrift »Alle Wege führen zu Rix!«[7] loszureißen.

Eine große, mit schwarzen Haaren bewachsene Männerhand hob die Einkaufstasche und legte sich weich auf meinen kahlgeschorenen Kopf. Von oben hörte ich eine sanfte, ein wenig brummige Stimme.

»Gnädige Frau Filip, machen Sie sich wegen dem Bezahlen keine Sorgen. Nehmen Sie alles als ein Abschiedsgeschenk des Hauses Rix an!«

»Herr Rix, Herr Chef, das kann ich nicht!«

»Schauen Sie, gnädige Frau, Sie haben bei mir viele Jahre genäht, und gut genäht! Ab übermorgen wird mein Geschäft arisiert, und ich bin mit meiner Familie schon in Frankreich. Ich schenke Ihnen also Ware, die mir eigentlich nicht mehr gehört. Soll sich wenigstens Ihr Bub in der neuen Bekleidung aus dem Textilkaufhaus Rix gut fühlen. Wie heißt du?«

»Ota, Ota Filip.«

Herr Nathan Rix fuhr mit der linken Hand langsam und leicht über meinen frisch geschorenen Kopf.

»Also, Junge, viel Glück in der Schule. Und vergiß den alten Nathan Rix nicht.«

Ein Menschenleben danach erfreut mich immer wieder der gerecht-ironische Ausklang meiner ersten und letzten Begegnung mit Nathan Rix: In die deutsche Volksschule zerrte mich Vater Bohumil am 1. September 1939 in einer teuren Samthose und in einem sündhaft teuren Jackett, einem Geschenk des Juden Nathan Rix. Und wenn ich in den nächsten zwei Jahren in der deutschen Schule bei verschiedenen feierlichen Anlässen »Deutschland, Deutschland über alles« und das Horst-Wessel-Lied mitsingen mußte, dann streichelte ich mit der linken Hand mein wunderschönes Jackett aus feinster schottischer Wolle und dachte dabei an den sanften Juden Nathan Rix.

Im Morgengrauen des 1. Septembers 1939, der Himmel war dunkelblau und wolkenlos, dröhnten vom Stadtteil Přívoz her deutsche Panzer unter den klirrenden Fenstern unserer Wohnung in der Johannystraße. In den Türmen der Ungeheuer aus Stahl standen Männer in schwarzen Uniformen und mit schwarzen Baretten auf dem Kopf. Bei der Gewerbebank bogen die Panzer nach links in die Straße ein, die zu der erst vor wenigen Monaten aus grauem Stahl geschweißten Brücke über die Ostravice führte.

Die Panzerketten rissen den Asphalt auf.

Aus Osten, wo die aufgehende Sonne eine schmale Wunde voller Glut aufriß, die sich von Frýdek-Místek bis zu den Hügeln von Bazaly zog, war im Kreischen der Panzerketten ein Dröhnen zu hören.

Parteigenosse Wilhelm Heinz lief in seiner braunen Uniform an unserem Balkon vorbei.

»Hören Sie die Kanonen, Herr Filip! Jetzt reißen wir den Polen die Ärsche auf! Jetzt geht es richtig los!«

Gegen sieben Uhr zog mir Mutter meine neue Bekleidung an, die feine Samthose und das Jackett aus echtem schottischen Stoff, eigens für meinen ersten Schulweg in eine deutsche Schule vorgestern im jüdischen Textilkaufhaus Rix erstanden.

Es war still geworden in der Johannystraße. Kein Lüftchen rührte sich. Der Kanonendonner, wahrscheinlich irgendwo bei Oderberg, war verstummt.

Kurz vor halb acht, als mich Vater Bohumil aus dem Haus zog und in die deutsche Volksschule schleppte, erzitterte der Himmel: Der Tod, ein riesiger Schwarm von dreimotorigen Flugzeugen mit Hakenkreuzen auf den Flügeln, zog über die Dächer in der Johannystraße Richtung Osten. Und unter diesen behakenkreuzten Raubvögeln aus Wellblech flogen still und würdig gegen Süden drei Keile von Singvögeln, oder waren es Schwalben?

In der Zeitung vom 31. August 1939 wunderte sich der Ostrauer Ornithologe Professor Václav Hendrich, warum die Zugvögel in diesem Jahr wohl so früh unsere Gegend verlassen würden, und kam zu dem Schluß, daß der wahre Grund in der Luftverschmutzung durch die neuen chemischen Fabriken im polnischen Kohlerevier liegen könnte.

Am nächsten Tag wußte Professor Václav Hendrich schon besser Bescheid.

Bei der Sparkasse in Schlesisch Ostrau (die Kampfflugzeuge waren im nördlichen Dunst verschwunden, und die Zugvögel waren schon weit weg, bestimmt über den Wasserbehältern und Teichen im Stadtteil Mariánské Hory, fing ich wieder zu heulen an, um die Welt auf die Ungerechtigkeit und Gewalt aufmerksam zu machen, die mir Vater Bohumil dadurch zugefügt hat, daß er mich in eine deutsche Volksschule schleppte. Aber keiner beachtete mich, keiner spendete mir Trost, keiner versprach mir Hoffnung.

Das große Morden des Zweiten Weltkrieges begann am 1. September 1939 zehn, höchstens fünfzehn Kilometer entfernt bei Oderberg und bei Teschen. Und zur selben Stunde zog mich Vater Bohumil, der sich nach dem 15. März 1939 entschlossen hatte, sein weiteres Schicksal mit dem Dritten Reich zu verbinden, mit Gewalt durch ganz Schlesisch Ostrau in die deutsche Volksschule in der Nähe der Dreifaltigkeitszeche. Den Anfang meines Unglücks kann ich also genau bestimmen; er fällt zeitlich mit dem Beginn des Zweiten Weltkrieges zusammen.

An den offenen Fenstern des tschechischen Rathauses in Schlesisch Ostrau bäumte ich mich zum erstenmal in meiner Kindheit gegen die väterliche Gewalt auf und schrie:

»Ich will nicht in eine deutsche Schule! Laß mich in meine tschechische Schule gehen!«

Aus dem Fenster im ersten Stock des Rathauses lehnte sich der Lehrer František Valouch, den ich verehrte, obwohl er auf seiner Glatze eine rabenschwarze Perücke trug, was mich schon in der ersten Klasse schockiert hatte, und schrie meinen Vater tschechisch an:

»Lassen Sie den Buben los, Sie Ersatzteutone!«

Für meine neuen Mitschüler deutscher Muttersprache, ausgenommen Eva Schubert, war ich der tschechische Trottel, der Tschusche, denn ich verstand kein Wort Deutsch.

Der deutsche Lehrer, den ich aus tiefster Seele haßte, hieß Herbert Nitschke. Er fraß (für mich hat er immer nur gefressen) in den großen Pausen feingeschnittene Karotten, die, wie dieser Widerling mit drei goldenen Zähnen vorne oben und mit einem gräßlichen Mundgeruch sagte, seinen Augen guttun.

Seit zwei Jahren war Herbert Nitschke nämlich Stammgast in Vaters Café. Jeden Samstag drosch er mit Vater Bohumil, mit Herrn Rudolf Flanderka, dem Hausmeister im Neuen Rathaus, und mit Herrn Alois Hrnčárek, dem Inhaber der damals einzigen Firma in Mährisch Ostrau, die Leuchtreklamen erzeugte, im Hinterzimmer Karten, die aufgelegte Marriage. Seit Frühling 1939 kreuzte er in Vaters Café mehrmals in der Woche auch in seiner funkelnagelneuen SA-Uniform auf und machte meiner Mutter vergeblich den Hof. Und dennoch war ich für ihn kein Filip; um mich vor den deutschen Buben und Mädchen, vor allem vor Eva Schubert, der einzigen in der ganzen Klasse, die Mitleid mit mir zeigte und mich niemals auslachte, zu demütigen, nannte er mich immer nur *polívka*.[8]

»Polívka, komm zur Tafel, du böhmischer Blödian!«

»Polívka, du hast deine Hausaufgabe nicht geschrieben!«

»Polívka, polívka, da haben wir Germanen uns mit dir ein Präsent eingekauft.«

Vater Bohumil und seine Geschichte, die er mir hinterließ, sind mein Erbe. Ich habe sein Erbe nicht ablehnen können, und es gehört jetzt mir und zu mir.

Ohne seine Last im Nacken hätte ich meine ersten drei Romane, meine Abrechnung mit ihm, nicht geschrieben. Wir sind quitt, meine ich. Einige Rechnungen zwischen mir und Vater Bohumil bleiben jedoch offen, sie werden auch nie mehr beglichen, so zum Beispiel der 1. September 1939.

Meinen unglücklichen Tag, der mein zukünftiges Leben allzu oft böse und hinterhältig aus der Bahn warf, den 1. September

1939, als ich heulend und unglücklich mit väterlicher Gewalt durch die Straßen von Schlesisch Ostrau aus der tschechischen in die deutsche Sprache und Sprachwelt gezerrt wurde, brachte das große Luder namens mein Schicksal mit einem mächtigen Schuß Ironie und Absurdität zu seinem Finale: Ich, der in der Jugend durch Vater Bohumils Schuld viele Gründe dazu hatte, die deutsche Sprache und alles, was nach Deutschtum roch, zu hassen, wurde vierzig Jahre später, nachzulesen in allen Lexika, deutscher Schriftsteller.

Soll ich meinem Vater Bohumil dafür dankbar sein? Oder soll ich mich an ihm dafür rächen?

Was soll ich mit der verregneten Nacht Ende Januar 1945 anfangen? Sie kommt immer wieder zurück, sie taucht auf, breitet vor mir ihre Bilder, Sätze und Geräusche aus.

Vor dem verschlossenen Tor von Vater Bohumils weißem Haus höre ich das Knattern eines Motorrades. Ich ziehe mich schnell an und laufe hinunter. Im Licht meiner Taschenlampe sehe ich Vater Bohumil im schwarzen Gummimantel unter der Last eines schweren Rucksacks steif und nach vorne gebückt auf seinem Motorrad sitzen.

»Mach schnell das Tor auf, Ota!«

Ich mache das Tor auf, und Vater Bohumil fährt ohne Licht in den Garten ein. Vor der Garage bleibt er stehen. Er versucht, vom Motorrad zu steigen, hat jedoch keine Kraft mehr, stürzt mit dem Motorrad zu Boden und schlägt mit dem Kopf gegen die Garagentür. Der Lichtkegel meiner Taschenlampe streift sein Gesicht. Ich erkenne meinen Vater nicht: Er ist abgemagert, mindestens zwei Wochen nicht rasiert, seine Augen sind finster, seine Lippen zersprungen. Ich helfe ihm auf die Beine; auf der Brust unter seinem Gummimantel betaste ich die harten Kanten eines kurzen Gewehrs oder einer Maschinenpistole.

»Meine Lebensversicherung, Ota!«

Die Mutter steht mit einer Petroleumlampe in der erhobenen linken Hand im Treppenhaus. Ihr Bauch (einige Stunden später kam mein Bruder Kamil zur Welt) wirft einen halbkugelförmigen Schatten vor ihre Beine.

»Ota, wer ist das?«

»Der Vater ist zurück!«

In der Küche schafft es Vater Bohumil, steif vor Kälte und bis auf die Knochen durchnäßt, erst nach einigen Minuten, sich zu setzen. Ich streife ihm den schweren Rucksack und den Gummimantel ab und sehe auf seiner Brust eine Maschinenpistole.

»Meine Lebensversicherung!« wiederholt Vater Bohumil.

Vater Bohumil legt die Waffe vor seine Füße, trinkt mit geschlossenen Augen heißen Tee mit Sliwowitz, zittert am ganzen Leib, streichelt Mutters Hand und erzählt mit einer brüchigen, immer wieder durch einen schmerzlichen Hustenanfall unterbrochenen Stimme von den vergangenen zehn Tagen, als er sich von seiner Wehrmachtskompanie kurz vor einem Gegenangriff auf die Höhe 632, für die es nicht lohnte, am Ende des Krieges zu krepieren, absetzte und sich als Deserteur vom slowakischen Ružomberok bis nach Hause, nach Hošťálková, durchschlug.

Zweimal hätte ihn im Zug nach Žilina der tschechoslowakische Reisepaß aus dem Jahr 1938 vor dem Zugriff der deutschen Feldgendarmerie gerettet, und in Ostrau, in unserer schon vor Weihnachten 1944 verlassenen Wohnung, hat er im Keller sein Motorrad, eine Zbrojovka 250, seinen tschechoslowakischen Führerschein und zwei Kanister Benzin, die er für alle Fälle aufbewahrt hatte, vorgefunden.

»Nun bin ich wieder zu Hause. Der ganze Krieg kann mir den Buckel herunterrutschen.«

»Du bist als Soldat der Wehrmacht von der Front desertiert, wenn dich die Deutschen erwischen, bringen sie dich um.«

Vater Bohumil schaut mich wütend an.

»Was weißt du schon vom Leben! Es gibt Augenblicke, in denen es nicht mehr um große Politik oder um erhabene Prinzipien geht, sondern nur darum, sich zu retten und zu überleben.«

»Dir ging es aber niemals um große Politik, und schon überhaupt nicht um erhabene Prinzipien!«

Mutters Hand auf meiner linken Schulter ist kalt und hart. Sie spürt meine Unruhe.

Ich weiß nicht mehr genau, was alles ich Vater Bohumil, der vor Kälte, Aufregung, vor Angst und Schrecken erstarrt, krumm und zusammengeschrumpft auf dem Hocker vor dem Küchenherd saß, in sein bleiches, von roten und rosa Flammen des Feuers belebtes Gesicht spuckte.

Ich habe bestimmt mit dem nach verbranntem deutschen Benzin stinkenden, vom frenetischen Geschrei der Ostrauer Nazis (»Ein Volk, ein Reich, ein Führer! Sieg Heil! Es lebe Adolf Hitler!«) hallenden frühen Abend des 14. März 1939 angefangen. Nach Mährisch Ostrau ließ Adolf Hitler nämlich seine Wehrmacht um sechs Stunden früher als in die Resttschechei einrücken.

Zum erstenmal sah ich riesige, vom Nieselregen feuchte Hakenkreuzfahnen an der Fassade des Wohnhauses gegenüber hängen. Deutschsprechende Menschen aus unserer Straße, die noch vormittags in Vater Bohumils Café ihren Kognak geschlürft und sich höflich gegrüßt hatten, spielten plötzlich genauso verrückt wie Deutsche in Eger, die ich unlängst im Kino ihren Führer in der Stadt stürmisch begrüßen gesehen hatte. Auch unsere Deutschen aus der Johannystraße schrien »Heil Hitler!«, streckten ihre rechten Arme zum Himmel, tanzten vor Freude, ohrfeigten an der Ecke gegenüber Herrn Rudolf Wurzel, bespuckten und beschimpften ihn:

»Judas, verrecke!«

Aus Přívoz rollten in die Johannystraße, am Neuen Rathaus und an Vater Bohumils Konditorei und Café vorbei, die ersten Panzerspähwagen mit Hakenkreuzen. Hinter den leise surrenden Monstern glitt lautlos auf ungewöhnlich breiten Reifen eine unendliche Kolonne von Lastautos mit versteinerten Soldaten in grünen Regenmänteln in die Stadt ein.

Herr Wilhelm Heinz, bis 14. März 1939 so etwas wie Verwalter des Neuen Rathauses von Mährisch Ostrau, zugleich auch Bezirksleiter der NSDAP, kam in Vater Bohumils Konditorei und Café mit einer großen Hakenkreuzfahne gerannt.

»Herr Filip, wir sind frei! Das Rathaus ist schon vom Stab des Generalmajors Keiner befreit! Was für eine Ehre für uns! Auch Sie müssen jetzt die Hakenkreuzfahne zeigen, denn es geht auch um Ihre Zukunft und Existenz! Als Tschusche können Sie in einem von nun an deutschen Rathaus mit einer Verlängerung des Mietvertrages für Ihre Konditorei und das Café nicht mehr rechnen! Ihr Vertrag läuft Ende Mai aus, das wissen Sie doch genau! Ein tschechisches Café im deutschen Rathaus, das kann es nicht mehr geben, das müssen Sie einsehen!«

Eine Militärkapelle der deutschen Wehrmacht spielte vor dem Rathaus immer wieder Hitlers geliebten Badenweiler-Marsch und einen strammen preußischen Marsch. Meine tschechischen Freunde Miloš Flanderka, seine rothaarige Schwester Aranka, die Kinder des Hausmeisters im Neuen Rathaus, und Erich Preis, der jüdische Junge deutscher Muttersprache, sangen in unserem Hausdurchgang auf die Melodie eines preußischen Marsches ganz leise:

Wer liegt da nackt im Bett
und fickt die Frau Elisabeth?

Ich konnte nicht mitsingen, weil ich kein Deutsch sprach, aber der Rhythmus hat mir sehr gefallen.

Angeführt von schlanken und eleganten Offizieren hoch zu

Roß, marschierten Kompanien deutscher Soldaten an Vater Bohumils Konditorei und Café im Neuen Rathaus vorbei. Wilhelm Heinz, der Nazi, drängte meine Eltern vors Geschäft, hob seine Rechte zum Hitlergruß und schrie im Chor mit den Nazis, die sich ausgerechnet vor Vater Bohumils Konditorei und Café an der Ecke Johannystraße/Rathausplatz versammelten:

»Ein Volk, ein Reich, ein Führer!«

Die große Geschichte des zwanzigsten Jahrhunderts, das unbarmherzige Luder, marschierte im Gleichschritt im leisen Nieselregen an mir vorbei Richtung Kaufhaus ASO.[9] Die neue Geschichte, die über die Oder in die Stadt einfiel, roch nach fremdem, verbranntem Benzin.

Über den Köpfen der Nazis, die vor Vater Bohumils Café ihre rechten Arme zum Hitlergruß streckten, sah ich, ohne zu ahnen, was auf mich zukommt, hoch zu Roß mein Unglück in unsere Stadt einrücken: Es trug Stahlhelme mit Hakenkreuzen. Mit gezogenen blanken Säbeln, in langen, elegant geschneiderten Mänteln mit silbernen Achselstücken, ritt es auf rassigen Pferden durch den feinen Nieselregen dem Feuerschein der Koksöfen in Karolinka entgegen.

Mit dem Hauch eines höhnischen, ja schon stolz-arroganten Lächelns ließ die berittene Geschichte in Offiziersuniformen der deutschen Wehrmacht das Jubelgeschrei ihrer Landsleute, an diesem Abend zum letztenmal Bürger der nicht mehr existierenden Tschechoslowakei, von ihren nassen Stahlhelmen abprallen.

An der Ecke Johannystraße/Dr.-Edvard-Beneš-Platz, der schon am 15. März 1939, einen Tag nach dem Wehrmachtseinmarsch, Adolf-Hitler-Platz hieß, schrie Wilhelm Heinz mit einer Gruppe von Nazis bis in den späten Abend:

»Ein Volk, ein Reich, ein Führer!«

Vater Bohumil stand angelehnt an die gläserne Tür seines Cafés.

»Ein neue Zeit bricht an«, sagte Wilhelm Heinz in Vater Bohumils linkes Ohr. »Europa wir neu geordnet, natürlich unter Adolf Hitlers Führung! Herr Filip! Von nun an gibt es auch für uns kleine Leute keine Chance mehr, sich zu verkriechen, sich aus der Geschichte zu schleichen. Auch Sie müssen sich entscheiden, entweder für Hitlers neues Europa oder dagegen. Wer sich uns in den Weg stellt, der wird vernichtet!«

»Warum sprechen Sie gleich vom Vernichten, Herr Heinz?«

»Wir leben nicht mehr in einer morschen Demokratie, Herr Filip! Dem deutschen Volk geht es jetzt um Sein oder Nichtsein! Es wird keine Rücksicht mehr geben können. Entweder sind Sie für uns oder gegen uns!«

Sechzig Jahre später fällt mir auf, daß Wilhelm Heinz, der Nazi, mit Vater Bohumil in einem echten tschechischen Ostrauer Dialekt sprach.

Ein junger Offizier hoch zu Roß an der Spitze einer Kompanie durchnäßter Soldaten hob vor unserer Konditorei und dem Café seinen Säbel und verneigte sich vor meiner Mutter, die in ihrer strahlend weißen Schürze neben meinem Vater Bohumil auf den Fußspitzen stand, um über die Köpfe der Nazis die nassen, im Rhythmus des Gleichschritts Richtung Kaufhaus ASO schaukelnden Stahlhelme zu sehen.

Der blanke Säbel in der gehobenen Hand des eleganten Offiziers glitzerte nicht, er war aus grauem Stahl geschmiedet. Und außerdem war es schon zu finster, und die Straßenbeleuchtung drang durch den immer dichter werdenden Nieselregen nicht bis zu dem blanken Stahl durch. Mutter Marie wurde rot im Gesicht und hob zögernd ihre rechte Hand zum Hitlergruß.

Zwei Stunden später, das Café blieb bis in die Morgenstunden offen, bestellte eine Gruppe deutscher Offiziere Kaffee, Kognak und Kuchen. Ihre nassen Mäntel hatten sie in der Garderobe abgelegt. Mutter Marie prüfte mit ihren Fingern heimlich den grauen, feuchten Stoff, der nach männlichem Schweiß, nach verbranntem, fremdem Benzin und ein wenig auch nach heißem Teer roch.

»Alles Lüge der tschechischen Propaganda, Ota! Es stimmt nicht, daß die Deutschen eine Peitsche auch aus Scheiße machen können! Die Mäntel sind nicht aus Brennesseln oder aus chemischem Ersatzstoff, sondern aus echter Wolle!«

Vater Bohumil sprach ein miserables Deutsch, das so schlecht und primitiv war, daß er, als er mich am 1. September 1939 in die deutsche Volksschule geschleppt hatte, nicht imstande war, Herbert Nitschke, meinem zukünftigen Lehrer, in deutscher Sprache zu erklären, daß ich, ein sozusagen funkelnagelneuer Deutscher, in die dritte Klasse angemeldet war.

»Se mnú moschete mluvjit i po tschuschisku, vschak se sname ne?«[10]

Oberlehrer Herbert Nitschke gab sich Mühe, meinen verschwitzten Vater Bohumil mit einer bis ins Unverständliche verballhornten tschechischen Aussprache anzureden, obwohl er, der Mustergermane, wie ich später erfahren habe, es 1929 in der tschechoslowakischen Armee bis zum Leutnant gebracht hatte, also perfekt tschechisch sprechen und fehlerlos tschechisch schreiben mußte.

Nitschke legte seine harte Hand auf meinen blonden Haarschopf.

»Nitsch se nebuj, Polívka, ja s tebe udjelam Njemce, sche tje flastni mama neposna!«[11]

Nicht für mich, ich war der Unschuldige, sondern für Vater Bohumil habe ich mich geschämt, für sein unbeholfenes deutsch-tschechisches Stottern, für seinen Schweißausbruch, für sein rot angelaufenes Gesicht, für seine freiwillige Erniedrigung vor dem Oberlehrer in SA-Uniform, für Vater Bohumils unterwürfiges Grinsen, als der Karottenfresser Herbert Nitschke mich und ihn, mit offensichtlicher Schadenfreude und um uns beide zu demütigen, *polívka* nannte.

Und das Schlimmste überhaupt: Als Herbert Nitschke mich in die Liste der Schüler einschrieb, fragte er meinen Vater:

»A vasche jmeno?«[12]

Vater Bohumil, so schien es mir, richtete sich ein wenig auf und sagte:

»Bohumil … promiňte prosím, ale napište raději Gottlieb Filip.«[13]

Mutter Marie polterte absichtlich mit den Töpfen am Herd.

»Ota, warum erzählst du alte Geschichten! Das alles ist schon sechs Jahre, eine Ewigkeit, her!«

»Wenn dich die Deutschen erwischen, werden sie dich als einen Deserteur an die Wand stellen und erschießen oder, wie unlängst drei deutsche Soldaten in Hrozenkov, als Verräter aufhängen.«

In der Stille der dunklen, nur durch den Tanz des Feuers und seiner roten Schatten an der östlichen Wand und auf der Decke erhellten Küche klang meine Stimme wie eine böse Prophezeiung.

Vater Bohumil tat mir in der späten, verregneten Nacht Ende Januar 1945 dennoch leid. Er war am Ende angelangt. Es blieb ihm kein Ausweg mehr übrig: entweder ein Hinrichtungskommando der Wehrmacht oder nach dem schon absehbaren Ende des Krieges die klägliche Rolle eines Kollaborateurs vor dem Gericht des tschechoslowakischen Volkes.

»Vater, du bist erledigt!«

Vater Bohumil beugte sich über mich und hob seine rechte Hand.

»Hätte ich mich bei Ružomberok abschlachten lassen sollen? Wär's dir lieber?«

Ich erwartete einen harten Schlag; ich hätte ihn ertragen, und Vater Bohumil hätte er bestimmt Erleichterung gebracht. Er ließ jedoch seinen rechten Arm fallen und setzte sich hin; seine linke

Handfläche legte er auf Mutters gewölbten Bauch und wich meinem Blick aus.

»Hoffentlich wird er oder sie es im Leben leichter haben, Marie.«

»Das glaube ich nicht«, sagte Mutter.

»Ich bin auch wegen ihm oder wegen ihr desertiert!«

»Mag sein, Bohuš.[14] Wenn es dich beruhigt, dann rede es dir ein.«

»Es ist Schluß, Ende mit dem tausendjährigen Reich, jetzt gilt es nur, rette sich, wer kann. So leicht gebe ich nicht auf. Darauf kannst du dich verlassen!«

»Wenn ich nur wüßte, worauf ich mich jetzt verlassen kann! Auf dich, Bohuš, verlasse ich mich jedoch nicht mehr! Und ob du aufgibst oder nicht, ist heute auch schon egal.«

Drei gelbe Leuchtraketen stiegen in kurzen Abständen über den Anhöhen Niva und Bludný auf.

»Unser Traum, Bohuš, ist aus und vorbei. Wir werden nie das schönste Café in Ostrau haben, wir werden dieses Haus verlieren, und wir werden Gott dafür danken können, wenn wir am Leben bleiben.«

Mutter nahm Vater Bohumils linke Hand und legte sie auf die Tischdecke.

Ich saß im gelben Schatten mit dem Rücken an die warme Wand gelehnt. Wie vor jedem Wetterumschwung summten und vibrierten draußen die Drähte der elektrischen Leitung. Der Regen hinter dem Fenster verwandelte sich in ein gelbes Schneetreiben.

Eine große gelbe Leuchtrakete stand lange Sekunden über den *kotáry*[15], über dem Bludný und über der Niva; das Brummen eines Flugzeugmotors wurde tiefer. Drei Fallschirme schwebten mit röhrenförmigen Behältern beladen unter der gelben künstlichen Sonne schaukelnd über den Waldrand oberhalb der *kotáry*, westlich des Hauses, in dem Großmutter Františka Filipová, geborene Kurtinová, aufgewachsen war. Großmutters jüngerer Bruder Josef Kurtin, ihre jüngste Schwester und deren Mann, der fesche Josef Korytář, er war bis 15. März 1939 Berufssoldat, wohnten dort oben auf dem Berg auf einer Wiese, vom Wald umringt.

Onkel Josef Kurtin war für mich ein mit Geheimnissen verklärter Held, wie aus alten Sagen entsprungen. Ein gewisser Leopold Kurtin, erzählte mir Großmutter Františka Filipová, hatte gemeinsam mit jungen Burschen aus protestantischen Familien in den Wäldern der mährischen Walachei schon in der ersten Hälfte des siebzehnten Jahrhunderts immer wieder Aufstände gegen die katholische feudale Obrigkeit organisiert, Reiche überfallen und die Beute an die Armen verteilt. Und einer von den Anführern, erzählte Großmutter Františka stolz auf ihren Verwandten, war eben ein Kurtin. Nach der Niederschlagung der Aufstände Mitte des siebzehnten Jahrhunderts wurden an die hundert Rebellen als Räuber gehenkt. Leopold Kurtin, im Volksmund der schöne *ogar*[16] genannt, ist es jedoch gelungen, bis nach Amsterdam zu fliehen. Er soll später in Texas unter dem Namen Courtine sehr reich geworden sein, aber das war für Großmutter Františka nur ein nachträglich erfundenes, schönes Märchen. Ob es wahr ist, weiß ich nicht. Aber ein Glück in Amerika hätte ich meinem Verwandten Leopold Kurtin, der die Reichen bestahl und den Armen gab, von Herzen gewünscht.

Eine Woche vor Weihnachten 1939 nahm ich meinen Mut zusammen und schrie den karottenfressenden Herbert Nitschke, als er mich vor der ganzen Klasse wieder als *polívka* demütigte, tschechisch an, denn deutsch hätte ich es nicht geschafft:

»Ich heiße Filip, nicht Polívka! Wenn ich aber für Sie immer nur Polívka bin, dann werden Sie meine *polívka* einmal ganz heiß auslöffeln müssen!«, und lief aus der Klasse weg.

Immer, wenn ich in der deutschen Volksschule etwas angestellt hatte oder wenn mich Oberlehrer Nitschke wieder einmal *polívka* nannte und vor der ganzen Klasse demütigte, lief ich in Großmutter Marie Mikolajczykovás kleine Wohnung in der Bezruč-Straße, legte meinen Kopf in ihren Schoß und weinte mich aus.

Oft bin ich mit meinem Kummer auch zu Onkel Mikolajczyk geflohen.

Onkel František Mikolajczyk, Mutters jüngerer Bruder, war Bolschewist. Seine Frau, meine Tante Heda, eine fesche Frau mit großen Kulleraugen, arbeitete bis September 1939 als persönliche Sekretärin des steinreichen jüdischen Kaufhausbesitzers Aaron Bachner in Mährisch Ostrau in der Zámecká-Straße und war die Tochter des kommunistischen Abgeordneten Augustin Kliment. Ich durfte meinen Kopf zwischen ihre festen Brüste legen; sie streichelte mein Haar und weinte mit mir.

»Warte nur ab, Ota, bis unsere proletarische Revolution ausbricht und siegt! Dann wird die Welt mit einem Schlag auch für dich gerechter!«

Es tat mir gut zu wissen, daß es eine Revolution geben würde, die mich aus der deutschen Volksschule befreit, daß jemand für mich Tränen vergießt und auch mir eine gerechte Welt prophezeit. Tante Hedas Worte klangen in meinen Ohren wie ein heiliges Versprechen, auf das ich mich verlassen kann.

Onkels Hände dufteten nach Schmieröl.

František war Automechaniker von Beruf, und zwar in der Autowerkstatt Bobek in Schlesisch Ostrau, wo nur die ganz Reichen ihre Mercedes-Benz, ihre englischen Daimler und überhaupt nur die teuersten Autos in der Stadt reparieren ließen.

»Mach dir nichts draus, Ota! Deutsche oder tschechische Schule, das ist uns, den Proletariern und Internationalisten, egal. Hauptsache, du lernst was. Viel wichtiger ist aber, daß du, ein zukünftiger Komsomolze, lernst, die Ausbeuter zu schlagen.

Nach unserem Sieg über den Faschismus und Kapitalismus erwartet dich, Ota, eine glückliche Zukunft im Kommunismus! Und deinen Vater schicken wir nach dem Sieg der proletarischen Revolution mit allen bourgeoisen Elementen nach Sibirien.«

Onkel František sprach sehr ernst; sein Trost gab mir Hoffnung: eine wunderbare Revolution, die Vater Bohumil nach Sibirien verbannt!

Großmutter Mikolajczyková lachte.

»Red' keinen Schmarrn, František!«

Mit meinem Kopf in Großmutters weichem Schoß nahm ich die Erschütterungen ihres Körpers wahr.

Wenn ich ein Menschenleben danach an den Dezember 1939 zurückdenke, wenn er in mir aufersteht, oder wenn ich ihn vor dem Schlafengehen aus dem Vergessen zurückrufe, sehe ich mich wieder mitten im weißen Schnee und höre in mir immer wieder das Gedicht des tschechischen Dichters Jaroslav Vrchlický, »Vánoce« (›Weihnachten‹), das mir, dem deutsch schweigenden Schüler der dritten Klasse der deutschen Volksschule in Schlesisch Ostrau, vor Weihnachten 1939 Großmutter Marie Mikolajczyková beibrachte:

> Über die weißen Wehen gleiten
> die Glocken – fern stirbt ihr weihnachtliches Geläut,
> im Herzen schwingen alle Saiten,
> denn sie berührt die Kindheit heut.

Und ich sehe mich wieder in der letzten Reihe in der dritten Klasse der deutschen Volksschule in Schlesisch Ostrau ganz nahe am glühenden Ofen sitzen; meine Aufgabe war es aufzupassen, daß das Feuer nicht ausgeht, und Koks nachzuschütten. Mehr hat man in der dritten Klasse der deutschen Volksschule von mir nicht erwartet.

Einige Tage vor Weihnachten 1939 gab es in der Klasse eine

Weihnachtsfeier. Der karottenfressende Herbert Nitschke setzte ein feierliches Gesicht auf, seine sonst harte Stimme wurde sanft.

»Kinder, jetzt kommt jeder von euch zur Tafel und wird ein Weihnachtsgedicht vortragen oder etwas Schönes über Jesu Christi Geburt erzählen!«

Alle Kinder haben ihre Weihnachtsgedichte vorgetragen oder die Geschichten aus Bethlehem vor 1939 Jahren erzählt, Eva Schubert sang wunderschön das Lied »O Tannenbaum, o Tannenbaum«, nur ich saß hartnäckig schweigend in der letzten Reihe vor dem glühenden, hohen Ofen aus Gußeisen. Ich schämte mich und war zugleich auch verärgert, daß ich es nicht schaffte, nur ein einziges, kurzes deutsches Weihnachtsgedicht vorzutragen, daß ich keine deutsche Geschichte über Jesus Christus, Maria und Josef im Stall von Bethlehem erzählen konnte, weil mir die Sprache fehlte. Natürlich wußte ich von Großmutter Františka Filipová und von Großmutter Marie Mikolajczyková über Bethlehem, Maria, Josef und Christi Geburt Bescheid, aber nur in tschechischer Sprache.

»O Tannenbaum, o Tannenbaum, wie grün sind deine Blätter«, hätte auch ich singen können, aber weiter als bis zu den grünen Blättern (ich hielt sie für Unsinn, denn ein Tannenbaum hat keine Blätter) wäre ich mit meinen damaligen Deutschkenntnissen nicht gekommen, so hielt ich auch diesmal meinen Mund geschlossen, drückte mich in die Bank, gab vor, auf das Feuer im eisernen Ofen aufzupassen, und hoffte, daß ich auch jetzt, wie schon so oft vorher, vergessen werde. Der Karottenfresser Nitschke kam erst kurz vor Ende der Stunde zu mir in die letzte Bank und legte seine Hände auf meine Schultern.

»Jetzt bist du dran, Polívka! Erzähle uns doch, wie die Tschuschen Weihnachten feiern!«

Die ganze Klasse grinste und kicherte, ausgenommen Eva Schubert.

Schaut ihn euch nur an, diesen Tschuschen, diesen Wasserpolacken[17], diesen *polívka*! Höchstwahrscheinlich weiß er überhaupt nicht, was Weihnachten ist!

Rolf Meier, das Dickerchen, ein Verehrer germanischer Sagen (sein Vater war ein hohes Tier bei der Gestapo im Gebäude der ehemaligen Masaryk-Liga gegen Tuberkulose), meldete sich.

»Bitte, Herr Lehrer, kann sein, sagt mein Vater, daß die Tschuschen genau wie die russischen Untermenschen orthodox sind und Weihnachten erst vierzehn Tage nach uns, den arischen, richtigen Christen, feiern. Oder sie sind schon so sehr vom bolschewistischen Judentum unterwandert, daß sie die Geburt Christi leugnen!«

»Sehr gut, Meier. Setz dich!«

Meine Mitschüler drehten sich zu mir um, viele streckten ihre Zungen heraus, andere schnitten Grimassen.

Ich bekam eine Wut, eine riesige, in meinem Kopf wie ein Feuer brennende Wut gegen all die grinsenden Gesichter, ausgenommen Eva Schubert. Meine helle Wut betäubte mich, sie brachte mich um meinen Verstand, der mir seit September 1939 in der deutschen Volksschule riet, meinen Mund geschlossen zu halten und ja nicht aufzufallen, mich in der letzten Bank ganz klein zu machen.

Von meinem glühenden Zorn überwältigt erhob ich mich, ging zur Tafel, stellte mich dort auf und brüllte die Klasse tschechisch an:

»Jaroslav Vrchlický, ›Vánoce‹!«

Und dann schrie ich alle fünf Strophen des wunderschönen, wenn nicht des schönsten tschechischen Weihnachtsgedichtes, so wie mich Großmutter Marie Mikolajczyková Vrchlickýs Gedicht auswendig gelehrt hat, aus mir heraus.

Ich sah den Karottenfresser Herbert Nitschke mit verkrampft zusammengebissenen Lippen vor der ersten Bank stehen und mich anstarren. Die sechsundzwanzig Gesichter meiner deutsch sprechenden Mitschüler zerflossen vor meinen Augen in ovale

Fladen ohne Konturen. Nur Eva Schuberts Antlitz behielt seinen wunderschönen Umriß. Ich holte Luft, und mit meiner versagenden, wahrscheinlich schon röchelnden Stimme, schrie ich die letzten vier Zeilen des Gedichtes der Klasse in ihre runden Fratzen, natürlich tschechisch:

> Mein Herz seufzt, und mein Geist will sinken …
> in diesem Meer voll Seligkeit,
> und Glocken läuten, Lichter blinken …
> O Weihnachten, o Weihnachtszeit![18]

Es war ganz still, so still, daß ich das leise Surren der mit Kohle aus dem Dreifaltigkeitsschacht beladenen Hunde[19] hörte, die an einem dicken Seil über den Dächern von Schlesisch Ostrau zu dem Kokswerk Karolinka in Mährisch Ostrau schwebten. Stolz, mit erhobenem Haupt und einem Gesichtsausdruck voller Verachtung, verließ ich die Klasse, lief zu Großmutter Mikolajczyková in die Bezruč-Straße und legte meinen Kopf in ihren Schoß.

Diesmal hatte ich keinen Grund zu weinen.

Die Auferstehung meiner vergessenen oder verstoßenen Erinnerungen an die schlimmen fünfzehn Jahre meiner Jugend, die ich mein ganzes Leben mitschleppe, geschieht ungeordnet, willkürlich, chaotisch. Die Erinnerungen wollen sich verselbständigen.

Auch belanglose Erinnerungen an meine fünfzehn Schicksalsjahre mitten im zwanzigsten Jahrhundert, Bilder und Schatten, Geräusche und Stimmen, die ich niemals vermißt habe, blähen sich auf, drängen sich nach vorne, geben sich wichtig und schreien danach aufgeschrieben, um somit in die literarische Ewigkeit, die sie nicht verdienen, aufgenommen zu werden.

Den Autor stürzt der Aufstand seiner eigenen Erinnerungen, dieses Chaos, das die Chronologie seines Lebens und seiner entscheidenden fünfzehn Jahre zu zerstören droht, in eine beunruhigende Ratlosigkeit und in eine maßlos ratlose Unsicherheit. Er stellt sich die Frage, auf die er keine Antwort findet: Was ist tatsächlich wichtig, was darf nicht vergessen werden? Was darf ich verschweigen, was muß nicht ausgesprochen werden?

Und was soll der Schreiber, der sich selbst beschreibt, der Erzähler, der sich selbst erzählt, mit den wortlosen Bildern, voll von Farben und Tönen anfangen, die irgendwo in seinen dunkelsten Ecken explodieren und wie unberechenbare Meteoriten durch den ihm bemessenen Raum hin und her ziehen?

Vergeblich versuche ich, die Erinnerung an den 20. April 1940 zu vertreiben oder auszulöschen; sie ist böse wie das glühende Gestein, das immer wieder aus dem Nichts herabstürzt, meine Kreise kreuzt und mich immer wieder verletzt.

Beschämt, unglücklich und mit eingezogenem Kopf marschierte ich an diesem Tag in einer Einheit des Jungvolkes an der Wohnung meiner Eltern in der Johannystraße 41 vorbei Richtung Rathausplatz zur Feier von Adolf Hitlers einundfünfzigstem Geburtstag. Vor mir marschierte, stramm und mit hoch erhobenen Köpfen, der Fanfarenzug mit Walter Wagner an der Spitze, dem exzellenten Trompeter aus der siebten Klasse, der 1944 in Finnland fiel, und blies, meistens falsch, was das Zeug hielt.

Ich wagte es nicht, meinen geschorenen Kopf zu heben, denn ich wußte, daß Vater Bohumil und Mutter Marie auf dem Balkon unserer Wohnung im ersten Stock standen und Ausschau nach mir hielten. Vor der Rathausapotheke sah ich rechts auf dem Gehsteig meine besten tschechischen Freunde und ehemaligen Klassenkameraden, den rothaarigen Miloš Flanderka mit seiner jüngeren Schwester Aranka und Libor, seinen Familiennamen habe ich vergessen; Libors Vater war im Rathaus Elektriker.

Miloš, Libor und auch die kleine Aranka spuckten vor mir aus. Noch schlimmer kam es hundert Meter weiter.

Der Fanfarenzug hörte auf zu spielen; es war still in der Johannystraße. Und in dieser Stille, nur vom Gleichschritt des Jungvolkbannes Mährisch Ostrau rhythmisch hin- und hergeschaukelt, schrie mir Vater Bohumil, natürlich tschechisch, vom Balkon zu:

»Ota, Kopf hoch und Brust heraus!«

Ich hob meinen Kopf, ich blähte mich auf, ich schnitt die gräßlichste Grimasse, die ich schneiden konnte, streckte meine Zunge heraus und schrie, so laut, wie ich es mit einer weit ausgestreckten Zunge schaffte:

»Liž cyp, Vater Bohumil!«[20]

Von nun an dachte ich nur an Rache.

Anfang Februar 1945, einen oder zwei Tage nach der Geburt meines Bruders Kamil, holte Vater Bohumil spät abends die kurze Maschinenpistole, die er bei seiner Desertion unter seinem Regenmantel mit nach Hause brachte, aus dem Versteck im Kuhstall.

»Geh zu den Češeks und übergebe die Maschinenpistole Herrn Jan Žurek, dem Gendarmen. Alles ist bereits abgemacht.«

»Geh doch selbst hin! Oder hast du Angst?«

Vater hatte bestimmt keine Angst. Er hätte auch selbst die modernste Maschinenpistole, sozusagen sein Versöhnungsgeschenk an die Partisanen, an die Češeks, die Novosads, die Nevolas, die Garguláks, die Žureks, alles seine Schulkameraden aus der Volksschule in Hošťálková, überbringen können.

Er, der kleine Bohumil Filip, kannte sie schon seit dem 1. September 1911, als er barfuß (Schuhe durften die *ogaři*[21] erst zum Kirchgang am Feiertag des heiligen Wenzel anziehen, aber natürlich nur bei kühlem Wetter) zum erstenmal die Volksschule in Hošťálková betrat. Alle waren seine Jugendfreunde, mit denen er auf den Gemeindewiesen die Kühe weidete und genau wie ich drei Jahrzehnte später Forellen und Krebse im erzbischöflichen Bach fing. Mit vielen von ihnen ging er in der kleinen katholischen Kirche (in Hošťálková waren die Lutheraner in der Überzahl) zur ersten Kommunion. Aber auch mit seinem für die Partisanen kostbarsten Geschenk, der Maschinenpistole mit zwei Magazinen und mit zehn oder mehr Schachteln Munition, schämte er sich, anders kann ich es mir nicht erklären, mit dem Brandmal eines Kollaborateurs und eines verspäteten, reumütigen Deserteurs in Češeks Haus vor seinen Jugendfreunden zu erscheinen.

Ich gestehe: Anfang Februar 1945 hätte ich Vater Bohumil lieber in der Uniform eines deutschen Soldaten der Wehrmacht irgendwo in den Bergen der Malá Fatra in der Slowakei für eine ungerechte, ja verbrecherisch-mörderische, längst verlorene Wahnidee von Blut und Boden und Lebensraum für das deutsche Volk kämpfen, bluten oder sogar fallen gesehen.[22] Er aber stand in seinem hellblauen Hausrock vor mir unter unserem abscheulichen avantgardistischen Paradeluster. Seine schwarzen Bartstoppeln warfen auf seine gelben Wangen scharfe Schatten.

Mit seinen aufgescheuchten Augen irrte Vater Bohumil von meinem Gesicht zur Mutter, dann in die Wiege zum neugeborenen Kamil. Mehrmals hob er seinen Blick langsam auf das sündhaft teure Bild (Vater Bohumil behauptete, es sei von Václav Špála[23], ich glaube eher, es war eine Fälschung) mit weißem und lila Flieder, das er am 22. Juli 1943 meiner Mutter zu ihrem fünfunddreißigsten Geburtstag schenkte, und blieb, wie schon dreimal in wenigen Minuten, in Špálas (wenn es ein Špála war) für meinen Geschmack zu greller Farbenpracht stecken.

»Ota, tu es, bitte, für mich. Ich bin nicht feige, ich habe nur keinen Mut!«

Ich hängte mir die damals modernste Maschinenpistole um, von tschechischen Technikern und Arbeitern in der Brünner

Zbrojovka[24] für die deutsche Wehrmacht entwickelt, steckte zwei Magazine und zehn oder mehr Schachteln Munition in einen Rucksack und brach im feuchten Schneetreiben zu den Češeks auf.

Auf dem Waldweg unterhalb der Maruška habe ich nur mit Mühe und ein wenig auch aus Angst meine Lust unterdrückt, ein ganzes Magazin in den Himmel abzufeuern, damit es in der Nacht kracht und blitzt. Den Himmel, der in greifbarer Nähe über meinem Kopf hing, die Finsternis, die mich mit ihren scharfen Fingernägeln ins Gesicht stach, den beißenden Wind, der mich zurück in Vater Bohumils weißes Haus drängte, das alles wollte ich mit der Maschinenpistole durchlöchern und zerfetzen.

Ich wechsle die Fronten, und das ist diesmal mein freier Entschluß! Ich laufe über von meinen deutsch sprechenden Feinden zu Vater Bohumils tschechischen Feinden. Nein, ich laufe nicht über, denn ich bin kein Überläufer, ich kehre dorthin zurück, wohin ich bis zum 14. März 1939 gehörte. So einfach ist es! Adieu, deutsche Oberschule in Mährisch Ostrau! Der Teufel soll dich holen!

Vater Bohumils Maschinenpistole drückte meine Brust ein, der Rucksack mit den zwei Magazinen und zehn oder mehr Schachteln Munition lastete schwer auf meinem Rücken. Ein seltsames Glück, das mir süß nach Befreiung schmeckte, fiel vom grau verhängten, an einigen Stellen vom Vollmond matt durchleuchteten Himmel auf meinen verschwitzten Kopf.

Was sich Vater Bohumil eingebrockt hat, das soll er auch selbst auslöffeln! sagte ich mir. Vater Bohumil war auf einer verzweifelten Flucht. Für ihn gab es kein Zurück zum 14. März 1939.

Aber wohin will er fliehen und wie lange noch? Vater Bohumil hatte keine andere Chance mehr, als sich zu vergraben und zu warten.

Und er vergrub sich auch.

Am zweiten Tag nach seiner Desertion grub ich mit Vater Bohumil in der schwer zugänglichen Schlucht im Wald Potůčky, an derselben Stelle, wo sich im Winter 1915/16 zehn oder mehr Deserteure aus der österreichisch-ungarischen Armee versteckt hatten, einen Erdbunker. In dem feuchten Loch, es roch wie ein frisch geschaufeltes Grab, verbrachte Vater Bohumil seine Nächte; zu Hause zu schlafen war ihm zu riskant. Nach Hause, in die Wärme, wagte er sich nur dann, wenn ich ihn abholte und versicherte, daß die Luft rein ist. Oft ließ ich Vater Bohumil auch drei Tage ohne Nachricht und ohne ihn nachts nach Hause zu holen. Lebensmittel, Speck, Brot und Sliwowitz hatte er in seinem Versteck genug.

Das war meine Art von niederträchtiger Rache: Es tat mir gut, ihn in seinem Loch, in der Falle, alleine hocken zu lassen, selbst zu entscheiden, ob Vater Bohumil für einige Stunden sein feuchtes Versteck verlassen durfte, um zu Hause zu baden, sich aufzuwärmen, etwas Warmes zu essen, Wäsche und Kleider zu wechseln. Ich, Vater Bohumils Erstgeborener, entschied über ihn, den mir auf Gnade und Ungnade ausgelieferten Deserteur.

Ich war auch stolz darauf, daß ich mit Vater Bohumils Maschinenpistole bewaffnet, mit zwei Magazinen und Munition beladen, in meine Vergangenheit vor sechs Jahren zurückkehrte.

Bei meiner Rückkehr in meine erneuerte Unschuld will ich mich nicht wie Vater Bohumil, der Deserteur, verstecken, sagte ich mir und bog durch den lichten Wald links auf die Landstraße ein. Aber was mache ich, wenn ich auf der Landstraße deutschen Soldaten begegne, die ihren Stützpunkt im Kampf gegen die Bandengefahr in der Schule von Hošťálková haben? fragte ich mich und antwortete mir selbstbewußt, ja übermütig: Dann schieße ich!

Es fiel mir jedoch ein, daß ich überhaupt nicht wußte, wie man mit Vater Bohumils Maschinenpistole umgeht, daß ich keine Ahnung davon hatte, wie man die Magazine mit Munition lädt. So kehrte ich lieber in den Wald zurück und setzte mich auf einen verschneiten Baumstumpf, um mich auszuruhen.

Aus dem dunklen, unter der Last des nassen Neuschnees leise stöhnenden Schatten des Waldes sah ich Gestalten auf mich zukommen:

Aus der feuchten weißen Finsternis taucht der karottenfressende Lehrer Herbert Nitschke auf, ein Volkssturmmann in einem dicken Wintermantel, mit einem braunen Schlapphut und einer Panzerfaust an seiner rechten Schulter. Er stolpert in der dritten Reihe des allerletzten Aufgebotes, einer Kompanie von alten Knackern und Schülern der deutschen Oberschule in Mährisch Ostrau, die durch einen verschneiten Wald Richtung Schlesien marschierten, wo sie fast alle am 26. April 1945 bei Hrabyně (Hrabin) für den Führer und das tausendjährige Dritte Reich von den Soldaten des 1. tschechoslowakischen Armeekorps niedergemetzelt wurden.[25] Und ich sah auch den braunen Fasan Wilhelm Heinz nicht mehr in der Uniform des Kreisleiters der NSDAP, sondern in einem langen Mantel der Wehrmacht, mit einem Stahlhelm auf dem Kopf und einer über die Brust gehängten Maschinenpistole. An der Spitze der an mir vorbeiziehenden Gruppe von todgeweihten alten Männern und Knaben zog er in den allerletzten Kampf um den endgültig gescheiterten Endsieg.

Auch Heinz Kupka und Paul Becke traten in ihren Winteruniformen der Hitlerjugend und mit uralten Gewehren bewaffnet aus dem weißen Dickicht. Mit gesenkten Köpfen marschierten in Kupkas und Beckes Spuren meine sechzehn Mitschüler aus den oberen vier Klassen der deutschen Oberschule in Mährisch Ostrau an mir, dem schlafenden und zurückgebliebenen Rückkehrer, vorbei.

Keiner, außer Heinz und Paul, würdigte mich eines Blickes.

Drei oder vier spuckten vor mir aus.

Ich hörte ihre Schritte im nassen Schnee, ihr Schnaufen und atmete den grauen Atem ihrer Todesangst ein, die ihnen allen schwer auf den Schultern saß.

Heinz Kupka blieb stehen. Er hob sein linkes Hosenbein und zeigte mir einen blutigen Verband. Seit einem Jahr öffnete sich auf Heinz' linkem Schienbein eine Wunde, die nicht heilen wollte.

»Mit meinem eiternden Bein kann ich an der Front nichts ausrichten«, sagte Heinz Kupka mit einer heiteren Stimme.

Er warf sein Gewehr in den Schatten einer niedrigen Fichte und verschwand.

Paul Becke, der in die Spuren von Heinz Kupka trat, sah mich an:

»Ota, du gehst nicht mit?«

»Fällt mir gar nicht ein!«

»Wenn du nicht mitgehst, dann hau auch ich ab!«

Paul Becke folgte Heinz Kupka; auch er warf sein Gewehr in den Schnee und tauchte in der weißen Finsternis unter.

Herbert Nitschke, der Karottenfresser, keuchte an mir mit seiner Panzerfaust auf der rechten Schulter vorbei; er blieb zwei Schritte rechts von mir stehen.

»Polívka, Polívka, du kannst uns ja im Stich lassen. Dir kann man ja nichts vorwerfen …«

Unter der Last der Panzerfaust gebückt, stapfte er im Schnee weiter.

Aus dem Schneetreiben tauchte auch Wilhelm Heinz auf.

»Wo ist dein Vater?«

»Er macht nicht mehr mit.«

»Und du?«

»Ich? Ich stehe jetzt auf der anderen Seite der Front!«

»Wie meinst du das?«

»Einfach: Wenn Sie nicht verschwinden, dann knalle ich Sie ab!«

Ich richtete den Lauf von Vater Bohumils Maschinenpistole gegen Wilhelm Heinz' Brust; auch im Traum wußte ich, daß die Waffe nicht geladen war. Im Halbtraum auf dem Baumstumpf sitzend knallte ich mit Vater Bohumils nicht geladener Maschinenpistole alle als bewaffnete Gespenster getarnten, an mir im nassen Schnee mühsam vorüberstapfenden Erinnerungen von hinten ab. Mit Genugtuung sah ich ihr dünnes Blut die stumpfen Eiskristalle des nassen Schnees rosa färben.

Ich fühlte mich von einer erdrückenden Last befreit.

Die Glocken der katholischen und auch der evangelischen Kirche unten in Hošťálková schlugen zwölfmal. Zuerst ertönte ein wenig zaghaft die höher gestimmte Glocke im Turm der katholischen und gleich darauf die größere, um eine Oktave tiefer und selbstbewußter schlagende Glocke oben im weißen Turm der evangelischen Kirche.

Die Zeit wurde in Hošťálková seit dreihundert Jahren zweimal gemessen und jede Stunde von zwei Kirchen verkündet. Das Privileg, ihre Zeit selbst, ohne Rücksicht auf die Glocken der katholischen Kirche zu messen und durch Glockenschläge anzukündigen, haben schon Mitte des siebzehnten Jahrhunderts evangelische Gläubige durchgesetzt, die in der hussitisch-ketzerischen Hochburg Hošťálková Rettung vor dem Zugriff des mährischen Kardinals, des im Jahr 1570 in Madrid geborenen und 1636 in Brünn gestorbenen Franz Fürst von Dietrichstein, fanden.

Vor meinen schlafenden, prophetisch in die nahe Zukunft sehenden Augen sah ich das klägliche Ende meiner sechzehn Mitschüler aus der deutschen Oberschule in Mährisch Ostrau im Kampf für eine verlorene Zukunft und für ein nach zwölf Jahren untergegangenes tausendjähriges Reich. Am 26. April 1945 fanden sie in Hrabin, unter der Führung des Kreisleiters der NSDAP Wilhelm Heinz, von einer Panzereinheit des 1. tschechoslowakischen Armeekorps in der UdSSR massakriert, in der auch der Onkel meiner zukünftigen Frau Marie, Oberleutnant Bohuš Ledvina, kämpfte, ihren überflüssigen Tod.

In der nächtlichen Stunde der Geister und Hexen sah ich einige hundert Meter nordöstlich der Landstraße von Hrabin nach Háj (Freiheitsau), in einem zu schnell und zu flach ausgehobenen Schützengraben an der nordwestlichen Mauer der zerschossenen Ruine der Jungfrau-Maria-Kirche in Hohen-Hrabin, im Schlamm und in der aufgewühlten Erde des Aprils 1945 von den Ketten der tschechoslowakischen Panzer zerfetzte blutige Klumpen.

»Hrabin« heißt auch ein Gedicht meines lieben schlesischen Dichters Petr Bezruč. In der nächtlichen Stunde, im Halbschlaf im feuchten Schnee auf einem Baumstumpf hockend, kam Petr Bezruč zu mir. Er blieb in einem weißen Sommeranzug über mich gebeugt stehen und flüsterte etwas in mein Ohr, das ich bereits vergessen habe.

»Meister, Sie werden sich erkälten!«

»Kann ich nicht, denn für dich gibt es mich nur in meinen *Schlesischen Liedern*. Hast du sie nicht vergessen, kannst sie noch auswendig?«

»Natürlich, tschechisch und auch deutsch!«

»Das ist gut, sogar sehr gut!«

Petr Bezruč, ganz in Weiß, hochgewachsen und hager, trat einen Schritt zurück und wurde unsichtbar.

An seiner Stelle erschien vor mir ein Schatten. Ich erkannte die Stimme von Dr. Birgit Lenz, der Deutschlehrerin an der Mährisch Ostrauer Oberschule.

»Polívka, Polívka, es wird deinen deutschen Wortschatz bereichern, wenn du uns jeden Montag die Deutschstunde mit einem auswendig vorgetragenen Gedicht aus der *Deutschen Landeszeitung* einführst und das Gedicht analysierst.«

»Lassen Sie mich in Ruhe!« schrie ich im Traum.

Zwei Jahre lang ließ Dr. Birgit Lenz nicht locker; jede Woche habe ich ein patriotisches Gedicht aus der *Deutschen Landeszeitung* auswendig lernen und am Montag in der Deutschstunde vortragen und analysieren müssen. Meine Erläuterungen zu den vorgetragenen Gedichten waren kurz, und ich habe sie mir einfach gemacht: Wenn im Gedicht germanisches Blut floß, das die schlesische oder eine andere, von tapferen germanischen Kriegern eroberte Erde tränkte, ging es um Blubo, um Blut und Boden. Mit den Juden, die in den Gedichten der Ostrauer und schlesischen deutsch-nazistischen Dichter immer wieder vorkamen, war es auch nicht kompliziert: Die Juden waren immer schlau-hinterhältige, vaterlandslose Gesellen, mit allen Wassern gewaschene Betrüger unreinen Blutes, pfujtajksl!

Die Deutschstunden waren für mich, den *polívka*, eine Qual. Als ich mich einmal in Tante Hedas Schoß ausweinte, sagte sie:

»Laß mich nachdenken, ich werde dir helfen!«

Tante Heda schenkte mir zum zwölften (oder zum dreizehnten?) Geburtstag Petr Bezručs *Schlesische Lieder* in der deutschen Übersetzung von Rudolf Fuchs, im Jahr 1937 im deutschen Julius-Knittl-Verlag in Mährisch Ostrau erschienen.[26]

»Damit du weißt, daß es auch eine andere deutsche Sprache gibt«, sagte Tante Heda.

In der deutschen Ausgabe von Petr Bezručs *Schlesischen Liedern* unterstrich sie einige Stellen aus dem Vorwort von Rudolf Fuchs. Und auf Seite sieben schrieb sie mit ihrer Schönschrift:

»Rudolf Fuchs, der Übersetzer und Autor des Vorwortes ist ein Jude. Lese auf Seite 119 das Gedicht Hrabin! Deine Tante Heda.«

Die deutsche Übersetzung der *Schlesischen Lieder* war für mich eine Offenbarung!

Ich konnte es nicht glauben und nicht fassen, daß ein Jude, ein Untermensch, der auch in Ostrau auf der Straße nur mit einem gelben Davidstern gebrandmarkt erscheinen durfte, tschechische Gedichte ins Deutsche übersetzte und in seinem

Vorwort zu den *Schlesischen Liedern* den Dichter, einen Arier, so klug und liebevoll lobt und würdigt. Ich las und las die deutsche Ausgabe der *Schlesischen Lieder* immer wieder, von Rudolf Fuchs' Vorwort bis zum letzten Gedicht »Totenfeier«, von Bezruč dem »fröhlichen alten Otakar Bystřina«[27] gewidmet.

Um dem Ansturm der in Versen gefassten Dummheit und Aggressivität, die ich jede Woche aus der *Deutschen Landeszeitung* auswendig lernen mußte, zu entkommen, um im Kopf und in der Seele genügend Gegengift gegen die Flut der nazistisch-deutschen Phraseologie zu haben, lernte ich mit Tante Heda in zwei Jahren alle von einem Juden ins Deutsche übersetzten *Schlesischen Lieder* auswendig.

Zwei Jahre später erwachte ich im winterlichen Wald aus meinem bösen Traum, voll von blutigen Vorahnungen, die auch tatsächlich am 26. April 1945 bei Hrabin eintrafen. Alle Schatten, die ich geträumt hatte, waren verschwunden. Der Mond, einem Ei ähnlich, war schon von den vereisten Spitzen der hohen Tannenbäume durchbohrt. Es war still im Wald. Aus der Entfernung von zwei vergangenen Jahren sah ich mich vor der Tafel in der dritten Klasse der deutschen Oberschule stehen und hörte meine Stimme:

»Hrabin«
…
Lang ist's seither. Den lieblichen Jungen
– unterwegs hat er fleißig gesungen –
führte der Vater, voran die Fahnen,
…
Die reine Stirne entbot ich der Schwelle,
mir wurde das Herz eine himmlische Zelle,
es ruhten auf mir die süßen Sterne
…
Wie heißt du, Junge? Führe mich freundlich …

»Aber das ist doch kein deutsches Gedicht!« schrie mich Dr. Birgit Lenz an.

»Wieso nicht! Es ist zwar aus dem Tschechischen übersetzt, aber in die deutsche Sprache!«

»In der *Deutschen Landeszeitung* hast du dieses Gedicht bestimmt nicht gelesen!«

»Nein.«

»Und wer hat es geschrieben?«

»Petr Bezruč. Rudolf Fuchs hat es ins Deutsche übersetzt!«

Dr. Birgit Lenz wurde rot im Gesicht, sie wandte sich von mir ab und sagte:

»Hast eine Sechs. Und wenn du mir in meiner Deutschstunde noch einmal mit einem Juden kommst ... dann ... dann ...«

Sie setzte sich hin und verdeckte ihr Gesicht mit den Händen.

Ich fühlte, wie ich mich erhob und wegflog. Bevor ich, wie einst Doktor Faustus in Prag, durch ein Loch in der Decke verschwand, wie ich hoffte für immer aus dieser Klasse, die ich, bis auf Eva Schubert, haßte, hob ich meinen durch unzählige Scham belasteten Kopf und schrie der schwitzenden Dr. Birgit Lenz tschechisch ins Gesicht:

»Liž cyp, du blöde Nazikuh!«

Man sagte mir, ich sei vor der Tafel wie vom Blitz getroffen umgefallen. Vor einer Drei in Benehmen hat mich meine Ohnmacht allerdings nicht gerettet.

Die Češeks wohnten eine Stunde oberhalb von Vater Bohumils weißem Haus entfernt unter dem Berg Maruška. Die beiden Brüder, Jaroslav und Jan Češek, verschwiegen, stets mißtrauisch ins Leben blickend, mochten mich. Der jüngere Češek, Jaroslav, zeigte mir im Wald rechts von seiner Scheune die Plätze, wo die schönsten Steinpilze wuchsen, er lehrte mich, wie man im Bach mit dem Korb Krebse und Forellen fängt und wie man sie kocht.

Češeks jüngere, schwarzhaarige Schwester Olga, die Gebrüder sprachen ihre viel jüngere Schwester mit *dcérka* (›Mädchen‹) an, war nach Eva Schubert meine zweite große Liebe.

Meine Vettern, der damals sechzehnjährige Jaroslav und der genau wie ich vierzehnjährige Vojta Vrba, die unweit von den Češeks wohnten, lachten mich wegen meiner Liebe zu Češeks *dcérka* aus und behaupteten, sie sei nicht ganz klar im Kopf. Olga denke sich verrückte Lieder über Vögel aus, die sprechen, und über Blumen, die weinen. Darüber hinaus sammle sie bei Vollmond auf den Sumpfwiesen unter der Maruška Kräuter. Es sei möglich, behauptete Jaroslav, der später Oberst der tschechoslowakischen Luftwaffe und ein As der sozialistischen Jagdfliegerei werden sollte, daß Olga mit den Teufeln verkehre, die in den dunklen Herbstnächten über den Moorwiesen unter der Maruška heulend in den Lüften fliegen oder zwischen den niedrighängenden Wolken ihre luftakrobatischen Tänze aufführten. Er schließe auch nicht aus, daß Olga in enger Verbindung mit den Hexen stehe, die in der Nacht auf den 1. Mai und in der kürzesten und in der längsten Nacht des Jahres bei dem Teufelsfelsen am Berg Skalný, in Sicht des heiligen Berges Hostýn, auf ihren eigenartigen, vorne mit einem großen Propeller ausgestatteten Besen zusammenfliegen und den amerikanischen *kotláři*[28] ähnlich mit Vollgas und mit Gekreisch rund um den Teufelsfelsen kreisend pöbelhafte, gotteslästerliche Lieder singen.

Das könne er beweisen, behauptete Jaroslav, denn Češeks *dcérka* und ihre Brüder gehen nur einmal im Jahr in die Kirche. Und als sie zum Beispiel zu Weihnachten 1944 in das evangelische Gotteshaus kamen, da setzte die Orgel, wie schon mehrmals, wenn die Češeks die Kirche betraten, wieder aus. Kein Wunder, denn die Gebrüder Češek sind gottlose Kommunisten, das weiß doch jeder im Dorf!

Seit meinem zwölften Lebensjahr, als ich alle Sommerferien

bei Großmutter Františka in Hošťálková vebrachte, überschüttete mich Česeks *dcérka* mit Liebe. Wenn ich sie besuchte, sang sie mir ihre neuen, wie sie behauptete selbstgemachten Lieder über sprechende Vögel und lachende oder weinende Blumen vor. Aus ihren Heilkräutern kochte sie mir einen nach Zauber und nach Leben duftenden Tee. Und auch wenn ich nur an Česeks Haus vorbeiging, und ich habe mir immer einen oder mehrere Gründe ausgedacht, um bei den Česeks vorbeizuschauen, kam Olga mit einem Stück *pagáč*[29], mit frischen Walderdbeeren, Himbeeren oder mit großen Steinpilzen aus dem Haus. Für ihre Geschenke durfte ich mich niemals bedanken.

Sie, die mit den Hexen am Berg Skalný verwandt gewesen sein soll, umarmte mich mit ihren muskulösen Armen, sie preßte mich an ihre kleinen steinharten Brüste, die mir wie zwei warme Kieselsteine unter ihrer Bluse vorkamen. Sie küßte mich auf den Mund, ja sie biß mir mehrmals meine Unterlippe blutig und leckte mein Blut mit ihrer rauhen, salzig schmeckenden Zunge ab. Ich war überglücklich!

Česeks *dcérka* duftete nach Heilkräutern, nach Sahne, nach Waldhonig und nach verbranntem Harz.

Vor Weihnachten 1944 erkannte ich, daß meine Liebe zu der blondzöpfigen Eva Schubert, einem Mädchen aus einer feinen Ostrauer deutschen Familie – ihr Vater war, wenn ich nicht irre, in der vierten Generation ein berühmter Chirurg –, keine Zukunft mehr hatte, daß uns der Ausgang des Krieges endgültig trennen würde. Kurz nach dem 1. Januar 1945 schrieb ich Eva einen Abschiedsbrief.

»Liebe Eva! Unsere Wege trennen sich. Es wird für uns in der Zukunft keine Kreuzung mehr geben, an der wir uns begegnen könnten. Ich danke dir für alles. Dein Ota.«

Eva antwortete nicht; ich glaube, daß sie mein Schreiben gar nicht bekommen hat. Dann liebte ich nur noch Olga, Česeks *dcérka*.

Nach Weihnachten 1944 saß ich fast jeden Nachmittag in Češeks Küche. In einem riesigen Kessel aus Gußeisen kochte Olga über dem offenen Feuer immer wieder Gulasch. Mit russischen Maschinenpistolen, deutschen Gewehren, Handgranaten oder nur mit Revolvern bewaffnete Männer in Zivil oder in geflickten russischen oder erbeuteten deutschen Uniformen, sowjetische Kommissare und Offiziere in feschen Schafspelzen, in *fufajkas* und *papachas*[30] aus feinstem schwarzen oder grauen Persianerfell, kamen in Češeks Küche und setzten sich an den großen Tisch. Jeder bekam von Olga einen tiefen Teller Gulasch, Brot und Sliwowitz.

Mein Platz war in der Nähe des Feuers. Ich holte Holz und paßte auf das Feuer auf.

Die Männer verschlangen ihr Gulasch, kippten ihre Ration, eine volle Kaffeetasse Sliwowitz, hinunter, schlugen mit ihren Köpfen auf die Tischdecke oder sie legten sich, von Müdigkeit überwältigt, auf den Boden und schliefen sofort ein. Olga berührte mich mit dem Ellbogen oder legte mir im Vorbeigehen ihre Hand auf meinen Handrücken. Manchmal küßte sie mich auf meine vom offenen Feuer erhitzte Stirn, erlaubte mir, meine Hand zwischen ihre Schenkel zu legen, und sagte:

»Wir haben ja noch viel Zeit, ein ganzes Leben liegt vor uns!«

In Češeks großer Küche, in dieser mit widerlich säuerlichen Ausdünstungen aus den schmutzigen und feuchten Kleidern, von stinkenden Machorkas vernebelten, nur mit Feuer und einer Petroleumlampe beleuchteten Unterwelt, inmitten von lauten tschechischen, russischen, polnischen und jiddischen Stimmen und Flüchen, in den Aufschreien der Sterbenden und Verwundeten, im Schnarchen und Furzen der schlafenden Partisanen, fühlte ich mich geborgen, zu Hause.

Češeks *dcérka*, meine liebe Olga, bewegte sich in der überheizten Vorhölle mit der Erhabenheit einer Hexenprinzessin. In ihren schwarzen Augen erkannte ich die Irrlichter, die ich in finsteren Herbstnächten über den Moorwiesen unter dem Kuželek tanzen sah.

Jaroslav Češek, den Kommandanten der Partisaneneinheit »Jan Žižka von Trocnov«[31] in Hošťálková, habe ich maßlos bewundert. In meinen Augen war er ein Held. Es fiel mir auf, daß Jaroslav, wenn er vom Feind sprach, immer nur Faschisten oder höchstens deutsche Faschisten verdammte, niemals Deutsche. Einmal habe ich Jaroslav nach dem Unterschied zwischen Faschisten und Deutschen gefragt. Mitten in der Nacht hielt mir Jaroslav Češek in der Küche einen langen Vortrag über die Prinzipien des proletarischen Internationalismus, wie ihn echte Marxisten-Leninisten und Stalinisten in der zukünftigen klassenlosen Gesellschaft anwenden werden, nämlich ohne Unterschied von Rasse, Sprache und Nationalität.

In seinen Reithosen und der Jacke aus feinstem grauen Leder, in seiner schicken Fliegerhaube, mit dem über seine Brust gehängten russischen *automat*[32] mit rundem Magazin, war er für mich ein zeitgenössischer edler Ritter im Kampf gegen solche Schweine wie den karottenfressenden Herbert Nitschke oder Wilhelm Heinz, den braunen Fasan und Kreisleiter der NSDAP in Mährisch Ostrau. Jaroslav Češek hatte vor nichts und niemandem Angst, am wenigsten vor dem deutschen, für ihn faschistischen Jagdkommando, das unter der Führung des Leutnants Ernst Niemann in der Schule in Hošťálková einquartiert war.

Einmal tief in der Nacht entdeckte mich Jaroslav hinter dem großen Kessel mit Gulasch, zog aus seiner ledernen Tasche in deutscher Sprache geschriebene Papiere und legte sie auf den Tisch.

»Ota, lies das mal durch, und sag mir, was drin steht.«

Ich las und übersetzte schriftliche Befehle von irgendwelchen Kommandostellen der Wehrmacht, der Gestapo oder der SS in Mährisch Ostrau, in Zlín, ja sogar einmal einen Befehl direkt aus Prag, unterschrieben von Karl Hermann Frank[33], dem Reichsminister (der besser daran getan hätte, wenn er, ein Sudetendeutscher, in Karlsbad Buchhändler geblieben wäre), an deutsche Einheiten, wie und wann sie im Raum Hošťálková, Držková, Hostýn und Vsetín gegen die Partisanenbanden vorgehen sollen. Jaroslav notierte meine Übersetzungen in ein großes Heft.

»Alles geht weiter, bis zum Stab! Danke Ota, hast mir sehr geholfen! Siehst du, wie gut und nützlich es ist, daß du deutsch lesen kannst!«

Zwei deutsche Briefe, der eine auf einem nach billigem Parfüm und Blut stinkenden rosa Papier geschrieben, der zweite auf einem Briefbogen der Deutschen Wehrmacht (der vorgedruckte Adler und das Hakenkreuz oben links waren mit einer obszönen Zeichnung überkritzelt), habe ich auch nach mehr als einem halben Jahrhundert nicht vergessen.

»Übersetz mir die Briefe!«

Jaroslav Češek sah sich mit seinen ruhigen Augen um und schlief ein. Ich wußte bereits Bescheid: Auch im Schlaf wird mein edler Ritter, Robin Hood im Bezirk Vsetín, meine Stimme hören. Ich übersetzte den ersten, auf rosa Papier geschriebenen Brief, der am oberen und unteren Rand mit Blut getränkt war.

Obergefreiter Josef Liebig schrieb im März 1945 seiner Braut Lori, die ihm in Mainz mit einem einarmigen Ritterkreuzträger, seit Sommer 1944 so etwas wie Bahnhofskommandant, untreu geworden war, einen aufgeblasenen Abschiedsbrief.

Er beschuldigte die Hure namens Lori, die er geliebt hat und mit der er nach dem Krieg ein Leben voller Glück anfangen wollte, sie hätte nicht nur ihn, sondern auch ihren gemeinsamen Traum verraten. Sein Leben hätte, gäbe es nicht den Führer, für ihn keinen Sinn mehr, und er wünsche sich nichts als den Heldentod.

Dieser Wunsch war dem Obergefreiten Josef Liebig einige Stunden zuvor in Erfüllung gegangen: Ein Partisanenkommando überfiel unter der Führung des Kapitäns der Roten Armee Iwan Pawlowitsch Stepanow die von deutschen Soldaten besetzte Dienststelle der Gendarmerie in Hošťálková. Alle neunzehn deutschen Soldaten, Angehörige des Jagdkommandos Hošťálková, waren vernünftig genug, um nach den ersten Salven aus russischen Automaten zu fliehen, nur der zwanzigste, Obergefreiter Josef Liebig, leistete Widerstand und wurde von Jaroslav Češek erschossen. Den nach billigem Parfüm stinkenden rosa Brief hatte er in seiner blutgetränkten Brusttasche gefunden.

»Manche Menschen sind so blöd, daß sie an ihrer Blödheit zugrunde gehen. Warum ist dieser Depp von einem Obergefreiten nicht weggelaufen?«

Jaroslav Češek atmete im Schlaf schwer durch und schob mir einen zweiten Brief zu.

Fritz Pütterich, stellvertretender Kommandant des Jagdkommandos, das ab Ende Januar 1945 in den Wäldern von Hošťálková schon niemanden jagen konnte, weil es selbst von den Partisanen gejagt wurde, verblutete von Jaroslav Češek angeschossen an einer Straßensperre am unteren Ende des Dorfes.

Feldwebel Fritz Pütterich schrieb am Tage seines Todes auf einen Bogen Briefpapier der Deutschen Wehrmacht an seine Frau irgendwo in Schleswig-Holstein:

»Liebe Irmgard (den Namen Irmgard habe ich damals zum erstenmal gelesen und ihn seither nicht vergessen), ich weiß nicht, ob es mir gelingt, aus diesen Bergen, wo es von Partisanen nur so wimmelt, lebend nach Hause zu kommen. Ich habe dich immer lieb gehabt, dich geachtet und war ein guter Vater. Grüß mir Horst und Inge.«

Die Sachlichkeit, mit der Feldwebel Fritz Pütterich seiner Frau auf zwei Seiten bis ins Detail schildert, was, falls er nicht nach

Hause komme, mit dem Hof, dem Vieh und seinen zwei Kindern geschehen soll, war auch für den schlafenden Jaroslav Češek, der den an der Straßensperre Wache schiebenden Feldwebel Fritz Pütterich einen Tag zuvor mit einer kurzen Salve aus seinem Automaten niederstreckte, überraschend. Er machte seine Augen auf und sah mich an.

»Das schreibt er tatsächlich?«

»Ich übersetze nur das, was im Brief geschrieben steht.«

»Ich glaube dir.«

Jaroslav Češek schloß seine Augen wieder und legte seine Stirn zum Schlafen auf die Tischkante, wie immer mit halboffenen Augen und mit seiner Armeepistole in der rechten Hand.

»Fritz war bestimmt kein schlechter Mensch. Schade um ihn. Ota, schick den Brief an seine Frau ab, damit ich ruhig schlafen kann.«

»Trink einen Sliwowitz, draußen gibt es ein Sauwetter«, sagte Onkel Kurtin, Anfang 1945 ein Partisan.

Ich setzte mich auf die Bank neben dem großen Backofen und trank aus einem Weinglas Češeks hausgebrannten Fusel. Er roch nach Zuckerrüben, nach Kuhmist und schmeckte bitter, aber er rüttelte mich aus dem Halbschlaf, klärte meinen Kopf, so daß ich Jan Žureks blauen Umriß in der dunklen Ecke der großen Küche ganz deutlich und scharf sah. Er trug die Uniform eines Gendarmen des Protektorats Böhmen und Mähren. Nach dem zweiten Sliwowitz zerfloß das Bild des Gendarmen in Blau vor meinen Augen zu einem großen blauen Fleck.

Fünfzig Jahre später las ich in der Publikation *Unser Dorf – unsere Heimat: Das Partisanendorf Hošťálková von der Vergangenheit bis heute*, herausgegeben vom Nationalausschuß der Gemeinde Hošťálková, auf Seite 80:

»Der Wachtmeister der Gendarmerie Jan Žurek besorgte sich eine Waffe und griff am 4. Mai 1945 mit fünfundzwanzig Männern zwanzig deutsche Soldaten an, die sich durch das Tal

Štěpková Richtung Bystřice pod Hostýnem (Bystritz am Hostein) durchkämpfen wollten.«

Wo, wann und wie sich 1945 der Gendarm die Waffe mit Munition besorgte, mit der er zwanzig Soldaten der deutschen Wehrmacht auf der Flucht – sechs davon sind im Ortsteil Štěpková ums Leben gekommen – angriff, darüber steht in dem Buch kein Wort. Und soll ich mich, ein Menschenleben danach, mit der Frage quälen, ob ich mitschuldig bin am Tod der von Jan Žurek aus Vater Bohumils Waffe, die ich dem Gendarmen Anfang Februar 1945 in Čeŝeks Küche übergab, kaltblütig abgeknallten sechs menschlichen Leben in Uniformen der deutschen Wehrmacht?

Onkel Josef Kurtin wurde nach dem dritten Glas Sliwowitz groß, er schwoll vor meinen Augen an.

»Weißt du was, Ota? Am liebsten möchte ich diesen Scheißgendarmen, der den ganzen Krieg den Deutschen diente, uns, den Wildjägern, keine Ruhe gab, abknallen.«

»Tu das, Onkel, lieber nicht!«

»Natürlich werde ich es nicht tun, und weißt du warum? Weil ich Schiß habe vor dem Tod.«

Er schenkte mir das vierte Glas Sliwowitz ein.

Der Gendarm mit Vater Bohumils Maschinenpistole löste sich in der dunklen Ecke der Küche auf.

Ich trank das dritte Glas zu schnell aus.

Von Čeŝeks grob gemauertem Backofen, aus der Halbfinsternis unter feuchter Wäsche und Fetzen, die dort auf hölzernen Stangen wie blutige, in namenlosen Schlachten zerfetzte Fahnen von längst toten Regimentern zum Trocknen hingen, musterte mich das aufgerissene Weiß in den Augen einer Dame – und es war eine Dame! – in russischer Uniform mit vielen bunten Orden auf der rechten Brust und mit goldenen, vom festen dunklen Haar halb verdeckten Epauletten. Nach Mitternacht stieg sie herab von ihrem Himmel auf Čeŝeks Backofen.

Zwischen den auf dem Boden schlafenden Partisanen bewegte sie sich mit der Grazie eines Engels in Grün, der den drei schwer verwundeten Partisanen, die unter dem Eßtisch im Sterben lagen, in einer Sprache Trost spendete, die sie, die Blutenden, genau wie ich nicht verstanden.

Mit geschickten, blitzschnellen Bewegungen stach sie ihnen Injektionsnadeln in ihre entblößten Oberarme. Einem jungen Mann mit einem mageren, fieberhaft rot angelaufenen Gesicht, der in einem teuren Anzug aus feinstem englischen Stoff links von mir mit halbgeöffneten, zersprungenen Lippen nach Mama schrie, legte sie ihre gepflegte Hand mit rot lackierten Fingernägeln auf die feuchte Stirn.

Nach dem dritten Aufschrei nach Mama riß der junge Mann den mit Blut getränkten Verband auf seiner Brust mit einer Kraft ab, die ich von dem ersten Sterbenden, den ich im Leben sah, nicht erwartet hätte.

Der grüne, mit vielen Orden ausgezeichnete Engel schob dem fast Toten eine Tablette in den Mund, setzte sich neben ihn auf den Boden, preßte seine rechte Hand an ihre linke Brust und wartete, bis er starb.

Den Tod habe ich nicht gesehen, ich habe ihn nicht einmal wahrgenommen. So leise und von den anderen unbeachtet betrat er, nur ein Säuseln im Schornstein des Backofens, Češeks überheizte, mit einer Petroleumlampe beleuchtete Küche.

Der grüne Engel im Rang eines Majors der Roten Armee legte die tote Hand langsam auf die Brust des Toten, erhob sich, bekreuzigte sich auf eine für mich fremde Art und kroch zurück in seinen Himmel auf dem großen, warmen Backofen.

Ich wagte es, meinen Kopf zum wärmespendenden Himmel zu heben, und sah den grünen Engel mit gespreizten nackten Beinen auf dem Rücken liegen. Ein grauer Schatten lag auf ihm und bewegte sich leise stöhnend und verkrampft nach oben und nach unten.

»Das ist Sergej, der Russe, ein Schwein, aber ein Kommissar. Schau nicht hin, es ist nichts für dich«, sagte Onkel Kurtin.

Jan Žurek, der Gendarm, streichelte in der dunklen Ecke Vater Bohumils Maschinenpistole und lachte:

»Hast du, Ota, aber Mut! Das hätte ich von dir nicht erwartet.«

Habe ich Mut gehabt?

Nein, mit Mut hatte mein nächtlicher Marsch zu den Čeşeks mit einer über meine Brust umgehängten Maschinenpistole, den zwei Magazinen und den braunen Schachteln mit Munition im Rucksack genauso wenig zu tun wie mit Mitleid mit Vater Bohumil, dem Deserteur.

Anfang Februar 1945 kam es mir nicht mehr darauf an, Vater Bohumil, dem Deserteur auf der Flucht vor den vergangenen sechs Jahren zu beweisen, daß ich kein Taugenichts bin, den man, wie Vater Bohumil öfters sagte, auf die Finger scheißen und ihn dann vierzehn Tage nicht ans Wasser ranlassen sollte.

Voller Sehnsucht nach meiner lieben Olga war ich jedoch bereit, jede Gefahr einzugehen, nur um mich vor ihr auch einmal als ein bewaffneter, richtiger Mann aufzuspielen. Die Zeit, in der in meiner unmittelbaren Nähe getötet und gestorben wurde, schien mir dazu günstig, um endlich ein Mann zu werden, bewaffnet im Kampf gegen das Böse, bereit zu töten oder zu lieben.

Die Glocken unten im Dorf schlugen, die evangelische eine Minute nach der katholischen, zweimal eine Stunde nach Mitternacht. Čeşeks *dcérka* berührte mit ihren Lippen meine Stirn.

»Komm mit ins Wohnzimmer, ich habe einen *pagáč* für dich aufgehoben!«

Major Iwan richtete sich auf dem Backofen auf, stieß dabei

mit seinem Kopf gegen eine der drei Holzstangen mit aufgehängter Wäsche, streckte seine Arme, gähnte laut und fluchte lustlos:

»Job tvoju matj!«[34]

In Češeks Wohnzimmer war es kalt. Auf dem gescheuerten Fußboden aus hellgelben, leicht nach Harz und nach Obst duftenden, breiten, knorrigen Brettern, lagen in zwei Schichten auf Strohmatten gelagerte Äpfel. Ein schmaler Pfad zwischen den Äpfeln führte von der Tür zum Hausaltar in der Ecke mit dem Muttergottesbild. Der Eßtisch aus massivem Lindenbaumholz stand an der warmen Wand zur Küche. Der uralte Tisch, der sich mit seinen zahlreichen Einschnitten, Ritzen und Spalten noch an den Dreißigjährigen Krieg erinnerte, wurde nur bei Hochzeiten, Begräbnissen, Taufen und in den letzten Monaten auch als Operationstisch für verwundete Partisanen gebraucht. Die hellbraune Tischplatte, von Holzwürmern durchbohrt, war in der Mitte blutig feucht.

Ein brauner Schrank, in der Mitte zersprungen und mit Kunstblumen in einer gläsernen Vase auf der Oberkante, verdeckte zur Hälfte ein Fenster mit dichten gelben Vorhängen; die drei anderen Fenster waren von mit blauem Blumenmuster bedrucktem Stoff verhüllt. Olga zog von dem gemachten Bett die fein gestickte Decke herunter, faltete sie und legte sie auf den Tisch. Mit beiden Händen streichelte sie die zwei dicken Federbetten.

»Wenn ich einmal heirate, gehören beide zu meiner Aussteuer.«

»Für's Heiraten hast du, Olga, noch viel Zeit!«

Links von meinem Herzen fühlte ich einen schnellen Stich.

Olga hob das obere Federbett, legte es auch auf den Tisch, setzte sich aufs Bett, zog ihre Bluse und ihren Rock aus und kroch ins Bett.

»Zieh dich aus und komm zu mir!«

Vor Kälte und Aufregung zitternd legte ich mich neben Olga. Mit ihren muskulösen Armen zog sie mich an sich; ich spürte ihre Wärme.

»Hast Angst vor mir?«

»Angst habe ich nicht, Olga. Aber …«

»Jetzt gibt es kein Aber!«

»Ich wollte dir aber etwas sagen.«

»Dann sag es!«

»Heute nacht bin ich von zu Hause weggelaufen. Ich will nicht mehr zurück, vielleicht könnte ich bei euch bleiben. Sag's deinen Brüdern, bitte.«

Olga sah mich mit ihren klugen schwarzen Augen an. Ihr warmer Atem tat mir gut.

»Ist das dein Ernst?«

»Ja, es ist mein Ernst, Olga.«

Olga nahm meine linke Hand und preßte sie auf ihre harte rechte Brust.

»Ich komme mir auf eine seltsame Art und Weise genau wie du verloren vor. Ich werde fünfzehn, mein jüngerer Bruder ist um zwölf, der andere um neunzehn Jahre älter als ich. Für meine Brüder bin ich keine richtige Schwester, eher eine Stieftochter, die sie sehr lieben. Mutter und Vater sind tot. Deswegen brauche ich dich. Es wäre schön, wenn du bei uns bleiben könntest. Aber die Schule …«

»Die Schule ist aus.«

Olga richtete sich auf, stieg aus dem Bett und zog sich an.

»Komm, wir reden mit Jaroslav!«

In der überheizten Küche war es still und finster. Das Feuer unter dem Kessel mit Gulasch war fast ausgegangen.

Der Tote von gestern abend lag schon in der Scheune im Heu; erst gegen Mittag sollte ihn der evangelische Pfarrer mit dem ungarischen Namen Lazslo Nagy (wie ein Ungar nach Hošťálková kam, ist mir nicht bekannt) abholen und ohne Aufsehen unter einem erdachten Namen als Holzfäller, der im Wald verunglückt sein sollte, auf dem Friedhof begraben.

Die elegante russische Dame in der Uniform eines Majors schlief oben auf dem Backofen, in ihrem Himmel. Unten, auf dem Fußboden, schnarchten fünf oder sechs Männer. Ein junger Bursche in einem grauen Wintermantel atmete leicht in tiefem Schlaf am Tisch, seinen Kopf auf einen Brotbeutel gelegt. Mit der rechten Hand, die neben dem Brotbeutel lag, umklammerte er eine Parabellum.

»Alle sind zum Einsatz ausgerückt. Jaroslav soll erst gegen drei Uhr zurück sein. Kannst Holz holen.«

Ich holte Holz aus dem Schuppen und belebte das Feuer.

Die alte Pendeluhr über der Truhe zeigte fünfunddreißig Minuten nach ein Uhr.

Die folgenden fünf Minuten waren für mich eine Ewigkeit. Sie zogen sich auf eine seltsame Weise hin, zuerst zu langsam, dann sprunghaft, fast blitzschnell, und gleich darauf wieder unerträglich zögernd.

Olga füllte den Kessel mit frischem Wasser nach. Dabei berührte sie mit dem Wassereimer die Kante des Gußeisens über der Feuerstelle. Der Kessel ertönte wie eine gesprungene Kirchenglocke in einem langgezogenen Ton und riß den am Tisch schlafenden jungen Mann aus seinen tiefen und ruhig atmenden Träumen wach. Er sprang auf und richtete seine Parabellum auf Olgas Brust.

Olga behielt die Übersicht.

»Beruhige dich, Vilém! Ist ja nichts passiert!«

Dann wandte sie sich mir zu.

»Vilém ist neu bei uns und ein bißchen nervös.«

Vilém ließ seine rechte Hand mit der Parabellum sinken und setzte sich hin.

»Hab' nur einen schönen Traum gehabt, und plötzlich war er weg. Kein Grund zur Aufregung, Olga.«

Am anderen Ende des langen Tisches schnitt Olga Fleisch in kleine Würfel. Ich hockte beim Feuer. Die Pendeluhr tickte.

»Glaubst du, daß Jaroslav mir erlaubt, bei euch zu bleiben?«

»Hab' keine Angst, er mag dich, Ota.«

Ich beobachtete Olgas Hände: Mit der rechten schnitt sie mit einem großen Messer von einem Klumpen Hirschfleisch Streifen ab; mit den Fingern der linken legte sie die schon geschnittenen Würfel Fleisch in eine Schüssel. Olgas Finger waren rot von Blut.

In der achtunddreißigsten Minute nach ein Uhr nachts hätte ich doch lieber meinen Blick auf Vilém richten sollen, der am gegenüberliegenden Ende des Tisches mit seiner Parabellum hantierte.

»Das Magazin geht schwer heraus, es klemmt!«

»Warte, Vilém, bis Jaroslav kommt, er kennt sich mit Waffen aus«, sagte Olga.

Ich war fasziniert, wie geschickt Olga mit ihren blutgefärbten Händen das Hirschfleisch für das Gulasch in kleine Würfel schnitt; ich bewunderte das Spiel der Muskeln an ihrem rechten Oberarm und die kleinen Schweißperlen auf ihrer Stirn.

Den Schuß hörte ich mit Verspätung.

Vor dem Knall sah ich, wie das Häuflein des schon geschnittenen Hirschfleisches vor Olgas Bauch auseinanderspritzte, wie Olgas blutige rechte Hand das große Messer fallen ließ und wie sie ihre beiden Handflächen in der Höhe des Nabels an ihren Bauch preßte; mit weiten, jedoch nicht ganz aufgerissenen Augen sah sie mich an.

»Ota, ich bin fast tot!«

Dann erst, schien es mir, peitschte ganz dicht an meinem linken Ohr der Schuß.

Die Zeit, es war neununddreißig Minuten nach ein Uhr nachts, lief blitzschnell ab.

Der junge Mann im grauen Wintermantel hielt seine Waffe gegen Olga gehoben; dann kippte er nach hinten um. Drei Männer knieten auf seiner Brust. Der eine schlug mit der Faust sein Gesicht blutig, der zweite riß ihm die Waffe aus der verkrampften Faust.

»Bist du verrückt geworden!«

»Ich kann nichts dafür! Der Schuß hat sich von selbst gelöst, Gott ist meine Zeuge.«

Ich sah Olgas Blut durch ihre blaue Schürze und durch ihre Finger steigen.

»Ota, ich bin schon tot!«

Olga wurde immer kleiner und verschwand hinter der Tischkante mit den Resten des Hirschfleisches für immer aus meinem Blick.

Die russische Dame, der grüne Engel, sprang vom verfinsterten Himmel herunter. Sie fluchte laut auf russisch und legte Olgas Kopf in ihren Schoß.

Das Sterben meiner geliebten Olga, Češeks *dcérka*, den ersten Tod, dem ich in sein häßliches Gesicht schaute, ertrug ich nicht.

Ich lief vor dem Tod und von Olga weg.

Im Morgengrauen kroch ich halb erfroren, durchnäßt, für immer um meine zweite große Liebe bestohlen, zu Vater Bohumil in sein feuchtes Versteck in der Schlucht im Wald genannt Potůčky.

Über Olgas Tod sagte ich Vater Bohumil kein Wort. Olgas Tod war nur mein Unglück, mein Schmerz, meine offene Wunde, sie war mein endgültiger Verlust, das grausame Ende meiner Liebe, und das alles wollte ich nur für mich behalten, mit keinem, und schon überhaupt nicht mit Vater Bohumil teilen.

Dennoch tat es mir gut, daß Vater Bohumil in seinem feuchten Loch eine zweite Kerze anzündete.

»Willst du bei mir bleiben, Ota?«

»Ja.«

»Ich habe nie aufgegeben.«

»Warum fängst du vom Aufgeben an?«

»So ist es schon im Leben, man gibt ständig etwas auf, nichts ist sicher. Das wirst du, Ota, auch einmal erfahren.«

»Bitte, sag' jetzt nur nicht, daß nur der Tod uns sicher ist.«

»Ich will nicht vom Tod reden, sondern vom Leben.«

Vater Bohumil fing wieder an, mit einer vorwurfsvollen Stimme seine Geschichten über den armen Konditorgesellen zu erzählen, der vor zwanzig Jahren nach Schlesisch Ostrau, in die Mitte des mährisch-schlesischen Kohlereviers kam, hier sein erstes Geschäft gründete, es jedoch nach zwei Jahren an einen jüdischen Bäcker abtreten mußte, der, selbst am Rande des Ruins, Vater Bohumil zwei Jahre finanziell über Wasser hielt.

Erst sein zweites Geschäft in Schlesisch Ostrau in der Straße Na Zámostí am rechten Ufer des Flusses Ostravice, also in einer ausgesprochen proletarischen Gegend, brachte Vater Bohumil Glück, jedoch nicht so sehr durch seinen Fleiß und Geschäftssinn, sondern durch Marie Mikolajczyková, der Schönheit aus der Bezruč-Straße.

Von glitzernden Blumensträußen umgeben, die Marie Mikolajczyková, seit Sommer 1929 Vater Bohumils neue und erste Verkäuferin, selbst aus farbigem Stanniol bastelte und über dem Verkaufspult mit Schokolade und bunten Bonbons geschmückt aufhängte, lockte meine zukünftige Mutter die Kundschaft auch mit ihren herrlichen, krausen blonden Haaren, mit ihrem vollen Busen und mit ihrem Gesang ins Geschäft.

Im Oktober 1929 heiratete Vater Bohumil seine erste Angestellte, und am 9. März 1930, also nur fünf Monate nach der Heirat, kam ich zur Welt. Leicht habe ich mir später ausgerechnet, daß ich schon im Juli 1929, bestimmt nur einige Tage nach dem 15. Juli, als Marie Mikolajczyková in Vater Bohumils Geschäft ihren Platz hinter dem Verkaufspult einnahm, gezeugt worden war. Ich bin keine Früh- und keine Spätgeburt gewesen, ich kam zur richtigen Zeit auf die Welt, nämlich in der Morgendämmerung eines wunderschönen Sonntags im Vorfrühling. Ob ich in Liebe oder nur so, aus Vergnügen am Sex, gezeugt wurde, ist mir nicht bekannt, und es ist mir auch vollkommen egal.

Soweit ich Vater Bohumil kenne oder zu kennen glaube, bin ich fest davon überzeugt, daß er sich mit Marie Mikolajczyková nach seiner ersten Pleite sein zweites Geschäft und sich selbst fürs Leben absichern wollte.

Absichern, das war Vater Bohumils meistgebrauchtes Wort.

Er wollte immer alles abgesichert, versichert und gesichert haben. Und er wußte zu gut: So ein Prachtweib mit Sinn fürs Geldverdienen und wohl auch für andere Annehmlichkeiten des Daseins, wie die Schönheit Marie Mikolajczyková, wäre ihm, einem mageren Dorfburschen mit ständig unruhigem Blick voller Angst (Vater Bohumils Fotos aus der damaligen Zeit erschrecken mich heute noch), der mit vierundzwanzig Jahren schon einmal die Katastrophe einer Pleite erlebt hatte und in sein zweites Geschäft seine letzte Hoffnung legte, wohl niemals mehr über den Weg gelaufen.

Sogar in den schlimmsten zwei Jahren nach dem Schwarzen Freitag an der Börse in New York am 29. Oktober 1929 ging es durch Mutters Verdienst mit Vater Bohumils Konditorei und mit dem kleinen Café aufwärts.

Die folgende Geschichte aus meinem noch nicht geborenen Leben gefällt mir sehr: In dem Augenblick, als meine mit mir bereits mehr als drei Monate schwangere Mutter Marie Mikolajczyková gegen fünf Uhr nachmittags, am Freitag, den 29. Oktober 1929, in dem abscheulichen, in Möchtegern-Jugendstil errichteten Gebäude des Rathauses in Schlesisch Ostrau meinem Vater Bohumil das Jawort gab, haben sich (ich habe es mir später ausgerechnet) in New York die ersten vier pleite gegangenen

Bankiers die Kugel in den Kopf gejagt, und ich habe mich, wie mir Mutter später öfters entweder mit einem verklärten Lächeln oder mit einer wütend-vorwurfsvollen Stimme erzählte, in ihrem Bauch kräftig gerührt, sie mit meinen Beinen so brutal getreten, daß sie fast ohnmächtig wurde.

Was war das für ein Mensch, mein Vater Bohumil?

Auf diese Frage habe ich in drei Romanen auf mehr als tausend Seiten eine Antwort gesucht und nicht gefunden.

Vater Bohumil verstand es, von allen guten und schlechten Eigenschaften, die dem Menschen in seinem Leben zur Verfügung stehen, auf eine seltsam ausgleichende Art und Weise Gebrauch zu machen: Das Böse in ihm bekam niemals über das Gute Oberhand, und das Gute schaffte es auch nie, das Böse in ihm zu verscheuchen oder zu unterdrücken.

Er schätzte die Wahrheit, wenn sie ihm nützlich erschien, er mochte die Lüge nicht, wenn er sich von ihr keinen Profit versprach.

Er, der Ungläubige, der für Gott nur Worte der Verachtung fand, mich nicht taufen ließ, glaubte an Gottes Rache; und aus Angst vor Gottes Rache vergalt er das Böse nicht mit dem Bösen. Er tat keinem, der ihm Böses mit Bösem hätte vergelten können, etwas Böses an.

Er rührte keinen Finger für jemanden, der für ihn keinen Finger rührte.

Wer kennt schon die Stadt Schlesisch Ostrau, die bis 1918 Polnisch Ostrau[35] hieß, in der ich am 9. März 1930 in der Bezruč-Straße Nummer 1037 geboren wurde?

Für die Stadt, in der ich zur Welt kam, ist es eine Schande: Erst 1927, zum sechzigsten Geburtstag des Poeten Petr Bezruč, haben sich die Gemeindeväter entschlossen, nach ihm, der Polnisch Ostrau und das ganze tschechisch sprechende Schlesien in die Weltliteratur einführte, eine Straße zu benennen. Nach langem Hin und Her und einem heftigen Streit in der Stadtverwaltung in Sachen Petr Bezruč einigten sich die Stadtväter auf einen faulen Kompromiß, den ich aber mein ganzes Leben lang nur gelobt habe: Bezruč, einer der bekanntesten tschechischen Dichter, bekam zum sechzigsten Geburtstag zwar nur eine bedeutungslose, Anfang des Jahrhunderts billig und schnell mit fünfstöckigen Wohnkasernen bebaute, nicht gepflasterte Straße, aber ich kann mich damit schmücken, in einer Straße das Licht der Welt erblickt zu haben, die den Namen meines geliebtesten Dichters trägt.

Zwei jüdische Stadträte – einer von ihnen war Dr. med. David Sigmund, der mir, als ich sieben Jahre war, mein entzündetes Mittelohr heilte und mir somit mein linkes Ohr rettete –, die überzeugende Gründe dafür hatten, einige Verse in Bezručs *Schlesischen Liedern* für antisemitisch zu halten, waren großzügig genug, um für ihn, den damals größten schlesischen Dichter, in Schlesisch Ostrau die wichtigste Straße mit dem langweiligen Namen Na Zámostí (›Hinter der Brücke‹) zu fordern. Gegen polnische und deutsche Patrioten hat sich die zweiköpfige jüdische Fraktion mit ihrer intellektuell-literarischen Argumentation und mit dem Hinweis auf Bezručs Weltruhm jedoch nicht durchsetzen können. Die tschechischen, deutschen und auch polnischen Herren vom Stadtrat, vorwiegend Rechtsanwälte und Direktoren von Schächten und Kokereien, konnten dem Dichter unter anderem auch sein Gedicht »Ostrau« nie verzeihen:

Ein stummes Jahrhundert im Schachte verlebt,
bei Kohle auf schwarzen Geleisen;
in hagerer Schulter der Muskel strebt
gestrafft und verhärtet zu Eisen.
…

Kohlenstaub ess' ich mit meinem Brot,
und andere feiern Feste;
aus meinem Blut, aus meiner Not
baut man in Wien Paläste.
...
Ich soll doch vernünftig sein, schürfen gehen,
damit das Ergebnis uns lobe.
Den Hammer geschwungen! – Da konntet ihr sehn
in Polnisch Ostrau die Probe.
...
Ihr alle in Schlesien, seid auf der Hut,
ihr Herren, ihr grausamen, kalten:
einst hüllt sich die Stunde in Feuer und Glut,
einst kommen wir Abrechnung halten!

Für die Stadt Schlesisch Ostrau war dieser unter blamabel-peinlichen Umständen im Stadtrat ausgehandelte Beschluß, wie schon gesagt, eine Schande, für mich kam er jedoch zum richtigen Zeitpunkt: Als ich 1930 zur Welt kam, wurde ich in der Bezruč-Straße geboren, und darauf, obwohl ich an diesem Zufall keinen Verdienst habe, bin ich stolz.

Die Tatsache, daß Bezruč ein gebürtiger Schlesier ist, verbindet uns auf eine zwar wunderliche, für mich allerdings zugleich auch genierliche Art und Weise: Bezruč wurde dreiundsechzig Jahre vor mir im vorwiegend deutsch sprechenden Herzen von Schlesien, in Opava (Troppau) geboren. Ich dagegen kam nur zweihundert Meter von der mährisch-schlesischen Grenze, am schlesischen Ufer des Flusses Ostravice, auf die Welt. Aber diese zweihundert Meter, die mich von der Geburt in der modernen, erst 1928 eröffneten Entbindungsanstalt in Mährisch Ostrau, also von Mähren trennten, spielten noch vierundvierzig Jahre nach meiner Geburt in der literarischen Geschichte Schlesiens, in diesem wunderlichen, bis 1945 tschechisch-polnisch-deutschen Schmelztiegel von drei Sprachen und drei Kulturen, eine Rolle: Arno Lubos, der Autor der *Geschichte der Literatur Schlesiens*, reiht mich noch im Jahr 1974 zusammen mit Petr Bezruč unter die schlesischen Dichter ein, obwohl ich in Schlesien nur durch Zufall geboren wurde und in Schlesisch Ostrau nur als Kind von 1930 bis 1939 gelebt habe. In Schlesien habe ich auch nie eine einzige Zeile geschrieben oder veröffentlicht.

Arno Lubos konnte natürlich nicht die Einzelheiten über meine Geburt wissen, und auch wenn er sie gewußt hätte, wären sie für ihn und seine *Geschichte der Literatur Schlesiens* belanglos, denn für ihn und sein Werk gilt die Faustregel: Einmal in Schlesien geboren, für immer ein Schlesier! Arno Lubos sieht die schlesische Literatur, egal, ob sie im polnisch, im tschechisch oder im deutsch sprechenden Schlesien polnisch, tschechisch oder deutsch geschrieben wurde, als eine große Einheit. Seine 1974 abgeschlossene, umfangreiche *Geschichte der Literatur Schlesiens* endet auf Seite 655 mit dem Schlesier Ota Filip.

Ich kann dagegen nichts mehr machen.

Bis zum Abend des 8. März 1930 (es war ein Samstag und das Lokal war voll) stand Mutter Marie hinter der Theke von Vater Bohumils Konditorei und Café in der Straße Na Zámostí. Als sie das Rollo gegen zweiundzwanzig Uhr herunterzog, bekam sie die Geburtswehen. Das Fruchtwasser, erzählte Großmutter Mikolajczyková erst im Jahr 1953, schoß aus Mutter Marie in einer solchen Menge heraus, daß es Vater Bohumil vor dem Eingang seines Geschäfts nur mit einem Wasserschlauch abwaschen und in die Kanalisation wegspülen konnte. Die Vorstellung, daß Mutters Fruchtwasser, in dem ich gereift bin, vom Gehsteig vor Vater Bohumils Geschäft in die Kanalisation gespült wurde, erfüllt mich heute noch mit einem nicht definierbaren, metaphysischen Entsetzen.

Mutter Marie weigerte sich, in die neue Entbindungsanstalt

nach Mährisch Ostrau gebracht zu werden; sie ließ sich von Vater Bohumil in einem Taxi vier Straßen weiter in die Bezruč-Straße zu Großmutter Mikolajczyková fahren. Ihr erstes Kind wollte sie in derselben Wohnung auf die Welt bringen, in der sie am 22. Juli 1908 von der Hebamme Anastazie Liščárová auf die Welt geholt wurde. Vier Monate und zweiundzwanzig Jahre später hat sie auch mich aus meiner Mutter Leib ins Leben herausgezogen.

Die Bezruč-Straße, in den siebziger Jahren niedergerissen und geschleift, um Platz für den Neubau einer Schnellstraße, die Zufahrt zum Fußballstadion von Baník Ostrava[36] zu bekommen, begann beim Krämer Josef Laciga, bei dem Großmutter Mikolajczyková, seit 1917 oder später Witwe, jahrelang auf Pump eingekauft hat, und endete als Sackgasse am Anfang der Arbeiterkolonie Na Františku. Jedes Häuschen in der Kolonie aus roten Ziegeln hatte einen winzigen Garten, meistens mit Stall für ein Schwein und eine Ziege.

In der Bezruč-Straße fühlte sich Mutter Marie sicher. Hier war sie zu Hause. Als junges Mädchen hat sie, die kräftig gebaute dreizehnjährige Mařena[37], wie sie die Kinder nannten, jeden Wettlauf durch die ganze Bezruč-Straße, vom Geschäft des Krämers Laciga bis zum Zaun der Arbeiterkolonie oder umgekehrt gewonnen, egal, ob am Wettlauf auch Burschen teilnahmen oder nicht.

In der Bezruč-Straße wagte keiner ihren jüngeren Bruder František, der als Kind zu schwach war, um sich bei den Prügeleien zwischen den Burschen aus der Bezruč-Straße und der benachbarten Arbeiterkolonie behaupten zu können, auch nur anzufassen. Im Augenblick, in dem Mařena Mikolajczyková in die regelmäßigen Prügeleien zwischen der Bezruč-Straße und der Kolonie Na Františku eingriff, war der Kampf entschieden, und der kleine František zählte zu den Siegern.

Die Kolonie Na Františku roch nach Kot und Mist, nach Sauerkraut, gekochten *kvak*[38] und nach Armut. Für meine Mutter Marie war diese Kolonie ihre zweite Heimat. Hier hatte sie ihre ersten zwei Lieben, der eine hieß Jan, der andere, ältere, Karel, beide waren Hauer; Jan im Schacht Zárubek, wo es immer wieder zum Schlagwetter kam, Karel in der Jindrišská-Zeche.

Jan spielte Banjo und lief in einem Cowboyhut herum, denn der Wilde Westen war für ihn, gleich nach Moskau, der große Traum von Freiheit. Karel spielte Ziehharmonika. Und Mařena Mikolajczyková sang die Mitte der zwanziger Jahre berühmten sentimental-weinerlichen Tramplieder, wie zum Beispiel:

> Düster dröhnt der Niagara in der finstern Nacht,
> in wessen Herz die Liebe lodert,
> dem hilft nicht die größte Macht …

An warmen Abenden versammelten sich Jungs und Mädels aus der František-Kolonie auf der Treppe zu Alois Pščolkas Haus. Der einbeinige und einarmige Pščolka, ein Frührentner, war Parteisekretär der Kommunistischen Partei in der Kolonie. Jan brachte sein Banjo mit, Karel seine Ziehharmonika.

Mařena Mikolajczyková setzte sich auf die Treppe zwischen die zwei Musikanten. In allen Liedern, die Mařena mit ihrer klaren und sicher geführten Stimme sang, ging es immer wieder um Liebe, um Freiheit irgendwo an irgendeinem blauen Fluß namens Orinoko, Mississippi, Yukon, oder in der Prärie, auf Kanadas weißen, unendlichen Ebenen, in den schrecklich schönen einsamen Bergen Alaskas, nur weit weg von Schlesisch Ostrau und der Kolonie Na Františku, weg vom Gestank des Saustalls, in dem Pščolka zwei Schweine für den Winter fütterte und eine Ziege hielt, denn er war schwach auf der Brust. Bei schlechtem Wetter spuckte er Blut; die warme Milch seiner Lucka, so hieß die Ziege, die den Platz im Stall mit zwei Ferkeln teilen mußte, tat ihm gut.

Mutter Marie sang, den blonden Kopf zum Himmel gehoben, am liebsten langgezogene Lieder über südliche Sterne am dunkelblauen Firmament.

Die Kokerei am mährischen Ufer des stinkenden Flusses und die Chemiewerke in Mariánské Hory spuckten ihren giftigen Rauch aus; die Sterne blieben über Mährisch und über Schlesisch Ostrau vom Rauch verhüllt. Mařena sang dennoch vom leuchtenden Kreuz des Südens über der Savanne und von leidenschaftlich glühenden Nächten unter Splits Himmelszelt. Einmal lehnte sie sich mit ihrem muskulösen Oberarm an Jans Schulter, denn sie mochte ihn, nach eine Weile überlegte sie es sich anders und legte ihre Hand auf Karels Nacken, denn sie liebte auch ihn.

Aber keine von ihren beiden Lieben war ihre Liebe fürs ganze Leben, denn Mařena wollte nicht im Grau der Bezruč-Straße oder im Gestank der Kolonie Na Františku, am proletarischen, schlesischen Ufer des Flusses in den Armen eines Hauers fürs ganze Leben festgehalten werden. Sie wollte hinaus in die weite Welt, wenn nicht so weit, dann wenigstens an das mährische, reiche Ufer der stinkenden Kloake namens Ostravice, wo es Theater gab, sündhaft teure Modegeschäfte, feine Restaurants, wie zum Beispiel Fénix, wo zum Abendessen eine Damenkapelle modernsten Jazz aus Amerika spielte, oder das Palace, mit diskreten Séparées und zwei Bars, das Boccaccio mit nackten Nutten und in Sichtnähe das Elektra mit gebildeten Fräuleins, für betuchte Direktoren und Ingenieure, direkt aus Wien importiert, und moderne Wohnhäuser mit Wohnungen, jede ausgestattet mit eigenem Klo, Badezimmer und sogar Zentralheizung.

Die Hauer, Jan, der Banjospieler, und Karel mit der Ziehharmonika, waren sofort vergessen, als Vater Bohumil, hochgewachsen, hager, im dunklen Anzug von Rix, in steifem Kragen mit einer Fliege, ein Geschäftsmann, der zwar schon einmal pleite ging, im Sommer 1929 jedoch wieder Inhaber von einer Konditorei und dem Café Na Zámostí war, in der Bezruč-Straße um Fräulein Maries Hand anhielt und sie auch prompt von Großmutter Marie Mikolajczyková bekam, denn die Witwe, die sich mit Gemüsehandel über Wasser hielt, wußte zu gut, wie schwer es im Leben ohne Mann läuft.

Mutter Marie hatte Weißnäherin bei Nathan Rix gelernt, dem noblen Textilgeschäft in Mährisch Ostrau. Bei der Arbeit hat sie mit ihrer kräftigen Stimme so schön gesungen, daß sie der Chef der deutschen Mährisch Ostrauer Oper, der ein Stockwerk tiefer seine neuen Hemden anprobierte, sofort für eine Rolle in der nächsten Aufführung des *Freischütz* (es muß im Herbst 1927 oder 1928 gewesen sein) von Carl Maria von Weber engagierte. Ein schönes Märchen; ob es wahr ist, kann ich nicht garantieren. Aber mir gefällt es.

Mutter Marie behauptete, sie hätte die Rolle des Ännchen, einer Verwandten des böhmischen Fürsten Otakar, gesungen. Es blieb mir nichts anderes übrig, als Mutter Marie ihre Geschichte mit dem Deutschen Theater und mit Webers *Freischütz* zu glauben. Für mich war es aber immerhin besser, meine Mutter Marie in ihren Jugendjahren auf der Bühne des Deutschen Theaters in Mährisch Ostrau zu sehen, als über eine Nähmaschine in Nathan Rix' Werkstatt gebeugt.

Heute noch stelle ich mir Mutter Marie drei oder zwei Jahre vor meiner Geburt in Ännchens Rolle vor, wie sie auf der Bühne des Deutschen Hauses in Mährisch Ostrau im dritten Akt die unglückselige, schon mit dem Brautkleid bekleidete Agatha tröstet.

Meine zukünftige Mutter singt mit einer festen, klaren und sicher geführten Stimme. Fürs Ännchen ist sie zwar zu groß und zu athletisch gewachsen, aber sonst paßt sie in die zum Schluß tragisch-blutrünstig gedichtete Geschichte aus Böhmen kurz nach dem Dreißigjährigen Krieg.

Die Arien aus dem *Freischütz* begleiteten meine ersten fünfzehn Jahre mit Mutter Marie. Sie sang sie deutsch, den tschechischen Text kannte sie nicht.

In der kurzen Zeit ihrer Opernkarriere im Deutschen Haus in Mährisch Ostrau, an die ich mich auch jetzt noch festklammere, hat Mutter Marie nicht nur Noten lesen und vom Notenblatt singen gelernt, sondern auch Deutsch. Mit ihrem fast perfekten Gehör hat Mutter Marie die Melodie der deutschen Sprache so gekonnt, wie man tschechisch sagt, ins Ohr bekommen, daß sie es verlernt hatte, das tschechische ř in Worten wie zum Beispiel ›řeřicha‹ (die Kresse), in ›řeříšnice‹ (das Schaumkraut) oder im Vornamen Jiří (Georg) den phonetischen Gesetzen der tschechischen Sprache entsprechend richtig auszusprechen. Ich glaube, daß Mutter Marie mit ihrem ř angegeben hat, denn damals, habe ich irgendwo gelesen, haben Damen aus feiner tschechischer Gesellschaft ein wenig ›gerätschelt‹.[39]

Vater Bohumil wollte, daß ich Jiří heiße. Warum ausgerechnet Jiří, ist mir nicht bekannt. Weil aber Mutter Marie, wie schon gesagt, das tschechische ř nicht mehr richtig und hart auszusprechen vermochte, es immer wieder wie ein echter Preuße vom linken Oderufer aus Hultschin, Peterkowitz, Swiadnow oder Strebowitz mit ›rasch‹ verwechselte, bekam ich den Namen Ota nach Ota Hejtmánek, dem Großhändler mit Schweinespeck und Schweinefett in Prag-Holešovice, der die ältere Schwester meiner Mutter, Ludmila, kurz Lída genannt, geheiratet hatte und sich mit seinem Geschäft eine goldene Nase verdiente.

Mag sein, daß ich meinen Vornamen Ota in verkürzter Form von Otakar, dem böhmischen Fürsten in Webers *Freischütz*, sozusagen als Souvenir an Mutter Maries ersten Opernauftritt in die Wiege bekommen habe.

Einen Fürsten Otakar gab es in der Geschichte des Böhmischen Königreiches nach dem Dreißigjährigen Krieg nur in der überspannten Phantasie von Carl Maria von Webers Librettisten Friedrich Kind, der die Geschichte Böhmens, soweit sie die tschechischen Fürsten namens Otakar betrifft, im *Freischütz* ziemlich durcheinandergebracht hat. Im dreizehnten Jahrhundert gab es zwar einen böhmischen König Přemysl Otakar II., der wurde aber in der Schlacht auf dem Marchfeld am 26. August 1278 vom bisher unbedeutenden Habsburger Rudolf I. so vernichtend geschlagen, daß der Traum der Přemysliden von einem böhmischen Königreich vom Altvatergebirge bis an die Adria ein für alle Mal ausgeträumt war.

König Přemysl Otakar II. hat auf dem Marchfeld sein Leben verloren; nach ihm herrschte in Böhmen ein Ota, auch genannt der Lange, Markgraf von Brandenburg, Vormund von Václav II., dem späteren böhmischen und polnischen König. Ich bin jedoch fest davon überzeugt, daß meine Eltern von diesem historisch belegbaren Ota keinen blassen Schimmer hatten.

Um Vater Bohumil einen Gefallen zu tun, wurde ich in die Geburtenmatrikel der Stadt Schlesisch Ostrau neben Ota auch mit meinem zweiten Vornamen Jiří eingetragen. In meinen Ausweisen und Pässen haben die tschechoslowakischen Behörden vierundvierzig Jahre lang, von 1930 bis 1974, gleich hinter Ota sorgfältig auch Jiří eingetragen. Als ich aber Ende des Jahres 1974 meinen deutschen Asylpaß bekam, war ich plötzlich kein Ota (mit einem t) Jiří mehr, sondern schlicht und deutsch nur ein Otta mit zwei t. Aus der Sicht der tschechischen Rechtschreibung ist der Vorname Otta ein Unsinn; und richtig deutsch sollte Otta doch Otto heißen. Ich habe versucht, den bundesdeutsch-bayerischen Bürokraten die Unterschiede zwischen Ota – Otta – Otto zu erklären. Nach drei Wochen gab ich auf. Mit der Zeit habe ich mich auch damit abgefunden, daß viele bundesdeutsche Bürger meinen amtlich festgelegten Vornamen Otta mit Utta verwechseln und mich für eine Frau halten.

Über das Theater sprach Mutter nur in kurzen, abgebrochenen Sätzen. Nach der Geburt meines Bruders Kamil im Februar 1945, als Mutter Marie wieder einmal in einer miserablen Stimmung war und mich in ihrer Nähe nicht ausstehen konnte, verletzte sie mich, wie schon oft vorher, mit einem Satz, der mir, je älter ich wurde, immer mehr weh tat:

»Wärst du nicht gewesen, dann hätte ich eine große Karriere am Theater machen können! Deinem Vater wäre ich bestimmt davongelaufen.«

Im Zustand höchster Aufregung wurde Mutter Marie immer bleich im Gesicht; für mich ein böses Zeichen. Ich ging dennoch, um ihr weh zu tun, um ihre Wunde wieder aufzureißen und um ihr ihren Traum von einer großen Karriere am Mährisch Ostrauer Deutschen Theater, an dem sie sich auch noch im Februar 1945 festklammerte, endgültig zu zerstören, ihn ein für alle Mal zu erledigen, das Risiko eines Schlages ein.

»Warum bist du dann mit Vater Bohumil ins Bett gegangen?« fragte ich frech.

Mutter Marie mußte sich an der Tischkante festhalten. Mein Schlag traf sie hart; ihr Kinn begann zu zittern, Mutters Augen wurden feucht.

»Das kannst du jetzt noch nicht verstehen. Aber eines mußt du wissen, ich habe deinen Vater aus Liebe geheiratet.«

Und was soll der Erzähler mit Geschichten anfangen, die schon kurz nachdem sie geschehen waren auf der Strecke blieben? Da gibt es einen Onkel Jeník[40], Mutters ältesten Bruder, Installateur von Beruf, von dem ich nur erfuhr, daß es ihn eines Tages nicht mehr gab.

»Wie ist Jeník gestorben?« habe ich einmal Onkel František gefragt.

»Ich weiß es nicht: Eines Tages in der Früh war er da, am Abend nicht mehr. Ja, so ungefähr könnte es gewesen sein.«

Über Großvater Jan Mikolajczyk weiß ich auch wenig, und das Wenige, was ich über ihn erfahren konnte, verschleiert seine Existenz und sein Ende, genauer gesagt sein Verschwinden, mit zahlreichen Geheimnissen, die heute, mehr als achtzig Jahre danach, keiner mehr klären kann. In der Dreifaltigkeitszeche in Schlesisch Ostrau war er Steiger, das ist sicher. Irgendwann, kurz vor Františeks Geburt soll er, laut Onkel František, ums Leben gekommen sein. Ein braunes Foto, das ich nicht mehr besitze, zeigte den Steiger Jan Mikolajczyk in der dritten Reihe der leitenden Beamten und Angestellten der Dreifaltigkeitszeche in Schlesisch Ostrau. Großvaters Schnurrbart war gepflegt, seine Uniform, wie sie die Bergleute trugen, schmückten zwei Reihen silberner Knöpfe; der befederte Hut, der einer auf den Kopf gesetzten schwarzen Kasserolle ähnelte, saß tadellos, ja elegant.

Über Großvater habe ich weder von Mutter Marie noch von der Großmutter mehr erfahren, als daß er ein strenger Mann gewesen war, immer elegant angezogen. Auch wenn es regnete und die Straßen verschmutzt waren, blieben Großvater Jans immer auf Hochglanz polierte Schuhe ohne Spur von Schmutz.

Von Onkel František habe ich erfahren, daß Großvater Jan, ein gelernter Steiger, im Jahr 1891, er war einundzwanzig, von Krakau, aus einer ganz feinen Familie, nach Schlesisch Ostrau ausgerissen oder geflohen war.

»Wovor oder vor wem und warum?«

Onkel František zuckte mit den Schultern.

»Keine Ahnung!«

Großvaters Krakauer Vorgeschichte gibt es nicht, und sie wird es auch nicht mehr geben. Nur der Allwissende kennt sie, und das ist vielleicht besser so.

»Und wie ist Großvater Jan gestorben?«

Onkel František antwortete gereizt.

»Kann sein, daß dein Großvater sich umgebracht hat.«

»Und wie?«

»Unter den Rädern eines Kohlenzuges.«

»Und warum?«

»Keine Ahnung. Die zerfetzte Leiche hat man nie mit Sicherheit identifiziert. Kann sein, daß der Tote nicht dein Großvater war, daß dein richtiger Großvater die Chance mit dem zerfetzten Toten aus dem Schacht nutzte, daß er von Schlesisch Ostrau die Schnauze voll hatte und abgehauen ist.«

»Du mußt, Onkel, doch einen Grund für solche Vermutungen haben!«

»Habe ich. Großmutter hat bis kurz vor dem Zweiten Weltkrieg mehrmals aus Amerika, aus Kanada und dann auch aus Australien Geld, keine großen Beträge, bekommen. Sie wußte nicht von wem, sie ahnte es nur.«

Der Tod von fünf Kindern – Jans Tod darf man höchstwahrscheinlich nicht mitzählen, denn er ist nicht gestorben, er war nur plötzlich nicht mehr da –, die meine Großmutter Marie Mikolajczyková, geborene Krajiczková, auf die Welt brachte, Jan, genannt Jeník, Ludmila, für alle nur Lída, Marie, meine Mutter, die Mařena, Štěpánka, die schöne Štefi, und František, kam immer leise, so leise, daß er so gar keine Geschichten hinterlassen hat.

Tante Lída, mit Ota Hejtmánek, dem Händler mit Schweinespeck und Schweinefett in Prag verheiratet, starb irgendwann an irgend etwas Mitte des Zweiten Weltkrieges; ich habe ihren Tod gar nicht wahrgenommen. Als die Nachricht von Tantes Tod kam, schwieg Mutter verbissen; sie weinte nicht. Tante Štefi, eine wunderschöne Frau, bis 1936 der Star der Handballerinnen vom S. K. Schlesisch Ostrau, heiratete 1936 oder ein Jahr später einen jungen italienischen Diplomaten in Prag, Raimund Cusan, Onkel František behauptete, er wäre ein Faschist.

Onkel Raimund kam vor der Hochzeit öfters am Wochenende nach Mährisch Ostrau, um seine zukünftige Frau, meine

Tante, die blonde, hoch gewachsene, langbeinige Mittelstürmerin vom S.K. Schlesisch Ostrau, zu bewundern.

Mein italienischer Onkel war ein schweigsamer Mensch. Er rauchte nach Ägypten duftende Zigaretten der Marke Memphis, sprach tschechisch mit einem leichten Akzent und lächelte sanft und still. Am meisten gefiel mir sein Gang: Den Kopf leicht nach vorne geneigt, die rechte Hand fast immer lässig in die Hosen- oder Manteltasche gesteckt, schlenderte er mit einer brennenden Memphis im rechten Mundwinkel, leicht in den Schultern schaukelnd, niemals hastig und nie zu langsam, durch die Straßen. Sein Papiergeld, auch Hundertkronenscheine, sogar Tausender, trug er in dicken Bündeln mit einer goldenen Klammer zusammengeheftet in der Hosentasche.

Als Tante Štefi in Prag starb, ich glaube 1943, schwieg Mutter Marie verbissen und weinte, wenn sie überhaupt weinte, in sich hinein.

Und Onkel František? Der starb irgendwann Mitte der achtziger Jahre in Prag. Da war ich schon mehr als zehn Jahre im Exil. Als ich vor Weihnachten 1986 meine Tante Zoja, Onkel Františeks zweite Frau, in Prag anrief, um auch Onkel ein frohes Weihnachtsfest zu wünschen, sagte sie:

»Du weißt es nicht, Ota? Dein Onkel František ist gestorben!«

»Und wie ist er gestorben?«

»Es war ganz sonderbar, ja unheimlich. In der Früh war er noch da, am Abend nicht mehr.«

Mutter Marie starb 1990 in München in der Wohnung meines Bruders Kamil, mit dem ich zwei Jahrzehnte kein Wort gewechselt habe. Wir waren uns und sind uns seit sechs Jahrzehnten fremd. Zum Grab auf dem Münchner Nordfriedhof begleiteten wir unsere Mutter schweigend, ohne uns zu begrüßen, nur wir zwei.

Der Tag im Juli war schwül und unerträglich heiß.

Ich schüttete ein Drittel meiner Heimaterde, die ich Anfang Mai 1945, als ich Hošťálková, Vater Bohumils Haus und meine Jugend für immer verließ, im Garten mit bloßen Händen in einen kleinen Leinensack füllte, in Mutters Grab.

Die Erde, in der Mutter Marie liegt, ist keine richtige, nach Sauerteig duftende mährische Erde, sondern nur im Laufe von Tausenden Jahren von den Alpen angeschwemmter bayerischer Schotter. Mutter Maries Grab ist kein Grab, in dem sie in Ruhe auf das Jüngste Gericht warten kann, sondern nur eine Entsorgungsgrube, wenn ich nicht irre, für fünfundzwanzig Jahre gemietet.

In der Mittagshitze läutete auf dem Münchner Nordfriedhof ganz kurz eine Glocke. Vier Männer in verschwitzten grauen Uniformen zogen durch den von der Sonne durchlöcherten Schatten des Friedhofes auf einem Wagen mit vier Reifen Mutters Sarg.

Der Pfarrer war allein. Das Kruzifix und das Weihwasser trug er in seinen über der Brust gekreuzten Händen. Über dem offenen Grab sah mich der Pfarrer streng an; ich habe seinen Blick und seine deutliche Aufforderung verstanden.

Mir fiel über Mutters Sarg nichts ein, kein Satz, kein Wort. So betete ich das Vaterunser und Gegrüßet seist du Maria.

Der Pfarrer sagte dann nur das, was er wohl immer sagte, wenn ihm keiner der Hinterbliebenen sagte, was er sagen soll. Alle Hinterbliebenen, mein Bruder Kamil und ich, waren am Grab versammelt.

In den Baumkronen der abgeblühten Lindenbäume saßen fremde Engel; sie sangen laut und lustlos: Halleluja, Halleluja, Gott sei ihrer Seele gnädig!

Vater Bohumil war von Mai 1945 bis März 1948 in meinem Leben nicht mehr dabei. Ich habe mich von Vater Bohumil nicht losgesagt, ihn nicht verworfen und nicht verdammt. Alles, was Vater Bohumil schmerzlich traf, tat auch mir weh, aber sein Schmerz, von dem ich mit Verspätung und weit von Vater Bohumil entfernt erfuhr, schmerzte mich auf eine erträgliche Art und Weise.

Vater Bohumil haben die Russen in Hošťálková irgendwann im Spätsommer 1945 als Wehrmachtsangehörigen verhaftet, aber nach drei Tagen wieder freigelassen, denn man hat ihn nicht in Uniform und nicht mit der Waffe, sondern erst drei Monate nach Deutschlands bedingungsloser Kapitulation als Deserteur erwischt. Als Kriegsgefangener eignete er sich nicht.

Im Frühling 1948 stand Vater Bohumil vor dem Volksgericht in Nový Jičín und bekam wegen der unterschriebenen Volksliste, daß er sich, wie man damals sagte, »zu den Deutschen gab«, drei Jahre Knast. Der Staatsanwalt wollte ihn auch wegen Hochverrat um vier Jahre länger einlochen, aber die Sache mit dem Hochverrat hat das Gericht nicht überzeugt, weil Vater Bohumil, bis 1938 in der tschechoslowakischen Armee Gefreiter in der Reserve, vier Wochen, nachdem er Mitte Dezember 1944 zur Wehrmacht einrücken mußte, vor seinem ersten Fronteinsatz desertierte, und weil er seit Ende Januar 1945 die Partisanenbrigade »Jan Žižka von Trocnov« mit Waffen und Geld unterstützte. Über mich und meine Zusammenarbeit mit Jaroslav Češeks Partisanen stand in Vater Bohumils Protokollen kein Wort.

Bis heute hebe ich ein Blatt Papier auf, Anfang Mai 1945, zwei Monate nach ihrem Tod, aus Olga Češkovás Schulheft herausgerissen und mir nach Prag geschickt:

»Ich bestätige, daß Ota Filip mir und den Partisanen Waffen und Munition brachte und daß er uns auch auf andere Art und Weise nützlich war. Jaroslav Češek, der Kommandant. 16. Mai 1945.«

Auch mit diesem, von Jaroslav Češek geschriebenen Papier nahm ich Abschied von Hošťálková und von meiner Jugend.

Niemals mehr bin ich in Vater Bohumils Haus oder in das Dorf zurückgekehrt. Mit was für einer Erleichterung, zugleich auch Verzweiflung, Hoffnung und Angst vor der Zukunft nahm ich Anfang Mai 1945 Abschied von Vater Bohumil und von seinem weißen Haus!

Hierher kommst du niemals mehr zurück, sagte ich mir, um mich zu trösten, denn meine Entscheidung, dieses Haus niemals mehr als mein Zuhause zu betrachten, war für mich ein Trost.

Auch Mutter Marie wollte weg aus Hošťálková. In Vater Bohumils weißem Haus fühlte sie sich unsicher. Sie wollte zu ihrer Mutter, in ihre Sicherheit. Großmutter Marie Mikolajczyková wohnte seit Anfang der vierziger Jahre nicht mehr in der Bezruč-Straße in Schlesisch Ostrau, sondern in Prag, in Onkel Františeks Wohnung in der Rokycanova-Straße 14, die nach seiner Verhaftung leer stand.

Mutter Marie lief Vater Bohumil nicht weg. Sie wollte nur das Ende des Krieges mit ihrem Neugeborenen in sicherem Abstand von Vater Bohumil und unter den schützenden Fittichen von Großmutter Mikolajczyková überleben.

»Du wirst uns nicht beschützen können. Und was soll ich hier in Hošťálková? Wenn sie dich nach dem Krieg einsperren, dann bleibe ich hier allein. Ich fahre lieber zu Mutter nach Prag.«

»Wie du meinst«, erwiderte Vater Bohumil.

In Vsetín erreichten wir mit Mutter und meinem neugeborenen Bruder Kamil den letzten Zug nach Prag; die Kanonen der Roten Armee donnerten keine zwanzig Kilometer von Vsetín entfernt auf den Bergrücken der Weißen Karpaten.

Die Banalitäten, die sich meine Eltern zum Abschied sagten, fand ich erschütternd.

»Es wird schon gut gehen ... Ich komme so bald ich kann zu dir nach Prag ... Mach dir, Marie, keine Sorgen um mich, ich schaffe es schon ...«

»Mach du dir, Bohuš, keine Sorgen um mich, ich komme in Prag schon durch! …«

»Und wenn sich hier alles beruhigt, kommst du, Marie, wieder zurück.«

II
Onkel František, der Kommunist

Von Anfang an war die große Geschichte auch in Prag meine Begleiterin.

Sie führte mich an die Stätten ihrer unsinnigsten Grausamkeiten, sie zeigte mir auch ihre Größe, zugleich auch ihren Größenwahn, ihre Gerechtigkeit und ihre widerlichen Schwächen, von wild gewordenen Menschen vollbracht, die nicht wußten, was sie taten. Die Aufstände von Sklaven und gedemütigten Menschen sind immer grausam.

Am 5. Mai 1945 vormittags schickte mich Großmutter Mikolajczyková zum Bäcker um Brot.

In der Husitská-Straße in Prag-Žižkov war es gegen zehn Uhr ruhig. Einige Geschäftsleute hatten schon ihre deutschen Aufschriften mit Kalk überpinselt, einige zögerten noch, so auch der Bäcker in der Husitská-Straße.

»Brot ist ausverkauft«, sagte er, »versuche es beim Bäcker ›Na Ohradě‹.«

Der Bäcker Na Ohradě verkaufte Brot ohne Lebensmittelkarten.

»Hitler ist kaputt, das Dritte Reich ist im Arsch, ich scheiße auf Lebensmittelkarten! Ein Laib kostet bei mir heute eine Krone!«[41]

Als ich aus dem Geschäft heraustrat, wurden an der Ecke sechs deutsche Soldaten, die zu Fuß aus Richtung Běchovice kamen, entwaffnet. Eine Gruppe von Zivilisten umzingelte sie.

Ein Zivilist sagte deutsch:

»Her mit den Waffen!«

Ein anderer:

»Hitler ist kaputt! Geht nach Hause!«

Die sechs deutschen Soldaten rückten an der Wand eines Wohnhauses näher zusammen. Keiner wagte seine Waffe gegen die Zivilisten zu heben. Angst hatten sie nicht, das sah man ihren Gesichtern an. Sie waren müde und erschöpft. Hätten die dreißig oder vierzig Zivilisten die deutschen Soldaten an der Wand des Wohnhauses gesteinigt, hätte höchstwahrscheinlich keiner von den sechs auch nur seine Hände schützend vors Gesicht gehoben.

Der jüngste der deutschen Soldaten legte als erster sein Gewehr mit einigen Patronentaschen vor die Füße der Aufständischen und ging weg. Keiner von den Zivilisten wagte die Waffe aufzuheben; sie machten Platz und ließen den deutschen Soldaten Richtung Stadtmitte abmarschieren.

Erst als der junge Soldat zwanzig oder dreißig Meter weiter um die Ecke bog, legten die deutschen Soldaten, alles Männer über dreißig, ihre Gewehre und Patronentaschen einer nach dem anderen auf den Gehsteig ab und folgten mit langsamen und müden Schritten ihrem jungen Kameraden.

In der Husitská-Straße wurde die erste Barrikade aus herausgerissenem Straßenpflaster und zwei umgestürzten Straßenbahnen errichtet. Die Leute, auch Frauen, arbeiteten schnell und schwiegen. Es waren nicht mehr jene Bürger, denen ich vor einer Stunde in der Husitská-Straße begegnet war; ihre Gesichter waren hart. An der Ecke Husitská-/Rokycanova-Straße peitschten vom Veitsberg die ersten Schüsse.

Es war kurz vor Mittag des 5. Mais 1945.

Dann saßen wir drei Tage lang mit Großmutter Marie, Mutter Marie und meinem Bruder Kamil im Keller. Draußen wurde ab und zu geschossen.

Am 9. Mai 1945 wurde es in der Nacht draußen still.

Das Ende des Krieges und der Anfang der Friedens haben mich ein wenig enttäuscht: Ich erwartete etwas Großartiges, einen ohrenbetäubenden lauten bunten Knall, Glockengeläute, einen Kometen am blauen Himmel, ein Wunder.

Es geschah aber nichts: Nach Mitternacht wurde es draußen still, und als ich aufwachte, war schon Frieden.

Nach dem Frühstück lief ich in die Stadtmitte auf den Wenzelsplatz. Deutsche Männer und Frauen, blutig zusammengeschlagen, räumten in der Jindřišská-Straße unter der Aufsicht von bewaffneten Revolutionsgardisten die Barrikaden weg. Rotarmisten, mit grauen verstaubten Gesichtern, saßen auf ihren umjubelten, mit blühenden Fliedersträußen bedeckten Panzern, die sich in zwei Kolonnen langsam den Wenzelsplatz hochschoben.

Das mußt du dir merken, so sieht das Ende eines Krieges aus! Atme diesen betäubenden Duft von blühendem Flieder, von verbranntem Dieselöl und auch von Blut ein, laß ihn auf deiner Zunge zergehen, koste den süß-herben Beigeschmack der Freiheit voll aus! Dieser Tag wird sich in deinem Leben niemals mehr wiederholen! sagte ich mir.

Unten am Wenzelsplatz brannten an zwei Laternenmasten mit den Beinen nach oben aufgehängte, mit Benzin übergossene deutsche Soldaten.

Ich atmete den widerlich süßlichen Geruch von Benzin und von verbranntem menschlichen Fleisch ein.

Auch das darfst du nicht vergessen, auch so riecht die Freiheit!

Bewaffnete Revolutionsgardisten, die Sieger des Aufstandes, standen bewegungslos im Halbkreis um die zwei brennenden Soldaten.

Der Wind drehte sich. Die Hitze der lodernden menschlichen Fackeln und der rabenschwarze Rauch glitten den nackten, immer schwärzer werdenden Soldaten mit einem leisen Knistern über den Rücken bis zu den Sohlen. Dort brach sich der Wind und wehte die schwarze Rauchfahne den Revolutionsgardisten ins Gesicht. Der Gestank schob auch den schweigenden Halbkreis der Gaffer auseinander oder drückte sie in den Windschatten vor dem Restaurant Koruna.

Eine hysterische Frauenstimme schrie:

»Tod den Faschisten! Verbrennt alle deutschen Ratten!«

»Halt's Maul, du blöde Ziege!« sagte eine Stimme im Windschatten.

Endlich zeigte mir die Revolution ihr wunderschönes und zugleich abstoßendes Gesicht. Und ich stand mittendrin in der großen Geschichte, roch ihre lebendigen Fackeln und sah ihre schwarz-fetten Rauchfahnen. Und ich nahm die Geschichte, dieses unberechenbare Luder, in Schutz und sprach ihr das Recht zu, im Mai 1945 alles zu zerstören, was bisher war, denn wenn eine neue, gerechte, freie Welt ohne Ausbeutung entstehen soll, dann muß die alte Welt zerstört und verbrannt werden, und zwar gründlich und ein für alle Mal! Das ist Revolution, sagte ich mir und war stolz, ihr Blut gerochen zu haben und ihre Größe, zugleich auch niederträchtige Ungerechtigkeit, als Zeuge aus unmittelbarer Nähe gesehen und erlebt zu haben. Welch ein Glück!

Drei der Revolutionsgardisten, die aus dem Windschatten des Restaurants Koruna den glühenden Tod von zwei Menschen beobachteten, bedeckten ihre Lippen mit Taschentüchern. Der eine trat mit seinem Fuß kräftig gegen einen leeren Benzinkanister.

»Diese Schweinerei mach' ich nicht mehr mit!«

Der menschlichen, schon verkohlten, nur noch glimmenden Fackel an dem linken Laternenmast tropfte von der Nasenspitze Fett auf das Pflaster; jeder Tropfen leuchtete, bevor er auf das Granit aufschlug, wie ein winziger blauer Komet.

Ich habe mich in der Koruna-Passage übergeben müssen.

In Großmutter Marie Mikolajczykovás und Onkel Františeks Obhut und unter den unauffälligen, mich schützenden Fittichen von Augustin Kliment, seit seiner Rückkehr Mitte Mai 1945 aus dem KZ Dachau Mitglied des Zentralkomitees der Kommunistischen Partei, fühlte ich mich neu geboren, jedoch nicht mehr in eine Familie, sondern in ein neues Leben, das ich selbst bestimmen wollte.

Es war nicht leicht, bei Herrn Jaroslav Šmíd, dem Großhändler mit Lebensmitteln und Gewürzen in der Legerová-Straße, von vierzehn bis neunzehn Uhr im Lager zu arbeiten, am Freitag oder wenn aus dem Lagerhaus des Prager Hafens in Holešovice Säcke mit Pfeffer, Piment oder Kisten mit Tee abgeholt werden mußten, noch länger, und vormittags im Gymnasium in der Mathematikstunde nicht einzuschlafen. Aber es ließ sich aushalten, denn mein Leben bekam einen Sinn, den ich mir selbst gewählt hatte.

Wenn mich damals jemand nach dem Sinn des Lebens gefragt hätte – es hat mich allerdings niemand nach dem Sinn meines Lebens gefragt –, hätte ich höchstwahrscheinlich mit einigen banalen Sätzen, wie abgeschrieben aus patriotischen Aufsätzen, geantwortet und wie alle meine Mitschüler ohne Bedenken von der herrlichen Zukunft geschwärmt, die uns, die glücklichste Generation, die es je gab, in der tschechoslowakischen Demokratie, gestützt auf die mächtige Sowjetunion und die freiheitlichen Traditionen der westlichen demokratischen Mächte, erwartete.

Neben Stalins Bild hingen überall Porträts von Roosevelt, Truman und Churchill. Als Marschall Iwan Stepanowitsch Konjew[42], der zweifache Held der sowjetischen Panzersoldaten, die am 9. Mai 1945 Prag befreit hatten, am Wenzelsplatz die große Siegesparade abhielt, jubelte ihm mein Jahrgang genauso frenetisch zu, wie vierzehn Tage später den amerikanischen Soldaten unter General George Smith Patton[43], die Prag schon am 5. Mai

1945 hätten befreien können, jedoch auf Befehl von ganz oben in Pilsen stehenbleiben mußten, damit die schon von den Aufständischen befreite Goldene Stadt an der Moldau am 9. Mai 1945 noch einmal von den Rotarmisten befreit werden konnte.

Marschall Konjew blendete uns mit seiner Brust voller glitzernder Medaillen; General Pattons Colt, über den die Prager Presse Legendäres berichtete, war versilbert und mit Perlmutt und Perlen, die wie echt aussahen, verziert.

Mein Jubel hielt sich in Grenzen.

Marschall Konjew war mir in seiner enggeschneiderten Uniform zu dick; in seinem rot angelaufenen Gesicht eines Alkoholikers rührte sich kein Muskel. Man hätte auch einen ausgestopften Marschall der Sowjetunion auf die Tribüne stellen können, und keiner hätte es gemerkt.

General Patton gab sich in seiner Felduniform ohne Orden und im Stahlhelm, den er trotz der Hitze nicht ablegte, ganz locker. Seine rechte Hand ruhte, wie ich es noch vor dem Krieg in mehreren Cowboyfilmen mit Tom Mix gesehen habe, auf dem in der Sonne glitzernden Colt. Im langsam vor einer US-Militärkapelle durch den Graben und den Wenzelsplatz hochfahrenden Jeep stehend, nahm der US-General, der die Prager Aufständischen im Mai 1945 so sehr enttäuschen und im Stich lassen mußte, die Ovationen der Bevölkerung entgegen.

Im Mai 1945 habe auch ich Grund zum Jubeln gehabt. Endlich nur auf mich alleine gestellt, von Vater Bohumil befreit, von Mutter Marie aufgegeben, also ohne Verpflichtungen gegenüber einer Familie, die froh war, daß sie mich loswurde, konnte ich meine Zukunft selbst in die Hand nehmen.

Ich wurde, so fühlte ich es, zum zweitenmal geboren, ohne Eltern, dennoch, wenn ich meine Neugeburt geschichtlich sah, als ein eheliches Kind der für mich wunderlichen Revolution.

Onkel František hatte die fünf Jahre in mehreren KZs überlebt und kam Mitte Mai 1945 bis auf die Knochen abgemagert nach Hause zurück in seine Prager Wohnung. Einen Tag später war auch Augustin Kliment aus dem KZ zurück. Beide stürzten sich in die große Politik. Onkel František und seinem Schwiegervater Augustin Kliment, sofort nach seiner Rückkehr aus dem KZ Mitglied des ZK der KPTsch, ab Sommer 1945 führender Funktionär des ÚRO[44], war ich sehr dankbar dafür, daß sie mich, rechtlich gesehen einen Deutschen, still und ohne Aufsehen als Gastschüler in ein tschechisches Gymnasium in Prag-Žižkov – wie beide sagten – mehr geschmuggelt als plaziert haben.

Onkel František, der ehrliche Bolschewist, schuftete sich nach seiner Rückkehr aus den nazistischen KZs für die Partei ab, vergaß und übersah dabei, daß die Zeit der illegalen und legalen klassenkämpferischen Parteiarbeit, in der er vor dem Zweiten Weltkrieg in Schlesisch und in Mährisch Ostrau aufgewachsen war und Erfolg hatte, längst vorbei war, daß die Zeiten sich geändert hatten und daß es auch für ihn, der für die Partei soviel geopfert hatte, höchste Zeit war, sich mehr als um seine aufopfernde Arbeit für die Kommunistische Partei um seine politische Karriere zu kümmern. Die Zeit der ehrlichen Revolutionäre war nach 1945 endgültig vorbei, es brach die Zeit der gehorsamen Funktionäre und der ideologisch biegsamen Parteibürokratie an.

Mit Onkel František, dem ehrlichen Revolutionär, nahm es ein Jahr nach Kriegsende, ideologisch gesehen, ein böses Ende: Für seine Frau Heda, Augustin Kliments Tochter, war František zwar immer noch ein lieber Mensch und Ehemann, in der Politik jedoch ein Versager. Nach Mai 1945 hatte er nämlich nichts anderes im Sinn, als die sozialistische Revolution zu Ende zu bringen und dem Proletariat das Tor in eine gerechte Welt zu öffnen. Tante Heda wollte dagegen nur gut leben, schicke Kleider tragen, wozu sie, und das war ihre feste Überzeugung, als Tochter eines der mächtigsten Männer in der Tschechoslowakei und als Frau eines Parteifunktionärs nicht nur das Recht, sondern worauf sie auch Anspruch hatte. Onkel Františeks proletarische Gesellschaft, in der er sich geborgen und zu Hause fühlte, war für Tante Heda nicht mehr gut und vornehm genug. An der Seite ihres Vaters verkehrte sie ab Sommer 1945 nur in den höchsten Parteikreisen; im Herbst 1945 trug sie, ich habe es mit meinen eigenen Augen gesehen, einen erstklassigen Persianer aus Moskau und, wie sie sagte, vorerst nur eine schlichte Halskette aus sibirischen Diamanten.

Onkels und Tantes Wege gingen allmählich auseinander. Der Revolutionär, Genosse František, wollte seine proletarische Revolution zum siegreichen Abschluß bringen, Tante Heda war mit dem Erreichten zufrieden und wollte endlich das Leben genießen. Ab Herbst 1945 lebte Tante Heda, nicht ganz dreißig Jahr alt, nicht mehr in Onkel Františeks proletarischer Welt. Und so kam es, daß Františeks Ehe mit Heda, die seit 1936 gemeinsam für die gerechte Sache der von den Kapitalisten ausgebeuteten Proletarier kämpfen wollten, im Frühling 1946 still und ohne Aufsehen geschieden wurde.

Einen Monat später heiratete meine ehemalige Tante Heda den karrieresüchtigen kommunistischen Kaffeehausintellektuellen aus Schlesisch Ostrau Alois Lapáček[45], der als tschechoslowakischer Diplomat in Frankreich die zweite Ausgabe der Französischen Revolution, diesmal unter Moskaus Führung, in Westeuropa vorbereitete. An dem Tag, als meine ehemalige Tante mit ihrem neuen Ehemann in Prag den Schnellzug nach Paris bestieg, legte mein bitter enttäuschter und verletzter Onkel František alle seine Funktionen in Prag-Žižkov nieder. Er trat aus der Kommunistischen Partei zwar nicht aus, ernährte sich jedoch auf eine rein bourgeoise Art und Weise: In einem Hinterhof in der Roháčova-Straße begann er Schmierseife zu kochen und zu verkaufen.

Ich kündigte bei Jaroslav Šmíd, dem Großhändler mit Lebensmitteln und Gewürzen in der Legerova-Straße, und wurde Onkel Františeks erster, einziger und letzter Angestellter. Zu meinen Pflichten gehörte es, jeden Nachmittag bis spät in die Nacht unter dem Kessel mit der kochenden Masse zu heizen, die Schmierseife dabei aber nicht anbrennen zu lassen. Zweimal in der Woche fuhr ich mit einem Karren Onkel Františeks Schmierseife in große Blecheimer abgefüllt zu seiner Kundschaft in ganz Prag und kassierte sie in bar ab.

Das Geschäft lief gut; Onkel František beutete mich nicht aus.

Im Gestank der kochenden Schmierseife und des halbverfaulten Talgs, den Onkel František von Onkel Ota Hejtmánek, dem Großhändler mit Fett bezog, meditierten wir über das Leben, den Marxismus, Lenin und die Revolution, über Stalin, den allergrößten Führer der Proletarier, der natürlich nichts von den Schauprozessen in den dreißiger Jahren wußte (im Jahr 1947 wurde in Prag heftig über die Moskauer Schauprozesse gestritten), denn diese Verbrechen hatten, regte sich Onkel František auf, wie schon Genosse Wyshinskij im Prozeß gegen diesen Verräter Karl Radek ohne Zweifel bewiesen hatte, antikommunistische Agenten innerhalb der KP auf dem Gewissen.[46]

Über die Moskauer Prozesse in den dreißiger Jahren habe ich im Frühling des Jahres 1946 allerdings eine andere Meinung gehabt als Onkel František. Am Kessel voller kochender Schmierseife habe ich nämlich André Gides *Rückkehr aus der UdSSR*[47] gelesen und Milena Jesenskás Artikel aus dem Jahr 1938 verschlungen, ihre Abrechnung mit den Kommunisten und mit dem Kommunismus.[48]

Immer wieder sprach Onkel František vom revolutionären Weg zum Kommunismus, der nur durch Gewalt frei gemacht werden kann; er verachtete diesen Opportunisten Klement Gottwald, den einstigen Revolutionär, der jetzt seinen Mund vollnimmt mit einem unblutigen, demokratischen tschechoslowakischen Weg zum Sozialismus, sich für die Pressefreiheit einsetzt und der Bourgeoisie, und sogar den Kulaken, ihre unantastbaren Eigentumsrechte garantiert und ihnen im Gewand eines tschechoslowakischen Chauvinisten wortwörtlich in den Arsch kriecht.[49] Vor Wut und Enttäuschung über Gottwalds rechte Abweichung schlug Onkel František mit der Hand gegen die Wand.

»Man hätte den Volksaufstand gegen die Deutschen im Mai 1945 mit der Ankunft der Roten Armee sofort in eine bolschewistische Revolution umfunktionieren sollen! Wir, die echten Bolschewisten, wurden von den Emigranten, diesen bourgeoisen Lakaien, die aus England zurückkamen, und auch von unseren Moskauer Genossen, die sich von der tschechischen Bourgeoisie im Mai 1945 über den Tisch ziehen ließen, um unsere Revolution betrogen.[50]

Es wurden nur Fehler gemacht!

Wir hätten im Mai 1945 nicht mit dem sudetendeutschen Proletariat, sondern nach sowjetischem Muster, wie echte revolutionäre Internationalisten, mit unserer Bourgeoisie abrechnen sollen! Und was tat dieser Opportunist Gottwald? Er, der die Kommunistische Partei 1929 bolschewisierte, auf Stalins Linie brachte und all diese Klugscheißer von Intellektuellen und pseudo-avantgardistischen Dichtern rausschmiß, die aus unserer revolutionären Partei einen Diskussionsklub machen wollten, gibt sich plötzlich als tschechischer Patriot! Unsere tschechischen Möchtegern-Kommunisten haben aus rein opportunistischen Gründen, um der tschechischen Bourgeoisie und diesem mit einem antideutschen Komplex belasteten Dr. Edvard Beneš zu gefallen, um die tschechischen Kleinbürger und Spießer nicht zu erschrecken und um vor dem Volk nicht als bolschewistische Internationalisten dazustehen, sondern als der bourgeoisen Verfassung treue Bürger, drei Millionen Deutsche, darunter mindestens über zwei Millionen deutsche Proletarier, aus der Tschechoslowakei vertrieben!

Was für ein verhängnisvoller Fehler!

Wir hätten das deutsche Proletariat in den Sudeten für uns gewinnen und für unsere endgültige, revolutionäre Abrechnung auch mit den deutschen Kapitalisten und Ausbeutern umfunktionieren sollen! Wie gerne hätte sich das sudetendeutsche Proletariat, wenn wir ihm nur die grausame Vertreibung erspart hätten, mit uns zusammengetan!«

»Die Schmierseife brennt an!«

Obwohl das Fett noch gar nicht kochte, suchte ich einen Grund, um Onkel František zu unterbrechen.

»Schütte ein wenig Kalium und Wasser rein!«

Der heiße, nach verfaulter Fettsäure stinkende Dampf erstickte Onkels Stimme.

»Soll ich mehr Feuer unter dem Kessel machen?«

Onkel František antwortete auf meine Frage nicht.

Wenn er selbst Schmierseife kochen mußte, weil ich die Schule nicht allzusehr vernachlässigen wollte, gab er sich schon beim Abwiegen des Fettes und der Zutaten pedantisch. Die Mengen mußten bis auf zehn Gramm stimmen, die Temperatur durfte im Kessel 110 Grad nicht übersteigen. Wenn ich, meistens an Sonntagen und in den Nächten, meine Schicht hatte, dann ließ mich Onkel František zwar in seiner Werkstatt im Hinterhof der Roháčova-Straße nie alleine, er paßte auf, daß alles stimmte, gab sich jedoch vor mir betont so, als wäre die Schmierseife, mit der er, der Proletarier, ziemlich viel Geld verdiente, für ihn nur eine Nebensache, auf die es ihm überhaupt nicht ankommt.

In seiner Werkstatt – die ganze Einrichtung bestand aus einem riesigen Feuerherd mit einem Kessel, aus mehreren Fässern mit halbverfaultem Fett und Chemikalien und leeren Blecheimern – spielte mir Onkel František die Rolle eines zwar kaltgestellten Genossen, aber immer noch eines Vorkämpfers gegen die Verbourgeoisierung der Partei vor. Von seinen Genossen tief gekränkt, betrachtete sich Onkel František als einen echten, ideologisch nicht wackelnden Marxisten-Leninisten.

Das für Onkel František entscheidende, für ihn verlorene ideologische Gefecht fand im Frühling 1946 statt, als er auf einer Konferenz von Parteifunktionären im Bezirk Prag-Žižkov das Wort ergriff.

Hätte sich Onkel František in seinem mit Leidenschaft vor den versammelten Funktionären aus Prag-Žižkov vorgetragenen Diskussionsbeitrag nur mit der schleichenden Anpassung der kommunistischen Politik an die verrückt spielenden revolutionären Spießbürger kritisch auseinandergesetzt, dann hätte ihm die revolutionäre Parteiführung öffentlich Beifall gespendet, ihn parteiintern belehrt, daß es in der kommenden Wahl Ende Mai 1946, der ersten Wahl nach 1945 und nach der Erneuerung der Tschechoslowakei, vor allem und in erster Linie um Stimmen von tschechoslowakischen Patrioten geht und erst dann um marxistisch-leninistische revolutionäre Prinzipien. Und die Sache wäre erledigt gewesen. Onkel František aber kam in Rage.

In seinem Diskussionsbeitrag, in dem er von seiner unerschütterlichen Treue gegenüber der einzig wahren, revolutionären Theorie und Praxis im Sinne Lenins und Stalins sprach und von seiner persönlichen Enttäuschung, in der gescheiterten Ehe mit der bourgeoisierten Tante Heda schmerzlich verletzt und irregeführt, erkannte er jenen Augenblick nicht, in dem er sich in seinem revolutionären Eifer so sehr von der aktuellen Parteilinie entfernte, daß einige Genossen im Saal unruhig wurden, sich von ihren Plätzen erhoben, mit den Fäusten auf den Tisch schlugen und schrien:

»Willst du, Genosse, auch die Schuld für das Scheitern deiner Ehe der Partei in die Schuhe schieben!«

»Deine Ausführungen, Genosse, sind eine trotzkistische Abweichung!«

Ich saß im Saal des Turnvereines Sokol[51] in der Husitská-Straße oben auf dem Balkon. Nach einer halben Stunde leuchtete mir ein: Onkel František war verloren.

Als er nach seiner ideologisch-politischen Niederlage beim Schmierseifekochen seinen Diskussionsbeitrag analysierte, hat Onkel František, es war allerdings schon zu spät, seine zwei Hauptfehler eingesehen:

»Für die Bourgeoisierung der Partei hätte ich bei einer ideologischen Konferenz der Partei nicht Hedas Beispiel, also meine familiäre Erfahrung, anführen sollen. Alle Genossen wußten schon längst Bescheid, daß unsere Ehe gescheitert war. Natürlich hat mich Heda vor dem Krieg aus Liebe geheiratet, sie hat mich in meinem revolutionären Kampf unterstützt. Und als ich mit ihrem Vater von den Nazis ins KZ gesteckt wurde, hat sie schwere Zeiten durchgemacht und sich tapfer gehalten. Nach dem Mai 1945 aber hat Heda an der Seite ihres Vaters, Augustin Kliments, des mächtigen Parteifunktionärs, ein anderes Leben als mit mir genießen können, Regierungsempfänge, Bekanntschaften mit den Mächtigen und Einflußreichen dieser Welt, Pelzmäntel, Diamanten, einen Platz in der Regierungsloge im Nationaltheater, ein Dienstauto, wenn auch nur das ihres Vaters. Das alles konnte ich ihr nicht bieten. Und als mich Heda um die Scheidung bat, weil sie mit einem anderen Mann, einem einflußreichen Genossen und hoffnungsvollen Diplomaten namens Alois Lapáček die große Chance hatte, aus Prag zu verschwinden und das Leben in Paris zu genießen, gab ich sie auf. Und das tut mir heute noch sehr weh! Ja, ich gebe es zu, es war ein großer Fehler, daß ich das Scheitern meiner Ehe mit Heda bei einer Parteikonferenz als ein Beispiel für den Verrat an unseren kommunistischen Prinzipien anführte, als ein Zeichen für den Verfall der leninistischen Moral.«

»Du hast aber recht gehabt, Onkel!«

Onkel František sah mich mit einem dankbaren Blick an.

»Merke dir, Ota: In der Partei kommt es nicht darauf an, ob du oder ich recht haben. Das Recht ist immer ein wesentlicher Bestandteil der Macht. Wenn du die Macht hast, dann hast du auch recht.«

Ich beugte mich über den Kessel. Die Schmierseife war noch nicht genügend erhitzt. Onkel František maß die Temperatur der Schmierseife mit einem Thermometer, ich tat es mit der Spucke. Wenn meine Spucke an der gelblichen oder hellbraunen Oberfläche der Schmierseife nicht in drei Sekunden verdunstete, dann drehte ich den Gashahn auf.

Ich spuckte in den Kessel und wartete drei Sekunden.

Die Spucke verdunstete.

»Das ist alles, was du mir sagen wolltest, Onkel?«

»Nein. Es gibt noch eine Lehre, die ich auch erst zu spät begriffen habe. Meine Genossen haben mich nicht gemocht, viele konnten mich nicht leiden, sie haßten mich!«

Ich spuckte wieder in den Kessel. Diesmal war die Temperatur richtig.

»Wieso? Du bist doch immer ein guter, ideologisch nicht wackeliger Genosse gewesen.«

»Ideologie her, Ideologie hin, darum ging es überhaupt nicht! Mir haben meine Genossen nämlich die fünf Jahre im KZ nicht vergessen können.«

Ich wollte noch einmal die Temperatur der Schmierseife überprüfen, konnte aber nicht, denn die Spucke blieb mir weg.

»Stell dir vor, Ota: Da kommt Mitte Mai 1945 Genosse František, von der Jugend an Parteimitglied, darüber hinaus mit der Tochter eines kommunistischen Abgeordneten verheiratet, als ein Held aus dem nazistischen KZ zurück und fragt: Was taten die meisten Genossen, Proletarier und seit eh und je Antifaschisten, in den fünf Jahren, als ich in Buchenwald saß? Sie hielten still, sie schufteten in den Kolben-Daněk-Werken und bei Ringhoffer[52] für Hitlers Endsieg! Ihre Revolution fingen sie erst an, als Hitler schon tot war und das Dritte Reich in Schutt und Asche lag. Und weil sie im richtigen Krieg keinen Krieg gegen Hitler führten, und weil sie sich im Mai 1945 auf einmal auch als Sieger über den Faschismus aufspielen wollten, und weil sie sich 1945 wegen ihres Versagens vor den Helden der beiden Exilarmeen aus Ost und West und vor uns, die in den nazistischen Konzentrationslagern überlebten, mies und beschämt fühlten, erklärten sie ihren nachträglichen, privaten Krieg der deutschen Zivilbevölkerung.

Keiner will es heute zugeben, aber im Mai 1945 zählten wir, die tschechischen Kommunisten, auch zu den Verlierern der Geschichte!

Wir haben unsere historische Chance auf eine großartige, proletarische Revolution, auf die wir Jahrzehnte gewartet und für die so viele von uns Opfer gebracht haben, kläglich vertan! Mit den verrückt spielenden tschechischen Spießern, die im Krieg genauso wie die Mehrzahl unserer Genossen im Kampf gegen die Nazis versagten, aber nachträglich zu den Helden zählen wollten, fingen auch wir, Kommunisten und Internationalisten, anstatt eine proletarische Revolution im bourgeoisen Herzen Europas zu entfachen, im Mai 1945 an, Deutsche umzubringen, zu vertreiben und auszurauben!

Und da komme ich nach fünf Jahren lebend – wie unverschämt! – aus dem KZ zurück, stelle meinen Genossen ungemütliche Fragen und schreie sie an: Laßt das Morden an den Deutschen und macht endlich bolschewistische Revolution! Bringt unsere wahren Feinde, die Bourgeoisie um!

Auch mein Schwiegervater Genosse Kliment machte ein besorgtes Gesicht.

›Was willst du jetzt machen, Genosse Mikolajczyk? Such dir etwas aus! Kannst schon morgen als leitender Parteisekretär, und das ist heute mehr als Direktor, in der JAWA oder bei Walter anfangen.‹[53]

›Und wann kommt unsere Revolution, von der wir fünf Jahre im KZ geträumt haben, Genosse Schwiegervater?‹

›Lieber František, sei nicht ungeduldig! Die Zeiten haben sich geändert. Wenn wir jetzt anfangen große Reden über eine bolschewistische Revolution zu schwingen, dann erschrecken wir das Volk. Vergiß nicht: Es gab einen grausamen Krieg, und unsere Leute wollen keine Revolution, sondern das Leben genießen! Wir müssen, wie Klement Gottwald richtig sagt, unseren spezifischen, tschechoslowakischen Weg zum Sozialismus einschlagen.‹

›Weißt du, Genosse, was in den Sudeten geschieht!‹

›Was soll da geschehen, František? Unsere Leute toben sich da ein wenig aus, und wir als Partei unterstützen sie in der Überzeugung, das sei die richtige Revolution! Der in unseren Menschen angestaute Haß und die Demütigung müssen irgendwo explodieren.‹

Mir platzte der Kragen!

›Wir hätten den Haß und die Demütigungen nach München 1938 und den angestauten Haß aus dem Protektorat Böhmen und Mähren für unsere Revolution nutzen können!‹

›Wir brauchen heute keine neue Oktoberrevolution mehr, František! Die Macht und der ganze Staat fallen uns von allein in den Schoß. Warte nur ab, sei geduldig. Die Zeit der Revolutionäre ist vorbei. Jetzt sind in unserer Partei Agitatoren und schlaue Politiker gefragt.‹

›Da werde ich mich wohl umschulen lassen müssen und alles vergessen, was mich die Partei vor dem Krieg gelehrt hat!‹

Augustin Kliment sah mich noch besorgter als vorher an.

›Das Ziel, die Machtergreifung, bleibt, nur die Taktik und Strategie haben sich geändert. Und ich rate dir, Genosse: Rede nicht zuviel!‹«

Die kochende Schmierseife blubberte im Kessel.

Jetzt galt es die blauen Zungen der Gasflamme im richtigen Augenblick zurückzuziehen, damit die Schmierseife nicht anbrennt. Von nun an mußte ich mich auf meine Nase verlassen. In regelmäßigen Abständen von einer Minute rührte ich mit einer hölzernen Schaufel die heiße Masse langsam und gründlich von unten nach oben um, atmete dabei mit der Nase und mit meinem offenen Mund den Gestank ein, den mir die mit einem leisen Glucksen auf der Oberfläche zerspringenden Blasen ins Gesicht spritzten. Es erforderte viel Erfahrung, um aus dem Gestank der kochenden Schmierseife den Augenblick herauszuriechen, in dem die Schmierseife, die durch das Kochen immer dicker wurde, unten im Kessel zu verkohlen drohte.

Onkel František verließ sich dabei auf sein großes, fast einen Meter langes Thermometer. Ich jedoch erkannte sehr bald, daß das Thermometer zu spät reagiert, daß es die Temperatur der heißen Masse nur in jenem Bereich des Kessels mißt, wohin es Onkel gesteckt hat, daß es sich also nicht dazu eignet, den gesamten Prozess des Kochens genau zu messen.

Zuletzt habe ich mich auf meine Zunge verlassen.

Über den Kessel geneigt, saugte ich mit offenem Mund die übelriechenden Ausdünstungen ein und ließ sie auf meiner Zungenspitze zergehen. Im Augenblick, in dem ich auf meiner Zunge den widerlich bitteren Beigeschmack das Anbrennens spürte, hatte ich noch dreißig Sekunden Zeit, die Flamme zurückzuziehen oder einen Eimer kaltes Wasser in die heiße Masse zu schütten.

Bei meiner Schicht ist mir die Schmierseife nie angebrannt; Onkel František dagegen hatte wiederholt Pech. Seine angebrannte, fast pechschwarze Schmierseife haben wir dann mit Soda oder weißem Waschpulver aufgebessert, etwas heller gemacht und sie dann als hochwertige Desinfektionsschmierseife dem Prager Schlachthof geliefert.

Ich war froh, daß sich Onkel František nicht in meine Arbeit einmischte, wenn er in der Ecke saß und redete und redete.

Über den Kessel mit der heißen Schmierseife geneigt, hörte ich Onkel Františeks endlosen Selbstgesprächen gerne zu. Sie verkürzten mir die sechsstündige Schicht; sie hielten mich nach Mitternacht, wenn der Gestank fast nicht mehr auszuhalten war und mich die Müdigkeit zu überwältigen drohte, wach.

Es tat mir gut, daß Onkel František mich zu seinem Beichtvater auserwählt hatte. Nach einem Monat kannte ich alle seine wunden Punkte, ich wußte genau, wann er seine Stimme erhöht, wann sein Gesicht vor Aufregung rot anläuft und wann er seinen entscheidenden, sein Selbstgespräch spät nach Mitternacht abschließenden Satz ausspuckt. Onkel František zündete sich in der finsteren Ecke links vom Kessel eine einzige Zigarette an und hob seinen rechten Zeigefinger:

»Merke dir, Ota: Helden, die überleben, haben nur dann eine Chance weiterhin zu überleben, wenn sie schweigen, keine beunruhigenden Fragen stellen, sich feiern lassen und sich den Versagern anpassen. Das ist heute in unserer Partei die Faustregel.«

»Bist du wirklich ein Trotzkist, Onkel?«

Das war eine Pflichtfrage, die ich Onkel František stellen mußte. Ich sah es ihm an, mit was für einer unruhigen Ungeduld er sie am Ende jeder Nacht erwartete.

»Es ist nicht wichtig, für was oder für wen ich mich, parteipolitisch und ideologisch gesehen, halte. Entscheidend ist, wie mich die Partei bewertet. Und wenn sich die Genossen entschlossen haben, mich als einen Trotzkisten fertigzumachen, dann bin ich in ihren Augen ein Trotzkist – und basta!«

»Was und wer ist ein Trotzkist?«

Diese Frage stellte ich erst dann, wenn sich Onkel František die fünfte Zigarette anzündete. Er erhob sich, streckte seine Knochen und spuckte in den Kessel.

»Das weiß nur der Teufel und die Partei!«

Einmal, eine Stunde nach Mitternacht, die Schmierseife war fast gekocht, sprach ich, nur nebenbei und im Zusammenhang mit Evžen Klinger[54], dem richtigen Trotzkisten, Onkel Františeks Intimfeind, den Namen Milena Jesenská aus.

Und wie war ich auf ihren Namen gestoßen? Von Franz Kafkas Verhältnis zu seiner Brieffreundin Milena hatte ich im Jahr 1946 keine Ahnung. Und wie konnte ich die auch haben, denn Kafkas Briefe an Milena wurden erst Anfang der fünfziger Jahre von Max Brod herausgegeben. Der Name Franz Kafka sagte mir auch nichts.

Den Namen Milena Jesenská erwähnte Onkel František jedoch mehrmals im Zusammenhang mit dem Trotzkisten Evžen Klinger, wobei er immer wieder von diesem verkäuflichen Weib Jesenská sprach, von der Verräterin, die so unverschämt war, daß sie kurz nachdem Hitler am 15. März 1939 Prag und die Rest-Tschechei besetzt hatte, zur großen Freude der Nazis die Frechheit hatte, in Ferdinand Peroutkas bourgeoiser Zeitschrift *Přítomnost*[55] ihre widerlichen Verleumdungen der kommunistischen Partei zu drucken.

Ich versuchte vergeblich, Onkel František darauf aufmerksam zu machen, daß Milena Jesenská diese von ihm immer wieder erwähnte Abrechnung mit ihrer kommunistischen Vergangenheit und mit dem Versagen der Kommunisten nicht nach dem 15. März 1939, also im Protektorat Böhmen und Mähren, sondern, wie ich irgendwann im Frühsommer 1946 im Stadtarchiv der Hauptstadt Prag im gebundenen Jahrgang der *Přítomnost* auf Seite 681 feststellte, ein halbes Jahr vorher, im Herbst 1938, geschrieben und veröffentlicht hat.

»Es ist gar nicht wichtig«, schrie er mich an, »ob diese verkäufliche, intellektuelle Hure die Partei ein Jahr früher oder später endgültig verraten hat, sondern daß sie sie verraten hat!«

»Kein Wunder«, regte sich Onkel František noch im Herbst 1946 auf, »daß Julius Fučík sich Anfang der dreißiger Jahre weigerte, Milena Jesenská, diese Opportunistin, die mit jedem ins Bett ging, der ihr nützlich sein konnte, für die Mitgliedschaft in der Kommunistischen Partei zu empfehlen!«[56]

Draußen schlich die Wände entlang die Morgendämmerung in den Hof. Onkel František zündete sich seine dritte Zigarette in dieser Nacht an; mindestens zwei Stunden lang hatte er ohne Unterbrechung auf Milena Jesenská geschimpft, und das machte ihn müde.

Und zweiundzwanzig Jahre später, kurz vor 1968, als ich Onkel František über Milena Jesenská – inzwischen in der Welt als Kafkas Brieffreundin berühmt, in Prag eher als die klügste und bedeutendste tschechische Journalistin vor 1939 entdeckt – ausfragte und wissen wollte, wann und wie er sie vor 1939 kennengelernt hatte, saß er vom Bier benommen am Tisch, den Kopf tief über die Tischdecke geneigt.

»Heute ist es auch schon vollkommen egal, ob Milena mit Fučík schlief oder sogar mit Gottwald bumste, ob ihr zweiter, oder war es schon ihr dritter Mann, der Architekt Jaromír Krejcar[57] war, der glaubte 1933 in Moskau die Genossen mit seiner avantgardistischen Architektur in helle Begeisterung versetzen zu können. Krejcar war auch einer von diesen kleinbürgerlichen Radikalen, die ja immer wieder einmal nach links, dann wieder nach rechts umkippten! Aus der Sowjetunion kam er als wild gewordener Antikommunist zurück. Ob Evžen Klinger, der noch 1949 ein Trotzkist war, Milena liebte oder nicht, ist auch nicht mehr wichtig. Es gibt viele Geschichten über Milena zu erzählen, und viele erzählen über sie Unsinn. Die Klugen schweigen. Und ich sage über Milena kein Wort.«

»Schreib alles, was du über Milena weißt, auf!«

»Wozu?«

»Es ist wichtig!«

»Für wen?«

Onkel František schlief mit seiner Stirn auf die Tischdecke gestützt ein.

Onkel Františeks Versöhnung mit der Partei vollzog sich kurz vor dem kommunistischen Putsch und der Machtübernahme im Februar 1948. Mitte Januar 1948, der Frost war unerträglich, es gab wenig Kohle und auch das Gas wurde knapp, kam Onkel František in die Werkstatt.

»Das ist deine letzte Schicht. Ich stelle die Erzeugung von Schmierseife ein.«

»Das Geschäft läuft aber gut!«

»Es läuft zu gut. Ich lasse mich nicht verkapitalisieren.«

»Wovon willst du dann leben?«

Onkel František setzte sich in die Ecke und zündete sich die erste Zigarette des Tages an.

»Keine Sorge, in einigen Tagen haben wir endlich Revolution! Und ich kann doch nicht als Mitglied der Partei und Kommunist zugleich auch als Unternehmer und Ausbeuter in die Revolution marschieren!«

»Mich hast du nicht ausgebeutet«, sagte ich und spuckte in den Kessel; die Schmierseife war noch nicht heiß genug.

»Du begreifst nichts! In einigen Tagen wird sich unsere Welt verändern, wir brechen endlich zum Kommunismus auf! Wir zerschmettern die Bourgeoisie! Die Partei macht schon mobil, ich bin eben in die Arbeitermiliz eingetreten. Bald bekommen wir Gewehre und es geht los!«

»Aber wenn es Revolution gibt und du das Schmierseifekochen einstellst, was wird dann aus mir? Damit du mich verstehst, Onkel, ich bin nicht gegen deine Revolution. Ich hoffe nur, daß ich mich bis zur Matura[58], also noch ein paar Monate, mit der Schmierseife durchschlagen kann!«

Onkel František ließ seine *partyzánka*[59] nicht-angezündet an seine Unterlippe angeklebt hängen, was bei ihm innere Unruhe signalisierte.

»Und wenn deine Revolution schiefgeht, was wirst du dann machen? Wovon willst du leben?«

Meine Frage traf ihn hart.

»Diesmal darf nichts schiefgehen! Genosse Stalin steht hinter uns und ist bereit, uns zu helfen!«

»Aber wenn es mit der Revolution dennoch nicht klappt? Es kann ja alles passieren.«

Das Gas hatte zuwenig Druck. Die Flammen unter dem Kessel waren nicht blau, sondern gelb, und das machte mir Sorgen. Wenn sich der Gasdruck nach zweiundzwanzig Uhr nicht erhöht, dann muß ich hier mindestens bis sieben in der Früh hocken, und um acht beginnt die Schule.

Onkel František musterte mich; erst nach einer Weile zündete er sich seine zweite Zigarette an.

»Eigentlich hast du recht, Ota. Vielleicht könntest du die bisherigen Bestellungen erledigen und dann selbst Schmierseife produzieren, verkaufen und somit Geld verdienen.«

»Und du, Onkel, machst inzwischen bolschewistische Revolution! Und wenn es mit der Revolution nicht klappt, dann kannst du ja wieder Schmierseife kochen.«

Onkel František blies Rauch aus und verschluckte sich dabei.

»Hör auf mit deiner Ironie! Ich habe dir schließlich immer geholfen, dich anständig bezahlt, also bist du mir auch etwas schuldig!«

Er hatte recht, das mußte ich zugeben.

Der Gasdruck blieb auch nach zweiundzwanzig Uhr niedrig.

Die Schmierseife fing erst nach zwei Uhr nachts zu kochen an. Onkel František schlief in der Ecke der Werkstatt ein. Nach sieben Uhr in der Früh weckte ich ihn.

»Mach bitte weiter, ich darf heute Mathematik nicht mehr schwänzen. Gegen Mittag bin ich zurück und helfe dir die sechs

Eimer für das Eisstadion zu füllen. Bis dahin wird deine Revolution wohl noch warten können.«

Fünf Jahrzehnte weg von Prag und von Onkels Františeks nach verfaultem Rinderfett stinkender Werkstatt entfernt, stecke ich immer wieder im Hinterhof in der Roháčova-Straße mitten in den erstickenden Ausdünstungen der siedenden Schmierseife, atme tief durch meine Nase und mit meinem offenen Mund ihren üblen Geruch ein, lasse ihn wie vor einem Menschenleben auf meiner Zungenspitze zergehen, um rechtzeitig den Augenblick zu erkennen, in dem das heiße Fett anzubrennen droht. Die dreizehn oder vierzehn Monate mit Onkel Františeks Schmierseife haben mich für die Zukunft mehr geprägt als die Schule, die gerecht-gutmütige Großmutter Marie Mikolajczyková, als meine damalige dritte große Liebe, Marie Holečková aus Prag-Košíře, und als Prag, diese großartige Stadt, die mit Geheimnissen umwobene Kulisse, vor der ich die vollkommen unbedeutende Nebenrolle eines jungen Mannes spielte, der nur irgendwie überleben wollte, nichts weiter.

Kurz vor dem kommunistischen Umsturz am 25. Februar 1948, vierzehn Tage vor meinem achtzehnten Geburtstag, hat mich die von Onkel František erwartete Revolution zum Inhaber einer Firma zur Herstellung und Engroshandlung mit Schmierseife gemacht. Schriftlich habe ich zwar mit Onkel František nichts ausgemacht, aber in der Nacht vom 24. auf den 25. Februar 1948 habe ich meinen ersten Kessel in eigener Regie und auf meine eigene Verantwortung gekocht und schon vor zehn Uhr vormittags des 25. Februar in zwanzig Blechdosen gefüllt.

Die Schule habe ich am ersten Tag als alleiniger Chef und Inhaber einer Firma geschwänzt.

Kurz vor Mittag belud ich meinen Karren mit den zwanzig Blechdosen voll von erstklassiger Schmierseife; gegen vierzehn

Uhr brach ich in die Stadtmitte zu meiner Kundschaft auf. Hundert Kilo, zehn Blechdosen, waren für die Putzkolonnen auf dem Masaryk-Bahnhof in der Hybernská-Gasse bestimmt, fünf Blechdosen Schmierseife für den Hausmeister in der Passage Černá růže (›Schwarze Rose‹), dem Eingang von der Panská-Gasse, und den Rest hatte das Restaurant Vašata auf dem Wenzelsplatz bestellt.

Einen Zettel mit der Aufzeichnung meiner ersten Lieferungen als freier Unternehmer habe ich erst vierzig Jahre später, im Münchner Exil, in dem Roman *London gehört uns*[60], in Teil II zwischen den Seiten 782 und 783 gefunden. Auf Seite 782 dieses Romans, den ich vor dem Februar 1948 gelesen haben muß, habe ich damals zwei Sätze unterstrichen: »Die Welt ist eigenartig. Der Mensch kann sie betrachten und sehen, wie er will, sie ist dennoch eigenartig.«

In derselben Zeit verschlang ich nachts beim Seifekochen die ersten tschechischen Übersetzungen von Sinclair Lewis' Romanen *Ann Vickers*, *Das ist bei uns nicht möglich*, *Das Kunstwerk* und *Die verlorenen Eltern*, den Wälzer von Margaret Mitchell *Der Süden gegen den Norden*, der deutsch, ich glaube auch englisch, unter dem für mich abscheulichen Titel *Vom Winde verweht* erschien, und natürlich meine zwei persönlichen Kultromane der Jahre 1947 und 1948, John Steinbecks *Früchte des Zorns* und Ernest Hemingways *Wem die Stunde schlägt*.

Die großen Russen habe ich schon mit fünfzehn gelesen und fand sie alle – bis auf Gogols *Die toten Seelen* und Dostojewskijs *Der Spieler* – pathetisch, aufgeblasen, zu langatmig geschrieben, zu überphilosophiert und auf eine für mich damals abstoßende Art und Weise zu messianisch und unglaubwürdig. Zum zweitenmal habe ich russische Erzähler des neunzehnten Jahrhunderts Ende der fünfziger Jahre neu entdeckt. Aber da war ich schon von Albert Camus' Roman *Der Fremde*, bis heute mein Kultbuch, und durch den französischen

Existentialismus gegen das russische Pathos, gegen die orthodoxe Rechthaberei und gegen den russischen Messianismus gefeit.

Mein ehemaliger Onkel Raimund Cusan, der italienische Diplomat, der Mitte der dreißiger Jahr die jüngste Schwester meiner Mutter, die Štefi, die Handballspielerin vom S. K. Schlesisch Ostrau heiratete und im Krieg Witwer wurde, hat in Prag den Faschismus, den Duce und auch den König überlebt. Irgendwann Ende der vierziger oder Anfang der fünfziger Jahre besuchte ich ihn in der Prager italienischen Botschaft in der Neruda-Straße auf der Kleinseite. Nach dem Kaffee wurde mein ehemaliger Onkel, 1946 hatte er wieder geheiratet, unruhig, schrieb auf einen Zettel einige Worte und schob mir das Papier zu.

»Habe Verdacht, daß auch ich in meinem Büro eine Abhöranlage habe. Reden wir lieber über Literatur!«

Onkel Raimund verbrannte den Zettel im Aschenbecher.

Und er begann über Literatur zu reden, das heißt über Albert Camus und seinen Roman *Der Fremde*. Mein ehemaliger Onkel Raimund bezeichnete diesen Roman als ein literarisches Werk, das die Krise und die geistige Misere der kapitalistischen Gesellschaft meisterlich schildert. Er sprach laut und deutlich, wiederholte sich mehrmals, wobei er seine Stimme vor Begeisterung über Camus, der die westlich-dekadente Gesellschaft in seinem Buch so unbarmherzig entlarvt, deutlich vibrieren ließ.

Dabei schob er mir einen Zettel zu.

»Alles, was ich sage, ist Quatsch! Camus ist fabelhaft, einmalig!«

Über zehn Jahre, bis zu seiner Pensionierung im Jahr 1962, versorgte mich mein ehemaliger Onkel Raimund Cusan, der Italiener in Prag, mit westlicher Literatur in deutscher Sprache.

Und immer, wenn ich ein deutsches oder ins Deutsche übersetztes Buch, natürlich aus dem kapitalistischen Westen, in die

Hand nahm, erinnerte ich mich an den 1. September 1939, als mich Vater Bohumil durch Schlesisch Ostrau in die deutsche Volksschule schleppte. Ich schrie und heulte den ganzen Weg, ich habe versucht, mich gegen diese Gewalt an meiner neunjährigen Seele zu wehren, aber keiner half mir.

Das Schicksal, an das ich nicht zu sehr glaube, an seine Gerechtigkeit schon überhaupt nicht, glich die Ungerechtigkeit meines Vaters Bohumil auf eine sonderbare Art und Weise aus: Die deutsche Sprache, die mir der karottenfressende Oberlehrer Herbert Nitschke beibrachte, dieser Nazi, für den ich immer nur der Wasserpolacke *polívka* war, eröffnete mir das mir und meiner Generation am 25. Februar 1948 durch den kommunistischen Putsch zugeschlagene Tor in die westliche Literatur und den Einblick in das Denken des Abendlandes, in eine wunderliche Welt, in der alles das möglich war, wovon ich nur träumen konnte.

Der 25. Februar 1948 war ein frostiger, vernebelter Tag. Aufstand und Revolution standen bereit, um in die Stadt einzufallen. Der niedrige Luftdruck drückte die grauen, nach Schwefel riechenden Rauchfahnen aus der schlecht brennenden Braunkohle, mit der die proletarischen Mietskasernen in Prag-Žižkov beheizt wurden, bis aufs nasse Pflaster herunter.

In der Schule herrschte schon seit Anfang Februar 1948 Aufregung. Die Klasse war in Kommunisten und in ›Nationalsozialisten‹ und ›Lidovci‹ geteilt.[61] In den Pausen wurde leidenschaftlich über den kommunistischen Innenminister Václav Nosek gestritten, der nach 1945 die gesamte Polizei unter die Kontrolle der kommunistischen Partei brachte.[62]

Mein Problem war im Februar 1948 jedoch nicht der ideologische Streit zwischen den Kommunisten und dem Rest der tschechischen Gesellschaft, sondern die schlaflosen Nächte vor Onkel Františeks Kessel mit kochender Schmierseife, die mich, meine Mutter und meinen kleinen Bruder Kamil (Vater Bohumil saß abwechselnd im Gefängnis oder in Arbeitslagern) ernährte.

Der Rest meiner Energie war auf die Matura Ende Juni 1948 ausgerichtet. Alles andere war für mich damals Nebensache. Aus den leidenschaftlichen politischen Streitgesprächen meiner Mitschüler, die alle in abgesicherten Familien ihren Rückhalt hatten, hielt ich mich, der verunsicherte schwarze Gastschüler, ein Protegé des allmächtigen Augustin Kliment, eines Mitgliedes des Zentralkomitees der KPTsch, heraus.

Der Direktor des Gymnasiums in Prag-Žižkov, er hieß, wenn ich nicht irre, Jaroslav Hlavatý, trat im Mai 1945 der KPTsch aus Angst bei, und das war mein Glück. Ein ehrlicher tschechischer Patriot oder ein altgedienter Kommunist, einer aus der intellektuellen linken Avantgarde, die das tschechische kulturelle Leben vor dem Zweiten Weltkrieg beherrschte, hätte mich niemals in das Gymnasium als schwarzen Gastschüler aufgenommen.

Jaroslav Hlavatý war aber, zu meinem Glück, ein anderer Fall: Im Protektorat Böhmen und Mähren hatte er als Tschechischlehrer im Kuratorium[63] zu viel Dreck am Stecken gesammelt, und so erklärte er sich, um sich zu retten, schon im Mai 1945 (er besaß nämlich einen guten Riecher für politische Windänderungen und für ideologische Wetterfahnen) zu einem ergebenen Marxisten-Leninisten.

Für den in Sachen Politik und Ausnutzung menschlicher Schwächen und Niederträchtigkeiten erfahrenen Altbolschewisten Augustin Kliment, der ja seine neuen, nach Mai 1945 hastig in die KPTsch eingetretenen Pappenheimer mit viel Kriegsbutter auf dem Kopf nur zu gut kannte, war Jaroslav Hlavatý der richtige Mann, dem er mich, einen schwarzen Gastschüler, 1948 immer noch rechtlich ein Deutscher ohne tschechoslowakische Staatsbürgerschaft, anvertrauen konnte.

Genosse Direktor Dr. Jaroslav Hlavatý ging mir aus dem Weg. Er haßte mich, das habe ich sofort erkannt, er hatte jedoch Angst vor mir. Mit Augustin Kliment im Hintergrund war ich für ihn die lebendige Bedrohung seiner Gegenwart und seiner Zukunft. In Tschechisch, das er unterrichtete, ließ er mich in Ruhe; allerdings bekam ich von Dr. Hlavatý auch für meine besten schriftlichen Arbeiten immer dieselbe Note wie für die miserablen, nämlich eine Drei.

Dr. Jaroslav Hlavatý hätte mir, wenn ich im Herbst 1945 achtzehn gewesen wäre, nur um mich loszuwerden, das Maturazeugnis sofort ausgestellt. Da ich aber erst fünfzehn, also noch nicht im Maturaalter war, gab er sich drei Jahre Mühe, mich nicht zu sehen, nicht zu kennen und nicht wahrzunehmen.

Mir war es nur recht.

Erst als ich Ende Juni 1948 mein Maturazeugnis (Notendurchschnitt drei Komma fünf, und damit war ich höchst zufrieden) in der Hand hielt, fiel mir auf, daß mein Zeugnis nicht von Dr. Jaroslav Hlavatý unterschrieben war. Die Unterschrift unter meinem Maturazeugnis aus dem Jahr 1948 war unleserlich. Auch das war mir vollkommen egal.

Mein Geschäft mit Schmierseife lief im Februar 1948 ausgezeichnet.

Ich war zum drittenmal nach Eva Schubert und nach meiner zweiten großen Liebe zu Olga Češková, die ein tödliches Ende nahm, in Marie Holečková verliebt.

Über meine Zukunft machte ich mir keine zu großen Sorgen.

Vater Bohumil saß nach dem kommunistischen Umsturz im Februar 1948 wieder einmal abwechselnd in Mährisch Ostrau, Vsetín, Štramberk oder in Nový Jičín im Arbeitslager, im Knast oder in Untersuchungshaft. Er schrieb mir ab und zu lange Briefe; ich antwortete ihm nur selten. Vater Bohumil war weit weg von mir, in einer Welt, die mich nichts anging.

Der Putsch, der Umsturz oder die Revolution, auf die mein Onkel František so sehnsüchtig wartete, verlief für mich am 25. Februar 1948 auf eine ganz besondere, zum Teil wunderliche, zum Teil peinliche Art und Weise.

An diesem Tag, der mein ganzes Leben brandmarken sollte, habe ich nichts Großes, nichts Erhabenes und nichts grausam Abstoßendes, zugleich auch nichts so wunderbar Aufregendes erlebt, wovon ich bis ans Lebensende träumen und wofür ich meinem Gott dankbar sein könnte. Gegen sechzehn Uhr habe ich in einem ziemlich schäbigen Wohnzimmer in der Passage Schwarze Rose meine sexuelle Unschuld verloren und eine Stunde später war ich auf dem Wenzelsplatz Zeuge eines Umsturzes.

Beide Ereignisse des 25. Februars 1948 haben mich enttäuscht.

Gegen vierzehn Uhr brach ich mit meinem Karren in die Stadt zu meinen Kunden auf. Bis zu der Kreuzung U Bulhara (›Beim Bulgaren‹) ging es die Husitská-Straße immer bergab und schnell voran; der Karren mit zweihundert Kilo Schmierseife rollte von selbst. Erst vor der Eisenbahnbrücke unter dem Granitkasten mit dem abscheulich monströsen Reiterdenkmal von Jan Žižka von Trocnov[64] oben auf dem Veitsberg stellte ich fest, daß die sonst belebte Straße fast menschenleer war; die meisten Geschäfte waren geschlossen. Unten am Ende der Husitská stand in Richtung Prag eine ganze Reihe von leeren Straßenbahnen der Nummern neun und einundzwanzig. Richtung Wilson- und Masaryk-Bahnhof lief nichts mehr; aus der Stadt kam keine Straßenbahn durch.

Da haben wir die Bescherung! Unten in der Stadt gibt es offensichtlich Revolution, und was mach' ich mit meiner Schmierseife?

Hinter mir hörte ich von Hunderten Frauenstimmen gesungen die Internationale. Aus einer Nebengasse bog in die Husitská-Straße ein Zug von mehr als tausend Frauen ein, Mitgliedern der kommunistischen Frauenorganisation von Prag-Žižkov. Alle hatten rote Kopftücher umgebunden.

Auf den roten Spruchbändern über ihren Köpfen las ich:

»Nieder mit der Bourgeoisie!«

»Es lebe unser geliebter Genosse Stalin!«

»Hoch der Kommunistischen Partei!«

In der Husitská nahmen die Žižkover Kommunistinnen die ganze Breite der Straße ein und marschierten, immer wieder von Anfang an die Internationale singend, dreißig Schritte, mehr nicht, hinter meinem Karren mit den zwanzig Eimern Schmierseife her.

Einige hundert Meter vor der Kreuzung U Bulhara steigt die Husitská leicht an. Mir ging die Puste aus. Das Pflaster war holprig. Im Nacken spürte ich den heißen Atem der Žižkover Kommunistinnen. In der Fahrkartendruckerei der Eisenbahn stellte ich den Karren in der Toreinfahrt ab; ich gab auf und ließ den Zug der Žižkover Kommunistinnen an mir vorbeiziehen.

»Warum singst du die Internationale nicht mit, Genosse?« schrie mich eine junge Frau an.

»Mir ging die Puste aus, Genossin!«

Ich lehnte mich an die Wand an und beruhigte allmählich meinen Atem. Die hinteren Reihen des Zuges sangen die Internationale nicht mehr so laut und nicht so entschlossen wie die Frauen vorne. Viele, vor allem die jungen Frauen, hatten ihre roten Kopftücher abgenommen. Die Reihen ganz hinten marschierten nur stumm mit, sie ließen sich mitziehen.

Dann sah mich meine Großmutter Marie Mikolajczyková.

Großmutter hatte ihren Pelzmantel aus gefärbtem Kaninchenfell an, den sie bei Regen oder nassem Schneefall nicht tragen konnte, denn das Fell färbte sofort ab; das rote Kopftuch rutschte Großmutter tief in die Stirn.

»Was machst du hier, Großmutter?«

Sie blieb stehen, hob ein wenig den Kopf und schaute mich aus dem roten Schatten hinter dem oberen Rand des Kopftuches an.

»František hat gesagt, es sei wichtig, daß alle, die es mit der Zukunft gut meinen, heute mitmachen.«

»Mir hat er aber nichts gesagt!«

Großmutter senkte ihren Kopf.

»Ich hab' František gesagt, er soll dich mit seiner Revolution in Ruhe lassen. Für den Fall, daß sie schiefgeht. Du hast ja schon wegen deinem Vater genug auf dem Buckel. Also halte dich heute raus und geh' nach Hause. Wenn es in der Stadt vorbei ist, komme ich nach.«

»Und was mache ich mit meiner Schmierseife, Großmutter? Die Kundschaft wartet! Und ich habe das Geld bitter nötig!«

»Heute denkt keiner ans Geld, Ota! Es gibt Revolution, wir alle stehen am Anfang einer neuen Zeit!«

So hatte ich Großmutter Mikolajczyková noch nie reden gehört.

Großmutter zog ihr Kopftuch noch tiefer in die Stirn.

»Nach der Revolution sehen wir uns zu Hause! Ich habe in der Röhre eine Hühnersuppe für dich aufgehoben.«

Ihr rotes Kopftuch verschwand im roten Strom, der sich an mir vorbei Richtung Kreuzung U Bulhara wälzte.

Nach einigen Minuten konnte ich wieder die Zuggurte anlegen und meinen Karren hundert Schritte hinter der letzten Reihe der Žižkover Kommunistinnen Richtung Stadtmitte ziehen.

Revolution hin, Revolution her, ich muß zuerst meine Schmierseife loswerden und Geld kassieren!

Einige Meter vor der Kreuzung U Bulhara baute sich vor mir eine mit Gewehren bewaffnete Mauer von Männerrücken auf. Ich versuchte, sie mit meinem Karren zu durchbrechen, genauer gesagt, ich bat die Arbeitermilizionäre, mich in die Hybernská-Straße Richtung Masaryk-Bahnhof durchzulassen, denn am Bahnhof wartet Herr Alois Heřman, der Chef der Putzkolonne, auf mich und seine zehn Eimer Schmierseife.

Ein Arbeitermilizionär trat einige Schritte zur Seite und ließ mich durch.

»Wenn in der Hybernská-Straße geschossen wird, dann verdrück dich!«

Fünf oder sechs Schritte vor der geschlossenen Reihe der Arbeitermilizionäre sah ich Onkel František mit einem funkelnagelneuen Gewehr neben drei anderen Milizionären stehen, wahrscheinlich Kommandanten der Hundertschaft; ihre Aufgabe war es, die zwei Zufahrten in die Stadtmitte bei der Kreuzung U Bulhara unter Kontrolle zu halten.

Onkel František hatte meinen neuen Hut auf, und das überraschte mich.

Ich hatte mir den sündhaft teuren, nach der damaligen Mode breitkrempigen braunen Hut erst vor vierzehn Tagen bei dem teuersten Prager Hutmacher Am Graben gekauft, um vor meiner neuen großen Liebe Marie Holečková am Sonntag angeben zu können, und jetzt sah ich meinen Hut auf Onkel Františeks Kopf. Es war ungerecht, daß er, ohne mich zu fragen, mit meinem Hut in die Revolution zog.

»Wieso hast du meinen Hut auf?«

»Nach der siegreichen Revolution wird alles allen gehören, es wird kein Privateigentum mehr geben! Es ist kalt, so habe ich ihn mir nur ausgeliehen. Aber hab' keine Angst um deinen Hut, du bekommst ihn zurück.«

»Das will ich hoffen, Onkel!«

Ich legte mir die Gurte an und zog meinen Karren durch die Hybernská Richtung Masaryk-Bahnhof.

Mein Hut machte mir zusätzliche Sorgen.

Am Samstag wollte ich ihn wieder zum Rendezvous mit Marie Holečková um zwanzig Uhr in der Blaník-Passage oben auf dem

Wenzelsplatz aufsetzen, ein wenig Weltmann spielen, denn nach langem Hin und Her war es mir gelungen, meine neue Liebe aus Prag-Košíře zu überzeugen, mit mir in die Blaník-Bar zu gehen, wo damals die beste Bebop-Band westlich von New York spielte.

Jeden Samstag, wenn ich nicht mit Onkel František Schmierseife kochen mußte, saß ich bis lange nach Mitternacht in der Blaník-Bar und ließ mich vom Bebop in eine Welt entführen, in der das Wort als Kommunikationsmittel verdrängt wurde und spontan, ohne Sinn, nur im Einklang mit dem authentischen Rhythmus durch Silben und verrückte Laute ersetzt wurde.

Was sage ich ersetzt!

Für mich öffnete ein jedes Babalu Be Be Be Bop ein Tor in eine außersprachliche Welt, in der es möglich war, alle Verzweiflung und Freude, alles Glück und Leid mit einfachen, allen verständlichen Silben und Lauten aus sich herauszuschreien.

Dizzy Gillespie, Miles Davis, Stan Getz und wie all meine damaligen Idole hießen, kannten meinen Schmerz und mein Leid und brachten mir Trost. Howard McGee, Sonny Criss, Wardell Gray, Dodo Marmarosa, Red Callender und Jackie Mills spielten meinen Bebop, den verrückten Rhythmus meiner Jugend.

Und die Titel!

Alle habe ich auswendig gekannt, die meisten vergessen, aber nicht alle: »Opus The Bop« mit Stan Getz und seinem Tenorsaxophon, »Pardon My Bop« mit Al Haig am Piano, »Interlude In Bebop« mit Charlie Perry an den Drums und »On For Prez« mit Wardell Grays Saxophon.

Am Samstag nach dem kommunistischen Umsturz – mein Hut hatte in der Revolution, die keine Revolution war, keinen Schaden genommen – kam Punkt acht Uhr Marie Holečková in die Blaník-Passage. Sie hatte einen eleganten Hut mit Schleier auf, sie sah geheimnisvoll aus. Mit meinen Lippen berührte ich ihre verschleierte Stirn und von diesem Augenblick an wußte ich, daß ich sie unsterblich liebe.

Die Band fing jeden Abend um zwanzig Uhr ihr Programm mit der immer wieder neu improvisierten Komposition »Die Ritter vom Blaník« an.[65] Ich nahm Marie Holečková unterm Arm und führte sie, leise in ihr linkes Ohr mit der Stimme meines Idols, des Stars am Klavier (er hieß, wenn ich nicht irre, Jan Vrba), baba babalu, sha sha sha! singend in meine wunderliche Unterwelt im Palais Blaník, in die ich, so oft ich nur konnte, aus meinem Alltag im Gestank der kochenden Schmierseife zu entkommen versuchte.

Ich hielt Marie Holečkovás kühle Hand und flüsterte ihr ins Ohr:

»To Be Or Not To Be Bebop!«

Herrn Alois Heřman, den Chef der Putzkolonne am Bahnhof in der Hybernská-Straße, der mir meine Lieferungen abnahm und aus der Kasse sofort bezahlte, habe ich in seinem Büro nicht gefunden.

Frau Helenka, die Vorarbeiterin, kochte im Büro Ersatzkaffee.

»Genosse Heřman macht Revolution! Seit zwei Stunden ist er der Vorsitzende des revolutionären Aktionsausschusses[66] und hat eben viel zu tun mit der Säuberung des Bahnhofes von reaktionären Kräften!«

»Und wer bezahlt mir die Schmierseife?«

»Herr ... Genosse Heřman sagte mir, du sollst die zehn Eimer Schmierseife wie immer im Lager abliefern und die Rechnung mir geben. Wenn die Revolution zu Ende ist, kannst du vorbeikommen und dein Geld abholen.«

Mit den restlichen Eimern Schmierseife und ohne Geld zog ich meinen Karren durch die Dlážděná- in die Jindřišská-Straße. Dort gab es schon ein Gedränge. Die Straßenbahnen auf der linken wie auch auf der rechten Schiene standen still und leer. Vor dem Eingang in die Prager Hauptpost hielten drei mit neuen Gewehren bewaffnete Briefträger mit roten Armbinden am rechten Ärmel Wache. Am Anfang der Panská-Gasse hörte ich vom Wenzelsplatz das Dröhnen von Tausenden Stimmen, sie schrien »Es lebe Klement Gottwald! Nieder mit den Verrätern! Es lebe Stalin, es lebe die Sowjetunion!« In der engen Panská-Gasse war es stiller; das Geschrei vom Wenzelsplatz war hier nur wie das dumpfe Echo eines weit entfernten Hagelschlages zu hören.

An das große Tor des Hauses Nummer 8, durch das einst die berühmte deutschsprachige Prager Literatur in die Redaktion des *Prager Tagblattes* schritt[67], befestigte eine Gruppe junger Kommunisten mit Reisnägeln ein großes handgeschriebenes Plakat: »Es lebe die Weltrevolution!«

Ich war verschwitzt und ruhte mich vor dem Plakat, ungefähr hundert Meter vor der Passage Schwarze Rose, wo ich dem Hausmeister fünf Eimer Schmierseife liefern sollte, aus.

Der Durchgang, der von der Panská-Gasse in den Hof der einstigen Redaktion des *Prager Tagblattes* führte, duftete betäubend und scharf nach Druckerfarbe; das Pflaster vibrierte. Links im schmalen Hof hörte ich das Summen der Rotationsdruckmaschinen. Am 25. Februar 1948, als es in Prag Umsturz gab, konnte ich nicht wissen, daß ich schon Anfang September durch dieses Tor als Mitglied der Kollektivs der größten Zeitung für die sozialistische Jugend der Tschechoslowakei *Mladá fronta* jeden Tag zu meiner Arbeit ins Archiv der Redaktion unter dem Dach gehen werde.

An diesem feucht-frostigen Nachmittag gab es zwei Ecken weiter, am Wenzelsplatz, einen Umsturz, einen Putsch oder eine Revolution. Ich hatte aber andere Sorgen: Wie bringe ich in diesen Stunden, in welchen sich die große Geschichte auch in meiner unmittelbaren Nähe austobt, meine restliche Schmierseife zu meinen Kunden?

Zu dieser Stunde, als ich mit meinem Karren die letzten hundert Meter vom Haus Nummer 8 in der Panská-Gasse Richtung Schwarze-Rose-Passage aufbrach, resignierte Dr. Edvard Beneš auf der Prager Burg, gab dem dreisten Druck von Klement Gottwald, dem Vorsitzenden der KPTsch, und seinen bewaffneten Arbeitermilizen nach, unterschrieb die Demission von zwölf demokratischen Ministern, den Garanten der tschechoslowakischen Nachkriegsdemokratie, und beauftragte den Kommunistenführer mit der Bildung einer neuen Regierung der sogenannten nationalen Einheitsfront.

Meine Zukunft war damit für die nächsten vierzig Jahre versaut und verloren, und ich wußte es nicht.

Der Hausmeister in der Schwarzen Rose, Herr Štěpán Hampl, war nicht zu Hause.

»Mein Štěpán macht Revolution, hat mich wieder einmal allein zu Hause gelassen, und dabei hätten wir heute die ganze Passage saubermachen sollen. Schauen Sie sich, Herr Ota, nur den dreckigen Marmorboden an!«

Frau Helena Hamplová regte sich nicht auf, sie stellte Tatsachen fest, offensichtlich zufrieden, daß sie heute nachmittag, weil es in den Straßen gleich um die Ecke Revolution gab, die elegante, mit weißem Marmor ausgelegte Passage Schwarze Rose von der Panská-Gasse bis auf den Boulevard Am Graben nicht saubermachen mußte.

»Kommen Sie, Štěpán ist nicht zu Hause, so trinken wir in aller Ruhe einen Mokka!«

Immer, wenn ich in die Schwarze Rose Schmierseife lieferte und wenn der Hausmeister nicht zu Hause war, was öfters der Fall war, denn Hausmeister Hampl war viel mehr mit seinen, wie Frau Helena verächtlich bemerkte, Nebengeschäften als mit ihr beschäftigt, lud sie mich zum Mokka ein.

Ihr starker Kaffee, damals Mangelware, war für mich ein Genuß, dem ich nicht widerstehen konnte; er duftete nach tropischen Ländern, nach der weiten, wundervollen Welt rund um den Äquator, wo es immer Sonne gibt und niemals einen vernebelten, frostigen Februartag wie den heutigen in Prag.

Ich hob den heißen Duft des Kaffees an meine Lippen und fühlte in der Gegend rund um mein Herz eine sonderbar sanfte warme Bewegung. Mein Blut mußte dünner geworden sein, es floß schneller.

Frau Helena legte eine Schallplatte mit hawaiischer Musik auf und stellte eine Flasche Kognak, Marke Martell, vor mich hin.

Alles war schön kitschig und übersichtlich.

»Bedienen Sie sich! Sie können nicht nur Kognak haben!«

Sie zündete sich eine Zigarette an, eine Chesterfield. Frau Helena atmete tief und mit Genuß den Rauch ein, neigte ihren Kopf mit dem blond gefärbten Haar nach hinten, hielt für einige Augenblicke ihren Mund offen und ihren Atem an, dann senkte sie ihre Locken bis auf einen halben Meter vor mein Gesicht und blies mir langsam den blauen Zigarettenrauch gegen meine Stirn.

»Das Leben ist so kurz, Herr Ota!«

Es fiel mir auf, daß sie den Satz ›Das Leben ist ja so kurz‹ ständig wiederholte, einmal mit einer ungeschickten Melancholie, ein andermal mit einem weinerlichen Pathos und öfters mit einer überzeugenden Verbitterung.

»Soll ich Ihnen über mein Leben in dieser Passage mit diesem Scheißkerl Hampl und über mein krankes, sehr schwaches Herz erzählen?«

Was geht mich ihr krankes Herz an! dachte ich mir.

Auf Frau Helenas Frage antwortete ich zu großmäulig und zu frech, ja auf eine kränkende und beleidigende Art, daß ich mit meinem Leben schon genügend Kummer habe, daß mich fremde Schlamassel gar nicht interessieren, jeder von uns soll seine Mißgeschicke für sich behalten, sie meistern oder auch nicht. Mir kann es egal sein.

»Und was Ihr krankes Herz angeht«, fuhr ich fort, »da kann ich Ihnen nicht helfen! Ich bin kein Priester, Frau Helena. Wenn ich Ihren wunderbaren Kaffee und Ihren sündhaft teuren Kognak trinke, dann erwarten Sie als Gegenleistung von mir nicht, daß ich mir Ihr Geschwätz über Ihr unglückliches Leben anhöre. Mich geht Ihr Leben nichts an, ich nehme an ihm nicht teil und ich will jetzt und auch in Zukunft von Ihrem Kummer nichts wissen.«

»Wenn Sie es schon erwähnt haben, lieber Herr Ota, dann frage ich Sie: Zu was für einer Gegenleistung sind Sie bereit?«

»Ich liefere Ihnen für einen guten Preis Schmierseife, vorzügliche Qualität, immer noch Mangelware!«

»Was die Schmierseife angeht, da sind wir doch quitt! Sie liefern, ich bezahle. Aber ich denke an andere Sachen, die man im Leben nicht mit Geld bezahlen kann.«

Frau Helena goß den ganzen Inhalt ihres Glases in ihre halboffene Mundhöhle voll von blauem Zigarettendunst, preßte fest ihre Lippen zusammen und schluckte ihn mit dem Kognak vermischt hinunter. Erst nach einer Weile öffnete sie ihren Mund und blies mir den Zigarettenrauch, der ein wenig auch nach Kognak duftete, ins Gesicht.

Die Art, wie Frau Helena rauchte und zugleich auch trank, faszinierte mich.

Auf ihrem Paradesofa im herrlichen Duft von erstklassigem Mokka, mit der Flasche französischen Kognaks in Griffnähe und in den Rauchschleiern ihrer amerikanischen Zigarette fühlte ich mich zwar ein wenig unwohl, zugleich aber auch auf eine seltsame Art geborgen. Wenn Frau Helena Hamplová schweigend nur rauchen und trinken würde, dann wäre ich auf ihrem Sofa mit meiner rechten Hüfte auf ihre fett-muskulöse linke Seite gestützt und mit meinem müden Blick tief in die halboffene Schlucht zwischen ihren mächtigen Brüsten versenkt, sogar gerne eingeschlafen.

Es ist alles so, wie in einem schlechten Kino oder in einem billigen Romanheft für Dienstmädchen, und es ist gut so, daß es so kommt, wie es eben kommt, kicherte ich im Innern.

Ein in vierzehn Tagen achtzehnjähriger Gymnasiast, hauptberuflich ein Unternehmer, in Sachen Liebe und Sex noch nicht erprobt und unerfahren, vom Leben jedoch schon zu oft richtig zusammengeprügelt, also kein kacknaiver, von hochgestochener Dichtung in Illusionen über Leben und Liebe irregeführter Jüngling, wird von einem nach Geschlechtsleben hungrigen Mordsweib älteren Jahrgangs – Frau Helena, schätze ich, mußte etwas über vierzig gewesen sein – mit Mokka und Kognak vollgegossen und, wie in schlechter Literatur so oft nachzulesen, weich und willig gemacht. Gibt es denn im Leben wirklich nichts Neues? Nichts zu machen, ich kriege das, was ich verdiene, und ich werde meinen Kaffee und den Kognak bezahlen!

Auf alles, was auf mich auf Helenas Sofa zukam, war ich durch die Literatur gerüstet und vorbereitet. Seit einem Jahr stand ich damals voll und ganz unter dem Einfluß von Ladislav Klímas für mich wunderlichem, mein Dasein bereicherndem Buch *Die Leiden des Fürsten Sternenhoch*[68], voll von leidenschaftlichem Reinheitsstreben neben abwegiger Erotik, und las immer wieder begeistert Josef Váchals *Blutigen Roman*, der in der Zeit des ersten surrealistischen Manifestes im Jahr 1924 entstanden ist, also beeinflußt von einer Bewegung, der ich mit achtzehn nahestand, obwohl ich von ihr nur wenig wußte.[69] Aber schon die Titel von deutschen blutrünstigen Romanen, die Váchal in seinem Buch anführt, faszinierten mich: *Die Begebenheiten des Diebs auf der Jnsul der Herumstreicherin in einer Galgenstragödie vorgestellet.* Dresden, 1740. *Die verliebte Todten.* Leipzig und Franckfurt, 1723. *Der geblauete Stockfisch oder Seebaldus Corsars Mördergeschichte.* II. Aufl. 1758. *Gespräche in dem Reiche derer Todte.* Leipzig, 1727.[70]

»Den Kern der Welt nenne ich schwarzes Licht, schwarze Illusion«, schreibt Klíma in seinem Sternenhoch.

Er sprach mir damals aus der Seele.

Helena Hamplovás Wohnzimmer hatte kein richtiges Fenster, nur ein verglastes, mit einem roten Vorhang verdecktes Loch in den Lichtschacht.

Ich saß in der Falle.

Meine Lage empfand ich aber nicht bedrohend oder gefährlich. Wenn ich schon zum erstenmal in meinem Leben in uneingeschränkter Menge französischen Kognak, den ich nur aus der Literatur kannte, genießen durfte, dann wollte ich, bevor sie mich kriegt, noch mindestens vier oder fünf Stamperl kippen. Die Initiative überlasse ich ihr.

Damit mich meine Scham nicht überwältigt, betäube ich meinen Kopf mit Kognak und lasse über mich das ergehen, was ich mir aufgrund von schöngeistig-romantischer Literatur viel poetischer, zum Beispiel bei Vollmond an einem verträumten See oder in dem nach Lavendel duftenden Schlafzimmer einer Jungfrau erträumt habe. Jetzt muß ich das nehmen, was ich kriege und wie es kommt. Es ist nun einmal so, daß ich mit Marie Holečková in absehbarer Zeit keine Chance habe, meine Unschuld zu verlieren, und wenn ich sie jetzt und hier, in diesem Möchtegern-nach-der-Vorkriegsmoderne möblierten Wohnzimmer, mit nach kaltem Zigarettenrauch stinkenden Kunstblumen, mit billigen maschinengestickten Tischdecken und fleckigen Teppichen an Frau Helena Hamplová verschwende, dann kann ich mir danach getrost und ohne Gewissensbisse sagen, daß es für mich nur die erste Kostprobe, von einer erfahrenen Bumserin gekonnt inszenierte Einführung in die spätere wunderliche Welt der wahren Liebe mit Liebe sein würde.

Der vierte Kognak zeigte Wirkung. Ich wurde auch neugierig darauf zu erfahren, wie sie es anstellt, mich aufs Kreuz zu legen.

Helena trank zuviel. Kein Wunder! Von ihrem Ehegatten Štěpán Hampl, einem rund um den Wenzelsplatz und Am Graben berühmten *potápka*[71] und Schwarzhändler mit allem Möglichen, was Geld einbrachte, wußte man, daß er schwul war. Helena machte daraus kein Geheimnis. Vor mir führte sie diese Tatsache als Warnung an, zugleich auch als Entschuldigung dafür, daß sie sich vorher immer mit Kognak betäubte, um ihren Štěpán, ihr Unglück, zu vergessen. Sie bat mich auch um Nachsicht, für den Fall, daß, wie sie sagte, etwas schiefgehen sollte, denn sie selbst habe ja so wenig Erfahrung mit Männern.

Das war natürlich gelogen, aber ich hörte es gern.

Ich bekam Angst, daß Helena sich zu schnell besäuft, daß sie mich vergessen könnte, daß sie umfällt, daß sie der Schlag mitten in ihr schwaches Herz trifft. Ihr Gesicht lief schon gefährlich rot an; in der Schlucht zwischen ihren Brüsten und Schenkeln kam es zu einem mächtigen Schweißausbruch.

Meine Schmierseife hatte ich nicht vergessen.

»Ich muß die Schmierseife abladen, geben Sie mir, bitte, den Schlüssel zum Magazin, ich bringe die fünf Eimer hin!«

Meine Stimme mußte für Frau Helena matt und unbeholfen geklungen haben.

»Hab keine Angst, Junge, deine Schmierseife wirst du los, und bezahlen werde ich sie auch!«

Frau Helena zündete sich eine weitere Zigarette an. Ihre Bewegungen waren langsam und überlegt, sie hatte es nicht eilig, ich dagegen mußte immer wieder an meine letzte Lieferung des Tages, an die fünf Eimer Schmierseife für das berühmte Restaurant Vašata am Wenzelsplatz denken, und es beunruhigte mich, daß mir nach dem vierten Kognak meine Schmierseife wichtiger war als Frau Helenas Schoß.

An die Revolution draußen wollte ich gar nicht denken.

In einem einzigen Augenblick, als ich Frau Helena aus den Augen verlor, denn ich schenkte mir den fünften Kognak ein, legte sie ihre Bluse und ihren Rock ab.

»Du redest von Schmierseife, ich vom Leben, das ja so kurz ist. Man ist im Leben eigentlich immer nur allein. Das weißt du, Ota, ja besser als ich. Und wenn sich zwei einsame Menschen bei gutem Mokka und Kognak begegnen, dann müssen sie doch die Gunst der Stunde nutzen. Das Leben ist so kurz und mein Herz ist krank!«

Frau Helena schob sich mit einer Kraft, der ich mich nicht widersetzen konnte, noch näher an mich heran und preßte mich mit ihrer fett-muskulösen linken Körperseite in die Polster.

Im allerletzten Augenblick, bevor Frau Helena mit ihrer rauhen Zunge in meinen Mund eindrang, gelang es mir, den fünften Kognak zu schlucken.

Die große Standuhr in der Ecke des Wohnzimmers schlug viermal. Ich lag auf einem fetten feuchten Koloß, der mit seinen weit gespreizten, gehobenen Schenkeln mit einer unheimlichen Kraft meine Hüften umklammerte. Das erste, was mir danach einfiel, war die Frage:

Was ist anders geworden?

Die Kognakflasche auf dem Tisch war noch nicht ganz leer. Der Mokka in der gläsernen Kanne war bestimmt kalt geworden. Die verstaubten Kunstblumen, einst roter Mohn und schmutzig blaue Nelken in der Vitrine über meinem Kopf, strömten den Geruch von kaltem Zigarettenrauch aus.

Es hatte sich überhaupt nichts geändert.

Ich fühlte mich gereizt, ausgehöhlt und um eine halbe Stunde betrogen, die ich mir seit meiner ersten und zweiten großen Liebe anders, ich weiß zwar nicht wie, jedoch nicht so schäbig, nicht auf so eine beschämende Art und Weise ohne Liebe und ohne Leidenschaft, erträumt hatte. Ich hatte weder ein überwältigendes Glück noch etwas wunderbar Ekelhaftes hinter mich gebracht. Zum zweitenmal mochte ich es so nicht mehr erleben.

Es war mir peinlich, nackt auf Helena zu liegen. Ich stand auf. Vor Helenas Blick, mit dem sie meine Bewegungen vom Sofa beobachtete, schaffte ich es nicht, mich anzuziehen. Sie musterte meinen Körper, ein kleiderloses Geschöpf, so wie man jemanden gelangweilt beobachtet, der im Zimmer ratlos herumsteht. Mit ihren großen dunklen Pupillen, die ich leer und ausgeloschen fand, verfolgte sie mich wie einen Gegenstand, der zur Einrichtung des Wohnzimmers gehört.

Mit einigen zu hastigen Griffen sammelte ich meine Wäsche und Kleider ein, verschwand im Badezimmer und zog mich dort an. Als ich das Wohnzimmer betrat, stand Helena in ihrem hellblauen Morgenmantel vor mir. In der linken hielt sie den Schlüssel zum Magazin, in der rechten vier grüne Hunderter.

»Stell die Schmierseife im Magazin ab und werfe den Schlüssel in den Briefkasten.«

»Und wann soll ich mit der nächsten Lieferung wiederkommen?«

»Ich denke in vierzehn Tagen, ruf mich aber vorher an.«

Helena hob ihren halboffenen Mund zu meinen Lippen.

Ich wandte mich schnell ab und lief die Treppe hinunter in die Passage Schwarze Rose.

Die Dämmerung kam schnell. Ein dunkelgrauer Nebel fiel in die Panská-Gasse. Die letzten fünf Eimer mit Schmierseife, für das Restaurant Vašata auf dem Wenzelsplatz bestimmt, waren für mich zu schwer; an der Ecke Panská-Gasse/Jindřišská überfiel mich ein Schwächeanfall und ich mußte mich in dem vergitterten Eingang in ein Geschäft mit Kugellagern übergeben. Mein Magen verträgt keine Aufregung.

Die Jindřišská-Straße war Richtung Wenzelsplatz voll von Menschen; für meinen Karren gab es an der Ecke vor dem Hauptpostamt kein Durchkommen. Zu meinem Glück marschierte eine Einheit von bewaffneten Arbeitermilizionären vom Heinrich-Turm Richtung Wenzelsplatz; die Menschen machten den mit verbissenen Gesichtern marschierenden Putschisten, die gerne an diesem Tag Revolutionäre geworden wären, aber die große Geschichte hat es ihnen versagt, Platz. Keiner wagte sich den bewaffneten Proletariern in den Weg zu stellen.

Die Arbeitermilizionäre, mehr als zweihundert Mann, marschierten an mir und meinem Karren mit den fünf Eimern Schmierseife schweigend vorbei. Ich schloß mich der letzten Reihe an; vorne stimmten rauhe Männerstimmen die Internationale an. Ich hatte Mühe, mit meinem Karren Schritt mit den bewaffneten Arbeitern zu halten. Einer der Milizionäre drehte sich um, sah mich und mein vor Anstrengung verzerrtes Gesicht, blieb zurück und half mir meinen Karren zu ziehen.

»Ich danke Ihnen!«

»Sag Genosse zu mir!«

Der junge Mann im grauen Mantel und mit einem funkelnagelneuen Gewehr sah mich ernst an.

»Schreib dir hinter deine Ohren: Von nun an gibt es kein Siezen mehr, wir alle sind Genossen. Gehörst du zu uns?«

»Wie man's nimmt. Ich muß es mir noch überlegen.«

»Viel Zeit zum Überlegen wirst du nicht mehr haben!«

An der Ecke Jindřišská/Wenzelsplatz blieb die Kolonne stehen; vorne schrie jemand einen Befehl, die Arbeitermilizionäre nahmen die Gewehre ab, schwärmten aus und sperrten die Jindřišská-Straße vom Wenzelsplatz ab. Der junge Arbeitermilizionär wischte sich den Schweiß von der Stirn, ließ meinen Karren los, nahm sein Gewehr von der Schulter und sagte traurig:

»Wenn es jetzt losgeht, dann habe ich nur fünf Schuß im Magazin.«

Die Menschenmenge, die durch die Jindřišská-Straße auf den Wenzelsplatz drängte, wich vor den Gewehren der Arbeitermiliz zurück. Ich stand plötzlich mit meinem Karren im gefährlichen Freiraum zwischen der Front der bewaffneten Arbeitermiliz und der bedrohlich schweigenden, vor den Gewehren zurück in die Jindřišská-Straße drängenden Menschenmasse.

Ein Arbeitermilizionär schrie mich an:

»Verschwinde von hier!«

»Ich möchte verschwinden, aber wohin? Laßt mich auf den Wenzelsplatz durch!«

Die dicht geschlossene Front von Gewehren im Anschlag und von grimmig dreinschauenden Gesichtern öffnete sich; ich konnte mit meinem Karren auf den Wenzelsplatz einfahren.

Der Platz war zwar voll von Menschenmassen. Am Gehsteig entlang der Wand des Tanzcafés Alfa konnte ich dennoch bis zum Eingang des Restaurants Vašata gelangen. Am unteren Ende des Wenzelsplatzes stand, wahrscheinlich auf einem Lastwagen, eine provisorische Tribüne. Fast das ganze Zentralkomitee der KPTsch, ausgenommen Klement Gottwald, versammelte sich auf der Plattform. Augustin Kliment drängte sich nicht in den Vordergrund; er hielt sich links von Rudolf Slánský[72] und Václav Nosek hinter dem Rücken eines Genossen, den ich nicht kannte, versteckt.

Gerade in dem Augenblick, als ich den letzten Eimer Schmierseife die Treppe hinauf ins Lager des Restaurants Vašata im ersten Stock schleppte, stieg Klement Gottwald in Begleitung von drei Genossen auf die provisorische Tribüne unten am Wenzelsplatz hoch, trat vor das Mikrofon, hob ein Papier und verkündete den Menschenmassen, der Staatspräsident Dr. Edvard Beneš habe vor einer Stunde die Demission der zwölf verräterischen bourgeoisen Minister akzeptiert und eine von ihm vorgeschlagene neue Regierung der Nationalen Einheitsfront unter der Führung der kommunistischen Partei unterschrieben.

Die Massen jubelten:

»Es lebe Klement Gottwald!«

»Es lebe die Kommunistische Partei der Tschechoslowakei!«

Die Sieger dieser Stunde und der Geschichte, Klement Gottwald und seine Genossen oben auf der Tribüne, lächelten und winkten den Massen zu.

Eine richtige Revolution fand nicht statt. Ich war enttäuscht. Nach Onkel Františeks Gerede über eine große Revolution, die den Menschen Freiheit ohne Ausbeutung bringt, den Weg zum Kommunismus öffnet, hatte ich etwas Großartiges erwartet. Und was war geschehen? Die große Geschichte ließ mich zwar mit meinem Karren gerade im richtigen Augenblick auf den Wenzelsplatz in die Nähe der Sieger und der zukünftigen Herrscher einfahren, aber die Vorstellung, die sie mir unten am Wenzelsplatz inszenierte, war miserabel. Das Ende einer europäischen Demokratie hätte einen würdigeren Abschluß verdient. Die Genossen auf der Tribüne droschen Phrasen und die Massen auf dem Wenzelsplatz jubelten wieder einmal. Das war alles, und es war zu wenig.

Im Büro von Herrn Vašata mit dem Ausblick in den Hinterhof war es still; Gottwalds Stimme und das Geschrei der Massen waren hier nur wie ein tiefes Rauschen zu hören. Der junge Vašata, der Chef, reichte mir meine 400 Kronen.

»Das ist das Ende. Die nächste Lieferung Ihrer vorzüglichen Schmierseife wird schon der Vorsitzende des Aktionsausschusses bezahlen, der heute vormittag mein Restaurant im Namen des Volkes übernommen hat.«

»Und was werden Sie, Herr Vašata, tun?«

»Ich verschwinde von hier, solange die Grenze noch offen ist. Hier habe ich keine Zukunft mehr!«

»Viel Glück, Herr Vašata!« sagte ich und steckte das Geld ein.

Ich habe an diesem Tag zwei Gründe gehabt, zufrieden zu sein: Trotz Revolution, Aufstand oder Umsturz habe ich es geschafft, meine Schmierseife an meine drei Stammkunden zu liefern. Und nebenbei habe ich meine sexuelle Unschuld verloren, zwar mit einer für mich zu alten Bumserin, aber was soll's, man kann im Leben nicht immer alles vom Feinsten haben.

Am Nachmittag des 25. Februar 1948, der mein Leben umwerfen sollte, geschah etwas, was nicht geschehen sollte, oder wenn es schon geschehen war, dann hätte alles, der Umsturz und auch die Sache mit Frau Helena, auf eine erhabenere oder offen grausam-aufrichtige Art und Weise vollbracht werden sollen, und nicht nur halbe-halbe: ein wenig Putsch, ein bißchen Umsturz, ein Hauch von Revolution, mein erstes Vögeln ohne Liebe, dafür aber mit köstlichem Mokka und französischem Kognak.

Wenigstens das. Alles hätte für mich viel schlimmer ausgehen können, sagte ich mir.

Aus den Fenstern des Verlagsgebäudes Melantrich, in dem auch die größte und bedeutendste nicht-kommunistische Zeitung *Svobodné slovo* herausgegeben wurde, warfen Arbeitermilizionäre Stöße von Papier auf den Wenzelsplatz.[73]

Eine andere Gruppe von Arbeitermilizionären und einige Frauen mit roten Tüchern auf den Köpfen ohrfeigten vor dem Eingang in die Lucerna-Passage drei Herren mittleren Alters und beschimpften sie als käufliche Lakaien der Bourgeoisie.

Ich blieb mit meinem Karren mitten in einer Wolke von beschriebenen Blättern stecken, die vom dritten Stockwerk des Melantrich-Verlagsgebäudes in der nebligen Windstille wie riesige Schneeflocken auf das Pflaster des Wenzelsplatzes herunterschaukelten.

Ein alter Herr trat an mich heran, einer von diesen einsamen Schwätzern, die keiner hören will, die jedoch bei jedem Malheur, sei es ein Autounfall, ein Feuer, ein Überfall oder eine Revolution, immer dabei sind und alles besser wissen. Ich hatte das Gefühl, daß er mit seiner kultivierten Stimme und in einem archaischen Tschechisch in einem schon lang geführten Selbstgespräch fortfährt:

»Ein seltsamer Platz, dieser Wenzelsplatz. Jeder Gauner kriegt ihn voll. Sie sind zu jung, das werden Sie also nicht wissen und nicht erlebt haben. Ich bin hier 1942 gewesen, als Emanuel Moravec[74] die tschechische Bevölkerung, und vor allem die tschechischen Arbeiter – und das bitte nach dem geglückten Attentat auf den Reichsprotektor Reinhard Heydrich! – für den Kampf für Hitlers Reich mobilisierte. Über zweihundertfünfzigtausend Werktätige waren hier, bejubelten diesen Gauner und Faschisten und versprachen, sich für Hitlers Kampf gegen den Bolschewismus ihre Ärsche aufzureißen. Und am 28. Oktober 1945 waren dieselben Arbeiter wieder da und ließen den Staatspräsidenten Beneš hochleben, als er die Verstaatlichung unserer Industrie verkündete. Heute ist unsere Arbeiterklasse, alles freilich Antifaschisten, die in unseren Rüstungswerken fünf Jahre lang für Hitler schufteten, wieder auf dem Wenzelsplatz, um der tschechoslowakischen Demokratie endgültig das Genick zu brechen. Naja, weil es aber keine echte Revolution gibt, dann ohrfeigen sie wenigstens drei bourgeoise Journalisten. Und ist Ihnen schon aufgefallen, daß es bei uns niemals eine richtige Revolution gab, ich meine mit Guillotine, mit geköpften Königen oder Herrschern ...«

Die fünf Arbeitermilizionäre und die vier oder fünf Žižkover Kommunistinnen in roten Kopftüchern schlugen die drei Klassenfeinde fast lustlos. Die Prager Bürger, vielleicht waren es hundert, vielleicht zweihundert Gaffer, keine durch Revolution und erst vor einer Stunde vollzogenen Umsturz erregte Masse, schauten schweigend zu, wie die Arbeitermilizionäre und die Kommunistinnen in roten Kopftüchern sich bemühten, in eine hysterisch-revolutionäre Stimmung zu kommen. Es war lächerlich, ja grotesk: Als der eine, wahrscheinlich der jüngste, im Eingang in die Lucerna-Passage mißhandelte Journalist, der offensichtlich Schnupfen hatte und auch bei den Prügeln ständig niesen mußte, sich mit seinem Taschentuch die Nase putzte, hörten die

Revolutionäre auf, ihn zu ohrfeigen und auf seinen Rücken einzudreschen.

Nach zehn Minuten war die revolutionäre Tat am Wenzelsplatz vor dem Melantrich-Gebäude zu Ende. Die Arbeitermilizionäre gingen auseinander; die Žižkover Kommunistinnen steckten ihre roten Kopftücher in die Taschen. Die drei verprügelten Journalisten spuckten Blut aus, ordneten ihre Krawatten und verschwanden in der Menge.

Der Tag, an dem die Kommunisten siegten und die Macht übernahmen, war zu Ende.

Das einzige, woran ich mich mit einer ungetrübten Ironie erinnere, ist die Tatsache: Den ziemlich peinlich verlaufenen Verlust meiner sexuellen Unschuld kann ich mit dem sogenannten Siegreichen Februar 1948 verbinden.[75]

Über die Frage nach meiner persönlichen Verantwortung für den Lauf der Geschichte machte ich mir keine großen Sorgen, denn ich hatte den Umsturz am 25. Februar 1948 weder gewollt noch nicht gewollt. Er kam auf mich wie ein Unwetter zu, und ich mußte mit ihm leben. Eine andere Chance hatte ich nicht. Seinen Teil der Verantwortung für die Gesellschaft und für das, was mit ihr und in ihr passiert, trägt nur jener, der ein Teil der Gesellschaft ist.

Und das bin ich im Februar 1948 nicht gewesen.

Auch wenn es schon seit drei Jahren kein Drittes Reich mehr gab, war ich rechtlich gesehen am 25. Februar 1948 immer noch Bürger eines nicht mehr existierenden Deutschen Reiches. Die Last meiner (wie ich damals sagte) provisorischen Existenz war für mich schwer; die Angst, daß ich als schwarzer Gastschüler aus dem Gymnasium gefeuert werde, raubte mir den Schlaf. Meine herannahende Zukunft hätte mir jeden Tag ein jähes Ende bereiten können. Das einzige, worauf ich mich verlassen konnte, war mein Geschäft mit der Schmierseife.

Am Abend des 25. Februar 1948, Großmutter Mikolajczyková und Onkel František waren von der siegreichen Revolution noch nicht zu Hause, zählte ich mein Geld zusammen: Mit dem Erlös des Tages, an dem die Kommunisten in Prag an die Macht kamen, hatte ich 40 000 Kronen beisammen, einen schönen Batzen Geld, der mir, Mutter Marie und Bruder Kamil bis Ende des Jahres unser Überleben sicherte. In einen Umschlag steckte ich 5000 Kronen für Großmutter; den Rest versteckte ich in meiner sauber mit der Rasierklinge aufgeschlitzten Matratze unter meinem Kopfkissen.

Ich schlief schnell und leicht ein.

Die 35 000 Kronen in der Matratze unter meinem Kopfkissen atmeten einen köstlichen Duft von Sicherheit aus.

Vater Bohumil trat in mein Leben nur ab und zu mit seinen Briefen, die er mir seit Herbst 1947 aus dem Straflager im mährischen Štramberk bei Nový Jičín schickte, eher schmuggelte. In seinem Brief von Mitte Februar 1948 beschimpft mich Vater Bohumil dafür, daß ich mich nicht um ihn kümmere, daß er die schon vor einem Monat angeforderte dunkle Brille, einen Kompaß, festes Schuhwerk, einen Anzug, etwas Geld und eine Landkarte von Böhmen und Mähren noch nicht bekommen habe. Ich soll alles an die unten angeführte Anschrift eines zuverlässigen Wächters schicken, den er mit 5000 Kronen, die ich oben ins Paket in einen Umschlag legen soll, bereits bestochen hat.

»Auf dich ist kein Verlaß«, schrieb Vater Bohumil. »Weiß der liebe Herrgott, was du in Prag mit diesem Bolschewisten František treibst! Die Mutter hat sich auch schon beschwert, daß du ihr aus Prag nach Hošťálková zuwenig Geld schickst.« Es sei meine Pflicht, solange er hinter Gittern sitzt, auch für ihn zu sorgen, ihm zur Flucht zu verhelfen oder mit ihm zu fliehen. Aus Štramberk zu verschwinden sei nicht schwer, denn er arbeite tagsüber im Steinbruch außerhalb des Lagers, kein Problem für ihn, sich zu Fuß nach Hranice (Mährisch Weißkirchen) abzusetzen und von dort mit dem Zug an die Grenze nach Znaim oder nach Domažlice (Taus) zu fahren.

Wohin die Flucht genau gehen sollte, schrieb Vater Bohumil nicht.

Ich gab seine Briefe Onkel František zu lesen.

»Er denkt nicht realistisch, ist aber dein Vater«, sagte Onkel František.

»Soll ich ihm zur Flucht verhelfen?«

»Wenn er von hier verschwinden will, bin ich der letzte, der ihn daran hindern möchte. Für uns alle wäre es besser, wenn er sich absetzt.«

»Und wenn ich mit ihm gehe?«

»Das mußt du selbst entscheiden, ich will davon nichts wissen!«

Ich kaufte eine Sonnenbrille, einen Kompaß, auf dem Schwarzmarkt erwarb ich für 20 kg Schmierseife ein Paar zwar gebrauchte, dennoch feste Bergstiefel, Vorkriegsqualität. Ich besorgte eine Landkarte von Böhmen und Mähren und legte dem Paket, das ich an den von Vater Bohumil bestochenen Wächter in Štramberk abschickte (er hieß, wenn ich mich nicht irre, Josef Liška und war Oberwachtmeister bei der SNB[76]), in einem Umschlag 2000 Kronen für Vater Bohumil und in einem zweiten 5000 Kronen Bestechungsgeld bei.

Einige Tage später kam die Antwort von Vater Bohumil.

Er bedankte sich für alles, was ich ihm besorgt und geschickt hatte, und teilte mir mit, daß er am kommenden Samstag verschwinden werde. Es sei, schrieb er, seine große und meine letzte Chance, aus diesem Land, das uns beiden keine Zukunft anbieten kann, zu verschwinden und gemeinsam durch dick und dünn, wie es sich für Vater und Sohn gehört, in der westlichen Welt ein neues Leben zu suchen. Er setze ganz auf mich, seinen großen Sohn, daß ich ihn nicht im Stich und nicht allein lasse.

Ein neues Leben irgendwo in der mir vollkommen fremden Fremde wollte ich nicht suchen, denn ich hatte hier, in meiner Heimat, die mich zwar nicht mochte, dennoch einen neuen Anfang versucht und ihn bereits nach drei Jahren, wenn auch mit mäßigem Erfolg, gefunden und durchgestanden.

Für die Zukunft hatte ich keine zu großen Pläne. Mir reichte es zu wissen, daß ich in der nächsten Zeit überlebe.

Vater Bohumils Brief aus Štramberk, in dem er über seine große und meine letzte Chance schwärmte und mir kurzerhand mitteilte, daß wir, Vater und Sohn, aufbrechen, um im Westen eine neue Zukunft zu suchen, hat mich vollkommen durcheinandergebracht.

Wer gibt ihm, der meine Jugend im September 1939 vermasselte, das Recht, jetzt noch über mich, meine Chancen und meine Zukunft zu entscheiden? Wenn er ins westliche Ausland fliehen will, dann ist es mir recht. Ich wünsche meinem Vater kein Gefängnis. Aber er soll doch selbst und auf sein eigenes Risiko seinem Schicksal in die Speichen greifen, seine Rettung im Westen suchen, mich soll er jedoch in Ruhe und meine Zukunft selbst bestimmen lassen.

Vater Bohumils Briefe empfand ich wie eine Erpressung.

Dennoch: Die Tatsache, daß Vater Bohumil, ein Häftling, zur Flucht entschlossen, auf meine Hilfe angewiesen war, daß ich meine Befreiung aus seiner väterlichen Autorität fühlte, ja, sogar so etwas wie meine Überlegenheit über ihn ausspielen konnte, tat mir gut, streichelte und wärmte meine Eitelkeit.

»Lieber Ota«, schrieb Vater, »es ist besser, wenn wir uns beide auf eigene Faust in den Westen durchschlagen. Ich erwarte dich ab Montag eine Woche lang jeden Tag um zehn und um achtzehn Uhr auf dem Bahnhof im bayerischen Furth im Wald.«

Das war ein Befehl!

Es war mehr als ein Befehl, den man nicht akzeptieren muß oder verweigern kann, das war Vater Bohumils Hilferuf: Laß mich bitte nicht allein! Ich brauche dich!

Gelähmt saß ich am Fenster von Großmutters und Františeks Wohnung in der Rokycanova-Straße 14 und beobachtete die bis zum Himmel steil nach oben hinaufkletternde Leere über den rußigen Dächern von Žižkov, rechts den gigantischen Granitblock des Nationaldenkmals auf dem Veitsberg und weit weg im Westen, auf dem Hügel über der Kleinseite, wo die Sonne blutrot unterging, den durchlöcherten, vom letzten Licht des Tages erleuchteten Umriß des St. Veitsdomes auf der Prager Burg.

Ludvík Gardoň, der Sohn der Kräuterverkäuferin aus dem ersten Stock, zog meinen Karren mit zwanzig Blechdosen Schmierseife beladen durch die Roháčova-Straße. Ich hatte ihn gebeten, die Ware auszuliefern, die Kundschaft abzukassieren, denn an diesem Tag war ich nur mit den zukünftigen Trümmern meines dreijährigen Bemühens ums Überleben in Prag beschäftigt und mit Vater Bohumil, den ich nicht im Stich lassen konnte, denn Erstgeborene lassen ihre Väter nie in der Patsche sitzen.

Ich, Vater Bohumils Erstgeborener, war für ihn die einzige Stütze, der einzige Mensch, den er um Hilfe bitten konnte. Vater Bohumil erpreßte mich zwar, er war jedoch kein Epresser, eher verzweifelt, ratlos und einsam.

An unsere gemeinsame Zukunft im Westen habe ich gar nicht gedacht, Sorgen machte mir Mutter. Was wird mit ihr und meinem Bruder geschehen, wenn ich mit Vater Bohumil weggehe? In seinen Briefen aus dem Knast hat Vater Bohumil niemals Mutter und seinen Zweitgeborenen, den im Februar 1948 dreijährigen Sohn Kamil, erwähnt. Ich hatte vergessen, Vater Bohumil die Frage zu stellen. Wenn Vater Bohumil seine Verantwortung für Mutter und für seinen zweiten Sohn vergessen will oder schon vergessen hat, bin ich, sein Erstgeborener, verpflichtet, sie für ihn zu übernehmen?

Meine Antwort lautete: Nein!

Und habe ich das Recht, wenn ich für Vater Bohumil seine große oder sogar einzige Hoffnung bin, ihn am Bahnhof in Furth im Wald im Stich zu lassen? Auch auf diese Frage antwortete ich mir mit einem klaren Nein.

Mein Fluchtplan war einfach: Am Freitagnachmittag wollte ich mit dem Zug nach Domažlice, wenn möglich bis nach Česká Kubice, in die Nähe der westlichen Grenze fahren und nachts versuchen, durch die Wälder entlang der Landstraße nach Folmava und über die Grenze weiter nach Furth im Wald in Bayern zu gelangen.

Vaters Fluchtweg war mir unbekannt.

Freitag in der Früh steckte ich mein gesamtes Geld, an die 35 000 Kronen, in einen Umschlag und schickte es eingeschrieben an Mutter nach Hošťálková. Gegen zehn Uhr, der Zug nach Domažlice fuhr erst um vierzehn Uhr ab, ging ich hinunter in den ersten Stock zu den Gardoňs, um Ludvík, der mir ab und zu beim Schmierseifekochen aushalf, mein Geschäft zu übergeben und ihm einen schriftlichen Vertrag anzubieten, in dem er sich verpflichten sollte, ein ganzes Jahr meiner Mutter nach Hošťálková monatlich 2000 Kronen zu überweisen.

Ludvík Gardoň, gelernter Automechaniker, las meinen Vertrag nur flüchtig durch, sah mich an und zerriß das Papier.

»Du willst abhauen?«

Es hatte keinen Sinn meine Absicht zu leugnen.

»Du haust in die freie weite Welt ab, und ich soll hier steckenbleiben, alte Karren reparieren und nebenbei Schmierseife kochen?«

»Schmierseife ist ein gutes Geschäft, Ludvík!«

»Wann brichst du auf?«

»Heute um vierzehn Uhr.«

Ludvík überraschte mich: So schnell hat über sein Leben und über sein Schicksal vor und nach ihm keiner in meiner Gegenwart entschieden.

»Wir müssen uns warm anziehen«, sagte er. »Kann sein, daß es in den Bergen an der Grenze noch Schnee gibt.«

»Und was soll aus meiner Werkstatt werden?«

»Scheiß auf die Schmierseife, es geht um unsere Zukunft!«

Großmutter lag mit einer leichten Lungenentzündung, die sie sich am 25. Februar beim Umsturz auf dem Wenzelsplatz geholt hatte, im Krankenhaus. Onkel kam in diesen Tagen aus dem Sekretariat der KPTsch immer erst spät am Abend nach Hause. In meinem Abschiedsbrief bat ich ihn, die Werkstatt und das Geschäft mit der Schmierseife jemandem zu übergeben, der sich bereit erklärt, der Mutter wenigstens ein halbes Jahr lang mindestens 2000 Kronen zu schicken.

Einen zweiten Brief schrieb ich (Onkel František bat ich diesen Brief erst in einer Woche abzuschicken) an Fräulein Marie Holečková, Plzeňská 158, Praha-Košíře. Auf zwei Seiten nahm ich mit gehörigem Pathos Abschied von meiner großen Liebe, die mich nicht liebte, wünschte ihr im Leben ohne mich viel Glück und legte ihr meine ersten drei, nur für sie geschriebenen Liebesgedichte bei.

Vor zwanzig Uhr stiegen Ludvík Gardoň und ich auf dem finsteren Bahnhof von Česká Kubice aus, der Endstation, nicht ganz vier Kilometer von der Grenze entfernt. Ein Eisenbahner hob seine Petroleumlampe und beleuchtete unsere Gesichter.

»*Za kopečky* geht es am bequemsten immer der Eisenbahnstrecke entlang. Drei weitere *kopečkáři* aus dem ersten Waggon warten drüben im Gebüsch. Ihr könnt euch ihnen anschließen.«[77] »Der Weg in den Westen ist weit, weit entfernt ist meine Sehnsucht«[78], sang er leise und schaukelte mit dem gelben Licht an seinem linken Oberschenkel Richtung Dampflok.

»Ludvík, ich traue dem Eisenbahner nicht. Er könnte uns verpfeifen.«

Ohne ein Wort zu sagen, wählten wir nicht den Weg entlang der Eisenbahnstrecke, sondern durch den hohen Wald rechts der Landstraße Richtung Furth im Wald. Schnee gab es nicht mehr; nur ab und zu lag im Schatten des Waldes ein Fleck von hartgefrorenem Firn. Die Grenze war Anfang März 1948 noch nicht streng bewacht. Stacheldraht und Minenfelder, ein bis zu zehn Kilometer tiefes Sperrgebiet, bewacht von den Grenztruppen, das alles gab es erst ab Herbst 1950.

Die Nacht war nicht zu dunkel, nicht zu hell. Die Wolken, eher einige Nebelschwaden, blieben in den hohen Spitzen der Tannenbäume (oder waren es Fichten?) hängen. Nach zwei Stunden Marsch rissen die Nebelschwaden auf; ein mattes, silbernes Licht des Halbmondes über den dünnen Wolken beleuchtete uns einen schmalen Pfad hinunter in ein breites Tal, in dem verstreut einzelne Lichter flackerten.

Wie auf ein Kommando bellten uns von links, von rechts und von vorne Hunde an; hinter uns, in Böhmen, war es still.

»Diese Bestien haben uns gewittert!«

»Keine Angst, Ota, diese Köter kläffen schon auf bayerisch.«

Ludvík kannte sich mit Hunden aus.

Mir kam es vor, als wären wir von einer unsichtbaren, hinter jedem Gebüsch, hinter jedem Rain und in jedem Schatten auf uns lauernden Meute von bayerischen Bluthunden umzingelt, die uns nur den Fluchtweg zurück nach Böhmen freihalten. Ein leiser, kalter Wind wehte dicht am Boden aus Böhmen. An einem kleinen Bach stieß ich auf einen Grenzstein. Ich lief los; in meinem Rücken hörte ich Ludvíks Keuchen.

»Bist du verrückt! Wir sind schon in Bayern!«

Die Erde war hart gefroren, die hohen Grashalme (oder war es Schilfrohr?) waren biegsam. Ich lief einem Stern nach, von dem ich glaubte, er stehe schon auf der westlichen Seite der Welt.

Vor mir sah ich ein Haus. Aus dem Schornstein stieg eine hellblaue Rauchfahne zum Himmel.

Hinter einer allein stehenden Scheune rechts von dem Bauernhaus rührte sich ein Schatten. Ein bayerischer Grenzbeamter kam langsam auf uns zu.

»Nur Ruhe, Jungs! Wenn ihr Waffen habt, dann schmeißt sie weg!«

»Wir haben keine Waffen«, erwiderte ich.

»Dann ist ja alles in Ordnung. Kommt näher!«

Der Grenzer zog aus der Tasche seiner breiten Pelerine eine Thermosflasche und öffnete sie.

»Wohin geht die Reise, meine Herren?«

»In den freien Westen.«

Ludvík Gardoň, er sprach kein Wort deutsch, stand neben mir und zitterte entweder vor Kälte oder vor Aufregung, nicht vor Angst.

»Ich trau diesen Deutschen nicht!« sagte er.

Der Grenzer trank einen Schluck Kaffee.

»So verrückt spielt die Geschichte! Vor drei Jahren haben die Tschechen die Sudetendeutschen aus Böhmen vertrieben und hinausgeprügelt, und jetzt fliehen sie selbst zu uns in die Freiheit. Was mich betrifft, möchte ich euch beide am liebsten zurück nach Böhmen befördern, aber die Amis sind anderer Meinung.«

Der Grenzer reichte mir die Thermosflasche.

»Nehmt einen Schluck zum Aufwärmen, und haut ab von hier. Ich will euch hier nicht gesehen haben! Sollen sich die Amis um euch kümmern!«

Der Kaffee schmeckte bitter nach hausgebranntem Schnaps.

An einer Kreuzung stießen wir auf eine Tafel: »Furth im Wald – 3 Kilometer«.

Ludvík Gardoň träumte bis an den Stadtrand von Furth im Wald laut von Australien, von Gold- und Edelsteinminen, wo er es demnächst zum Reichtum bringen würde. Auf einer Eisenbahnbrücke schon fast in der Stadt, die Kirchturmuhr schlug zwölfmal, blieb Ludvík stehen.

»Ota, du hast mir über deine Pläne im Westen gar nichts erzählt.«

»Ich habe keine Pläne.«

»Warum bist du dann abgehauen?«

»Darüber möchte ich, Ludvík, nicht sprechen.«

Aus der Stadt näherte sich ein Auto der Eisenbahnbrücke. Es war ein offener Jeep mit drei US-Soldaten in Stahlhelmen. Einer der Soldaten auf dem Rücksitz schaltete einen Scheinwerfer ein und richtete das grelle Licht auf unsere Gesichter.

Ludvík behielt die Nerven, hob seine Rechte und grinste englisch:

»Hello, good evening! How are you?«

Der Lichtstrahl des Scheinwerfers erlosch.

Von seinem Licht geblendet sah ich einige Sekunden nichts, nur zwei rote Flecken, die Schlußlichter des Jeeps, die immer kleiner wurden.

In den nächtlichen Straßen von Furth im Wald stießen wir auf das Bahnhofsgebäude. In der Schalterhalle saßen vier von einer Flasche Sliwowitz angeheiterte junge Männer aus Pardubice, die dem Ratschlag des Eisenbahners in Česká Kubice nicht wie ich und Ludvík mit Mißtrauen begegnet waren und bequem, immer der Eisenbahnstrecke Česká Kubice – Furth im Wald entlang, den Westen erreichten. Für die erste Nacht in der Freiheit fanden sie, genau wie ich und Ludvík, ein Dach über dem Kopf auf dem bayerischen Bahnhof.

Den restlichen Sliwowitz aus der großen Flasche hat Ludvík zur Begrüßung selbst gekippt.

Und dann überschütteten uns die vier Pardubitzer Medizinstudenten, alle wollten nach Amerika, mit Informationen: In der Früh müssen wir uns als politische Flüchtlinge bei den

Amerikanern melden, die nehmen uns sofort die Fingerabdrücke und alle unsere Papiere ab und fahren uns ins Sammellager im Goethe-Gymnasium nach Regensburg. Dort werden alle Flüchtlinge von der CIA verhört und überprüft. Erst dann, wenn man die Überprüfung durch die CIA besteht, kann man einen Antrag auf Auswanderung in die USA, nach Kanada oder nach Australien stellen.

Mir wurde klar: Ich muß mich von den vier Studenten und auch von Ludvík Gardoň noch vor Tagesanbruch trennen. Mein Ziel war nicht Amerika, nicht Kanada und schon überhaupt nicht Australien, sondern der Bahnhof von Furth im Wald, wo ich, wie abgesprochen, auf Vater Bohumil warten muß.

In meinem Wintermantel hatte ich mir meine auf dem Prager Schwarzmarkt gekauften hundert US-Dollar in kleinen Scheinen, meine eiserne Reserve, eingenäht; das Geld mußte bis zu Vater Bohumils Ankunft reichen.

Gegen drei Uhr schliefen die vier vom Sliwowitz und von den ersten Stunden in der westlichen Freiheit angetrunkenen Mediziner aus Pardubice und auch Ludvík auf den Bänken der Further Schalterhalle ein. Der erste Zug Richtung Cham ging um vier Uhr dreißig. Kurz nach vier Uhr verließ ich, ohne Ludvík zu wecken und mich von ihm zu verabschieden, den Further Bahnhof. Auf ein aus meinem Notizbuch herausgerissenes Blatt Papier schrieb ich:

»Lieber Ludvík, unsere Wege trennen sich. Ich wünsche Dir in Australien und im Leben viel Glück. Ota.«

Ich schob das Papier in Ludvíks Manteltasche.

Den Rest der Nacht verbrachte ich in einem abgestellten halbverbrannten Eisenbahnwaggon erster Klasse. Für die nächsten Nächte war er mein Schlafzimmer. Zweimal am Tag, um zehn und um achtzehn Uhr, war ich eine halbe Stunde vorher auf dem Bahnhof von Furth im Wald, um, wie abgesprochen, Ausschau nach Vater Bohumil zu halten.

Irgendwann wurde ich auf dem Bahnhof in Furth im Wald von einer Streife der amerikanischen Military Police festgenommen, in einen Jeep gesetzt und mit einem Sandwich gefüttert; die Fesseln wurden mir erst hinter der Stadt angelegt.

»Sorry, das ist Vorschrift!«

»Bin ich ein Verbrecher?«

»Das stellen wir erst dann fest, wenn wir Ihre Fingerabdrücke haben und wenn Sie verhört werden. Sie werden viel zu erklären haben. So zum Beispiel: Was haben Sie in Furth im Wald am Bahnhof gemacht? Warum sind Sie zweimal am Tag um den Bahnhof geschlichen? Denken Sie schon jetzt darüber nach.«

»Wohin bringen Sie mich?«

»Das kann Ihnen in der Situation, in der Sie sich befinden, egal sein. Aber keine Angst, wir beißen nicht.«

Auf dem Straubinger Flughafen war die Fahrt zu Ende.

Dort wurden mir die Fingerabdrücke abgenommen, ich wurde von drei Seiten fotografiert und anschließend ausgezogen und gefilzt. Meine restlichen 71 US-Dollar hat die MP in meinem Wintermantel nicht gefunden.

Mit einem Fragebogen auf einer festen Unterlage in der Hand überraschte mich ein Sergeant mit der Frage:

»Have you a blond sister?«

»No, I have only a brother.«

Der Sergeant war zufrieden.

»Okay, er spricht englisch.«

Dann mußte ich unter die Dusche.

Die hellgelbe Schmierseife, die mir ein Soldat auf die offene Handfläche patschte, stank nach Desinfektionsmitteln und war, das erkannte ich sofort, minderer Qualität; ich hätte eine bessere herstellen können.

In Straubing versuchte ich einem Offizier, der gebrochen tschechisch sprach, die Gründe, weshalb ich über die Grenze gegangen war, und meine Absprache mit meinem Vater Bohumil zu erklären sowie auch meine verzweifelte Lage zu schildern: Nach dem vergeblichen Warten auf Vater Bohumil und nach fünf frostigen Nächten im halbverbrannten, auf einem Nebengleis abgestellten Eisenbahnwaggon erster Klasse war ich am Ende meiner Kräfte und am Schluß meiner Geduld. Wenn mich die MP auf dem Bahnhof in Furth im Wald nicht festgenommen hätte, wäre ich nachts über die Grenze zurück nach Böhmen geschlichen.

»Kann sein, daß Vater Bohumil die Flucht aus Štramberk nicht gelungen ist, daß er Pech hatte und geschnappt wurde«, sagte ich.

»Sie wollen nicht emigrieren?«

Der Offizier strömte den Duft eines guten Rasierwassers aus. Am meisten imponierte mir sein strahlend gelbes Halstuch; es paßte zu seiner dunkelgrünen Uniform.

»Wenn Vater Bohumil hier nicht auftaucht, dann hat es auch für mich keinen Sinn zu emigrieren.«

»Haben die Kommunisten Sie nach dem Putsch verfolgt, bedroht oder gefoltert?«

»Nein.«

»Haben Sie im Putsch oder in den Tagen danach Kommunisten angegriffen oder getötet?«

»Nein! Ich bin in der Stunde, als die Kommunisten am 25. Februar die Macht ergriffen haben, zwar auf dem Wenzelsplatz gewesen, da wurde aber nicht geschossen. Nur vor dem Melantrich-Haus haben Kommunisten drei Journalisten geohrfeigt.«

»Und was haben Sie auf dem Wenzelsplatz gemacht? Haben Sie mit den Kommunisten mitgemacht?«

»Nein. Ich habe nur Herrn Vašata fünf Blechdosen Schmierseife geliefert. Schmierseife zu kochen und zu verkaufen, das war mein Job, der mich ernährte.«

»Sie haben an keiner illegalen Arbeit, an keinem Kampf gegen die Kommunisten teilgenommen?«

»Nein.«

Der Offizier, der offensichtlich stolz auf sein miserables Tschechisch war und immer wieder versuchte, in seinen Sätzen einige Brocken des Prager Slangs zu plazieren, wurde unsicher, wandte sich von mir ab und schaute aus dem Fenster des überheizten Büros auf die unendliche Weite des Flugplatzes.

Aus der niedrigen Wolkendecke tauchten zwei militärische Maschinen auf und landeten; mir fiel auf, daß das Dröhnen ihrer vier Motoren mit ein wenig Verspätung gegen die Fensterscheiben stieß; das Glas fing an zu vibrieren.

»Sie sind bisher der einzige von Ihren geflüchteten Landsleuten, der mir keine heldenhaften Geschichten über seinen Kampf gegen die Kommunisten ins Protokoll aufschwätzen möchte. Wenn ich ihnen allen glauben sollte, dann müßte drüben in der Tschechoslowakei nach der kommunistischen Machtergreifung bereits ein grausamer Bürgerkrieg toben.«

Der Offizier sprach auch dann noch zu laut, als das Dröhnen der gelandeten Maschinen nicht mehr zu hören war.

»Was soll ich mit Ihnen machen?«

»Lassen Sie mich, bitte, laufen! Ich schau' nur noch einmal kurz am Bahnhof in Furth im Wald vorbei, und wenn Vater Bohumil nicht da ist, verschwinde ich in der Nacht über die Grenze zurück nach Hause, und Sie sind mich los.«

»Das kann ich nicht zulassen! Sie sind hier schon als Flüchtling registriert, wir haben Ihre Fingerabdrücke und Ihr Foto. I'm sorry!«

Der Offizier ließ mich abführen.

Mit den anderen sechs Flüchtlingen brachten uns drei MPs in einem kleinen Lkw nach Regensburg ins Sammellager im Goethe-Gymnasium. In der fünften Klasse lagen auf dreißig Klappbetten meine geflüchteten Landsleute und konnten nicht schlafen. Die Aufregung war zu groß: Im Sammellager war ein Team der amerikanischen Wochenschau und filmte die ganze Nacht Gespräche mit prominenten Flüchtlingen; die Namen der VIPs wurden geheimgehalten. In der Mitte der schlaflosen Nacht sickerte durch, daß unter den Prominenten, die im einstigen Büro des Schuldirektors ihre Betten hatten, auch der Prager Staatsanwalt ist, der Karl Hermann Frank 1945 an den Galgen schickte.

»Diese Scheißkerle, die uns die Demokratie verspielt haben und sofort nach dem Putsch abgehauen sind, das Volk im Stich ließen, werden von den Amerikanern morgen per Flugzeug nach Washington gebracht. Schweinerei und Ungerechtigkeit gibt es eben überall!«

Die heisere Stimme unter der Tafel gehöre, flüsterte mir mein Bettnachbar zu, dem berühmten Skirennfahrer Venca Špinar (oder hieß er Jirka Šponar?), dem Held des Tages, der in einer waghalsigen Abfahrt vom Špičák Bayern und somit die Freiheit erreichte.[79]

Um sechs Uhr wurden wir geweckt und im Hof auf mehrere militärische Laster geladen. Das Frühstück, aus den Beständen der US-Army in wasserdichten Karton verpackt, verteilten drei Soldaten. Um acht Uhr saßen wir, das ganze Sammellager aus dem Goethe-Gymnasium, ich schätze an die 300 Flüchtlinge, in drei Waggons zusammengepfercht.

Die aus Prag geflüchtete politische Prominenz, über zwanzig Personen, wurde schon nach Mitternacht von mehreren US-Limousinen an einen streng geheimgehaltenen Ort gebracht; kurz vor der Abfahrt aus Regensburg wußten wir schon wohin, nach Frankfurt.

Auf dem Regensburger Bahnhof wollte ich abhauen.

Obwohl es noch dunkel war, schaffte ich es nicht. Die drei auf einem Nebengleis abgestellten Eisenbahnwaggons, die auch uns an einen streng geheimen Ort bringen sollten (jeder von uns wußte, daß unsere Reise nach Wasseralfingen ging), wurden von einem dichten, auch in der Finsternis nicht überwindbaren Kordon von MPs umstellt.

Am Spätnachmittag kamen wir in Wasseralfingen an. Beim Aussteigen wurden wir alle von Kopf bis Fuß von deutschen Polizisten und Rotkreuzhelfern mit einem weißen Desinfektionspuder bespritzt. Wir sahen gespenstisch aus. Das Lager, hölzerne Baracken, lag oberhalb der Stadt. Auch in der Dämmerung war es für mich nicht schwer festzustellen: Das Lager war zwar bewacht, der Zaun aber war leicht zu überwinden. Am Bahnhof in Wasseralfingen schaffte ich es, als mir ein deutscher Polizist den stinkenden Puder ins Haar spritzte, von der Tafel in der Schalterhalle abzulesen: Um fünf Uhr fünfzehn ging der erste Zug Richtung Ulm ab.

Auf meinem frisch mit US-Army-Bettwäsche bezogenen Bett, das mir in der Baracke III zugeteilt wurde, verschlang ich zum erstenmal in meinem Leben zwei Konserven süßes Schweinefleisch, eine Menge steinharter Schokolade und trockenes, in Wachspapier eingepacktes Gebäck, das nach gepreßten Sägespänen schmeckte; mit gutem heißen Tee war jedoch alles genießbar.

Nach langen hungrigen Tagen habe ich mich endlich vollstopfen können. In der wunderbar beheizten Baracke des Lagers in Wasseralfingen, in frischer US-Army-Wäsche, auf einem nach Sauberkeit duftenden Bett kämpfte ich gegen meine Müdigkeit, gegen den Schlaf. Ich durfte nicht einschlafen und mußte unbedingt vor fünf Uhr aus dem Lager verschwinden, den Zug um fünf Uhr fünfzehn aus Wasseralfingen nach Ulm erreichen und dann weiter über München bis nach Furth im Wald kommen, um mich auf dem Bahnhof nach Vater Bohumil umzusehen.

Leise und nur für mich sang ich mir alle Volkslieder, die ich kannte, vor; und immer, kurz bevor mich der Schlaf zu überwältigen drohte, fuhr ich auf meinem Bett hoch, rieb mir die Schläfen heiß und schlug mir mit aller Kraft ins Gesicht. Nach Mitternacht fing ich an, die große Geschichte, das unbarmherzige, aggressiv-blöde Luder zu verdammen, das mich bis ins schwäbische Wasseralfingen verschlagen hatte.

Im Halbtraum kam Vater Bohumil zu mir.

Er legte sich mit seiner zerfetzten Brust unter die nördliche Kante eines wunderschönen, in der Zeit der Kaiserin Maria Theresia, als die achthundert Jahre alte Grenze des Böhmischen Königreiches zu Bayern neu vermessen wurde, aufgestellten, barocken Grenzsteines zum Sterben. Auf der östlichen Seite des Steins war ein böhmischer, auf der westlichen ein bayerischer Löwe in den Granit gemeißelt.

Im zweiten Traum sah ich Vater Bohumil mit zerschlagenem Gesicht oben auf einem hohen Stacheldrahtzaun hängen.

Obwohl nicht getauft, betete ich zu Gott, er möge mich nicht einschlafen lassen, damit ich die Glockenschläge des Kirchturmes unten in Wasseralfingen nicht überhöre, oder er möge die kommenden Viertelstunden auf einige Sekunden, die Halbstunden auf zwei Minuten und die vier Stunden, die mir bis kurz vor fünf übrigbleiben, auf zehn Minuten zusammenschrumpfen lassen. Er, der Allmächtige, möge doch barmherzig sein und für mich die restliche Zeit, über die er herrscht, hier in diesem mir vollkommen gleichgültigen Wasseralfingen, einer Stadt, in der ich nur den Bahnhof kenne und die ich gar nicht kennenlernen will, mit einem leisen Blitzschlag in das Uhrwerk des Kirchturmes um vier Stunden verkürzen, damit ich nicht einschlafe, meinen Zug nach Ulm erreiche und von hier verschwinden kann.

Kurz vor halb fünf zog ich mich leise an.

Das Loch in dem Zaum lag für mich günstig im Schatten einer Baracke. Vor dem hell erleuchteten Lagertor sah ich fünf Stunden nach Mitternacht zwei US-Soldaten in langen Wintermänteln. Beide hatten an ihren rechten Händen große Baseballhandschuhe und warfen sich im Lichtkegel schweigend und in einem höchstwahrscheinlich genau berechneten Rhythmus einen Ball zu. Von diesem eigenartigen, für mich absurden Spiel im Lichtkegel war ich so fasziniert, daß ich die beiden verspielten Gespenster in Uniformen der US-Army mindestens fünf Minuten lang beobachtete.

In Ulm hatte ich Glück und erreichte kurz vor Mittag einen D-Zug nach München. Nach dem Umsteigen in Regensburg erreichte ich kurz vor achtzehn Uhr Furth im Wald.

Vater Bohumil war nicht auf dem Bahnhof.

Ich hatte Angst, die bayerischen Eisenbahner zu fragen, ob sie hier in den vergangenen Tagen um zehn und dann um achtzehn Uhr einen vierzigjährigen, hochgewachsenen, schwarzhaarigen Mann gesehen haben, oder ob ein Mann, auf den meine Beschreibung passen könnte, hier von den Amis verhaftet wurde.

Es war saukalt. Nasser Schnee mit Regen und beißendem Wind vermischt raubte mir die letzte Hoffnung: Wenn Vater Bohumil morgen um zehn oder am Abend um achtzehn Uhr nicht am Bahnhof erscheint, gehe ich nachts über die Grenze zurück nach Böhmen.

Die Nacht habe ich wieder in dem auf einem Nebengleis abgestellten, ausgebrannten Eisenbahnwaggon erster Klasse verbracht. Am nächsten Tag um zehn Uhr hielt ich nach Vater Bohumil Ausschau; in das Bahnhofsgebäude wagte ich mich nicht.

Kurz vor achtzehn Uhr, es hatte aufgehört zu regnen und der Wind legte sich, ging ich zweimal um den Bahnhof herum. Ich wagte es, die Schalterhalle und den Warteraum zu betreten. Im Warteraum lagen auf dem Boden zwanzig oder mehr erschöpfte Flüchtlinge, junge Männer und junge Frauen; alle in durchnässten Kleidern. Vater Bohumil war nicht dabei.

Bis neunzehn Uhr beobachtete ich die Vorderfront des Bahnhofs, dann marschierte ich Richtung Grenze ab. Hinter der

Stadt verließ ich die Landstraße und wählte meinen Weg zurück nach Böhmen mindestens hundert Meter links vom Straßengraben über die feuchten Wiesen und glitschigen Ackerfelder. Ich kam nur langsam voran. Es machte mir nichts aus, im Gegenteil, ich wollte die Grenze nicht vor Mitternacht erreichen, wenn die sattgefressenen Hunde auf der bayerischen Seite schon schlafen und die Menschen in ihren Bauernhäusern, von der Müdigkeit überwältigt, in ihre Träume versunken, taub, blind und still sind.

In Schafberg, kurz vor der Grenze, waren die drei oder vier Bauernhäuser still, finster und verschlafen; aus einem Stall hörte ich ein Pferd im Schlaf leise wiehern. Ich wagte es, auf die Landstraße zurückzukehren. Einige hundert Meter vor der Grenze machte die Landstraße hinter einer allein stehenden Scheune eine scharfe Kehre zurück nach Bayern. Die Scheune war mein Orientierungspunkt; hier mußte ich die Landstraße verlassen und direkt Richtung Polarstern durch hohes Gras (oder war es Schilfrohr?) die zwei- oder dreihundert Meter zu dem Grenzstein schleichen.

Dreißig oder nur zwanzig Schritte vor der Scheune hörte ich tschechische Stimmen, einige Sätze in gebrochenem Deutsch und gleich darauf die mir schon bekannte Stimme des bayerischen Grenzers.

»Also wohin geht die Reise, meine Damen und meine Herren?«

Der Wind aus Böhmen wehte mir den Duft von heißem, mit hausgebranntem Schnaps versetztem Kaffee in die Nase. Ich trat mit bewußt lauten Schritten näher.

»Guten Abend!«

Meine Landsleute, acht oder zehn junge Burschen und Mädchen, alle wie Skifahrer gekleidet, verstummten. Der bayerische Grenzer drehte sich zu mir um und beleuchtete mit seiner Batterie kurz mein Gesicht.

»Wir kennen uns doch! Und wohin geht Ihre Reise heute, junger Herr?«

»Zurück nach Böhmen.«

»Hat es Ihnen bei uns nicht gefallen?«

Mein Gewissen war ruhig: Ich habe für Vater Bohumil alles getan, was in meinen Kräften lag. Ich ließ ihn nicht im Stich, ich war bereit gewesen, für ihn mein eigenes, hart erkämpftes Leben in Prag aufzugeben und mit ihm ein neues im Westen anzufangen. Er kam nicht, wie abgesprochen, in Furth im Wald an. Das sind die Tatsachen. Jetzt gilt es, mich selbst aus der Patsche zu ziehen.

»Da sehen Sie die Bescherung. Jede Nacht fange ich hier mindestens zwanzig Flüchtlinge ab. Vor Mitternacht sind es schon zehn gewesen, vor der Morgendämmerung werden es bestimmt weitere zehn oder fünfzehn sein. Die Amis kommen gegen acht mit drei Jeeps und sammeln sie ein.«

Die Thermosflasche des bayerischen Grenzers war leer; er steckte sie in seine breite Pelerine.

»Die Tschechen bewachen die Grenze seit einigen Tagen viel strenger als noch Ende Februar. Wenn ich Ihnen einen guten Rat geben kann, dann warten Sie, bis die Grenzstreife drüben um halb eins Richtung Eisenbahn abzieht.«

Ein Mädchen weinte in der Finsternis.

»Was wird mit uns weiter geschehen? Werden wir bald nach Amerika fahren können?«

»Natürlich. Die ganze Welt steht Ihnen jetzt offen«, sagte ich.

»Und warum gehen Sie zurück?«

Die männliche Stimme aus der Dunkelheit klang aufgeregt. Ich habe seine Frage absichtlich überhört.

In Furth im Wald schlug die Kirchturmuhr zwölfmal.

Der bayerische Grenzbeamte hat die tschechische Frage aus dem tiefen Schatten bestimmt nicht verstanden, er wiederholte sie deutsch:

»Und warum gehen Sie eigentlich zurück?«

»Sind Sie nur neugierig, oder fragen Sie mich sozusagen dienstlich?«

»Naja, ich bin schon ein wenig neugierig. Es passiert ja nicht so oft, daß einer, der kurz vorher nachts aus Böhmen kam, wieder schwarz über die Grenze zurück nach Hause geht. Ein Schmuggler sind Sie nicht. Die Schmuggler kommen erst nach Mitternacht. Es sind meistens Sudetendeutsche, die vor der Vertreibung ihre Wertsachen in ihrer einstigen Heimat vergraben oder versteckt haben und sie jetzt in Rucksäcken zurückholen. Diese Menschen will ich gar nicht sehen. Sie verstehen mich?«

Ich nickte.

»Nach dem Gesetz müßte ich Sie hier und jetzt festhalten, Ihre Personalien aufschreiben, in der Früh den Amis übergeben und für meine Dienststelle eine Meldung schreiben.«

»Wollen Sie mich wirklich festhalten?«

»Das habe ich bereits getan! Wenn Sie mir aber kurz vor halb eins in dieser Rabennacht nach Böhmen weglaufen, dann darf ich Ihnen aus meiner Dienstpistole nicht nachballern, weil wir so nah an der Grenze sind. Richtung Böhmen kann ich höchstens nur furzen.«

Der Grenzbeamte trat näher an mich heran.

»Ihre Gründe dafür, warum Sie zurückgehen, sind mir vollkommen schnuppe. Je früher Sie aus meinem Abschnitt verschwinden, um so besser für Sie und auch für mich. Ist das klar?«

Ich nickte zum zweitenmal.

»Es ist kurz vor halb eins. Sie können gehen, drüben ist die Luft jetzt rein.«

Wortlos, ohne mich zu bedanken, ohne Grüß Gott oder Gute Nacht zu sagen, ging ich durch hohes, steifgefrorenes Gras (oder war es Schilfrohr?) Richtung Waldrand.

Das Rascheln meiner Schritte störte mich nicht.

Fünfzig Meter vor der Grenze schien es mir, als hätte ich in Mannshöhe in der Finsternis des Waldes eine Bewegung gesehen und ein Knacksen gehört, das ich aus dem Kino und aus Češeks Küche, als die Partisanen dort mit ihren Waffen hantierten, kannte: Ein metallenes Geräusch, das beim Entsichern eines Gewehres nicht zu vermeiden ist.

In Böhmen fingen die Hunde zu bellen an.

Ich verfiel in Panik. Mit zusammengebissenen Zähnen lief ich die letzten dreißig Schritte, mehr waren es nicht, Richtung rettender oder tödlicher Waldrand. In diesem Augenblick war es mir egal. Ich wollte nur zurück zu meiner einzigen Sicherheit, in die Geborgenheit vor dem stinkenden Kessel mit kochender Schmierseife, und hoffte, daß mich der rabenschwarze böhmische Schatten unter den hochgewachsenen Fichten durchläßt, daß ich in ihm nicht wie in einem Fangnetz hängenbleibe, eine leichte Beute für tschechische Grenzer, deren dunkle, vom leisen Wind bewegte Umrisse ich überall rund um mich zu sehen glaubte.

Am Waldrand stolperte ich über eine Wurzel oder über einen Baumklotz und stürzte zu Boden.

Kein Wind raschelte im Gras dicht an meiner linken Wange, nichts rührte sich. Ich hatte das Gefühl, als hätte ich einige Stunden geschlafen. Als ich die Augen aufmachte, zuerst das rechte, dann mit Schwierigkeiten das mit Blut verklebte linke Auge (mit den Fingern betastete ich meine durch den Fall ein wenig aufgerissene Augenbraue), sah ich über mir die Schattenumrisse von vier Gestalten.

Jetzt haben sie dich gekriegt, dachte ich. Jetzt mußt du dich genau an die Geschichte erinnern, die du dir im Zug von München nach Furth im Wald für den Fall, daß dich die Tschechen an der Grenze schnappen, ausgedacht hast: Ja, ich bin schwarz über die Grenze nach Bayern gegangen, natürlich nicht aus politischen Gründen, sondern sozusagen geschäftlich. Hier, sehen

Sie, die sechzig US-Dollar habe ich auf dem Schwarzmarkt in Furth im Wald gekauft. Wozu ich sie brauche? In der Roháčova-Straße in Prag-Žižkov erzeuge ich Schmierseife, und Chemikalien und Rohstoffe für ganz feine Ware, mit der sie jeden Teppich sauber kriegen, bekommt man bei uns heutzutage eben nur für Devisen.

Ich habe erwartet, daß ich mich nur schwer erhebe. Es ging aber leicht. Und wieder hörte ich links von mir ein metallenes Geräusch, und gleich danach spürte ich an der linken Seite meines Brustkorbs den harten Druck der Mündung einer Flinte.

»Bist du verrückt, du bist ja in verkehrter Richtung gelaufen!«

Die männliche tschechische Stimme war ein flüsternder Schatten. Die vier Gestalten, die mich umringten, waren Flüchtlinge.

»Du hast uns aber erschreckt! Fast hätte ich dich mit meiner Schrotflinte abgeknallt. Gehst du auch in den Westen?«

Die Frage stellte mir eine Frau; ich sah ihren Umriß rechts von mir, und ich atmete den Duft ihres Parfüms ein.

»Nein, ich gehe zurück nach Hause.«

»Bist du blöd?«

Jemand kicherte in der Dunkelheit.

»Wie lange bist du drüben gewesen?«

Die Frau verstärkte den Druck ihrer Schrotflinte gegen die linke Seite meines Brustkorbs.

»Einige Tage.«

»Und wie ist es drüben?«

»Nicht leicht, aber wer die Freiheit sucht, der findet sie.«

Ich sprach zu laut und mit einem Hauch von Pathos.

»Und warum gehst du zurück?«

»Ich habe meine Gründe.«

Ich hörte nur ein leises Rascheln. Die zwei Schatten zu meiner Rechten rührten sich.

»Wie weit ist es zur Grenze?«

Der Druck seiner Waffe ließ nach.

»Wir sind an der Grenze. Geht direkt Richtung Süden. Nach einigen hundert Metern stoßt ihr auf eine Scheune und auf einen bayerischen Grenzer. Grüßt ihn von mir.«

»Belügst du uns nicht? Willst du uns nicht in eine Falle locken?«

»Ich habe keinen Grund zu lügen.«

Eine männliche Stimme atmete mir ins Gesicht.

»All right! Wir drei gehen los. Božena bleibt mit der Schrotflinte so lange bei dir, bis wir ihr aus Bayern ein Lichtzeichen geben. Erst dann läßt sie dich laufen und kommt nach. Falls du uns in eine Falle gelockt hast, macht sie dich kalt.«

Ich setzte mich hin.

In dieser Nacht hatte ich noch einen langen Weg vor mir: Entweder, wenn es der dumme Zufall will, mit zertrümmertem Genick zurück in die Ewigkeit, oder einen Nachtmarsch, mindestens zwanzig Kilometer, schätzte ich, nach Domažlice. Den Bahnhof in Česká Kubice, nicht ganz drei oder vier Kilometer entfernt, wollte ich in einem weiten Bogen umgehen.

Im Nacken fühlte ich den eiskalten Stahl der Schrotflinte.

»Das Leben ist ein großer Haufen Scheiße.«

Ich gab Božena recht.

Es kann mir ja nicht viel passieren, sagte ich mir, es gibt nur zwei Möglichkeiten: Entweder habe ich Pech und die drei stoßen auf den letzten hundert Metern vor der bayerischen Grenze auf eine tschechische Grenzstreife, und ich bin tot, oder sie kommen durch, und ich marschiere zurück in meine vor einigen Tagen in Prag zurückgelassene Gegenwart und versuche es wieder, ihr eine erträgliche Zukunft abzugewinnen.

Die dritte Möglichkeit fiel mir später ein: Ich könnte immer noch mit Božena wieder nach Bayern, der Scheune ausweichen und ins Lager nach Wasseralfingen zurückfahren, mich dort dem Schicksal ergeben, nach Amerika, Kanada oder Australien auswandern, Vater Bohumil in meiner Vergangenheit in der Heimat zurücklassen und irgendwo in der weiten Welt neu anfangen.

Unterhalb des Waldrandes blinkte dreimal das Licht einer Taschenlampe. Der Mann oder die Frau, die Božena aus Bayern das abgesprochene Lichtzeichen gab, entschied auch über meine Zukunft.

»Also hau zurück nach Böhmen ab!« sagte Božena.

Ich kann mich heute nicht daran erinnern, ob ich in diesem Augenblick Erleichterung oder ein anderes angenehmes Gefühl, wie zum Beispiel Freude und Glück, empfunden habe.

»Du mußt mich entschuldigen. Es ging nicht anders, wir mußten sichergehen. Wünsche dir viel Glück.«

»Ich dir auch.«

Boženas Umriß verursachte im trockenen Gras (oder war es Schilfrohr?) keine Geräusche. Die unsichtbaren böhmischen Hunde bellten nicht mehr.

Aus meinen Aufzeichnungen und Notizen aus dem Jahr 1948 geht das genaue Datum meiner Rückkehr nach Prag nicht hervor. Ich kam von meiner Flucht in den Westen und meiner Rückkehr nach Böhmen nach Jan Masaryks mysteriösem Selbstmord am 10. März 1948 und vor seinem Begräbnis zurück.[80]

Prag hatte sich nicht verändert, nur auf dem Prager Wilson-Bahnhof[81], der bald nur Hauptbahnhof heißen sollte, waren riesige Spruchbänder aufgehängt:

»Auf ewige Zeiten mit der Sowjetunion!«

»Es lebe die KP, die führende Kraft unserer Gesellschaft!«

»Unter Klement Gottwalds Führung vorwärts zum Sozialismus!«

Zu Hause schlug Großmutter Mikolajczyková ihre Hände über mir zusammen.

»Mein Gott, siehst du aber erbärmlich und ausgehungert aus! Zieh' die schmutzigen Sachen sofort aus und marsch ins Bad! Ich bereite dir inzwischen frische Wäsche und eine heiße Suppe.

Und daß du mir ja nicht erzählst, wo du dich herumgetrieben hast! Ich will davon nichts wissen! Red' darüber mit Franta[82], er kommt heute früher nach Hause. In die Schule hab' ich dem Direktor geschrieben, daß du krank bist.«

»Und was ist mit der Werkstatt?«

»Gestern hab ich den Saustall aufgeräumt. Franta hat vor einigen Tagen einen Kessel Schmierseife gekocht und sie der Stammkundschaft, die schon unruhig wurde, ausgeliefert. Du kannst sofort wieder anfangen, es liegen genügend Bestellungen vor.«

»Und was gibt es sonst Neues?«

»Deinen Vater haben sie am Freitag aus dem Knast entlassen. Man hat ihn, den kleinen Fisch, nach Hause geschickt. Auf seine Gerichtsverhandlung darf er zu Hause warten. Die Gefängnisse und Arbeitslager sind nämlich vollgestopft.«

Das Geräusch des fließenden Wassers verzerrte Großmutters Stimme und den Sinn ihrer Worte, so daß sie in meine mit Seife verstopften Ohren nur noch entstellt durchdrangen.

»Das kann es doch nicht geben, Großmutter!«

»Franta hat durch seine Beziehungen wieder einmal etwas eingefädelt.«

»Wann wurde er entlassen?«

»Am Freitag.«

»Diesen Freitag?«

»Nein, gerade an dem Tag, als du verschwunden bist.«

Das warme Wasser war plötzlich eiskalt; vor Wut bekam ich Schüttelfrost. Ich heulte und schluckte Seifenblasen.

Ich habe also vergeblich für Vater Bohumil Kopf und Kragen riskiert, ich, sein Erstgeborener, war bereit, um ihn nicht im

Stich zu lassen, hier alles aufzugeben, und er spaziert an dem Tag, als ich mit Ludvík Gardoň über die Grenze nach Bayern geschlichen bin, aus dem Knast in Štramberk, fährt nach Hošťálková zu Mutter und zu seinem zweitgeborenen Sohn, und mich hat er am Bahnhof in Furth im Wald vergessen.

»Hat Vater Bohumil gewußt, daß ich in den Westen ging?«

»Als am Sonntag klar war, daß sie dich an der Grenze nicht erwischt haben, schickte Franta deiner Mutter ein Telegramm: Ota ist, wie abgesprochen, am Freitag weggefahren.«

»Hat sich Vater Bohumil gemeldet?«

»Nein.«

Ich spülte mir mit warmem Wasser den Mund aus; der widerliche Beigeschmack der Seife blieb mir zwischen den Zähnen heften.

»Hat Marie Holečková nach mir gefragt?«

»Du meinst die Verschleierte?«

»Du kennst sie doch, Großmutter!«

»Freilich kenn' ich sie! Und darum kann ich dir einen guten Rat geben: Sei großzügig und gib ihr die Chance, dich zu vergessen. Ist besser für sie und noch besser für dich.«

Ich sagte mir: Nein, Marie Holečková werde ich nicht vergessen, aber Vater Bohumil muß ich vergessen!

Jan Masaryks Begräbnis, diese pompös inszenierte absurde Farce, hat im März 1948 für immer mein Verhältnis zur großen Geschichte mit Ironie und Mißtrauen verseucht und gebrandmarkt.

Die böhmische Geschichte schritt in Schwarz oder in Paradeuniformen hinter Masaryks Sarg her, und ich, der Zuschauer, konnte aus der Nähe in ihre Gesichter blicken. Ich sah versteifte Körper, die den Trauergleichschritt nicht halten konnten, einige aufrichtige und viele falsche Tränen in den Augen der Mächtigen. Und ich hörte das große, ab und zu durch verzweifelte Aufschreie unterbrochene Schweigen und auch die erdrückende Stille über dem Wenzelsplatz.

Vom aufgeheiterten Himmel glitt auf schrägen Sonnenstrahlen die Angst in die auf halbmast beflaggte Stadt hinunter. Jan Masaryks Tod – ob Selbstmord oder Mord –, mit einer tschechoslowakischen Fahne auf einer Lafette verdeckt, war der Anfang eines vierzig Jahre langen böhmischen Leichenzuges. In den kommenden vier Jahrzehnten wurde in diesem Land immer wieder etwas zu Grabe getragen, am häufigsten Träume von der Freiheit.

Die Trauergäste hinter Masaryks Sarg spürten den Tod, auf den sie die Umwälzung der Geschichte mit List und Tücke, mit Gewalt und Lüge vorbereitete, im Nacken. Von den offiziellen Trauergästen, die Jan Masaryk auf seinem letzten Weg durch Prag und dann weiter auf den Friedhof in Lány[83] begleiteten, überlebten mindestens fünfzehn die nächsten fünf Jahre des stalinistischen Terrors nicht. Mehr als die Hälfte der Trauergäste, die ihre Köpfe retten konnten, verschwand in Gefängnissen oder in Straflagern. Wer ins Exil fliehen konnte, durfte von Glück reden.

Die Mörder der tschechoslowakischen Demokratie, Genossen und Parteifunktionäre der KPTsch, die mit hoher Wahrscheinlichkeit Jan Masaryk von ihren Handlangern mit Gewalt aus dem Fenster seines Badezimmers auf das Pflaster des Czernin-Palais hinauswerfen ließen und ihm vorher eine Kugel in den Kopf jagten, schritten hinter dem Sarg und gaben sich Mühe, dem Volk ihre weinenden Augen zu zeigen.

In Klement Gottwalds linkem Auge sah ich über die lebendige Mauer von bewaffneten Arbeitermilizionären, die uns Zuschauer und Gaffer auf den Gehsteig zurückdrängte, eine Träne glänzen. Kann sein, daß er, der seit dem Putsch am 25. Februar die Zügel der Macht in den Händen hielt, es schaffte, auch für die Öffentlichkeit auf dem gegenüberliegenden Gehsteig aus seinem rechten Auge eine Träne für Masaryk zu pressen. Václav Nosek, der Innenminister, schnäuzte sich und gab sich Mühe, ernst und würdig zu erscheinen. Seine Augen waren kalt; als er seinen Kopf hob, sah ich in seinen Pupillen das harte Vorfrühlingslicht spiegeln.

Antonín Zápotockýs Wintermantel war zu eng geschnitten, übliche Konfektionsware von der Stange aus dem Prager Kaufhaus Bílá labuť (›Weißer Schwan‹). Der gelernte Steinmetz, ein guter Ziehharmonikaspieler, hatte noch nicht begriffen, daß er sich als Sieger der Geschichte von den feinsten Prager Schneidermeistern Am Graben, die auch für den toten Außenminister Jan Masaryk seine sogar in London bewunderten legeren Anzüge genäht hatten, einen eleganten Wintermantel leisten konnte.[84]

Am unteren Ende des Wenzelsplatzes, als er an mir vorbeischritt, knöpfte sich Antonín Zápotocký seinen billigen Mantel auf. Er gab sich große Mühe, nicht zu schnell zu gehen, den Trauergleichschritt zu halten, um nicht den Eindruck zu erwecken, er wolle den langen Weg durch Prag bis zum Hauptbahnhof (nach Lány wurde Jan Masaryks Sarg mit einem Sonderzug gebracht) eilig, im Laufschritt hinter sich bringen. Antonín Zápotocký, der Wanderer und Pilzesammler, war nicht gewohnt, langsam und würdig zu schreiten, er war ein Schnellgeher, Frühaufsteher und ein Geizhals. Sein Geiz wurde von der kommunistischen Propaganda als seine Art von Volkstümlichkeit und Volksnähe hochgelobt.

Schwierigkeiten bereitete Zápotocký sein Hut. Er, der sonst eine weiche Schildkappe trug, die man leicht in die Manteltasche stecken konnte, zerdrückte die Krempe des schwarzen Hutes abwechselnd in der linken, dann in der rechten Hand.

An Zápotockýs rechter Seite schritt, bei ihrem Vater Augustin Kliment eingehängt, der bald Minister für Maschinenbau und Schwerindustrie werden sollte, meine ehemalige Tante Heda in einem schicken Wintermantel mit einem hochgestellten Persianerkragen. Auf ihren hohen Stöckelschuhen bewegte sich Heda auf dem Prager Pflaster sicher, ja mit der Eleganz einer Dame, die sich in der Welt der Großen auskennt und sich vorzuführen versteht.

Ihre Augenbrauen, die sie sich im Krieg rasiert und mehrmals am Tag mit dem angebrannten Ende eines Streichholzes neu und höher gemalt hatte, wuchsen normal und waren dunkelbraun, was nicht bedeutete, daß sie nicht gefärbt waren. Als ich meine ehemalige Tante an Jan Masaryks Sarg sah, fiel mir ein, daß ich die natürliche Farbe ihrer Haare niemals kannte. Vor dem Krieg färbte Tante Heda ihr Haar dunkelbraun, nach 1945 wählte sie einen rotbraunen Farbton. Für Masaryks Begräbnis ließ sie sich, bestimmt in Paris, eine schlicht-braune Frisur anlegen. Im Jahr 1936, als Heda meinen Onkel František heiratete, trug sie unter dem linken Auge ein Muttermal, wie man damals sagte, ein Schönheitszeichen. Solange sie mit Onkel František verheiratet war, irritierte mich der kleine schwarze Fleck, denn er wanderte auf ihrer linken Wange ständig hin und her: Einmal sah ich ihn dicht unter ihrer linken Augenhöhle, am nächsten Tag in der Mitte ihrer Wange oder links von ihrer Nase.

Der Staatspräsident Dr. Edvard Beneš, ein gebrochener Mann, der vor nicht ganz drei Wochen die tschechoslowakische Demokratie aufgegeben und den Kommunisten in den Rachen geworfen hatte, im Juni 1948 abdanken mußte und danach nur noch drei Monate zu leben hatte, stolperte am unteren Ende des Wenzelsplatzes, fünf Schritte von mir entfernt, über einen Pflasterstein; zwei Männer seiner Leibwache fingen ihn auf.

Die nach dem siegreichen Putsch von Klement Gottwald neu ernannten Minister marschierten beschämt und niedergedrückt mit gesenkten Köpfen; sie starrten das Pflaster an.

T. G. Masaryks mit zahlreichen Orden geschmückte Legionäre[85] aus dem Ersten Weltkrieg marschierten mit verbissenen Gesichtern links und rechts vom Sarg, für jeden Fall von bewaffneten Arbeitermilizionären umstellt. Masaryks Legionäre bekamen bei seinem Begräbnis die letzte Chance, sich öffentlich zu zeigen. Danach verschwanden sie aus der von den Kommunisten neu geschriebenen Geschichte in Straflager oder vegetierten still und versteckt dahin.

Angehörige der tschechoslowakischen Exilarmeen im Zweiten Weltkrieg, Jagdflieger, die 1940 in der Schlacht um England zu den tapfersten im Kampf gegen Görings Luftwaffe zählten, tschechoslowakische Soldaten, die in Afrika gegen Rommel kämpften, hochdekorierte Offiziere des tschechoslowakischen Armeekorps in Rußland, Helden des Kampfes gegen den Faschismus, konnten hinter dem Sarg nicht Gleichschritt halten. Ein Jahr später waren die meisten Helden und Patrioten, Angehörige der tschechoslowakischen Exilarmeen im Ersten und im Zweiten Weltkrieg, als Agenten des Imperialismus oder als staatsfeindliche Elemente hinter Gittern. Ihr Auftritt bei Jan Masaryks Begräbnis im März 1948 war ihr letztes Defilee. Ihre Zeit war abgelaufen, sie starb mit Jan Masaryk. Es brach die Zeit von Stalins Apparatschiks und ihrer Opfer an.

General Heliodor Pika, der Held des Kampfes gegen Hitler, ein hochgewachsener Offizier, schritt in einem eleganten Uniformmantel mit goldenen Epauletten in der vierten Reihe hinter dem Sarg; zwei Monate später saß er bereits als Hochverräter im Knast.[86] Václav Nosek, der Innenminister, der General Pika im Mai 1948 von seinen sowjetischen Beratern verhaften ließ und an den Galgen brachte, schritt im Leichenzug eine Reihe vor dem eleganten Offizier. Als General Pika am 29. Januar 1949 zum Tode verurteilt wurde, lehnte ein weiterer Trauergast, der erste Arbeiterpräsident der Tschechoslowakei Klement Gottwald, seit zwanzig Jahren ein Stalinist, Pikas Gnadengesuch ab.

Eine junge Frau schrie über meine linke Schulter:
»Herr General, warum haben Sie im Februar nicht gekämpft!«
Ein Arbeitermilizionär vor mir knurrrte:
»Halten Sie das Maul, Genossin!«
General Pika hob sein Gesicht in meine Richtung; er lächelte wehmütig.

Rudolf Slánský, der fünf Monate später für General Pika den Galgen forderte, schritt neben Vlado Clementis[87]; vier Jahre später wurden beide mit weiteren acht als Agenten entlarvten Altbolschewisten gehängt, in der Nacht verbrannt; ihre Asche wurde im Morgengrauen des 4. Dezember 1952 auf die vereiste Landstraße von Prag nach Melnik gestreut.

Ganz in Schwarz und unter der Last des Schleiers gebückt ging eine Reihe vor Rudolf Slánský Milada Horáková, die große Dame der tschechoslowakischen Demokratie.[88] Ein Windstoß hob Horákovás Schleier. Rudolf Slánský, der Generalsekretär der KPTsch, half Horáková ihren vom Windstoß gehobenen, an einem Zierknopf an der rechten Schulter ihres Wintermantels verfangenen Schleier zu befreien. Anderthalb Jahre danach ordnete das ZK der KPTsch unter Rudolf Slánský dem Prager Volksgerichtshof an, Milada Horáková als Verräterin und Agentin des Imperialismus zum Tode zu verurteilen und zu hängen.

Kein absurdes Theater, das ich in den fünfziger Jahren so bewunderte, hat die Prager Inszenierung von Jan Masaryks Begräbnis im März 1948 übertroffen. Mit seiner Leiche im Mittelpunkt begann die böhmische Geschichte fünf Jahre vor den großen Autoren des absurden Theaters den ersten Akt der grausamen Prager Tragödie zu inszenieren.

Mit der frischen Frühlingsluft, mit den schleichenden Windböen voll von vermoderter Feuchtigkeit aus den Hinterhöfen und Ausdünstungen aus der Küche des Bistros Koruna im Rücken, sog ich den widerlichen Mundgeruch der an mir vorbeischreitenden Geschichte ein. Dieses eigenartige Gemisch vom Duft des aufkommenden Frühlings und des Gestanks, mit dem mich die große Geschichte damals fast erstickte, ist für mich seit jenem Tag der Geruch des Todes und der Hoffnungslosigkeit.

Spät am Abend lag für mich ein Brief von Marie Holečková auf dem Tisch. Ihre kleine, mit einer dünnen Feder sorgfältig gezeichnete Schrift erkannte ich sofort:

»Warum meldest du dich nicht? Was ist mir dir los? Rufe mich sofort an!«

Maries Brief empfand ich als ein hoffnungsvolles Zeichen; mein Überleben schien für eine absehbare Zeit wieder zu funktionieren. Am nächsten Tag rief ich Marie an, und wir trafen uns im Café Slavia. Marie kam in einem hellgrauen Hut und Schleier; sie war wunderschön. Mit ihr betrat das Café Slavia ein elegantes Wesen aus einer Welt, die es dann zwanzig Jahre in Prag nicht mehr geben sollte. Das Licht auf der silbernen Wasseroberfläche der Moldau hinter den großen Fenstern des Cafés war grell, die Schatten unter dem Laurenziberg waren tief, jedoch nicht bedrohlich finster; der südliche Wind duftete nach feuchtem Gras.

Herr Ober Alois beugte sich über mich:

»Wie immer, einen Braunen für den jungen Herrn, eine Tasse Tee für die Dame. Ach ja, die Liebe, die Liebe ...«

In der Nacht kochte ich wieder Schmierseife, denn schließlich mußte ich, auch wenn die große Geschichte verrückt spielte, mein Geld zum Überleben zusammenkriegen. Bestellungen von Stammkunden, die ungeduldig auf meine Schmierseife warteten, gab es mehr als genug. Nach drei Tagen lief mein Geschäft wieder reibungslos an. Als ich nach vierzehn Tagen in der Schule auftauchte, war Dr. Hlavatý ziemlich sauer.

»Siehst gar nicht mitgenommen aus, deine Lungenentzündung war wahrscheinlich von der leichten Sorte. Ich habe dich nicht so früh, eigentlich überhaupt nicht mehr zurückerwartet.«

Vater Bohumil meldete sich wieder, er schrieb mir einen Brief.

»Mein lieber Sohn, auf dich ist zwar kein Verlaß, aber nichts zu machen, du bist mein Erstgeborener, fast ein erwachsener Mann, der auf seinen eigenen Beinen steht, und der einzige Mensch, mit dem ich meine Sorgen teilen kann.«

Vaters Sorgen betrafen Karel Surý, seinen Jugendfreund, den Inhaber eines Sägewerks in Hošťálková, bis 1939 ein Faschist. Karel Surý, schrieb Vater Bohumil, wolle mit mir in einer vertraulichen Sache sprechen und komme am nächsten Montag nach Prag, wo wir uns um sieben Uhr im Café Šroubek auf dem Wenzelsplatz treffen werden. Ich soll, legte mir Vater Bohumil ans Herz, pünktlich sein, das könne er von mir wohl noch erwarten.

Ob ich am Montag Zeit habe oder nicht, ob mir sieben Uhr abends paßt, fragte mich Vater Bohumil nicht. Jeder Montag war für mich ein schlimmer, fürs Geschäft jedoch ein wichtiger Tag: Am Montag war die Schule erst um zwei Uhr aus, und ich mußte die am Sonntag gekochte Schmierseife meinen Kunden liefern. Vater Bohumil ein Telegramm zu schicken, ihn bitten, das Treffen mit Herr Surý auf einen anderen Tag zu verlegen, hatte keinen Sinn. Vater Bohumil hat sich für den Montag entschieden, und ich hatte zu gehorchen.

Abgehetzt und verschwitzt – meine vier Kunden waren an diesem Tag alle am Stadtrand, die Wege waren steil und weit – stellte ich Punkt sieben meinen Karren vor dem Hotel Šroubek am Wenzelsplatz ab. Durch das große Fenster sah ich Vater Bohumil mit Herrn Karel Surý in der Ecke des eleganten, ganz im Jugendstil eingerichteten Cafés sitzen. Vater Bohumil hatte seinen grauen Anzug an; fünf Jahre später, da war er zwei Jahre tot, habe ich, frisch getauft, in diesem Anzug vor dem Altar der katholischen Kirche in Maštov meiner Frau Marie die Treue geschworen. Ich weiß nicht, in welchem Anzug – vor Weihnachten 1953 besaß ich nämlich keinen – ich geheiratet hätte, wenn mir Vater Bohumil seinen feinsten Anzug, mein einziges Erbe, nicht hinterlassen hätte.

Vater Bohumil, ein wenig abgemagert, hatte vor sich ein Glas Rotwein, Herr Surý, der Sägewerksbesitzer, also Kapitalist und ein ehemaliger Faschist, ein Glas Schnaps.

Ich trat von hinten an Vater Bohumils und Surýs Tisch.

»Guten Abend, Vater, guten Abend, Herr Surý.«

Vater Bohumil hob sein Glas.

»Schön, dich wiederzusehen, Ota!«

Herr Surý zündete sich mit nervösen Fingern eine Zigarette an.

Ich setzte mich ohne Aufforderung an den Tisch; der Ober kam.

»Ein Bier, bitte!«

»Für Bier bist du noch zu jung, Ota! Bringen Sie eine Limonade!«

Ich drehte mich zu Vater Bohumil um.

»Herr Ober, ein Bier und dazu einen Klaren!« sagte ich laut. »Für Bier bin ich noch zu jung, aber Kopf und Kragen für dich zu riskieren, dazu bin ich alt genug! Warum bist du nicht nach Furth im Wald gekommen, ich habe, wie abgesprochen, auf dich gewartet!«

Vater Bohumil stellte sein Glas auf der Marmorplatte ab; sie vibrierte ein wenig, aber das waren wahrscheinlich die letzten Erschütterungen der Straßenbahn, die den Wenzelsplatz hoch zum Museum ratterte.

»Sie haben mich entlassen, damit habe ich nicht gerechnet.«

»Um so einfacher war es für dich zu verschwinden!«

»Aber deine Mutter und dein Bruder ...«

»Über Mutter und über Kamil hast du mir aus dem Knast nie etwas geschrieben. Und daß ich hier in Prag für dich alles aufgeben muß, die Schule, mein Geschäft und meine Zukunft, daß man mich an der Grenze hätte schnappen können, daran hast du auch nicht gedacht! Du hast mich im Stich gelassen!«

Vater Bohumil hob sein Glas; er schüttete den Rest des Rotweines in seine Kehle. Er verstand es nicht, einen edlen Tropfen zu genießen, er trank den Wein wie Wasser.

Der Ober brachte mir ein Bier und einen Klaren.

Zu schnell trank ich ein halbes Glas Bier und warf den Klaren in die Kehle. Ich legte einen Zwanziger auf den Tisch und erhob mich.

»Vater, ich habe für dich getan, was ich tun konnte. Wir sind ein für alle Male quitt! Laß mich bitte in Ruhe!«

Vater Bohumil schnappte nach meinem Ärmel und zog mich auf den Stuhl zurück.

»Das kannst du mir doch nicht antun! Schließlich bin ich dein Vater! Und außerdem, Herr Surý will dich sprechen, deswegen sind wir in Prag.«

Karel Surý rauchte; auf den ersten Blick sah er ruhig und gelassen aus, aber auf seiner Stirn sah ich Schweißperlen.

»Herr Ober, noch ein Bier und noch einen Klaren für den jungen Herrn«, sagte er.

»Ota, ich brauche deine Hilfe. Die Kommunisten schreien nach meinem Kopf und wollen mich wegen meiner alten faschistischen Geschichte einlochen. Ich muß mit meiner Familie in den Westen abhauen. Du kennst dich an der Grenze aus, bist heil nach Bayern und wieder zurückgekommen, so meine ich ...«

Mein zweites Bier und zweiter Klarer standen schon vor mir auf dem Marmortisch.

»Ich will es ja, Ota, nicht umsonst, zehn Tausender ist mir die Sache wert.«

»Herr Surý, ich mach' nicht mit! Ich bin froh, daß ich aus Bayern heil zurück bin.«

Vater Bohumil hob seine Augen zum Himmel.

»Ota, ich hab's Herrn Surý schon versprochen, daß du ihm hilfst!«

»Und hast du ihn schon abkassiert?«

»Nein.«

»Ich zahle zwanzig! Es geht mir überhaupt nicht um's Geld, sondern um Kopf und Kragen«, sagte Herr Surý.

»Na bitte, das ist doch ein Batzen Geld, Ota! Zehn rote Tausender für dich, zehn für mich!«

Ich trank mein Bier, ich schüttete den Klaren in meine heiße Kehle.

Habe ich etwas gesagt? Nein, ich habe nichts gesagt, ich habe zuerst in meinem Inneren geschrien. Es fiel mir auch schwer, mich zu erheben; der Tag war nicht leicht. Alles tat mir weh, die Beine, die Arme und vor allem der Kopf. Zwanzig Eimer Schmierseife, vier Zentner auf dem Karren die steile Chotkova-Straße und dann immer bergauf bis auf den Weißen Berg zu ziehen, das soll mir jemand nachmachen!

Die vier Tausender in meiner Brustasche die ich für meine Schmierseife kassierte, sind kein schlechtes Geschäft; nach Abzug der Material- und Heizkosten bleiben mir zwei Tausender als reiner Gewinn zurück und ohne Risiko! Zehn Kessel Schmierseife sind mir lieber als ein Nachtmarsch mit den Surýs über die Grenze nach Bayern!

Ohne ein Wort zu sagen, ging ich durch das Café Šroubek zum Ausgang. Vor der Drehtür holte mich Vater Bohumil ein und hielt mich fest.

»Mutter und ich sind pleite, Ota! Ich brauche die zehn Tausender. Wovon sollen wir leben?«

Aus meiner Brusttasche zog ich die vier hellroten Scheine und legte drei auf Vater Bohumils offene Hand.

»Gib mir auch den vierten, Ota!«

»Und wovon soll ich leben, Vater?«

»Du wirst dir schon zu helfen wissen!«

Unser Gespräch vor der Drehtür im Café Šroubek dauerte länger, es blieb nicht nur bei den vier kurzen Sätzen. Als ich meinen vierten Tausender auf Vater Bohumils Hand legte, wußte ich genau, was ich tat. Und ich habe meine Stimme nicht gedämpft, ich habe sie mit voller Absicht gehoben, so daß alle Gäste hören konnten, was ich meinem Vater Bohumil ins Gesicht schrie.

Vater Bohumil stand mit gesenktem Kopf vor mir.

Das Entsetzen in seinen Augen verwandelte sich in eine salzigtrübe Feuchtigkeit, die wie angeklebt an seinen Pupillen haften blieb. Vater Bohumil zitterte. Unter unseren Fußsohlen vibrierte der gelbe Marmorboden; eine Straßenbahn ratterte und schaukelte auf dem ausgefahrenen Gleis vor dem Museum zur Mitte des Wenzelsplatzes hinunter.

Wie vor Mitternacht Ende April 1945, als ich nach meiner Rückkehr von dem zu flachen und zu kurzen Grab eines von den Partisanen hingerichteten, schon halbverfaulten Verräters zurück nach Hause kam, schrie ich Vater Bohumil noch einmal diese widerliche Geschichte ins Gesicht, diesen mich für immer verletzenden Abschluß und das ekelhafte Ende meiner Jugend, als mich Vater Bohumil mit meiner Todesangst allein ließ, und wie sehr ich ihn dafür haßte und hasse.

Alles war wie vor drei Jahren in Vater Bohumils weißem Haus in Hošťálková: Ich schrie, meine Kehle tat mir weh, ich atmete schnell und tief, litt jedoch nach jedem Satz an erstickender Atemnot. Und alle Bilder kehrten zurück: Jan Žurek, der Gendarm und Partisan stand wieder mit Vater Bohumils Maschinengewehr, das ich ihm Anfang Februar 1945 nachts in Češeks Haus brachte, in unserer Küche. Zwei Partisanen, beide mit sowjetischen Maschinenpistolen bewaffnet, saßen im Vorzimmer.

»Bohuš, zieh' dich an, nimm eine Hacke und einen Spaten aus dem Schuppen, und wir brechen auf!«

Vater Bohumil lehnte sich an die Wand.

»Wohin?«

»Das wirst du früh genug erfahren.«

»Wollen Sie meinen Mann erschießen?«

Mutters Frage klang wie von einer Opernbühne gesungen.

»Unterm Bludný liegt seit Mitte April am Ufer eines Baches die Leiche eines von den Partisanen erschossenen Verräters. Die muß begraben werden, also, Bohuš, mach dich bereit! Es ist ein Befehl!«

Žureks mehrmals durch seine versagende Stimme unterbrochenen Worte, seine Augen, die in der Küche herumirrten, nie zur Ruhe kamen, Vater Bohumil und Mutter Marie in einem weiten Bogen auswichen, jagten mir Angst ein.

»Wenn es nur darum geht, eine Leiche zu begraben, dann kann mich doch Ota vertreten. Er ist ja kräftig genug. Ich habe eben meine jedes Jahr wiederkehrende Halsentzündung und eine Grippe überstanden und bin für die Arbeit noch zu schwach.«

Im ersten Augenblick habe ich Vater Bohumils Worte nur wie ein Rauschen, das an mir vorbeizieht, wahrgenommen. Ein geheimnisvoller Abwehrmechanismus, der meine Ohren taub machte und die Verbindung zwischen meinem Gehör und dem Gehirn ausschaltete, bewahrte mich vor Panik, Demütigung, vor Angst und Verzweiflung. Vater Bohumils Worte haben mich vorerst nicht gelähmt; mich traf nur ein kühler, barmherziger Blitz, der mich in einen Zustand von örtlicher Betäubung versetzte. Der beißende Schmerz kam später.

Jan Žureks unruhige Augen blieben auf meinem Gesicht stehen.

»Mir kann's egal sein, wer den Verräter unter die Erde bringt!«

Ich dachte an Tod und an Hinrichtung.

»Sie lügen, Herr Žurek«, sagte ich.

Die feige Leichtfertigkeit, mit der mich Vater Bohumil an

Žurek auslieferte, tötete den letzten Rest der Liebe, die ich für ihn empfand.

Ich suchte bei Mutter Marie Hilfe.

Ich wußte, daß sie mir nicht helfen konnte, ich erwartete von ihr aber wenigstens einen Aufschrei oder daß sie mich schützend in ihre Arme nimmt. Wenn ich schon anstatt meines Vaters Bohumil hingerichtet werden soll, dann wollte ich unsere Küche und Vater Bohumils weißes Haus mit dem Gefühl verlassen, daß ich hier geliebt wurde, daß ich hier Schutz vor dem Bösen fand, daß ich von meinen Eltern meinem Henker nicht ohne Widerstand ausgeliefert wurde.

Meine Mutter wandte sich von mir ab.

»Ziehe dich, Ota, warm an. Im Wald ist es immer noch kalt.«

Das war der Augenblick, in dem ich Vater und Mutter aufgab. Ich zerbrach nicht, ich wurde nicht wütend; sogar die schreckliche Angst vor dem Tod trat von mir zurück. Auf eine seltsame Art und Weise fühlte ich mich befreit. Die schmerzlose Gleichgültigkeit, mit der ich das weiße Haus meines Vaters Bohumil verließ, erfüllt mich heute noch mit einer seltsamen Freude.

Ich sah mich sterben.

Die zwei Typen mit sowjetischen Maschinenpistolen stellen mich an den Rand einer tiefen Schlucht. Herr Žurek raucht eine Zigarette, die zwei treten zurück. Der Gendarm klebt seine Zigarette in den linken Mundwinkel, hebt seine Waffe, ein Geschenk meines Vaters Bohumil, lädt durch und streckt mich mit einer kurzen Salve mitten in meine Brust nieder.

Alles geschieht still. Mir tut nichts weh. Ich falle tot in die finstere Schlucht und empfinde eine barmherzige Genugtuung: Mein Tod traf mich aus Vater Bohumils Waffe.

Die halbverweste, nackte Leiche fanden wir in dem Dickicht am Ufer eines kleines Baches.

Herr Žurek spuckte aus.

»Er stinkt so, wie tote Verräter stinken.«

Die drei, Herr Žurek und die Partisanen, setzten sich oberhalb der Leiche; der milde Frühlingswind wehte den Berg hinunter.

Ich grub das Grab.

Als ich meine Augen hob, sah ich den nackten Toten. Sein Penis ragte zum blauen Himmel, sein Bauch war grau und verfallen. Zwischen seinen Brustwarzen sah ich drei Einschüsse, der vierte traf ihn mitten in die Stirn.

Die vom Bach angeschwemmte Erde war nicht steinig, die Arbeit ging flott voran. Nach einer halben Stunde stand ich bis zu meinen Knien tief in der Mulde. Dann wurde die Erde steiniger. Herr Žurek warf einen brennenden Zigarettenstummel ins Loch und sagte:

»Das reicht!«

Ich kroch aus dem Loch.

»Schieb ihn in die Grube, Ota!«

Mit dem Spaten schob und wälzte ich die Leiche in das zu seichte Grab. Der Tote fiel in das Loch mit dem Gesicht nach unten.

»Soll ich ihn umdrehen, Herr Žurek?«

»Scheiß drauf, er soll in die Hölle gucken!«

Das Loch war für den Toten zu kurz; ich hatte die Körperlänge des Verräters nicht richtig eingeschätzt.

Herr Žurek nahm mir den Spaten aus der Hand.

»Bringen wir die Sache zu Ende!«

Mit einigen kräftigen Schlägen zertrümmerte der Gendarm mit der scharfen Kante des Spatens dem Toten die Kniescheiben; die Unterschenkel des halbverwesten Verräters warf er mit dem Spaten auf seinen Rücken.

Gemeinsam schütteten wir das zu flache Loch zu.

Als ich im Bach das Blut und die Hautfetzen von den Spaten und von der Hacke abwusch, wollte ich mich übergeben. Mein

Magen und meine Kehle zogen sich jedoch im Krampf zusammen, ich schaffte es nicht, meine bittere Spucke zwischen den zusammengebissenen Zähnen ins Wasser auszuspucken.

Auf dem Heimweg, der Abend fiel zu schnell ins Tal, erwachte ich aus meiner Gleichgültigkeit, das Herz tat mir weh, mein Kopf drohte zu zerspringen, und ich fühlte mich auf eine unheilsam grausame Art und Weise ausgeraubt und leer.

Zu Hause schrie ich bis weit nach Mitternacht Vater Bohumil meine Wut, meine Verzweiflung und Demütigung und meinen Haß ins Gesicht. Vater Bohumil stand mit gesenktem Kopf vor mir, er sagte kein Wort. Um Mitternacht, ich hörte zuerst die katholische, dann die evangelische Kirchenglocke zusammengerechnet vierundzwanzigmal schlagen, hielt Vater Bohumil seinen Atem an und streckte seine Knochen.

»Ist ja nicht so viel passiert, Ota«, gähnte er.

In diesem Augenblick entschloß ich mich, Vater Bohumil nicht mehr und niemals mehr zu lieben, ihn aufzugeben und zu verlassen.

Es war gut, daß mir auch im Café Šroubek der Atem ausging, daß mich meine Stimme kläglich im Stich ließ, denn je länger ich Vater Bohumil anschrie, in der Hoffnung, daß ich mich endlich von der Geschichte mit dem halbverfaulten Toten befreie, um so schwerer fühlte ich die Last meiner damaligen Demütigung, meiner Angst vor dem Tod und meines aufkommenden Hasses.

Vater Bohumil drehte sich um und ging, einige Stühle umstoßend, in die Ecke zu Karel Surý zurück.

Ohne mich zu schämen, ja ohne überhaupt an Scham zu denken, heulte ich laut und bitter. Vor dem Hotel Šroubek legte ich mir die Gurte um und zog meinen Karren den Wenzelsplatz Richtung Žižkov hoch. Ich sagte mir: Die letzten vier Stunden dieses Tages wirst du auch noch überleben.

Das Pflaster wurde nach Einbruch der Finsternis naß und glitschig. Großmutter Mikolajczyková behauptete, daß auch Steine ab und zu weinen. Ich hatte es ihr bis zu diesem, für mich unendlich langen Tag nicht geglaubt.

Der Herbst 1948 war für mich wunderschön!

Ab 1. September 1948 ging ich jeden Tag um acht Uhr durch das Tor und den gewölbten Durchgang in das Redaktionsgebäude der *Mladá fronta* in der Panská-Gasse und hörte das Echo der gemächlichen und würdevollen Schritte und der für Prag auf immer verlorenen Stimmen von Rainer Maria Rilke, Franz Werfel, Max Brod, Hermann Ungar, Rudolf Fuchs, Otto Pick, Leo Perutz, Paul Leppin, Fritz Torberg und Franz Kafka.

Unter der gewölbten Decke des Durchganges blieb das Geflüster all der Koryphäen der großartigen deutschen und deutsch-jüdischen Dichtung in der Goldenen Stadt an der Moldau hängen, die hier bis zum 15. März 1939 ein- und ausgingen. In den stillen Morgenstunden, als ich nach der Nachtschicht die Redaktion verließ, blieb ich im Durchgang stehen und lauschte den weit entfernten Stimmen, die leise von der Decke auf meinen Kopf fielen.

Manchmal habe ich sie verstanden, manchmal nicht.

Im obersten Stockwerk, unter dem Dach, im Archiv der *Mladá fronta*, begegnete ich dem buckligen Dr. Jiří Holý, meinem Chef, einem bourgeoisen Element, der sich im Archiv versteckt hielt und retten konnte. Der erfahrene Archivar öffnete mir im Herbst 1948 einen großen Teil des Archivs des *Prager Tagblattes*, er führte mich in den, wie er mit einem Augenzwinkern sagte, einst deutschen Prager Himmel ein. Dieser vergessene, am 15. März 1939 eingestürzte Himmel lag verstaubt und in altehrwürdigen Regalen geordnet in einem von zwei kleinen Nebenräumen unter dem Dach der *Mladá fronta*.

»Wenn du nichts zu tun hast, oder wenn es dich interessiert, dann kannst du dir das ehemalige Archiv des *Prager Tagblattes*, oder das, was hier übrigblieb, anschauen. Vergesse aber nicht, den Schlüssel unter die Lampe auf meinem Schreibtisch zu legen«, sagte Dr. Jiří Holý.

Nach der Arbeit verschwand ich in dem verstaubten Nebenzimmerchen unterm Dach und las, wenn ich nicht zu müde war, bis tief in die Nacht das *Prager Tagblatt* und die Korrespondenz der Redaktion aus den Jahren 1934 bis 1937.

Was für großartige Namen habe ich hier unterm Dach der *Mladá fronta* im Staub, in der Hitze und in der Kälte, im Licht einer einzigen, nackten Glühbirne, ständig in Angst entdeckt zu werden, zum erstenmal gelesen! Einen Teil der Geschichte dieser großartigen deutschen Zeitung, die Korrespondenz der Redaktion von mehr als zehn Jahren, ich schätze an die fünftausend Briefe und an die zweitausend Manuskripte, Zeugen einer glorreichen Vergangenheit. Die Namen der großen deutschsprachigen Dichter, die ich unter dem Dach des Hauses Nummer 8 in der Herrengasse entdeckte, das herrliche, noble Deutsch, das ich dort zum erstenmal in einer für mich vollkommen unbekannten, jedoch plötzlich wunderbaren, in Frakturschrift gedruckten Zeitung entzifferte, war für mich das wunderbarste Erlebnis des Jahres 1948.

»Kennst du Franz Kafka?«

Jiří Holý stellte seine Frage nur nebenbei, als wir einmal bis spät in die Nacht drei oder vier Jahrgänge des *Prager Tagblattes* durchblätterten.

»Den Namen habe ich gehört. Soll ein jüdischer Schriftsteller gewesen sein.«

Dr. Holý neigte seinen Kopf noch tiefer über einen Text.

»Ich habe noch das Glück gehabt, Max Brod kennengelernt zu haben.«

»Wer ist Max Brod?«

Jiří Holý hob seinen Kopf, wich mit seinem blassen Gesicht in den Schatten der einzigen Glühbirne aus, schaute mich mit seinen grauen, auf eine seltsame Art und Weise erloschenen Augen an.

»Kann sein, daß alles, was wir jetzt lesen, verlorengeht, eine ganze Epoche der Prager Kultur, Literatur und Journalistik, die das Pech hatte, deutsch zu sprechen. Wir zwei, und das ist doch absurd und traurig zugleich, sind in diesem Augenblick in Prag die einzigen, die das *Prager Tagblatt* lesen, in Griffnähe eine Menge Korrespondenz von ganz berühmten, deutsch sprechenden Persönlichkeiten zur Verfügung haben, Briefe und Manuskripte von Dichtern und Intellektuellen, die entweder von den Nazis umgebracht wurden, emigrierten, in der Fremde starben oder noch leben, jedenfalls nie mehr nach Prag zurückkommen. Wir sind in Prag nach 1939, als die Prager Juden ins Exil oder ins Gas gingen, sehr verarmt, und mit der Vertreibung der Prager Deutschen sind wir auch nicht reicher geworden.«

Dr. Jiří Holý lehnte sich im Stuhl zurück; mir kam es vor, als wäre er im Schatten untergetaucht, verschwunden. Auch seine Stimme klang ermüdet.

»Es kommt auf uns die Zeit des Vergessens zu. Sie wird sehr schlimm sein, Ota!«

Der Herbst 1948 war für mich wirklich wunderbar!

Ich habe mich in Ludmila Malá verliebt, die dünne Dichterin, Jungkommunistin und Redakteurin der *Mladá fronta*, eine selbstbewußte Marxistin, die fest entschlossen war, mit mir an ihrer Seite die Welt in einem einzigen revolutionären Aufstand der Proletarier in Lenins und in Stalins Sinn zu verändern. Ob ihr Wunsch auch meinen Zukunftswünschen entspricht, hat mich Ludmila nie gefragt.

Wir liebten uns drei Monate lang fast jede Nacht.

Ich hatte im Archiv, Ludmila in der Redaktion Nachtdienst. Nach drei Uhr in der Früh, als die letzte, die Prager Ausgabe gedruckt wurde, die Redakteure nach Hause gingen, vögelten wir auf dem ledernen Sofa im Büro von Miroslav Hladký, dem Chef der Sportredaktion.[89]

Meine Straßenbahn Nummer neun oder einundzwanzig Richtung Žižkov fuhr erst ab fünf Uhr morgens, so hatte ich nach jeder Nachtschicht mindestens anderthalb Stunden, ohne meine Freizeit zu vergeuden, Zeit für Ludmila. Ihre Straßenbahn Richtung Weißer Berg fuhr auch erst kurz nach fünf.

Auch die Dichterin wußte die Bequemlichkeit und Unkompliziertheit unseres, wie wir damals sagten, Liebesverhältnisses zu schätzen. Diese beiden, von Ludmila im Zusammenhang mit viel Sex und wenig Liebe gebrauchten Begriffe – Bequemlichkeit und Unkompliziertheit – hat sie mir, auf die Grundprinzipien des dialektischen Materialismus gestützt, erklärt:

»Im Sex sehen wir Kommunisten auch einen Ausdruck der Gleichberechtigung. Nicht du hast mich aufs Kreuz gelegt, sondern ich habe es dir nach sachlicher Überlegung gestattet, mich zu vögeln. Die Tatsache, daß wir uns gegenseitig unkompliziert genießen, bringt uns beiden Vorteile und bedeutet überhaupt nicht, daß ich dir oder daß du mir gehörst. Wir beide sind frei.«

Ich gestehe: Diese Art von marxistischer Auslegung der Sexualität und der Liebe war mir damals angenehm.

»Das Sofa in Hladkýs Büro hat eine große Geschichte«, erzählte mir mein Vorgesetzter im Archiv, der bucklige Dr. Jiří Holý, ein wunderbarer Mensch, ein Germanist, der sich als Kunsthistoriker ausgab, was kurz nach dem Zweiten Weltkrieg ihm, seiner Karriere und seinem Kaderprofil nicht zu sehr schaden konnte.

Seit ewigen Zeiten, spätestens seit Anfang des Ersten Weltkrieges, stand das Sofa aus dunkelrotem Leder im Büro aller Chefredakteure des *Prager Tagblattes*, ab Herbst 1946 kam es in das Büro von Miroslav Hladký, dem Chef der Sportredaktion.

»Und auf diesem Sofa, auf dem du – keine Angst, Ota, in dieser Redaktion wird dich nur wegen Bumsen keiner verpfeifen! –

die Ludmila vögelst, saßen bis März 1939 die großen Koryphäen der deutschsprachigen Literatur in Böhmen und Mähren, von Franz Kafka über Franz Werfel, Rainer Maria Rilke, Max Brod, Johannes Urzidil und« – Dr. Holý sah sich um und dämpfte seine Stimme – »auch Robert Musil, den ich insbesondere schätze! Und sogar Thomas Mann, als er, schon Emigrant, Mitte der dreißiger Jahre Prag besuchte und mit seiner ganzen Familie tschechoslowakischer Staatsbürger wurde, saß auf diesem wunderlichen Sofa, auf dem du es jetzt mit einer kommunistischen Dichterin treibst. Die Geschichte spielt eben verrückt!«

In diesem Herbst erlebte ich nur Wunder: In der Zeit des schlimmsten stalinistischen Terrors öffnete mir Ende Oktober 1948 der bucklige Archivar, einer der wunderbarsten Menschen, denen ich in meinem Leben begegnet bin, auch die zweite, bisher verschlossene Tür unter dem Dach der *Mladá fronta,* eine Kammer voll von deutscher Literatur!

»Alles kannst du lesen, nein, du mußt alles lesen, nur nach Hause darfst du kein Buch mitnehmen. Der Schlüssel liegt von nun an unter der rechten Ecke meines Schreibtisches.«

Das erste deutsche Buch der wirklichen deutschen Literatur, das ich nach 1945 las, war Gustav Meyrinks *Der Golem.* Im verstaubten Regal mit der vergessenen deutschen Literatur fiel mir eben der Titel Golem auf.

»Ich könnte dir zwar eine Ordnung für deine deutsche Lektüre empfehlen, aber schlucke zuerst alles herunter, was dir auf den ersten Augenblick gefällt, und dann reden wir weiter.«

Oben, unterm Dach der *Mladá fronta,* im Archiv, verschlang ich jede freie Stunde die Prager deutsche Literatur und die ganze deutsche Literatur. Und zwei Stockwerke unter dem Archiv bumste ich drei Monate lang auf einem Sofa, auf dem die große Prager und die deutsche Literatur saß, die Ludmila, meine magere revolutionäre Dichterin, die mir danach ihre neu gedichteten Verse voll Bewunderung für den großen Stalin und voll leidenschaftlicher Sehnsucht nach der großen, alle Menschen befreienden, proletarischen Revolution vorlas.

Unterm Dach der *Mladá fronta* in der Panská-Gasse Nummer 8 habe ich im Herbst 1948 bei der Lektüre der deutschsprachigen, vorwiegend von Prager Juden geschriebenen Literatur meinem Vater Bohumil sogar den 1. September 1939 verzeihen wollen, als er mich mit väterlicher Gewalt durch ganz Schlesisch Ostrau in die dritte Klasse der deutschen Volksschule geschleppt hat. Zwölf Jahre später habe ich durch Dr. Jiří Holýs Verdienst erkannt, daß es nicht nur die deutsche Sprache meiner Deutschlehrerin in den ersten drei Klassen der Mährisch Ostrauer Oberschule Dr. Birgit Lenz gibt, die mich absichtlich mit einem abscheulich übertriebenen tschechischen oder polnischen Akzent *polívka*, Wasserpolacke oder *nagraschkowy germanjez* (›Ersatzteutone‹) nannte; es war auch nicht die Sprache des karottenfressenden Oberlehrers Herbert Nitschke, des Nazis, der gemeinsam mit dem braunen Fasan Wilhelm Heinz, dem Ortsgruppenführer der NSDAP in Mährisch Ostrau, im April 1945 sechzehn meiner Mitschüler aus der Mährisch Ostrauer Oberschule bei Hrabin für den Führer abschlachten ließ.

Unter dem Dach des ehemaligen *Prager Tagblattes* entdeckte ich, der die deutsche Sprache in seiner Jugend haßte und nach 1945 Deutsch vergessen wollte, die für mich bis Spätherbst 1948 nicht existierende, wunderliche deutsche Sprachwelt, zart und fein, klangvoll und sanft, menschlich warm und voll von bezaubernden Bildern, wie ich sie erst in Rilkes *Duineser Elegien*, in seinen *Sonetten an Orpheus*, in Werfels *Der Weltfreund* und in der Prager deutschsprachigen Literatur heimlich lesen durfte.

Von Franz Kafka nahm ich zuerst sein Buch mit dem vielversprechenden Titel *Amerika* in die Hand.

Die ersten achtundzwanzig Seiten des Buches, die Erzählung »Der Heizer«, haben mich jedoch so enttäuscht, daß ich *Ameri-*

ka erst nach einigen Jahren in tschechischer Übersetzung zu Ende lesen konnte. Nach dem enttäuschenden »Heizer« las ich, den klugen Rat von Dr. Jiří Holý befolgend, Kafkas Erzählung »Die Verwandlung«.

Ich war begeistert!

Als ich Marie Holečková im Café Slavia über mein Leseerlebnis, über meine Entdeckung von Franz Kafka erzählte, verzog sie hinter ihrem lila Schleier ihre wunderschönen Lippen, die ich nie küssen durfte.

»Wie schrecklich! Ein Mensch verwandelt sich in einen Käfer, und das soll Literatur sein!«

Marie warf drei Stück Zucker in ihre Teetasse.

»Für mich ist Literatur etwas Erhabenes! Ich finde es geschmacklos, daß du dich, Ota, für eine Erzählung begeisterst, in der sich ein Mensch in einen Käfer verwandelt! Das ist doch abscheulich, wie kannst du so etwas lesen! Ist dieser Kafka nicht ein Jude?«

»Er war ein Jude.«

»Habe ich mir gleich gedacht! Haben ihn die Deutschen vergast?«

»Nein, er ist vor vierundzwanzig Jahren an Tuberkulose gestorben.«

»Da hat er noch Glück gehabt.«

Marie Holečková ließ ihren Schleier fallen.

Sie bestellte hochnäsig, sie behauptete damenhaft, das war ihr Spiel, noch einen Darjeeling, den es in Prag damals überhaupt nicht gab, und bekam vom Ober Alois mit einer übertriebenen Höflichkeit, und das wieder war sein Spiel, einen Lindenblütentee serviert.

Marie Holečková hat mich verärgert. Ihre Arroganz gegenüber Kafka (der Begriff Antisemitismus war noch nicht verbreitet) zwang mich, den Dichter und seine »Verwandlung« vor ihrer Unkenntnis in Schutz zu nehmen. Ich versuchte zwischen Franz

Kafkas »Verwandlung« und unserer verrückt spielenden Zeit, die uns in leicht manipulierbare Käfer umerziehen möchte, ein Gleichnis zu ziehen. Und ich meditierte über Kafkas Ängste (das Wort Entfremdung war damals auch nicht im Umlauf), die wir heute, wie er im Jahr 1915, als eine schleichende, uns alle bedrohende Wirklichkeit …

Zu meinem Entsetzen habe ich den Faden verloren, und ich schaffte es auch nicht, von den Höhen der Literatur in die Niederungen meiner Sehnsucht nach einer – wenigstens einer! – Nacht im Bett mit einer endlich entschleierten Marie Holečková herabzusteigen.

Du mein schönes, verschleiertes Biest, dich liebe ich, aber bumsen tu' ich mit der Ludmila. Wir sind quitt! sagte ich mir.

Nach dem zweiten Tee warf mir Marie Holečková vor, ich würde schlechte, jüdisch-dekadente, dazu noch deutsch geschriebene Literatur lesen, wobei ich die Schätze der tschechischen Literatur ignoriere. Ich konterte mit meinem geliebten Schlesier Petr Bezruč, mit Otakar Březina[90], Ladislav Klíma und Josef Váchal; Marie blieb jedoch hart und unbeeindruckt.

»Lauter ausgefallene Dichter, keine schöngeistige, erhabene Literatur! Ota, du läßt dich zu sehr von Dekadenzlern beeinflussen!«

Ich versuchte wenigstens Petr Bezruč vor ihrem ungerechten Urteil zu retten. Mein geliebter Schlesier war für sie zu grob in der Sprache und, Marie verzog ihre Lippen, kein Prager, sondern genau wie dieser Janáček eine Erscheinung irgendwo aus der mährisch-schlesisch-polnischen Provinz, wo kein richtiges Tschechisch gesprochen wird, sondern nur Wasserpolackisch.

Meine Geduld mit Marie Holečková ging allmählich zu Ende.

Ich durfte sie nur durch ihren Schleier auf die Stirn küssen und das nur zum Abschied und flüchtig an der Straßenbahnhaltestelle. Mehr erlaubte sie mir nicht, und dabei gingen wir im

Herbst 1948 schon fast zwei Jahre miteinander. Das Küssen fand Marie Holečková schrecklich unhygienisch.

»Du kannst dir, Ota, gar nicht vorstellen, wie viel Bakterien nur durch einen Kuß übertragen werden!«

Maries Vater war bei der Prager Stadtgemeinde Hygieniker; offensichtlich las sie zu viel in seiner Fachliteratur.

Maries Schleier, damals im Herbst 1948, als das Proletariat in Prag die Herrschaft schon fest im Griff hatte, fast eine bourgeoise Provokation, imponierte mir zwar immer noch, denn sie war in der Goldenen Stadt an der Moldau wohl die einzige junge Frau, die es noch wagte, einen Hut, dazu noch mit einem Schleier zu tragen. Allmählich jedoch hatte für mich ihre Verschleierung den ursprünglichen Zauber verloren. Hinter dem Schleier verbarg sich nämlich nichts Geheimnisvolles, sondern ein verzogenes Prager Fräulein aus besseren Kreisen, eingebildet, ein wenig affektiert und eigentlich nicht so sehr interessant. Ich wollte Marie Holečková, die ich immer noch liebte oder glaubte zu lieben, lieber ohne Schleier im Bett oder nackt auf einer blühenden Wiese sehen.

Die Sache mit Ludmila, der Dichterin und Jungkommunistin, war dagegen einfach, überschaubar und bequem. Ab zwanzig Uhr bis drei Uhr nach Mitternacht saß ich, wenn ich Dienst hatte (und ich übernahm allmählich freiwillig den Nachtdienst), im Archiv unterm Dach. Aus der verschlossenen Schatzkammer voll von deutscher Prager und deutscher verbotener Literatur konnte ich mir Bücher holen, sie ungestört lesen, das Ende meiner Schicht in die wunderschöne deutsche Literatur vertieft abwarten, mich gegen halb vier (die letzten Redakteure verschwanden schon gegen zwei Uhr) ins Büro des Chefs der Sportrubrik Miroslav Hladký schleichen und auf dem berühmten Sofa meine Sachen mit der Ludmila treiben.

In der Nacht hatte ich nicht viel zu tun; die großen politischen Artikel waren schon geschrieben, ideologisches Material und

Zeitungsausschnitte über Politik waren in der Nacht nicht mehr gefragt, nur ab und zu rief ein Redakteur an und wollte wissen, wie man richtig fremde Namen von führenden Kämpfern für den Frieden und für den Kommunismus in exotischen Städten oder weit entfernten Ländern schreibt. Für mich kein Problem, denn im Archiv lag ein direkt vom Presseamt des Zentralkomitees der KPTsch alle vierzehn Tage erneuertes, offizielles Verzeichnis von unseren proletarischen Verbündeten und Freunden auf der ganzen Welt. Alles andere war einfach: Wenn ein fortschrittlicher Genosse irgendwo in der Welt nicht mehr als fortschrittlich und unser Freund galt, dann verschwand er aus dem Verzeichnis und durfte nicht erwähnt werden. In solchen Fällen habe ich für unsere Redakteure folgende Antwort parat gehabt:

»Es tut mir leid, ich kann den Namen des Genossen, nach dem Sie gefragt haben, nicht finden.«

Mit den geheimnisvollen Genossen von der Zensur, der sogenannten HSTD[91] (wir nannten Sie *h*ovno *s*tejně *t*ady *d*ěláte – deutsch: ›ihr baut hier sowieso nur Scheiße‹), die ihr Büro zwischen der Redaktion und der Druckerei hatten, wollte sich keiner von uns anlegen; Dr. Jiří Holý signalisierte der Redaktion immer rechtzeitig eine leise Warnung, wenn wieder einmal ein Genosse aus dem Verzeichnis unserer Freunde in der Welt herausfiel.

Langweilig waren die Stunden, wenn ich auf dem Sofa liegend auf Ludmila wartete. Wenn sie ihre proletarische Muse packte, dann blieb sie manchmal bis halb vier in ihrem Büro, drei Türen weiter, und schrieb an ihren Gedichten. Ich durfte sie unter keinen Umständen stören. Das zaghafte, durch kurze oder längere Pausen unterbrochene Klappern ihrer Schreibmaschine lullte mich ein. Das feine Leder des uralten Sofas vibrierte leise und sanft; das Rauschen und Stöhnen der laufenden Rotationsmaschine im Keller (in der ersten Ausgabe, die auf dieser Maschine gedruckt wurde, gab das *Prager Tagblatt* am 10. Januar

1905 auf der ersten Seite den Ausbruch der ersten russischen Revolution in Sankt Petersburg bekannt) erschütterte das ganze Gebäude in der Panská-Gasse 8. Und als die Rotationsmaschine gegen vier Uhr, manchmal schon um halb vier, abgeschaltet wurde, und Ludmila immer noch nicht mit ihrem Gedicht fertig war, hatte ich in der ungewöhnlichen Stille ab und zu das Gefühl, im Schatten Rilkes, Werfels, Kafkas und Fuchs' zu schlafen.

Die Zeit für die Liebe wurde dann zu kurz.

Und sie wurde immer kürzer, weil Ludmila sich ab November 1948 nicht mehr mit drei oder vier Strophen zufriedengab, sondern sich in den Kopf setzte, ein großes episches Gedicht auf Stalin zu seinem neunundsechzigsten Geburtstag am 21. Dezember 1948 zu schreiben. Unsere Liebesnächte kurz vor der Morgendämmerung auf dem literarisch geschichtsträchtigen Sofa in Miroslav Hladkýs Büro nahmen Anfang Dezember 1948, an einem Montag, ein jähes Ende.

Nackt in meinen Armen liegend, gab Ludmila von einem Weinkrampf erfaßt zu, daß sie mit ihrem großen Epos auf Stalin endgültig gescheitert war, daß sie entweder zu wenig Talent habe oder daß ihre Liebe und Bewunderung zum großen Generalissimus nicht dazu reichen, ihn zu besingen, daß sie mit der sozialistisch-realistischen Lyrik Schluß macht, sich von nun an voll und ganz dem Aufbaulied zu widmen gedenkt, ein neues Leben und eine neue Epoche in ihrem literarischen Werk eröffnet, und daß sie sich deswegen von der Vergangenheit, von der Redaktion der *Mladá fronta*, also auch von mir, verabschieden muß.

Und außerdem, sagte sie, sei ich als Liebhaber für ihre Lyrik nicht inspirativ, sie habe von mir nie Impulse für ihre proletarische Dichtung empfangen. Ist also besser, wenn wir Schluß machen.

Mir war es nur recht.

Die proletarische Dichterin wurde mir, nachdem ich unterm Dach ganz dem Zauber von Rilke und Werfel verfallen war, allmählich langweilig.

Unten im Keller lief die Rotationsmaschine auf Hochtouren; das alte Gebäude bebte und zitterte. Punkt vier, eine Glocke schlug viermal, wurde die Rotationsmaschine still. Ich legte mein linkes Ohr auf Ludmilas Busen und hörte in ihrer Brust das rhythmische Rauschen eines Nachbebens.

»Ludmila«, sagte ich, »es war kurz, es war schön, aber auch ich habe von dir die Schnauze voll!«

Ich erhob mich vom Sofa, auf dem einmal die Prager deutsche Literatur saß, und verließ Hladkýs Büro.

Der Abschied von der proletarischen Dichterin fiel mir nicht schwer, weil ich mich inzwischen in Olina Modrochová, die Hochspringerin des A. C. Sparta Prag verliebt hatte.

Olina Modrochová, der berühmten, langbeinigen Hochspringerin, wenn ich nicht irre, damals Inhaberin des tschechoslowakischen Rekordes im Hochsprung, begegnete ich Anfang Dezember 1948 in der Redaktion der *Mladá fronta*, als sie von Miroslav Hladký zum Interview in die Sportredaktion eingeladen wurde.

Im Augenblick, als sie, die Unerreichbare, auf dem Flur an mir vorbeischwebte, habe ich mich in sie verliebt. Und ich wurde sofort auf eine für mich unerträgliche Art und Weise neidisch und eifersüchtig, nicht auf Miroslav Hladký, der demnächst das Glück haben wird, sie, ihre elegant-langbeinige Erscheinung, auf seinem Sofa, von dessen ruhmreicher Geschichte er, der Kommunist, wahrscheinlich keinen blassen Schimmer hatte, zu bewundern, sondern auf das Sofa, das die Berührung mit Olinas Popo und mit ihren herrlichen Oberschenkeln gar nicht genießen und nicht würdigen kann.

Olina Modrochová war keine verschleierte Schönheit, sie trug nichts Geheimnisvolles zur Schau, sie war auch keine ständig nervöse und gereizte Dichterin, sie war eine hochgewachsene, junge Dame, immer auf ihre, für mich bezaubernde, schlampig-elegante Weise gekleidet. Schon in dem Augenblick, als ich sie auf dem Flur über das durchgetretene Linoleum, das bestimmt noch Abdrücke von Werfels, Rilkes, Urzidils und Brods Schuhabsätzen verbarg, in die Sportredaktion schweben sah (Olina ging nicht, sie schwebte), verwandelte sie sich vor meinen Augen in einen muskulösen Engel in der Gestalt einer Leichtathletin. Ihre auf den ersten Blick unauffällige Einfachkeit zog mich an.

Im Archiv unterm Dach der *Mladá fronta* bekam ich es mit Gewissensbissen zu tun und suchte nach Argumenten, die meinen vor nicht ganz zehn Minuten zwei Stockwerke tiefer wieder einmal begangenen Verrat an Marie Holečková rechtfertigen könnten. Ich erinnerte mich immer wieder an jenen Tag im Spätherbst des Jahres 1946, als ich meinen ersten Karren mit zehn Blechdosen von Onkel Františeks Schmierseife in das Büro der tschechischen Handelskammer in der Vinohradská-Straße zog. Die Büros der Handelskammer waren im dritten Stock, der Aufzug funktionierte nicht. Als mich eine junge Angestellte der Handelskammer, es war Marie Holečková, auszahlte, sah sie mich lange an.

»Sie sind bestimmt müde. Wollen Sie mit mir einen Tee trinken?«

Verschwitzt, vom anstrengenden Tag fertig und erschöpft, trank ich in Marie Holečkovás Büro Tee.

Der Tag war für mich eine Katastrophe: Zwei Stunden nach Mitternacht hatte ich in Onkel Františeks Werkstatt in der Roháčova-Straße noch dreißig Blechdosen mit der heißen Schmierseife füllen müssen, ich kam erst kurz vor sechs ins Bett. In der Schule kassierte ich in Englisch für meinen Aufsatz über Robin Hood eine reine Fünf. Der Tag gipfelte am späten Nachmittag mit der letzten der zehn Blechdosen, die ich die drei

Stockwerke hoch ins Büro der Handelskammer schleppen mußte.

Im Zustand verzweifelter Erschöpfung und Hoffnungslosigkeit verliebte ich mich bei der zweiten Tasse Tee in Marie Holečková.

Ich fühlte mich an diesem Tag schrecklich allein, verlassen und gestrandet. Marie Holečková schlürfte langsam Tee, und ich schüttete ihr mein Herz aus. Sie hörte mir eine Stunde lang zu. Und so fing es zwischen uns an.

Als ich sie nach einer Stunde, draußen war es schon dunkel geworden, verließ, wagte ich Marie auf die Wange zu küssen. Sie lächelte, glaubte ich, verklärt und geheimnisvoll, aber das stimmte nicht, Marie lächelte nur so, wie man vergnügt oder erheitert lächelt und zeigte mit ihrem Finger auf ihre linke Wange:

»Noch einmal, hierher! Aber bitte, nur ganz leicht!«

In der Tür lehnte sie sich an das fein geschnitzte Holz.

»Mein Gott, du bist zu jung für mich, aber ich werde es mit dir dennoch wagen!«

Wie alt war Marie Holečková? Ich wußte es nicht.

Bestimmt war sie mindestens drei Jahre älter als ich, denn als wir uns bei meiner ersten Schmierseifelieferung kennengelernt haben, hatte sie schon ihre Matura geschafft und arbeitete bereits seit einem halben Jahr in der Handelskammer. Aus Angst, daß ich mit meiner Neugier etwas zwischen uns zerstören könnte, hab ich sie nach ihrem Alter nicht gefragt, und als ich es einmal wagte, mich nach ihrem Geburtstag zu erkundigen, sagte sie hinter dem Schleier:

»Wann würde dir mein Geburtstag passen?«

»Im Mai.«

»Abgemacht! Wir werden meinen Geburtstag immer am zweiten Sonntag im Mai feiern.«

Die Tatsache, daß mir meine verschleierte Liebe nie ihr Alter verriet, daß sie mich auf Distanz hielt, habe ich eine Stunde, nachdem ich mich in Olina Modrochová verliebt hatte, als Anklage gegen Marie Holečková erhoben.

Es war mir dabei klar, daß meine Anklage nicht zu einer Verurteilung reichen würde, dennoch beruhigte sie mein Gewissen, und ich konnte mich voll meiner neuen Liebe Olina Modrochová, der Hochspringerin des A. C. Sparta Prag, hingeben.

Am nächsten Tag ging ich auf die Letná[92] und meldete mich im Büro des A. C. Sparta als neues Mitglied der Abteilung Leichtathletik an.

Vater Jandera[93] sah mich prüfend an.

»Was willst du bei uns machen?«

Es störte mich überhaupt nicht, daß er mich duzte, obwohl ich mir zum Vorstellungsgespräch ins Büro des A. C. Sparta meine einzige Krawatte anlegte und sogar meinen Hut aufsetzte.

Was wollte ich im A. C. Sparta Prag? Eigentlich nur in Olina Modrochovás Nähe sein. An Leichtathletik hatte ich kein großes Interesse, aber auf Vater Janderas Frage mußte ich etwas antworten. Das Einfachste schien mir das Laufen.

»Sprint, Mittelstrecke oder Langstrecke?«

»Wahrscheinlich muß ich zuerst auf der Bahn ausprobieren, wozu ich mich eigne.«

»Da hast du recht, Junge!«

Ich unterschrieb das Anmeldeformular. Vater Jandera führte mich in die Kabinen, zeigte mir meinen Umkleideschrank, die Duschen und den Trainingsplatz.

Olina Modrochová, meine neue Liebe, sprang am gegenüberliegenden Ende des Platzes in langgezogenen, elastischen Schritten fünfzig Meter hin und ohne Verschnaufpause wieder zurück.

»Mehr Kraft und Explosivität in den Abstoß, Olina!« rief ihr Vater Jandera zu.

Er wandte sich mir zu, musterte mich lange, viel zu lange Minuten, und sagte endlich einige Sätze, die ich damals als eine hoffnungsvolle Zusage in die Zukunft, zugleich aber auch als eine Warnung empfand.

»Wozu du in der Leichtathletik taugst, und ob du überhaupt taugst, wird sich noch zeigen. Ich will hier keine Superathleten trainieren, sondern vor allem mit meinen Kräften an der Erziehung des neuen, sozialistischen Menschen mitwirken. Wenn du morgen deinen Trainingsanzug anziehst, dann bist du ein Glied in einem Kollektiv, in dem es nicht nur darauf ankommt, schneller als die anderen zu laufen, höher und weiter zu springen oder zu werfen, sondern um menschliche Qualitäten, wie zum Beispiel Ehrlichkeit, Ausdauer, Freundschaft und so weiter, also um Sachen, die du von hier, wenn du einmal mit dem Sport aufhörst, ins Leben mitnehmen sollst.«

Ich hörte Vater Jandera zu, aber meine Aufmerksamkeit galt Olina, die ihre langen Beine so hoch in die Luft schwang, daß sie mit den Oberschenkeln ihr Kinn berührte. Dann drehte sie im leichten Laufschritt einige Runden; auf der Geraden vor der Tribüne sprintete sie achtzig oder neunzig Meter; an uns lief sie langsamer, schwer keuchend vorbei.

Vater Jandera schüttelte seinen Kopf.

»Bist zu verkrampft beim Sprint, Olina, bleib locker!«

Nach der dritten Runde blieb Olina vor Vater Jandera stehen. Mit der Zunge leckte sie sich den Schweiß von ihrer Oberlippe ab; ihre kleinen Brüste hoben sich und bebten im Rhythmus ihrer schnellen Atemzüge; ihre herrlich gewölbten Schenkel waren unter der Trainingshose naß. Olinas Schweiß duftete leicht nach Kampfer.

»Olina, wir haben einen neuen Sportsfreund.«

Olina Modrochová sah mich an.

»Haben wir uns schon gesehen?«

»Ja, gestern, auf dem Flur in der *Mladá fronta*.«

»Arbeitest du in der Sportredaktion?«

»Nein, zwei Stockwerke höher, im Archiv.«

»Also herzlich willkommen in der Sparta! Was willst du hier betreiben?«

»Ich weiß es noch nicht genau, wahrscheinlich Laufen.«

Es ist so einfach! jubelte ich, Olina Modrochová duzt mich, als wären wir schon lange befreundet.

Jeden Nachmittag, Sonntage ausgenommen, verbrachte ich im Stadion des A. C. Sparta. Nach mehreren Tests stellte Vater Jandera bei mir eine gewisse Begabung für Mittel- und Langstrecken fest. Als Sprinter war ich eine ausgesprochene Niete, nicht explosiv genug und zu langsam. Ich trainierte also Mittelstrecken. Ich lief und lief den ganzen Winter in schweren Militärschuhen und mit einem Sandsack auf dem Rücken durch den hohen Schnee im ehemaligen königlichen Hirschpark in der Stromovka und war glücklich: Wenn Olina von Vater Jandera Konditions- oder Lauftraining vorgeschrieben bekam, wählte sie mich, weil ich eben noch nicht die Ausdauer, die Kraft und die Schnelligkeit hatte wie meine Kollegen Mittelstreckler, der Halbneger Čeněk Hanka, Pavel Kantorek oder Jirka Nezbeda, zum Trainingspartner. Fast jeden Tag bin ich drei Stunden, im Herbst und im Winter auch bei Dunkelheit, auf den einsamsten Wegen in der Stromovka mit Olina allein gewesen.

Irgendwann im Vorfrühling des Jahres 1949 sagte mir Olina, als wir schon in der Finsternis am Ende eines Lauftrainings keuchend den steilen Parkweg von der Stromovka hoch zum A. C. Sparta Stadion liefen:

»Ota, ich werde heiraten!«

Das war ein Schlag für mich! Der Atem blieb mir weg, ich biß die Zähne zusammen und lief den steilen Weg zu schnell und mit letzter Kraft hoch. Erst oben atmete ich richtig durch.

»Mich wirst du bestimmt nicht heiraten. Wer ist der Glückliche, Olina?«

Sie nannte den Namen eines 400-Meter-Läufers, damals, wenn ich nicht irre, mit 46,8 Sekunden der tschechoslowakische Rekordinhaber im Rang eines Kapitäns, Mitglied von ATK Prag[94]; seinen Namen habe ich schon längst vergessen, kann sein, daß er mit dem Vornamen Aleš hieß.

Mit Aleš konnte ich mich nicht messen, er sah zu gut aus: schlank, hochgewachsen, immer braungebrannt, das wellige dunkelbraune Haar stets sorgfältig gekämmt, immer mit einem Schuß von Hochmut gutgelaunt. Die Uniform paßte ihm wie angegossen, die goldenen Schulterklappen eines Kapitäns ergänzten sein männliches Erscheinungsbild mit Zukunft.

Mit einem stechenden Schmerz in der Nähe meines wild pochenden Herzens sah ich ein, daß ich gegen den 400-Meter-Läufer, Kapitän und Vorbild eines sozialistischen Sportlers bei Olina ohne Chance bin, daß ich mein Rennen um Olina verloren habe.

Die Vorfrühlingsluft war kalt und würzig; jedes Einatmen kratzte und brannte in meiner Kehle. Das Licht der ersten Gaslaterne am Anfang der Straße, die zum Stadion des A. C. Sparta führte, lag wie ein goldener Schein auf Olinas hellbraunem kurzen Haar. Auf ihrer Stirn glitzerten zahlreiche Schweißperlen; auch sie dufteten nach Kampfer.

»Olina, vom ersten Augenblick, als ich dich auf dem Flur in der *Mladá fronta* gesehen habe, liebe ich dich!«

»Das habe ich geahnt und seit einigen Wochen weiß ich es.«

»Warum heiratest du diesen Offizier?«

»Die Zeiten sind schlimm, Ota. Wir alle werden uns daran gewöhnen müssen, daß wir auch im Leben sehr oft verlieren.«

Olina küßte mich auf die linke Wange.

»Einmal wirst du noch froh sein, daß du jetzt nur auf eine ganz sanfte Weise verloren hast. Und wenn du mich liebst, dann vergesse mich nicht. Versprochen?«

»Versprochen!«

In den langfristigen Leistungstabellen der Leichtathletikabteilung des A. C. Sparta Prag müßte noch der tschechoslowakische Juniorenrekord in der Staffel 3 x 1000 Meter, gelaufen von Ota Filip, Čeněk Hanka und Pavel Kantorek an einem Sonntag irgendwann im Sommer 1949 in Ústí nad Labem (Aussig an der Elbe) vermerkt sein.

Ich, der schwächste Läufer in dieser Staffel, lief als erster los und war mit meinem ersten Kilometer in 2 Minuten 45 Sekunden der Langsamste. An den schwächsten Läufer der Aussiger Staffel habe ich fünf oder sieben Meter verloren. Aber das machte unserem neuen Mittelstreckentrainer Ota Vodička nichts aus, denn damit, daß ich einige Sekunden verliere, hatten wir gerechnet. Ich übergab die Staffel an Čeněk Hanka, den Halbneger; Čeněk schaffte seine tausend Meter locker unter 2 Minuten 40 Sekunden und übergab den Staffelstab als erster unserem großen As, dem Medizinstudenten Pavel Kantorek, in den fünfziger und sechziger Jahren einer der großen Marathonläufer. Pavel sicherte uns den Sieg und den Juniorenrekord.

Mit diesem Lauf begann auch meine journalistische und später literarische Karriere.

Über unseren Rekordlauf in Aussig an der Elbe schrieb ich für die Sportredaktion von *Mladá fronta* meine erste Glosse. Ich wagte es nicht meinen Text, es waren nur vierzig oder fünfzig Zeilen, dem Chef der Sportredaktion Miroslav Hladký oder einem der zwei Sportredakteure, Stanislav Sigmund oder František Žemla, persönlich zu übergeben, sondern warf den Umschlag mit meinem ersten Artikel in den großen Briefkasten an der Tür zur Sportredaktion.

Am übernächsten Tag las ich meinen Beitrag, nicht gekürzt und nicht korrigiert, kursiv gedruckt und in einem Kasten auf der Sportseite.

Einige Tage später schrieb ich ein Porträt des hoffnungsvollen Kugelstoßers Jiří Skobla, des späteren Europameisters.

Und zwei Tage, nachdem mein Beitrag über Jiří Skobla gedruckt worden war, fand ich in der internen Post einen Zettel: Miroslav Hladký, der Chef der Sportredaktion, bat mich, am nächsten Tag um dreizehn Uhr bei ihm vorbeizukommen.

In Hladkýs Büro durfte ich Platz auf dem Ledersofa nehmen, das ich schon sehr gut kannte. Miroslav Hladký kam sofort zur Sache.

»Deine Glosse und der Text über Skobla haben mir sehr gefallen, du hast wahrscheinlich Talent. Ich habe, das mußt du, Genosse, verstehen, dein Material aus der Kaderabteilung gelesen. Es sieht, was dein Kaderprofil angeht, gar nicht gut aus mit dir.«[95]

Der Chef der Sportredaktion schluckte zwei grüne, in der Redaktion seit einigen Wochen berühmte Pillen. Von seiner letzten Reise in die UdSSR kam er nämlich an Maul- und Klauenseuche erkrankt zurück. Man hielt zwar seine sonderbare Erkrankung streng geheim, aber was konnte schon in der Redaktion, in diesem Nest voller karrieresüchtiger Schreiber, Schwätzer und Intriganten, geheimgehalten werden? Nichts!

Miroslav Hladký sah mich prüfend an.

»Auf der anderen Seite hast du mächtige Fürsprecher, zum Beispiel den Genossen Kliment und Vater Jandera. Und du kannst schreiben. Ich werde es also mit dir versuchen. Zuerst fängst du bei uns als Sekretär der Redaktion an. Du machst Leichtathletik, so lasse ich dich ab und zu auch etwas über Leichtathletik schreiben. Die Einzelheiten regeln mit dir die Genossen Sigmund oder Žemla.«

Alleine hätte ich den Sprung in die Sportredaktion nicht geschafft.

Für den Sieg in Aussig und für den Juniorenrekord danke ich meinen Freunden Čeněk Hanka, dem Halbneger, zwei Jahre später mit 1,48 Minuten ein As im 800-Meter-Lauf, und Pavel

Kantorek, der ab Mitte der fünfziger Jahre, schon Arzt, das Erbe von Emil Zátopek antrat.

Zu uns drei gehörte noch der Medizinstudent und ziemlich erfolglose 400-Meter-Läufer, seine Bestzeit war 50,8 Sekunden, Jirka Nezbeda, in den sechziger und siebziger Jahren, bis zu seinem geheimnisvollen Tod Anfang der achtziger Jahre in Afrika, als Sportmediziner und Langlauftrainer in Marokko und Algerien mit großem Erfolg tätig.

Jirka Nezbeda war ein einzigartiger, wunderlicher Mensch. Er weigerte sich die Realität, in der er lebte, zu akzeptieren, seine Umwelt war ihm zu langweilig, zu verbraucht, zu abgeleiert. Auf der Flucht aus ihr inszenierte er sein Leben immer wieder wie ein absurdes Theater. Ich mochte seine phantasievollen Verrücktheiten, und ich beneidete ihn um seinen Mut, sich in verrückte Geschichten zu stürzen. Er war mein bester Freund. Für eine seiner selbstinszenierten Absurditäten habe ich allerdings, ohne zu ahnen, was für eine Rolle mir Jirka in seiner letzten lebensgefährlichen Komödie zugeteilt hatte, schrecklich und grausam bezahlen müssen.

Čeněk Hanka, der Schwarze unter uns drei Weißen, war Ende der vierziger Jahre in Prag eine Sensation. Unser Neger, der einen echten Prager Dialekt sprach, hatte mit seinem schwarzen Vater nur die Hautfarbe gemein. Der fesche Eddie, Sänger und Tänzer aus Chicago, Ende der zwanziger Jahre zwei Jahre lang Star der Prager Operette in Nusle, verliebte sich in Fräulein Hanka, eine damals in Prag sehr berühmte Soubrette, machte ihr ein Kind, den Čeněk, und verschwand aus der Stadt.

Čeněk Hanka, ein lieber Kerl und verläßlicher Freund, war ein Rassist.

Er, selbst schwarz, haßte die Neger, am meisten den ihm bewußt unbekannten Vater, dessen Name er sich weigerte auch nur auszusprechen und den er nur black pig, das schwarze Schwein, nannte.

Wir vier, Čeněk, Pavel, Jirka und ich, sprachen miteinander nur englisch, obwohl keiner von uns, ausgenommen Jirka, diese Sprache richtig beherrschte. Im Tanzcafé Alfa auf dem Wenzelsplatz, wo wir uns jeden Sonntag nachmittag trafen, lasen wir demonstrativ eine amerikanische Zeitschrift für Leichtathletik, die Čeněk, der Neger, nach seinem schwarzen Vater de jure auch US-Bürger, regelmäßig aus dem Leseraum in der amerikanischen Botschaft in Prag holte.

Die Atmosphäre im Café Alfa auf dem Wenzelsplatz war einmalig! Die Band, lauter altgediente und erfahrene Jazzer aus der Vorkriegszeit, spielten ausschließlich vermeintliche sozialistische Aufbaumusik, denn der westlich-dekadente Jazz war verboten.

Der Bandleader kam zum Mikrofon und sagte zum Beispiel:

»Und jetzt spielen wir für unsere tapferen Grenzsoldaten das Lied *Vorwärts unter den roten Fahnen!*«

Wir klatschten begeistert Beifall, denn unter dem Titel *Vorwärts unter den roten Fahnen* wurde eine halbe Stunde Glenn Miller oder Boogie-Woogie gejazzt.

Im Spätherbst 1949 nahm es mit dem Jazz im Café Alfa allerdings ein jähes Ende. Die Band, munkelte man, versuchte, über die Grenze in den Westen zu fliehen, drei Musiker wurden von den Grenzsoldaten gefangen, fünf kamen heil in der US-Zone an.

Wir blieben dem Café Alfa treu. Anfang Dezember 1949 kam Jirka Nezbeda an einem Sonntagnachmittag mit einem wunderschönen Mädchen ins Café Alfa, einer uneinnehmbaren schwarzhaarigen, immer mit dem Flair der großen Welt umgebenen jungen Dame, die vor einem halben Jahr nur wegen ihrer Figur ab und zu im A. C. Sparta ein wenig Hochsprung, ein wenig Kugelstoßen und ein wenig Sprint machte. Auf dem Sportplatz stellte sie sich uns als Vlasta vor.

»Meine Herren, ich stelle euch meine Verlobte vor, Fräulein Aťa Novotná.«[96]

Uns war alles klar: Vlasta oder Aťa, Jirka Nezbeda inszeniert wieder eine seiner verrückten Geschichten.

»Wann gibt es die Hochzeit?« fragte ich.

Čeněk Hanka blieb der Mund offen, als Aťa sich hinsetzte und seinen Whisky Made in Czechoslowakia kippte.

»Morgen«, erwiderte sie.

»Ist das Ihr Ernst?«

Wenn der schwarze Hanka sich aufregte, hellte sich seine Hautfarbe ein wenig auf.

»Ja, morgen, Herr Hanka. Und bestellen Sie mir, bitte, noch einen Whisky.«

Jirka Nezbeda spielte den Weltmann.

»Herr Ober, fünfmal Whisky auf meine Rechnung!«

Er wandte sich mir zu.

»Ota, kannst du schweigen?«

»Ich kann es ja versuchen.«

»Ich meine, ob du schweigen kannst wie ein Grab?«

»Wie gesagt, ich kann es versuchen.«

»Ota, morgen heirate ich im Altstädter Rathaus die Aťa, und du mußt mein Zeuge sein. Einen verläßlichen Zeugen treibe ich so schnell nicht auf. Die Heirat ist nämlich streng geheim!«

»Und hat die Aťa eine Zeugin?«

»Ja, die Olina Modrochová. Alles ist schon vorbereitet, es gibt aber nur ein Problem. Aťas und auch meine Eltern wissen von der Hochzeit nämlich nichts. Und sie sollen es auch womöglich nicht so bald erfahren, deswegen bitte ich euch alle: Mund halten! Wir heiraten geheim!«

Aťa, die attraktive, geheimnisvolle Sportlerin, Tochter eines berühmten Prager Augenarztes, Univ. Prof. Dr. Antonín Novotný, der sich eine private Ordination und Wohnung im modernen Gebäude der Prager Pensionsanstalt oberhalb des Hauptbahnhofes leisten konnte, wurde für uns im Café Alfa noch geheimnisvoller: Wie konnte sie, diese perfekte Schöpfung Gottes, Studentin der Rechtswissenschaften, eine junge Dame aus feinsten Prager Kreisen, dem absoluten Unzauber des kurzsichtigen, krummbeinigen und spindeldürren Jirka Nezbeda verfallen?

Ich konnte es nicht fassen und beugte mich zu Jirkas Ohr.

»Ist Aťa schwanger?«

»Nein.«

»Wieso heiratet sie dich dann?«

»Die Liebe ist eine mächtige Zauberin! Sie stellt mit uns an, was sie will und was ihr gefällt!«

Jirka Nezbeda war gar nicht lyrisch veranlagt und dennoch begann er, mitten im Café Alfa auf dem Tisch stehend, seine Fassung eines Gedichtes aus der tschechischen Poesie zu rezitieren, in dem das flüchtige Glück mit einem Johanniskäfer verglichen wird, der sich, in Nezbedas Wiedergabe des berühmten Gedichtes, in der Nacht verirrt.

Einen Tag vor Sankt Nikolaus 1949 war ich mit Olina Modrochová im Festsaal des Prager Altstädter Rathauses Zeuge der Vermählung zwischen der Genossin Aťa Novotná, Studentin, wohnhaft in Prag-Žižkov, U pensijního ústavu, und dem Genossen Jirka Nezbeda, Student, wohnhaft in Prag-Neustadt, Žitná-Straße. Nach der Hochzeit spendierte Jirka mir und Olina in einem Bistro in der Celetná-Straße einen Kognak. Olina trank den Kognak nicht, sie schob das Glas mir zu.

»Trink auf mein Wohl!«

Die Angelegenheit zwischen mir und Olina Modrochová war längst abgeschlossen. Wir hatten uns bei unseren gemeinsamen Trainingsstunden nicht mehr viel zu sagen; im Januar 1950 wollte Olina ihren 400-Meter-Läufer im Rang eines Kapitäns heiraten.

Ich kippte auch ihren Kognak.

»Auf deine Gesundheit, Olina, und auf dein Glück!«

»Beides werde ich nötig haben, Ota!«

Die Traurigkeit, die Olina, sonst ein Bündel von heiterer Energie, ausstrahle, war für mich neu.

Aťa, die nicht mehr Novotná, sondern Nezbedová hieß, lud uns, die Zeugen, für den nächsten Tag, es war das Fest des heiligen Nikolaus, zu einem feierlichen Abendessen in die Wohnung ihrer Eltern.

»Es gibt nur ein kleines Problem«, sagte Aťa, »meine Eltern dürfen nicht erfahren, daß ich Jirka geheiratet habe.«

Frau Anna Novotná, Aťas Mutter, nahm mich kurz vor dem Abendessen beiseite.

»Ich kann es nicht fassen, lieber Herr Filip, warum sich meine Aťa mit diesem schrecklichen Nezbeda einläßt! Ich und mein Mann wären Ihnen sehr verbunden, wenn Sie sich um Aťa bemühen würden. Führen Sie Aťa aus, ins Theater, ins Café, fahren Sie mit ihr in die Berge! Geld spielt keine Rolle … Verstehen Sie mich? Es ist schrecklich! Ich habe diesen Nezbeda gar nicht eingeladen! Und er kommt hereinspaziert, als gehöre er zur Familie! Ich wollte, daß wir uns mit Aťas Freundeskreis einen gemütlichen Abend machen, aber Aťa hat ihn mitgebracht, und der ganze Abend, auf den mein Mann und ich uns so gefreut haben, ist kaputt. Ich bitte Sie, Herr Filip, bemühen Sie sich um Aťa. Oder gefällt sie Ihnen nicht?«

»Gefallen tut sie mir schon, aber ich habe schon ein Mädchen.«

»Was soll ich tun?«

»Nichts, Frau Novotná.«

»Wieso nichts?«

»Gnädige Frau«, erwiderte ich ausweichend, »gegen die Liebe, diese mächtige Hexe, die zuschlägt, wo sie will, ist nichts zu machen!«

»Ich kann es nicht über mein Herz bringen, es reißt mir das Herz auf, wenn ich meine Aťa mit diesem Nezbeda sehe! Schauen Sie sich ihn heute an! Zum feierlichen Abendessen kommt er in einem Pulli und benimmt sich gegen meine Tochter so unverschämt, als wären sie verlobt oder sogar verheiratet!«

Das Abendessen verlief stotternd.

Ich bemühte mich um Konversation: Ich redete und redete und verfiel schließlich ins Quatschen. Mit Gewalt zwang ich mich, mein Quatschen, die einzige Geräuschkulisse im Raum, fortzusetzen. Einen kurzen Augenblick überlegte ich, schrak jedoch schon vor dem Gedanken zurück, in einigen einfachen Sätzen Aťas Eltern aus ihrer unglücklichen Unsicherheit durch die Bekanntgabe eines vollbrachtes Unglück zu befreien und ihnen die schockierende Neuigkeit mitzuteilen, daß ihre einzige Tochter, ihr Stolz und ihre Hoffnung, seit gestern mit Jirka Nezbeda, mit diesem Lausbub, verheiratet ist.

Ich bekam auch Angst vor der Stille, die ausbricht und alle erdrückt, wenn mir die Puste ausgeht und meine Phantasie mich verläßt. So quatschte ich mit meiner schon vor Anstrengung krächzenden Stimme immer weiter dummes Zeug. Keiner lachte, keiner schaute mich an, alle starrten entweder Novotnýs sündhaft teuren Kristalluster, den blauen Perser, ihre Fingernägel oder die Tischdecke an. Aber dennoch hatte ich das Gefühl, daß mir alle für mein Quatschen dankbar waren.

Universitätsprofessor Dr. Antonín Novotnýs Stirn war naß. Seine Frau rieb sich immer wieder ihre trockenen Handflächen mit einem Taschentuch ab. Olina Modrochovás ironisches Leuchten in ihren blauen Augen, mit dem sie mich verfolgte, habe ich genauso scharf und deutlich gesehen wie Aťas demonstrativ langgedehntes Gähnen und Jirka Nezbedas Grinsen, mit dem er mich, wie ich meinte, zu weiterem Quatschen aufforderte. Es war mir klar: Solange ich mein Getratsche fortsetze, wird nichts Schlimmes geschehen, aber in dem Augenblick, in dem ich aufhöre, wird die Stille unkontrollierbar, sie kann nur von einem Wort angezündet explodieren.

Der gefährlich explosive Punkt an Novotnýs Tafel war Olina Modrochová. Sie wurde ungeduldig.

Nach dem zweiten Sherry (Olina trank sonst keinen Tropfen Alkohol) wurde sie rot im Gesicht, ihre Mundwinkel fingen an zu zittern. Olina glitt langsam in den Zustand einer höchsten Erregung ab.

Olina Modrochovás unverkennbarer und für ihre Umgebung höchst unbequemer, ja gefährlicher Charakterzug war ihre fast absolute Ehrlichkeit und Wahrheitsliebe. Jirka Nezbeda, mein bester Freund, gab mir gleich am Anfang unserer Freundschaft, als er merkte, daß meine ganze Aufmerksamkeit nur Olina galt, den guten Rat:

»Laß die Finger weg von Olina! Sie hat schon hier in der Sparta mehrere Jungs durch ihre geschwätzige Wahrheitsliebe fertiggemacht. Mach' um Olina lieber einen weiten Bogen!«

Olina trank das vierte oder fünfte Glas Sherry, musterte mich mit einem verächtlichen Blick und erhob sich.

»Laß den Quatsch und sag endlich die Wahrheit, Ota! Ende der Komödie! Ich spiele nicht mehr mit!«

Die Stille unter Novotnýs Luster fiel wie ein weicher Sack voller nasser Holzspäne auf meinen Kopf. Mir schien es, als hätte die Stromspannung nachgelassen, das Licht wurde gelb, und alle Farben, das Weiß der gestickten Tischdecke, die silbernen Bestecke, die sonst farbenprächtigen Bilder an den Wänden, der blaue Perser und auch der große Blumenstrauß in der Mitte des Tisches, hatten die Hälfte ihrer Farbenpracht verloren.

Aus der Küche strömte in Novotnýs großes Eßzimmer der betörende Duft von Schweinsbraten.

Ich bekam Hunger.

Die Erleichterung kam in dem Augenblick, als Novotnýs Dienstmädchen einen kleinen Servierwagen mit drei Schüsseln beladen – Schweinsbraten, Knödel und Kraut – ins Eßzimmer rückte.

Es gab wieder Gesprächsstoff: Jeder von uns fing an, auf seine Art überschwenglich den zarten Braten zu loben, der auf der Zunge zergeht, die Knödel, die leicht wie Sommerwolken sind, und das Weißkraut mit winzigen, gerösteten Speckwürfeln, eine Delikatesse, die man nur bei den Novotnýs genießen kann.

Aťas Vater, Universitätsprofessor Dr. Antonín Novotný, erwachte aus seiner verschwitzten Teilnahmslosigkeit, in die er am Anfang des Abends verfallen war. Um sich vor dem Unheil, das er höchstwahrscheinlich in der Nähe ahnte, zu schützen, wurde er aktiv und laut, schleppte einen Kasten Bier aus dem Kühlschrank, öffnete die Flaschen und schenkte uns die köstlich geschliffenen, schlanken Biergläser voll.

»Zum Schweinsbraten gehört Bier, richtig gekühlt! Bier macht zwar dick, fördert aber die Verdauung und vor allem, es beruhigt, es schläfert ein. Und wir leben heute in Zeiten, die ich lieber im Halbschlaf überstehen möchte!«

Die Gier, mit der sich Olina Modrochová nach mehr als fünf Gläsern Sherry auf das Bier stürzte, hat mich schockiert und hätte mich warnen sollen. Ihre Wangen fielen ein, ihre Stirn glänzte matt, ihr Kinn wurde zu schwer. Mit einer ruckartigen Bewegung hob sie in regelmäßigen Abständen ihren Kopf und starrte eine Weile die acht vom Kristallglas verdeckten Glühbirnen an Novotnýs Luster an.

»Ota, ich bin vollkommen besoffen, bitte, paß auf mich auf«, flüsterte mir Olina ins Ohr.

»Verlaß dich darauf!«

Olina Modrochová hielt ihr Glas Bier vor ihre halbgeschlossenen Augen und lächelte. Diesen Ausdruck in ihrem Gesicht kannte ich zu gut: Mit halbgeschlossenen Augen und mit einem Lächeln im Gesicht trat sie im Wettkampf kurz vor dem Anlauf zum entscheidenden dritten Versuch im Hochsprung mit ihren wunderschönen langen Beinen auf der Stelle.

Und dann kam der von mir befürchtete Augenblick.

Olina schlug mit ihren Absätzen in einem unregelmäßigen Rhythmus auf den Parkettboden ein und hob ihr Glas noch näher an ihre weit geöffneten Augen. Olinas Lächeln verschwand, ihre Muskeln im Gesicht wurden hart; es war mir klar, daß sie ihre Entscheidung schon getroffen hatte und daß sie jetzt nur nach Worten suchte (sie sprach nur in klaren und kurzen Sätzen), mit denen sie uns zum Abschluß des Abends das verheerende Resultat ihres Schweigens und ihrer Ehrlichkeit mitteilte.

Olina führte kein erregtes Selbstgespräch, sie trug keine mit großen Emotionen angereicherte Bekanntgebung vor, sie wählte auch nicht den Ton einer mit einer leidenschaftlichen Suche nach der Wahrheit berstenden Verkündung. Sie blieb sachlich, auch wenn ihre Zunge schon steif war, und lallte:

»Ende der Komödie. Ich spiele nicht mehr mit!«

Olina stellte ihr Glas auf den Tisch zurück.

»Ata und Jirka haben gestern geheiratet. Wir, ich und Ota, sind Zeugen gewesen. Ich wollte meinen Mund halten, aber ich habe es nicht geschafft. Die Wahrheit muß heraus!«

Ich erwartete ein Erdbeben, ein Aufheulen, ein Bersten und ein Biegen unter Novotnýs sündhaft teurem Luster, aber es geschah nichts. Die Tischplatte aus dunkelbraunem Teakholz zersprang nicht, die Wände blieben intakt, kein Bild fiel zu Boden, Frau Anna Novotná stürzte nicht vom Schlag getroffen zu Boden, sie weinte nicht einmal. Univ. Prof. Dr. Antonín Novotný hob seinen feuchten Kopf, wich mit seinen Augen dem grellen Licht des Lusters in die finstere Ecke des Eßzimmers links vor der breiten Tür ins Wohnzimmer aus, setzte, für ihn, den nüchternen Augenchirurgen etwas Neues, zu einer großen Geste an und hob seine Stimme:

»Gegen das wunderliche Leben kommt der Mensch mit seinen Furzen nicht an.«

Der Augenarzt trocknete mit einer Serviette seine Stirn und seine Halbglatze ab, blieb in der weit geöffneten Tür in die Finsternis des Wohnzimmers stehen und drehte sich noch einmal um.

»Macht, was ihr wollt, mir ist schon alles egal. Es war dennoch ein schöner Abend. Jede Generation stellt ihren eigenen Unsinn an, verletzt dabei ihre Eltern und sehr oft, ohne zu wissen, auch sich selbst. Stimmt's, Mutter?«

»Aber wir haben uns geliebt, Antonín!«

»Ist möglich, daß die zwei sich noch mehr lieben, als wir vor fünfundzwanzig Jahren. Und es ist auch höchst wahrscheinlich, daß die heutige Jugend, wenn ich an die verfluchte Zeit draußen denke, viel mehr Liebe nötig hat als wir.«

»Aber als wir geheiratet haben, bist du schon Dozent an der Universität gewesen! Mit meiner Mitgift konnten wir auch deine private Ordination einrichten. Und dieser Nezbeda studiert zwar Medizin, ist aber erst im dritten Semester, und die Aťa ist im zweiten. Und was können wir heute der Aťa geben?«

Antonín Novotný zuckte die Schultern.

»Nichts, meine Liebste. Von der Uni haben mich die Bolschewisten als bourgeoises Element herausgeschmissen, die Ordination ist verstaatlicht, und ich kann eigentlich froh und glücklich sein, daß ich mich als ein vom staatlichen Gesundheitswesen angestellter Arzt ernähren darf. Die Frage ist, wie lange noch ...«

Der Augenarzt musterte mit seinem ironischen Blick die Olina.

»Ich sag's nur, damit Sie, Fräulein Modrochová, oder wär's Ihnen lieber Genossin Modrochová?, wissen, wie es bei uns steht. Sie betrifft das alles nicht, Sie gehören als Hochspringerin in die Nationalauswahl, Sie bleiben, solange Sie Ihren Mund halten, höher als andere Genossen springen, sich politisch so äußern, wie von den Machthabern gewünscht, prominent. Sie sind ein Aushängeschild des neuen Regimes. Vor zwei Jahren hätte ich, Genossin Modrochová, Ihre Aufrichtigkeit und Wahrheitsliebe geschätzt, heute möchte ich Sie dafür am liebsten zum Teufel schicken! Warum haben Sie nicht Ihren Mund gehalten! Von der eigenartigen Hochzeit habe ich schon gestern abend von meinem Bekannten, der im Rathaus arbeitet, erfahren, und seit diesem Augenblick quälte mich nur eine einzige Frage: Wie soll ich diese schreckliche Neuigkeit meiner Frau schonend mitteilen? Und Sie, Genossin Modrochová, betrinken sich und haben dann nichts anderes im Sinn, als meiner Frau die Wahrheit auf Ihre brutale Art und Weise ins Gesicht zu schmettern. Was oder wer gibt Ihnen das Recht, sich in unsere familiären Angelegenheiten einzumischen?«

Frau Anna Novotná sah sich hilflos um und blieb mit ihrem erschrockenen Blick an ihrer Tochter hängen.

»Was wollt ihr jetzt machen?«

»Nichts, Mutti.«

»Wieso nichts? Ihr seid ja verheiratet!«

»Das reicht uns. Wir sind verliebt und mehr als heiraten wollten wir nicht.«

»Wo werdet ihr wohnen?«

»Wie bisher, ich zu Hause, Jirka auch.«

»Aber das ist doch keine Ehe!«

Frau Anna Novotná verließ mit steif gehobenem Kopf das Eßzimmer. Sie gab sich Mühe, würdevoll zu schreiten und Jirka Nezbeda, der sich erhob und ein wenig verbeugte, nicht zu sehen. Als sie an mir vorbeiging, blieb sie für einen kurzen Augenblick stehen und legte ihre linke Hand auf meine Schulter.

»Von Ihnen, Herr Filip, hätte ich erwartet, daß Sie ... Naja, ist ja jetzt schon egal.«

Frau Novotná hat gar nicht geahnt, wie sehr sie mich kränkte! Mit mir hätte sie Aťa in die Berge zum Skifahren geschickt und alles bezahlt, ich hätte ihre Tochter ins Theater ausführen können, denn ich, der gesellschaftliche Outsider (dieses Wort war damals im Umlauf), mit einem deutschen Vater im Knast, kam für Aťa nicht in Frage, denn das Mädchen wußte genau, was sie wollte. Mein bester Freund Nezbeda war zwar kurzsichtig und krummbeinig, aber sein Vater war zugleich ein bekannter Prager Rechtsanwalt und gehörte zur Gesellschaft.

Wir, Aťa und Jirka, Olina und ich, saßen stumm am Tisch. Die große Standuhr in der Ecke schlug zehnmal. Draußen begann es zu schneien. Die lange Stille, in der jeder Atemzug zu hören war, unterbrach ein greller Aufschrei des Dienstmädchens.

Aťa sprang auf, aber Jirka zog sie mit aller Kraft zurück auf den Stuhl. Die große Standuhr schlug zweimal; es war halb elf. Das Schneetreiben draußen wurde dichter.

Kurz bevor die Uhr elfmal schlug, kam Univ. Prof. Dr. Antonín Novotný nur im Hemd und mit aufgestreiften Ärmeln ins Eßzimmer.

»Sie hat wieder einmal zu viel Schlaftabletten geschluckt. Heute habe ich es erwartet, ist schon alles in Ordnung, sie schläft.«

Olina Modrochová erhob sich und wackelte auf ihren wunderschönen Beinen.

»Es tut mir leid«, sagte sie leise.

Der Augenchirurg beachtete sie nicht und wandte sich Jirka Nezbeda zu:

»Der Abend ist zu Ende, verschwindet! Und du bleibst noch hier, wir haben viel zu bereden!«

Draußen gab es einen richtigen Schneesturm.

Olina machte mir Sorgen; ihre Knie knickten immer wieder

ein, sie lachte ohne Grund, fiel mir unter einem Lichtmast um den Hals und küßte mich.

»Auf dich ist doch immer Verlaß, Ota! Bring mich nach Hause. Und wenn du willst, kannst du mit mir schlafen. Dieser Scheißer von einem laufenden Kapitän hat mir den Laufpaß gegeben. Und weißt du, warum? Weil ich nicht die richtige Klassenherkunft habe. Aber wenn du jemandem nur ein Wort sagst, dann mach ich dich fertig, verstehst du mich, ich mach dich fertig!«

Ich schleppte Olina bis zur Haltestelle U Bulhara. Es fiel mir ein, daß ich nicht wußte, wo sie wohnt. Es war überflüssig, sie zu fragen. Olina, weiß eingeschneit, schlief an eine Wand angelehnt ein. Kurz vor Mitternacht kam die letzte Straßenbahn von Žižkov Richtung Stadtmitte. Ich schüttelte Olina wach und schubste sie in den ersten Wagen.

Im Wagen saßen zwei Nikolause mit zwei Engeln und zwei Teufeln; alle waren stockbesoffen.

Ich legte Olina vorsichtig auf die Bank neben einen Engel. Der Schaffner machte ein saures Gesicht.

»Wieder eine Alkoholleiche, diesmal eine ganz berühmte! Wohin geht die Fahrt?«

»Nach Hause, Genosse!«

Die Straßenbahn setzte sich in Bewegung, es gelang mir abzuspringen.

»Was soll ich mit der besoffenen Genossin tun! Meine Schicht ist auf der Endstation zu Ende! Wo wohnt sie?« schrie mir der Schaffner nach.

»Raten Sie, Genosse, Sie dürfen, dreimal!«

Es schneite nicht mehr; ich hatte es nicht weit nach Hause.

Die Husitská-Straße war weiß. Genau in der Straßenmitte zog ich meine Spur und zeichnete im frisch gefallenen Schnee im gelben Licht der Laternen einen Kreis, eine Acht und zum Schluß ein Herz.

Die Luft roch nach Weihnachten.

Die Weihnachten in Prag hatten es auf mich abgesehen.

Vormittags am 24. Dezember 1950 fiel Schnee. Punkt fünfzehn Uhr wartete ich an der Ecke unter den Fenstern des Café Slavia am Moldaukai auf Marie Holečková. Ich war immer noch in sie verliebt und wollte ihr mein Weihnachtsgeschenk übergeben: Ein Heft mit fünfzehn, in meiner schönsten Schrift geschriebenen, von mir nur für sie gedichteten Liebesversen.

Marie kam nicht zum fest vereinbarten Rendezvous.

Um fünf Uhr, es fiel, wie es sich gehörte, immer noch Schnee, gab ich auf und schlenderte zur Straßenbahnhaltestelle in der Národní-Straße vor dem Nationaltheater. Und als ich erniedrigt und verzweifelt am ersten Fenster des Café Slavia vorbeiging, sah ich hinter dem Glas meine verschleierte Geliebte: Ein älterer Herr küßte ihre Hand und Marie lachte.

Mein Traum von der Liebe zu Marie brach zusammen. Ich beherrschte mich jedoch, betrat das Café Slavia, gab der Frau in der Garderobe fünf Kronen und bat sie, das Heft mit meiner Lyrik der verschleierten Dame am ersten Fenster links zu übergeben.

Am Abend rief ich Marie aus einer Telefonzelle an.

»Gut, daß du mich anrufst. Ich habe deine Gedichte in der Straßenbahn gelesen, sie sind nur ein dritter Absud von Walt Whitman. Ein Dichter bist du nicht, finde dich damit ab, und schreibe lieber deine Sportreportagen.«

Meine Welt lag bereits in Trümmern, ich konnte nichts mehr zerschlagen, so holte ich Luft und schrie Marie an:

»Was war das für ein alter Knacker im Café Slavia!«

Ich hörte es deutlich: Marie hörte auf zu atmen.

»Ota, ich muß an meine Zukunft denken. Der Herr im Café Slavia war Ivan, ein Architekt. Wir werden heiraten. Verzeihe mir und lebe wohl!«

Marie hängte auf. Ich sah sie nie wieder.

Als ich die Telefonzelle verließ, läuteten die Prager Weihnachtsglocken. Und es begann noch dichter zu schneien.

Jesus Christus, unser Herr und Retter, wurde wieder einmal geboren, und ich wurde wieder einmal verraten.

Als ich nach Hause kam, das ganze Haus duftete nach panierten Karpfen, saß in Großmutters Wohnung Vater Bohumil. Er war auch für ihn ganz unerwartet um anderthalb Jahre früher aus dem Straflager in den Uranbergwerken von Joachimsthal entlassen worden. Vater Bohumil, gebückt und grün im Gesicht, wiederholte jede Minute:

»Wie schön, daß ich wieder zu Hause bin!«

Noch in der Nacht fuhr Vater Bohumil nach Hause zu Mutter und zu seinem zweitgeborenen Sohn. Am ersten Weihnachtstag fiel er gegen Mittag wie vom Schlag getroffen im Vorzimmer um. Mutter schickte mir ein Telegramm und teilte mir mit, sie sei im Krankenhaus in Vsetín zu erreichen. Ich lief zur Hauptpost in der Jindřišská-Straße zum Telefon. Es war der Vorabend des zweiten Weihnachtstages 1950; die Prager Kirchenglocken schwiegen.

Mutters Stimme war gebrochen; sie sprach jede Silbe langsam aus, vor jedem Wort atmete sie tief aus.

»Wann kommst du nach Hause. Vater möchte dich bestimmt sehen.«

»Hat er nach mir gefragt?«

»Nein, das hat er nicht. Aber das soll nichts bedeuten, das Sprechen fällt ihm nämlich schwer.«

»Ich kann erst nach Weihnachten kommen, ich habe in der Redaktion Dienst, und jetzt treibe ich keinen auf, der mich vertreten könnte.«

»Hoffentlich hält Vater durch.«

Mutter hängte auf.

Nach Hause zur Großmutter und zu Onkel František wollte ich noch nicht. Die nächtliche, geheimnisumwobene Stadt mit ihren geschichtsträchtigen Häusern, verzauberten Gassen und finsteren Ecken, in der ich das tiefe Atmen der schlafenden Geschichte wahrzunehmen glaubte, beruhigte mich.

Mein Irrweg nach Hause nach Žižkov führte an Häusern vorbei, in welchen Franz Kafka gewohnt, geschrieben und gelitten hatte. Dr. Jiří Holý hat sie mir bei einem Spaziergang alle gezeigt. Ich kehrte immer wieder in die Straßen zurück, in denen ich vor dreißig Jahren Franz Kafka hätte begegnen können; ich suchte seine Spuren, fand sie jedoch nicht.

An diesem Abend wollte ich absichtlich und gezielt Unrecht anstellen, jemandem weh tun. Es machte mir Spaß, in der Melantrich-Gasse das Renaissanceportal vor dem Haus Zu den zwei goldenen Bären, in dem der rasende Reporter, der Bolschewist Egon Erwin Kisch[97], geboren wurde, zu bepinkeln. Und in derselben Gasse bespuckte ich, wie ich damals in der Nacht irrtümlicherweise meinte, Tycho Brahes Gedenktafel.[98] Erst viel später habe ich meinen Irrtum einsehen müssen: Das aus Bronze gegossene Gesicht gehört nicht Brahe, sondern einem gewissen Johannes Marcus Marci, einem Arzt, der 1667 in Prag starb. Es war aber schon zu spät, meine Spucke von der Gedenktafel zurückzunehmen. Immer, wenn ich in der Melantrich-Gasse an Johannes Marcus Marcis Gedenktafel vorbeigehe, entschuldige ich mich bei ihm und verspreche ihm, demnächst in der Literatur nachzulesen, womit er sich diese prächtige Gedenktafel verdiente.

Es fing wieder an zu schneien. Vor mir gab es im Neuschnee keine Spuren. Im frisch gefallenen Schnee zog ich auf dem Straßenpflaster der Gassen rund um den geschichtsträchtigen Altstädter Ring Bögen und Kreise, Herzen und Dreiecke. Auf dem menschenleeren Altstädter Ring zeichnete ich mit meinen Sohlen im feuchten Weiß eine riesige Vulva, deren oberes Eck die monströse, für mich seit eh und je abscheulich-pathetische Statue von Jan Hus berührte. Das untere Eck der Fotze endete an jener Stelle, an der am 21. Juni 1621 nach der für die böhmischen Protestanten verlorenen Schlacht am Weißen Berg vor den Toren Prags siebenundzwanzig böhmische Herren, Deutsche und Tschechen, die es gewagt hatten, sich gegen die mächtigen Habsburger zu erheben, ihre Köpfe verloren haben.

Die Glocken von St. Salvator, von St. Jakob und von der Teynkirche schlugen zehnmal. Die Luft roch nach Frost, nach feuchtem Schnee und nach Tod.

Zu Hause erwartete mich ein langes Telegramm, für das Mutter ein kleines Vermögen ausgegeben haben mußte. Sie telegraphierte, Vater geht es nicht besser, im Gegenteil, er ist jede Stunde schlechter dran. Die Ärzte sind ratlos und sehen für Vater die einzige, wenn auch nur vage Hoffnung im Penicillin, dem amerikanischen Wunderheilmittel, das allerdings hierzulande nicht zu haben ist, und wenn, dann nur in Prag auf dem Schwarzmarkt. Ota, besorge für Vater Penicillin, sonst gibt es für ihn keine Hoffnung mehr!

Ich gab das Telegramm Onkel František. Er las es, legte es auf den Tisch und verdeckte den Text mit seinen Händen.

»Und wo soll ich Penicillin hernehmen?«

»Du hast Beziehungen.«

Onkel František zerknitterte das Telegramm.

»Du meinst also, ich soll zum Genossen Kliment gehen oder zu den Genossen im ZK und sagen: Genossen, ich habe einen Schwager, der für Kollaboration mit den Deutschen im Arbeitslager Joachimsthal saß, und jetzt stirbt er. Die Ärzte sagen, Penicillin könnte ihm helfen. Gebt mir ein oder zwei Kilo von diesem Zeug, damit ich es ins Krankenhaus nach Vsetín schicken kann.«

Großmutter Mikolajczyková weinte leise in der Ecke unter dem Weihnachtsbaum.

»Das hat meine Marie nicht verdient, nein, das hat sie nicht verdient!«

Onkel František glättete mit seinen Händen das zerknitterte Telegramm, legte es auf den Tisch und sah mich mit einem schwermütigen Blick an.

»Du kennst doch die Hampls? Ich meine den Hausmeister Štěpán Hampl.«

»Den Hausmeister in der Schwarzen Rose? Wir haben ihn mit Schmierseife beliefert. Ich kenne eher seine Frau Helena.«

Onkel František zündete sich eine Zigarette an; nach dem Abendessen machten Zigaretten Onkel František nervös.

»Geh' morgen gleich in der Früh zu Štěpán und sag' ihm, daß ich dich schicke. Wenn der kein Penicillin beschaffen kann, dann gibt's auf dem Prager Schwarzmarkt keines. Ich könnte selbst zu ihm gehen, aber in diesem Fall kann ich nicht.«

»Wieso?«

Onkel František wandte sich von mir ab.

»Ich arbeite im Parteiapparat, Genosse Hampl zwar auch, aber in einer anderen Abteilung.«

»Wie soll ich das verstehen?«

»Du mußt nichts verstehen.«

Onkel František erhob sich und ging schlafen. Großmutter schlief von Sorgen geplagt in ihrem Stuhl unter dem Weihnachtsbaum ein.

Am nächsten Tag brach ich früher zum Dienst in der Sportredaktion auf und klingelte schon um zehn Uhr in der Passage Schwarze Rose an Hampls Wohnungstür. Frau Helena Hampl im grellroten Morgenmantel öffnete mir.

»Das ist aber eine Überraschung! Wir haben uns eine Ewigkeit nicht gesehen! Was führt dich zu mir?«

»Ich möchte Ihren Mann sprechen.«

Frau Helena trat einen Schritt näher, bis dicht an meine Brust heran.

»Wir duzten uns doch! Hast du es schon vergessen?«

Ich trat schnell zwei Schritte zurück. Weiter ging es nicht, das Gitter des Aufzugsschachts gab nicht nach.

Frau Helena sah mich lange an und drehte sich dann ins Vorzimmer um.

»Štěpán, komm mal her, hast Besuch bekommen!«

Sie knöpfte sich ihren Morgenmantel bis zum Hals zu und sah mich noch einmal an.

»Wir sehen uns noch!«

Štěpán Hampl war schon zu dieser Stunde, was mich überraschte, in einem grauen Flanellanzug. Sein hellblaues Hemd war frisch, die dunkelrote Krawatte saß richtig, sie störte mich jedoch, weil ihre Farbe zu grell war.

»Guten Morgen, Herr Hampl. Onkel František läßt Sie grüßen!«

»Meinen Sie den Genossen Mikolajczyk?«

»Ja.«

Herr Hampl ergriff mit seinen gepflegten Fingern meinen Ärmel und zog mich sanft ins Vorzimmer.

Frisch rasiert, duftete er nach gutem Rasierwasser.

»Wir reden lieber im Wohnzimmer. Laß' dich nicht sehen, Helena! Wir haben etwas Geschäftliches zu besprechen!« schrie er in die offene Tür der Küche.

Im überheizten Wohnzimmer nahm ich Platz auf jenem Sofa, auf dem ich am Tag, als die Kommunisten am 25. Februar 1948 in Prag die Macht ergriffen haben, mit Frau Helena Hamplová meine Unschuld verloren, genauer gesagt vergeudet habe. Nichts hatte sich im Zimmer geändert; die Kunstblumen auf dem Tisch waren genauso abscheulich wie vor mehr als zwei Jahren, der einst rote Teppich war zwar immer noch rot, jedoch fleckiger. Hampls Wohnzimmer roch wie damals im Februar nach kaltem Zigarettenrauch. Štěpán Hampl setzte sich neben mich, legte seine gepflegte Hand auf mein linkes Knie.

»Dieses Sofa ist Ihnen, wie ich vermute, schon bekannt.«

Mit seinen klugen Augen mußte er einige Sekunden, bevor mir der plötzliche Schnellschlag meines Herzens heiße Schweißperlen in die Poren dicht unter der Haargrenze und oberhalb meiner Augenbrauen trieb, meine ängstliche Verlegenheit erkannt haben. Er legte auch seine rechte Hand auf mein Knie.

»Ist ja nichts geschehen. Trinken wir einen Kognak?«

Ich nickte.

Nach dem ersten französischen Kognak tranken wir den zweiten.

»Also was führt Sie zu mir? Schmierseife wollen Sie mir wohl nicht mehr verkaufen.«

Štěpán Hampls Gesicht war mager und zerfurcht.

»Ich brauche Penicillin, Herr Hampl!«

»Wozu?«

»Mein Vater Bohumil liegt im Sterben, und die Ärzte in Vsetín sagen, daß ihm nur Penicillin helfen könnte.«

Herr Hampl stellte seinen Kognak auf der gläsernen Tischplatte ab.

»Schwere Sache! Penicillin, wie Sie wissen, kommt aus Amerika, muß in Dollar bezahlt werden und steht nur den Ärzten und Patienten im Sanops-Krankenhaus zu Verfügung.«[99]

Ich erhob mich; Hampl hielt mich nicht fest.

»Sie arbeiten gleich nebenan in der Sportredaktion von *Mladá fronta*?«

Er erhob sich auch und verstellte mir den Weg zur Tür.

»Ja. Ist höchste Zeit, daß ich gehe. Ich danke Ihnen, Herr Hampl, für Ihre Mühe.«

Štěpán Hampl fuhr mit seiner trockenen Zungenspitze über seine rauhe Unterlippe.

»Versprechen kann ich nichts. Ich werde mich jedoch umhören, meine Beziehungen spielen lassen und sehen, ob ich an Penicillin für Ihren Vater herankomme. Es wird aber nicht billig werden.«

»In diesem Fall spielt Geld keine Rolle, Herr Hampl.«
»Über das Geld machen Sie sich keine Sorgen. Aber bezahlen werden Sie müssen.«
Sanft, aber entschieden drückte er mich durch das dunkle Vorzimmer zum Ausgang.
»Die Sache eilt, Herr Hampl, Vater Bohumil liegt im Sterben. Wann darf ich vorbeikommen, um zu ...«
»Ich melde mich selbst! Und Sie werden mich in meiner Wohnung niemals mehr besuchen! Verstehen Sie mich? Wenn es mit dem Penicillin soweit ist, rufe ich Sie an.«
Erst in der Panská-Gasse stellte ich mir die Frage: Hat mir Štěpán Hampl Penicillin versprochen oder nicht?
Zwei Tage später rief er mich in der Redaktion an.
»Heute um fünf Uhr im Café Juliš.«
Ins Café Juliš am Wenzelsplatz hatte ich es aus der Panská-Gasse nur einen Katzensprung. Zehn Minuten vor fünf betrat ich das Café; Štěpán Hampl, wie immer elegant gekleidet, saß am großen Fenster. Er war nicht allein. Neben ihm saß ein junger Mann. Der Unterschied zwischen den beiden war schon auf den ersten Blick auffallend: Herr Hampl sah in seinem maßgeschneiderten dunkelbraunen Anzug, im rosa Hemd mit roter Krawatte, mit seinem dunkelbraun gefärbten Haar und den um einen Ton dunkleren Augenbrauen wie ein gelangweilter Engländer aus. An seinem linken Ringfinger glitzerte ein Diamant; ob er echt oder falsch war, das konnte ich auch in den folgenden zwanzig Minuten nicht beurteilen.
Der junge Mann neben Herrn Hampl war zerknittert.
Seine graue Hose war zerknittert, sein zweireihiges Sakko aus Manchester unbestimmter Farbe, etwas zwischen grau und dunkelgrün, war genauso zerknittert wie sein Gesicht. Es hatte zwar keine Falten, keine Risse, es war nur auf eine seltsame Art und Weise zusammengeschrumpft, so als wäre seine bleiche Haut zu groß für sein Gesicht.

Herr Hampl stellte mir den Mann mit einer Handbewegung vor.

»Oberleutnant Václav. Setzen Sie sich, Herr Filip.«

Oberleutnant Václav bewegte sich nicht. Sein zerknittertes Gesicht blieb über den Marmortisch geneigt. Die Tasse Kaffee, die vor ihm auf dem Tisch stand, hatte er nicht angerührt.

Herr Hampl trank Tee, wie es sich für einen englischen Gentleman zu dieser Stunde gehört.

»Das Penicillin für Ihren Vater habe ich bereits beschafft, es liegt bei mir zu Hause. Es war nicht leicht, an das Penicillin zu kommen, das können Sie mir glauben.«

»Wann kann ich es abholen?«

»Zuerst müssen wir über den Preis reden.«

»Was soll es kosten?«

Herr Hampl hob sein Gesicht zur Decke.

»Für Geld ist es nicht zu haben.«

»Wie soll ich das Penicillin bezahlen?«

»Mit Ihrer Seele!«

Herr Hampl lachte leise und senkte sein Gesicht.

»War nur ein Witz, Herr Filip!«

Der zerknitterte Oberleutnant Václav zog aus der Brusttasche seines Sakkos ein Stück Papier heraus und legte es auf den Tisch vor meine Augen.

»Lesen Sie es und unterschreiben Sie. Damit ist alles bezahlt.«

Seine Stimme überraschte mich, sie klang sanft und kultiviert.

Ich las den Text; er war kurz und leicht zu merken. Auf zwei Zeilen stand dort mit Schreibmaschine geschrieben und auf grobem Papier so schlampig vervielfältigt, daß manche Silben fast unleserlich waren:

»Ich verpflichte mich zur Zusammenarbeit mit der Tschechoslowakischen Staatssicherheit. Unterschrift. Datum.« Unter diesen Text hatte jemand mit der Hand und mit Schönschrift meinen Namen, Geburtsdatum, Anschrift und das Datum, 28. Dezember 1950, geschrieben.

»Und wenn ich nicht unterschreibe?«

Meine Frage verursachte in meiner schnell ausgetrockneten Kehle ein Kratzen; auf meinem Rücken fühlte ich die warme Feuchtigkeit eines Schweißausbruchs.

»Dann gibt es, so leid es mir auch tut, kein Penicillin für Ihren sterbenden Vater.«

Herr Hampl hob seine Tasse Tee; seine Hand war nicht sicher. Sie zitterte zwar nicht, dennoch verfehlte er seine halbgeöffneten Lippen und verschüttete den ersten Schluck auf seine rote Krawatte.

»Verdammt, der Tee ist noch zu heiß! Entschuldigen Sie mich, Genosse Oberleutnant!«

Dieses kleine Mißgeschick war für mich in diesem Augenblick eine Rettung. Es signalisierte mir, daß Herr Štěpán Hampl verunsichert ist, daß er wahrscheinlich Angst vor dem Oberleutnant Václav hat, daß er mit mir ohne den zerknitterten Offizier des tschechoslowakischen Geheimdienstes anders geredet hätte, daß wir zwei uns in Sachen Penicillin auch auf finanzieller Basis geeinigt hätten. Štěpán Hampl, schon im Krieg, und erst recht nach 1945, einer der bekanntesten Schwarzhändler rund um den Wenzelsplatz, war vor allem Geschäftsmann.

Oberleutnant Václav schob mir das Papier zu.

»Nehmen Sie das Papier mit nach Hause und überlegen Sie sich alles noch einmal in aller Ruhe.«

»Und das Penicillin?«

»Zuerst will ich Ihre Unterschrift haben!«

Ich erhob mich. Oberleutnant Václav schob mir das Papier in die Tasche meiner Jacke.

»Ich gebe Ihnen einen guten Ratschlag, Herr Filip: Unterschreiben Sie!«

Das zerknitterte Gesicht zeigte so etwas wie Mitleid mit mir;

seine Stimme war noch sanfter als vorher. Er beugte wieder seinen Kopf über seine Tasse Kaffee, die er nicht angerührt hatte. Das Haar des Oberleutnants in zerknittertem Zivil war grau und schütter.

Auf dem Wenzelsplatz lag leichter Nebel. Ich schlenderte in die Panská-Gasse; das Papier, das mir Oberleutnant Václav in die Tasche geschoben hatte, war schwer und kalt wie ein Klumpen Eis. Vor der Toreinfahrt in die *Mladá fronta* fiel mir ein, es noch einmal bei den Hampls in der Passage Schwarze Rose zu versuchen. Wenn Štěpán Hampl das Penicillin hat und wenn ich mit ihm ohne Oberleutnant Václav spreche, dann könnte ich mit dem seit Jahren erfahrenen Schwarzhändler ins Geschäft kommen.

In der Passage Schwarze Rose klingelte ich an Hampls Wohnungstür. Frau Helena machte auf.

»Ist Herr Hampl zu Hause?«

»Du weißt doch genau, daß er nicht zu Hause ist! Er hat mich vor einigen Minuten aus dem Café Juliš angerufen. Komm rein und leg deinen Wintermantel ab.«

»Wann kommt Herr Hampl nach Hause, ich muß ihn unbedingt sprechen!«

»Zuerst trinken wir einen Kognak.«

Und wieder saß ich auf Hampls Sofa, atmete die nach kaltem Zigarettenrauch stinkende Luft ein. Ich wandte meinen Blick von den verstaubten künstlichen Blumen auf dem Tisch ab.

Frau Helena setzte sich nicht zu mir aufs Sofa, sie blieb im Licht des sechsarmigen Lusters mit nur drei brennenden Glühbirnen stehen.

»Wirst du unterschreiben?«

Ihre Frage überraschte mich nicht.

»Nein.«

»Hast du Václavs Papier dabei?«

Ich zog das gefaltete Blatt aus der Tasche und legte es auf den Tisch. Frau Helena nahm es, zerriß es, legte die Papierfetzen in einen großen Aschenbecher und zündete sie an. Das Licht des brennenden Papiers erhellte ihr Gesicht; sie kam mir um zwanzig Jahre jünger vor.

Es war eigenartig, ich siezte sie, sie duzte mich.

Frau Helena war mindestens, schätzte ich, um zwanzig Jahre älter als ich. Sie hätte auch meine Mutter sein können. Und wie eine Mutter legte sie mir ihre Hand auf meinen Kopf, fuhr mit ihren dicken Fingern durch mein Haar und bemühte sich um eine vertraut-mütterliche Stimme.

»Ich mag keine unglücklichen Menschen. Ich weiß nämlich zu gut, was Unglück bedeutet und wie teuer wir für unsere Mißgeschicke bezahlen müssen. Du hast mir nichts Böses angetan. Im Gegenteil! Ich werde unseren Nachmittag vor mehr als zwei Jahren hier auf diesem Sofa bis ans Lebensende nicht vergessen. Und du wirst auch mich niemals vergessen können, weil ich deine Erste war. Und weil es damals so schön war, vor allem für mich, und weil wir uns nie vergessen werden, sollten wir uns auch mit einer schönen Erinnerung verabschieden. Für immer.«

Frau Helena Hampl legte eine hellrote Schachtel mit zwei blauen Streifen in meinen Schoß und küßte mich aufs linke Ohr.

»Hier hast du dein Penicillin!«

Die Schachtel war leicht, dennoch drückte ich meine Oberschenkel zusammen, damit sie mir nicht auf den Parkettboden herunterfällt.

»Was bin ich Ihnen schuldig, Frau Hampl?«

»Nichts! Das ist meine Art von Rache an meinem Štěpán und an dieser ganzen beschissenen Welt. Frage mich nicht, wofür.«

Das gelbliche Licht des Lusters hätte, wenn ihr Haar nicht fett und matt gewesen wäre, rund um ihren Kopf einen Heiligenschein gezeichnet.

»Und jetzt verschwinde, Ota, und komme nie wieder!«

Auf Zehenspitzen, der Parkettboden unter meinen Sohlen knarrte dennoch zu laut, verließ ich Hampls Wohnzimmer.

Zu Hause stellte mir Onkel František zwei Fragen:

»Hast du das Penicillin bekommen?«

»Hab ich.«

»Und hast du bezahlt?«

»Nein.«

Am nächsten Tag schickte ich die Schachtel gut eingepackt und express mit der Post an Mutter nach Hošťálková. Vierzehn Tage lang bekam ich von ihr keine Nachricht; erst Ende Januar telegraphierte Mutter:

»Komm sofort nach Hause, Vater liegt im Sterben.«

Am nächsten Tag sah ich im Vsetíner Krankenhaus Vater Bohumil zum letztenmal. Sein Bett war mit einen halben Meter hohen Brettern umzäunt.

»Er ist manchmal unruhig und könnte aus dem Bett fallen und sich weh tun.«

Die Stimme der Krankenschwester war die Stimme eines weißen Engels, der immer recht hat.

Vater Bohumils Beine und Arme waren mit ledernen Gurten fest ans Bett gebunden. Er lag auf dem Rücken und starrte mit weitgeöffneten Augen die hohe Zimmerdecke an.

»Es tut mir leid, aber ich mußte Ihren Vater auch festbinden, ich kann ja nicht ständig auf ihn aufpassen.«

»Können Sie, solange ich hier bin, seine Arme losbinden?«

Die Krankenschwester band die ledernen Riemen an seinen Armen los. An Vater Bohumils ein wenig angeschwollenen Handgelenken sah ich rote Abdrücke des harten Leders.

»Vorgestern hat er noch geschrieben.«

Die Krankenschwester zog aus Vater Bohumils Nachttisch einen Block Papier und einen Bleistift und legte beides zwischen seine auf der Brust gekreuzten Arme.

»Vor vier Tagen hat er noch gesprochen, jetzt versucht er es zwar, aber man kann ihn nicht mehr verstehen. Ich könnte es mit der Sauerstofflasche versuchen, wenn er mehr Luft kriegt, könnte er noch etwas sagen.«

»Schwester, sagen Sie mir, kann er mich hören, mich wahrnehmen? Weiß er, daß ich hier bin?«

»Der Arzt sagt, daß er noch sieht, und hören tut er auch noch.«

»Ich habe für Vater in Prag Penicillin besorgt. Hat es ihm nicht geholfen?«

»Penicillin? Ich weiß von nichts.«

»Aber meine Mutter hat das Penicillin dem Chefarzt gegeben. Soll ich ihn fragen?«

»Tun Sie es lieber nicht!« unterbrach mich die Schwester barsch. »Ich will Ihnen etwas sagen: Penicillin ist in diesem Fall vollkommen überflüssig. Alles andere können Sie sich schon selbst zusammenreimen. Niemand kann für ihn etwas tun. Was getan werden mußte, wurde auch ohne Penicillin getan.«

Der weiße Engel sprach von Vater Bohumil, der still und ohne Bewegung die hohe Decke anstarrte, uns wahrscheinlich hören und sehen konnte, wie von einem Gegenstand, der zwar Lebenszeichen von sich gibt, jedoch nicht mehr richtig funktioniert.

Der eine von den drei alten Männern, die mit Vater Bohumil im Zimmer lagen, drehte sich zu mir um:

»Vor drei Tagen hat er noch die ganze Nacht etwas gemurmelt, wir konnten gar nicht schlafen. Seit zwei Tagen ist er still. Ich glaube, er hat sich aufgegeben.«

Ich legte meine Hand auf Vater Bohumils linken Handrücken, er war heiß.

»Vater, hörst du mich?«

Ich beugte mich über ihn.

»Erkennst du mich? Ich bin's, Ota!«

Vater nickte mit dem Kopf. Ich wandte mich dem weißen Engel zu.

»Schwester, versuchen Sie es bitte mit dem Sauerstoff!«

Die Schwester legte Vater Bohumil die Sauerstoffmaske an; die blaue Flasche aus Stahl stand links von seinem Bett.

Vater Bohumil brauchte drei Atemzüge, um seine Augen ganz zu öffnen und fünf weitere, um seine Lippen zu bewegen. Ich beugte mich über sein Gesicht. Ich habe sein Röcheln nicht verstanden, nur einige Worte stieß er für mich verständlich aus:

»Für meine Vergehen … bis ins dritte Glied büßen … so will es Gott …«

Vater Bohumils Lippen bewegten sich. Ohne die Zunge zu bewegen, drangen aus seiner Kehle nur klägliche Überreste von Wörtern, die er nicht mehr aussprechen konnte; ich habe sie jedoch verstanden.

Ich legte auf seine linke Hand den Block Papier und drückte in seine Rechte den Bleistift.

»Kannst du schreiben?«

Vater Bohumil starrte die Decke an; mit seiner Faust umklammerte er den Bleistift und kritzelte auf das erste Blatt Papier einige Striche, einen Halbkreis und ein deutlich erkennbares Fragezeichen.

Wonach er mich fragte, habe ich nicht erraten.

In der Nacht auf den 1. Februar 1951, um fünf Uhr in der Früh, auf die Minute genau am sechsten Geburtstag meines Bruders Kamil, starb Vater Bohumil.

Mich erschrak die Einfachheit seines Todes: Er machte seine Augen weit auf, schaute mich an, einige Schweißperlen traten aus der mittleren Falte seiner trockenen Stirn heraus. Dann schloß er die Augen, langsam und friedlich wie zu einem Mittagsschläfchen, der Kopf fiel ihm nach links, er atmete leicht aus, und das war Vater Bohumils Ende.

Einen Tag und eine Nacht lag er im offenen Sarg in seinem einstigen weißen Haus und wurde, wie es sich gehörte, von den Klageweibern beweint. Bevor der Sarg morgens vor dem Begräbnis zugenagelt wurde, beugte ich mich über Vater Bohumil und küßte ihm zum ewigen Abschied seine eiskalte Stirn. Dabei sah ich hinter seinem linken Ohrläppchen einen nur grob und schlampig zugenähten Einschnitt, eher ein Loch, aus dem Holzspäne und Holzwolle herausfielen.

Vor der Musterungskommission stand ich, schon gemessen und gewogen, im Sitzungssaal des Žižkover Rathauses nackt unter Stalins, Lenins und Gottwalds Bildern; die beiden Deutschen Marx und Engels waren auch dabei. Der Militärarzt, dem ich meine Papiere gab, schaute kurz hinein.

»Tauglich!«

Meine Papiere schob er zwei Genossen zu, die am Nebentisch saßen.

Der eine Genosse zog aus einer großen Aktentasche eine Mappe heraus und sagte:

»Personalausweis!«

»Habe ich nicht.«

»Wieso?«

»Ich habe keinen Personalausweis beantragt.«

Der andere Genosse schaute mich prüfend an.

»Sie sind polizeilich bei Marie Mikolajczyková in der Rokycanova 14 gemeldet?«

»Ja.«

»Ist das Ihre Großmutter?«

»Ja.«

»Beziehen Sie Lebensmittelkarten?«

»Ja.«

»Sind Sie ein Tscheche?«

»Ja.«

»Können Sie uns eine amtliche Urkunde vorlegen, die bescheinigt, daß Sie ein Bürger der Tschechoslowakischen Republik sind?«

»Nein, das kann ich nicht, weil ich eine solche Urkunde nicht habe.«

»Na bitte, jetzt kommen wir der Wahrheit langsam näher. Gestehen Sie endlich, daß Sie immer noch ein reichsdeutscher Staatsbürger sind. Wir wissen nämlich alles!«

»Wie kann ich reichsdeutscher Staatsbürger sein, wenn es kein Deutsches Reich mehr gibt?«

»Das stimmt, aber rechtlich gesehen sind Sie ein Deutscher.«

»Das weiß ich nicht.«

»Mit welchen Papieren können Sie sich ausweisen?«

Ich reichte ihm die Kopie meiner polizeilichen Anmeldung in der Wohnung meiner Großmutter in Prag-Žižkov, Rokycanova-Straße 14, eine amtlich beglaubigte Abschrift aus der Geburtenmatrikel der Stadt Schlesisch Ostrau, die bescheinigt, daß ich, Ota Jiří Filip, am 9. März 1930 als Sohn von Bohumil Filip und Marie Filipová, geborene Mikolajczyková, wohnhaft in Schlesisch Ostrau, Na Zámostí 10, geboren wurde, weiter meine Mitgliedskarte des A. C. Sparta Prag, meinen Betriebsausweis mit Foto, ausgestellt vom Direktor der *Mladá fronta*, der mich berechtigte, die Redaktion auch nachts zu betreten, und mein Maturazeugnis.

Der eine Genosse prüfte meine Dokumente.

»Das hier ist in Ordnung!«

Der zweite Genosse erhob sich, nahm die Mappe und meine Dokumente und verschwand im Nebenzimmer. Der erste Genosse nahm seine Brille ab, putzte die Gläser mit einem Taschentuch und musterte mich, den Nackten, mit seinem kurzsichtigen Blick.

»Jetzt sitzen Sie in einer ganz dicken Patsche!«

Nach einer Weile kam aus dem Nebenzimmer der erste Genosse in Begleitung eines Majors heraus; die Mappe und meine Papiere trug der Offizier unten seinem linken Arm. Der Major setzte sich gar nicht hin.

»Gleich morgen werden Sie zum Nationalausschuß von Prag 11, Abteilung Staatsangehörigkeit gehen und die tschechoslowakische Staatsbürgerschaft beantragen. Verstanden?«

»Ja«, erwiderte ich.

»Ein Soldat antwortet nicht mit Ja, sondern mit: Ich führe den Befehl durch, Genosse Major!«

»Ich führe Ihren Befehl durch, Herr Major!«

»So ist es besser, Genosse! Und grüßen Sie Ihren Onkel František von mir! Wir saßen drei Jahre zusammen in Buchenwald.«

Der Major verschwand wieder im Nebenraum.

Die zwei Genossen sahen sich ein wenig verdutzt an, schoben meine Mappe in die große Aktentasche zurück und gaben mir meine Papiere. Der Ältere schaute mich verächtlich an.

»Was soll's, zur Burgwache werden Sie nicht einberufen!«[100]

Eine Woche später, am 20. April 1950, bekam ich vom Nationalausschuß in Prag 11 eine Urkunde ausgestellt, auf der schwarz auf weiß stand, daß ich ab diesem Tag tschechoslowakischer Staatsbürger bin.

War es ein Zufall oder ein schlechter Witz, daß ich meine tschechoslowakische Staatsbürgerschaft am einundsechzigsten Geburtstag von Adolf Hitler zurückbekommen habe? Spielte mir die Geschichte wieder einen Streich? Vaters amtlicher Antrag auf die reichsdeutsche Staatsangehörigkeit, den er an den Oberlandrat in Mährisch Ostrau abschickte, trägt das Datum 20. April 1939. Und auf den Tag genau elf Jahre später, am Geburtstag des Verbrechers namens Hitler, wurde ich wieder tschechoslowakischer Staatsbürger. Man hätte mich auch einen Tag früher oder einen Tag später zurückeinbürgern können.

Nach fünf Jahren staatsbürgerlicher Rechtsunsicherheit und nach elf Jahren als ungewollter Untertan des Dritten Reiches, habe ich am 20. April 1950 ein Papier erhalten, mit dem ich endlich auch einen Personalausweis beantragen konnte und ihn auch ausgehändigt bekam, so daß ich nachts oder nach der

Nachtschicht in der Morgendämmerung, wenn ich in der Jindřišská-Straße auf die Straßenbahn Richtung Žižkov wartete, keine Angst mehr vor jeder Polizeistreife haben mußte. Und wenn wir zu leichtathletischen Wettkämpfen außerhalb von Prag fuhren, mußte ich Vater Jandera nicht mehr in jedem Hotel belügen, ich hätte meinen Personalausweis zu Hause vergessen.

Stolz zeigte ich meinen funkelnagelneuen Personalausweis meinem Chef Miroslav Hladký.

»War auch schon höchste Zeit! Ich weiß nicht, ob ich dich bei uns noch länger hätte halten können. Jetzt hast du wenigstens die Sache mit deiner Staatsbürgerschaft in Ordnung gebracht.«

Ab Frühjahr 1950 war ich, der jüngste und neue in der Sportredaktion, für Gorodky verantwortlich.[101] Keiner der Redakteure, alle Mitglieder der KPTsch, weder František Žemla, in der Redaktion der große Tennis- und Leichtathletikexperte, noch Stanislav Sigmund, der für Fußball und Eishockey zuständig war, geschweige denn Miroslav Hladký, der Chef, der sich auch in seinem Privatleben voll und ganz den Eiskunstläuferinnen widmete, wollte Gorodky, diesen Sport unserer fortschrittlichen russischen Brüder und klassenkämpferischen Vorbilder, als Ressort übernehmen.

Der große Boss des Tschechoslowakischen Jugendverbandes – *Mladá fronta* war das Zentralorgan dieser von der KPTsch gesteuerten und einzig zugelassenen Organisation für die Jugend – Zdeněk Hejzlar[102] brachte Anfang 1950 von einer Dienstreise aus Moskau in seinem Gepäck auch Gorodky mit, einen Stock und sechs Holzklötze, sogenannte Figuren, die Spielregeln dieses russischen Volkssportes und den Befehl der sowjetischen Genossen, diese Sportart auch in der Tschechoslowakei zu verbreiten.

Genosse Zdeněk Hejzlar rief den Chef der Sportredaktion in der ihm unterstellten Tageszeitung *Mladá fronta* Miroslav Hladký an. Genosse Hladký, soll Hejzlar ins Telefon gesagt haben, wir müssen in der Tschechoslowakei Gorodky, den Volkssport unserer proletarischen Brüder in der Sowjetunion, verbreiten. Wir machen Schluß mit diesem bourgeoisen Tennis und mit Golf, bauen Tennis- und Golfplätze für Gorodky um. Kommen Sie sofort zu mir und nehmen Sie den besten Redakteur mit, den Sie haben.

Eine Stunde lang saßen die drei Genossen Hladký, Sigmund und Žemla im Büro des Chefs. Und als sie mit bleichen Gesichtern herauskamen, legte mir Hladký seine Hand auf die Schulter und sagte:

»Ota, nichts zu machen, du gehst jetzt mit mir zum Genossen Hejzlar! Gorodky wirst du übernehmen.«

Sigmund und Žemla standen mit hängenden Köpfen vor mir.

»Keine Angst, Ota, wir lassen dich nicht im Stich! Bist der Jüngste und neu, so mußt du eben am Anfang auch etwas ausbaden. Das ist bei uns die Regel«, sagte František Žemla unsicher und traurig.

Das Zentralkomitee des Tschechoslowakischen Jugendverbandes war am Havlíček-Platz, einen Katzensprung von der Panská-Gasse entfernt. Miroslav Hladký, immer noch nicht von seiner aus der UdSSR mitgebrachten Maul- und Klauenseuche geheilt, schluckte auf dem Weg zu Hejzlar mehrere Pillen. In einem Bistro in der Jindřišská kippte er schnell ein Bier und einen Klaren.

»Meine Nerven sind nicht mehr ganz fest. Und ich bitte dich, Ota, wenn Hejzlar redet, dann halte deinen Mund, er mag es nicht, wenn man ihn unterbricht. Und wenn ich ihm erkläre, wie ich mir die Sache Gorodky in der Sportrubrik vorstelle, dann sagst du auch kein Wort! Abgesprochen?«

In Hejzlars Büro lagen die Gorodky in einem Karton auf dem Tisch. Die Regeln des russischen Volkssportes waren auf einem Stück gelblichen Papiers nur in russischer Sprache gedruckt.

Genosse Hejzlar war nervös.

»Lesen Sie die Regeln ganz schnell durch, Genosse Hladký, ich erledige inzwischen noch ein Telefonat!«

Miroslav Hladký hob die Spielregeln vor seine Augen; ich saß neben ihm und sah, wie seine Hand zitterte. Mein Chef, ein ergebener Stalinist und Freund der sowjetischen Völker auf ewige Zeiten, verstand kein Russisch, und die kyrillische Schrift war für ihn genauso ein Geheimnis wie ägyptische Hieroglyphen.

»Interessant! Ein aufregendes Spiel! Lies dir, Ota, die Regeln auch durch, damit du weißt, wie Gorodky gespielt werden.«

Hladký reichte mir das Papier.

Was das Russische betraf, war ich halb so schlimm dran wie mein Chef. Weil wir im Gymnasium Griechisch hatten (nach einem Jahr wählte ich aber lieber Latein) konnte ich zwar die Kyrilliza mit Schwierigkeiten entziffern, verstand jedoch, genau wie Hladký, von den in Russisch verfaßten Spielregeln nur das Wort Gorodky, mehr nicht.

Genosse Hejzlar hatte sein Telefongespräch inzwischen beendet und setzte sich zu uns.

»Ein hochdramatisches Spiel! Das haben Sie, Genosse Hladký, aus den Regeln bestimmt erkannt. Und vor allem, man kann es überall spielen, am Dorfplatz, auf einer Wiese, in einer Parkanlage. Ein wirklicher Massensport auch für unsere Kolchosbauern und Werktätigen! Noch in dieser Woche müssen Sie, Genosse Hladký, in großer Aufmachung einen Grundsatzartikel über Gorodky schreiben, die Spielregeln erklären!«

Zdeněk Hejzlar legte die rechte Hand auf seine Stirn.

Diese Bewegung war für ihn noch zweiunddreißig Jahre später, als ich ihn in seinem Stockholmer Exil besuchte, charakteristisch.

In kurzen Sätzen unterstrich Genosse Hejzlar die Notwendigkeit, den kapitalistischen Sport als eine Art von Zeitvertreib, der dazu dient, die Werktätigen von ihrem revolutionären Klassenkampf abzulenken, allmählich zu verdrängen. Man müsse, fuhr Genosse Hejzlar fort, dem Sport eine neue revolutionäre Qualität verleihen, das heißt auch den Kult der Sportstars abschaffen und den Massensport, wie zum Beispiel Gorodky, fördern.

»Und wer, Genosse Hladký, wird in der Sportredaktion die Gorodky-Kampagne übernehmen?«

Zdeněk Hejzlars müde, nicht ausgeschlafene Augen musterten mich. Er war damals nicht ganz dreißig Jahre alt, sah jedoch fast wie ein gut erhaltener Mann an die fünfzig aus.

»Genosse Filip, natürlich wird ihm die ganze Redaktion dabei helfen.«

Miroslav Hladkýs Stimme klang nicht überzeugend.

»Er ist aber erst kurz in der Sportabteilung, hat zu wenig Erfahrung, und außerdem bin ich von seinem Kaderprofil nicht gerade begeistert.«

Genosse Hejzlar schaute mich immer noch an; er sprach über mich in der dritten Person, als wäre ich nicht anwesend.

»Er kann schreiben, er ist unverbraucht und nicht mit den Manieren eines Schreibers aus der vergangenen Zeit vorbelastet. Und die Gorodky-Kampagne, Gorodky ist doch etwas ganz Neues, erfordert einen frischen Kader[103], keinen Routinier. Genosse Hejzlar, ich werde schon auf ihn aufpassen!«

Auch für meinen Chef war ich aus Hejzlars Büro plötzlich verschwunden oder zu einem dritten, nicht anwesenden Nichts zusammengeschrumpft.

»Morgen wird das Zentralkomitee des Jugendverbandes eine Resolution herausgeben, in der alle Bezirks- und Kreisverbände aufgefordert werden, die Verbreitung von Gorodky als eine ihrer politischen Hauptaufgaben zu sehen und Ihnen, Genosse Hladký, jede Unterstützung in der Gorodky-Kampagne zuzusichern.«

Zdeněk Hejzlar erhob sich und schob mir die große Pappschachtel zu.

»Viel Glück, Genosse. Ich werde deine Kampagne in der Zeitung sorgfältig verfolgen. Und wenn du Hilfe brauchst, kannst du dich direkt an mich wenden«, sagte Genosse Zdeněk Hejzlar und verließ ohne Gruß das Zimmer.

Zum erstenmal leuchtete mir ein: Du bist von nun an kein Ota Filip mehr, sondern ein Kader mit bestimmten Fähigkeiten, den Hejzlar im Interesse seiner allmächtigen Partei dort einsetzt, wo er ihm an der vorderen Front des Klassenkampfes nützlich erscheint. Aber auf der anderen Seite: Wenn dich Genosse Hejzlar als Kader akzeptiert, dann hast du, solange du deinen Mund hältst und dich gegen ihn, gegen Hladký und gegen diese stupiden Gorodky nicht auflehnst, in absehbarer Zeit, sagen wir, bis du im Herbst einrückst, eine Zukunft. Mehr kannst du in dieser Zeit nicht verlangen.

Nach einem Monat einer aggressiv geführten Gorodky-Kampagne, in der ich in auffallender Aufmachung, meistens im dicken Kasten auf der Sportseite oben rechts, jeden Tag Erfolgsmeldungen über die Verbreitung von Gorodky in der ganzen Tschechoslowakischen Republik brachte, schien sich meine Lage in der *Mladá fronta* gefestigt zu haben. In der Redaktion stieg ich zum Experten der sogenannten *průsery* (deutsch Malheure oder Fälle zum Kotzen) auf. Meine Methode, eine höchst politische Kampagne zu führen, war einfach. Jemand bezeichnete sie sogar als genial, und sie wurde schnell auch von den politischen Abteilungen der Redaktion übernommen.

Die Erfolgsmeldungen über die begeisterte Aufnahme von Gorodky, die ich jeden Tag in großer Aufmachung brachte, waren für mich leicht zu organisieren: Kurz nach Mittag rief ich nach und nach die Erziehungsreferenten in den einzelnen Bezirks- und Kreissekretariaten des Tschechoslowakischen Jugendverbandes an und forderte sie in Zdeněk Hejzlars Namen auf, der Sportredaktion von *Mladá fronta* unverzüglich einen Bericht über ihre Erfolge bei der Verbreitung von Gorodky durchzugeben. In einer Stunde hatte ich die meistens begeisterten (natürlich alle gelogenen oder in der Phantasie der örtlichen Funktionäre geborenen) Berichte über die stürmische Freude, mit der die Jugend und auch die Werktätigen, von der slowakischen Stadt Košice bis zum einst deutschen Asch, Gorodky angenommen haben und spielen, auf dem Schreibtisch.

Mir blieb dann nur übrig, die offiziellen Meldungen, wenn sie mir schon zu dumm und zu durchsichtig gelogen vorkamen, ein wenig umzuschreiben. Ich war aus dem Schneider: Wenn etwas schiefgehen sollte, dann wären für falsche Informationen die Genossen in den Bezirken, nicht ich, verantwortlich.

Zwei Monate lief die Gorodky-Kampagne wie geschmiert.

Es muß Ende Juni gewesen sein, da rief mich Miroslav Hladký in sein Büro, schloß die Tür und forderte mich auf, Platz auf dem mir vertrauten Sofa zu nehmen.

»Unsere Gorodky-Kampagne greift nicht, die Menschen, politisch wahrscheinlich noch nicht auf der Höhe, lehnen Gorodky ab«, sagte Hladký.

»Ich tu mein Bestes!«

»Das weiß ich, und das weiß auch Genosse Hejzlar. Aber«, Miroslav Hladký senkte die Stimme und beugte sich zu mir vor, »die Genossen vom Zentralkomitee der Partei sind der Meinung, daß es besser wäre, die Gorodky-Kampagne abzublasen und wieder Fußball und Eishockey zu forcieren. Unter uns gesagt, Ota, das ist ein Befehl!«

Miroslav Hladkýs Augen waren unruhig; er sah auch ziemlich mitgenommen aus. Die Maul- und Klauenseuche, die er sich von einigen Monaten aus Moskau mitgebracht hatte, war schon im Abklingen, dafür kamen auf ihn ziemlich schwierige Probleme mit der tschechoslowakischen Meisterin im Eisschnellauf zu, einer gewissen Dáša, seiner großen aktuellen Liebe.

»Wahrscheinlich haben wir die Kampagne ein wenig übertrieben, Genosse Hladký.«

»Wie meinst du das?«

»Es ist schier unmöglich, den Leuten vorzuschreiben, was sie in ihrer Freizeit spielen sollen. Ich kann mir nur schwer eine massenhafte Verbreitung von Eishockey in der Sahara vorstellen.«

Miroslav Hladký senkte den Kopf; so niedergeschlagen habe ich ihn vorher und auch nachher nie gesehen.

»Was soll ich dir, Ota, erzählen! Die Zeit, in der wir leben, ist beschissen. Ich bin einunddreißig, das Leben steht vor mir, aber ich möchte es schon lieber hinter mir haben. Ich glaube immer noch an den Sozialismus, aber ich zweifle sehr daran, daß ich ihn erlebe. Die Genossen werden den Mißerfolg mit diesem stupiden Gorodky mir in die Schuhe schieben wollen. Kann sein, daß ich diese Scheiß-Gorodky mit meinem Kopf bezahle.«

Zum erstenmal fühlte ich mich mit meinem Chef auf eine seltsame Art und Weise verbunden.

Mit Hladký wußte ich wenigstens, woran ich bin. Man munkelte in der Redaktion, er sei zu sehr mit der Staatssicherheit verbunden und eigentlich ihr Mann in der *Mladá fronta*. Für mich war er aber damals eher als ein ergebener Kommunist ein eingeschüchterter Genosse, der sich ständig bedroht fühlte, ein Mitläufer, der, um seine Position zu behaupten oder zu festigen, angibt, wo er nur kann und wo er glaubt, sich mit seiner Angeberei Respekt verschaffen zu können. Hladký betrieb, wie man damals sagte, eine gemäßigte, ideologische Arschkriecherei. In der damaligen Zeit, in der hinter jeder Ecke ein aggressiver Genosse auf Hladkýs ideologische Fehler lauerte, um seinen Platz in der *Mladá fronta* einnehmen zu können, kämpfte mein Chef genau wie ich ums Überleben, allerdings auf einer viel höheren Ebene. In gewissem Sinne war Hladký mein Verbündeter.

Die Tatsache, daß er mir sein Herz öffnete, habe ich nicht überschätzt. Alles, was er mir über diese stupiden Gorodky gesagt hat, kann er bestreiten und mich, wenn es zwischen uns einmal hart auf hart kommen sollte, opfern. Aber das waren die Spielregeln, und wer sie nicht akzeptierte, der fiel durch und raus. Nach einem Jahr in der Redaktion war mir klar: Keinem, ausgenommen ein paar ideologischen Deppen, ging es in der *Mladá fronta* um den endgültigen Sieg der marxistisch-leninistischen Ideologie, sondern um ein Überleben inmitten der gewalttätigen Ideologie, die zu oft verrückt spielte und stets unberechenbar und deshalb auch lebensgefährlich war.

Miroslav Hladký hat mir nichts Böses angetan, er hat mir geholfen und dabei höchstwahrscheinlich für mich gebürgt, es ist also meine Pflicht, ihm jetzt, wo er in der Patsche zu sitzen scheint, kein Bein zu stellen, sondern ihm zu helfen, auch im Hinblick auf meine Vorteile, die er mir, und darauf kann ich mich verlassen, als Gegenleistung zukommen läßt. Eine Solidarität im proletarischen Sinne konnte es in der Redaktion nicht geben, aber dafür funktionierte ein System von Gegenleistungen, das auf dem einfachen Prinzip »wie du mir, so ich dir« beruhte.

»Wie kann ich Ihnen, Genosse Hladký, helfen? In Sachen Gorodky könnte ich meinen Kopf hinhalten, denn ich habe die Kampagne ...«

Miroslav Hladký reagierte, wenn auch ein wenig verunsichert, so wie ich hoffte, nämlich ehrlich. Mein Risiko hatte sich ausgezahlt.

»Kommt nicht in Frage, Ota! Für Gorodky trage ich allein die Verantwortung. Du hast schon selbst genug auf dem Kerbholz. Und sag' nicht Genosse Hladký zu mir! Für dich bin ich von nun an Mirek.«

Ende August/Anfang September 1950 erwartete ich den Einberufungsbefehl zum Militärdienst. Alle Jungs des Jahrganges 1930 hatten ihre Einberufungsbefehle schon erhalten, nur ich nicht.

»Du wirst bestimmt zum ATK einberufen, und für ATK werden die Einberufungsbefehle etwas später verschickt.«

Emil Zátopek, Olympiasieger 1948 und Weltrekordler, Kapitän und ein hohes Tier im ATK, mußte es besser wissen. Oder vertröstete er mich?

Ab und zu kam Kapitän Emil Zátopek von Strahov zum Training zu uns auf die Letná zum A. C. Sparta. Emil war bis über beide Ohren in seine Frau Dana verliebt, die Speerwerferin beim A. C. Sparta war.

Für Dana war der weltberühmte Kapitän Emil Zátopek, ein Genosse mit einer beneidenswerten Klassenherkunft, in der bis ins dritte Glied kein Kapitalist, kein Ausbeuter, nicht einmal ein selbständiger Handwerker vorkam, eine Rettung. Danas Kaderprofil war nämlich eine Katastrophe: Ihr Vater, munkelte man auch im A. C. Sparta, General Sergej Ingr, einer der führenden Militärs in Edvard Beneš' Londoner Exilregierung und ein überzeugter Demokrat englischer Prägung, in den Jahren von 1940 bis 1944 tschechoslowakischer Verteidigungsminister im Exil, blieb nach der kommunistischen Revolution im Februar 1948 im Westen, diesmal als entschiedener Antikommunist.[104]

Dana Ingrovás Klassenherkunft war bis Frühling 1948, als sich Emil Zátopek unsterblich in sie verliebte und sie heiratete, noch schlimmer und noch hoffnungsloser als meine.

Aber als Dana Zátopková, Gattin des weltberühmten Läufers, Trägers des von den Sowjets gesteuerten Internationalen Friedenspreises, des Ordens der Republik und weiterer Auszeichnungen, durfte sie, ein Mitglied der Crème de la crème der damaligen kommunistischen Gesellschaft, fast alles, wovon sie als Dana Ingrová, der Tochter eines vermeintlichen Verräters, nicht einmal hätte träumen können: vor allem ins westliche Ausland reisen.

Emil Zátopek war wirklich in Dana verliebt, und ihr Kaderprofil und ihre Klassenherkunft waren ihm, dem weltberühmten laufenden Offizier der tschechoslowakischen Armee und dem Boss im exklusiven Armeeklub ATK Prag, vollkommen egal. Seine Courage, gewürzt mit einer schlau gespielten Naivität, mit der er, der in der ganzen Welt bekannte und hochgeschätzte Sportler, zugleich auch vom Regime mißbrauchte Friedenskämpfer, gegenüber den mächtigen Genossen auftrat, empfanden ich und meine Spezis, Čeněk, Pavel und Jirka, zwar mit einem Hauch von Ironie, dennoch schätzten wir Zátopek für seine Aufrichtigkeit und Offenheit.

Von Zátopeks Liebe zu seiner Frau habe auch ich ein wenig profitiert: Mit meinem Freund Jirka Nezbeda waren wir Trainingspartner für Zátopek, wenn er mit uns jede Woche mindestens dreimal im Stadion von A. C. Sparta trainierte, um seiner Frau Dana nahe zu sein, denn er war auf sie, die Athletin mit dem Körper einer griechischen Göttin und dem Charme einer Dame aus besten Kreisen, ohne Grund eifersüchtig.

Emil Zátopek lief nicht leicht, sondern stampfte mit den Füßen, als berühre er mit seinen Laufschuhen nicht die Aschenbahn, sondern wie ein Pferd mit eisernen Hufen ein hartes Pflaster. Heute noch könnte ich schwören, daß Emil Zátopeks Schweiß nach verbranntem Öl und nach abgeblasenem, heißem Dampf roch. Ich habe immer den Eindruck gehabt, eine menschliche Lokomotive[105] überhole mich und zeige mir ihren verschwitzten Rücken und ihre krampfhaft zuckenden Muskeln, die Zátopeks Nacken und somit auch seinen Kopf im Rhythmus seines Laufes mit einer ungeheuren Kraft immer wieder nach links rissen.

Nach dem 26. Juni 1950 habe ich Emil Zátopeks beim Laufen verkrampft nach links gedrehten Nacken nur mit zusammengebissenen Zähnen ertragen können. Wenn ich nach dem Juni 1950 im Training hinter Zátopek herlief, mich mit meinen Augen und mit meinem letzten Willen an seinen Nacken festklammerte, mußte ich, obwohl ich mich dagegen wehrte, immer wieder an Milada Horáková am 26. Juni 1950 in einem düsteren Kellerraum im Prager Gefängnis Pankrác denken.

Ich sah die große Dame der tschechoslowakischen Demokratie auf dem Hinrichtungstisch festgebunden liegen, und ich sah auch einen gesichtslosen Henker, der mit einer gekonnt schnellen Bewegung einen Hebel betätigt, der Milada Horákovás Kopf nach links reißt und ihr das Genick bricht.

Emil Zátopek, unser Idol, hat in der kommunistischen Tageszeitung *Rudé právo* am 10. Juni 1950 in einem auch für die damalige Zeit außergewöhnlich aggressiven Artikel das Todesurteil über Milada Horáková, diese großartige Frau, Demokratin und Politikerin, als einen Sieg des Sozialismus über den Imperialismus besungen.

Die gewalttätige Zeit des unbarmherzigen Klassenkampfes hatte uns fest im Griff.

III
Mein Versagen

Am 14. April 1951 nahm ich von meiner Jugendzeit in Prag Abschied. Die Goldene Stadt an der Moldau habe ich, ohne eine Träne zu vergießen, verlassen. Es gab für mich hier nichts zu beweinen, keine zu große Liebe, kein versäumtes Glück, keinen unwiderruflichen Verlust. Ich hatte in dieser Stadt alle Chancen genutzt, die sie mir angeboten hat.

Auch in Prag wußte ich nicht, was mich erwartet, aber ich wußte, was ich in dieser Stadt alles gemeistert hatte, und das gab mir Selbstvertrauen. In der Stadt meiner Jugendjahre fühlte ich mich nicht immer sicher und geborgen, dennoch schien es mir, als stünden mir, falls etwas mit mir schiefgehen sollte, viele Flucht- und Schleichwege offen. Der Kessel in Františeks Werkstatt stand immer noch, und Schmierseife war auch sechs Jahre nach Kriegsende Mangelware.

Der Ort Libavá, wo ich mich laut Einberufungsbefehl am 15. April 1951 melden mußte, war auf keiner Landkarte verzeichnet. Ich fuhr ins Ungewisse, mitten in einen weißen Fleck, in eine Landschaft ohne Vergangenheit und ohne Gegenwart, und das verunsicherte mich. Die Zukunft ist stets unsicher, die Unsicherheit ist ihre ursprüngliche Eigenschaft, aber ein weißer Fleck ohne Dörfer, ohne Flüsse, ohne Straßen, ohne Berge und Täler jagte mir Angst ein.

Kleingedruckt stand auf dem Einberufungsbefehl geschrieben: Abfahrt nach Libavá am 14. April 1951 um achtzehn Uhr vom Hauptbahnhof Prag, Bahngleis 8. Im Schnellzug Prag-Olmütz-Ostrau-Košice waren die letzten drei Waggons für uns Rekruten mit dem Bestimmungsort Libava reserviert.

Der blaue Abend war mild.

Hinter Prag versickerte die Abenddämmerung in die feuchte Erde. In der Elbebene vor und hinter Kolín fiel das letzte Tageslicht lautlos in die frisch geackerten schwarzen Furchen, in das zarte Grün der Jungsaat und in die Schatten der noch blattlosen hohen Zitterpappeln. Im Zugwind des halbgeöffneten Fensters atmete ich die aus der Hölle dicht an meinem Gesicht vorbeifliegende Asche und den kalten Dampf ein.

Etwas geht zu Ende, wiederholte ich mir immer wieder. Ich hatte Angst zu gestehen, daß ich an diesem Abend, in diesem sterbenden Licht, an dieser Messerschneide, die den Tag von der Nacht trennt, weggerissen wurde aus meiner jungen Verwurzelung in Prag, daß mich die Dampflokomotive, dieses Ungeheuer, in eine Zeit und an einen Ort zieht, der so gefährlich ist, daß er auf der Landkarte nur als ein weißer Fleck eingezeichnet ist.

Am westlichen, rötlich glühenden Horizont sah ich hinter den hart gezeichneten Linien eines blattlosen Lindenbaums Vater Bohumils in den Uranbergwerken von Joachimsthal radioaktiv verseuchtes, phosphoreszierendes Knochengerüst.

Als der Zug in Pardubice anhielt, hörte ich im Waggon nebenan eine Geige spielen und Zigeuner singen: »Duj, duj, duj, dischant duj …«

Was diese Worte bedeuten, ob ich sie damals richtig gehört habe und heute genau wiedergebe, weiß ich nicht.

Die Jungs tranken Schnaps. Einige Flaschen machten die Runde. Wir schwiegen; wir ließen uns von überflüssigen Worten und von Geschwätz ungestört vollaufen. Erst in der Dunkelheit, als die drei Zigeuner, alle drei Zigeunerbarone, nebenan vor Trauer einschliefen, sangen wir laut und aggressiv alte Prager Lieder wie »Siehste, Mariechen, wir haben dich doch aufs Kreuz gelegt …« oder »Ich hätte beim Engel kein Rendezvous haben sollen« oder das alte, noch aus der k.u.k.-Zeit stammende, weinerlich-sentimentale Abschiedslied aller tschechischen Rekruten, das mit dem höchst unlogischen Satz beginnt:

Wenn im Herbst die Pfingstrosen blühen,
da bin ich so einsam und so allein …

Hinter Pardubice wurde auch mein schweigender Nachbar nach einer Flasche Wein gesprächiger.

Die zwei Flaschen Meßwein, im Koffer habe er noch eine, habe er seinem Dekan abgenommen. Ihm, einem katholischen Kaplan, werde Gott diese Sünde bestimmt verzeihen. Ohne Wein hätte er diesen Tag wahrscheinlich nicht überlebt. Es bleibe ihm nichts anderes übrig, als sich vollaufen zu lassen, denn die staatliche Bewilligung zur Ausübung des Amtes eines katholischen Geistlichen wurde ihm von den Kommunisten vor zwei Wochen entzogen, und vorgestern bekam er, ohne Musterung, den Einberufungsbefehl. So ein Unglück könne er nüchtern nicht überstehen, wiederholte er immer wieder. Aber, Gott sei gelobt und gepriesen, er rücke nicht, wie man sagt, zu den Waffen ein, sondern zu einer Strafeinheit für unzuverlässige und staatsfeindliche Elemente, die den Frieden nur mit Spaten und Hacken vor den bösen Imperialisten schützen.

»Und wissen Sie, daß wir, auch als Soldaten, von nun an zu den Rechtlosen zählen werden?«

Der Kaplan reichte mir die Flasche.

»Gott ist zu weit weg. Und er ist weder gerecht noch ungerecht, wenn es ihn überhaupt gibt«, sagte ich.

Der Kaplan lachte.

»Unter uns Soldaten gesagt, reden Sie dummes Zeug, und zwar reden Sie nur das, was Ungläubige schon fast zweitausend Jahre wiederholen.«

»Und gibt es Gott?«

»Wenn Sie an ihn nicht glauben, dann gibt es ihn für Sie nicht. So einfach ist das.«

Der Kaplan lehnte sich zurück.

»Sie werden noch genügend Zeit haben, über Gott nachzudenken. Versuchen wir ein wenig zu schlafen.«

Vor drei Wochen, als mir der Einberufungsbefehl zum Militärdienst in Libava zugestellt wurde, ahnte ich Unglück. Ich zeigte meinen Befehl Emil Zátopek.

»Mein Traum vom Militärdienst im Armeesportklub ist wohl vorbei?«

Emil Zátopek, Kommandant des Armeesportklubs, nahm das Papier gar nicht in die Hand.

»Hast Pech, Ota. Du mußt dich jetzt durchbeißen. Helfen kann ich dir nicht.«

Als ich meinen Marschbefehl nach Libava Miroslav Hladký zeigte, schüttelte er den Kopf.

»Gegen den Wind kann man nicht pissen! Bring' die Sache hinter dich und komm' nach zwei Jahren wieder!«

Onkel František war anderer Meinung.

»Die zwei Jahre beim Militär, das Leben mit dem Proletariat, wird dir nur guttun. Habe sowieso den Verdacht, daß du dich so sehr intellektualisierst, daß dir die Arbeiterklasse fremd wird.«

In Olmütz mußten wir nicht umsteigen; die letzten drei Waggons wurden abgekoppelt und von bewaffneten Soldaten mit roten Achselklappen umstellt. Drei nervöse Unteroffiziere schrien in die Finsternis nach Mitternacht:

»Wir rühren uns nicht vom Platz!«

»Wir steigen nicht aus!«

»Wir machen die Fenster zu und halten die Klappe!«

Später, und zwar sehr bald, habe ich mich an diesen eigenartigen Pluralis majestatis (der im Tschechischen, vor allem beim

Militär, komisch und zugleich auch entfremdend, bedrohend und gefährlich klingt), mit dem uns Offiziere und Etappenhengste auch dann anschrien oder ansprachen, wenn es keinen Grund gab den Plural zu verwenden, abgefunden.

Ich war nicht mehr Ich, sondern gehörte zum Wir.

Vor unsere drei Schnellzugwaggons aus Prag wurden sechs Waggons mit Jungs aus der Slowakei und aus Mähren und eine Dampflokomotive angekoppelt und wir fuhren Richtung Odergebirge weiter. Nach zwei Stunden waren wir in Domašov. Von da ging es in Begleitung von zwanzig oder mehr bewaffneten Soldaten acht Kilometer zu Fuß nach Libavá.

Der Marsch durch die finstere Nacht beruhigte mich. Ich gab der Landschaft, die auf keiner Landkarte verzeichnet war, einer anonymen Gegend ohne ein einziges Licht in den menschenleeren Häusern, ohne Hundegebell, ohne Stallgeruch, einen Namen: der Vorarsch der Welt.

Vor uns gab es keinen Horizont.

Wenn es nicht bergauf ging, meditierte der Kaplan laut über die Unendlichkeit, die in dieser Nacht nicht in astrale Leerräume oder in schwarze Löcher entwichen ist, sondern uns in eine Landschaft ohne Horizont, ohne Links, ohne Rechts begleitet.

Links und rechts vermutete ich Mauern aus dunklem Eisen geschmiedet. Und was hinter mir lag, daran wollte ich in dieser Nacht nicht denken. Ab und zu blieb ich kurz stehen, um zu horchen, ob sich hinter meinem Rücken mit einem leisen Knirschen tatsächlich ein schwarzes Falltor senkt und mir endgültig den Rückweg ins Gestern abschneidet.

Im Morgengrauen sah ich Libavá in einem breiten Tal: Ein leichter Dunst lag auf den Dächern von frisch mit grellen Farben gestrichenen Häusern. Die Stille über dem Dorf war nicht bedrückend, sie gehörte nach Libavá, sie war ein Bestandteil des Dorfes. Die Wurzeln, unzählige in die Abhänge der flachen Hügel von der Schneeschmelze und vom Regenwasser ausgewaschene Rinnen, verknoteten sich alle oberhalb der einzigen Brücke mit einem kopflosen Sankt Nepomuk.

In Libava war der tschechische Brückenheilige ein Deutscher, er hieß hier nicht Jan, sondern Johannes.

Der Dorfbach war eine Kloake voller Öl, großen abgefahrenen Reifen, durchrosteten Kanistern, Küchenabfällen und all dem Zeug, das Armeeregimenter, Panzerbataillone und schwere Artillerie wegwerfen, liegenlassen oder vergessen. Kein Dorfhund bellte uns zur Begrüßung an, keine Kuh muhte in den Ställen, obwohl es Zeit zum ersten Melken war. Auf dem Dorfplatz stieg aus dem Schornstein des ehemaligen Gasthofs eine graue Rauchfahne. Die Bergwiesen rund um Libava waren im Rauhreif erstarrt; kein Windstoß bewegte das grauweiße Schweigen.

Das ganze Dorf war eine Kaserne. Es lag mitten in einem streng geheimen militärischen Sperrgebiet.

Nach der schlaflosen Nacht verbrachten wir den Tag im Laufschritt. Die Schlaflosigkeit, und das habe ich später mehrmals erfahren, war in diesem Laufschrittsystem ein stets mit Erfolg eingesetztes Erziehungsmittel; es machte jeden, den einen früher, den anderen später, mürbe, nervös, unsicher und zum Schluß weich wie Knetmasse. Über unseren Köpfen kreischte ein lustloses, kraftloses und (es war deutlich herauszuhören) gelangweiltes Gebrüll unserer Vorgesetzten; sie schrien uns nur aus Gewohnheit an.

»Wir bewegen uns zum Strohsackstopfen!«

»Wir stellen uns auf dem Marktplatz zum Mittagessen an!«

»Wir transportieren unsere Ärsche im Laufschritt ins Lagerhaus!«

»Dort legen wir unser ziviles Lumpenzeug ab und kleiden uns in elegante Uniformen um!«

Die Uniformen, die wir in zwei Decken eingepackt bekamen, war geflicktes, dunkelgrün umgefärbtes, nach chemischer Desinfizierung übel stinkendes Beutezeug aus der Zeit der deutschen Wehrmacht.

Unsere Köpfe wurden kahlgeschoren.

Wir sahen erbärmlich aus.

Die Zukunft, vor der ich so große Angst hatte, war erträglich, sie war zugleich auch langweilig, sie stellte keine großen Ansprüche, und sie war überschaubar: Am Abend traten wir an, ein Offizier verlas den Befehl für den nächsten Tag, und jeder von uns wußte, was uns die Zukunft – weiter als einen Tag voraus hatte es keinen Sinn zu denken – morgen bringt.

Es ist auszuhalten, und es kann nur besser werden, sagte ich mir, als um neun das Licht ausging und der Kaplan seinen täglichen Rosenkranz zu beten begann. Sein leises Flüstern lullte mich ein. Kurz bevor ich einschlief, hörte ich von allen Seiten des geräumigen Schlafzimmers im ehemaligen Wohnzimmer eines wohlhabenden deutschen Bauern meine zwanzig Kollegen beten: Heilige Mutter Gottes … Vater unser, der du bist im Himmel …

Das Vaterunser, dieses Grundgebet, hatte mir Großmutter Františka Filipová in Hošťálková beigebracht, so konnte ich es mitbeten. Vom Gebet an die heilige Mutter Gottes kannte ich nur den ersten Satz, den Rest habe ich sehr schnell in den ersten zwei finsteren Stunden nach dem Zapfenstreich in Libavá gelernt. Und am dritten Tag konnte ich, der nicht getaufte Heide, auch »Ich glaube an Gott, den Allmächtigen« mitbeten.

Onkel František, der Kommunist, hatte nicht recht: Proletarier und die Arbeiterklasse waren in Libavá nicht vertreten. Auf den Strohsäcken, unter militärischen Decken des Rommelschen Afrikakorps, in welchen sich immer noch Wüstensand festhielt, und in grob geflickten Nachthemden aus dem Bestand der untergegangenen deutschen Wehrmacht lagen und beteten nicht Proletarier, sondern, ich wage es zu behaupten, die bourgeoise

Auslese des Volkes: junge Männer, Söhne von Fabrikanten, Rechtsanwälten, Ärzten, Geschäftsleuten und wohlhabenden Bauern, in der Mehrzahl Studenten, die wegen ihrer (wie man damals sagte) feindlichen Einstellung gegenüber der sozialistischen Gesellschaft von den Universitäten gefeuert, junge Männer, die beim Fluchtversuch in den Westen oder bei illegaler Arbeit gegen das kommunistische Regime erwischt worden waren, Söhne von Kollaborateuren und junge Deutsche, die nach 1945 in der Tschechoslowakei hängengeblieben sind, Pfarrer, Popen und Prediger, Angehörige von verschiedenen Sekten und Jungs aus strenggläubigen katholischen, evangelischen, ruthenisch- oder griechisch-orthodoxen Familien und drei junge Juden, die es bis Ende 1949, als Israel noch zu den Freunden der sozialistischen Staaten zählte, nicht geschafft hatten, mit ihren Familien ins Gelobte Land auszuwandern und nun als Agenten des Zionismus galten.

Nach drei Tagen war es uns allen in Libavá klar, aber keiner wagte es auszusprechen. Wir sind nur stiller geworden, denn der Schock und die Demütigung saß uns allen tief im Kopf: Wir waren keine richtigen Soldaten, sondern Angehörige der sogenannten PTP.[106]

Nach einer Woche wurden wir neu organisiert: Ein Teil der Rekruten, dem ich zugeordnet wurde, kam nach Most (Brüx) in Nordböhmen zum 59. PTP. Mit mehr als fünfhundert angetretenen Arbeitssoldaten ohne Waffen leistete ich dort am 9. Mai 1951, am sechsten Jahrestag des Sieges über den Faschismus, den militärischen Eid, in dem ich mich verpflichtete, der Tschechoslowakischen Republik und unserer Kommunistischen Partei die Treue zu halten und mich und mein Leben, wenn nötig, im Kampf gegen den Imperialismus und für den Kommunismus zu opfern.

Zu diesem feierlichen Anlaß wurden wir in richtige, funkelnagelneue Uniformen der tschechoslowakischen Armee eingekleidet. Wer wollte, durfte sich in der Uniform vom Militärfotografen ablichten lassen. Es wurde uns auch erlaubt, unseren nächsten Verwandten einen Brief zu schreiben.

Ein junger Leutnant stellte sich vor uns auf.

»Wenn wir den Brief in den Briefkasten werfen, dann kleben wir den Umschlag nicht zu. Und wir schreiben, daß es uns gutgeht, daß wir gesund sind, daß wir unseren feierlichen Eid geleistet haben und daß wir unsere Anschrift demnächst mitteilen werden. Das ist ein Befehl!«

»Wir führen ihn durch, Genosse Leutnant!«

Ich schrieb einen kurzen Brief an meine Kollegen in der *Mladá fronta*. Am nächsten Tag bekam ich den Umschlag ohne Brief zurück; auf dem Umschlag stand per Hand geschrieben: »Wir dürfen nur an Verwandte schreiben!«

Nach dem Eid gab es ein feierliches Mittagessen: Schweinebraten mit Knödeln und Sauerkraut, als Nachspeise Palatschinken mit Marmelade und zwei Flaschen Bier.

Unsere neuen Uniformen mit roten Achselklappen, wie sie die Infanterie trug, mußten wir bügeln, nach Vorschrift zusammenlegen und nachmittags nach dem Eid wieder im Lager abliefern. Wir, die Arbeitssoldaten, bekamen auf unsere bereits von zwei Jahrgängen abgetragenen Ausgangsuniformen schwarze Achselklappen verpaßt.

Am 15. Mai 1951 waren zwei Kompanien des 59. PTP schon in Kadaň (Kaaden). Der Kampfbefehl, der uns vorgelesen wurde, lautete: In der neuen Kaserne am östlichen Ende der Stadt weitere zehn Baracken bauen, die Senkgrube erweitern, Straßen und eine Kanalisation anlegen. Ein Teil unserer Arbeitskompanie bekam den Befehl, unter einen Berg am linken Ufer des Flusses Eger bei Pokutice ein Munitionslager für Panzerkanonen und für die Artillerie zu bauen, die im unweiten militärischen Übungsgebiet Doupov (Duppau) Tag und Nacht, vor allem in der Nacht, aus allen Rohren feuerte.

Die Roten Panzersoldaten[107] aus Kadaň, in der tschechoslowakischen Armee damals eine Eliteeinheit, die am Samstag abend oder am Sonntag, wenn es Ausgang gab, in der Kneipe Zum grünen Baum mit ihren feschen Uniformen und hellroten Achselklappen angeben konnten, prahlten vor uns, den drittklassigen Schwarzen, wie sie im Duppauer Gebirge mit scharfer Munition, was die Rohre halten, ballern, in Zusammenarbeit mit der Infanterie und der Artillerie immer wieder den Angriff auf Nürnberg üben.

Und wir? Wir Schwarzen schlürften Bier, schämten uns für unsere abgetragenen und geflickten Uniformem mit den schwarzen Achselklappen und schwiegen. Wir konnten in der Kneipe vor den Mädchen nicht mit kriegerischen Geschichten aus dem nächtlichen Duppauer Gebirge prahlen. Wir haben nie eine Kanone abgefeuert, wir saßen nie beim schweren MG im Panzer, wir haben nie Schießpulver gerochen.

Den Rest des Frühlings, den Sommer und Herbst 1951 verbrachte mein Zug in der Scheiße einer riesigen Senkgrube, gebaut kurz nach Beginn des Zweiten Weltkrieges, als in Kadaň der Nachwuchs und frisches Kanonenfutter für die SS-Standarte Hermann Göring ausgebildet wurde. Unser Kampfbefehl lautete: Bis Ende August 1951 die Senkgrube um dreihundert Kubikmeter erweitern und ausbetonieren. Auch wenn wir, die PTP-Soldaten im Kampfeinsatz in der Senkgrube, am Sonntag vor dem Ausgang gründlich und mehrmals geduscht haben, stanken wir in der Kneipe Zum grünen Baum immer noch nach SS-Scheiße.

Bei klarer Sicht beobachtete ich nachts am südlichen Horizont das Blitzen des Mündungsfeuers und hörte ein klares Donnern, das ab und zu das Fensterglas zum Klirren brachte. Als wir um sieben Uhr in der Früh in Schlamm, Wasser und Kot anfingen, die Senkgrube auszuheben und zu erweitern, fuhren die Panzersoldaten, vom Schießpulver schwarz im Gesicht, auf ihren mit grünen und braunen Tarnnetzen behängten sowjetischen T-34-Panzern hockend, von der Nachtübung in den Duppauer Bergen in die Kaserne zurück.

Die Erde bebte, die klare Morgenluft roch nach verbranntem Dieselöl.

Wir hörten auf zu arbeiten, krochen aus der vier Meter tiefen Senkgrube heraus und bestaunten neidisch unsere Kollegen, richtige Soldaten, die in der Nacht scharf schießen und Krieg spielen durften. Nein, wir waren keine Militaristen, wir hatten keine Lust, Nürnberg anzugreifen und zu erobern. Aber als wir jeden Werktag in der Früh um halb acht die fünfzig Panzer, diese wunderlichen, wenn auch stinkenden heißen Ungeheuer, vom Nachtangriff in den unweiten Bergen zurück in die Kaserne einfahren sahen, als die Erde unter unseren Füßen bebte, als wir die schwarzen Rußwolken einatmeten, die uns wie böse Geister oder wie mächtige Furze aus dem Inneren von tausendpferdigen Monstern umhüllten, fühlten wir uns noch mehr als sonst ausgestoßen, gedemütigt, erniedrigt, kurzum mies.

Uns war klar: Wir waren keine Soldaten, sondern ausgestoßene Bürger, nur dazu gut, eine alte Senkgrube für die Scheiße von zukünftigen, echten Soldaten zu erweitern.

Ein Arbeitssoldat, bis zu den Hüften verschlammt, spuckte auf die heiße Panzerplatte eines vorbeidröhnenden T-34.

Korporal František Sopek, der unsere politische Umerziehung leitete und unsere Arbeit überwachte, gab sich beim Anblick der Panzer martialisch, er ließ durchblicken, daß seine Beziehungen bis ganz nach oben reichen, und hielt fast jeden Tag ins Dröhnen der Panzermotoren einen kurzen politischen Vortrag, in dem er uns erklärte, der Krieg, die allerletzte Schlacht zwischen dem fortschrittlichen Lager des Sozialismus und Kommunismus, angeführt von der mächtigen Sowjetunion, und dem dekadenten, militaristisch-kapitalistischen Westen werde demnächst ausbrechen, so daß wir, genau wie unsere Panzersoldaten auf dem Kampffeld, unsere Arbeitsleistung in der alten Scheiße der Senkgrube noch steigern müssen.

Soldat Milan Franc, der, obwohl aus einer Arbeiterfamilie in Südmähren, schon wegen Verbreitung von staatsfeindlichen Flugblättern im Knast saß, beugte sich an mein Ohr.

»Ich beneide diese aufgeblasenen Scheißkerle von der Panzerbrigade! Wenn es gegen die Amis losgeht, dann haben sie die beste und sicherste Chance abzuhauen!«

»Wenn sie hinter der Grenze westlich von Eger noch leben!«

Beim Ausbau der Kaserne und der Senkgrube erfüllten wir das Soll zu 115 Prozent. In Wirklichkeit produzierten wir – in unserer Einheit gab es nur vier, höchstens fünf Handwerker, die vom Bau eine Ahnung hatten – nur Pfusch. Aber wir hatten Honza Klátil, den Bautechniker, der uns jeden Tag die geleistete (oder auch nicht getane) Arbeit abnahm. Die Qualität der von uns verrichteten Arbeit wollte Honza, Sohn eines im Jahr 1949 verstaatlichten Bauunternehmers aus Olmütz, gar nicht kontrollieren.

»Dazu habe ich keine Nerven, und wenn ich noch welche habe, dann werde ich sie in Zivil nötig haben. Ich will mich lieber an die Marxsche Theorie halten und hoffen, daß auch an diesem Bau die Quantität in einem revolutionären Prozeß in Qualität umschlägt und daß wenigstens die Scheiße aus dem Haus der Kommandantur in die Senkgrube wegfließt. Höhere Ansprüche habe ich nicht.«

Am Sonntag vormittag wurde die Leistung jedes einzelnen Arbeitssoldaten in der vergangenen Woche nach geheimnisvollen Leistungstabellen, die ich auch nach einem halben Jahr nicht verstanden habe, bewertet und in verdiente Kronen umgerechnet. Nach zwei Wochen konnte Honza diese Arbeit allein nicht mehr schaffen; ich bekam den Befehl, ihm am Sonntag vormittag bei den Abrechnungen zu helfen. Dafür durfte ich am Sonntag meinen Ausgang bis dreiundzwanzig Uhr verlängern, die anderen mußten schon um zweiundzwanzig Uhr in der Kaserne sein.

Honza sorgte dafür, daß alle Arbeitssoldaten das vorgeschriebene Arbeitssoll auch dann erfüllten, wenn sie in den ausgehobenen Gräben schliefen oder Karten droschen. Nach drei Wochen habe auch ich begriffen, wie man die Arbeitsberichte frisiert, damit, wie Honza sagte, der Wolf sich satt frißt und die Ziege am Leben bleibt.

Die Arbeitsnorm zu erfüllen war sehr wichtig. Wer sie nicht schaffte, bekam am Sonntag nachmittag keinen Ausgang bewilligt, und natürlich auch keinen Lohn ausgezahlt, nach Abzügen, die das Verteidigungsministerium in Prag kassierte, ungefähr vierzig Prozent von der verdienten Summe. Das war Ausbeutung, wie sie in den Büchern von Marx und Engels steht, aber unser wöchentlicher Lohn war dennoch mindestens um das Zehnfache höher als der wöchentliche Sold eines Panzersoldaten mit roten Achselklappen und einem hervorragenden Kaderprofil.

In der Kadaňer Kneipe Zum grünen Baum oder Zur goldenen Sonne, konnten wir, die Schwarzen, uns im Unterschied zu unseren bewaffneten und bepanzerten Kollegen Bier in Strömen, gutes Essen und wenn wir übermütig wurden sogar russischen Sekt leisten. Unsere Roten, die das ganze Jahr 1951 jede Nacht im Duppauer Gebirge den Angriff auf Nürnberg übten und mindestens dreimal in der Woche auch am Tag, wenn sich bei Eger ein US-Hubschrauber zu nahe an die Grenze des Friedens wagte, Kampfalarm hatten, mußten sich am Abend mit einem, höchstens zwei Bieren begnügen.

Bald nannte man uns, die nach Scheiße stinkenden Soldaten mit schwarzen Achselklappen, in Kadaň die schwarzen Barone. Aber nichts zu machen, die Mädchen aus der Stadt und die Schönheiten aus der weiten Umgebung, die jeden Sonntag die

Tanzabende in der Schießstätte unten am Egerkai besuchten, gingen uns aus dem Weg. Als schwarze Barone hatten wir zwar den Ruf, für gewöhnliche Soldaten viel Geld zu haben, auf der anderen Seite haben die Stadtväter von Kadaň und die Genossen von den Partei- und Jugendorganisationen in den Keramikfabriken die Mädchen vor uns, diesem staatsfeindlichen Lumpenpack, Söhnen von Fabrikanten und anderen Ausbeutern, ja in vielen Fällen schon vorbestraften, antisozialistisch gesinnten Kriminellen, gewarnt.

Iva Čemusová kreuzte meinen Lebensweg nur kurz.

Wir sahen uns zum erstenmal bei einem Tanzabend in der Kneipe Zum grünen Baum. Fast zu provokativ tanzte Iva Čemusová, die sich stolz zu ihrer bourgeoisen Gesinnung bekannte, ein frech und tief ausgeschnittenes Dekolleté trug, mit meinen Kollegen, den schwarzen Baronen, Boogie-Woogie. Iva trank, in nicht geringen Mengen, einheimischen Whisky, einen anderen gab es auch nicht, und wenn sie in guter Stimmung war, rief sie in einer Sprache, die sie für Französisch hielt, nach Champagner.

Iva kam aus einer bourgeoisen Familie; ihr Vater, ein antikommunistischer Schriftsteller, lebte in Asch. Im Jahr 1949 wurde er als Staatsfeind aus der Stadt, die zu nahe an der westlichen Grenze lag, ausgesiedelt und bekam als Wohnsitz Kadaň zugeteilt.

Iva Čemusová liebte mich, vielleicht. Und wenn sie mich liebte, dann aber nicht zu sehr. Als Tänzer war ich für sie, eine leidenschaftliche Tänzerin, eine Niete, und Iva, selbst dünn, mochte muskulöse, biegsame und feurige Tänzer. Ich bin in keinem Fall ihr Typ gewesen.

Wenn ich mit Iva entlang des Flusses Eger spazierenging, sprach ich über Literatur und über Lyrik. Iva erwartete von mir andere Gesprächsthemen, und weil ich wußte, welche, klammerte ich mich um so fester an die Dichter und ihre Werke. Sie liebte und vergötterte Jiří Wolker, obwohl er von der Parteipropaganda zu dem größten proletarischen Dichter hochgeschaukelt wurde, und beschimpfte zugleich alle diese pseudoproletarischen Dichter, die Stalin und die Partei besingend dem Regime in den Hintern kriechen und sich somit prostituieren. Alle tschechoslowakischen Dichter, die sich damals zum Kommunismus bekannten, bezeichnete Iva als einen Verband von literarischen Arschlöchern.

»Ist das nicht traurig, tragisch und großartig, daß Wolker, nicht ganz vierundzwanzig Jahre alt, an Tuberkulose, der Krankheit der wahren Dichter, starb!« rief sie begeistert aus. Wir sprachen über den Tod.

Mir gefiel das Thema zwar nicht, aber es war für mich sicherer mit Iva über den Tod, als über unsere ewige Liebe zu reden.

Am Wehr unterhalb der Kadaňer Burg schäumte das Wasser leise. Wie fließendes Silber glitt es im Mondschein über die steinerne Schwelle. Es war der richtige Augenblick für eine Liebeserklärung, die Iva bestimmt erwartete. Die Kulisse über dem Fluß stimmte auch: Der schwarze Schatten der Burg über dem Fluß, der Vollmond in der Krone einer hohen Buche am gegenüberliegenden Ufer, der schwere Duft des blühenden Getreides und des frischen Heus.

Ich umarmte Iva; sie umarmte mich.

Ich weigerte mich das auszusprechen, was sie von mir erwartete und klammerte mich an Wolker fest.

»Wenn ich mich einmal entscheiden sollte, Wolker richtig zu lesen, dann nicht deswegen, weil er dir, Iva, gefällt, weil er mit knapp vierundzwanzig an Tuberkulose starb, sondern weil ich mich wieder einmal überzeugen möchte, daß ich ihn als Dichter nicht leiden kann!«

Iva küßte mich.

»Ich bin zwar anderer Meinung. Wenn uns aber nur Wolker trennt, dann bin ich zufrieden.«

Mit ihrer rechten Hand streichelte Iva meine Wange.

Ihre Handfläche war rauh, mit kleinen Schnittwunden, die noch bluteten, übersät. Eine ihrer Wunden hinterließ links von meinem Mundwinkel eine zart gezeichnete rote Spur. Ich habe sie vor dem Schlafengehen nicht abgewischt.

Iva Čemusová war Arbeiterin in der Kadaňer Keramikfabrik; aufs Gymnasium wurde sie wegen ihres Vaters, des antikommunistischen Schriftstellers Jaroslav Čemus, nicht zugelassen. In Kadaň war sie unglücklich, wahrscheinlich noch unglücklicher als ich. Unser beider Unglück war für eine Liebe jedoch zu wenig. Für Iva war ich ein Teil der großen Welt in Prag. Es half nichts, daß ich ihr über mein unsicheres Dasein erzählte; für sie war Prag, mit mir oder ohne mich, die Goldene Stadt, in der sich noch leben läßt. Oft fing Iva an, von unserem gemeinsamen Leben in Prag zu träumen. Ich mußte sie immer wieder unterbrechen, sie (und das tat mir wirklich leid) aus ihren Träumen in unsere Wirklichkeit in Kadaň herunterreißen.

»Iva, ich kann und will dir nichts, am wenigsten meine Liebe versprechen!«

»Verspreche mir nichts, bringe mich nur weg aus Kadaň, aus dieser Stadt, in der es nicht einmal richtige Langeweile gibt!«

Ich küßte sie, weil ich zu feig war, sie nicht zu küssen, und weil ich auch nicht den Mut hatte, ihr zu sagen:

Es war kurz, es war schön, es war für uns beide wichtig, aber machen wir, Iva, Schluß!

Am 13. Juli 1951, Vater Bohumil wäre an diesem Tag sechsundvierzig Jahre alt geworden, legte Oberst František Fic, der Chef einer geheimen Abteilung des militärischen Nachrichtendienstes in Prag, Abteilung P, unter der Bezeichnung Britischer Geheimdienst, Enthüllung eines Netzes, die Akte Nummer 302-361-20 ZP 1 an, meinen, nachträglich zusammengezählt, siebenten Lebenslauf.

In dieser Akte werde ich als ein Agent im englischen Dienst geführt.

Mein siebenter Lebenslauf beginnt am 13. Juli 1951 mit einem Bericht, den Oberst František Fic von seinem Agenten, Deckname Karel Holoubek (deutsch ›Täubchen‹) erhalten hat. In diesem Bericht meldet der Agent seinem vorgesetzten Leitungsoffizier: Jirka Nezbeda, den er schon seit einigen Monaten observiert und mit dem er sich zum Zweck wirkungsvoller Überwachung angefreundet hat, hätte ihm in einem vertraulichen Gespräch endlich den Namen des ihm bekannten britischen Agenten preisgegeben. Es ist Ota Filip, der zur Zeit seinen militärischen Dienst in Kadaň leistet, Nezbedas bester Freund.

Jirka Nezbeda, mein bester Freund, der die graue Realität des Lebens nicht ertragen konnte und sie immer wieder als absurdes Theater inszenierte, dachte sich in seiner nächsten Geschichte für mich die Rolle eines britischen Agenten aus. Mein Freund, der in einer Welt voll von phantasievollen, von ihm selbst ausgedachten Geschichten lebte, wußte nicht, was er tat, und ich hatte in Kadaň keine Ahnung, was mit meinem Freund vor dem 13. Juli alles geschehen war und daß der 13. Juli 1951 mein weiteres Leben so tragisch und brutal kennzeichnen würde.

Der 13. Juli 1951 war in Kadaň ein heißer Tag.

Die Hitze war trocken; ein Gewitter, das immer von Westen nach Kadaň einbrach, war nicht in Sicht. Iva Čemusová schrieb mir einen Brief:

»Ich liebe dich, ohne dich kann ich nicht leben. Erwarte dich am 13. am Abend unten am Fluß. Deine Iva.«

Mich reizte die Redewendung: Ohne dich kann ich nicht leben. Unsinn! Du kannst es, und ich kann es auch.

Am Abend schlich ich aus der Kaserne; es gab zwei Löcher im Drahtzaun, beide von uns, den Schwarzen, organisiert und vor den Roten Panzersoldaten streng geheimgehalten.

Iva erwartete mich in der Halbfinsternis am Fluß unter der Burg.

Die Turteltauben turtelten wie verrückt.

In Máchas romantischem Gedicht »Der Mai«, das Iva mochte, turteln die Turteltauben bei Vollmond die Zeit der Liebe und des Todes ein.[108]

Sentimentale Romantik!

Die Turteltauben am Ufer des Flusses Eger in Kadaň turtelten für mich zu laut, zu frech, widerlich. Und am dunkelblauen Himmel gab es keinen Mond. Ich war müde und stank nach SS-Scheiße, denn an diesem 13. Juli waren wir bei der Verlegung der Kanalisation auf eine zweite, in keinem Plan des Baumeisters, SS-Bannführers Rudolf Klötzl, im Dezember 1938 eingezeichnete Senkgrube gestoßen.

Iva küßte mich. Ich habe es nicht geschafft, ihren Lippen auszuweichen.

»Schön, daß du gekommen bist.«

»Ich habe wenig Zeit. Vor dem Zapfenstreich muß ich zurück sein.«

»Eine Stunde reicht mir, Ota.«

Iva zog ihre weiße Bluse aus. Einen Büstenhalter brauchte sie nicht, ihre Brüste waren klein, zart, immer kalt und hart. Sie ließ auch ihren blauen Rock fallen und stand nackt vor mir.

»Kannst mich haben, wenn du willst!«

Iva legte sich ins Gras und spreizte ihre Beine.

Der Abend war nicht finster genug.

Ich sah ihre weißen, dünnen Schenkel, das Schwarz auf ihrem Schoß, ein Licht in ihren Augen. Dieses weibliche Wesen, das lautlos nach Liebe schrie, der unglückliche Mensch, den ich nicht trösten konnte und wahrscheinlich auch nicht trösten wollte, tat mir leid. Ich habe niemals jene Minuten oder Stunden ertragen können, in denen mich meine Nächsten in eine Lage brachten, oder in die ich mich selbst hineinmanövrierte, in der ich mich gezwungen sah, weinerliche Zeichen von Mitleid zu äußern oder überschwenglichen Trost zu verschenken. Es gibt Augenblicke, in welchen der Trost schnell in ein unverantwortliches Geschwätz umschlägt, und ich stand mittendrin in einem solchen Augenblick; ich biß die Lippen zusammen, um ja nicht das auszusprechen, was in meinem Kopf schrie.

Ratlos und auch ein wenig beschämt stand ich über einer nackten Frau im frischen Gras, ganz dicht am ruhigen Wasser des Flusses Eger. Das, was Iva von mir erwartete, konnte und wollte ich ihr nicht geben. Alles schien mir auch auf eine längst bekannte und gelesene Art zu verbraucht und abgedroschen: Der heiße Abend, der silberne Fluß, das dunkelblaue Licht, die Turteltauben und die nackte Frau im Gras.

Warum geschieht es mir und ausgerechnet mit Iva? Das haben weder ich noch Iva verdient. Warum habe ich so etwas nie mit Marie Holečková erlebt, diesem verschleierten Luder, das ich wirklich liebte? Und warum liebt mich Iva, wenn sie mich wirklich liebt? Ich verneigte mich vor ihr, denn eine tiefe Verneigung hat sie verdient.

»Liebe Iva, ich danke dir! Es war wunderschön von dir. Das werde ich dir nie vergessen.«

Es war Zeit für mich in die Kaserne zurückzukehren.

Ich ließ Iva nackt im Gras liegen.

Zwei Jahre später, ich war einen Monat in Zivil, ließ mich Iva Čemusová wissen, daß sie von mir einen Sohn gekriegt hat, daß Karel das Laufen lernt, daß sie mich unbedingt heiraten und zu mir nach Prag ziehen will.

Ich fuhr nach Kadaň; wir trafen uns in der Kneipe Zum grünen Baum. Nach zwei Jahren habe ich Iva nicht erkannt: Ich sah vor mir eine abgerackerte junge Frau. Ihr Haar war pechschwarz gefärbt, ihre Hände rot angelaufen, ihre Augen waren unruhig und feucht.

Iva legte in mich ihre allerletzte Hoffnung auf ein Entkommen aus dem verzweifelten Kadaň, einer Stadt, in der es nichts gab als nur eine Kaserne, eine Keramikfabrik und am Horizont schwarze Staubwolken über dem Braunkohlerevier bei Chomutov (Komotau). Ich mußte sehr viel Mut aufbringen, um ihr zu sagen:

»Liebe Iva, die unbefleckte Empfängnis fand nur einmal statt. Sie hat sich seit Marias und Josefs Zeiten niemals mehr wiederholt. Und du weißt genau, daß ich nicht der Vater deines Sohnes bin.«

Ich stand auf und verließ ohne Gruß, nicht erleichtert, im Gegenteil mit dem bitteren Gefühl eines Sünders, die Kneipe Zum grünen Baum.

Iva Čemusová habe ich danach niemals wiedergesehen.

In der heißen Nacht, an deren Anfang ich Abschied von Iva nahm, wurde im Duppauer Gebirge wieder mit tödlichem Ernst und scharfer Munition der Angriff auf Nürnberg inszeniert. Raketen stiegen auf, das Dröhnen der Geschütze schien nach Mitternacht immer näher zu kommen. Ich konnte nicht einschlafen und mußte immer wieder an Ivas nackten Körper im Gras am Ufer des Flusses und an die Demütigung, die ich ihr zugefügt hatte denken, als ich es ablehnte, mit ihr ein neues Leben anzufangen und sie aus Kadaň ins wunderliche Prag herauszuführen.

Iva liegt hinter mir, und ich fange einen neuen Lebenslauf an. Ich weiß zwar noch nicht wie, es wird sich schon zeigen, sagte ich mir. Mein vergangenes Leben, das am 14. April vor einem Jahr begann, als ich Prag mit dem Einberufungsbefehl in der Tasche nach Libavá, ein weißes Loch auf der Landkarte meiner Heimat, verließ, war damit abgeschlossen.

Der 13. Juli 1951, Vater Bohumils sechsundvierzigster Geburtstag, schien für meinen Neuanfang günstig: Ich habe mit Iva Schluß gemacht, Vater Bohumil war fünf Monate tot, er war für mich kein Hindernis mehr, er stand mir nicht mehr im Wege, ich kannte seine Fehler und Mißgeschicke und war fest davon überzeugt, daß ich sie in meinem Leben nie wiederholen werde.

Was waren das für verrückte Jahre mitten im zwanzigsten Jahrhundert, über die ein Bürger, wenn er seine Vergangenheit zurückholen will, die halbe Wahrheit oder die halbe Lüge nur aus Lebensläufen erfährt, die für ihn Spitzel, Agenten und Offiziere der geheimsten Geheimdienste schrieben? Über das, was mit ihm geschah oder wie er und sein Leben von geheimnisvollen Offizieren der Staatssicherheit oder des militärischen Nachrichtendienstes manipuliert wurde, wie man ihm Angst einjagte und wie einfach es für die Genossen war, ihm sein Rückgrat zu brechen, darüber erfährt er aber nicht einmal aus geheimen Akten des unheimlich geheimen politischen Überwachungs- und Vergewaltigungssystems die volle Wahrheit, sondern nur eine von einem perversen Machtapparat mehrmals verdrehte Pseudowahrheit.

Ich lese Namen von Offizieren und Agenten; sie jagen mir heute noch Angst ein, sie rauben mir den Schlaf. Sie, die Namen ohne Gesichter, die bösen Geister, beherrschen meinen von ihnen ab dem 13. Juli 1951 geschriebenen, siebenten Lebenslauf. Sie bemächtigten sich meines Lebens; mein wirkliches Leben war für sie Nebensache.

Nicht ich, sondern sie bestimmten, was ich damals gewesen bin, sie manipulierten mein Schicksal aus einem geheimnisvollen Hintergrund so, wie es ihnen und den (ich zitiere meinen Untersuchungsreferenten im Gefängnis Prag-Ruzyň, Leutnant Václav Mlejnek) gegebenen politischen Zuständen paßte.

Absurder konnte mein siebenter Lebenslauf nicht beginnen: Ich trat in mein Leben nach dem 13. Juli 1951 als ein britischer Agent ein. Jirka Nezbeda, mein guter Freund, hatte sich in seinem letzten verrückten Spiel für mich diese Rolle ausgedacht.

In Karel Holoubeks zahlreichen Berichten, die er ab Mai 1951 regelmäßig seinem Vorgesetzten Oberst František Fic über Jirka Nezbeda vorlegte, erkenne ich Jirka nicht. In die Denunziationen des Agenten übersetzt spricht und handelt mein Freund nicht mehr wie ein normaler Mensch; er stößt nur kurze, für Holoubek wichtige Grundinformationen aus. Wenn man die Berichte des Agenten Karel Holoubek einzeln liest und ihre Zusammenhänge absichtlich nicht beachtet, dann sind sie eine Reihe von phantasmagorischen Kurzgeschichten über Begegnungen und Gespräche von zwei Menschen, die sich nicht leiden konnten, sich dennoch immer wieder konspirativ in der Parkanlage auf dem Prager Karlsplatz treffen und aus unbegreiflichen Gründen ständig dasselbe hirnrissige Gespräch führen. Als Ganzes ergeben Karel Holoubeks Berichte, die Oberst František Fic in seiner Handschrift am Rande kommentiert, das Bild eines großen, unsichtbaren Netzes, in dem auf der einen Seite Jirka Nezbeda zappelt und auf der anderen ich stecke, ohne zu ahnen, daß auch ich ins Netz geraten bin. Der große Irrtum von Jirka Nezbeda lag darin, daß er glaubte, sein von ihm inszeniertes Spiel fest im Griff zu haben.

Jirka Nezbedas absurde Komödie mit tragischem Ende begann im Mai 1951.

Der Agent namens Holoubek berichtet im Mai 1951, daß ein gewisser Miroslav Hlava, wohnhaft in Prag, Dlouhá 23, mit eigentlichem Namen Jirka Nezbeda, seine Flucht zu den Amerikanern nach Bayern vorbereitet, denn er sei in der Tschechoslowakei unzufrieden und wolle nach Amerika.

Der Agent im Dienst von Oberst Fic war bereit, meinem Freund zu helfen, verlangte jedoch für seine Fluchthilfe 50 000 Kronen. Ende Mai 1951 meldet Agent Holoubek seinem Vorgesetzten, er gewinne immer mehr Jirka Nezbedas Vertrauen und habe von ihm für seine ihm angebotene Fluchthilfe die vereinbarten 50 000 Kronen bereits kassiert. Oberst Fic, der sonst jede Mitteilung seines Agenten am Rande handschriftlich kommentiert und das weitere Vorgehen anordnet, übergeht die von Holoubek abkassierten 50 000 Kronen, damals ein kleines Vermögen, mit Schweigen. Karel Holoubek durfte das Geld höchstwahrscheinlich als Sonderhonorar behalten.

Nur der Allwissende weiß, warum mich mein bester Freund Jirka Nezbeda, damals Student der Medizin, mit der wunderschönen Aťa verheiratet (von der in der geheimen Akte kein Wort zu lesen ist), vor seinem vermeintlichen Fluchthelfer Karel Holoubek, der meinem Freund die Rolle eines in der Illegalität gegen die Kommunisten kämpfenden Bürgers vorspielte, für einen Agenten des britischen Geheimdienstes ausgab? Vielleicht wollte Jirka vor Holoubek mit seinem angeblichen Kontakt zu westlichen Geheimdiensten angeben, sich wichtig machen, vielleicht wollte er in seiner schon gespielten Komödie nachträglich noch einen Akt mit einem britischen Agenten in der Hauptrolle inszenieren.

Die Naivität meines Freundes, der sich auch noch einen neuen Namen zulegte und vor seinem vermeintlichen Freund, dem Agenten Holoubek, als Miroslav Hlava auftrat, war kaum zu überbieten.

War Nezbedas zweiter Name ein Teil seiner Komödie?

In der geheimen Akte lese ich eine handschriftliche Bemerkung, in der sich der Oberst des militärischen Nachrichtendienstes František Fic wundert, daß Hlava alias Nezbeda zwei Personalausweise, einen auf den Namen Miroslav Hlava, den zweiten auf den Namen Jirka Nezbeda besitzt. Der Oberst ordnet eine geheimdienstliche Überprüfung des Falles mit den zwei Personalausweisen an, die nebenbei auch klären soll, ob Nezbeda alias Hlava nicht ein Agent der zivilen Staatssicherheit ist, was natürlich für seine Abteilung höchst peinlich wäre.

Nezbedas alias Hlavas Überprüfung ergab, nachzulesen in Oberst Fic' Notiz vom 15. Juni 1951, daß weder Nezbeda noch

Hlava Agenten der zivilen Staatssicherheit sind. Die Klärung des geheimnisvollen Falles mit Miroslav Hlava war einfach: Miroslav Hlava war Nezbedas Cousin, ungefähr gleich alt und ihm ähnlich. Ab und zu durfte Jirka Nezbeda bei seinen zahlreichen Damengeschichten Hlavas Wohnung und auch seinen Personalausweis benutzen.

Mitte Juni 1951 soll Jirka Nezbeda alias Miroslav Hlava dem Agenten Holoubek mitgeteilt haben, ich zitiere:

Nezbeda möchte zwar in der Illegalität etwas gegen das kommunistische Regime unternehmen, habe aber keine Lust dazu, weil es ihm zu gefährlich ist. Er hat aber einen Freund, zur Zeit Soldat in Kadaň, und dieser habe eine direkte Verbindung zum englischen Geheimdienst. Nezbeda könnte mir, seinem neuen Freund (gemeint war Agent Karel Holoubek), auch als Gegenleistung für die versprochene Fluchthilfe Kontakt mit dem britischen Agenten organisieren.

Oberst František, von dem ich nur handgeschriebene Notizen lese, niemals etwas auf der Schreibmaschine getippt, bemerkt zu diesem Bericht:

Die Nachricht ist wahr, es handelt sich um keine Provokation und auch um keine Aktivität der zivilen Staatssicherheit.

Oberst Fic gibt seinem Agenten Karel Holoubek den Befehl, Nezbedas Vertrauen zu gewinnen und den Namen des britischen Agenten aus ihm herauszubekommen. Schon am 13. Juli 1951 meldet Agent Holoubek seinem Vorgesetzten Oberst František Fic:

Er, Holoubek, habe mit Nezbeda, der ihn für den Angehörigen einer illegalen Gruppe hält, auf einer Bank auf dem Karlsplatz gesprochen, und Nezbeda hat ihm den Namen des Agenten des britischen Nachrichtendienstes mitgeteilt: Es ist sein Freund Ota Filip, Soldat in Kadaň. Am 17. Juli 1951 soll Filip Nezbeda in Prag besuchen.

Oberst František setzt am selben Tag alle Hebel des militärischen Geheimdienstes in Bewegung und legt eine weitere Akte Ota Filip, britischer Spion, an. Mit der Hand notiert er (er schrieb offensichtlich nicht mit einem Füllhalter, sondern mit einer Stahlfeder) Angaben über mich: Ota Filip, geboren am 9.3.1930, war bis zur Einberufung zum Militärdienst in Prag 11, Rokycanova 14, polizeilich gemeldet. Sein Vater, Bohumil Filip, gestorben 1951, war Deutscher, Filip ist seit dem 20.4.1950 tschechoslowakischer Staatsbürger, von Beruf Sekretär bei *Mladá fronta*.

Oberst Fic ordnet mit der Schönschrift eines altgedienten Beamten an, Filips Korrespondenz sofort zu überwachen, sein Treffen mit Jirka Nezbeda am 17. Juli 1951 durch einen Fotografen abzusichern und zu dokumentieren, so wie auch, für alle Fälle, konspirativ feszustellen, ob Ota Filip tatsächlich als Soldat in Kadaň seinen Dienst tut.

Alle Befehle werden prompt durchgeführt; per Fernschreiben bestätigt der Agent Gigant 16, daß Soldat Ota Filip tatsächlich in Kadaň seinen militärischen Dienst als Soldat des 59. PTP ableistet. Agent Holoubek meldet schriftlich am 19. Juli 1951: Jirka Nezbeda, alias Hlava, hat mir heute erneut mitgeteilt, daß Soldat Ota Filip, von Beruf Sekretär der Sportredaktion von *Mladá fronta*, Mitglied des britischen Geheimdienstes ist.

Der Kreis, aus dem es in der Zeit des hysterischen kalten Krieges und des verrückt spielenden Klassenkampfes kein Entkommen gab, hatte sich geschlossen. Ich saß in einer Falle und wußte es nicht.

Und was tat Soldat Ota Filip in diesen Tagen des heißen Sommers 1951, als ihn sein bester Freund zum Agenten des britischen Geheimdienstes erhob? Ota Filip hatte von der Aufregung, die Jirka Nezbeda mit seiner sensationellen Enthüllung in den höchsten Kreisen des militärischen Nachrichtendienstes in Prag verursachte, keine Ahnung. Er und zwanzig Soldaten des

59. PTP waren damit beschäftigt, ihr Arbeitssoll bei der Aushebung und Sanierung der neu entdeckten Senkgrube zu erfüllen.

Das absurde Spiel, das sich Nezbeda ausgedacht hatte, wuchs meinem Freund jedoch allmählich über den Kopf, die Regie glitt ihm aus der Hand, aber Jirka spielte weiter. Immer wieder mußte er neue Ausreden dafür finden, weshalb der britische Agent Ota Filip nicht zum mehrmals schon fest verabredeten Treffen nach Prag kam, warum er, Nezbeda, selbst nicht nach Kadaň fahren konnte, um den Kontakt zwischen dem antikommunistischen Untergrundkämpfer Karel Holoubek und mir, dem britischen Topagenten, herzustellen.

In seiner Verzweiflung, von Holoubek mächtig unter Druck gesetzt, stürzte sich Jirka Nezbeda noch tiefer in sein verrücktes Spiel und begründete die Tatsache, daß Filip nicht nach Prag kam, zuerst mit meiner Erkrankung und dann mit der phantasmagorischen Geschichte von vierzig englischen, schwer bewaffneten Fallschirmspringern, die der Agent Ota Filip nach Mähren begleiten muß, um sie dort bei verläßlichen Leuten unterzubringen.

Ota Filip war in Kadaň kerngesund; von den vierzig englischen Kämpfern, die mit Fallschirmen abgesprungen sind, um das kommunistische System zu stürzen, hatte er keinen blassen Schimmer.

Im geheimen Agentenbericht A, Teil 1/658, vom 24. Juli 1951 kommentiert Leutnant Oldřich Hrubý für seinen Vorgesetzten Oberst František Fic die Tatsache, daß Nezbeda, ein Student der Medizin, alias Hlava, zwei Personalausweise und zwei Wohnungen, eine in der Žitná- und die zweite in der Dlouhá-Gasse besitzt, ziemlich mißtrauisch und schreibt: Dieser Nezbeda führt aller Wahrscheinlichkeit nach die gesamte Abteilung P des militärischen Nachrichtendienstes an der Nase herum. Leutnant Hrubý empfiehlt, die ganze Sache abzublasen.

Leutnant Oldřich Hrubý ist jedoch der einzige, der in seinen zwei Kommentaren zum Fall Nezbeda alias Miroslav Hlava und britischer Agent Ota Filip seine Zweifel an der Geschichte äußert. Er muß bei seinem Vorgesetzten Oberst František Fic, der sich am Soldaten Ota Filip als britischen Agenten festklammerte, in Ungnade gefallen sein, denn der Name des skeptischen Leutnants kommt nach dem 24. Juli 1951 in den Akten nicht mehr vor.

Im Bericht vom 1. August 1951, mit der Überschrift »Filip Ota, Soldat, und Jirka Nezbeda, illegale Betätigungen«, ist dem Oberst František Fic die Geduld mit Nezbeda ausgegangen, und er setzt meinem Freund, der immer noch glaubt, sein Spiel fortsetzen zu können, ein Messer an die Gurgel: seinen zweiten Agenten, der unter dem Namen Vilém Dovara agiert und angeblich (so steht es in der Akte) in Prag-Košíře, Pod Kotlářkou 2218 wohnen sollte.

Karel Holoubek organisiert auf dem Karlsplatz ein konspiratives Treffen und stellt meinem Freund Jirka Nezbeda Vilém Dovara als den Topagenten einer Prager antikommunistischen Organisation vor und äußert den Wunsch, ihn, Dovara, mit Nezbedas Hilfe mit dem britischen Agenten Ota Filip zusammenzuführen, denn es stehen große Sachen auf dem Spiel, und die zwei Topagenten müssen zusammenarbeiten.

In weiteren Berichten der Agenten Holoubek und Dovara geht es eine Woche lang hektisch und nicht ganz übersichtlich zu. Beide Agenten drängen Jirka Nezbeda alias Miroslav Hlava, den britischen Agenten Filip endlich zu einem Treffen nach Prag zu holen oder gemeinsam mit Vilém Dovara nach Kadaň zu fahren, um die zwei Spitzenmänner des Widerstandes, den britischen Agenten und den Prager Untergrundkämpfer, miteinander bekannt zu machen.

Die Lage wird für Jirka Nezbeda immer prekärer. Er aber, der die Realität immer noch nicht respektiert, ahnt nicht, daß die

Schlinge, die er sich selbst mehrere Monate lang geflochten hat, über seinem Kopf schwebt. Und was mit meinem Kopf und mit mir passiert, das hat mein Freund Jirka Nezbeda, der leichtsinnige Spieler, nicht bedacht.

Wenn ich heute die Berichte der Agenten Holoubek und Dovara, ergänzt durch die Erkenntnisse des militärischen Nachrichtendienstes, Abteilung P, und der Zweigstellen in Aussig und Karlsbad lese, die Oberst František Fic mit einer bürokratischen Präzision bearbeitete, die bei einem Parteigenossen nicht üblich war, dann ist mir klar: Jirka Nezbeda war am Ende. Das einzige, was ihn noch gerettet hätte, wäre Ota Filip als ein echter Agent seiner Majestät, des Königs von Großbritannien.

Wie ein gejagter Hase schlägt Jirka Haken und behauptet vor Holoubek und auch vor Dovara, daß ich zwar nach Prag gekommen sei, aber er, Nezbeda, hätte den mit Holoubek per Telefon abgesprochenen Treffpunkt und die Zeit falsch verstanden und mit mir schon am Dienstag um achtzehn Uhr, anstatt am Donnerstag um zwanzig Uhr, auf dem Karlsplatz vergeblich auf Holoubek oder Dovara gewartet.

Da platzte dem Oberst František Fic zum zweitenmal der Kragen: Am 8. August 1951 läßt er Jirka Nezbeda alias Miroslav Hlava verhaften. Im Bericht A, Teil 1/783, zitiert er die Sätze, die Jirka gesagt haben soll und unterschrieben hat:

Jirka Nezbeda tat es leid, daß er Ota Filip, einen Menschen kennengelernt hat, der bereit ist, die schmutzige Arbeit eines britischen Agenten zu machen. Aber Menschen, die davon überzeugt sind, daß es in der Tschechoslowakischen Republik zu einem Umsturz kommt, irren genauso gewaltig wie jene, die glauben, daß die Genossen von der Staatssicherheit taub und blind sind.

Mein Freund Jirka Nezbeda versuchte, schon hinter Gittern, sein Spiel, das bereits eine Tragödie war, fortzusetzen. Heute kann ich mir den letzten Akt aber vorstellen: Zusammengeschlagen, gedemütigt und eingeschüchtert, war er bereit, wie unzählige vor und nach ihm, alles auszusagen und jedes Hirngespinst, das Oberst František Fic in sein Spiel paßte, zu gestehen.

Was war das für ein Mensch, dieser Genosse František Fic, Oberst des militärischen Nachrichtendienstes, der irgendwo in einem geheimen Bürogebäude in Prag saß, erreichbar nur durch militärische Fernschreiber, durch Telefone, deren Nummern nur seine Agenten Karel Holoubek und Gigant 16 und Duše 16 kannten?

Die Handschrift des Oberst des tschechoslowakischen militärischen Nachrichtendienstes erinnert mich an die Schönschrift eines gewissen Majors der österreichischen k.u.k.-Armee Heinrich Moser, der meinem Großvater, dem Gefreiten Antonín Filip, am 12. November 1918 in Toblach in der Entlassungsurkunde aus des Kaisers Diensten bestätigt, Gefreiter Antonín Filip habe ehrlich gedient und wird in Ehren aus der Armee entlassen. In seiner Handschrift verwendete Major Heinrich Moser dieselben Schattierungen wie mehr als dreißig Jahre später Oberst František Fic in Prag. Die großen Buchstaben F, P, R und S schreibt Fic im Sommer 1951 genauso wie Moser im November 1918, also auf die gleiche in der Zeit der österreichischen Monarchie verwendete Art, wie sie junge, österreichische Offiziere, Absolventen der Militärakademie in Wiener Neustadt, zwei Jahre lang lernen mußten.

Und Oberst František Fic, das habe ich im Spätherbst 1998 feststellen können, war Absolvent der Militärakademie in Wiener Neustadt.

Drei Jahre nach dem kommunistischen Umsturz und der totalen Machtergreifung der Kommunistischen Partei im Staat im Februar 1948 hatten es ergebene Marxisten und Arbeiterkader bis zu Direktoren von Fabriken und zu hohen Funktionären im Staatsdienst gebracht. Offiziere und Unteroffiziere, die im tschechoslowakischen Armeekorps in der Sowjetunion dienten, waren drei Jahre nach dem kommunistischen Putsch, wenn sie es ablehnten, den Marxismus-Leninismus als die einzig wahre Lehre zu akzeptieren, entweder als Klassenfeinde im Knast oder kaltgestellt; wenn sie sich ideologisch gefestigt und klassenbewußt gaben, studierten sie an den militärischen Hochschulen in Moskau, waren hohe Offiziere oder schon Generäle.

Oberst des militärischen Nachrichtendienstes František Fic war aber kein Emporkömmling, den erst der kommunistische Umsturz im Jahr 1948 und die Gunst der KPTsch in den höchsten Rang, den ein tschechoslowakischer Nachrichtenoffizier damals erreichen konnte, emporgeschleudert hatte. Dieser Offizier, der ab 13. Juli 1951 meinen siebenten Lebenslauf schrieb, war ein Nachrichtenoffizier von Beruf, ein Profi. Seine Karriere begann er als Absolvent der Akademie in Wiener Neustadt im Jahr 1917 als Leutnant des militärischen Nachrichtendienstes in Roveretto. Nach dem Zusammenbruch Österreich-Ungarns Anfang November 1918 wurde František Fic als Oberleutnant des militärischen Abschirmdienstes in die tschechoslowakische Armee übernommen; am 15. März 1939, als Hitler Prag besetzte, wurde der fünfundvierzigjährige Kapitän František Fic, Fachmann für die Enthüllung von Verschwörungen und Spionage innerhalb der Armee, aus der aufgelösten tschechoslowakischen Armee als Frührentner entlassen. Hitlers, Heydrichs und auch Karl-Hermann Franks Protektorat Böhmen und Mähren überlebte der zurückgezogen lebende Frührentner Kapitän a.D. František Fic von den Deutschen in Ruhe gelassen.

Nach der Befreiung im Mai 1945 hatte der Frührentner František Fic, Nachrichtendienstler mit Erfahrung in einer kaiserlichen und in einer demokratisch-republikanischen Armee, die richtige Witterung und trat im Sommer 1945 in die Kommunistische Partei ein. Aufgrund seiner Erfahrungen, die er schon als Nachrichtenoffizier der österreichisch-ungarischen Armee im Dienst für Kaiser und Vaterland und dann im tschechoslowakischen militärischen Nachrichtendienst für seine obersten Chefs, die demokratischen Präsidenten T. G. Masaryk und Dr. Edvard Beneš, gesammelt hatte, half er der erneuerten tschechoslowakischen, diesmal proletarisch-sozialistischen Armee, den militärischen Nachrichtendienst aufzubauen, um Feinde, Spione und sonstiges imperialistisch-kapitalistisches Lumpenpack erfolgreich bekämpfen zu können.

Ein Jahr nach dem kommunistischen Putsch, am 9. Mai 1949, wurde Kapitän František Fic zum Stabskapitän, ein Jahr später für seinen erfolgreichen Kampf gegen Klassenfeinde in der Armee mit dem Klement-Gottwald-Orden ausgezeichnet und zum Oberst befördert.

Ein Problem wurden ab Januar 1951 für Oberst František Fic vier sowjetische Berater, Offiziere des damaligen sowjetischen Innenministeriums, die ihm in seiner Abteilung für die Entlarvung von feindlichen Elementen und Spionen helfen sollten, den Kampf gegen diese, von westlichen Imperialisten bezahlten Agenten zu intensivieren.

Der Armeehistoriker Major Dr. Jan H.[109] ist der Meinung, daß Oberst František Fic, von sowjetischen Beratern unter Druck gesetzt, sich auf Nezbedas Aussagen, die er, der erfahrene Nachrichtendienstler, für verrückt halten mußte, aus einem einfachen Grund stützte und festklammerte: Vor den sowjetischen Beratern, die ab Februar 1951 in seiner Abteilung das Sagen hatten, mußte er seine Wachsamkeit beweisen und Erfolge im Kampf gegen westliche Spione vorweisen. Deswegen kam ihm der Bericht seines Spitzels Karel Holoubek, in dem er aufgrund von Nezbedas vertraulicher Mitteilung den Soldaten Ota Filip als britischen Agenten entlarvte, sehr gelegen. Oberst Fic konnte nun den Sowjets seine Fähigkeiten und Erfahrung als Nachrichtenoffizier vorführen und sein Spiel mit Nezbeda, Holoubek, Dovara und dem britischen Agenten Ota Filip beginnen.

Major Jan H., der Historiker, ließ mich wissen:

»Eines dürfen Sie, Herr Filip, nicht vergessen: Ab März 1951 hat ein ganzer Haufen von sowjetischen, allmächtigen Beratern, die ihre Befehle ausschließlich aus Moskau erhielten, auf eigene Faust überall in der Tschechoslowakei, in der Armee, in der Staatsverwaltung und auch im Zentralkomitee der Kommunistischen Partei Agenten entlarvt und dem Henker übergeben, so auch zum Beispiel den Generalsekretär der KPTsch Rudolf Slánský und zehn führende Genossen der Kommunistischen Partei. Als ehemaliger Nachrichtenoffizier von zwei bourgeoisen Armeen mußte Oberst František Fic den Sowjets von Anfang an als ein verdächtiges, vom Standpunkt des Klassenkampfes gesehen unzuverlässiges Element erscheinen. Oberst Fic war bestimmt klug und vorsichtig und wußte, daß es auch bei ihm um Kopf und Kragen gehen könnte. Schon in seinem eigenen Interesse mußte er auch seine künstlich produzierten Agenten, nichtsahnende Bürger, pflegen und züchten. Unter keinen Umständen durfte er zugeben, das hätte für ihn verheerende Folgen gehabt, daß er Nezbedas absurdem Hirngespinst auf den Leim gegangen war. Wenn Oberst Fic schon einmal einen Agenten oder Spion im Netz hatte, dann konnte er ihn, von Stalins Gorillas mißtrauisch beobachtet, nicht fallenlassen und melden, tut mir leid, ich habe mich geirrt, sondern mußte auch seine selbst produzierten Spione, ob sie wirkliche Spione waren oder nicht, das spielte dabei nicht die entscheidende Rolle, lebenslänglich ins Gefängnis schicken oder an den Galgen bringen.

Die Angst bestimmte und beherrschte Anfang der schrecklichen fünfziger Jahre nicht nur das Denken und Handeln der Verfolgten, sondern auch der Verfolger. Oberst Fic hat mit Ihrem Freund Nezbeda eine Gemeinsamkeit: Beide gruben sich ihre Fallen, in denen sie ein Ende fanden, selbst.«

Am 15. August 1951 – das Datum vergesse ich nicht, weil mein Freund Pavel Boňko, der tief und überzeugt gläubige katholische Christ, sich weigerte, am Feiertag der heiligen Mutter Gottes zu arbeiten und hinter einem Haufen Erde versteckt immer wieder betete – sah ich, ohne zu ahnen, was ich sehe, eines der Gesichter meines Unglücks, den Agenten Vilém Dovara.

Wir, zwanzig Schwarze, waren gerade dabei, Kanalisationsröhren aus Beton so zu legen, daß man uns nicht wegen Sabotage vors Militärgericht stellt, da kam in Begleitung eines Soldaten unser Kommandant Oberfeldwebel Jan Dzurenko zu unserer Arbeitsgruppe und hielt eine kurze Rede:

»Genossen, ich stelle Ihnen einen neuen Mitarbeiter vor, Soldat Vilém Dovara, ein ehemaliges bourgeoises Element. Aber was war, das war, jetzt gehört er zu uns, den Werktätigen.«

Ein Teil meines siebenten Lebenslaufes, den mir, wie ich erst im Herbst 1998 aus meiner Stasiakte erfahren konnte, Oberst František Fic bescherte, grinste uns an und rauchte eine Zigarette. Er sprach Prager Slang. Sein Haar war nach der damaligen Mode kunstvoll hochgekämmt, ich glaube sogar ein wenig braun gefärbt. Die Zigarette hielt Dovara, und das fiel mir auf, zwischen dem Daumen und dem kleinen Finger; seine Fingernägel waren gepflegt. Vilém Dovara reichte jedem von uns die Hand; sie war knochig hart und kalt.

Achtundvierzig Jahre später fand ich in meinem siebenten Lebenslauf, angelegt vom Oberst des tschechoslowakischen militärischen Nachrichtendienstes František Fic, dessen handschriftlichen Befehl vom 10. August 1951, ich übersetze genau:

»Sache: Filip Ota – Besetzung.

Heute habe ich die persönliche nachrichtendienstliche Besetzung des Soldaten Fillip Ota angeordnet, Post, persönliche Beziehungen, Überwachung in der Kaserne, in der Freizeit, Ausgang und Urlaub. Oberst Fic.«

Oberst František Fic schrieb in der zweiten Zeile seines Befehls meinen Familiennamen Filip mit zwei l. Ich kann mir diesen Fehler des sonst so sorgfältigen Schreibers nicht erklären. Der Oberst beherrschte die tschechische Orthographie, er gab sich große Mühe, alles über den vermeintlichen britischen Topagenten, den Soldaten Ota Filip zu erfahren. Er ließ sich aus Kadaň per Fernschreiben sogar die Abschriften von Briefen meiner Mutter schicken und studierte sie sorgfältig. Er kannte mich und meine Familie sehr gut, und dennoch schreibt er, als er den Befehl zu Vilém Dovaras Einsatz in Kadaň erteilt, meinen Namen falsch.

Was ist wohl am 10. August 1951, als Oberst Fic plötzlich meinen, ihm vertrauten Namen Filip mit zwei l, also Fillip schreibt, passiert? Eine wahrscheinliche Erklärung, wenn es überhaupt eine gibt, hat mir für Oberst Fic' Irrtum der Historiker Dr. Jan H. angeboten:

Oberst František Fic könnte am 10. August 1951 in Panik geraten sein. Die eilige Verhaftung von Jirka Nezbeda, den er so plötzlich aus dem Verkehr zog, und der Entschluß, seinen Agenten Dovara nach Kadaň zu schicken, kamen nicht von ungefähr. Eines fällt in der Akte Fic auf: Ab Mitte August 1951 befindet sich Oberst František Fic auf dem Rückzug, er macht sich kleiner, seine klassenkämpferischen Aktivitäten lassen nach.

Den Fall des vermeintlichen britischen Spions Ota Filip gibt er an die für Kadaň zuständigen militärisch-nachrichtendienstlichen Zweigstellen in Aussig und Karlsbad ab. Seine Kommandozentrale in Prag fungiert danach nur als Koordinator. Oberst František Fic, die graue Eminenz des tschechoslowakischen militärischen Nachrichtendienstes, ein Offizier mit Erfahrung aus drei Regimen, von den Habsburgern bis zu Stalin, der wesentlich an der beschämenden, vom militärischen Nachrichtendienst inszenierten Entlarvung des am 21. Juni 1949 in Pilsen hingerichteten Spions, der kein Spion war, des Generals

Heliodor Pika mitwirkte, verschwindet allmählich aus den Akten.

Am 1. November 1952 wurde Oberst František Fic mit achtundfünfzig Jahren in den Ruhestand geschickt und kam im Dezember desselben Jahres bei einem Verkehrsunfall auf der Landstraße bei Poděbrady ums Leben. Viele der tschechoslowakischen Nachrichtenoffiziere in Fic' Alter, seines Kalibers und Werdegangs kamen nach 1952 zu oft an plötzlichem Herz- oder Gehirnschlag oder bei Verkehrsunfällen, auch wenn sie kein Auto und kein Motorrad fuhren, ums Leben.

Sein Tod war mysteriös, Anfang der fünfziger Jahre jedoch fast schon nur eine verkehrspolizeiliche Lappalie: Oberst a.D. František Fic wurde am 4. Dezember 1952 um 07.30 Uhr, als er auf seinem Fahrrad auf der Landstraße von Písková Lhota Richtung Přední Lhota bei Poděbrady fuhr, von einem Lastwagen, der nicht identifiziert werden konnte, weil der Fahrer nach dem Unfall Fahrerflucht beging, umgestoßen und auf der Stelle getötet.

Auf die Frage, wie Oberst a.D. František Fic, der in Prag wohnte, im frostigen Dezember 1952 auf einem Fahrrad auf eine Landstraße bei Poděbrady kam, teilte mir der Historiker, Major Dr. Jan H., mit: Auf diese Frage gibt es keine Antwort, und es wird auch keine mehr geben.

Mein längster Traum kam in jenen Nächten, wenn die Panzersoldaten aus Kadaň in dem unweiten Gebirge von Duppau aus allen Rohren so heftig schossen, daß die Fensterscheiben über meinem Kopf in hohen Tönen vibrierten und bei dumpfen Aufschlägen der schweren Artillerie laut klirrten.

Ich stand auf dem Vorderdeck eines großen Schiffes mitten im Atlantischen Ozean. Unter meinen Sohlen fühlte ich ein Beben und ein Biegen, ein Zittern und ein Vibrieren. Im Innern des Kolosses dröhnten die Maschinen. Vom scharfen Gegenwind aufgewirbelte Spritzer des kalten Salzwassers schlugen in mein

Gesicht. Die Schatten von eleganten, nach Reichtum glitzernden Damen und befrackten Herren glitten und schaukelten im Tanz über die schneeweißen Vorhänge.

Meine Mutter war auch da. Nach dem Dessert sang sie, lässig an einen schwarz glänzenden Flügel gelehnt, wunderschöne Lieder in einer Sprache, die ich nicht verstand. Dann tanzte sie, betont lustlos, mit Vater Bohumil, der in seinem engen Frack, ausgeliehen im Mährisch Ostrauer Opernhaus, schwitzte.

Ich saß in meinem ersten Jackett, einem Geschenk des jüdischen Kaufhausbesitzers Nathan Rix, und in meiner ersten richtigen langen Hose am fein gedeckten Tisch und gab mir Mühe, meine Sahnetorte artig, wie es sich für brave und erzogene Kinder gehört, in kleine Stücke zerteilt von einer silbernen Gabel ohne Hast in meinen halboffenen Mund zu stecken, was mir auch in meinen Träumen niemals gelang. Kurz bevor ich ein Stück Sahnetorte zwischen meinen Lippen festhalten wollte, rutschte es mir von der Gabel und fiel auf meine graue Hose. Ich versuchte meinen Schoß unter dem Samt der Tischdecke zu verstecken, aber die Tischdecke war nicht lang genug.

Was mache ich nur, wenn ich jetzt aufstehen muß, wenn mich eine von den wunderschönen Damen um einen Tanz bittet? Mit der Serviette krieg' ich die Sahne von der Hose nicht weg!

Und da kam sie auch schon, meine Nachtfee, in glitzernde Brillanten gekleidet und mit einem glühend roten Diadem aus nußgroßen Rubinen im Haar. Ihre hellroten Handschuhe reichten ihr bis über die Ellbogen. Das einzige, was mir an der Dame Schrecken einjagte, war die Tatsache, daß sie keine Lippen hatte. Die anderen Damen hatten ihre Lippen herausfordernd und auffällig lila oder rot geschminkt, nur Elvira, so stellte sie sich mir vor, kniff ihre mit einer farblosen Haut bezogene Unter- und Oberlippe zusammen.

»Schenken Sie mir den folgenden Walzer, junger Mann?«

Ich erhob mich vom Stuhl, und im Augenblick, als ich mich

vor der glitzernden Dame verneigte, bin ich erwachsen geworden. Beim Tanz, als sie mir auf meine banalen Fragen immer nur mit Ja oder Nein antwortete, öffnete sie nicht ihren Mund, sondern spannte wie ein Bauchredner ihre Bauchmuskeln. Dennoch hatte Elvira eine wunderschön sanfte und einschmeichelnde, allerdings ein wenig zu laute Stimme.

Mein Frack saß tadellos, mein Haar, sonst zerzaust, blond und lockig (meine Mutter hat es mir, bevor sie mit Vater Bohumil aufs Parkett ging, wie immer mit ihrer Spucke angefeuchtet und mit der Hand geglättet, wofür ich sie haßte), war elegant gekämmt, meine Fingernägel waren sauber. Ich fühlte mich wichtig und sprach fließend, ohne zu stottern und sogar so witzig, daß Elviras Bauchmuskeln leicht bebten. Die Musik spielte immer leiser. Den Bläsern ging die Luft aus, die Finger der Streicher verkrampften, die Klarinetten piepsten nur, und als der schwarzhaarige Mann mit dem Gesicht eines Grobians an der Trommel den Tanz mit einem Schlag beendete, verneigte ich mich vor Elvira, bedankte mich und lud sie zum Champagner ein.

Meine Eltern habe ich aus den Augen verloren.

Erst kurz vor Mitternacht sah ich Vater Bohumil und Mutter Marie still und unbewegt am schon abgeräumten Tisch sitzen. Ein großes Stück Sahnetorte lag auf einem Teller vor meinem Stuhl, auf den der Ober schon vorher ein hohes Kissen legen mußte, damit ich, weil ich am Anfang des Abends noch nicht erwachsen war, das Besteck und die Teller erreichen konnte.

Die Mutter war eine Greisin mit einem grausam zerfurchten Gesicht; in jeder Furche, in jedem Riß und in jedem Einschnitt ihrer Haut nistete sich Angst vor dem Tod ein. Vater Bohumil war bereits tot; er saß steif da. Aus der schlampig zugenähten Narbe hinter seinem linken Ohr fielen Holzspäne und Stücke von Holzwatte auf die Schulter seines schwarzen Anzuges, in dem er am 3. Februar 1951 begraben wurde.

Im hellblauen Tanzsaal, der mich an den Himmel erinnerte, war es mir zu heiß, zu eng und zu langweilig geworden. Ich ging die steile Treppe auf das Vorderdeck hoch, wie schon in den für mich enttäuschenden Nächten zuvor, um mein Traumziel nicht zu verpassen, bis es aus der Dunkelheit auftaucht: Die hell erleuchtete Freiheitsstatue vor New York, das Ziel meiner Sehnsucht nach Freiheit und Befreiung.

Gegen den salzigen Wind schrie und sang ich in englischer Sprache und mit einem echt amerikanischen Akzent, den ich überhaupt nicht beherrschte, Verse von Walt Whitman, die ich irgendwann flüchtig gelesen und nicht ganz verstanden hatte, und ganze Passagen aus John Steinbecks Erzählung *Von Mäusen und Menschen*, einem Buch, das ich damals maßlos bewunderte und fast auswendig kannte, allerdings nur in tschechischer Übersetzung.

Ich muß im Schlaf zu laut geschrien haben, denn mein Nachbar links, Michal Hromjak, drückte seine schwielige Hand eines Bauern auf meinen Mund und Vilém Dovara, der nach Mitternacht ohne Zigarette nicht einschlafen konnte, blies mir eine Rauchwolke ins Gesicht.

»Halt schon endlich die Schnauze, Ota! Ich kann nicht schlafen!«

Michal Hromjak, der Slowake, beugte sich über mich.

»Wenn du schon im Schlaf quatschen mußt, dann bitte still und nicht englisch!«

Wie schon in den vergangenen Nächten verirrte sich mein Schiff im Atlantischen Ozean und brachte mich niemals in die hoffnungsvolle Sichtweite der New Yorker Freiheitsstatue. Und ich kehrte zurück nach Kadaň in den Schlafraum voll von Schnarchen und Furzen, von gedämpftem Stöhnen, von fremden Alpträumen, vom Blitzen und Dröhnen einer im Duppauer Gebirge mit allem tödlichen Ernst inszenierten Schlacht. Ich machte die Augen auf und sah über mir den glühenden Zigarettenstummel, Michals fest zusammengepreßte Lippen und fühlte den Druck seiner mit harten Schwielen bedeckten Handfläche auf meinem Mund.

»Ich halte es hier, auf der finsteren Kehrseite der Welt, nicht mehr aus. Jungs, ich muß weg von hier!«

Vilém Dovara und Michal Hromjak richteten sich auf.

Am südlichen Horizont stiegen über dem Duppauer Gebirge drei Leuchtrakten – grün, weiß, grün – auf.

Der nächtliche Durchbruch Richtung Nürnberg war erfolgreich abgeschlossen. Wie jede Nacht kurz vor drei oder um halb vier begann in den Bergen der Rückzug zu den Sammelpunkten.

Vilém drückte seinen Stummel auf der eisernen Kante meines Bettes aus.

»Darüber reden wir morgen«, sagte er.

Morgen war ein Sonntag, der erste im September 1951.

Die Stimmung in der Kneipe Zum grünen Baum war bedrückt. Uns, den Schwarzen, fehlten die Roten. Ohne Streiterei mit den Panzersoldaten, ohne daß wir, die Schwarzen, vor den Roten und ihren Mädchen angeben konnten – »Herr Ober, noch zehn Kognak für unseren Tisch! Herr Ober, noch eine Runde Bier, aber bewegen Sie sich ein wenig schneller!« –, gab es in der Kneipe für uns keinen richtigen Spaß. Aber nichts zu machen, die Amerikaner zeigten sich westlich von Eger wieder einmal in der Nähe der Grenze, unsere Roten hatten Gefechtsbereitschaft und saßen schon seit dem Vormittag in ihren T-34-Panzern mit laufenden Motoren.

Die Stimmung an unserem schwarzen Stammtisch in der unmittelbaren Nähe der Schenke schlug in dem Augenblick um, als einer von uns zehn oder zwölf schon von Bier und Schnaps angetrunkenen Arbeitssoldaten des 59. PTP seine Stimme erhob, den ganzen beschissenen, demütigenden Militärdienst verdammte und, wie in der tschechischen Sprache üblich, in den Arsch schickte.

»Und morgen stehe ich um sieben in der Früh wieder in der alten SS-Scheiße der Senkgrube! Also wenn ihr meine Meinung hören wollt, dann sag' ich euch, daß ich lieber noch heute als morgen von hier in den Westen abhauen möchte! Noch sind wir doch nicht ganz schlapp, noch können wir uns aufrichten und von hier verschwinden!«

Wer hat das mit einem halben Liter Bier drohend in der gehobenen Hand gesagt? Wer hat das ausgesprochen, was wir alle, die gedemütigten, die disqualifizierten Bürger und Soldaten der niedrigsten Klasse in der angeblich klassenlosen Gesellschaft gefühlt haben, was sich allmählich in uns, den Ohnmächtigen ohne Zukunft, in unseren Köpfen und in unseren Herzen als die große Sehnsucht ausbreitete?

Es war Vilém Dovara.

Keiner klatschte ihm Beifall; wir saßen stumm über unsere Gläser geneigt. Nach einer Weile hob einer von uns sein Bier.

»Darauf wollen wir trinken!«

Und wir tranken unsere Gläser leer; auch meine Kehle war ausgetrocknet.

Nach den verhängnisvollen Worten Flucht und Westen, die schon nur ausgesprochen Hochverrat bedeuteten, war nichts mehr zu sagen. Weitere Worte erübrigten sich, keiner wagte etwas hinzuzufügen. Jemand bestellte mit heiserer Stimme noch eine Runde Bier; ein anderer eine Runde doppelten Korn.

Der Wirt, wir nannten ihn Venca[110], stellte eine Reihe von Gläsern unter den Zapfhahn.

»Das Bier kriegt ihr noch, aber den Schnaps nicht mehr. Ist halb zehn, Zeit für euch, in die Kaserne abzumarschieren! Um zehn mache ich dicht. Und merkt euch, ich habe nichts gehört! Wenn es darauf ankommen sollte, dann habe ich nur gesagt, daß kein Brei so heiß gegessen wie er gekocht wird. Und außerdem bin ich plötzlich schwerhörig geworden, gleich morgen gehe ich zum Arzt.«

Auf dem nächtlichen Heimweg in die Kaserne außerhalb der Stadt sprachen wir leise über unseren Traum, der nicht ganz hundert Kilometer Luftlinie westlich von Eger begann: der Westen.

Von früh bis in die Nacht Boogie-Woogie, Coca-Cola in Strömen, Kaugummi, US-Zigaretten. Zuerst natürlich New York und dann nichts wie weg nach Texas! Zwei locker hängende Colts an den Hüften, ein Pferd und Freiheit, grenzenlose Freiheit! Keine alte SS-Scheiße in der Senkgrube, vor vierzehn Jahren ausgehoben für das junge Kanonenfutter der SS-Standarte Hermann Göring, keine politischen Schulungen, geführt von diesem vertrottelten und strebsamen Korporal František Sopek, der aus uns Marxisten-Leninisten machen wollte.

Vilém Dovara, ein glänzender Jazzpianist, mein neuer Freund, der sich nicht von meiner Seite rührte, streckte seine gepflegten Hände in die warme Septemberdunkelheit aus, spielte auf einem Piano, das der liebe Herrgott ihm auf unsichtbaren Seilen vom Himmel herunterließ, und sang zu einer damals berühmten Boogie-Woogie-Melodie in einer Sprache, die er für englisch hielt, einen wunderschönen Text.

Unter der Eisenbahnbrücke, wo die Akustik viel klangvoller war als auf der offenen, zur Kaserne steigenden Straße, sangen wir alle, Franc, Hromjak und wie sie alle hießen, Dovaras Boogie-Woogie mit.

Wir sangen nicht, wir schrien im Boogie-Woogie-Rhythmus unsere Wut, unsere Ohnmacht und zugleich unsere Sehnsucht heraus. Dovaras Stimme war, als er immer wieder den Refrain, seine eigene Schöpfung, wiederholte – »Zementmixer dufty, dufty« – nicht klar, sondern rauh und auf eine seltsame Art und Weise brutal. Sie war fast so schön, wie ich sie nur einmal bei Onkel Raimund Cusan von einer Schallplatte mit Louis Armstrong gehört hatte.

Vilém Dovara, der hervorragende Jazzpianist und Sänger, spielte und variierte auf dem unsichtbaren Klavier seinen Boogie-Woogie. Mit einigen effektvollen Schlägen, die Vilém Dovara auf eine verblüffende, den Tönen des Pianos ähnliche Art und Weise zu singen verstand, beendete er seinen beliebten Boogie-Woogie. In der Dunkelheit unter der Eisenbahnbrücke war es ganz still geworden. Und in diese sanfte, frühherbstliche Stille und in die Dunkelheit, die nach Eisen und Teer roch, schrie jemand:

»Ich will Freiheit und Demokratie!«

Von dieser Nacht an sprachen wir, ich, Franc, Hromjak und Dovara, auch in nüchternem Zustand, wann und wo wir uns auch bei der Arbeit in der Kaserne, beim Ausgang in der Stadt trafen, immer wieder vom Abhauen, vom Westen, von Amerika, von der Prärie in Texas, von zukünftigen Abenteuern an den Ufern des kanadischen Flusses Yukon, und immer wieder von San Francisco.

Der brave Soldat Schwejk hat seinem Freund, dem Sappeur Vodička, im Ersten Weltkrieg irgendwo in Ungarn zum Abschied zugerufen:

»Um sechs Uhr nach dem Krieg in der Kneipe Na bojišti!«[111]

Siebenunddreißig Jahre später schrien wir, die Arbeitssoldaten, zeitgenössische, ausgebeutete Sklaven des 59. PTP in Kadaň, jeden Abend im Schlafraum anstatt gute Nacht:

»Um sechs Uhr *danach* auf der Golden-Gate-Brücke in San Francisco!«

Die Betonung lag auf dem Wort *danach*; gemeint war, ohne daß wir es nach dem ersten Sonntag im September 1951 aussprachen, nach der Flucht.

Vilém Dovara, dieser hervorragende Jazzpianist und Sänger, hauptberuflich, wie ich erst im Herbst 1998 erfahren habe, Agent in Oberst František Fic' Dienst, blieb auch nach dem

September 1951 in Kadaň und rührte sich nicht von meiner Seite.

In der Kneipe Zum grünen Baum war er, der Jazzpianist und Bluessänger, jeden Sonntag abend, wenn er Ausgang bekam, der große Star.

Bei der Arbeit paßte Vilém Dovara vor allem auf seine gepflegten Hände und seine Finger auf, damit sie weich und biegsam, ohne Kratzer und ohne Schwielen blieben. Am Anfang der Schicht stellte er sich oben auf einen Haufen Erde oder lehnte sich in die Pose eines Jazzmannes an die Mischmaschine, hob seine Hände, streckte die Finger und sang mit seiner rauhen Stimme auf die Melodie eines Blues:

Diese Händchen und diese Fingerchen,
oh yes,
sind nicht für rohe Arbeit geschaffen!
Zementmixer dufty, dufty!
Um sechs Uhr *danach*,
oh yes,
garantieren sie mir,
Zementmixer dufty, dufty,
auf der Golden-Gate-Brücke
eine herrliche Zukunft!
Oh yes!

Vilém Dovara sah sich schon als einen berühmten Jazzpianisten in den besten Jazzlokalen an der Westküste, und ich, was erwartete ich eigentlich vom Westen? Ich wußte es nicht. Ganz genau habe ich jedoch gewußt, was mich im Westen nicht erwartete: eine Senkgrube voll von alter Scheiße, das Dasein eines Bürgers dritter Klasse.

Es ging mir nicht darum, mit der Waffe zu dienen, wie die Roten mit scharfer Munition den Angriff auf Nürnberg oder einen anderen Unsinn zu üben, auf diese zweifelhafte Ehre hätte ich verzichten können. Aber meine schwarzen Achselklappen, dieses sichtbare Brandmal eines ausgestoßenen Bürgers, für das ich mich bei meinem ersten Samstagsurlaub in Prag Mitte August 1951 so schämte, daß ich es nicht wagte, meine Freunde in der *Mladá fronta* zu besuchen oder mich im Café Slavia dem Ober Alois zu zeigen, demütigten mich.

Und wenn ich über den Westen schwärmte, dann waren meine pathetischen Worte für mich ein Ausdruck meiner Sehnsucht nach der Flucht aus dem Alltag eines waffenlosen Soldaten ohne Hoffnung und ohne Zukunft, der zehn Stunden am Tag in einer Senkgrube schuftete. Ich ließ meiner Phantasie lockere Zügel und dachte mir immer wieder neue Nuancen eines phantastischen Lebens in Saus und Braus in Paris, Monte Carlo, in London und New York aus. Und weil ich im Erzählen erfahrener als meine Kollegen war, und weil sie mir so gespannt zuhörten, ließ ich mich zu immer mehr lyrisch-visionären, traumhaften Bildern über unsere Zukunft im Westen hinreißen. Und als ich heiß und heißer über Freiheit redete, fühlte auch ich mich stark und selbstbewußt, nicht mehr klein und ängstlich dem totalitären System ausgeliefert. Und wenn wir in der Kneipe Zum grünen Baum beim Bier saßen oder bei Ausgangssperre in der Kaserne in der Ecke des sogenannten Kulturzimmers unter den Bildern von Gottwald und Stalin (die zwei Deutschen, Marx und Engels, waren auch immer dabei), dann fand sich immer einer, der wenigstens für eine halbe Stunde aus Kadaň und aus der Senkgrube in eine wenn auch geträumte und erzählte, dennoch heile Welt entkommen wollte.

»Erzähle uns, Ota, vom Westen!«

Ich, der Erzähler, erzählte und trat in meinen gedichteten Geschichten die Flucht in ein wunderbares Land an, in mein Land Kanaan, das ich meinen Zuhörern nicht ganz hundert Kilometer Luftlinie von uns entfernt hinter Eger versprach. Mein erzählter Traum wurde für mich und für diejenigen, die mir zuhörten, für eine Stunde Wirklichkeit. Und als wir alle aus meinen erzählten Träumen aufwachten, hatte ich nicht den Mut zu gestehen, daß ich, ihr zeitweiliger Prophet, mich zu sehr von meiner Sehnsucht nach einem Entkommen aus Kadaň hinreißen ließ und daß es drüben, hinter Eger, wohl auch kein Paradies auf Erden gibt.

Was meine Kollegen Milan Franc und Michal Hromjak von der Flucht in den Westen erwarteten, weiß ich nicht. Sie hörten meinem Schwärmen zu, sie nahmen meine Bilder vom wunderlichen Westen in sich auf und schüttelten ihre Köpfe.

»Wir wollen nur weg von hier. Nichts wie weg!«

Ich habe sie nie gefragt, wovor sie fliehen wollen. Von ihren zukünftigen Plänen im Westen wollte ich auch nichts wissen. Als sie aber immer wieder wiederholten »Wir wollen nur weg von hier, nichts wie weg!«, da entsprach ihre so kurz formulierte Sehnsucht auch meiner Sehnsucht.

Nach einem halben Jahr in Kadaň wurde ich als einer von vier oder fünf Soldaten der PTP-Kompanie, die das Schreibmaschineschreiben beherrschten, darüber hinaus ein schon erfahrener Schreiber war und ein gutes Tschechisch beherrschte, von unserem Kommandanten, Jan Dzurenko, inzwischen zum Unterleutnant befördert, einem Ruthenen aus der Ostslowakei, zum Kompanieschreiber ernannt. Natürlich entging diese Beförderung meinen bösen Geistern, den Genossen vom militärischen Nachrichtendienst nicht. Agent Duše 66 meldet am 20. Oktober 1951 per geheimem Fernschreiben mit dem Titel »Betrifft engl. Agenten Ota Filip« der Zweigstelle des militärischen Nachrichtendienstes in Aussig meine neue Eingliederung. Ein Offizier, dessen Name ich nicht entziffern konnte, bemerkt am Rand des Fernschreibens: Keine Einwände, als Kompanieschreiber wird man seine Aktivitäten besser observieren können.

Meine erste Amtshandlung als Kompanieschreiber war die Übernahme des Deserteurs Jaroslav Aujeský, der irgendwann im Mai 1951, wie es im damaligen Jargon der Militärs hieß, das Verbrechen einer unerlaubten Entfernung von der Einheit begangen hatte und erst vor einigen Tagen von der Militärpolizei in Bratislava verhaftet worden war.

Von Jaroslav Aujeskýs Verschwinden, amtlich unerlaubter Entfernung, hatte ich keine Ahnung gehabt. Unsere PTP-Einheit, mehr als hundertfünfzig politisch unzuverlässige Arbeitssoldaten, war zum Zeitpunkt von Aujeskýs Flucht erst einige Tage in Kadaň, wir kannten uns noch nicht, und jeder hielt sich in den ersten Wochen eher zurück.

Der Ruthene, Unterleutnant Jan Dzurenko, der in den beiden Amtssprachen Tschechisch und Slowakisch weder sprechen noch richtig auch nur in seiner eigenen kyrillischen Schrift schreiben konnte, so wie auch der Politruk[112], Korporal František Sopek, für den die tschechische Rechtschreibung und das Schreiben überhaupt ein spanisches Dorf war, waren nicht fähig, die zwei Formulare auszufüllen, mit denen sie der Militärpolizei offiziell die Übernahme des Deserteurs Jaroslav Aujeský bestätigen und zugleich auch seine Überführung in die Untersuchungshaft in Aussig an der Elbe bescheinigen sollten.

Ich wurde gerufen, um die beiden Formulare mit der Schreibmaschine auszufüllen; da sah ich Jaroslav Aujeský zum erstenmal.

In einem hellen Zivilanzug, an den Händen und auch an den Beinen gefesselt, saß er zwischen zwei Soldaten der Militärpolizei auf einer Bank vor dem Büro. Sein linkes Auge war blau angelaufen und mir schien es, als hänge seine rechte Schulter viel niedriger als die linke. Das rechte Revers seines eleganten, zerknitterten Anzuges war von einem großen Blutfleck verschmiert. Aujeský saß, die Augen geschlossen, mit dem Hinterkopf an die Wand gelehnt, die Beine ausgestreckt. Er hatte rot und blau gestreifte Socken an, damals große Mode.

Ich ging an ihm vorbei ins Büro und versuchte ihn anzulächeln.

»Grüß dich! Keine Angst, es wird schon wieder werden!«

Aujeský rührte sich nicht; er schlief, oder er wollte mich nicht hören.

Aus seiner Akte schrieb ich Jaroslav Aujeskýs Geburtsdatum, den Mädchennamen seiner Mutter und seine letzte Anschrift in Zivil ab. Die kurz gefaßten Angaben, die ich über Jaroslav Aujeský schnell lesen konnte, waren beeindruckend:

Sohn eines slowakischen Stabskapitäns der Polizei, mit dem er schon als fünfzehnjähriger Bursche als Partisan in der Niedrigen Tatra kämpfte. Sein Vater hat nach dem kommunistischen Putsch 1948 zahlreichen sogenannten reaktionären Elementen die Flucht über Ungarn in den Westen organisiert. Jaroslav Aujeský selbst wurde 1949 wegen versuchter Spionagetätigkeit verurteilt. In den Papieren galt Aujeský als ein erbitterter, zu allem entschlossener Gegner des volksdemokratischen tschechoslowakischen Staates.

Ich habe die Formulare, jedes mit zwei Durchschlägen, ausgefüllt und dem Kapitän der Militärpolizei gegeben.

»Der Soldat Jaroslav Aujeský muß alles unterschreiben.«

Der runde Kapitän schaute mich wütend an.

»Dazu wird er noch viel Zeit haben!«

Die Übernahme und zugleich die Übergabe des Deserteurs zog sich langsam hin. Der Politruk, Korporal František Sopek, konnte Aujeskýs persönliche Sachen, die er nach seiner unerlaubten Entfernung in Kadaň liegenließ, seine zwei Uniformen, den Wintermantel, die Bettwäsche und Unterwäsche, alles, was ein Soldat vom Staat kriegt, nicht finden. Noch zum Mittagessen saß der an Händen und Beinen gefesselte Deserteur Aujeský vor Dzurenkos Büro.

Milan Franc traf mich auf dem Flur und war ganz aufgeregt.

»Ich muß ihn unbedingt sprechen, kannst du das organisieren?«

In den Speiseraum mußten zum Mittagessen alle Arbeitssoldaten durch den Flur an Dzurenkos Büro an Jaroslav Aujeský und seinen zwei Bewachern vorbei. Aus dem geräumigen Speisesaal sahen wir Aujeskýs Umriß.

Der Deserteur war aufgewacht und guter Laune.

»Wie geht's, Jungs? Habt ihr das heutige Soll im Arbeitseinsatz gegen die Kapitalisten erfüllt?«

Einer der beiden Militärpolizisten brüllte ihn an.

»Wir halten die Schnauze und reden nicht!«

Milan Franc wurde ungeduldig.

»Mach etwas, Ota, ich muß mit ihm unbedingt reden!«

»Ich kann nichts machen. Die zwei Formulare habe ich ausgefüllt, und ich mußte das Büro verlassen. Es gibt nur eine Chance, nimm eine Eßschale, bring Aujeský etwas zu essen. Und wenn die zwei Gorillas meckern sollten, dann sag' ihnen, daß der Kompanieschreiber gesagt hat, daß jeder Soldat, auch wenn er verhaftet ist, Recht auf ein Mittagessen hat.«

Milan Franc brachte dem Häftling Suppe. Dem Deserteur wurden die Handschellen nicht abgenommen, aber er schaffte es, die Suppe, auch wenn er dabei seinen Anzug bekleckerte, aus der Eßschale zu trinken. Reden durfte Franc mit dem Deserteur nicht, aber sie haben sich bestimmt viel oder das Notwendige mit den Augen gesagt.

Nach der Arbeit, der Deserteur Jaroslav Aujeský war schon längst auf einem militärischen Lkw krummgeschlossen und doppelt gefesselt auf dem Weg in den Knast nach Aussig, kam Milan Franc aufgeregt zu mir.

»Dieser Aujeský ist ein Haudegen, ein As! Den kriegen sie nicht klein, der wird aus dem Knast fliehen! Und wenn nicht, dann sitzt er gelassen und ruhig seine Frist ab und dreht, wenn er wieder draußen ist, eine ganz große Sache!«

Ende Oktober 1951, zwei Monate nach unserem ersten gemeinsamen Traum von sechs Uhr *danach* am Golden Gate in San Francisco, wurden drei aus unserer Gruppe, die in Kadaň von der Flucht in den Westen und von Freiheit träumten, die Soldaten Milan Franc, Michal Hromjak und ein weiterer (seinen Namen habe ich vergessen) zu einer anderen Arbeitseinheit nach Zbuch bei Pilsen abkommandiert. Der Abschied fiel uns nicht leicht. Die Versetzung meiner drei Kollegen nach Zbuch habe ich mir mit der Tatsache erklärt, daß die Senkgrube in der Kaserne fertig war, daß unsere Einheit bis zum Anfang des Ausbaues eines mit Granitsteinen gepflasterten Weges zu den neuen Garagen für fünfzig Panzer einige Arbeitskräfte zuviel aufweisen würde.

Die drei mußten Kadaň sehr schnell verlassen, und das hätte mich stutzig machen sollen, aber ich sah dahinter, wie schon oft vorher, nur die Unfähigkeit der militärischen Bürokratie, die nicht fähig war, Arbeitseinsätze richtig zu organisieren. Um zehn Uhr kam telefonisch der Befehl, um vierzehn Uhr mußten alle drei per Zug nach Zbuch abfahren. So ein Vorgehen war bei den PTP-Einheiten dennoch nicht üblich, denn es gefährdete die Erfüllung des Arbeitssolls.

So war es auch in Franc' und Hromjaks Fall. Als sie alle um halb elf ihren Betonmischer abstellen mußten, um zu packen, gab es für sie, die es inzwischen gelernt hatten, mit den Baumaschinen umzugehen, einige Tage keinen Ersatz. Unsere Einheit erfüllte mehr als eine Woche nicht das Arbeitssoll. Unterleutnant Jan Dzurenko, der seinen Sold durch seine Beteiligung an unserer Arbeitsleistung mit sogenannten Prämien aufbesserte, spielte verrückt und ordnete anstatt Ausgang am Sonntag nachmittag Exerzierübungen an.

Am Sonntag von sechzehn bis neunzehn Uhr, die Roten lachten sich krumm, mußten wir, die Schwarzen, auf dem Exerzierplatz Paradeschritt üben und Marschlieder singen. Es war beschämend, lächerlich, wir alle waren wütend.

Am 20. Mai 1952 (das Datum hatte ich vergessen, aber ich lese es jetzt in meinem Verhörprotokoll vom 24. September 1952) war Soldat Jaroslav Aujeský, ab Sommer 1951 wegen unerlaubten Entfernens im Gefängnis, zurück bei uns in Kadaň.

Meine und Vilém Dovaras Fluchtträume waren nach Franc' und Hromjaks Abkommandierung nach Zbuch bei Pilsen nur auf Dovaras Träumereien am verstimmten Piano in der Kneipe Zum grünen Baum zusammengeschrumpft. Bei Piano und Bier träumten wir mit Vilém Dovara von Jazzkneipen in New Orleans, vom Boogie-Woogie in San Francisco, Chicago und New York, und vom Bebop, live gespielt von Eroll Garner, Stan Getz, Dizzy Gillespie und Oscar Peterson. Dovara spielte zum Abschluß immer einen Blues, in dem von einer erschreckenden Einsamkeit auf dem Broadway gesungen wurde.

Nach Jaroslav Aujeskýs Rückkehr aus dem Militärgefängnis in der Ostslowakei, ich glaube in Bardejov[113], wo er sieben Monate gesessen hatte, weihte ich ihn, das ausgewiesene As mit Erfahrung als junger Partisan im Kampf gegen Deutsche, in meine und unsere Fluchtträume ein. Für den zu allem entschlossenen Jaroslav Aujeský, der von seinem zweiten Knastaufenthalt in seinem Haß gegen des kommunistische Regime gestärkt zurückkam, waren meine und Dovaras Träumereien über Jazz und Boogie-Woogie, über Bebop und Abenteuer in der Wildnis Kanadas oder bei den Viehherden in Texas alles nur romantischer Quatsch von zwei Prager Pepíks[114], die vom wirklichen Leben und von seinem Ernst keinen blassen Schimmer haben.

Milan Franc hatte recht: Jaroslav Aujeský war ein Haudegen, ein As. Nach seiner Rückkehr aus dem Knast nach Kadaň bekamen unsere bisher nur in großen Reden geträumten Fluchtvorbereitungen eine atemberaubende Rasanz. Jaroslav Aujeský, der geborene Organisator, der gewohnt war zu befehlen, nahm die Sache mit der Flucht in seine Hände. Es dauerte nicht lange und ich befand mich in seinem Bann; und ich bereute es überhaupt nicht, im Gegenteil, ich war stolz, einen solchen Freund zu haben, der alle Eigenschaften, die ich bei mir sehr oft bitter vermißte, Entschlossenheit, schnell zu handeln, ein Risiko einzugehen, und Mut im Überfluß hatte.

Jaroslav machte mir und Dovara klar:

»Es geht um alles!«

Den Zusammenstoß mit Aujeskýs zielbewußtem Haß und seiner unbarmherzigen Denkweise, die nie Zweifel zuließ und immer Lösungen parat hatte, überlebten meine Träume und mein Schwärmen von der Freiheit im Westen nicht einmal drei Tage. Am vierten Tag nach seiner Rückkehr aus dem Militärgefängnis ging Jaroslav Aujeský, der geborene Kämpfer, zur Sache über: Ich sollte ihm persönlichen Kontakt mit Milan Franc, seinem Freund, verschaffen, der zu dieser Zeit nicht mehr in Zbuch bei Pilsen, sondern in Postoloprty am Bau des größten, streng geheimgehaltenen Militärflughafens in der Tschechoslowakei arbeitete.

Das Problem einer persönlichen Kontaktaufnahme zwischen Aujeský und Franc war nicht einfach zu lösen. Die schwierige Frage lautete: Wie kommt ein vor wenigen Tagen auf Bewährung entlassener politischer Häftling nach Postoloprty, wenn Aujeský nicht einmal die Chance hatte, vom Unterleutnant Jan Dzurenko am Sonntag nachmittag nur für zwei oder drei Stunden Ausgang in die Stadt bewilligt zu bekommen?

Der Zufall kam uns zu Hilfe: Ein moderner Bagger, der auf unserer Baustelle in Kadaň keine Verwendung mehr fand, weil die Erdarbeiten abgeschlossen waren, sollte auf einen großen Lkw, auf dem sonst Panzer in die Reparaturwerkstatt der Panzerdivision »Jan Žižka von Trocnov« nach Podbořany (Podersam) transportiert wurden, geladen und nach Postoloprty zum Bau des Militärflughafens überführt werden. Unser Bautechniker Honza, der den Transport des Baggers nach Postoloprty hätte überwachen sollen, hatte Urlaub. Jaroslav Aujeský war von Beruf Maschinentechniker, so fiel es mir nicht schwer, Unterleutnant Jan Dzurenko zu überzeugen, ihn mit dem Bagger in Begleitung von drei Roten nach Postoloprty zu schicken.

Nach zwei Tagen war Soldat Jaroslav Aujeský aus Postoloprty zurück und brachte konkrete Pläne mit: Ich, der Kompanieschreiber, sollte Waffen besorgen, für die drei Hängeschlösser aus Stahl, die in Dzurenkos Büro die Kiste mit sechs automatischen Pistolen und Munition sicherten, Ersatzschlüssel organisieren.

Aujeský sah mich streng an.

»Ich verlasse mich auf dich!«

Ich nickte mit dem Kopf.

Aujeskýs Stimme war hart, sein Blick kalt entschlossen; ich wagte nicht, ihm zu widersprechen.

Die Ereignisse begannen sich zu überschlagen.

Ich habe die Übersicht über das, was alles geschah, damals nicht verlieren können, weil ich keine Übersicht hatte. Die Ereignisse entwickelten ihre eigene Dynamik, sie liefen an mir vorbei, und ich lief mit, ohne zu ahnen, wohin.

Erst aus meinem Verhörprotokoll vom September 1952, das mir mein Untersuchungsreferent Leutnant Václav Mlejnek immer wieder neu, damit, wie er sagte, die Rädchen meiner Aussage mit den Protokollen der anderen ineinanderfallen, diktierte und selbst auf der Schreibmaschine tippte, habe ich erfahren, was alles damals geschehen sein könnte.

Die in Leutnant Mlejneks Sprache und nach seinen Notizen in Protokollen festgehaltenen Ereignisse sind mir nach siebenundvierzig Jahren auf eine mich erschreckende Weise fremd und verstümmelt. Sie sind weder gelogen noch wahr. Ich kann das

Gelogene nicht widerlegen, und ich kann das Wahre nicht bestätigen. Wenn ich die Protokolle lese, widert mich zwar ihre Sprache an, aber am stärksten erinnere ich mich an die sieben oder acht Nächte, die ich Anfang September 1952 zum wiederholten Mal in der Einzelzelle, sechs mal drei Schritte groß, durchmarschieren mußte, an den Zustand eines schmerzlosen Schwebens, an eine maßlose Gleichgültigkeit vor den Gefahren des Daseins und an meine Freude auf die Begegnung mit dem nahenden Tod.

Er schmeckte nach Salz.

Nur am Anfang hatte ich noch den Mut, Leutnant Václav Mlejnek zu widersprechen. Er griff nach seinem Gummiknüppel, den er in der untersten Schublade seines Schreibtisches aufbewahrte, und schlug mir zum ersten- und zum letztenmal ins Gesicht. Gleich nach dem Schlag, der meine Oberlippe zertrümmerte, reichte er mir sein sauberes Taschentuch und stotterte etwas in dem Sinn, daß er persönlich mit solchen Disziplinarmaßnahmen in einem sozialistischen Gefängnis nicht einverstanden ist, den Schlag habe ich aber verdient, denn ich habe in meiner Aussage, gegen den Befehl des Prokurators, seine Wahrheit in meine Lüge verdrehen wollen.

Leutnant Václav Mlejnek ordnete, damit ich nicht so billig wegkomme, einen Nachtmarsch in der Zelle an. Das Prügeln besorgten dann zwei erfahrene Schläger. Wenn Leutnant Václav Mlejnek das Telefon hob, waren sie in fünf Minuten zur Stelle.

Ende Mai und Anfang Juni 1952 soll laut Protokoll in unserer Gruppe eine hektische Aktivität geherrscht haben. Soldat Michal Hromjak, der Anfang Juni zwischen Postoloprty, Most – wo auch eine PTP-Einheit etwas baute – und Kadaň hin- und herreiste, gewann zwei weitere Soldaten für die geplante Flucht und übermittelte ihnen, den Soldaten Miroslav Moravec und Josef Bohdal, die ich überhaupt nicht kannte, in meinem Namen Befehle. Jaroslav Aujeský soll mir mitgeteilt haben: Alles läuft bestens, wir sollen ruhig sein, Soldat Hromjak werde die fünfzig- bis sechzigtausend Kronen für die Flucht besorgen.

Das stimmt, ich sprach mit Aujeský über das Geld.

Aus der Zeit meiner Geschäfte mit Schmierseife wußte ich, wie schwer es ist, so einen Haufen Geld zu besorgen. Ich war sehr skeptisch und glaubte nicht, daß es Hromjak gelingen würde, so einen Batzen Geld so schnell zu besorgen, aber mein Einwand war für Jaroslav Aujeský eine Bagatelle, die ich schnell vergessen sollte, denn die Geldbeschaffung war nicht meine Sorge.

Das Verhalten meines Aufpassers, des Soldaten Vilém Dovara, von dem ich im Juni 1952 noch immer keine Ahnung hatte, daß er mich, den britischen Spion, nicht aus den Augen lassen durfte, war nach Aujeskýs Rückkehr aus dem Militärgefängnis zurückhaltender geworden. Vilém Dovara erklärte sich zwar bereit, wenn es seine Gesundheit erlaubt, seine Nierensteine machen ihm zu schaffen, behauptete er, mit uns zu fliehen, wurde jedoch stiller. Er schwärmte nicht mehr von Amerika, er ging nicht mehr am Sonntag abend in die Kneipe Zum grünen Baum, wo er vom Gastwirt Venca gerne gesehen und als ein brillanter Pianospieler hofiert wurde, der das Geschäft fördert.

Milan Franc soll uns in Kadaň laut Protokoll aus Postoloprty mitgeteilt haben, er habe schon ein Fluchtauto besorgt und einen verläßlichen Mann, der in Kutná Hora auf uns warten würde, um uns nach einigen Tagen, bis sich die Lage nach der Flucht beruhigt hat, nach Südmähren in die Nähe der Grenze zu fahren. Von einem Fluchtauto und einem verläßlichen Mann in Kutná Hora hatte ich zwar keine Ahnung, aber Leutnant Mlejnek überzeugte mich nach drei schlaflosen Nächten, daß ich über das Fluchtauto Bescheid wußte.

Wenn ich heute, fast ein halbes Jahrhundert danach, die von Leutnant Mlejnek aufgeschriebenen und von mir unterschriebenen Aussagen lese, dann bin ich verunsichert, denn ich kann nicht mehr entscheiden, mit welchem Anteil ich mich an der Entwicklung des Fluchtplanes tatsächlich beteiligt habe und welche Pläne Jaroslav Aujeský, Milan Franc oder Michal Hromjak, der laut Protokoll die Rolle eines Kuriers übernahm, wovon ich auch keine Ahnung hatte, schmiedeten. Mein verhängnisvoller Fehler war, daß ich mit einem Kopfnicken einverstanden war, Ersatzschlüssel zu der Waffenkiste in Unterleutnant Dzurenkos Büro zu besorgen. Von diesem Augenblick an hat sich Jaroslav Aujeský, der die Fluchtsache fest im Griff zu haben glaubte, in Sachen Besorgung von Waffen auf mich verlassen.

»Ohne Waffen sind wir nackt, ohne eine Knarre fühle ich mich unsicher!«

Jaroslav Aujeský war eben ein As, kein Angeber, sondern ein Mensch, bereit, auch zum letzten Mittel zu greifen, um die Schmach, die seinem Vater, bis 1949 Stabskapitän der slowakischen Polizei in Bratislava, in den Jahren von 1942 bis 1945 Partisan in erbarmungslosen Kämpfen gegen die Deutschen, einem slowakischen Patrioten, und auch ihm, dem Soldaten Jaroslav Aujeský, die Bolschewisten angetan haben, zurückzuzahlen. So einem Menschen wie Jaroslav Aujeský war ich noch nicht begegnet. Ich bewunderte ihn, zugleich rührte sich in mir immer wieder Angst vor seiner Verbitterung und vor seiner Bereitschaft, auch das letzte Opfer, den Tod, in Kauf zu nehmen.

Mit Jaroslav Aujeskýs Rückkehr aus dem Knast im Mai 1952 hat sich alles verändert. Die Flucht, die wir nach seiner Rückkehr aus dem militärischen Gefängnis in Bardejov vorbereiteten, war nicht mehr eine Flucht in die Jazz- und Bebopkneipen von New Orleans, San Francisco, Los Angeles, Chicago oder New York, das war kein geträumter Versuch, der erniedrigenden Gewalt eines Daseins mit schwarzen Achselklappen zu entkommen. Jaroslav Aujeskýs Flucht war eine tödlich ernste Angelegenheit, vor der ich, ohne meine Bewunderung ihm gegenüber aufzugeben, immer mehr Angst und Schrecken bekam.

Meine Flucht, von der ich träumte, war ein leiser Abschied auf Nimmerwiedersehen, ein Weggehen, eine Wanderung meinem westlichen Stern nach. Ich wollte mich, wie Ende Februar 1948, still über die Grenze wegschleichen und gleich hinter der Grenze, oder noch lieber kurz vor dem letzten böhmischen Grenzstein, alles vergessen, was ich als Last und Belastung für meinen neuen Anfang, meinen neuen Lebenslauf und für mein neues Leben westlich von meiner Heimat ein für alle Mal vergessen wollte.

Meine Flucht, von der ich träumte, war keine Rache und keine Vergeltung, sie war für mich, und nur für mich, eine Rettung, eine Hoffnung.

Anfang Juni 1952 verlangte Jaroslav Aujeský von mir, dem Kompanieschreiber, einen Marschbefehl nach Most, um mit der dortigen Fluchtgruppe die letzten Vorbereitungen zu besprechen.

Meine Angst vor dem großen oder sogar allerletzten Risiko war gewachsen, sie quälte mich.

»Jaroslav, die Sache ist tödlich riskant. Ich gestehe, daß ich vor der Sache Schiß habe. Pfeife alles ab!«

»Ich brauche einen Marschbefehl, sonst komme ich nicht nach Most, um die Sache endgültig mit unseren Freunden zu klären.«

Aujeský ging auf meine Worte und auf meine Angst gar nicht ein.

»Ich kann dir keinen Marschbefehl ausstellen, es geht nicht.«

»Willst du, Ota, kneifen? Konnte ich mir denken. Bist eben ein richtiger Prager Pepík. Immer ein großes Maul, wenn es aber darauf ankommt, wenn es hart auf hart gehen soll, dann drückst du dich, wie die Prager Pepíks am 15. März 1939, als Hitler die

Stadt besetzte, wie am 5. Mai 1945, als die Prager Pepíks mit einer Verspätung von sechs Jahren Deutschland den Krieg erklärten, und wie am 25. Februar 1948, als sie es nicht wagten, Klement Gottwald und den Kommunisten in den Arsch zu treten.«

Jaroslav Aujeský regte sich nie auf. Er sprach immer mit einer leisen Stimme, ohne mit den Händen zu gestikulieren, im Gesicht keine Bewegung. In seinen grauen Augen flackerten stets zwei Leuchtfeuer.

In meinem Schreibtisch bewahrte ich einen Marschbefehl auf, der schon einmal benutzt worden war. Ich hatte schon eine Woche zuvor den Namen eines Soldaten, der mit diesem Marschbefehl zum Regimentsarzt nach Most und zurück fuhr, ausradiert und die undeutlichen Stempel der Bahn mit einer Rasierklinge sorgfältig ausgekratzt. Mit diesem frisierten Marschbefehl wollte ich an einem Sonntag nach Karlsbad, die zweite Schnellzugstation Richtung Eger, ins Theater fahren, ließ es aber sein, denn meine Arbeit fiel ziemlich schlecht aus. Auch ein halbblinder Militärpolizist hätte einen so schlampig frisierten Marschbfehl sofort beschlagnahmt und mich auf der Stelle verhaftet. Und in diesem Marschbefehl sah ich meine Rettung.

»Komm in einer halben Stunde, Jaroslav, kurz vor dem Zapfenstreich wieder, und du bekommst deinen Marschbefehl nach Most.«

Mein Spiel mit dem gefälschten Marschbefehl und mit Aujeský, das mir wie ein Blitz durch den Kopf fuhr, war nicht ehrlich, aber in meiner Unehrlichkeit sah ich die Rettung vor dem Risiko einer Flucht, deren tödliche Folgen sich klarer als unsere Chancen zu überleben, geschweige in den Westen zu kommen, abzeichneten.

Ein gesprächiger Leutnant der Grenztruppen, der vor einiger Zeit im Zug, als ich am Sonntag spät am Abend von einer Theatervorstellung aus Karlsbad nach Kadaň fuhr, sehr gerne meine

Einladung annahm und den Rest aus meinem Flachmann kippte, erzählte mir von dem unlängst errichteten, von der Armee, von den Grenztruppen und von unzähligen Spitzeln überwachten militärischen Sperrgebiet, das mindestens zehn Kilometer vor der westlichen Grenze die Landschaft so dicht macht, daß hier keine Maus durchkommt.

»Damit du es weißt, schwarzer Baron, zehn Kilometer vor der Grenze wird nämlich auf alles, was sich illegal Richtung Westen bewegt, scharf geschossen. Für einen abgefangenen Republikflüchtling gibt es für die Streife eine Woche Urlaub, für einen erschossenen Diversanten mit Waffe eine Tapferkeitsmedaille, Beförderung bis um drei Grade und natürlich Erholungsurlaub in einem militärischen Sanatorium, mit einer weiblichen Rundumpflege, die du dir gar nicht vorstellen kannst!«

Ich erzählte Aujeský, was ich über das neu errichtete, in der Presse als ein Wall gegen die Imperialisten und die Amerikaner hochgelobte Sperrgebiet vor der westlichen Grenze gelesen und von dem angetrunkenen Leutnant der Grenztruppen aus erster Hand bestätigt bekam.

»Ich weiß Bescheid. Wenn es darauf ankommen sollte, dann schießen wir uns den Weg zur Grenze frei!«

Aujeskýs zwei Sätze klangen wie eine nüchterne Feststellung, über die nicht diskutiert wird.

Ich zog den von mir so stümperhaft frisierten Marschbefehl aus dem Schreibtisch und füllte ihn aus: Soldat Jaroslav Aujeský von der dritten Kompanie des 59. PTP in Kadaň fährt mit dem Zug von Prunéřov-Kadaň nach Most und zurück usw.

»Wenn etwas schiefgehen sollte, dann sag, ich hätte den Marschbefehl ausgestellt.«

Aujeský hat meine Unsicherheit nicht erkannt. Er hatte es eilig.

»Falls es mit dem Marschbefehl Schwierigkeiten geben sollte, werde ich versuchen dich, Ota, herauszuhalten, und behaupten, ich hätte den Marschbefehl gestohlen, um in Most eine Frau zu besuchen. Kannst dich auf mich verlassen!«

In der Nacht weckte mich Jaroslav Aujeský und drückte seine Hand auf meinen Mund.

»Mit diesem Marschbefehl könnte ich nicht einmal in Bratislava die Straßenbahn benutzen. Was hast du vor, was ist dir eingefallen?«

Im Schlafraum konnten wir nicht reden. Ich stand auf, und wir gingen vor die Baracke. Die Nacht war kalt und finster. Wie immer um diese Zeit leuchteten am südlichen Horizont die Mündungsfeuer der Panzerkanonen und erst ein wenig verspätet kam das Donnern.

»Warum hast du mir einen so stümperhaft gefälschten Marschbefehl gegeben?«

Jaroslav Aujeský rauchte; er ließ seine Zigarette an der Oberlippe kleben.

»Ich habe vor der ganzen Sache Schiß bekommen. Es geht um Leben und Tod, blasen wir alles ab, Jaroslav!«

»Erkläre mir zuerst die Sache mit dem Marschbefehl!«

Der glühende Zigarettenstummel an Aujeskýs Oberlippe zitterte.

Es war wirklich kalt, ich biß meine Zähne zusammen.

Du wirst jetzt schweigen, sagst kein Wort. Du wirst Jaroslav nichts erklären. Wir zerreißen den gefälschten Marschbefehl, Jaroslav wird morgen nirgendwohin fahren, er bleibt in Kadaň. Die Sache mit dem Marschbefehl erkläre ich ihm erst morgen, wenn es für ihn schon zu spät sein wird, auch schwarz zum Treffen nach Most zu fahren.

Ich schämte mich für meine zermürbende Angst.

Wenn ich sieben Blitze am südlichen Horizont zähle, dann soll Aujeský meine Überlegung mit dem falschen Marschbefehl noch jetzt erfahren. Wenn es weniger werden, dann sage ich es ihm erst morgen, überlegte ich.

Nach dem siebenten Aufblitzen verlängerte ich die Frist auf dreizehn. Eine Pause zwischen dem elften und zwölften Blitz nahm ich wie eine Hoffnung auf, die allerdings nur kurz dauerte. Nach dem dreizehnten, rosaroten Mündungsfeuer wurde es still; das Donnern kam mit Verspätung. Wieder einmal habe ich gezählt: Acht Sekunden vom Aufblitzen bis zum Donner, das sind ungefähr zehn Kilometer.

Es war entschieden.

Aber ich schwieg dennoch, denn ich schämte mich auch dafür, daß ich meine Entscheidung einem nächtlichen Zufall am südlichen Horizont überließ, daß ich selbst nicht genug Kraft und Mut hatte, um Jaroslav, der an die Wand angelehnt nicht nur vor Kälte zitterte, die Wahrheit, meine Angst vor dem Tod, anzuvertrauen.

Aujeský spuckte den glühenden Zigarettenstummel aus. Am östlichen Horizont zeichnete sich ein heller Streifen ab. Die Zeit für mein Zögern und für meine Scham wurde zu kurz.

»Jaroslav, ich schäme mich es zuzugeben, aber ich wollte, daß man dich morgen am Bahnhof oder im Zug mit dem frisierten Marschbefehl erwischt. Dann hätten wir beide nur ein Disziplinarverfahren am Hals. Ich käme, schätze ich, mit vierzehn Tagen, du mit einer Woche Garnisonsknast davon. Die ganze Flucht fiele damit ins Wasser. Und das wollte ich erreichen.«

Jaroslav Aujeský rieb seinen Rücken an der Wand. Immer wenn er nervös war, sagte er mir einmal, juckt ihn schon seit der Kindheit die Haut zwischen seinen Schulterblättern.

»Ich kann die anderen nicht im Stich lassen. Ich muß morgen nach Most, sie erwarten mich.«

»Hast du schon an den Tod gedacht, Jaroslav?«

»Er sitzt mir im Nacken. Ich habe mich an ihn gewöhnt.«

»Und die anderen?«

»Sie haben sich entschieden. Sie sind bereit, das Risiko einzugehen.«

Jaroslav Aujeský löste sich von der Wand und stellte sich zwischen mich und den dünnen roten Streifen am östlichen Horizont.

»Du kannst jetzt nicht mehr kneifen! Ich lasse es nicht zu, verstehst du mich? Schließlich ist die Flucht auch deine Idee, dein Weg, um auch deinen Traum zu verwirklichen! Und vergesse nicht, du mußt uns die Waffen besorgen, das hast du versprochen!«

»Habe ich nicht, Jaroslav!«

»Versprochen oder nicht versprochen, jetzt gibt es auch für dich kein Zurück mehr.«

»Ich gehe schlafen«, sagte ich.

Jaroslav Aujeský hielt mich zurück; er legte seine Hand auf meine Schulter, ganz leicht und sanft.

»Denke an die Träume der anderen. Was bliebe in uns zurück, wenn wir sie aufgeben?«

»Und was geschieht, wenn man uns im militärischen Sperrstreifen vor der Grenze zusammenschießt? Dann sind unsere Träume tot, für immer.«

Aujeský ließ mich los.

»Vor der Schicht komme ich zu dir und hole mir einen richtigen Marschbefehl nach Most ab. Hast du mich verstanden? Reiß dich zusammen, es geht tatsächlich um alles!«

Am nächsten Tag in der Früh bekam Jaroslav einen richtigen Marschbefehl nach Most. Mit dem Zug kurz vor zehn fuhr er dorthin, angeblich zum Regimentszahnarzt. Am Abend desselben Tages war er zurück.

»Am 18. Juni geht es los, Ota! Du weißt, was du zu tun hast!« sagte er mir.

In der Woche oder in den zehn Tagen vor dem 18. Juni 1952 geschahen sonderbare Sachen, die mir damals zwar auffielen, die ich jedoch nicht ernst genug nahm. Erst in der Untersuchungshaft wurde mir klar, daß es sich in den Tagen vor dem 18. Juni 1952 um keine Reihe von Zufällen, sondern um eine von unsichtbaren Spinnen organisierte, leise und bedächtig durchgeführte Einnetzung handelte.

Vilém Dovara, der Jazzpianist, erkrankte am Tag, als Aujeský in Most war, ganz plötzlich und lag angeblich mit einem ansteckenden Hautausschlag von der Außenwelt isoliert auf dem Krankenrevier der Roten. Im Zimmer für ansteckende Krankheiten war er für mich und Aujeský unerreichbar. Nach zwei Tagen verschwand er aus Kadaň ins militärische Krankenhaus in Prag-Střešovice, sagte mir der rote Krankenpfleger.

Mein Freund Pavel Boňko, der Aristokrat und Philosoph aus einer angesehenen, alten und ehrwürdigen Familie in Bratislava, lehnte es schon am Anfang, als wir über die Flucht nur schwärmten, in der Kneipe Zum grünen Baum mit Dovara am Piano provokativ Boogie-Woogie und Bebop brüllten, ab, in dieser, wie er sagte, gefährlichen Komödie mitzumachen.

Pavel Boňkos Fachgebiet waren die großen Deutschen, Hegel, Schelling und Kant. Bevor er von der Komenský-Universität in Bratislava wegen seiner aristokratischen Herkunft im Jahr 1950 gefeuert wurde, studierte er vier Semester Philosophie. Die Tatsache, daß er wegen seines Vaters von der Universität gefeuert wurde, traf ihn schwer, sie demütigte ihn, den Sprößling einer der wenigen reichen und alten slowakischen, seit dem fünfzehnten Jahrhundert katholischen Familien in Bratislava, die zu Hause grundsätzlich nur slowakisch sprach und sich im Laufe der achthundert Jahre unter der ungarischen Krone nie madjarisieren ließ.

Einen Tag nach Aujeskýs Rückkehr aus Most suchte mich Pavel Boňko auf und empfahl mir, wenn ich morgen wieder nach Most fahre, um dort unsere Abrechnung für den vergangenen Monat an der Kommandantur des 59. PTP abzugeben, den Soldaten Jaroslav Vincourek, den Chef der Garnisonsküche und Haupteinkäufer von Lebensmitteln für das ganze 59. Regiment, aufzusuchen und mit ihm über die Flucht zu reden.

»Vielleicht macht er mit. Ich kenne Vincourek sehr gut, er ist unser Mann. Ich habe ihm bereits geschrieben, daß du nach Most kommst.«

Nachdem Pavel Boňko schon vor einem Jahr, im Sommer 1951, unser und mein Schwärmen über den freien Westen ablehnte, respektierte ich seine Entscheidung, und wir sprachen nur über Literatur und Philosophie. Es überraschte mich zwar, daß er von sich aus über die Flucht zu sprechen begann und mir den Proviantchef Jaroslav Vincourek als Mitglied unserer Fluchtgruppe empfahl.

Am nächsten oder übernächsten Tag suchte ich in der Kaserne in Most den Proviantchef Jaroslav Vincourek im Lebensmittellager auf; er trug einen weißen Kittel. Wir kannten uns ein wenig aus den ersten Tagen in Libavá.

Auf das Protokoll vom 4. Juli 1952, es trägt den Stempel »Kommandantur des 1. militärischen Bezirks, Postamt Prag 084, Postfach 3180«, will ich mich zum Teil verlassen und aus ihm zitieren:

Am 12. Juni 1952 suchte ich in Most Jaroslav Vincourek auf, den ich nur flüchtig im April 1951 kennengelernt hatte, und fragte ihn, ob er mit uns flüchten möchte.

Der Proviantchef reagierte (und das steht nicht im Protokoll) auf meine Worte nicht überrascht und fing an, mir Sachen zu erzählen, die mir einen Schreck einjagten. Zwei Monate später wiederholte sie mir auch Leutnant Václav Mlejnek aus seinen Notizen und triumphierte:

»Wir wissen alles, sogar das, was Sie bereits vergessen haben oder nicht wissen, daß wir es wissen!«

Jaroslav Vincoureks Sätze, die er im Proviantlager schnell, als hätte er zuwenig Zeit, herunterplapperte, schockierten mich.

Nein, er hat eine Flucht in den Westen noch nicht vor, vielleicht später. Er habe nämlich in den Stalinwerken[115] ein Mädchen, das an der geheimen Entwicklung eines Kunststoffes mitarbeitet. Er, Vincourek, hätte ein Muster dieses Kunststoffes seinem Freund in Prag, dem Angehörigen einer illegalen Gruppe, die für den Westen arbeitet, zur Analyse geschickt und von ihm erfahren, daß es sich um eine sensationelle Erfindung handelt und daß er sehr froh wäre, wenn ihm Vincourek helfen könnte, das Muster mit dem Ergebnis der Analyse in den Westen zu schaffen. Vincourek soll seinem Freund in Prag weitere Berichte über den Stand der Forschung in den Stalinwerken zukommen lassen.

Jaroslav Vincourek bat mich, ihm beim Transport des Kunststoffmusters in den Westen zu helfen.

Laut Protokoll vom 4. Juli 1952 soll ich Vincourek geantwortet haben:

Der Transport des geheimen Kunststoffmusters sei für mich kein Problem, und ich kann ihm, Vincourek, auch Kontakte im Westen organisieren.

Jaroslav Vincoureks vertrauliche Mitteilungen haben mich im Lebensmittellager des 59. PTP in Most, mitten unter Kisten mit Konserven, Mehl- und Zuckersäcken, so schockiert, daß sie mir die Sprache verschlugen. Entweder ist Jaroslav Vincourek ein Angeber, der sich vor mir ganz groß macht, oder er ist sehr unvorsichtig und wird sich sehr bald ins Unglück stürzen.

Und warum erzählt er mir das alles? Wir kennen uns doch kaum. Und wenn er wirklich über verläßliche Verbindungen zu einer Gruppe in Prag und zu der geheimen Forschung in den Stalinwerken verfügt, dann hat er meine Hilfe doch überhaupt nicht nötig!

Der Proviantchef war nicht mehr aufzuhalten und erzählte mit einer sich oft vor Aufregung überschlagenden Stimme, er habe Verbindung zu einer illegalen Gruppe in Brandýs. Und in Sachen Grenzübergang habe er auch schon Erfahrung gesammelt. Hätten ihn die Grenzsoldaten, diese Spürhunde, im Sommer 1950 an der Grenze in die US-Zone nicht angeschossen, so wäre er schon längst in Amerika oder als amerikanischer Agent zurück in der Heimat. Jetzt kann er aber nicht über die Grenze gehen, das muß ich verstehen, er muß zuerst die Sache in den Stalinwerken zu Ende bringen.

Jaroslav Vincourek zog mich ganz nah an sich heran.

»Reden wir offen: Du hast bestimmt gute Verbindungen, zum Beispiel nach England?«

»Ich verstehe dich nicht!«

Jaroslav Vincourek ließ mich los.

»Naja, wenn du mit mir nicht offen reden willst, auch gut.«

Den ganzen Weg im Zug zurück nach Kadaň zerbrach ich mir den Kopf: Was hat Vincourek mit meinen Verbindungen nach England gemeint?

Am Abend suchte mich Pavel Boňko auf.

»Hast du mit Vincourek gesprochen?«

»Habe ich.«

»Und?«

»Er redet zuviel Unsinn zusammen.«

Pavel Boňko, einer der gefährlichsten Reaktionäre beim 59. PTP, meldet der Leutnant des Sicherheitsdienstes Josef Vokněr nach Prag, Notiz, Streng geheim, Nr. 40 vom 23. Juni 1952, wurde aus Kadaň zu der Strafkompanie des 51. PTP in Mimoň verlegt.

Am 4. Juli 1952 wurde ich im Gefängnis in Prag-Ruzyň von einem Untersuchungsreferenten im Rang eines Kapitäns über meine Kontakte zu Jaroslav Vincourek verhört. Der Kapitän hatte einen harten Schlag. Damals, erst kurz in Untersuchungshaft, fiel mir die Tatsache nicht auf, daß der hochgewachsene Kapitän Mitte vierzig vor dem Verhör seinen Namen und Rang nicht nannte.

Ich versuchte zu leugnen.

Nach zwei Stunden gab ich fast alles zu, was der Kapitän, der genau wußte, wo er zuschlagen soll, damit es entweder sehr weh oder nicht so sehr weh tut, von mir wissen wollte. Meine Aussage hat er mit der Hand in einem blauen Heft notiert. Über mein Gespräch mit dem Proviantchef Jaroslav Vincourek wußte er Bescheid; er las es mir aus einem schwarzen Heft vor.

Kurz vor dem Ende des Verhörs schaute der Kapitän aus dem Fenster. Er konnte nichts sehen, denn die Fensterscheiben waren mit weißer Farbe übertüncht.

»Vincourek hat Ihnen sein Herz geöffnet. Warum haben Sie ihm Ihre Kontakte nach England nicht gestanden?«

»Weil ich keine Kontakte nach England habe.«

»Und nach Paris?«

»Wieso nach Paris?«

»Ihre ehemalige Tante Heda hält sich doch in Paris auf.«

Der Kapitän drehte sich zu mir um.

»Das sind Fragen, über die wir noch öfter reden werden.«

Danach habe ich diesen namenlosen Kapitän nie mehr gesehen.

Was mit Jaroslav Vincourek geschah, habe ich nie erfahren.

Im Dezember 1953, als ich aus dem Militärdienst entlassen zu Hause in Prag war, schrieb mir aus Bratislava Pavel Boňko, Vincoureks Freund: Irgendwann kurz nach dem 21. Juni 1952 ist Vincourek aus Most verschwunden. Er, Boňko, hat Ende November 1953 an Jaroslav Vincoureks Zivilanschrift in Nové Město nad Metují, wo sein Vater angeblich ein angesehener Architekt sein sollte, einen Brief geschrieben, der allerdings mit der Bemerkung »Empfänger unbekannt« zurückkam.

Zwei Tage vor dem 18. Juni 1952 konnte ich die Angst nicht mehr ertragen; sie erdrückte mich, ich konnte mich kaum bewegen.

Ich sah mich mehrmals tot. In mir hörte ich ein lautes Knistern; es erinnerte mich an einen Tag im Februar 1944, als in Vater Bohumils neu angelegtem Obstgarten die mit einer dicken Eisschicht bedeckten Äste der Jungbäume im Nordwind abbrachen und wie von einem unsichtbaren Schwert abgeschlagen in den Schnee fielen. Damals habe ich zum ersten- und letztenmal gemeinsam mit Vater Bohumil geweint.

Mit offenen Augen träumte ich von meinem Tod.

Ich sah mich schon halb verwest nackt am Rande eines Baches mitten im dichten Wald liegen. Und mein zweites Ich, um sieben Jahre jünger, hob einen Spaten, um mir die Kniescheiben zu zertrümmern, und sagte:

»Ich mach dich kürzer!«

Ich paßte nicht in das zu seichte und zu kurze Loch, das ich mir selbst geschaufelt habe.

Und ich sah mich mit zerschossener Brust und mit blutig zerfetztem Gesicht in einer anmutigen südmährischen Landschaft unter einem Nußbaum liegen. In der Baumkrone hörte ich Vögel Trauerlieder zwitschern, und alles tat mir sehr weh, das tote Herz am meisten.

In der Nacht, als am Horizont wieder die hellroten Blitze der Panzerkanonen mit einem leisen Donnern durch das offene Fenster über meinem Kopf in den Schlafraum für fünfundzwanzig Mann durchdrangen, dachte ich an Selbstmord.

Am frühen Morgen des 17. Juni 1952 habe ich Unterleutnant Jan Dzurenko gebeten, mir zwei Tage Urlaub in Prag zu bewilligen. Meine Großmutter sei schwer erkrankt, sie liege im Krankenhaus, und es sieht mit ihr ziemlich schlecht aus.

Unterleutnant Dzurenko sah mich an.

»Ich glaube Ihnen nicht, Sie lügen. Aber auf der anderen Seite sehen Sie sehr mitgenommen aus. Ist Ihre Großmutter wirklich krank?«

»Ich möchte sie sehen«, erwiderte ich ausweichend.

Jan Dzurenko hat dann zahlreiche Einwände gegen meinen zweitägigen Urlaub an zwei Werktagen erhoben, war aber bereit, mir drei Tage, vom 20. bis Sonntag den 23. Juni, zu bewilligen. Leise und sanft, damit ich Dzurenko nicht erschrecke, habe ich christliche Nächstenliebe erwähnt, weil ich wußte, daß der Unterleutnant heimlich ein gläubiger orthodoxer Christ ist, der in seinem Schrank hinter einem Spiegel eine kleine Ikone versteckt hat und betet. Zweimal habe ich ihn erwischt, wie er sich vor seinem offenen Schrank im Büro auf orthodoxe Weise mehrmals bekreuzigte.

»Was soll der Quatsch mit christlicher Nächstenliebe! Sie wissen doch, ich bin Mitglied der Kommunistischen Partei!« Der Unterleutnant regte sich zwar auf, seine Aufregung war jedoch gespielt.

Mein letztes Argument hat Jan Dzurenko überzeugt: Ich habe zweimal einen dreitägigen Urlaub, auf den ich Anspruch hatte, nicht ausgenutzt und habe mit dem Unterleutnant drei Arbeitsberichte in tschechischer Sprache, der er nicht mächtig war, für den Kommandanten des 59. PTP geschrieben. Für diese Berichte war Unterleutnant Jan Dzurenko in zwei Regimentsbefehlen gelobt worden, und sie wurden als Musterbeispiele präzis geschriebener Meldungen zitiert.

Um neun Uhr vormittags hatte ich meinen Urlaubsschein in der Tasche. Der Zug nach Prag ging erst kurz nach zwölf.

Jaroslav Aujeský war mit der Vermessung des Anschlusses an die städtische Kanalisation beschäftigt. Wir setzten uns hinter einen Erdhaufen auf zwei Steine.

»Jaroslav, ich habe Urlaub bekommen und fahre für zwei Tage nach Prag. Großmutter ist schwer erkrankt.«

»Das ist doch nicht dein Ernst! Morgen geht es los.«

»Ohne mich, Jaroslav. Blas' die Sache ab!«

»Bist du verrückt geworden!«

»Ja, ich bin vor Angst verrückt geworden. Wir riskieren Kopf und Kragen, Jaroslav.«

»Du hast Zugang zu den Waffen, Ota. Ohne dich läuft nichts!«

Jaroslav Aujeskýs Worte klangen wieder wie eine Feststellung. Auch aufgeregt hat er nie seine Stimme erhoben. Jaroslav hatte sich selbst, seine Stimme, seine Bewegungen, stets langsam und bedacht, immer unter Kontrolle.

»Es ist feig von mir, Jaroslav. Ich habe meinen Traum aufgegeben. Aber es geht jetzt nicht mehr um unsere Träume, es geht um unser Leben oder den Tod. Wenn wir überleben, können wir immer noch träumen, wenn wir tot sind, dann ist es mit allem aus und vorbei.«

»Du hast Angst vor dem Tod.«

Ich bin mir nicht sicher, ob Aujeský seine Worte als Frage oder nur als eine Tatsache aussprach, mit der gerechnet werden muß.

»Ja, Jaroslav, ich habe Angst vor dem Tod. Ich kann die Angst nicht mehr ertragen.«

»Vielleicht haben wir Glück, Ota.«

»Vielleicht, aber nur vielleicht, nicht mehr.«

»Du willst, Ota, daß ich alles aufgebe, mich selbst, meinen Haß, meine Hoffnung auf eine bessere Zukunft?«

Was hätte ich Jaroslav Aujeský antworten sollen?

Habe ich das Recht gehabt, ihm zu antworten: Ja, gib deinen Traum auf, denn er treibt dich und uns in einen Tod, der näher und wahrscheinlicher ist, als daß du oder daß wir es schaffen, den zehn Kilometer breiten Todesstreifen vor der Grenze, wenn wir überhaupt so weit kommen, lebend zu überwinden.

Oder hätte ich Aujeský, diesem jungen Mann, der das Risiko suchte und fest davon überzeugt war, daß er, der slowakische Patriot, der geborene Kämpfer mit dem Charisma eines Märtyrers, das Recht hatte, auch von anderen das Maximale zu verlangen, nämlich sein und auch unser Leben für einen Traum aufs Spiel zu setzen, sagen sollen: Nein, gib nicht auf, stürze dich, wenn es sein muß, in den Tod, und nimm auch mich mit!

Jaroslav Aujeský saß gebückt und ohne Bewegung auf einem Stein. Seine Entscheidung war gefallen.

»Also gut, wir pfeifen die Sache morgen ab und verlegen sie auf Samstag, bis du zurück bist. Eines müßtest auch du, einer von diesen Scheißintellektuellen, die ja stets viel quatschen, sich aber vor dem letzten Risiko immer drücken, endlich begreifen: Es gibt Situationen, aus welchen ein Ausstieg nicht mehr möglich ist. Und wir befinden uns mittendrin in einer solchen Situation, in der es, und ich gebe dir recht, tatsächlich um Leben und Tod geht, Ota, es gibt aber kein Zurück mehr.«

Im Zug nach Prag bin ich in drei Stunden mehrmals gestorben. Ich beweinte, daß es mich nicht mehr gibt und daß nur wenige um mich trauern, ich schämte mich für meine Zerbrechlichkeit und für meine Schwäche, die mich in die Knie zwang.

Es ging mir mies in meinem Tod.

Keine Himmelspforte in Sicht, kein Fegefeuer und auch keine Hölle, nichts.

Onkel František stellte eine Flasche Sliwowitz auf den Tisch; Großmutter war tatsächlich im Krankenhaus, aber nur zu einer Untersuchung.

»Also erzähle, Ota!«

Was sollte ich erzählen? Ihn um Rat und Hilfe zu bitten, dazu war ich nach drei Gläschen Sliwowitz noch zu nüchtern, zu feig und zu ängstlich.

Ich sah und spürte die unsichtbare Wand, die zwischen mir und Onkel wuchs und uns trennte. Aber ich sah auch den Riß in der Wand, meine Zuneigung zu diesem Onkel, wenn auch Bolschewisten, den einzigen von den neun oder zehn Onkeln, die ich hatte, meinen liebsten Onkel František, dem ich seit meinen Jugendjahren vertraut habe und auf den ich mich immer verlassen konnte, wenn es mir schlecht ging, wenn ich in der Patsche saß.

»Trink, Ota, die Flasche habe ich für dich aufgehoben. Du weißt ja Bescheid, ich mag keinen Schnaps, ich bleibe beim Bier.«

»Wie geht es Großmutter?«

»Naja, in ihrem Alter ...«

Onkel zündete sich eine *partyzánka* an.

»Du kannst dir, Onkel, doch bessere Zigaretten leisten.«

»Hab mich an *partyzánky* gewöhnt.«

»Und wie geht es meiner Mutter?«

»Keine Ahnung. Seit einem Jahr hat sie mir nicht mehr geschrieben.«

»Und Tante, ich meine, Heda, wie geht es ihr?«

Onkel trank einen mächtigen Schluck Bier direkt aus der Flasche. Ich kippte den dritten Sliwowitz hinunter.

»Interessiert mich nicht. Vergesse sie!«

»Und Genosse Kliment?«

»Wie immer, sitzt hoch und fest im Sattel.«

Nach dem vierten Sliwowitz hatte ich das Gefühl, daß ich mich im Kreis drehe, daß ich ein in mir schlafendes Gespenst aus einem tiefen Schlaf geweckt habe, das mich auf leisen Sohlen umkreist und wortlos beschwört.

»Onkel, hast du im Konzentrationslager Angst vor dem Tod gehabt?«

Die Frage ist mir gegen meinen Willen nach dem fünften Sliwowitz herausgerutscht.

»Am Anfang schon, dann habe ich mir nur gewünscht, daß er schnell und unerwartet kommt.«

»Und hast du Träume gehabt, ich meine Träume von einer glücklichen Zukunft, von deiner siegreichen Revolution?«

»Am Anfang schon, dann aber habe ich nur vom Fressen und vom Bier geträumt.«

Der Riß in der Wand wurde nach dem sechsten Glas Sliwowitz breiter. Ich sah in Onkels blaue Augen; sie waren zu hell, zu tief, sie sahen durch mich hindurch; ich spürte die Berührung ihrer scharfen und stechenden Blicke unter meinem Stirnknochen.

»Also, raus damit, Ota, was hast du wirklich auf dem Herzen?«

»Nichts.«

Onkel František steckte seine Hand durch den Riß, packte mich am Kragen und zog mich näher an sich heran.

»Red keinen Unsinn! Trink noch einen Sliwowitz und spuck es aus!«

Onkel ließ mich los und trank Bier, wieder aus der Flasche.

Der Sliwowitz schmeckte mir ekelhaft-säuerlich nach verwesenden Zwetschgen; am liebsten hätte ich mich erbrochen. Das sechste Glas habe ich mir in den Mund geschüttet, wollte den Fusel schlucken, schaffte es jedoch erst beim dritten Versuch.

»Onkel, ich brauche deine Hilfe.«

»Das habe ich mir gleich gedacht. Schieß los!«

Der Riß in der Wand zwischen mir und Onkel öffnete sich wie ein eiserner Vorhang im Theater; auf der leeren Bühne stand ich im trüben Licht ganz allein. Für eine Beichte reicht die Flasche aus, sagte ich mir.

»Wo soll ich anfangen?«

»Am besten von Anfang an.«

Für mich war der Anfang das Ende, mein Gespräch vor nicht ganz acht Stunden mit Jaroslav Aujeský.

Ich konnte Onkels blauen Blick nicht ertragen. Abwenden wollte ich mich nicht von ihm, das hielt ich für falsch und unaufrichtig. Und Onkel František in die Augen zu schauen, das hätte ich zwar geschafft, aber wie lange? Für die nächsten zwei Stunden, bis Mitternacht, hielt ich meine Augen halb geschlossen.

Punkt zwölf habe ich Onkel alles, was ich ihm nicht sagen wollte, gesagt und bin am Anfang der Geschichte, bei meinem und unserem Schwärmen im September 1951 in der Kneipe Zum grünen Baum über Boogie-Woogie, Bebop, Abenteuer in Kanada und in Texas angelangt.

Den Sliwowitz habe ich nach Mitternacht nicht mehr angerührt.

Bis zur Stunde der bösen Geister, die in Prag nach Mitternacht aus ihren Verstecken kriechen, hatte Onkel František acht Halbliter Bier getrunken; die Reihe der leeren Flaschen stand zwischen uns auf dem Tisch. Der Aschenbecher war voll; er zündete sich die letzte *partyzánka* an und wandte sich von mir ab.

»Laß mich nachdenken ... Nein, ich kann nicht nachdenken. Mein Kopf ist leer. Und warum hast du mir das alles erzählt?«

»Weil ich keinen als dich habe.«

»Du erpreßt mich. Du hättest mir gar nichts sagen und die Sache mit dir selbst ausmachen sollen. Jetzt gehöre ich eigentlich dazu. Das wolltest du erreichen?«

»Nein.«

Onkel machte das Licht aus und schaute aus dem Fenster, nicht zum Himmel, der war verzogen, und es fing leise an zu regnen, sondern nach unten, in die Rokycanova-Straße.

Wir legten uns hin. Ich, angezogen, aufs Sofa, Onkel František ins Bett. Auch er zog sich nicht aus.

»Worauf wartest du, Onkel? Sag was!«

»Laß mich in Ruhe!«

Ich erwartete ein Erdbeben, eine Feuersbrunst, einen Überfall, etwas, wovor ich fliehen müßte. Onkel František hätte mich bestimmt nicht zurückgehalten.

»Ota, was erwartest du von mir?«

Was habe ich von Onkel František erwartet? Vielleicht ein Wunder, Hilfe, Zuneigung, Trost, Mitleid.

»Ich mußte mit jemandem darüber reden.«

»Es gibt Sachen, die behält man für sich.«

»Onkel, ich kann immer noch verschwinden. Keiner wird erfahren, daß ich hiergewesen bin und daß wir miteinander gesprochen haben.«

Onkel František wälzte sich im Bett um; das Bettgestell knarrte.

»Bist du aber naiv! Die wissen genau, wo du bist! Als ich nach Hause ging, stand vor der Einfahrt ein Auto. Und es steht bis jetzt dort.«

Ich erhob mich und ging zum Fenster.

Unten stand vor der Toreinfahrt ein schwarzer Tatra.[116] Das Kopfsteinpflaster in der Rokycanova-Straße spiegelte das Licht der Laternen wider. An die linke Seitentür des Tatra gelehnt stand ein Mann und rauchte.

»Geh' lieber weg vom Fenster!«

Ich legte mich wieder hin.

»Onkel, laß mich von hier verschwinden, und du kannst ja behaupten, wir hätten nur über Familienangelegenheiten gesprochen.«

»Und wo willst du hin?«

»Zurück nach Kadaň, wohin auch sonst? Vielleicht fällt mir im Zug eine Lösung ein.«

Onkel František richtete sich im Bett auf; die eine Hälfte seines Gesichtes war vom gelblichen Licht der Straßenlaterne erleuchtet, die zweite lag im tiefen Schatten unter Großmutter Maries geliebtem Bild im goldenen Rahmen: Jesu Christi Ritt auf dem Rücken eines Esels nach Jerusalem.

»Ota, du weißt nicht, was du redest! Hast du denn nicht kapiert, worum es geht? Ihr werdet eine ganze Meute von erfahrenen Menschenjägern auf den Fersen haben. Und wenn sie euch kriegen, dann können sie euch wie räudige Hunde ohne Erbarmen abknallen und werden dafür noch belohnt!«

Meine Kehle war so trocken und so heiß, daß ich es kaum schaffte, vier Silben verständlich aus mir herauszuquetschen.

»Ja, das weiß ich.«

»Ota, ich sehe nur einen einzigen Ausweg. Ich zeige dich morgen, solange das Schlimmste noch nicht passiert ist, an. Nein, halt deinen Mund! Du hast mich in die Sache hineingezogen, ich mache dir keine Vorwürfe! Es ist aber schon geschehen. Von nun an gelten meine Spielregeln! Und wenn du mich in diese tödliche Angelegenheit hineingezogen hast, dann löse ich sie auf meine Weise, verstanden?«

»Willst du uns verraten?«

»Laß den Quatsch mit Verrat! Ich werde nur das tun, was ich in dieser Situation tun kann. Ich kann dir und deinen Kollegen nur eines garantieren, nämlich daß ihr alle überlebt.«

Vor Morgengrauen bin ich eingeschlafen.

Onkel František, im zerknitterten Anzug und mit einem um mindestens zehn Jahre gealterten Gesicht, weckte mich.

»Du bleibst hier, rührst dich nicht aus der Wohnung und wartest auf mich, bis ich zurück bin.«

Er kam erst gegen vierzehn Uhr zurück, setzte sich hin, schob eine *partyzánka* zwischen seine Lippen, zündete sie jedoch nicht an.

»Das meiste wußten die Genossen schon. Nur die Nachricht, daß die Flucht auf den Samstag verlegt wurde, war für sie neu. Sagt dir der Name Vilém Dovara etwas?«

»Ja. Er ist mein Freund.«

»Vergiß ihn!«

»Und wie geht es weiter, Onkel?«

»Ich begleite dich zurück nach Kadaň.«

Onkel František schaute über meinen Kopf hinweg.

»Onkel, haben wir oder habe ich verraten?«

»Nein und ja. Unsere Rollen sind klar verteilt: Ich als Kommunist habe meine Pflicht getan. Du hast deine Last nicht ertragen, du bist zusammengebrochen, du hast Angst vor dem Tod gekriegt, das ist dein Problem, mit dem du von nun an leben mußt. Du bist zu mir gekommen, hast mir dein Herz ausgeschüttet und mich damit in eine ausweglose Lage gebracht, in der ich nichts anderes tun konnte, als das, was ich getan habe. Auch mir geht es jetzt um Kopf und Kragen! Ich sage es dir offen: Ich habe mächtigen Schiß bekommen! Dein verhängnisvoller Fehler war, daß du mit der Sache nicht allein fertiggeworden bist, das wird immer deine Schuld bleiben. Einen Teil deiner Schuld habe ich dir abgenommen, den größeren Rest mußt du von nun an selbst tragen.«

Onkel František bekam einen Hustenanfall, er wurde blaß im Gesicht und mußte sich mit beiden Händen an der Wand stützen.

»Sag mir, Ota, aber ehrlich: Bist du ein britischer Agent?«

»Du spinnst, Onkel!«

»Die Genossen behaupten, daß du einer bist.«

»Du glaubst ihnen?«

»In solchen Sachen irren die Genossen nie. Eines sag ich dir: Wenn du einer bist, dann wirst du es früher oder später zugeben. Und wenn du kein Agent bist, dann wirst du es, wenn es den Genossen paßt, auch gestehen. Ist dir das klar? Hast du vor deinen Fluchtkollegen Heda erwähnt!«

»Warum hätte ich Heda erwähnen sollen?«

»Wenigstens das. Eines darfst du von nun an nicht vergessen: Spiele nicht den Helden! Das Heldentum ist heutzutage nur Kräfteverschleiß, am Ende kriegen sie dich doch. Was bist du eigentlich? Ein Wurm, ein Nichts! Wenn sie dich liquidiert hätten, dann müßte auch ich die Zähne zusammenbeißen und schweigen oder mich von dir lossagen. Und wenn sie sich entscheiden, dich zu liquidieren, dann werden sie es tun, und kein Hahn wird nach dir krähen. Das ist die nüchterne Wirklichkeit unserer Tage, Ota, kein Traum, nicht einmal ein böser.«

Ein halbes Jahrhundert später habe ich begriffen: Mein persönlicher Dämon, der ab dem 13. Juli 1951 meinen siebenten Lebenslauf schrieb, Oberst František Fic, hatte mich seit jenem Tag, ohne daß ich von seiner Existenz auch nur eine Ahnung haben konnte, unter Kontrolle und in seinem Netz. Mein für ihn, den erfahrenen Nachrichtendienstler, lächerliches Tun verfolgte er von Anfang an bestimmt nur mit einem höhnischen Blick. Eine Zeile seiner schattierten und mit schwarzer Tinte geschriebenen Schönschrift am Rande einer der zahlreichen Meldungen seiner Agenten hätte gereicht, um mich, den in seinen Augen englischen Spion, zu liquidieren.

Oberst František Fic, der Nachrichtenoffizier, der drei Regimen diente, hat es jedoch nicht getan. Hatte er vielleicht Mitleid mit mir? Spätestens einige Tage nach dem ersten Septembersonntag 1951, als wir, schwarze Arbeitssoldaten, in Übermut oder von der Sehnsucht nach Freiheit überwältigt, in der Kneipe Zum grünen Baum große Reden übers Abhauen schwangen, mußte Oberst Fic von meinem vermeintlichen Freund und seinem Spitzel Vilém Dovara alles, worüber wir, die Schwarzen, in Kadaň schwärmten, zugetragen bekommen haben.

Der Oberst griff gegen mich und gegen uns nicht ein. Warum? Auf diese Frage habe ich keine Antwort. Hat Oberst Fic von mir etwas Größeres, Wichtigeres erwartet, etwas, was seinem Bild von einem englischen Topspion entsprechen würde? Wahrscheinlich habe ich ihn sehr enttäuscht: Sein britischer Spion Ota Filip entpuppte sich am 18. Juni 1952 als eine Niete, die Angst vor dem Tod bekommt und seinem Onkel, einem Bolschewisten, beichtet.

Was war das für eine Zeit, in der dem zerbrechlichen, auf einen grausamen Zusammenstoß mit der nackten Gewalt nicht vorbereiteten Menschen zuerst seine Seele, dann seine Freiheit und auch sein Leben geraubt wurden?

Ehrwürdige Äbte und Kirchenfürsten bekannten nach einem Monat Prügel, um ihr Leben zu retten, für den Vatikan spioniert und heuchlerische Morde geplant zu haben. Intellektuelle, Philosophen, Dichter und Denker, beschuldigten sich nach spätestens einem Monat Behandlung durch ihre Untersuchungsreferenten gegenseitig, Kampftruppen gebildet und einen konterrevolutionären Umsturz vorbereitet zu haben, mit dem Ziel, das volksdemokratische System mit Gewalt zu stürzen und zu vernichten. Hartgesottene Bolschewisten, Berufsrevolutionäre, Spanienkämpfer, die schon in den Jahren von 1936 bis 1939 ihr Blut im Kampf gegen Francos Faschismus vergossen, die nazistischen KZs überlebt oder als Soldaten der tschechoslowakischen Armee im Exil als Untergrundaktivisten und als Partisanen gegen Hitler gekämpft hatten, brachen nach zwei oder drei Monaten Folter ein und erklärten sich für bezahlte Agenten und Spione im Dienst des Imperialismus. Rudolf Slánský, der Berufsrevolutionär, nach 1945 Generalsekretär der KPTsch, und zehn mit ihm hingerichtete Genossen, alle seit ihren Jugendjahren Revolutionäre, Leninisten und Stalinisten, nach dem Krieg hohe Parteifunktionäre, gaben nach sechs Monaten Prügel zu, gemeine Verräter und Agenten im Dienst der Imperialisten zu sein, und plapperten im Spätherbst 1952 vor dem Prager Volksgerichtshof ihre im Gefängnis auswendig gelernten Selbstbezichtigungen ab. Soweit sie Juden waren, gaben sie nach schlaflosen Nächten, nach Folter und Hunger, reumütig zu, auch noch Agenten einer zionistischen Verschwörung und erbitterte Feinde des Fortschritts und des Friedens, angeführt vom großen Stalin und der UdSSR, zu sein.

Und wie demütigend ist für den abendländischen Menschen und Christen die Feststellung, daß, um den Menschen in die Knie zu zwingen, um ihn um alles Menschliche, auch um seine Seele zu berauben, damals in der Mitte des zwanzigsten Jahrhunderts keine mit allen höllischen Wassern gewaschenen Mephistos oder Dämonen mit intellektuell-verführerischem Gerede engagiert werden mußten, um den Menschen zu zerstören. Zu diesem in der Weltliteratur so oft beschriebenen Vorgang des Seelenraubes und der Menschenzerstörung reichte ein im Schnellkurs ausgebildeter marxistisch-leninistischer Sadist im Rang eines Untersuchungsreferenten, der seinen Opfern immer wieder nur Prügel und Prügel, Hunger und Nachtmärsche in der Zelle, also ganz primitive, jedoch wirksame Mittel verpaßte, und dann nur geduldig abwarten konnte, ob seine Opfer nach einer Woche oder erst nach einem Monat aufgaben und zerbrachen.

Wie umständlich hat Goethes Mephisto Doktor Faustus zu verführen und kleinzukriegen versucht! Was waren das für idyllische Zeiten, als sich Satan noch höchstpersönlich um die Verführung einer einzigen menschlichen Seele bemühte! Mitte des zwanzigsten Jahrhunderts erledigte Satans Sache ein im unbarmherzigen Klassenkampf ausgebildeter, karrieresüchtiger junger Untersuchungsreferent im Rang eines Leutnants.

Mein Untersuchungsreferent, Leutnant Václav Mlejnek, hätte, wenn ihm Doktor Faustus in die Pranken gefallen wäre, ohne mit den Augen zu zwinkern Gretchen als ein verdächtiges Element zuerst verprügeln lassen und dann wegen Schmarotzertums in den Frauenknast nach Pardubice gesteckt; den berühmten Pudel hätte er erschossen, Doktor Faustus Handschellen angelegt, ihn in den Hintern getreten, in eine Einzelzelle des Gefängnisses in Prag-Ruzyň gesteckt, ihn regelmäßig zusammengeschlagen und zwei oder drei Wochen lang ohne Essen im finsteren Loch Tag und Nacht marschieren lassen.

Nach einer solchen Behandlung hätte Doktor Faustus seine Seele, früher oder später, auch nur für eine Nacht Schlaf und für ein Stück Brot mit Suppe verkauft.

Im Zug, mit dem ich mit Onkel František zurück nach Kadaň fuhr, spielte ich mit dem Gedanken, aus dem fahrenden Zug zu springen, mich umzubringen oder zu fliehen. Onkel František hielt meinen Ellbogen fest umklammert und deutete mit seinem Blick auf die zwei Herren in Zivil, die auf den Klappsitzen vor unserem Abteil saßen.

In Prunéřov-Kadaň kamen wir noch bei Tageslicht an.

Vor dem Bahnhof wurde es plötzlich finster für mich. Hinter mir hörte ich eine Stimme flüstern:

»Bleiben Sie ruhig!«

Vier kräftige Arme packten mich und schoben mich in ein Auto. Ein schwarzer, nach Lysol stinkender Sack trennte mich vom letzten rotglühenden Tageslicht.

Links neben mir hörte ich Onkels Františeks Stimme:

»Keine Angst, ich bin hier.«

Wollte er mich trösten oder noch mehr erschrecken? Ich denke eher an Trost.

Wir fuhren Richtung Kadaň; ich kannte den Weg, die einzelnen Abbiegungen, die holprige Bahnüberfahrt. In einem Durchgang wurde ich aus dem Auto geführt. Jemand hielt mich am linken Ellbogen fest und dirigierte meine Schritte:

»Vorsicht, drei Stufen. Jetzt nach links, nach rechts. Stehenbleiben!«

Eine Tür wurde geöffnet.

»Drei Schritte vorwärts!«

Die Tür fiel ins Schloß.

Der schwarze Sack, es war wirklich ein Sack aus schwerem schwarzen Stoff, der widerlich nach Lysol roch, wurde mir abgenommen. Ich stand in einem größeren Raum, einst eine Schulklasse oder ein Büro; die drei Fenster waren mit schweren Militärdecken verhängt. Über einem großen Tisch mit einem Stuhl nahe des einen Fensters leuchtete eine einzige nackte Birne.

Drei Offiziere, die niedrigste Charge war ein schwarzhaariger Oberleutnant, rauchten, an die Wand gegenüber den verhängten Fenstern angelehnt, und musterten mich mit neugierigen Blicken. In der Ecke saß steif und mit einem angespannten Gesichtsausdruck ein Obergefreiter an einem kleinen Tisch mit einem Telefon und einer Schreibmaschine; das Papier lag schon in der Walze. Der junge Mann, mein Jahrgang, hatte schon alle seine zehn Finger locker auf die Tastatur gelegt.

Ich kann mich nur matt daran erinnern, was die zwei, drei Majore und der eine Oberleutnant sagten. Vielleicht sprachen sie ab und zu alle auf einmal, vielleicht legten sie Pausen ein, vielleicht sprach wirklich nur der schwarzhaarige Oberleutnant. Ihre Stimmen oder seine Stimme erreichten mich aus einer großen Ferne, wie ein Echo.

»Da haben Sie aber in Prag einen kurzen Urlaub gehabt.«

»Jetzt haben wir den Vogel im Käfig.«

»Aus diesem Zimmer gibt es zwei Ausgänge: Durch den einen verläßt man es auf eigenen Beinen, durch den zweiten wird man mit den Beinen nach vorne auf einem Brett hinausgetragen.«

»Haben Sie mich verstanden?«

»Ich habe verstanden.«

Sehr bald habe ich begriffen, daß die Stimme meine Antworten nicht hören wollte, denn sie kannte sie bereits und diktierte sie dem jungen Gefreiten in die Schreibmaschine. Als ich zwei- oder dreimal versuchte, auf die Fragen des Schwarzhaarigen in längeren Sätzen zu antworten, zerschlug er mir mit seiner Faust schon das erste Wort auf den Lippen.

»Der Mädchenname Ihrer Mutter?«

Die Frage kam von links.

»Was hat hier der Mädchenname meiner Mutter zu bedeuten?«

Der Schlag kam von rechts.

»Die Fragen stellen wir! Sie antworten.«

»Marie Mikolajczyková.«

Onkel Františeks Stimme kam von links.

Der Gefreite schoß auf der Schreibmaschine den Mädchennamen meiner Mutter wie eine kurze Salve aus einem leichten MG ab. Beim Schreiben rührte er sich nicht, er zuckte nicht einmal die Wimpern, er starrte die leere Wand vor ihm an. Seine Gelenke bewegten sich fast überhaupt nicht; nur die Finger trommelten mit einer vom menschlichen Auge kaum erfaßbaren Geschwindigkeit in die Tastatur. Wenn ich heute das erste Verhörprotokoll aus dem verdunkelten Raum in Kadaň lese, höre ich im Hintergrund wieder das einem leichten Maschinengewehr ähnliche Trommelfeuer und kann es nicht fassen: Auf den sieben Seiten des Protokolls gibt es keinen einzigen Tippfehler. Der Gefreite an der Schreibmaschine schaffte es auch noch, die ihm von dem schwarzhaarigen Oberleutnant in einem miserablen Tschechisch diktierten Sätze in einer anständigen Sprache aufzuschreiben.

Nach der vierten Seite bedeckten kleine Schweißperlen die Stirn des Gefreiten. Er wagte sie nur in den kurzen Pausen mit der Hand abzuwischen, wenn mich der Oberleutnant anbrüllte oder mir mit seiner Faust zwei oder drei, wie ein geübter Boxer schnell hintereinander folgende Schläge, verpaßte.

Der Schwarzhaarige hätte mich, den Wehrlosen, mit einem Schlage fertigmachen können; er schlug jedoch, und das habe ich sehr bald erkannt, mit einer gewissen Vorsicht zu: Zum Schlag holte er zwar bedrohlich weit aus, hielt jedoch seine Faust kurz vor meinem Gesicht den Bruchteil einer Sekunde zurück, so daß er mir nach den ersten drei Schlägen, die tatsächlich hart waren, keine weiteren Blutungen mehr verursachte.

Zwei Stunden, vielleicht drei Stunden leistete ich Widerstand; ich versuchte entweder zu lügen oder die Wahrheit über unsere vorbereitete Flucht auszusagen. Nach jeder Antwort sah der schwarzhaarige Oberleutnant die zwei schweigenden Majors, die an die Wand angelehnt eine Zigarette nach der anderen rauchten, wie ein Hund, wirklich wie ein Köter an, der unterwürfig seinen Herrn um Lob oder um Zustimmung bittet. Und erst dann, wenn der eine oder der andere Major mit dem Kopf nickte, diktierte der Schwarzhaarige meine Antwort in seinen Wortschatz übersetzt ins Protokoll. Wenn aber die beiden Offiziere an der Wand ihre Augenbrauen hoben, ihre Mundwinkel fallenließen, oder wenn einer von ihnen mit seiner Hand eine abweisende Bewegung machte, mußte ich mich wieder auf einen Schlag vorbereiten oder ohne zu mucksen alles akzeptieren, was der Oberleutnant dem verschwitzten Gefreiten an der Schreibmaschine diktierte.

Gegen zehn Uhr abends, oder war es früher, wurde Onkel František aufgefordert, eine Nummer in Most anzurufen. Später fiel mir ein, daß Onkel František auf diese Aufforderung gewartet haben mußte, denn er hielt einen Zettel mit einer Telefonnummer in seiner Hand bereit. Er wählte die Nummer und verlangte Rottmeister David; der war auch sofort am Apparat.

Das Gespräch war kurz.

Onkel František übergab mir das Telefon und nahm den zweiten Hörer ab.

»Du mußt, der Ordnung wegen, dem Rottmeister David in Most die Fluchtvorbereitungen melden. Er ist beim 59. PTP zuständig für solche außerordentlichen Vorkommnisse. Er weiß Bescheid, ich habe mit ihm schon aus Prag gesprochen.«

»Wiederholen Sie kurz Ihre Anzeige!«

Rottmeister Davids Stimme klang wie aus einem Blechkasten.

»Genosse Mikolajczyk hat doch schon alles ...«

»Ich will es von Ihnen hören!«

Onkel František deckte den Hörer mit seiner Hand ab.

»Ota, du mußt es ihm wiederholen!«

Der schwarzhaarige Oberleutnant steckte mir zwei beschriebene Blätter zu. Es war meine Aussage über die Fluchtvorbereitungen. Ich las sie ins Telefon ab.

Rottmeister David unterbrach mich am Anfang der zweiten Seite.

»Das reicht! Jetzt bestätigen Sie, daß Sie sich um Aufnahme in den militärischen Nachrichtendienst beworben haben.«

»Das ist doch nicht wahr! Das kann ich nicht bestätigen!«

Onkel František deckte wieder den Hörer mit der Hand ab.

»Ich hab es schon in Prag in deinem Namen getan! Sag ihm kurz, ja, ich habe mich beworben!«

»Onkel, ich verstehe dich nicht ...«

»Du mußt mich nicht und nichts verstehen!«

»Was sagen Sie?«

Rottmeister David wurde am anderen Ende der Leitung nervös.

Onkels Hand zitterte. Er war erschüttert, er brach zusammen. Seine Augen wurden feucht, seine Hand umklammerte den Hörer, als wäre es das Ende eines Rettungsseils.

»Ich bitte dich, Ota, bestätige ...«

Auch ich habe ab und zu, ohne zu wissen, was ich sage, die Redewendung von Mühlsteinen verwendet, die uns zermahlen. In dieser verdunkelten Nacht geriet ich zwischen zwei oder sogar mehrere Mühlsteine und bekam zu spüren, was es bedeutet, zerstückelt, zerkleinert, pulverisiert zu werden. Ich fühlte, wie der Brei, der noch vor kurzem mein Ich war, meine Beine umschlingt. Nichts tat mir weh, nicht einmal die zwei Schläge von hinten in meine Nieren. Ich blieb aufrecht mit dem Hörer am rechten Ohr stehen; aus Most hörte ich ein leises Schnaufen.

»Genosse Rottmeister«, sagte ich, »ja, ich bestätige, daß ich ...«

»Das wollte ich hören. Vormittags bin ich in Kadaň, wir reden noch.«

Rottmeister David hängte auf.

Onkel František ließ den zweiten Hörer fallen, wackelte auf unsicheren Beinen in die Ecke des Raumes und lehnte sich dort an die Wand.

Der ältere Major drückte seine brennende Zigarette zwischen Daumen und Zeigefinger aus.

»Sie können gehen, Genosse Mikolajczyk!«

Onkel František verließ den Raum; einen Schritt vor der Tür öffnete sie sich, und er verschwand in der Finsternis.

Ich habe versucht, die Ereignisse der letzten Stunde zu ordnen; alles, so schien mir, habe ich verstanden und genau wahrgenommen, alles kann ich einordnen, nur Onkel Františeks Zusammenbruch war mir ein Rätsel.

Kurz nach drei, ich las die Zeit von der Armbanduhr des Oberleutnants ab (mir wurde alles, was ich in den Taschen hatte, auch mein Ring und meine Armbanduhr, abgenommen), legte mir der Schwarzhaarige das Protokoll, jede Seite einzeln, zur Unterschrift vor.

Ich weigerte mich nicht mehr zu unterschreiben, daß ich die Flucht den vorgesetzten Militärorganen gemeldet habe. Ich wehrte mich auch nicht, Einzelheiten über Gespräche, über absurde Abmachungen und phantasmagorische Absprachen zwischen meinen Fluchtkollegen, Franc, Hromjak, Erler, Aujeský, Moravec, Bohdal, und mir mit meiner Unterschrift zu bestätigen. Miroslav Moravec' und Josef Bohdals Namen, die zu unserer Gruppe gehört haben sollten, habe ich erst von dem schwarzhaarigen Oberleutnant erfahren. Die beiden habe ich nicht gekannt, ihre Namen vorher nie gehört.

Zusammenhänge, die ich nicht erkannt habe und von denen ich nichts wußte, Schlingen und Fangnetze, Fallen und Abgründe, zum Teil absurd-monströs, zum Teil stümperhaft von namenlosen oder unter falschen Namen im verborgenen tätigen Genossen konstruierte Verflechtungen und auch meine Schuld, meine Angst und mein Versagen, das alles fiel in der endlosen Nacht im verdunkelten Raum in Kadaň, die mindestens zwei Tage dauerte, auf meinen Kopf.

Es fiel mir ein: Du bist nicht mehr auf Mutter Erde, sondern irgendwo ins Jenseits oder auf die umgekehrte Seite der Wirklichkeit verschleppt worden. Alles ist hier zwar so, als ob es in Kadaň wäre, aber alles, was in diesem Raum geschah oder noch geschehen wird, ist auf eine unheimliche Art und Weise umgekippt, verdreht und entgleist.

In dieser endlosen, künstlich verlängerten Nacht dachte ich immer wieder an die Stille nach dem Zusammenstoß von zwei Personenzügen in einer Winternacht am Bahnhof von Karlsbad. Es gab keine Toten, nur einige Leichtverletzte, ich kam mit einem verstauchten Daumen davon.

Die Stille unmittelbar nach dem Krach werde ich nie vergessen: Sie dauerte nur einige Sekunden, und dann hörte ich in der vollkommenen Finsternis rechts und links, vor mir und hinter mir, zuerst eine leises Winseln, jemand berührte mit seinen feucht-klebrigen Fingern mein Gesicht, ich stieß mit meiner Stirn gegen eine andere. Und erst dann schrie jemand auf und riß mich und die anderen Fahrgäste mit seinem schon überflüssigen Aufschrei in Panik. Ich schlug mich, selbst geschlagen, Richtung Ausgang durch. Es fiel mir dabei ein, daß ich tot bin und daß diese sinnlose Schlägerei eigentlich nur mein erster Alptraum im Reich der Toten ist.

Und in der verdunkelten Nacht in Kadaň verfiel ich in dieselbe Panik. Mein Bezug zu der wirklichen Welt wurde zerstört, mein Platz in ihr stürzte in eine Finsternis ab. Die mir bisher bekannte oder sogar vertraute Realität wurde durch eine Antiwirklichkeit ersetzt, die keine Spielregeln, keine Logik und die sogar den Sinn und Inhalt der einfachsten Worte nur in ihrer, nach dem Wunsch der Untersuchungsreferenten verdrehten Bedeutung akzeptierte. Alle Sätze und Seiten, die ich unterschreiben mußte, kommen mir, wenn ich sie heute lese, wie von einer unbekannten, unheimlichen Krankheit angesteckt vor. Heute kenne ich die Namen dieser schrecklichen Krankheit; sie heißt Angst vor dem Tod und verzweifelte Sehnsucht nach Leben.

Aus welchen finsteren Schatten, aus was für einer heimtückisch zusammengewebten Verflechtung trat meine ehemalige Tante Heda in Erscheinung? Ich hatte sie in Kadaň nicht erwartet, aber plötzlich war sie da.

Tante Heda hatte ich schon längst zu meinen wunderbarsten Erinnerungen an die Jugend abgelegt und nur ab und zu, wenn ich im Traum nach Schlesisch und nach Mährisch Ostrau zurückkehrte, erschien sie mir in ihrer vollen Schönheit: jung, elegant, nach damaliger Mode mit abrasierten, ein wenig höher über ihren grünen Augen neu gezeichneten Augenbrauen, mit ihrem jeden Tag neu aufgetragenen Muttermal und immer, wie man heute sagen würde, sexy, niemals eine Proletarierin, wie es sich für die Tochter eines kommunistischen Abgeordneten und Vorsitzenden der Roten Gewerkschaft gehören würde. Onkel František, der echte Proletarier, muß unter dem Erscheinungsbild seiner Frau gelitten haben.

Rottmeister Tomáš David, der in meiner längsten Nacht im verdunkelten Raum auftauchte, zog aus seiner Aktentasche Hedas Foto heraus und legte es vor meine Augen auf den Tisch. Das Foto kannte ich: Meine ehemalige Tante am Tag, als sie im Jahr 1936 Onkel František heiratete, aber ohne František, nur mit ihrem großen Blumenstrauß und Hut mit einem Schleier, der die linke Hälfte ihrer hohen Stirn verdeckte.

»Ist das Ihre ehemalige Tante Heda?«

»Ja, das ist sie, aber schon vor langen Jahren.«

Der Rottmeister war vor allem an meiner Verbindung mit meiner ehemaligen Tante Heda in Paris interessiert. Die Flucht lag nicht im Mittelpunkt seiner Fragen, die er mir, ohne zugeschlagen zu haben, stellte.

»Wenn Sie sich um Aufnahme zum militärischen Nachrichtendienst bewerben wollen, dann müssen Sie sich bewähren. Reden wir miteinander wie Kollegen. Am besten fangen Sie mit Ihren Kontakten zu Heda an! Wie laufen Ihre Verbindungen mit ihr, wer ist der Kurier, für welche Gebiete interessiert sie sich?«

Rottmeister Tomáš David, ein blondes Dickerchen mit einer sanften Stimme und gelichtetem Haar, kein Urbild eines harten Nachrichtendienstlers, war von Heda besessen. Er traute sich aber nicht ihren Mädchennamen Klimentová auszusprechen, und wenn er ihm ab und zu entglitt, wurde er rot im Gesicht, verlegen und stotterte:

»Ich wollte sagen Mikolajczyková ... Nein, nein, eigentlich heißt sie jetzt Lapáčková ...«

Nach langen Stunden wurde Rottmeister David unsicher; wahrscheinlich leuchtete ihm allmählich ein, daß ich über meine ehemalige Tante Heda tatsächlich nichts weiß, daß das mit mir und mit ihr als meiner Kontaktperson im Westen nicht stimmt. Ermüdet machte Rottmeister David seine abgewetzte Aktentasche auf, zog eine Thermosflasche mit Kaffee, ein sorgfältig in Wachspapier eingepacktes Butterbrot heraus, machte Brotzeit, rauchte zwei Zigaretten, schluckte zwei Pillen und legte mehrmals seine rechte Handfläche auf sein Herz.

»Ich darf mich nicht zu sehr aufregen! Und damit wir beide zum Schluß kommen: Wenn Sie nicht gestehen, ein britischer Spion zu sein, wenn Sie mir, sozusagen Ihrem Kollegen, nicht Ihre staatsfeindlichen Kontakte mit Heda preisgeben wollen, dann wird aus Ihrer Bewerbung nichts!«

Die Sache mit meiner Bewerbung für den Dienst im militärischen Nachrichtendienst klärte sich am 8. und endgültig am 9. Oktober 1952 auf.

Der Politruk František Sopek, am 8. Oktober 1952 schon Feldwebel und, wie er selbst an diesem Tag aussagte, Bewerber für den militärischen Nachrichtendienst, gab zu Protokoll, daß er von Rottmeister David zwei Anmeldeformulare für den militärischen Nachrichtendienst bekommen und sie einem gewissen Soldaten Josef Šafránek und dem Soldaten Ota Filip zum Ausfüllen übergeben habe.

Einen Tag später, am 9. Oktober 1952, sagte Rottmeister Tomáš David vor dem Kapitän Miroslav Richter aus, daß er im April 1952 dem Politruk in Kadaň, Korporal František Sopek, zwei Anmeldungsformulare für den militärischen Nachrichtendienst übergeben hat, daß er aber nur Šafráneks Anmeldung vorlegen kann, nicht jedoch die des Soldaten Ota Filip, denn erstens habe er den Korporal Sopek nicht damit beauftragt, Ota Filip als Bewerber für den militärischen Nachrichtendienst zu gewinnen, und zweitens (David wörtlich) könne er eine Bewerbung des Soldaten Filip in seinen Unterlagen nicht finden.

Ein Zwischenspiel, dessen Sinn ich nicht begriffen habe, war zu Ende. Die Fortsetzung dieser Geschichte hat einen bitter-ironischen Abschluß:

Korporal, später Feldwebel František Sopek, der Politruk, der mir die Geschichte mit der Bewerbung zum militärischen Nachrichtendienst, um sich wichtig zu machen, wahrscheinlich eingebrockt hat, erreichte sein Ziel, den Dienst im militärischen Nachrichtendienst nicht. Als ich im Jahr 1970 wegen Unterwühlung der sozialistischen Gesellschaft im Gefängnis Pilsen-Bory saß, begegnete ich nach achtzehn Jahren meinem Politruk aus Kadaň wieder: František Sopek, der im Jahr 1952 von der Karriere eines militärischen Nachrichtendienstlers träumte und aus mir einen Bewerber für diesen produzieren wollte, schob Anfang 1970 als Gefangenenwärter im Rang eines Wachtmeisters meistens nur Nachtschicht.

Das Ende seiner Karriere war erbärmlich.

Einmal kam er nach der Nachtschicht zu mir und beugte sich über mich.

»Sie haben es gut, Gefangener Filip, Sie sind wenigstens berühmt. Sie werden einmal aus dem Knast entlassen, ich bleibe hier lebenslänglich.«

Die Zeit schlich in der künstlichen Finsternis oder unter dem gelblichen Licht der einzigen Glühbirne an mir vorbei; zweimal konnte ich meinen Kopf auf die Tischdecke legen und schlafen. Ich hörte viermal die Sirene der Keramikfabrik heulen, mehrmals das Schnaufen einer Dampflokomotive und einmal ein Donnern, das zu nahe war, um von den Panzerkanonen oder von den schweren Geschützen im Duppauer Gebirge zu kommen.

Der nach Lysol stinkende Sack wurde mir wieder über den Kopf geworfen, ich wurde aus dem Raum geführt. Der Schnellschreiber legte mir Handschellen an.

»Das ist Vorschrift!«

Im Auto kurbelte jemand vorne das Fenster hinunter; die Luft duftete nach Sonnenuntergang. Wir blieben vor dem Bahnhof, es war ohne Zweifel der Bahnhof Prunéřov-Kadaň, stehen. Die Geräusche täuschten mich nicht. Eine weibliche Stimme kündigte die Verspätung des Schnellzuges aus Komotau Richtung Karlsbad–Falkenau–Eger um zwanzig Minuten an.

Ein Mann neben mir knurrte.

»Scheiße!«

Es muß Samstag, der 21. Juni sein, überlegte ich.

Was dann geschah, als der Schnellzug in den Bahnhof einfuhr, mit knirschenden Bremsen stehenblieb und sich nach einigen kurzen Minuten wieder in Bewegung setzte, konnte ich erstens nicht sehen und zweitens mir auch nicht erklären. Jemand kam zu dem Auto, in dem ich meinen Kopf im stinkenden Sack zwischen meinen Knien halten mußte, und fluchte halblaut.

»Scheiße, welcher Ochse hat wieder einmal alles versaut. Wir haben nur einen erwischt!«

Was ist am Bahnhof Prunéřov-Kadaň passiert? Was ging schief? Wieso haben sie nur einen erwischt?

Die Antworten auf diese Fragen habe ich sechsundvierzig Jahre später, Ende Oktober 1998, im Archiv der Staatssicherheit des tschechischen Innenministeriums im geheimen Bericht des militärischen Abwehrdienstes in Aussig gelesen.

Den Berichten nach war die Lage am Abend des 21. Juni 1952 für die zwanzig Offiziere des militärischen Abwehr- und des Nachrichtendienstes, die ganz heiß darauf waren, eine Gruppe von Deserteuren zu verhaften, ziemlich verworren.

Der Kommandant der Abteilung des militärischen Abwehrdienstes, Zweigstelle Aussig an der Elbe, Kapitän der Infanterie Josef Hlinka, beschreibt verärgert die am Abend des 21. Juni 1952 mißlungene Verhaftung von vermeintlich desertierten Soldaten. Die Deserteure konnten nicht auf frischer Tat verhaftet werden, weil sie sich an diesem Abend nicht einmal unerlaubt von ihren Einheiten entfernt hatten.

Dabei hatte Genosse Kapitän Josef Hlinka alles so sorgfältig vorbereitet: Nachdem Oberst Václav Klika den Befehl zur Realisation[117] unterschrieben hatte, gab Einsatzleiter Kapitän Josef Hlinka folgende Richtlinien aus: Die Soldaten Michal Hromjak, Jiří Erler und Milan Franc schon beim Einsteigen in den Zug Richtung Karlsbad in Postoloprty verhaften und auf dem Bahnhof in Žatec (Saas) den Organen des 1. Bezirkes des militärischen Sicherheitsdienstes zur weiteren Eskorte mit dem Auto nach Prag übergeben; als Kommandant des Autos wurde Feldwebel Josef Midrla bestimmt.

Zwei weitere Angehörige der Fluchtguppe, so plante es Kapitän Josef Hlinka, die Soldaten Aujeský und Filip, werden auf dem Bahnhof Prunéřov-Kadaň verhaftet.

Für die Realisationsgruppe Nr. 1, die die Verhaftungen in Postoloprty durchführen sollte, wurden fünf Offiziere und ein Unteroffizier abkommandiert; die Gruppe Nr. 2, bestehend aus drei Offizieren, die Führung dieser Gruppe übernahm Kapitän Josef Hlinka persönlich, sollte die Realisierung auf dem Bahnhof Prunéřov-Kadaň abwickeln. Weitere Offiziere hielten sich, falls es bei der Verhaftung der feindlichen Elemente Schwierigkeiten geben sollte, in Kadaň und auch in Postoloprty in drei Pkws in höchster Alarmbereitschaft.

Am Abend des 21. Juni 1952 ging aber in Postoloprty und auch in Kadaň alles schief.

Der Soldat Jaroslav Aujeský, schreibt Kapitän Josef Hlinka in seinem Bericht, wurde nach einundzwanzig Uhr vor dem Bahnhof Prunéřov-Kadaň, wo er auf den Schnellzug aus Postoloprty wartete, verhaftet. Den Soldaten Ota Filip haben Unterleutnant Arnošt Rieger und Leutnant Josef Bábel vor dem Bahnhof festgenommen. Meine Verhaftung ist mir ein Rätsel: Als der Schnellzug aus Postoloprty in den Bahnhof Prunéřov-Kadaň einfuhr, war ich bereits mindestens anderthalb oder zwei Tage festgenommen und saß mit einem nach Lysol stinkenden Sack über meinem Kopf, den mir eine harte Hand zwischen meine Knie drückte, in einem großen Auto, wahrscheinlich in einem Lieferwagen.

Mit dem Zug aus Postoloprty kam in Prunéřov-Kadaň kein einziges Mitglied unserer Fluchtgruppe an, was mir heute die verärgerte und aufgeregt fluchende Stimme erklärt, die es nicht fassen konnte, daß aus dem Zug aus Postoloprty kein sich auf der Flucht befindender Soldat ausstieg und daß die Realisationsgruppe Nr. 2 unter dem Kommando von Kapitän der Infanterie Josef Hlinka nur Jaroslav Aujeský verhaften konnte.

In seinem geheimen Bericht, den Kapitän Josef Hlinka am 22. Juni 1952 über die mißlungene Verhaftung schrieb, erklärt der Kommandant der militärischen Abwehr, Zweigstelle Aussig, den groben Schnitzer, der ihm bei der Planung unterlief, nicht: Warum hat Kapitän Hlinka am Bahnhof in Prunéřov-Kadaň mit fünf Offizieren auf drei flüchtige Soldaten aus Postoloprty gewartet, wenn nach seinem Einsatzplan die Soldaten Hromjak, Erler und Franc schon am Bahnhof in Postoloprty verhaftet werden sollten? Auf wen hat also das Einsatzkommando am Bahnhof Kadaň gewartet?

In Postoloprty gab es bei der Verhaftung auch nur Malheure.

Die drei vermeintlichen Deserteure, Michal Hromjak, Jiří Erler und der Anführer der Gruppe in Postoloprty Milan Franc, konnten oder wollten am 21. Juni 1952 Aujeskýs endgültigen Fluchtplan gar nicht verwirklichen, denn sie bekamen wegen Unordnung und Disziplinlosigkeit von ihrem Kommandanten, Oberleutnant Zdeněk Hoza, für den Samstag, den 21. Juni, an dem sie fliehen wollten, keinen Ausgang bewilligt.

Damit war die Flucht für die drei abgeblasen.

Die Realisationsgruppe Nr. 1, fünf Offiziere der militärischen Abwehr und ein Unteroffizier, warteten am 21. Juni auf dem Bahnhof in Postoloprty vergeblich auf die drei Deserteure, die in der Kaserne blieben und denen es wahrscheinlich nicht einmal eingefallen war, über den Zaun zu klettern und zu verschwinden. Als der Zug aus Postoloprty nach Prunéřov-Kadaň abfuhr, wußte keiner der Offiziere, was los ist oder was sie nun, da die Flucht nicht stattgefunden hat, tun sollen.

Der Leiter der Realisationsgruppe Nr. 1, Oberleutnant Václav Mlezina, Stellvertreter des Leiters der militärischen Abwehr, Zweigstelle Aussig an der Elbe, entschloß sich, auf eigene Faust zu handeln; sein Kommandant, Kapitän Josef Hlinka, lag auf dem Bahnhof in Prunéřov-Kadaň auf der Lauer und war nicht zu erreichen.

Unter dem Vorwand, sie hätten Besuch, lockte Leutnant Václav Mleziva die drei Deserteure, Hromjak, Erler und Franc, die nicht desertieren wollten, weil sie für diesen Samstag Ausgangssperre hatten, zum Kasernentor und verhaftete sie.

Um dreiundzwanzig Uhr fünfzehn am 21. Juni 1952, schreibt Abwehroffizier Kapitän Josef Hlinka, waren alle Flüchtlinge, die allerdings nicht bei der Straftat der Republikflucht erwischt wurden (diese Tatsache führt Kapitän Josef Hlinka natürlich nicht an), verhaftet; am Morgen des 22. Juni 1952, es war ein warmer Sonntag, saßen wir alle im Gefängnis in Prag-Ruzyň.

Bei einem Verhör, es muß erst Ende August 1952 gewesen sein, erwähnte mein Untersuchungsreferent Leutnant Václav Mlejnek plötzlich drei weitere Angehörige unserer Gruppe, die Deserteure Miroslav Moravec und Josef Bohdal aus Most, die mir vollkommen unbekannt waren, und Jaroslav Forman aus Kadaň, den ich zwar kannte, der aber überhaupt nicht im Sinn hatte, in den Westen zu fliehen.

Ich bäumte mich auf und versuchte Widerstand zu leisten.

»Moravec, Bohdal, die ich überhaupt nicht kenne, und Forman gehörten doch überhaupt nicht zu uns!«

Schweigend schob mir der Untersuchungsreferent Václav Mlejnek eine Kopie zu; es war ein Vernehmungsprotokoll der Hauptverwaltung des militärischen Nachrichtendienstes in Prag, Seite 2, Datum fehlte, geschrieben und unterschrieben vom Hauptreferenten V/2. Abteilung, Kapitän der Infanterie František Šmíd.

Milan Franc sagt im Protokoll aus, er hätte seinen Freund Michal Hromjak gefragt, ob er noch weitere Soldaten kenne, die bereit wären in den Westen zu fliehen. Hromjak hat Franc die Namen der Soldaten Moravec und Bohdal genannt. Franc hat mit den beiden gesprochen und sie haben sich auch sofort bereit erklärt, an der Flucht in den Westen teilzunehmen.

Milan Franc' Aussage muß man mit Reserve lesen, denn erstens hat er bestimmt nicht freiwillig ausgesagt, und zweitens ist nicht auszuschließen, daß der große Prokurator und Manipulator im Hintergrund, der die Fäden des Falles in den Händen hielt, sich entschlossen hatte, eine größere Gruppe zusammenzustellen und die zwei, Moravec und Bohdal, und als dritten auch noch Jaroslav Forman nachträglich in unsere Gruppe einzugliedern. Im ausführlichen Bericht über den Verlauf der mißlungenen Verhaftungen am 21. Juni 1952 am Bahnhof in Prunéřov-Kadaň und in Postoloprty erwähnt der Kommandant der beiden Realisationsgruppen, Kapitän der Infanterie Josef

Hlinka, Chef des militärischen Nachrichtendienstes, Zweigstelle Aussig an der Elbe, die Namen der Soldaten Moravec, Bohdal und Forman überhaupt nicht. Sie sind auf dem Verzeichnis der Deserteure, die er am Abend des 21. Juni 1952 festnehmen sollte, nicht zu finden.

Nach dem 21. Juni 1952 muß in den Büros des militärischen Abwehr- und des Nachrichtendienstes in Prag und Aussig ein ziemliches Durcheinander geherrscht haben: Eine ganz große Sache, in der Oberst Fic und nach ihm die geheimnisvolle Prager Abteilung P des militärischen Nachrichtendienstes einem britischen Spion namens Ota Filip und seiner Komplizin in Paris, meiner ehemaligen Tante Heda, die Rollen von ganz schlauen Diversanten zuteilte, war geplatzt und hatte sich als eine amateurhaft vorbereitete, wegen einer Ausgangssperre nicht stattgefundene Flucht einiger vollkommen bedeutungsloser Soldaten eines Arbeitsregimentes erwiesen.

Anfang September 1952 gab es noch eine Chance die Flucht, die nicht stattgefunden hatte, nicht nach klassenkämpferisch verrückt spielenden, brutalen Entgleisungen der Vernunft, sondern nach normalem Gesetz zu lösen. Dem großen Prokurator und Manipulator im Gefängnis in Prag-Ruzyň lag ein Gutachten des Majors der Infanterie Karel Paul vor, des Kommandanten der V. Abteilung in der Hauptverwaltung der militärischen Abwehr in Prag, der die ganze Fluchtgeschichte als eine Bagatelle ohne Bedeutung beurteilt. So eine Ansicht konnte der Große Prokurator und Manipulator nicht akzeptieren; seine große Fluchtgeschichte wollte er nicht aufgeben.

In den fünfziger Jahren war es üblich, daß die Untersuchungsreferenten nach Anweisungen von ganz oben erst in der Untersuchungshaft Gruppen von sogenannten Diversanten, von Volksfeinden und ähnlichen, wie man damals sagte, abscheulichen Elementen, willkürlich oder nach propagandistischem Bedarf zusammenstellten.

Es war absurd: Die zu einer Gruppe erst im Gefängnis von der Staatssicherheit organisierten Volksfeinde konnten sich zum erstenmal im Gerichtssaal sehen, als sie der Prokurator dem Volksgericht als Agenten westlicher Zentren präsentierte. Schiefgehen konnte eigentlich nichts: Die angeklagten Diversanten und Agenten, nach der Behandlung in der Untersuchungshaft als menschlich denkende Wesen bereits zerstört, plapperten ihre auswendig gelernten Selbstbeschuldigungen und monströsen Denunziationen vor dem Gericht brav herunter, in der Hoffnung, entweder ihren Kopf zu retten oder endlich aus der Untersuchungshaft in ein Straflager zu kommen und wenigstens nachts schlafen zu dürfen.

Zum letztenmal trat mein bester Jugendfreund Jirka Nezbeda in mein Leben und in meinen siebenten Lebenslauf im August 1952 ein. Nach zwölf Monaten Untersuchungshaft in der Einzelzelle im Gefängnis Prag-Pankrác war Jirkas Bühne, auf der er seine verrückten Geschichten voll von Witz, Phantasie und Absurditäten, mit mir in der Rolle eines vermeintlichen britischen Spions, inszenierte, endgültig zusammengebrochen.

Am 26. August 1952 gab mein Freund Jirka Nezbeda, geboren am 8. Mai 1929 in Tábor, Medizinstudent, Sohn eines Rechtsanwaltes, wohnhaft in Prag 2, Žitná-Straße 11, zu dieser Zeit in der Untersuchungshaft des Bezirksprokurators in Prag, beim Verhör im Gebäude der Kommandantur des I. Armeebezirkes, Postamt 034, Postfach 3180 zu Protokoll:

Es sei ihm nicht bekannt, daß Ota Filip, den er schon seit dem Jahr 1949 kennt, sich an irgendeiner illegalen Tätigkeit gegen das volksdemokratische Regime beteiligt hätte. Er selbst wollte im Jahr 1951 aus der Tschechoslowakei in den Westen fliehen, dabei stieß er auf einen gewissen Karel Holoubek, der für 50 000 Kronen bereit war, ihm bei der Flucht zu helfen. Karel Holoubek hat Nezbeda auch einen gewissen Vilém Dovara vorgestellt, einen, laut Holoubek, Angehörigen einer antikommunistischen Untergrundorganisation, der von ihm als Gegenleistung für sein Vertrauen Namen von Leuten verlangte, die genau wie er, Nezbeda, antikommunistisch gesinnt sind.

»Weil mir kein anderer Name einfiel, habe ich ihm den Namen von Ota Filip genannt«, sagt Nezbeda aus. »Ich wußte, daß Ota Filip nicht in Prag ist, sondern in Kadaň seinen Militärdienst leistet. Ich habe mit Karel Holoubek und auch mit Vilém Dovara über Filips angebliche illegale Arbeit gesprochen und ihn als einen britischen Agenten bezeichnet. Das alles habe ich mir ausgedacht.«

Aber auch bei diesem Verhör konnte Jirka Nezbeda sein absurdes Spiel, seine Schwejkiaden immer noch nicht ganz lassen. Auf die Frage des Untersuchungsreferenten Kapitän František Šmíd nach seiner Religion, antwortete Nezbeda: Mormone …

Für den Agenten Karel Holoubek, mit richtigem Namen Karel Hrádek, hatte Nezbedas Rückkehr in die unbarmherzige Realität, die er nicht leiden konnte, wie in der Notiz Nr. 30 zu lesen ist, verheerende Folgen: Den Genossen Oberspionen in der Prager Kommandantur ist an diesem Tag wahrscheinlich endlich das Licht aufgegangen, daß Holoubek alias Hrádek Jirka Nezbeda auf den Leim gegangen war und dadurch auch die höchsten Offiziere in der berüchtigten Abteilung P des militärischen Nachrichtendienstes eigentlich lächerlich machte. Die Genossen haben sich sehr schnell entschlossen, ihren Topagenten Karel Holoubek, mit richtigem Namen Karel Hrádek, endgültig aus dem Verkehr zu ziehen und hinter Gitter zu bringen. Schon am 26. August 1952 meldet ein Offizier des militärischen Nachrichtendienstes seinem Vorgesetzten in der Dienststelle SVKR 1. OV, daß er seinen Mitarbeiter Karel Hrádek, der für ihn unter dem Decknamen Karel Holoubek tätig war, wegen des kriminellen Deliktes der mehrfachen Engelmacherei von der Staatssicherheit verhaften und anklagen ließ.

Für den großen Prokurator und Manipulator im geheimnisvollen Hintergrund war Nezbedas Aussage ein Grund dafür, die Regie der Vernehmungen noch einmal zu ändern und alle bisher mit mir geschriebenen Protokolle nach seinen Anweisungen und Richtlinien noch einmal schreiben zu lassen. Und weil ich ab Ende August 1952, nach Jirka Nezbedas Aussage, kein englischer Agent mehr war, wurde ich im weiteren Verlauf der Vernehmungen auch nicht mehr als der Hauptorganisator der Fluchtgruppe bezeichnet; diese Rolle fiel dann den Soldaten Jaroslav Aujeský und Milan Franc zu.

Nur zwei Tage habe ich mich geweigert, die neueste Entscheidung des großen Prokurators und Manipulators, nämlich die drei Soldaten Moravec, Bohdal und Forman nachträglich als Mitglieder unserer Gruppe zu akzeptieren.

Wie naiv von mir!

Nach zweieinhalb Monaten Tortur in der Untersuchungshaft hätte ich schon begreifen müssen, daß ich gegen die Entscheidungen des großen Prokurators und Manipulators, gegen seine Regie, Neuverteilung und Neubesetzung der Rollen, keine Chance habe.

Leutnant Václav Mlejnek, der Untersuchungsreferent, musterte mich mit seinem weich-sanften Blick.

»Damit wir uns einig sind: Wer zur Gruppe gehört oder nicht, das entscheiden wir, nicht Sie. Haben wir uns verstanden? Wir fangen also von vorne an.«

Am schlimmsten war der Monat der Einsamkeit.

Ich wußte nicht, wann ich angefangen hatte, mit dem Nagel des rechten Daumens auf die Wand in der Zelle kleine Striche zu kratzen. Dreißig Tage wurde ich nicht mehr zum Verhör geführt. Vor dreißig Tagen war es immer derselbe Wärter, der jeden Tag um neun Uhr die Tür aufmachte und sagte:

»Handtuch her! Wir gehen zur Sache!«

Mit dem Handtuch verband er mir die Augen, seine rechte Hand legte er mir auf die Schulter und führte mich durch ein Labyrinth von Gängen und Treppenhäusern, zweimal hoch und dann wieder ein Stockwerk tiefer, oder drei Treppen hoch und zwei hinunter. Ab und zu flüsterte er mir ins Ohr:

»Vorsicht, Treppe! Kopf einziehen! Scharf nach links! Jetzt nach rechts!«

Ich vermute, daß er mich ins Büro des Untersuchungsreferenten Leutnant Václav Mlejnek immer wieder auf anderen Wegen und Umwegen führte; das war wohl Vorschrift.

Eines Tages kam der Wärter nicht, er kam auch am nächsten und am übernächsten Tag nicht mehr und ich stellte zu meinem Entsetzen fest, daß mir der tägliche Gang zum Verhör, viermal am Tag hin und zurück, fehlte. Aus der Literatur war mir das seltsame Verhältnis des Gefangenen zu seinem Wärter bekannt: Nach langer Einzelhaft klammert sich der Gefangene an seinem Bewacher fest, an das einzige menschliche Wesen, das ihn mit der Welt draußen verbindet. Ich gab mir Mühe, meinen Untersuchungsreferenten Leutnant Václav Mlejnek noch mehr zu hassen, als er verdiente.

Ich dachte an die unzähligen Nächte, die ich in der Zelle durchmarschieren mußte, weil ich entweder nicht gestehen wollte oder weil ich mich weigerte, die von ihm aus seinen Notizen vorgelesenen Aussagen, die ich, wie Mlejnek öfters sagte, nur mit meinen Worten wiederholen soll, ins Protokoll zu diktieren oder, von ihm auf der Schreibmaschine getippt, zu unterzeichnen. Vergessen konnte ich auch nicht Mlejneks abwesenden Blick in jenen Minuten, als mich das Prügelkommando in seinem Büro disziplinierte, weil ich ab und zu, vor allem zu Beginn der Haft, später nicht mehr so oft, versuchte, meine Wahrheit oder meine Halblügen ins Protokoll zu bekommen.

Aber dennoch: Leutnant Mlejnek war für mich nach einem Monat Einzelhaft die einzige Verbindung oder Erinnerung an die Welt außerhalb des Gefängnisses. Nach zwei Monaten kannte ich alle seine Hemden und wußte die Reihenfolge, mit der er sie von Montag bis Samstag wechselte. Seine zwei Anzüge, Mlejnek verhörte mich in Zivil, waren mir vertraut, als ob es meine Anzüge wären. Ich kannte seine zwei Paar Schuhe und seine einzige Krawatte. Und er stank nicht wie ich in meinen grauen Klamotten nach widerlichen Desinfektionsmitteln, sondern duftete nach guter Seife und jeden zweiten Tag, wenn er rasiert ins Büro kam, nach Rasierseife mit einem Schuß Lavendel.

Und das alles habe ich in meiner Einsamkeit vermißt.

Der einzige Vorteil, den mir die Einsamkeit brachte, war, daß ich nicht mehr in der Nacht in der Zelle marschieren mußte, ich durfte sogar schlafen! Das Licht ging wie in den vergangenen Monaten in der Zelle zwar auch in der Nacht nicht aus, meine Hände mußten die ganze Nacht auf der Decke liegen, damit sie der Wärter sieht, aber das machte mir nichts aus, Hauptsache, ich durfte liegen.

Nach einer Woche konnte ich jedoch die Einsamkeit nicht mehr aushalten und begann in der Zelle zu marschieren, ich wiederholte für mich alle Gedichte, die ich auswendig kannte, und wenn ich sie vergessen hatte, dichtete ich sie neu.

Nach vierzehn Tagen überfielen mich Halluzinationen.

Ich sah mich in Vater Bohumils weißem Haus in Hošťálková: Vater Bohumil stand im Garten und erntete vom blühenden Apfelbaum große rote Äpfel. Zugleich war er aber auch tot; aus einer offenen, nur schlampig zugenähten Narbe hinter seinem linken Ohr fielen auf die Schulter seines dunklen Anzuges Holzspäne und Holzwolle heraus. Ich hörte seine Stimme:

»Paß auf die Kinder auf!«

Unter dem offenen Fenster hörte ich Kinderstimmen singen und lachen; es waren meine Kinder. Als ich mich zum Fenster hinauslehnte, sah ich Vater Bohumils gepflegten Garten, aber keine Kinder, nur eine wunderschöne Frau, die in der grellen Sonne auf einer Bank saß und mich anlachte.

»Ich warte ja schon so lange auf dich!«

Dasselbe Trugbild wiederholte sich jeden Tag mehrmals. Ich konnte es nicht verscheuchen und schaffte es auch nicht, das Lachen der Kinder, die Frau auf der Bank und ihre Stimme durch halblaut vorgetragene Texte und Gedichte aus meinem Kopf zu verjagen. An einem Tag, ich hatte gerade den dreißigsten Strich auf die Wand gekratzt, kam der Wärter.

»Handtuch her! Wir gehen zur Sache!«

Diesmal war der Weg kurz; wir fuhren mit dem Aufzug hoch bis ins letzte Stockwerk. Es muß noch ein Dritter im Aufzug gewesen sein, denn eine Stimme sagte leise:

»Du hättest uns, Genosse, sagen sollen, daß du bis nach oben fährst!«

In Leutnant Václav Mlejneks Büro durfte ich das Handtuch abnehmen. Es war kurz nach neun; die Wanduhr ging wie immer genau. Die Maschine nach Brünn startete vom unweit gelegenen Prager Flughafen. Wie schon so oft vorher schaute der Untersuchungsreferent Leutnant Václav Mlejnek, obwohl er einen Schritt links von der großen Wanduhr stand, auf seine Armbanduhr.

»Heute fliegt die Brünner Maschine auf die Minute genau ab!«

Das Dröhnen der Flugzeugmotoren auf dem Prager Flughafen Ruzyň war für mich auch eine Verbindung mit der Welt. Ich erkannte die Flugzeugmotoren und gab ihnen Namen: Das Dröhnen um elf Uhr klang französisch, das Aufheulen um halb eins war amerikanisch, das hohe Kreischen um fünfzehn Uhr war italienisch, das tiefe Brummen gegen siebzehn Uhr russisch.

Leutnant Mlejnek schob mir einige Papiere zu.

»Sie müssen noch die letzten drei Seiten des Protokolls unterzeichnen! Lesen müssen Sie die drei Seiten nicht mehr.«

»Ich habe bereits vergessen, was ich vor einem Monat ausgesagt habe.«

»Wie Sie wollen, aber unterschreiben müssen Sie sowieso. Und lesen Sie die beigefügten politischen Beurteilungen, die wir angefordert und erhalten haben. Es ist Ihr Recht, sie zu lesen und zur Kenntnis zu nehmen.«

Die erste politische Beurteilung, und das hat mich überrascht, schrieb Augustin Kliment, 1952 Mitglied des Zentralkomitees der Kommunistischen Partei und Vorsitzender des Zentralrats der Gewerkschaften.

Er kenne mich aus Schlesisch Ostrau, als ich noch ein kleiner Junge war, schrieb Augustin Kliment auf dem Briefpapier des Zentralrats der Gewerkschaften, und so kann er wohl sagen, daß ich immer ein Fanfaron und Träumer gewesen bin, jedoch sehr begabt. Und aus diesem Grund hätte er sich schon 1948 dafür eingesetzt, daß ich in der *Mladá fronta* unterkomme.

Meine Straftat betrachtete Genosse Augustin Kliment als einen Ausdruck meines schon erwähnten Fanfaronentums, nicht jedoch als ein Merkmal oder den Ausdruck einer eingefleischten Feindschaft zum volksdemokratischen System.

Zdeněk Hejzlar, der Vorsitzende des tschechoslowakischen Jugendverbandes, Herausgeber der *Mladá fronta* und mein oberster Chef, bewertete mich in seiner politischen Beurteilung als einen begabten Genossen, der auf der Sportseite der *Mladá fronta* sein Talent voll in den Dienst der Kampagne für die Verbreitung von Gorodky einsetzte, einem Spiel der sowjetischen Proletarier.

Natürlich hinderte Ota Filip seine Herkunft daran, schrieb Hejzlar, sich voll in den Kampf gegen die Reaktion und gegen die Überbleibsel der bourgeoisen Gesellschaft zu stellen, dennoch betrachte ich ihn bei sorgfältiger politischer Führung und entsprechender Schulung in Marxismus-Leninismus als einen Genossen mit Perspektive.

Das Glück stand mir bei: Hätte Zdeněk Hejzlar, Anfang Oktober 1952 noch Mitglied des Zentralkomitees der Kommunistischen Partei, seine Beurteilung einen Monat später geschrieben, wäre das für mich eine Katastrophe gewesen: Im Spätherbst 1952 wurde nämlich Zdeněk Hejzlar wegen seiner engen Beziehungen zu Rudolf Slánský, dem ehemaligen Generalsekretär der KPTsch, der als Hochverräter und Agent der Imperialisten entlarvt im Gefängnis saß und im Dezember 1952 hingerichtet wurde, von einem auf den anderen Tag aus allen Funktionen entfernt und zum einfachen Arbeiter degradiert. Drei Wochen später hätte mich Zdeněk Hejzlars politische Beurteilung wahrscheinlich zu seinem und Slánskýs Komplizen gemacht; in diesen schrecklichen Wochen des Spätherbstes 1952 war alles, vor allem alles Böse möglich.

Meine Kollegen von der Sportredaktion der *Mladá fronta*, Miroslav Hladký, František Žemla und Stanislav Sigmund, schilderten mich in ihren Beurteilungen als ein großes journalistisches und literarisches Talent, allerdings als einen jungen, zu leichtsinnigen und politisch noch nicht ganz gereiften, dennoch hoffnungsvollen Menschen und guten Schreiber.

Wenn ich bedenke, daß meine ehemaligen Kollegen es in der schlimmsten Zeit des stalinistischen Terrors wagten, sich für mich einzusetzen, dann muß ich ihre Tat als einen in den damaligen Tagen fast einzigartigen Akt von Zivilcourage, ja fast als ein Heldentum bezeichnen.

Der Weinkrampf, der mich nach der Lektüre der fünf politischen Beurteilungen überfiel, war so heftig, daß ich gar nicht fähig war, mich vor meinem Quäler, dem Untersuchungsreferenten, für meine Tränen zu schämen. Meine Hände lagen schwer und verkrampft auf den von meinen Bekannten und Freunden beschriebenen Blättern. Diese Papiere waren für mich der einzige feste Punkt, an dem ich mich in dieser verfluchten, vergitterten Umwelt festklammern konnte.

Und ich habe mich an diesem Punkt festgeklammert und heulte und heulte und heulte.

Ich wollte entweder auf der Stelle vom Schlaganfall eines ungeheuren Glücks mitten in die Stirn getroffen sterben, meine Schwäche womöglich schmerzlich sühnen, oder ich wollte schwer, unglücklich und für immer gekennzeichnet leben und wußte auch genau wozu, nämlich auch für diese fünf Menschen, alle verdammte Kommunisten, die mich nicht aufgaben.

»Sie werden heute entlassen. Die ersten zwei Formulare müssen Sie unterschreiben, das dritte lesen Sie durch und nehmen es zur Kenntnis.«

Leutnant Václav Mlejnek schob mir drei Papiere zu. Ich habe die Formulare unterschrieben; lesen wollte ich sie nicht.

»Sie sollten sich aber alles in Ruhe durchlesen!«

Das erste Formular war eine Erklärung, in der ich bestätige, daß ich mit meinem Vernehmungsprotokoll von Seite neun bis vierundzwanzig einverstanden bin und nichts mehr hinzufügen will. Auf dem zweiten Papier, einem Vordruck auf sehr schlechtem Papier, erklärte ich, daß ich in der Zeit meiner Untersuchungshaft mit keinerlei physischer oder geistiger Gewalt gezwungen worden bin auszusagen, daß ich alle meine Aussagen wahrheitsgetreu und freiwillig gemacht habe, daß ich in der Haft gut behandelt wurde und daß ich das Gefängnis gesund und ohne gesundheitliche Schäden verlasse. Das dritte auf der Schreibmaschine geschriebene Papier vom 13. Oktober 1952 mit dem Titel »Vorschlag auf Entlassung« trägt auch die Unterschrift des großen Prokurators und Manipulators Major Engelhard Juránek.

Ich habe ihn nie gesehen, aber endlich hatte er einen Namen. Seine Unterschrift, klar und deutlich in einem festen Zug geschrieben; seinen deutschen Vornamen verkürzte er auf ein großes E. Major Engelhard Juránek begründete meine Entlassung mit folgenden Argumenten:

Ota Filip wußte zwar von der Flucht einer Gruppe von Soldaten, er hat die Flucht gebilligt, er hat den Flüchtlingen dadurch geholfen, daß er ihnen einen Marschbefehl besorgte, aber er hat auch die Flucht rechtzeitig gemeldet, so daß sie verhindert werden konnte.

Im Oktober 1952 mußte der große Prokurator und Manipulator aus den Berichten seiner Offiziere schon längst gewußt haben, daß die fluchtwilligen Soldaten in Postoloprty, Hromjak, Erler und Franc, am Samstag, den 21. Juni 1952, keinen Ausgang bekamen und in der Kaserne blieben, daß von der ganzen Gruppe, die sich nach Aujeskýs Plan am Bahnhof Prunéřov-Kadaň versammeln sollte, nur Aujeský selbst erschien.

Die Tatsache, daß es zu keiner Flucht kam, erwähnt Major Engelhard Juránek mit keinem einzigen Wort; sie paßte nicht in sein Konzept. Der große Prokurator und Manipulator, Major, später Oberst Engelhard Juránek, dessen Aufstieg schon Ende Oktober 1952 in der Vorbereitung des tödlichen Monsterprozesses gegen den Generalsekretär Rudolf Slánský und neun führende Funktionäre der Kommunistischen Partei begann, hat seinen großen Prozeß bekommen:

Sieben Soldaten des 59. PTP in Most, die am 21. Juni 1952 keine Flucht, ja nicht einmal einen ernstzunehmenden Fluchtversuch unternommen hatten, wurden im Spätherbst 1952 von einem Militärgericht verurteilt. Mit der nicht stattgefundenen Flucht hatten die Urteile nichts oder nur sehr wenig gemein. Hier rächte sich ein brutales System an jungen Menschen, die schon vorher wegen ihrer freiheitlichen Gesinnung und sogenannten staatsfeindlichen Verbrechen vorbestraft waren oder aufgefallen sind.

Jaroslav Aujeský, Sohn eines bourgeoisen Stabskapitäns der Polizei, der ehrlos aus dem Dienst verjagt wurde, schon für versuchte Spionage und für Desertion vorbestraft, bekam sechs Jahre Haft.

Milan Franc, ein dem Sozialismus und dem Kommunismus feindlich gesinnter Reaktionär, schon 1950 wegen Verbreitung von antikommunistischen Flugblättern im Gefängnis, wurde zu acht Jahren Gefängnis verurteilt.

Michal Hromjak, wegen Versuch einer illegalen Grenzüberschreitung vorbestraft, bekam acht Jahre Knast.

Josef Bohdal, ein dem sozialistischen Staat feindlich gesinntes Element, bekam sechs Jahre Haft.

Miroslav Moravec, ein gläubiger Katholik, dem sozialistischen Fortschritt feindlich eingestellt, wurde zu fünf Jahren verurteilt.

Jiří Erler, der Deutsche, der mit siebzehn in der Wehrmacht gewesen sein soll, vorher Angehöriger der Hitlerjugend war, bekam sieben Monate Haft.

Jaroslav Forman bekam ein Jahr Arbeitslager.

Im Jahr 1956 waren alle frei.

Ich niemals mehr.

Mein siebenter Lebenslauf war zu Ende, ich blieb in ihm, in meinem kläglichen Versagen, in meiner Schuld und Mitschuld gefangen. Ich kehrte immer wieder zurück nach Kadaň im Sommer 1952, um die Spuren meiner damaligen Angst vor dem Tod zu suchen, entdeckte jedoch dort, in meiner Erinnerung und in meinen Träumen, immer wieder mein Vergehen an meinen Nächsten.

IV
Der Steinbruch

Zum Mittagessen hatte die Gefängnisküche nicht mehr mit mir gerechnet, weil ich amtlich schon um zehn Uhr entlassen worden war. In die Zelle kam ich auch nicht mehr zurück. Der Wärter warf mir in Leutnant Mlejneks Büro ein Handtuch zu. Ich mußte mir die Augen verbinden.

»Wir gehen zur Sache!«

Mit dem Aufzug fuhren wir in den Keller; im Magazin bekam ich meine Uniform und meine Sachen zurück.

Und wieder mußte ich mir mit dem Handtuch die Augen verbinden.

»Wir gehen zur Sache! Und merke dir: Gute Tauben kommen immer wieder zurück!«

Jemand schubste mich in ein Auto, setzte sich neben mich, warf mir einen Fetzen über den Kopf und wir fuhren los.

»Kopf auf die Knie legen!«

Ich wagte nicht zu fragen, wohin ich gebracht werde. Wahrscheinlich zum Bahnhof, meinte ich. Wir fuhren aber nicht in die Stadt; es waren keine Straßenbahnen zu hören, kein Lärm, kein Hupen. Es war mir klar: Wir fahren auf einer Landstraße außerhalb der Stadt. Aber wohin?

Nach einer halben Stunde bekam ich Angst, dennoch wagte ich zu fragen:

»Wohin fahren Sie mich?«

»Das werden Sie bald sehen.«

Ich bin mitten in einem bös-falschen Spiel, sagte ich mir. Sie haben mich nur zum Schein entlassen. Wenn sie mich wirklich entlassen, hätten sie mir einen Marschbefehl zurück zu meiner oder zu irgendeiner anderen Einheit in die Hand und Verpflegung für einen Tag in die Hand gedrückt, mich vor das Tor des Gefängnisses geführt und – verschwinde, wir wollen dich hier nicht mehr sehen!

Mit verbundenen Augen werden auch in der miserablen Literatur unbequeme Häftlinge an einen geheimen, abgelegenen Ort gebracht und dort erschossen.

Es überraschte mich, daß ich keine Angst hatte, ich habe nicht einmal geschwitzt. Eine barmherzige Gleichgültigkeit benebelte mich und ich verspürte in mir sogar eine leise Freude, daß alles bald in einem verlassenen Steinbruch irgendwo westlich von Prag zu Ende geht, daß sie mir dort eine Kugel in den Hinterkopf verpassen.

Es wird zwar wohl sehr weh tun, aber der Schmerz wird kurz wie der Blitz aus einer schwarzen Wolke sein. Vor mir haben schon Millionen so ein Ende durchlitten, so reiße auch ich mich zusammen und klammere mich für die kurze Zeit, die mir noch übrigbleibt, an die Hoffnung, daß es mich bald nicht mehr gibt, daß es für mich überhaupt nichts mehr geben wird und daß alles, was mich jetzt noch schmerzt, was in mir blutet, meine Schuld, meine Angst vor dem Tod und mein Versagen mit einem Knall aufhört.

Ich wünschte mir, daß der Weg in den verlassenen Steinbruch nicht zu lange dauert, damit ich keine Chance habe, Abschied zu nehmen, damit ich mir gar nicht mehr überlegen kann, von wem ich mich verabschieden sollte. Absichtlich dachte ich an niemanden, weder an Vater Bohumil noch an Mutter Marie, nicht an Marie Holečková, an keine meiner großen und auch kleineren Lieben und schon überhaupt nicht an meine zwei Großmütter.

Durch das halbgeöffnete Fenster fiel der Duft der Kartoffelfelder und der frisch gepflügten Erde in das Auto. Wir fuhren schon mehr als ein halbe Stunde, schätzte ich. Bestimmt haben wir schon alle mir westlich von Prag bekannten verlassenen Steinbrüche und Sandgruben hinter uns gelassen.

Nach einer Stunde hat mich die Hoffnung, daß man mich schnell mit einem einzigen Schuß in den Hinterkopf liquidieren würde, allmählich verlassen. Ich bekam es – für mich unerwartet – mit der Angst zu tun, daß sie mich an einem abgelegenen Ort doch entlassen werden und daß das ganze Theater mit den verbundenen Augen und meinem Kopf zwischen den Knien nur ein Ritual ist, dessen Sinn ich nicht erfassen kann.

Wenn sie mich nicht erschießen, dann wollen sie, und das ist die einzige Erklärung, die mir einfällt, daß ich die Grenze zwischen meinem siebenten und achten Lebenslauf, wenn ich ihn noch erlebe, mit verbundenen Augen überschreite. Sie haben für mich die Grenze zwischen meinen Lebensläufen bestimmt und sie wollen, daß ich meinen weiteren Lebenslauf mit verbundenen Augen wie ein Blinder, der leicht zu führen und zu verführen ist, betrete.

Ich versuchte mich im Auto zu erwürgen.

Der Mann neben mir drückte meinen Kopf noch fester zwischen meine Knie, verdrehte mir die Arme und legte mir Handschellen an.

»Damit du mir keinen Blödsinn machst!«

Nach zwei Stunden waren wir in einer Stadt. Das Auto blieb in einer Durchfahrt stehen. Das Handtuch durfte ich nicht abnehmen. Zwei Soldaten, den Geruch des Uniformstoffes kannte ich zu gut, führten mich. Dann hörte ich das Geräusch eines Schlüssels im Schloß. Jemand machte die Tür zu einer Gefängniszelle auf.

»Ich bin doch entlassen worden!«

Ich sprach leise. Ein lautes Wort im Gefängnis hatte einen Schlag auf den Rücken zur Folge.

»Sie dürfen das Handtuch abnehmen!«

Vor mir stand ein Korporal, rote Achselklappen, ich, ein Schwarzer, wußte also, was mich erwartet. In diesem Roten hatte ich mich jedoch geirrt.

»Mein Befehl lautet, dich einzusperren. Aber keine Angst, bei uns wirst du es gut haben.«

»Ich bin aber frei! Heute wurde ich entlassen!«

»Freilich bist du frei, du kannst gehen, wohin du willst. Aber vorläufig bleibst du bei uns.«

»Wie lange?«

»Das weiß ich nicht, wirklich nicht.«

»Kannst du mir wenigstens sagen, wo ich bin?«

Der rote Korporal wandte seine Augen von mir ab.

»Frage mich lieber nicht. Ich komme mir blöd vor, daß ich dir auf diese Frage nicht antworten darf.«

Ich kannte das Datum, 17. Oktober 1952; es war bestimmt kein Sonntag. Mit dem Nagel des rechten Daumens ritzte ich in die Ecke der frisch getünchten weißen Wand den ersten Strich.

Jemand klopfte an die Tür.

»Bei uns kannst du dich auch am Tag hinlegen und ein wenig pennen, wenn du willst! Jetzt bist du in einem anständigen Garnisonsknast!«

Ich wagte mich nicht hinzulegen. Das Abendessen war kein Gefängnisfraß, wie in Ruzyň, sondern ein richtiges Essen aus der Küche für Rote, dazu gab es sogar mindestens einen halben Liter süßen Tee.

»Wenn du Nachschub haben möchtest, dann klopfe an die Tür!«

Keiner holte mich zum Verhör.

Schlafen konnte ich so lange und wann ich wollte, es genügte an die Tür zu klopfen und ich durfte mir Nachschub bestellen, ja, es muß ein Sonntag gewesen sein, denn es gab sogar für mich ein Stück Kuchen. Ausgang, wie für die Häftlinge links und rechts, die jeden Tag vor dem Mittagessen aus den Zellen für eine Stunde zum Spazieren antraten und abgeführt wurden, gab es für mich nicht. Mehrmals fragte ich den roten Korporal, wann und ob ich entlassen werde. Er muß doch meine Papiere gesehen haben, und da steht klar und deutlich, daß ich entlassen worden bin. Er zuckte mit den Schultern.

»Einmal wird man dich bestimmt entlassen. Kennst du den Spruch: Einsperren kann man, entlassen muß man.«

Nach elf Kratzern wurde ich entlassen und stellte fest, daß ich in Žatec saß. Am Bahnhof sah ich mich nach fünf Monaten im Spiegel: Meine Uniform hing an mir wie an einem Knochengerüst.

Mein Marschbefehl lautete nach Tepl bei Marienbad.

Der Zug hatte Verspätung. An der frischen Luft am Bahnhof Žatec mußte ich mich dreimal übergeben und einmal schien es mir, als stünde ich kurz vor der Ohnmacht, auf einem wackeligen Boden. Von der Außenwelt trennte mich kein Gitter mehr. Ich war frei, nicht jedoch in Freiheit.

Die Luft roch nicht mehr nach Lysol und es gab hier keine mit Blech beschlagene Tür mit einem Guckloch in Kopfhöhe. Nur der Boden wackelte, wellte, bog und brach sich ständig, als wäre er nicht aus Erde und Gestein, aus Pflasterstein und Asphalt, sondern aus der abgekühlten Kruste auf einem unten glühenden und brodelnden Lavasee.

Mein letzter Wegabschnitt, der mich zu Marie, meiner zukünftigen Frau führte, begann Anfang November 1952 in Tepl, nicht weiter als fünfzig Kilometer von Maries Zuhause in Maštov entfernt.

Ich meldete mich bei einer Einheit des 59. PTP, die das ehemalige Prämonstratenserkloster für militärische Zwecke umbaute. Das Kloster, Ende des zwölften Jahrhunderts von dem seliggesprochenen Hroznata gegründet und bis 1949, als die Mönche verjagt und in ein Konzentrationslager für Geistliche hinter Gitter gesteckt wurden, das geistige und kulturelle Zentrum Westböhmens, wurde zum militärischen Stützpunkt und für den Fall eines Panzerangriffes Richtung Amberg-Nürnberg als Reparaturwerkstätte für sowjetische T-34-Panzer ausgebaut.

Am Bau war ich in Kloster Tepl nicht zu gebrauchen.

Keine der drei Arbeitsbrigaden, die alle gut verdienten, wollte mich haben, denn ich hätte den im Akkord schwer arbeitenden Schwarzen nichts als nur eine niedrigere Planerfüllung und somit weniger Geld und weniger Urlaub gebracht. Auch der Kommandant dieser, wie man sagte, abgeschiedenen Einheit, ein junger Feldwebel und Kommunist, sogar Vorsitzender der Parteiorganisation beim 59. PTP, war an meiner Eingliederung und Umerziehung in seiner Einheit nicht interessiert. Er, ein Marxist-Leninist, der sich in der politischen Schulung gleich an meinem ersten Abend in Tepl gegen die Ausbeutung der Werktätigen im Kapitalismus aussprach, bezog seine monatlichen fetten Geldprämien nur dann, wenn seine schwarzen Untergebenen den Plan über 115 Prozent erfüllten. Ich, mager, ausgehungert und zu schwach, um die zehn Stunden Akkordarbeit an der Mischmaschine durchzuhalten, hätte mein Soll nicht erfüllt und dadurch dem Genossen Feldwebel keine Prämien gebracht. Nach einigen Tagen bekam ich Marschbefehl nach Karlsbad.

Dort gab es für mich leichtere Arbeit: In den fertiggebauten Teilen der Kaserne für Grenztruppen putzte ich Fenster, wusch den Parkettboden sauber und strich mit weißer Farbe die Leitungen der Zentralheizung an. In der abgeschiedenen Einheit in Karlsbad arbeiteten vorwiegend Schwarze aus der Ostslowakei, Söhne von Kulaken oder sogenannte orthodox-religiös-reaktionäre Elemente. Die Jungs sprachen Ukrainisch oder einen ruthenischen Dialekt, nur einige Slowakisch, keiner aber Tschechisch. Der wöchentliche Arbeitsbericht, den sie auf einem Formular in tschechischer Sprache jeden Samstag dem Kommandanten Janosz Karpaty, einem an seinem Dienst desinteressierten Oberfeldwebel aus der Südslowakei, abliefern mußten, bereitete den Ukrainern und Ruthenen große Schwierigkeiten. Als ich mich bereit erklärte, am Samstag ihre Arbeitsberichte für sie zu schreiben, habe ich sofort viele Freunde gewonnen.

Das Schicksal, daß mich und Marie seit vierzehn Jahren im Auge behielt, obwohl wir bis 1947 sechshundert Kilometer weit voneinander lebten, bereitete unsere Annäherung, die erste und entscheidende Kreuzung unserer Wege vor: Unser Kommandant, Oberfeldwebel Janosz Karpaty, ein Schürzenjäger, ein Lebenskünstler, hatte im November 1952 von seiner abgeschiedenen Einheit eine Gruppe von zehn Soldaten, lauter Handwerker, ganz schnell in die Kaserne in Podbořany abkommandieren müssen, denn dort stürzte eine Wand ein, die Zentralheizung funktionierte nicht und mußte vor Wintereinbruch repariert werden. Ende November bekamen unsere zehn Schwarzen in der Kaserne von Podbořany mit den Roten Ärger, weil sie nicht an vier Stellen zugleich arbeiten konnten, und weil ein roter Kapitän, der Verwalter der Kaserne, behauptete, die Schwarzen hätten ihre wöchentlichen Arbeitsberichte mächtig übertrieben, zu viel verdient, zu viel gesoffen und zu wenig gearbeitet.

Unserem Oberfeldwebel Janosz Karpaty blieb nichts anderes übrig, als nach Podbořany zu fahren, den Streit zu schlichten, die Arbeitsberichte zu überprüfen und wenn notwendig neu zu schreiben. Und weil er vom Ausfüllen der Formulare keinen blassen Schimmer hatte, nahm er mich nach Podbořany mit.

Die Annäherung an Marie, von der ich, so kurz vor der entscheidenden Kreuzung, an der unser gemeinsamer Weg durch das Leben beginnen sollte, noch keine Ahnung hatte, daß es sie gibt, trat in die letzte Phase ein.

Unser Zug Richtung Prunéřov-Kadaň und dann weiter nach Podbořany fuhr (ich habe es später genau festgestellt) aus Karlsbad um 14.25 Uhr los. Zur selben Zeit stieg in Chomutov meine zukünftige Frau in ihren Zug.

Am Bahnhof Prunéřov-Kadaň kreuzten sich die Züge.

Ich und mein eleganter Oberfeldwebel Karpaty, der großen Wert darauf legte, ein echter Ungar zu sein und kein Slowake, stiegen in den Zug Richtung Podbořany um.

Marie saß schon vor uns in einem Abteil am Fenster. Der Zug war leer. Ich habe die junge Dame (die tschechischen Fräuleins reagierten auf schwarze Soldaten sehr zurückhaltend) im Abteil nicht stören wollen und ging weiter. Aber mein Oberfeldwebel, der Charmeur Janosz Karpaty, öffnete die Tür und fing an seine Masche abzuwickeln.

»Oh, Fräulein, Sie sitzen hier so allein! Darf ich Ihnen Gesellschaft leisten?«

Er setzte sich neben Marie.

Ich gab mir Mühe, die junge Dame im kurzen schwarzen Kaninchenpelzmantel in der Ecke am Fenster nicht einmal mit einem zu offenen Blick zu belästigen. Mein Oberfeldwebel quatschte ohne Atempause sein Gerede herunter. Seine Selbstgefälligkeit reizte mich nicht mehr, weil ich sie zu gut kannte. Für seine Sprüche durfte ich mich auch nicht zu sehr schämen, denn ich selbst hatte sie ihm nach einem Theaterbesuch vor zwei Tagen in Karlsbad, als er sich in der Pause an die Tochter des Genossen Bürgermeisters ranmachte und in einen Fauxpas nach dem anderen schlitterte, sprachlich und auch sonst einigermaßen in Ordnung gebracht. Ich machte mir sogar die Mühe, ihm die wichtigsten Sprüche, die Frauen gerne hören, aufzuschreiben, damit sie Janosz Karpaty auswendig lernen kann.

Zu demonstrativ las ich in dem miserablen Text des eben neu erschienenen Buches von František Kubka[118] *Kleine Geschichten für Mr. Truman* und bemühte mich dabei der jungen Dame in der Ecke zu signalisieren, daß ich mit dem blasierten Trottel, leider mein Vorgesetzter, nichts gemein habe. Die Pose hielt ich jedoch nur bis Pĕtipsy durch; von František Kubkas ideologischer Servilität, von seiner sprachlichen Verkrampfung verärgert, vergaß ich die junge Dame in der Ecke. Das Geschwätz des blasierten Freiers im Rang eines Oberfeldwebels nahm ich nicht mehr wahr. Ich vertiefte mich in die Lektüre der außergewöhnlich dummen *Geschichten für Mr. Truman*, kicherte still in mich hinein und erwärmte mich, die Heizung im Zug funktionierte nicht richtig, an meiner Schadenfreude über dieses in der Presse so hochgelobte Buch.

Auch das war von unserem gemeinsamen Schicksal, das uns in diesem Zug zusammenführte, vorprogrammiert.

Die junge Dame in der Ecke des Abteils wurde ungeduldig. Mein Oberfeldwebel, der Möchtegern-Charmeur Janosz Karpaty, erkannte natürlich nicht, oder konnte es nicht fassen, daß er bei der jungen Frau nicht ankommt. Und das hat ihn, weil er sich für unwiderstehlich hielt, gekränkt und er zog, um die junge Dame zu beeindrucken, sein letztes Register, nämlich die tschechische zeitgenössische Lyrik, von der er nur einen kleinen, ganz blassen Schimmer hatte. Das Schicksal hat es gut mit mir gemeint und die letzten Minuten, bevor mich Marie ansprach, für mich hervorragend inszeniert.

Später hat mir Marie erzählt:

Der Oberfeldwebel, mit schwarz glänzendem Haar und braungebrannt, hat ihr, als wir ihr Abteil betraten, viel mehr gefallen als ich, blaß und mager im Gesicht, eine Vogelscheuche in Uniform. Meine Bewegungen waren unsicher und ungeschickt, aber am meisten störten sie meine unruhigen Augen ohne Glanz. Und als der andere anfing zu quatschen, fand sie ihn und sein dummes Gerede amüsant. Nach zehn Minuten hat es der blasierte Oberfeldwebel mit seinem Selbstgespräch über die tschechische Lyrik aber mächtig übertrieben, er wurde geschmacklos, für Marie, wie ich später erfahren habe, das Schlimmste, was ein Mann in ihrer Gegenwart anstellen kann.

Marie begann sich zu langweilen. Und erst dann fiel ihr auf, daß ich in der Ecke die ganze Zeit kein einziges Wort gesagt habe, in ein Buch vertieft las und schwieg, schwieg und las, als ob es sie im Abteil gar nicht gegeben hätte.

Das hat sie gekränkt.

Was denkt sich eigentlich dieser aufgeblasene Soldat, diese stumme Vogelscheuche! Bin ich für ihn ein Nichts, ein Etwas, das man übersieht, ein weiblicher Niemand?

Um die Wortschwemme, mit der sie mein Oberfeldwebel überschüttete, zu unterbrechen, wandte sich die junge Dame an mich, den schweigend lesenden Soldaten.

»Was lesen Sie? Ist das Buch interessant?«

Und das war der entscheidende Augenblick!

Ich legte das Buch ab und sah Marie zum erstenmal offen an. Und in dieser Sekunde verliebte ich mich, zuerst in ihre Stimme, dann in ihre klugen Augen und zuletzt in sie.

Unsere Annäherung war vollbracht!

Ich war Marie dankbar dafür, daß ihre erste Frage, mit der sie mich ansprach – ich hätte nach dem Gequatsche meines Oberfeldwebels nicht den Mut gehabt, sie auch nur nach der Uhrzeit zu fragen –, die Literatur, wenn auch schlechte Literatur, betraf. Das machte es mir leichter (in diesem Augenblick schon in Marie verliebt), meine Mutlosigkeit, meine Niedergeschlagenheit, meine innere, brennende und schmerzliche Unruhe, die ich mir aus dem Gefängnis gebracht hatte und mitschleppte, für die nächsten Minuten zu überwinden. Und weil ich vor Marie auch ein wenig angeben wollte, fing ich an über Kubkas in jeder Hinsicht widerliches Buch zu schwärmen.

»Das Buch müssen Sie, Fräulein, lesen, es wird Furore machen! Für so ein Buch bekommt der Autor heutzutage bestimmt einen hochdotierten Literaturpreis. In Kubkas *Geschichten für Mister Truman* spiegeln sich ...«

Ich kam ins Stottern.

Mein fescher Oberfeldwebel Janosz Karpaty, ein Mitglied der Kommunistischen Partei, kein ergebenes Mitglied, dennoch Mitglied, hörte mir mit gespanntem Gesichtsausdruck zu.

Wenn du dich schon auf ein Gespräch über das dumme Buch eines Möchtegern-Marxisten-Leninisten einläßt, sagte ich mir, um vor der jungen Dame, in die du dich auf den ersten Blick verliebt hast, auch ein wenig anzugeben, dann mußt du vorsichtig sein, nicht in Ehrlichkeit entgleisen und nicht damit prahlen, was du von diesem Schwachkopf namens Kubka und von seinem Buch tatsächlich hältst.

Bei dieser Überlegung angelangt, die wie eine rote, zischende Leuchtrakete in meinem Kopf aufstieg, erschrak ich: Solche Gedanken wären mir vor fünf Monaten nicht eingefallen! Vor fünf Monaten hätte ich auch in der Gegenwart eines Kommunisten im Rang eines Oberfeldwebels auf die Frage der jungen Dame klipp und klar geantwortet: Dieser literarische Schmarrn, dieser Abfall, den Kubka schrieb, lohnt sich gar nicht in die Hand zu nehmen!

Aber nach meiner Erfahrung im Gefängnis in Prag-Ruzyň war ich nicht nur vorsichtiger, sondern ängstlich geworden. Eine Angst, klebrig und feucht, die ich vor fünf Monaten nicht gekannt hatte, machte meine Zunge schwer, meine Sätze langsam und meine Worte auf eine für mich widerliche Art und Weise feige und vorsichtig. Ich hatte in der Freiheit nicht mehr den Mut, das zu sagen, was ich mir frei dachte.

Die widersprüchliche Lage, in der ich mich befand, war für mich neu: Die rote Leuchtrakete in meinem Kopf warnte mich, vor Oberfeldwebel Karpaty meine wirkliche Meinung über die *Geschichten für Mr. Truman* zu sagen. Aber die Liebe zum Fräulein im kurzen schwarzen Kaninchenpelzmantel, mit wunderschönen klugen Augen, war stärker als meine Warnsignale.

Ich schluckte mein Stottern.

Um das Gespräch nicht aufzugeben und um Oberfeldwebel Janosz Karpaty jetzt oder später nicht ins Messer zu laufen, verschleierte ich meine wahren Ansichten mit einer Sprache, die mir fast genauso widerlich klang wie das Quatschen des Oberfeldwebels.

»Diese Art von Literatur, wie sie Kubka schreibt, und die heute Konjunktur hat, müssen wir, unbefangen und unabhängig von unseren Lebenserfahrungen, Ansichten und Prinzipien, eigentlich wie ein Dokument der Zeit lesen und vielleicht zehn, fünfzehn Jahre oder sogar eine Generation nach uns abwarten ...«

»Aber dann sind wir schon tot!« unterbrach mich die junge Dame.

»Ich will damit sagen, daß für Literatur andere Maßstäbe gelten als, nehmen wir an, für Politik.«

Das Wort Politik ist mir gegen meinen Willen entglitten. Es war nicht mehr zurückzunehmen; der Oberfeldwebel machte schon seinen Mund auf, so mußte ich schnell handeln.

»Über die wahre Qualität der Literatur, auch wenn sie in ihrer Zeit wichtige Aufgaben erfüllt oder erfüllen soll, entscheidet zuletzt die Zeit. Auch über Kubkas Buch, das heute für Furore sorgt, wird erst die unbarmherzige Zeit richten.«

»Sagen Sie mir, was halten Sie von diesem Buch? Aber bitte, nur einige kurze Sätze! In nicht ganz zehn Minuten, in Vitčice, steige ich aus.«

Ich war entsetzt! In zehn Minuten steigt sie aus!

Ich beschimpfte mich, daß ich mit diesem Opportunisten Kubka und mit seinem Buch so viel Zeit vergeudet hatte! Anstatt über ein miserables Buch zu quatschen, hätte ich vor dem Fräulein in der Ecke des Abteils auf die Knie fallen, ihr mit aus der modernen tschechischen Lyrik entliehenen Versen meine Liebe erklären sollen! Es fiel mir jedoch kein passendes Gedicht ein und ich, von meinen Gefühlen überwältigt, hatte nicht den Mut, mich lächerlich zu machen, was in diesem Fall wohl das richtigste gewesen wäre, und ihr in meinen Worten schlicht und einfach mitzuteilen, daß ich fest davon überzeugt bin, in ihr meine große Liebe gefunden zu haben!

Natürlich finde ich meinen Kniefall und meine Worte in diesem schäbigen Abteil eines Regionalzuges lächerlich und peinlich. Aber, sie möge mir verzeihen, es gibt im Leben seltene Augenblicke, und eben erlebe ich einen wundervollen, in meinem bisherigen Leben den wundervollsten, in dem es überhaupt nicht darauf ankommt, sich zu beherrschen, meine ausgebrochene, mich ins Glück reißende Spontaneität zu unterdrücken, und somit meinen Traum, der in Griffnähe vor mir sitzt, für immer entweichen zu lassen, ohne ihm mitzuteilen, wie sehr ich ihn liebe.

Ja, ich hätte ihr, auch um den Preis, daß ich mich vor ihr für alle Zeiten unmöglich und lächerlich mache, mein Herz ausschütten sollen! Ich beschimpfte mich leise und nur für mich, denn ich konnte nicht ahnen, daß unsere Begegnung im Zug von Kadaň nach Podbořany kein Zufall war, sondern eine verklärte, seit Jahren von jenem geheimnisvollen Regisseur, den wir eben Zufall nennen, für mich und Marie vorbereitete Kreuzung und Vereinigung unserer Wege.

Bis nach Vitčice hatte ich nur knapp zehn Minuten Zeit!

Ich wünschte mir, der Zug möge entgleisen, eine Brücke solle einstürzen, der scharfe Westwind solle Bäume auf die Bahnstrecke stürzen lassen, ein Schneesturm solle meterhohe Verwehungen auf die Strecke blasen, damit wir Vitčice in den nächsten zehn Minuten überhaupt nicht erreichen.

Und dann hatte ich den für mein und Maries Leben entscheidenden Einfall.

»Lesen Sie das Buch, machen Sie sich über Kubka ihre eigene Meinung. Und wenn Sie es gelesen haben, dann schicken Sie mir das Buch zurück!«

Ich schrieb in das Buch meine Anschrift in Karlsbad und legte es auf die kleine Ablage vor Maries Platz. Sie nahm das Buch in die Hand und hob es in die Höhe ihrer Brust.

»Das kann ich nicht annehmen!«

Der Tonfall ihrer Worte signalisierte mir jedoch, daß ich ihr Freude bereitet hatte.

Die Bremsen kreischten.

Eine nackte Birne beleuchtete eine Holzbude mit einem weißen Schild: Vitčice. Marie steckte mein Buch in ihre Reisetasche. Ich weiß heute nicht mehr: Haben wir uns zum ersten Abschied die Hände gereicht, habe ich ihr ›Auf Wiedersehen‹ oder *Sbohem*[119] gesagt, habe ich überhaupt etwas gesagt?

In ihrem kurzen schwarzen Kaninchenpelzmantel und mit der Reisetasche in der rechten Hand sah ich Marie durch den gelben Lichtkegel vor der Bahnhofsbude schreiten. Aufrecht und mit eleganten Schritten trat sie in die Halbfinsternis ein.

Erst als sich der Zug wieder in Bewegung setzte und ich nur ihren Umriß am braunen Hintergrund eines nicht geernteten Maisfeldes sah, heulte ich laut in mir auf, denn es fiel mir ein, daß ich sie nicht nach ihrem Namen gefragt hatte.

Die junge Dame trat in die Allee von hohen, kahlen Pappelbäumen, die sich von westlichen Windstößen gegen Osten geneigt immer wieder aufzurichten versuchten. Das braune Maisfeld rund um die Bahnhofsbude, die Pappelallee, alles war durch die verschmutzte Fensterscheibe gesehen noch trostloser als draußen. Der scharfe Westwind drehte sich im Kreis um die Bahnhofsbude, wirbelte Staub auf und zog sich mit einem Rascheln in das trockene Maisfeld zurück.

Mir schien es, als wäre ich in den vierzig Minuten im Zug von

Prunéřov-Kadaň nach Vitčice meinem großen Lebensglück begegnet und hätte es zugleich verloren, oder als hätte mir mein Schöpfer die klugen Augen, die anmutige Stimme und das wunderschöne, ein wenig archaische Tschechisch des Fräuleins im kurzen schwarzen Kaninchenpelzmantel, ihre ganze Erscheinung, als ein Spiegelbild meines Traumes und meiner Sehnsucht nach einer großen Liebe voller Geborgenheit und Wärme vor meinen Augen zum Leben erweckt, aber sofort ausgelöscht, um mir unmißverständlich anzudeuten, daß ich so ein Glück nicht verdiene.

Ich kam mir vor wie vor dem Tor in Dantes Hölle.

Im Augenblick, als die Dampflok vorne aufheulte, heißen Dampf so heftig ausstieß, daß er mir die Aussicht in die Pappelallee mit der jungen Dame in der Mitte der Landstraße vernebelte, und als der Zug mit Knirschen losfuhr, habe ich alle meine Hoffnungen verloren und aufgegeben. Mit der Faust schlug ich gegen das verschmutzte Fenster. Das Tor in die Hölle aus schwarzem, an zwei Stellen zersprungenem Glas, durch dessen Fugen mir höllischer Dampf ins Gesicht blies, öffnete sich nicht.

Meine einzige Hoffnung war meine auf die erste Seite eines widerlichen Buches, das ich verachtete und das Marie höchstwahrscheinlich nicht einmal aufschlägt, aufgeschriebene Anschrift eines schwarzen Soldaten, den allerdings kluge Fräuleins, damit sie ihr Kaderprofil nicht ankratzen und sich ihre Zukunft durch Kontakte zu staatsfeindlichen Elementen nicht verbauen, lieber mieden.

Ich fühlte mich vom Leben betrogen.

Anfang Januar 1953 bekam ich einen dicken Umschlag; nach der Entlassung aus dem Gefängnis meine erste Post. Marie schickte mir Kubkas Buch *Geschichten für Mr. Truman* zurück. Das Wichtigste überhaupt war für mich die Anschrift der Absenderin: Marie Ledvinová, Marktplatz, Maštov, Bezirk Podbořany.

Marie schrieb kurz, sie hätte vor Weihnachten und an den Feiertagen keine Zeit gehabt, das bestimmt interessante Buch zu lesen. Erst jetzt, Anfang Januar 1953, fahre sie für einige Monate, kann sein auch für längere Zeit, nach Žamberk (Senftenberg) in die Heilanstalt für Tuberkulosekranke, so wolle sie alles erledigt haben. Vor ihrer Abreise in die Heilanstalt wolle sie keine unbeantworteten Briefe und ausgeliehenen Bücher zu Hause in Maštov liegenlassen. Marie bedankte sich noch einmal für das Buch und wünschte mir alles Gute.

Maries Brief, am 1. Januar geschrieben und am 2. Januar 1953 in Maštov in den Briefkasten geworfen, verursachte, habe ich erst fünfundvierzig Jahre später erfahren, bei den Nachrichtendienstlern in Karlsbad eine kleine Panik. Schon im Dezember 1952 bekam Oberfeldwebel Janosz Karpaty einen vom Kapitän des militärischen Nachrichtendienstes, Zweigstelle Karlsbad, Zdeněk Tománek unterschriebenen, streng geheimen Befehl, alle an den Soldaten Ota Filip adressierten Briefe abzufangen und ihm sofort vorzulegen.

Anfang Januar 1953 übergab mir Oberfeldwebel Janosz Karpaty nach der Arbeit am Abend einen dicken Briefumschlag – die Absenderin Marie Ledvinová, Marktplatz, Maštov, Bezirk Podbořany, war deutlich zu lesen – und machte ein ziemlich saures Gesicht.

»Deine Bekannte aus dem Zug schreibt dir. Und mich läßt sie nicht einmal grüßen!«

Ich war überglücklich, einen Brief von der unbekannten jungen Frau bekommen zu haben, meiner großen Liebe auf den ersten Blick, von der ich auf dem Bahnhof von Vitčice glaubte, sie schon nach fünfzehn Minuten für immer verloren zu haben. Vom Glück halb betäubt habe ich mir nicht die Frage gestellt: Wie kann Oberfeldwebel Karpaty wissen, daß Marie Ledvinová, die junge Dame, die er dreißig Minuten lang im Zug von Kadaň bis nach Vitčice bequatschte, ihn in einem Brief, den sie mir schrieb, nicht grüßen läßt?

Seinen Mißmut habe ich mir Anfang Januar 1953 jedoch falsch ausgelegt: Der Oberfeldwebel fühlte sich von mir nicht wegen seines Mißerfolges und meines Erfolges bei Marie in seiner Eitelkeit gekränkt, sondern aus einem ganz anderen Grund, den ich erst sechsundvierzig Jahre später, als ich in meiner Stasiakte den Befehl der Karlsbader Verwaltung des militärischen Nachrichtendienstes vom 12. Dezember 1952 las, begriffen habe: Solange Soldat Ota Filip keine Post bekam, mußte Oberfeldwebel Janosz Karpaty nicht mit jedem Schreiben zum Kapitän des militärischen Nachrichtendienstes Zdeněk Tománek laufen, im Vorzimmer warten, bis mein Brief fachmännisch geöffnet und fotografiert wird.

Ab dem 5. Januar 1953 jedoch, als mir Marie Kubkas Buch mit einem kurzen Brief zurückschickte, wurde der Oberfeldwebel auf mich ziemlich sauer, denn seit diesem Tag entwickelte sich zwischen mir und Marie eine rege Korrespondenz. Ich schrieb Marie mindestens viermal in der Woche und sie antwortete mir aus der Heilanstalt in Žamberk jede Woche in zwei zumeist ausführlichen Briefen.

Wegen meiner Korrespondenz habe ich dem Oberfeldwebel, der nur Ruhe und ein bequemes Leben haben wollte, unbewußt und ungewollt Schwierigkeiten mit den Spürhunden vom militärischen Nachrichtendienst bereitet, die jeden Brief, den mir Marie aus der Heilanstalt in Žamberk schickte, nachrichtendienstlich (so steht es in der Akte) ausgewertet haben. Oberfeldwebel Janosz Karpaty wurde von Kapitän Zdeněk Tománek, dem Kommandanten der Karlsbader Zweigstelle des militärischen Nachrichtendienstes, bestimmt in die Mangel genommen und gezwungen, den Schnüfflern über mich zu berichten. Seine Berichte sind harmlos: Soldat Ota Filip arbeitet am Bau der Kaserne. Es liegen gegen ihn keine Beschwerden vor. Sein Soll erfüllt er auf 112 Prozent. Bei der Mannschaft ist er beliebt, weil er seinen Kollegen hilft, ihre wöchentlichen Arbeitsberichte zu schreiben.

Nur einmal läßt sich mein Oberfeldwebel, wahrscheinlich unter Druck gesetzt, kleinkriegen und berichtet ausführlich und genau über unsere gemeinsame Zugreise von Prunéřov-Kadaň nach Podbořany Anfang Dezember 1952 (er ist sich dabei nicht sicher, ob die Reise Ende November oder Anfang Dezember stattfand) und über eine junge Genossin, mit der Soldat Ota Filip im Zug Bekanntschaft anknüpfte und ihr ein Buch unbekannten Inhaltes geliehen hat.

Wahrscheinlich handelte es sich im Zug um Marie Ledvinová, Lehrerin aus Maštov bei Podbořany, zur Zeit im Sanatorium für Lungenkranke in Žamberk, schreibt Oberfeldwebel Janosz Karpaty Anfang Februar 1953 in seinem Bericht für Kapitän Zdeněk Tománek, mit der Soldat Ota Filip jetzt eine ausführliche und regelmäßige Korrespondenz unterhält und die er, wie er mir anvertraute, liebt.

Die Berichte des Oberfeldwebels Janosz Karpaty über den Soldaten Ota Filip, die er für Kapitän Zdeněk Tománek bestimmt nicht freiwillig schrieb, sind Zeugnisse seines Bemühens, viel Papier zu beschreiben und wenig zu sagen. Solange es möglich war, hat mich Oberfeldwebel Janosz Karpaty unter seine Fittiche genommen, mir eine leichte Arbeit verschafft und mir nie geschadet. Er gehörte zu jener Sorte von Menschen, die ich nach ihm schätze: Wenn sie ihrem Nächsten nichts Gutes antun können, dann tun sie ihm überhaupt nichts an.

Im April 1953 muß mein Oberfeldwebel in Gewissensnot geraten sein. In der Kneipe bestellte er auf seine Rechnung auch für mich ein Bier; das hat er, ein ausgesprochener Geizhals, vorher nie getan.

»Ota, ich werde deine Versetzung zu einer anderen Einheit

beantragen, ich will dich loswerden, ich ertrage es nicht mehr!«

Seine Worte habe ich mir wieder falsch erklärt und beschimpfte mich, einen großen Fehler gemacht und seine Eifersucht geweckt zu haben, weil ich ihm offen sagte, daß zwischen mir und Marie eine wahre Liebe entsteht. Jetzt schreibt sie mir aus der Heilanstalt jede Woche mindestens zwei Briefe und ich schicke ihr fast jeden Tag wenigstens ein paar Zeilen, jeden Sonntag einen ganz langen Liebesbrief, so daß ich keine Zeit mehr habe, mit meinem Oberfeldwebel nachmittags nach Karlsbad zu fahren und in der Bar Fiorentina im Grandhotel Pupp, wo sich bis Frühherbst 1938 die große Welt traf, vor einem halben Liter widerlich süßlichem Tokaierwein (mehr konnten wir uns nicht leisten) von sechzehn bis zwanzig Uhr Weltmänner zu spielen.

Sechsundvierzig Jahre später habe ich aus meiner Stasiakte erfahren: Auch meine Briefe an meine geliebte Marie im Sanatorium für Lungenkranke hat die Stasi in Žamberk abgefangen, geöffnet, gelesen und nachrichtendienstlich ausgewertet. Absurder konnte es nicht kommen: Die für mich und Marie zuständigen Überwachungsstellen waren über die Entwicklung unserer Liebesbeziehung, die sich von Januar bis Ende April 1953 nur in zahlreichen langen Liebesbriefen, voll von naiver Lyrik und Zitaten aus der Poesie der ganzen Welt, entwickeln konnte, mindestens einen Tag früher als wir informiert.

Den schönsten und längsten Liebesbrief, den mir Marie in den langen vier Monaten zwischen Januar und Ende April 1953, als es uns unmöglich war, uns zu treffen, geschrieben hat, habe ich mir aus meiner Stasiakte kopiert. Der Referent des militärischen Nachrichtendienstes beim 59. PTP, Unterleutnant Jiří Bervít, bestätigt mit seiner Unterschrift, daß er den von Marie Ledvinová geschriebenen, fünf Seiten langen Liebesbrief an den Soldaten Ota Filip richtig auf der Schreibmaschine abgeschrieben hat.

Das hat er aber nicht.

Unterleutnant Jiří Bervít hatte entweder große Schwierigkeiten mit der tschechischen Rechtschreibung oder er schrieb Maries Brief schlampig ab. In jeder Zeile, die er von Maries handgeschriebenem, in einem kultivierten Tschechisch verfaßten Brief auf seiner Schreibmaschine abschrieb, machte er mindestens einen groben grammatikalischen oder semantischen Fehler. Maries schönsten Liebesbrief, den sie mir je geschrieben hat, empfinde ich in der unbeholfenen Abschrift des Unterleutnants des militärischen Nachrichtendienstes Jiří Bervít heute noch als eine ungeheure Kränkung. Für diese Verstümmelung eines Liebesbriefes, den ich für mein ganzes Leben in mir wie ein Kleinod behalte, hätte Unterleutnant Jiří Bervít heute noch, wenn er lebt, verdient (wie wir, die Schwarzen sagten), vom Maul bis zum Arsch aufgerissen zu werden.

Anfang Mai 1953, es war ein Freitag, nahm mich mein Oberfeldwebel vor dem Abmarsch an die Arbeit zur Seite.

»Ota, geh zur Arbeit, aber fang gar nicht an. Gegen zehn Uhr wirst du abgeholt und packst deine Sachen zusammen. Du bist zu unserer abgeschiedenen Einheit in Stráž abkommandiert.«

»In den Steinbruch?«

»Ja.«

»Ich habe doch nichts angestellt! Hast du das veranlaßt?«

»Es blieb mir nichts anderes übrig. Ich kann dir nur sagen: Es ist so besser für dich und auch für mich. Sonst bin ich dir keine Erklärung schuldig.«

»Nein, das bist du nicht. Ich habe nur eine Bitte.«

»Wenn es nur eine Bitte ist, dann raus mit der Sprache!«

»Morgen, am Samstag, kommt Marie zu Besuch nach Karlsbad. Ich habe für den Abend Theaterkarten besorgt. Wenn es geht, möchte ich erst am Montag nach Stráž abreisen.«

»Marie ist aus dem Sanatorium zurück.«

Der Oberfeldwebel vergaß am Ende des Satzes ein Fragezeichen zu setzen, er sprach ihn wie eine sachliche Feststellung aus. Damals fiel es mir auch nicht auf.

»Vor einer Woche kam sie aus Žamberk zurück.«

»Und ist sie gesund?«

»Ich hoffe.«

»Also gut. Du fährst erst am Montag nach Stráž ab. Ich kann ja behaupten, du hättest hier am Samstag und am Sonntag noch einige Arbeitsberichte schreiben müssen. Aber Ausgang für Samstag abend kann ich dir nicht geben, du mußt es schwarz riskieren. Falls dich eine rote Militärstreife in der Stadt erwischt, dann weiß ich von nichts. Verstehst du mich?«

»Für morgen gibt es noch Karten. Du kannst mit uns ins Theater gehen. Vielleicht ...«

Oberfeldwebel Karpaty unterbrach mich laut und barsch.

»Was wird gespielt?«

»Šaldas *Kind.*«[120]

»Kinder interessieren mich nicht. Ich wünsche dir viel Glück, auch mit Marie.«

Wir reichten uns die Hände und sahen uns nie wieder.

Marie kam am Samstag mit dem Zug in Karlsbad an.

Es war der 9. Mai 1953.

In der Nacht fiel an die zwanzig Zentimeter Schnee; die blühenden Magnolien auf der Kurpromenade waren verschneit.

Meine liebe Marie habe ich hoch über dem grünweißen Kurort zum erstenmal geküßt.

Vor dem Steinbruch in Stráž, in dem eine abgeschiedene Einheit des 59. PTP, zwölf Soldaten schufteten, herrschte unter den Schwarzen Angst und Schrecken. Stráž hatte einen noch schlechteren Ruf als Mimoň, als eine Art militärische Besserungsanstalt für sogenannte reaktionäre Intellektuelle.

Die zwölf schwarzen Apostel, so nannten wir die abgeschiedene Einheit in Stráž, standen unter dem Kommando von Korporal Peter Hron, einem ungarischen Slowaken oder slowakischen Ungarn aus Komárno, im Zivilberuf Steinmetz und slowakischer Jugendmeister im Gewichtheben. Alle schwarzen Apostel waren sogenannte undisziplinierte Elemente, alle schon wegen schwerer Körperverletzungen, Angriffen gegen Soldaten anderer Einheiten, wegen Einbruch, Diebstahl, Vergewaltigung und mehrmals wiederholter Fahnenflucht, die aber immer in der nächstgelegenen Kneipe oder im Bordell endete, vorbestraft.

Kein Offizier im ganzen 59. PTP wollte auch nur einen der zwölf Apostel in seiner Einheit haben; wo nur einer von ihnen erschien, gab es beim nächsten Ausgang in der nächstgelegenen Kneipe eine Rauferei, Ärger mit empörten Vätern von Mädchen und mit betrogenen Ehemännern.

Ein schräger Blick auf die schwarzen Achselklappen eines Apostels war schon ein Grund dafür, dem Zivilisten die Fresse zu polieren. Und wenn in der Kneipe ein Roter von der Infanterie oder ein Grüner von den Grenztruppen erschien, wenn er es nur wagte, die Tür in das Lokal aufzumachen, dann war die Hölle los.

Der Steinbruch in Stráž (Warta) war für die zwölf schwarzen Apostel der richtige Ort. Im ehemals deutschen Dorf, in dem nun nicht mehr als fünfzehn Arbeiter wohnten, meist entlassene Kriminelle aus Prag, die vom Gericht ihren Wohnsitz und Arbeitsplatz in Stráž zugewiesen bekamen, gab es keine Kneipe, kein Geschäft, nichts. Nur einmal in der Woche kam unregelmäßig ein fahrbarer Lebensmittelladen. Am Tag, an dem der fahrbare Lebensmittelladen in Stráž stehenblieb und um eine ganze Ladung Bier und mindestens vierzig Flaschen Schnaps leichter wegfuhr, wurde im Steinbruch nicht gearbeitet; es gab, wie die zwölf schwarzen Apostel und die fünfzehn Zivilisten sagten, einen Staatsfeiertag zu Ehren aller Säufer. Im Steinbruch gab es keine feste Arbeitszeit; wenn der Lebensmittelladen am

Donnerstag kam, dann gab es den Sauffeiertag am Donnerstag und am Sonntag wurde gearbeitet.

Das Tagessoll war für zivile Arbeiter (die aber hatten die besseren und sicheren Arbeitsplätze bei den Schotterquetschen fest in der Hand) zwölf mit Steinen beladene Kipploren pro Schicht und Nase; für uns, die schwarzen Apostel, war das Arbeitssoll um vier Kipploren höher angesetzt. Jeder mußte so lange arbeiten, bis er sein Tagessoll erfüllt hatte. Manchmal, kurz nach dem Abschuß, wenn große Steine von der Wand herunterfielen, war das Soll leicht zu erfüllen. Wenn aber der Sprengmeister aus den Uranbergwerken im unweiten Joachimsthal, der zweimal in der Woche kommen sollte, um den Felsen zu sprengen, besoffen war oder keine Lust hatte zu arbeiten, dann mußten wir den kleineren Schotter mit der Schaufel aufladen. Für die meisten von uns war es dann schier unmöglich, das Soll, sechzehn vollbeladene Kipploren, in neun Stunden zu erfüllen, und wir schufteten bis in die Nacht. Im Prinzip galt die Regel: Ein Felsbrocken, den man selber über den Rand der Kipplore hebt, kann geladen werden. Größere Steine mußten wir mit einem Hammer zerkleinern.

Der Verdienst der zivilen Arbeiter in der Schotterquetsche war von uns abhängig. Wenn wir unser Soll in der neunstündigen Arbeitszeit nicht erfüllten, beschimpften uns die Zivilisten, drohten uns wegen Sabotage anzuzeigen. Eine Solidarität von ausgebeuteten Proletariern, Bürgern dritter Klasse, gab es nicht. Um unsere Zivilisten zu besänftigen, mußten wir, die schwarzen Apostel, am Tag, wenn das fahrbare Lebensmittelgeschäft in Stráž stehenblieb, die Hälfte vom gekauften Bier und Schnaps ihrem Vorarbeiter Honza Máčka übergeben, dem dreimal verurteilten *prcačkář*[121], der aber angab, wegen seines Militärdienstes in der französischen Fremdenlegion im Knast gesessen zu haben.

Militärische Disziplin, Marschieren und Exerzieren – Waffen hatten wir natürlich nicht – gab es bei den abgeschiedenen zwölf schwarzen Aposteln im Steinbruch nicht. Peter, der Korporal, unser Kommandant, legte überhaupt keinen Wert darauf, militärisch gegrüßt zu werden oder wie in einer Kaserne auf vorschriftsmäßige Ordnung in den Schlafzimmern zu achten. Korporal Hron war zugleich auch der Koch; dafür wurde er auch von der Verwaltung des Steinbruchs bezahlt. Er kochte nach der Regel: Schwarze Apostel fressen viel und fett!

Stráž durften wir nicht verlassen.

Es hatte keinen Sinn, für Samstag abend oder Sonntag nachmittag Ausgang zu beantragen; für uns gab es keinen Ausgang. Urlaub gab es bei der abgeschiedenen Einheit nur bei Tod des Vaters, der Mutter, der Ehefrau oder des Kindes. Bei anderen Todesfällen in der Familie war es überflüssig, Urlaub auch nur für drei Tage zu beantragen. Die Post kam nach Stráž einmal in der Woche; alle Briefe waren geöffnet.

Als ich Anfang Mai 1953 nach Stráž kam, begrüßte mich der Kommandant der abgeschiedenen zwölf schwarzen Apostel mit einem festen Händedruck und führte mich in den Schlafraum. Ein Bett unter dem Fenster in der Ecke war frei.

»Das ist dein Platz. Vor einer Woche schlief hier noch Tonda. Am Donnerstag hat ihm eine vollbeladene Kipplore das linke Bein abgeschnitten. Bis wir ihn ins Krankenhaus nach Ostrov gebracht haben, ist er ausgeblutet. Er hat eben Pech gehabt. Hier wirst du entweder Glück oder Pech haben, so einfach funktioniert es bei uns. Beschwerden sind überflüssig, denn ich leite sie nicht weiter. Hier bin ich der Chef. Ich garantiere für nichts, nur für einen Teil von Freiheit, die es in anderen der tausendmal verfluchten PTP-Einheiten nicht gibt.«

Über die abgeschiedene Einheit in Stráž und über den Steinbruch wurden unter den Schwarzen des 59. PTP die wildesten Geschichten erzählt: Zu Beginn des Zweiten Weltkrieges, als alle deutschen Männer aus Stráž zur Wehrmacht einrücken mußten, schufteten im Strážer Steinbruch an die fünfzig polnische Kriegsgefangene; bis Ende Mai 1940 überlebten nur acht. Dann kamen gefangene Franzosen; als sieben im Steinbruch ums Leben kamen, wurden sie abgezogen. Bis Sommer 1942 arbeiteten in Stráž an die achtzig Juden aus Chemnitz; wenn einer bei der Arbeit umkam, wurde die verlorene Arbeitskraft sofort mit neuem Zugang ersetzt. Nach den Juden, die im Sommer 1942 über Nacht aus Stráž verschwanden, kamen russische Kriegsgefangene; die Toten wurden dann nicht mehr gezählt.

Bis 1951 standen die in den dreißiger Jahren gebauten modernen Schotterquetschen still; erst im Sommer kamen die ersten schwarzen Soldaten und nach ihnen entlassene, aus Prag ausgewiesene Kriminelle. In Stráž kam es immer wieder zu tödlichen Unfällen, meistens durch Steinschlag und nach Regenfällen häufig durch Bergrutsch. Im Herbst 1951 wurden im Steinbruch vier schwarze Soldaten von herabstürzenden Steinmassen erschlagen.

Ein Gerücht verbreitete sich damals wie ein Strohfeuer unter allen Schwarzen: Aus sicheren Quellen, man sprach von Radio BBC in London, wollte ein Soldat in Most, Schreiber im Stab des 59. PTP, der Zugang zu einem Radio hatte, und auch von sehr nervösen Offizieren gehört haben: Eine internationale Organisation bei der UNO hat über diesen tragischen Vorfall in Stráž auf dem Umweg über die Prager Schweizer Botschaft erfahren, bei der tschechoslowakischen Regierung zum erstenmal öffentlich gegen die Ausbeutung von wehrpflichtigen Soldaten protestiert und eine internationale Kommission gebildet, die den Tod der vier Soldaten im Strážer Steinbruch untersuchen sollte.

In einem Tagesbefehl wurde uns, den Schwarzen in Kadaň, irgendwann im Spätherbst 1951 vorgelesen: Vier angetrunkene Soldaten der abgeschiedenen Einheit in Stráž auf Ausgang in Klášterec nad Ohří haben, um rechtzeitig zu ihrer Einheit zurückzukommen, einen Lkw gestohlen und sind kurz vor Stráž so schwer verunglückt, daß alle vier an der Unglücksstelle starben.

Der *prcačkář* und angebliche Fremdenlegionär Honza Máčka war, wenn ich seiner Geschichte glauben soll, an dem Tag, als die vier schwarzen Apostel im Steinbruch vom Geröll erschlagen oder verschüttet wurden, schon in Stráž.

»Mit eigenen Händen habe ich die vier Toten ausgegraben und geholfen, sie in die Särge zu legen. Wie die vier zugerichtet waren, das will ich lieber nicht erzählen. Mit einem militärischen Lkw wurden die Särge nachts abtransportiert. Wohin, das weiß ich nicht.«

An mehr konnte sich Honza Máčka auch nach einem weiteren halben Liter Kornschnaps nicht mehr erinnern.

Ein Eisenbahner, ein ehemaliger Deutscher, der am Bahnhof Stráž seit dreißig Jahren Dienst tat, behauptete:

»Wenn das Wasser aufhört aus dem Felsen zu fließen, dann kommt spätestens in sechs Stunden eine große Steinlawine herunter.«

Der Berg oberhalb des rechten Ufers des Flusses Eger, der allmählich abgetragen wurde, war voll von geheimnisvollem Leben. Spalten taten sich an unerwarteten Stellen zwischen den horizontal und vertikal aufeinanderliegenden geologischen Schichten auf, Risse öffneten sich mit einer so großen Gewalt, daß ganze Felsblöcke in die Tiefe stürzten. Im Inneren des verletzten Berges glaubte ich in stillen Nächten ein weit entferntes, dumpfes Rauschen zu hören. Aber vielleicht war es nur ein Echo des Stauwehrs unterhalb der Brücke über die Eger, wo das seichte Wasser laut über spitzes Gestein wirbelte und dann mit einem Stöhnen zwei Meter tief auf glatte Steinplatten fiel.

Im Mondlicht sah der Berg mit seinem dunkelroten Gestein wie eine aufgeschlitzte, mit dem Kopf nach unten am Balken hängende Sau ohne Eingeweide aus. Das Blut des Steinbruches glitzerte wie dünne Rinnsale von rotem, lebendigem Silber. Aus dem halbierten Berg entsprangen viele Quellen; die meisten unten, einige Meter über der Sohle. Das Wasser schmeckte genauso gut und erfrischend wie das Mineralwasser aus dem Sauerbrunnen unweit von Karlsbad. Ich trank es direkt aus den unzähligen Quellen, die an vielen Stellen zwischen den Fugen des braunen Gesteins sprudelten.

Der Steinbruch jagte mir Angst ein.

Durch das Fenster über meinem Bett sah ich die vom Dynamit im Berg immer frisch aufgerissenen dunkelroten Wunden; sie reichten bis zu den Sternen. In den ersten Nächten riß mich immer wieder Steinschlag aus dem Schlaf. Von der oberen Kante des Steinbruchs lösten sich immer wieder, vorwiegend in der Nacht, Steinblöcke und fielen in die Tiefe. Manche schlugen mit ihren scharfen Kanten auf den Fels. Am Tag waren nicht jene Steinblöcke gefährlich, die mit Getöse oder mit metallenen Aufschlägen den Steinbruch herunterpolterten, sondern die stillen, die heimtückischen Felsbrocken, die im Fall ohne auch nur warnend zu zischen neben mir aufschlugen.

Korporal Peter Hron, in Zivil Steinmetz, wußte über den aufgerissenen Berg Bescheid:

»Mit der Zeit bekommst du für den Steinschlag ein sonderbares Gefühl. Wenn sich oben ein Stein löst, dann fühlst du die Gefahr, ein Kribbeln am Scheitel sofort. Du machst unbewußt drei Schritte nach links oder nach rechts, oder du greifst nach der Trinkflasche, denn plötzlich wird dein Mund trocken. Du bewegst dich, und in der nächsten Sekunde saust ein Stein an dir vorbei. Und es leuchtet dir ein, daß es der Tod war.«

»Und wenn ich nichts merke?«

»Nach vierzehn Tagen im Steinbruch merkt es jeder. Und bis dahin mußt du an dein Glück oder an deinen Schutzengel glauben.«

Die erste Woche arbeitete ich wie gelähmt. Ich mußte ständig meinen Kopf heben und die steile, brüchige Wand beobachten. Ich schwitzte nicht in der Hitze der letzten Maitage, sondern vor Angst vor dem Schmerz, der mich in jeder Sekunde treffen oder auch töten kann, wenn mir ein Stein die Knochen zerschmettert.

In der Nacht träumte ich von Steinen groß wie meine Faust oder wie mein Kopf, die wie kalte Meteoriten aus dem dunklen Nichts direkt auf mich zuflogen. Im allerletzten Bruchteil einer Sekunde schaffte ich es, dem unheimlichen Gestein auszuweichen. Ich wälzte mich die ganze Nacht unruhig auf meinem Bett und schrie um Hilfe, ich wollte weglaufen, aber mein Schuh blieb zwischen den Schienen in einer Weiche klemmen.

Keiner von meinen Kollegen, den elf schwarzen Aposteln, lachte mich aus, keiner beschimpfte mich, weil ich ihren Schlaf gestört habe. Als ich mich für meine lauten Träume entschuldigte, sagte einer:

»Das haben wir am Anfang alle durchgemacht.«

Nach zehn Tagen wünschte ich mir, daß mich ein stiller Stein erschlägt.

Auch wenn ich bei der Arbeit ein Kribbeln am Scheitel fühlte, wenn ich unwillkürlich zwei oder drei Schritte seitwärts machen wollte, wenn mein Mund auf einmal trocken wurde, obwohl ich vor einigen Minuten aus der Flasche oder aus einer der vielen Quellen, die aus dem Felsen sprudelten, getrunken hatte, dann blieb ich aufrecht stehen, schloß die Augen und erwartete den erlösenden Schlag.

Ich stand vor der Kipplore, die Hände ausgebreitet, nahm Abschied von meiner großen Liebe Marie und hoffte, daß sie mich beweinen würde, aber nicht viel und nicht zu lange, denn ihre Liebe, wenn sie mich liebt, habe ich nicht verdient.

Dreimal flogen zwei Steine, einmal war es ein großer Brocken, ganz dicht an mir vorbei. Nicht weiter als zwei oder drei Meter entfernt schlugen sie auf die harte Erde ein und zersprangen in tausend kleine Splitter. Meine Beine waren mit kleinen Wunden übersät.

Und immer wieder träumte ich damals und träume bis heute von meinem Tod, der im Steinbruch von Stráž ohne Vorwarnung aus dem heiteren Maihimmel auf meinen Kopf einschlägt und mir den Schädel zertrümmert. Ich fühle keinen Schmerz, nur den blitzschnellen Aufschlag, ich höre das Bersten meines Schädels und sehe in einer langsamen Folge die Bilder meines Lebens, vom 14. März 1939 bis zu diesem Augenblick, aus meiner linken Schläfe fließen.

Ich sehe auch die elf schwarzen Apostel, wie sie meinen blutigen, toten Kopf in eine Kipplore legen, über holprige Weichen vor das schwarze Loch der Schotterquetsche mit stählernen Zähnen fahren, mich dort auf den harten und kühlen Betonboden legen und verschwinden. Ich bin tot, fühle jedoch, wie die Kälte meinen Rücken durchdringt und mich noch toter macht. Und ich sehe meine Fluchtkollegen aus Kadaň mit unrasierten Gesichtern, in lange schwarze Gewänder mit großen schwarzen Achselklappen und mit silbernen Perücken über mich gebeugt. Sie wollen Gericht über mich halten, streiten jedoch immer wieder über den Wortlaut der Anklage. Und mitten in ihrem Streit ergreift im Hintergrund Onkel František das Wort, er nähert sich meiner Leiche, breitet seine Arme und seine glühend rote Pelerine aus und redet immer wieder Unsinn über die glückliche Zukunft nach dem Sieg der kommunistischen Revolution.

Der Steinbruch und ich haben Anfang Juni 1953 Frieden geschlossen. Nach drei Wochen schaffte ich das Soll, die sechzehn Kipploren, auch dann, wenn der Sprengmeister mit seinem schwarzen Blechkoffer voller Dynamit in der Bahnhofskneipe von Ostrov besoffen hängenblieb. Ich mußte zwar sehr oft bis in die Dunkelheit große Brocken mit dem Hammer zerschlagen, den Schotter in die scheinbar bodenlose Kipplore schaufeln, aber ich war mit meinem Dasein zufrieden.

Nur der Schweißgeruch meines Vorgängers Tonda, der mit abgerissenen Beinen auf dem Weg nach Ostrov verblutete, diese süßliche Ausdünstung, die aus dem Strohsack stieg und meine Alpträume weckte, die mich jede Nacht fest im Griff hielten, das ständige Gerede meines Onkels František, seine Selbstbezichtigungen und Anklagen, die er gegen mich erhob und nach einigen Minuten wieder zurückzog, der schlaflose Schlaf, raubten mir vor jeder Morgendämmerung die Hoffnung zu überleben. Zum Glück hatte ich Maries Briefe mit einem rosa Band zusammengebunden jeden Abend als Schutz vor bösen Geistern unter mein Kissen gelegt.

Zweimal konnte ich am Sonntag und einmal sogar schon am Samstag bis Sonntag abend aus Stráž wegfahren und meine geliebte Marie im zwanzig Kilometer entfernten Maštov besuchen. Unser Kommandant, der Korporal, nahm die Flasche Wodka an, die ich in Zeitungspapier eingewickelt auf sein Bett stellte.

»Einen Ausgangsschein kann ich dir nicht ausstellen. Wenn du am Sonntag mit dem letzten Zug zurück bist, dann kann ich dich decken. Falls du aber am Montag in der Früh nicht hier bist, muß ich die Militärpolizei anrufen. Was dann mit dir passiert, ist dir wohl klar!«

In Maštov blühten Ende Juni 1953 die Heckenrosen, das erste Heu duftete nach Leben. Der Springbrunnen vor Josef Ledvinas Wohnung am Marktplatz (ich schlief bei offenem Fenster auf dem Sofa im Wohnzimmer) plätscherte, aus dem Gasthaus gegenüber hörte ich Gläser klirren und rauhe Männerstimmen lachen; alles war für mich friedlich wie eine Nacht vor der Pforte in den Himmel. Ich glaubte Maries Atemzüge im Zimmer nebenan zu hören und ich hoffte, daß auch sie genau wie ich mit offenen Augen schläft und die Geräusche der Nacht hört.

Erinnerungen, Nebengeschichten und Sätze, die an mir damals vorbeihuschten, tauchen wieder auf und gewinnen mit einer Verspätung von fast fünfzig Jahren an Bedeutung: Das Schweigen mit Marie unter den Sternen über Maštov im Duft des trockenen Heus und der blühenden Wildrosen erscheint mir heute wie ein Wunder.

Das ernste Gesicht des Korporals Peter Hron, der mich seit Juni nicht aus den Augen ließ, hätte mich vor der Gefahr warnen sollen. Seine Aufmerksamkeit, die er mir widmete, habe ich mir, wie sich bald zeigen sollte, irrtümlicherweise mit der Währungsreform im Juni 1953 erklärt: Alle Bürger haben über Nacht ihre Ersparnisse verloren, es gab Unruhen im Land. In Pilsen streikten die Arbeiter. Auch unsere Zivilisten in Stráž demonstrierten gegen den großen, vom Staat organisierten Klau: Drei Tage lagen sie stockbesoffen im Büro des Steinbruches.

Im Juli 1953 kam Peter Hron öfters zu mir in den Steinbruch und beobachtete mich. Wenn ich mich ungeschickt anstellte, packte er selber an und half mir zwei oder drei Kipploren mit Steinen zu füllen.

»Vielen Dank. Ich komme schon allein zurecht.«

Der Korporal setzte sich auf einen Stein und spuckte aus.

»Mit den Steinen kommst du tatsächlich gut zurecht, aber sonst?«

»Was meinst du mit dem Sonst?«

»Ich meine deine sechs Kollegen, die wegen Fluchtversuch im Knast sitzen. Hast du sie verpfiffen?«

Es war mir klar: Peter Hron, der Korporal, weiß über mich Bescheid; es hat keinen Sinn, ihn zu fragen woher oder von wem. Auffallend war auch seine milde, leise Stimme. Mit dem rechten Zeigefinger zeichnete er im Staub zwischen seinen Beinen irgendwelche unverständlichen Ziffern, die ich für einen Drudenfuß hielt.

Ich empfand Erleichterung, eine ganz einfache Erleichterung, nichts Großes und nichts Überwältigendes. Ich konnte freier auf- und ausatmen und ich fühlte, wie sich eine Last von mir trennt, wie sie abfällt, abbröckelt. Mein seit einem Jahr immer wieder aufgescheuchter, verängstigter Verstand, der mir ständig neue Arten und Abarten der Angst bescherte, flüsterte mir zu: Peter Hron kannst du vertrauen.

»Die Antwort lautet ja und nein«, sagte ich.

»Red keinen Quatsch! Raus mit der Wahrheit! Ich bin nicht da, um zu richten. Es ist Zeit, daß du dein Herz ausschüttest!«

Mit der Hand löschte Peter zwei Bilder im Sand zwischen seinen Beinen aus.

Das war bei ihm neu, Peter spricht vom Herzausschütten! Ich hatte gedacht, daß dieser Muskelmann kein Herz, sondern eine Blutpumpe in der Brust hat, daß seine tiefe, laute Stimme nie ihre scharfen Kanten und ihre bösen, nach ungarischem Akzent klingenden Zischlaute aufgeben und sich in eine weiche Melodie umwandeln könnte.

»Habe ich jetzt einen Freund, Peter?«

»Nein, ich bin nicht dein Freund. Du kannst mir jedoch vertrauen. Und das ist heutzutage mehr als Freundschaft.«

Es fiel mir gar nicht schwer, Peter Hron zu beichten.

Es war meine zweite Beichte nach der ersten in der Schlesisch Ostrauer St. Josefskirche, die ich, genau wie die zweite, als Heide ablegte und mir dennoch sicher war, daß mein Schöpfer mich erhörte. Ob er mir meine Sünden, vor dreizehn Jahren in der Kirche von Schlesisch Ostrau gebeichtet, und meine Sünden des Jahres 1952 verziehen hat, weiß ich nicht. Aber ich habe gebeichtet, mein Schöpfer wußte über mich Bescheid.

Peter, der Steinmetz von Beruf und Gewichtheber, war für mich ein Engel des Herrn. Seit diesem heißen Sommertag in der

Glut des Steinbruchs in Stráž glaube ich an Engel; nicht an pausbackige, geschlechtslose Geschöpfe, die in jeder Dorfkirche die Altäre, Wände und Kuppeln schmücken, sondern an menschliche Engel, an ganz gewöhnliche, auch sündige Menschen, die in bestimmten Augenblicken vom Schöpfer auserwählt für uns Sünder die Rolle der Schutz- und Beichtengel übernehmen.

Es fiel mir leicht, ihm vom Anfang bis zum Ende meines Versagens vor der Todesangst zu beichten. Ich ließ nichts aus, nicht Onkel František, keine Einzelheit, keinen Satz, der mich von Beginn an bis zu diesem Zeitpunkt gequält hatte. Ich verschwieg auch nicht meinen guten Willen, mich hier im Steinbruch durch einen fallenden Stein bestrafen und erschlagen zu lassen, ich beichtete auch meinen Traum, in dem ich jede Nacht tot bin, und verschwieg meine große Hoffnung, meine Liebe zu Marie, nicht.

Als ich ans Ende kam, fiel die Sonne schräg ins Egertal, die Schatten wurden länger. Und ich hatte erst sechs Kipploren beladen, das bedeutete, bis in die Nacht zu schuften.

»Mach' dir keine Sorgen wegen dem Soll, ich werde es schon regeln. Schreib dir heute sechzehn Kipploren auf.«

Peter zog aus der ledernen Umhängetasche, die er stets bei sich trug, einen Umschlag heraus und legte ihn mir auf die Knie.

»Lese die beiden Papiere sorgfältig durch!«

Das erste Blatt trug oben rechts den Stempel: »Hauptverwaltung der militärischen Abwehr Prag. Streng geheim!« Fünfundvierzig Jahre später konnte ich das Papier kopieren, es liegt vor mir:

Aktennummer 061805-III/2 1953, 13. Juli 1953 (Vater Bohumil wäre achtundvierzig geworden), Zweigstelle der militärischen Abwehr in Aussig an der Elbe. Der stellvertretende Leiter des militärischen Nachrichtendienstes in Prag Major Zdeněk Kupec schreibt seiner untergeordneten Zweigstelle:

»Wir haben die Absicht, den Soldaten Ota Filip in der Operation TUKA zu benutzen, und wollen, falls es unter der Mannschaft nicht bekannt ist, daß er an der Entlarvung des Fluchtversuches beteiligt war, diese Tatsache gegen ihn als Druckmittel verwenden.«

Ein unsichtbares Netz fiel wie der Schatten, den die untergehende Sonne ins enge Egertal warf, über meinen Kopf.

»Was soll ich tun, Peter?«

Peter Hron spuckte in den Staub unter seinen Beinen aus; aus einem winziger Krater stieg ein noch winzigerer Staubfaden auf.

»Nichts. Ich erledige die Sache auf meine Art.«

»Und wie?«

»Ganz einfach: Ich schreibe nach Aussig, die in Aussig werden es nach Prag weitermelden, daß der Mannschaft hier in Stráž bekannt ist, daß du deine Freunde verpfiffen hast. Die Prager Schnüffler, ich kenne diese Möchtegernspione zu gut, werden von dir ablassen, und du wirst vor ihnen Ruhe haben.«

Peter stand auf und streckte seine Knochen.

»Lese auch das zweite Papier!«

Das zweite Papier – streng geheim! – schrieb die Bezirksverwaltung der Staatssicherheit in Karlsbad an die Zweigstelle der militärischen Abwehr, auch in Karlsbad.

Am 4. Mai 1953 berichtet Kapitän der Staatssicherheit Zdeněk Tománek der militärischen Abwehr und anderen Sicherheitsstellen über einen abgefangenen Brief aus Prag an Dr. Mirda Hlava, Dukelských hrdinů 36, Haus Jesenius in Karlsbad. Der Absender des Briefes, ein gewisser Tuka, bittet Dr. Hlava, seinen Brief persönlich Ota Filip zu übergeben, denn der Teufel schläft nie.

Tuka, der mir vollkommen unbekannt war, berichtet mir über meine ehemaligen Sportkollegen im A. C. Sparta, so zum Beispiel über den schwarzen Mittelstreckenläufer Čeněk Hanka, über den tschechoslowakischen Meister im 100-Meter-Lauf, den Offizier František Brož, über den Europameister im Kugelstoßen, den Gefreiten Jiří Skobla, und über den Kugelstoßer Dr. Jan Kalina. Der geheimnisvolle Tuka, der mir diesen Brief über Dr. Mirda Hlava schickte – ich kannte weder den einen noch den anderen –, äußerte sich auch über den Leichtathletiktrainer im A. C. Sparta, meinen Freund Ota Vodička, und bewertete ihn als einen bösen Menschen, der, politisch gesehen, auf zwei Stühlen sitzt. Dasselbe Urteil fällt Tuka auch über meinen angeblichen Freund, dem ich nie im Leben begegnet bin und nie kannte, Ing. Jan Havelka, den berühmten Rennfahrer.

In der geheimen Beilage zu diesem Hirngespinst bewerten Oberleutnant Josef Vokněr und Leutnant Věroslav Zubíček die Erkenntnisse des Kapitäns Zdeněk Tománek als den Anfang einer neuen Verschwörung, die Tuka, höchstwahrscheinlich ein aus dem Westen zurückgekehrter Agent, mit Filip auf die Beine stellen möchte, was sie mit einem Zitat aus Tukas Brief belegen, in dem Tuka den Soldaten Filip zu einer mit einem Schwur besiegelten Freundschaft auffordert, denn sonst hat alles keinen Sinn.

Seite zwei von Kapitän Zdeněk Tománeks Bericht ist voll von Stempeln der Abwehr, der Zweigstelle in Aussig an der Elbe, der Abwehr des 3. Armeekorps und des 1. Armeebezirkes und von Unterschriften von Stabskapitänen, Majoren und Obersten, die an der Entlarvung der neuen Verschwörung mitarbeiten sollen. Alle Unterschriften und Stempel machen darauf aufmerksam, daß der Soldat Ota Filip strengstens zu überwachen ist.

Als ich in der sommerlichen Dämmerung den zweiten Bericht und die beigelegte, von Oberleutnant Josef Vokněr und Leutnant Věroslav Zubíček erstellte Analyse des Falles Tuka las, wurden meine Knie weich. Unsichtbare Schatten, die nach Sonnenuntergang aus den Felsspalten des Steinbruches heraustraten, warfen mir Schlingen um den Hals und grinsten mich an.

»Ich kenne keinen Tuka!« sagte ich.

Peter spuckte in den Sand aus.

»Ich weiß.«

»Einen Doktor Hlava habe ich nie gesehen, und ich habe weder von ihm noch von jemand anders einen Brief von Tuka erhalten!«

»Das weiß ich auch.«

Die Ruhe, mit der Peter Hron auf meine Verzweiflung antwortete und zweimal in den Sand unter seinen Beinen spuckte, reizte mich. Mir geht es um Sein und Nichtsein, und er sitzt vor mir, ein wenig nach vorne geneigt, spuckt in den Sand und schaut über meinen Kopf hinweg Richtung Erzgebirge, deren höchster Berg Klínovec wie immer zu dieser Zeit noch voll im rosa Licht der untergehenden Sonne steht.

Der Korporal Peter Hron, der Steinmetz und Gewichtheber, der nicht mein Freund werden wollte, ein Mensch, dem ich seit einigen Stunden vertraute, zog aus seiner ledernen Umhängetasche, seinem, wie er öfters lachend sagte, Büro, einen länglichen, zerknitterten und abgegriffenen Umschlag heraus.

»Den zweiten Brief mußt du auch noch lesen!«

Auf dem Umschlag stand mit Hand die Anschrift des Karlsbader Arztes Mirda Hlava geschrieben.

Tuka, der keinen Vornamen angab und keine Anschrift, ein Mann, ein böser Geist, schreibt mir an Dr. Hlavas Anschrift in einem vertrauten Ton, als wären wir schon seit Jahren Kumpel gewesen, die eine Menge zusammen erlebt und viele gemeinsame Freunde haben. Der Inhalt des zweiten Briefes war mit dem ersten fast identisch.

»Diesen Brief habe ich auch nie erhalten!«

»Du hast Tukas zweiten Brief nicht erhalten können, denn ich habe ihn dir nicht übergeben.«

»Ich verstehe dich nicht, Peter! Das alles ergibt doch keinen Sinn, Tukas Hirngespinst und ...«

Der Korporal unterbrach mich.

»Ich habe mir gesagt: Wenn du Tukas Brief, oder weiß der Teufel, wer ihn geschrieben hat, nicht bekommst, dann bist du aus dem Schneider. Damit du es weißt: Die Spürhunde von der Abwehr wollten dich ein oder zwei Tage nach Tukas Brief wieder dingfest machen und in die Mangel nehmen. Ohne Tukas Brief hatten sie aber gegen dich nichts in der Hand.«

»Und warum haben sie mich nicht verhaftet?«

Korporal Hron wurde sichtlich nervös; seine Ruhe war dahin, seine Stimme wurde wieder kantig.

»Weiß ich nicht. Die einzige Erklärung ist wohl die einfachste: Es gab und gibt keinen Tuka. Die Genossen wollten dir, nur sie und Gott weiß, wem noch und warum, eine Falle stellen, haben es sich jedoch anders überlegt.«

»Bin ich denn so wichtig, daß mir hohe Offiziere der Abwehr Fallen stellen müssen?«

Peter Hron trat ganz nahe an mich heran. Er zögerte eine Weile; ich spürte die Hitze, die ihm ins Gesicht stieg.

»Ich habe, Ota, noch eine Frage. Du mußt mir nicht antworten, wenn du jedoch antwortest, dann, bitte, die Wahrheit. Bist du ein britischer Agent?«

Der Boden unter meinen Beinen schwankte nicht, kein Lüftchen rührte sich. Aber wieder hörte ich über meinem Kopf ein ganz leises Sausen. Das Wasserwehr unterhalb der Brücke rauschte lauter. Kurz vor der Dunkelheit kam im Flußbett stets mehr Wasser von oben aus den Bergen. Woher und warum täglich zu dieser Stunde, habe ich nicht erfahren und es interessierte mich auch nicht. Und in diese Stille antwortete ich in Peters verfinstertes Gesicht:

»Nein, ich bin kein Agent.«

»Ehrenwort?«

»Ehrenwort.«

Der Korporal wandte sich von mir ab.

»Und woher weißt du, Peter, daß man mich für einen britischen Spion hält?«

»Ich weiß es eben. Mach dir aber keine Illusionen: Wenn die dich einmal für einen Spion gehalten haben, dann bist du verdächtig, und zwar für immer!«

»Gehörst du zu ihnen, ich meine zu den Genossen in Karlsbad oder in Aussig? Du mußt nicht antworten, Peter, aber wenn du antwortest, dann die Wahrheit!«

Peter drehte sich zu mir um.

»Du meinst wohl, daß es mir schwerfällt, die Wahrheit zu sagen? Ja, ich gehöre zu ihnen, aber sie kotzen mich meistens an! Ich soll dich hier in Stráž an der kurzen Leine halten, und das werde ich auch tun, denn schließlich geht es jetzt auch bei mir um Kopf und Kragen. Ich hätte dich in deiner Scheiße lieber allein lassen sollen. Ich weiß nicht, weshalb ich ab und zu den Schutzengel spielen muß. Ich weiß es wirklich nicht.«

Der große Regen war ein Überfall mit Blitz und Donner. Er war zu erwarten gewesen; wenn die Sonne im Erzgebirge glühend in hellroten Wolken untergeht, die schweren, dunkelgrauen Wolken sich am westlichen Horizont sammeln, dann ist das Unwetter, von stürmischen Winden getragen, im Anmarsch.

Der Sprengmeister war sauer: Im Regen auf den glatten Felsen zu kriechen, Löcher für die Sprengladungen zu bohren, das mochte er nicht einmal an Tagen, wenn er nüchtern war und wenn es nicht regnete. An diesem Morgen, es müßte ein Dienstag gewesen sein, war er nüchtern, denn am Dienstag hatte die Bahnhofskneipe in Ostrov vormittags zu. Er hatte es eilig; um zwei machte die Bahnhofskneipe wieder auf, und da wollte er schon zurück in Ostrov sein.

»Heute mache ich schnell einen großen Bums, damit ich bald nach Hause komme«, sagte er.

Es goß wie aus Kannen und es war kalt.

An anderen Tagen, bei gutem Wetter, gab sich der Sprengmeister Zeit und ließ seine Sprengladungen erst kurz vor

Schichtende hochgehen. Danach spendierte unser Korporal dem Sprengmeister ein Schnäpschen ins eine, ein Schnäpschen ins zweite Bein und eine ganze Flasche auf seine Gesundheit. Öfters kam es vor, daß wir den Sprengmeister zum letzten Zug nach Ostrov tragen mußten. Ein erfahrener Sprengmeister, der unseren Steinbruch und den Berg kennt, war uns sehr wichtig. Er mußte genau wissen, wo das Dynamit anzubringen ist, damit die Sprengladung richtig hochgeht und uns genügend Steinmassen für die nächsten drei oder vier Tage sichert.

An diesem Tag, in diesem Wind und Regen, wagte der Sprengmeister auf dem glitschigen Gestein nicht zu hoch zu steigen und bohrte die Sprenglöcher nur einige Meter über der Sohle. Von der oberen Kante des Steinbruches hatte er bei diesem Sauwetter berechtigte Angst, sich tiefer abzuseilen, und legte das Dynamit einige Meter höher als sonst.

Um zwölf Uhr wurde gesprengt.

Als sich der Staub nach der Sprengung legte – im starken Regen tat er das sehr schnell –, sah die linke Hälfte des Steinbruches von unten, wo wir, die zwölf schwarzen Apostel arbeiteten, grausam aus: Die obere Kante war abgerissen, unten hatte die doppelte Sprengladung in den Felsen fast ein Höhle gesprengt.

Ein erfahrener Apostel regte sich zu Recht auf:

»Der Steinbruch sieht wie eine von mehreren Teufeln gefickte, schwangere Frau mit einem großen Bauch aus.«

Wir mußten die Gleise um einige Meter näher an den Felsen und an die gesprengten Steinmassen verlegen. An drei Stellen arbeiteten wir fast unter dem über unseren Köpfen hängenden, nicht gesprengten, bestimmt jedoch erschütterten Felsen; das Regenwasser fiel in Strömen von den Felskanten auf unsere Köpfe.

Kurz nach vierzehn Uhr, die Stunde war leicht zu bestimmen, denn unten im Tal donnerte der Schnellzug aus Eger nach Prag und hatte an diesem Tag keine Verspätung, schob ich meine leere Kipplore von der Schotterquetsche hoch zu meinem Arbeitsplatz links von dem überhängenden Felsbauch.

Mir schien es, als hätte die sonst laut donnernde, quietschende und kreischende Schotterquetsche mit einem leisen Bersten ihr Leben aufgegeben. Und dann fühlte ich an meinem Scheitel ein Kribbeln, die übliche, dennoch nicht erklärbare Vorwarnung kurz vor einem Steinschlag. An einer nassen Schwelle rutschte ich aus und blieb stehen. Und als ich meinen Kopf hob, sah ich, wie sich der überhängende Felsen über meinen sieben arbeitenden Kollegen rührte, wie die obere Kante des Steinbruches langsam, aber mit unheimlicher Gewalt in die Tiefe abrutschte. Alles geschah wie in einem mit Zeitlupe aufgenommenen Film und ohne Geräusche.

Der Regen wurde dichter, der Berg wackelte, die hohen Tannenbäume oben beugten sich nach vorne, ein Windstoß fiel vom Berg und fegte meinen ersten warnenden Aufschrei in die falsche Richtung, ins Egertal. Ich weiß nicht, was ich schrie, aber ich schrie laut, so laut, daß mir meine Kehle weh tat, als hätte mir jemand ein Messer in den Hals gestoßen.

Meine sieben Kollegen drehten sich zu mir um.

Später, als alles vorbei war, erzählten sie mir beim Schnaps, ich hätte wie ein Verrückter mit den Armen gefuchtelt, immer wieder nach oben gezeigt und etwas Unverständliches geschrien, und erst dann fiel jemandem ein, den Kopf zu heben, und er sah, wie sich der riesige Bauch des Felsens mit einem leisen Stöhnen senkt, wie er abrutscht, langsam, ohne Hast.

In den entscheidenden Sekunden, bevor die Schlammlawine, die von oben blitzschnell über den nassen Felsen rutschte, und bevor der überhängende Felsen mit einem Donnern die sieben Kipploren zerquetschte und begrub, schafften es die sieben Apostel, die zwanzig oder dreißig Meter, die sie vom Tod trennten, zu laufen.

Ich stand verschwitzt und vom Regen bis auf die Knochen durchnäßt an meine Kipplore gelehnt. Mein Hals tat mir weh, ich hatte das Gefühl, daß meine zerrissenen Stimmbänder bluten.

Korporal Peter Hron legte mir seine Rechte von hinten auf die Schulter.

»Du hast den sieben das Leben gerettet!«

Ich konnte nicht reden, ich hatte meine Stimme verloren. Das Atmen tat mir grausam weh. Ich konnte nur meine Lippen bewegen, aber von den Lippen verstand weder der Korporal noch einer von den sieben schwarzen Aposteln meine Worte abzulesen.

Es war ein Zufall, wiederholte ich mehrmals, um mich selbst zu überzeugen, daß ich für nicht mehr als einige Sekunden, die über Leben und Tod von sieben schwarzen Aposteln entschieden haben, nur das Werkzeug eines Zufalls geworden bin und daß ich mich überhaupt nicht als einen von meinem Schöpfer auserwählten Retter oder als seinen Schutzengel betrachten will.

Auf der anderen Seite hatte ich, was den Zufall betraf, meine Zweifel: Warum wohl war die Schotterquetsche, als ich den Inhalt meiner Lore ins Loch kippen wollte, für eine Minute verstopft? Und warum entgleiste meine leere Kipplore, als ich sie langsam aus der überdachten Schotterquetsche in den Steinbruch schob, gleich an der ersten Weiche? Und warum hat jemand die eiserne Stange, die an der ersten Weiche für die öfters vorkommenden Entgleisungen bereit lag, erst an der dritten Weiche liegen lassen, so daß ich das Eisen mindestens eine weitere Minute suchen mußte?

Die zweimal eine Minute waren an diesem Tag für das Leben von sieben jungen Menschen entscheidend. Hätte ich die hundertzwanzig Sekunden an der Schotterquetsche und dann an der Weiche nicht verloren, wären ich und sieben weitere schwarze Apostel unter dem Felsen jetzt zerquetscht und tot.

War es ein Zufall?

Oder hat mir der barmherzige Schöpfer eine Gnade erwiesen, ein Zeichen gegeben, daß er mich nicht aufgegeben, mich nicht zu den Verdammten verstoßen, sondern, wenn auch nur für eine kurze Zeit, zu seinen Auserwählten erhoben hat, die ab und zu seinen Willen und seine Güte verwirklichen? Nicht ich, sondern Er hat mich und durch mich die sieben schwarzen Apostel gerettet. Und wenn er mich zu seinem Werkzeug auserwählt hat, dann darf ich hoffen.

Zum erstenmal nach dreizehn Jahren, als ich im Frühling 1940 ungetauft, dennoch rein gebeichtet, vor dem Altar der St. Josefskirche in Schlesisch Ostrau das Vaterunser betete, erinnerte ich mich wieder an dieses Gebet. Ich wollte vor meiner Kipplore niederknien und versuchen, mich an das Vaterunser zu erinnern, aber ich schämte mich vor den elf schwarzen Aposteln und vor dem Korporal. So setzte ich mich im Regen auf das Gleis, hob meinen Kopf gegen den verregneten Himmel und betete still das zweite Vaterunser in meinem Leben. Und als ich zu der Stelle kam, die mit »und vergib uns unsere Schuld« beginnt, wußte ich nicht weiter.

An diesem Tag wurde nicht mehr gearbeitet.

Korporal Peter Hron öffnete seine eisernen Vorräte und servierte Prager Schinken, hartgekochte Eier, eine Menge Kornschnaps und Bier. Gegen vier Uhr nachmittags waren wir alle, die zwölf schwarzen Apostel, unser Kommandant, Korporal Peter Hron, und unsere Zivilisten total besoffen.

Aber wir lebten!

Mit Wodkaflaschen in den Händen und mit Gebrüll kamen wir aus der Küche heraus in den Regen, hoben unsere Fäuste gegen den Felsen, der immer noch nicht zur Ruhe gekommen war, und beschimpften ihn mit den obszönsten Worten, die uns der Schnaps und das Bier auf die Zungen schwemmten.

Eine Woche später zeigte mir Korporal Peter Hron einen auf schlechtem Holzpapier vervielfältigten Befehl des Kommandanten des 59. PTP, mit dem mir als Belohnung für meinen vorbildlichen Arbeitseinsatz ein Urlaub von drei Tagen erteilt wurde. Im vier Seiten langen Tagesbefehl war meine Belohnung schwer leserlich als vorletzter Punkt vor der allen PTP-Einheiten angeordneten Altpapiersammlung angeführt.

»Hast auch meinen Hals gerettet. Wenn die sieben ums Leben gekommen wären, dann hätte ich mindestens fünf Jahre Bardejov gekriegt, denn ich bin hier für alles verantwortlich. Ich habe deine Belohnung schriftlich beantragt.«

»Vielen Dank, Peter.«

»Ich kann dir drei Tage, Freitag, Samstag und Sonntag Urlaub geben. Kannst ihn gleich morgen antreten. Willst ihn überhaupt haben?«

»Ja.«

»Ich will gar nicht neugierig sein, aber im Urlaubsschein muß ich anführen, zu wem und wohin du fährst.«

»Schreib Marie Ledvinová, Maštov, Bezirk Podbořany hin.«

Korporal Peter Hron füllte den Urlaubsschein aus.

»Nach einer guten Nachricht habe ich eine schlechte, auch für dich. Am 15. August müssen wir den Steinbruch und Stráž verlassen. Für die oben ist der Steinbruch ein zu großes Risiko geworden. Nach vier Toten könnten sie weitere tödliche Unfälle nicht mehr verantworten. Wir packen unsere Sachen und ziehen um nach Bilina.«

Das war tatsächlich eine schlechte Nachricht.

Von Stráž hatte ich es nach Maštov mit dem Zug nicht einmal eine Stunde; von Bilina bei Duchcov nach Maštov waren es mehr als drei Stunden und man mußte zwei- oder sogar dreimal umsteigen.

»Und was werden wir in Bilina machen?«

»Die Kaserne für den weiteren Rekrutennachschub vorbereiten. Wenn es gutgeht, dann halten wir die drei Monate in Bilina bis ins Zivil durch.«[122]

Bei Vater Josef, Mutter Emilka und bei Marie in Maštov war alles übersichtlich geordnet, auch das Unglück. Josef Dombrowskis – Emilkas Sohn aus ihrer ersten Ehe – mit Wasserfarben koloriertes Foto in der Uniform eines Soldaten des tschechoslowakischen Armeekorps in der UdSSR[123] hing an der Wand im Wohnzimmer neben einem Kruzifix. Maries Halbbruder hatte auf dem Foto das Gesicht eines Konfirmanden, zu jung für die Uniform und zu unreif für den Heldentod kurz vor Weihnachten 1944 am Dukla-Paß.

Josef kämpfte nicht für Stalin und nicht für den Sieg des Kommunismus, sondern für die Rückkehr von mehr als 40 000 Tschechen, die in der zweiten Hälfte des 19. Jahrhunderts auf Einladung des damaligen Zaren als Bauern und Handwerker nach Wolhynien, in die Westukraine kamen.

Die Familie von Josefs Vater, die Ledvinas, lebten seit 1870 in Kupiaczów, wo auch Josef und Marie geboren wurden. Das Dorf, von Tschechen, Polen, Ukrainern und Juden bewohnt, gehörte wie ganz Wolhynien und die Westukraine bis 1918 zum zaristischen Rußland, dann bis Herbst 1939 zu Polen. Josef und Marie wurden als polnische Staatsbürger tschechischer Nationalität geboren. Als aber Hitler im Spätsommer 1939 mit Stalin einig wurde und sie Polen teilten, fiel Wolhynien an die UdSSR und alle Tschechen polnischer Staatsbürgerschaft wurden deren Bürger. So wie die ganze von den Sowjets nach Absprache mit Hitler okkupierte Westukraine, wurde auch Kupiaczów ab September 1939 gewaltsam sowjetisiert. Als die tschechoslowakische Exilregierung auch in der UdSSR ein Armeekorps aufstellte, meldeten sich alle jungen Tschechen, Frauen nicht ausgenommen, die in der damaligen sowjetischen Ukraine lebten, freiwillig in die tschechoslowakische Armee. Maries Halbbruder

Josef war, als er im April 1944 in Kowel in das tschechoslowakische Armeekorps eintrat, fünfzehn Jahre alt. Zwei Monate nach seinem sechzehnten Geburtstag fiel er.

Nach Josefs Tod setzte sich Mutter Emilkas Trauer in ihrer Lunge fest. Sie siechte dahin, sie wollte nicht leben, um ihren Josef nicht zu lange zu überleben; sie wollte nur so lange auf dieser Welt verweilen, bis sie ihr erstes Enkelkind in den Armen hält. Im August 1954 hat Mutter Emilka das Glück erlebt, ihr letztes, und hielt, schon todkrank, meinen und Maries neugeborenen Sohn Pavel in ihren Armen.

Mutter Emilka erwartete von mir keinen Trost.

Sie wollte nur, ich las es ihr von ihren dunklen Augen ab, daß ich an ihrem Unglück teilnehme, daß ich weiß, was ihr weh tut. Und ich habe mir Josefs, Maries Halbbruder, Tod aufgeladen und fühlte mich mit ihm und in ihm geborgen. Ich gehörte dazu. Meine Geschichte floß mit Emilkas Unglück zusammen. Ich nahm Josefs Tod als einen Teil meiner Geschichte in mich auf.

Beim Frühstück, es war ein sommerlicher, windloser Tag, überlegte ich mir die ganze Zeit meine kurze Rede, in der ich Vater Josef und Mutter Emilka um Maries Hand bitten wollte. Am ersten Tag meines dreitägigen Urlaubs fragte ich Marie, ob sie mich heiraten wolle. Sie antwortete mit einem sachlichen Ja.

Ich war ein wenig enttäuscht; ich erwartete mehr, obwohl ich nicht genau wußte, was.

Marie hatte, gestand sie erst viel später, überhaupt nicht vor, nach meiner Frage, die sie erwartete, eine herzzerreißende Szene zu spielen oder Tränen der Freude zu vergießen. Mit ihrer sachlichen Antwort wollte sie mir deutlich und unmißverständlich zur Kenntnis geben, daß sie sich für mich und für ein Leben mit mir entschieden hat.

Wir haben beschlossen, daß ich beim Frühstück unseren Entschluß (das Wort Entschluß hat Marie gewählt) den Eltern mitteile. In der Nacht habe ich mir einige kurze Sätze vorbereitet, mit welchen ich Vater Josef und Mutter Emilka unseren Entschluß – ich bin mit diesem Wort voll einverstanden gewesen – vortragen wollte. Beim Frühstück verwarf ich sie, denn meine Sätze kamen mir zu einfach, dem Augenblick nicht entsprechend und nicht poetisch genug vor.

Am Ende des Frühstücks war ich verworren; ich zwang mich in eine erhaben-aufgeregte Stimmung, denn schließlich ging es auch um mich, um mein Leben, aber je länger ich in mir meine Gefühle aufwühlte, um einen den aufgewühlten Gefühlen entsprechenden Wortschwall zu finden, um so schneller erschien mir Maries Nüchternheit und Sachlichkeit, mit der sie mir gestern auf die Frage meines Lebens antwortete, als die beste Lösung.

Ich wählte zum Schluß den einfachsten Satz, der mir einfiel.

»Ich liebe Marie, und wir wollen heiraten.«

Durch die offene Tür ins Wohnzimmer sah ich an der Wand Josefs Bild. Er zwinkerte mir mit dem linken Auge zu.

»Na, endlich!«

»Haben Sie es sich gut überlegt, ich meine das, was Sie hier sagen? Und die Folgen … meine ich …«

Vater Josef schaute mich streng an.

Mutter Emilkas Augen wurden feucht.

»Werden Sie meine Marie immer lieben?«

Vater Josef blieb sachlich.

»Wann wollt ihr heiraten?«

»Wenn ich vom Militär zurück bin.«

Wie einfach ist doch das Leben! jubelte ich in mir. Ein Satz – »Ich liebe Marie, und wir wollen heiraten« – schleuderte mich sanft in ein neues Leben, auf eine Lebensbahn mit einer Frau, die ich vom ersten Augenblick an liebte.

»Haben Sie über Ihren Entschluß mit Ihrer Mutter gesprochen?«

Mutter Emilka gab sich Mühe, nicht zu husten; am Morgen überfiel sie stets ein Hustenanfall.

»Habe ich nicht«, erwiderte ich und erzählte Mutter Emilka und Vater Josef über meine Plagen und Sorgen mit meinen Eltern und daß es mich selbst überrascht, daß ich eine so wichtige Entscheidung ohne mit meiner Mutter gesprochen zu haben gefällt habe, daß ich mich aber seit meinem fünfzehnten Lebensjahr immer allein, ohne Eltern, entscheiden mußte, und daß ich keinen Grund dafür sehe, meine Entscheidungen von der Mutter abhängig zu machen.

»Sind Sie katholisch?«

Mutter Emilkas Frage überraschte mich.

Ich habe eine Reihe von Fragen über meine Eltern, vor allem über meinen Vater Bohumil, erwartet, nicht jedoch die Frage nach meiner Religion.

»Nein. Ich habe keine Religion.«

Vater Josef war ein wenig verärgert.

»Eine Religion kann man nicht haben, wenn der Glaube fehlt.«

»Laß mich reden, Josef! Glauben Sie an Gott?«

»Ich glaube an den Schöpfer.«

»Sind Sie getauft?«

»Nein. Aber Gottes Leib habe ich als zehnjähriger Bursche empfangen.«

»Das war eine Sünde! Aber wenn Sie damals erst zehn Jahre alt waren, dann wird Gott Sie Ihnen schon längst verziehen haben.«

Vater Josef, der sich ein wenig gekränkt in die Ecke zurückzog, rührte sich.

»Marie wurde auch als Heidin geboren.«

»Wir haben sie gleich nach Dombrowskis Tod und nach unserer Heirat taufen lassen! Aber Ota ist noch mit dreiundzwanzig Jahren ein Heide! Und einem Heiden gebe ich meine Tochter nicht! Vor der Heirat müssen Sie sich katholisch taufen lassen, vorher beichten, denn das gehört dazu! Erst dann bekommen Sie Marie und meinen Segen! Reden Sie heute noch mit unserem Pfarrer. Am Abend sprechen wir dann weiter!«

Mutter Emilkas Worte klangen in meinen Ohren wie ein mildes Urteil oder fast wie ein Freispruch.

Pfarrer Antonín Grus war, munkelte man, früher Dekan irgendwo in Mittelböhmen; nach Maštov kam er mit einer ganz bösen Geschichte belastet, in der Weiber, Wein und ein uneheliches Kind die große Rolle spielten. Andere erzählten wieder, Dekan Antonín Grus sei nicht nur wegen seiner Weibergeschichten, die zum Teil sogar der Wahrheit entsprachen, von seinem Bischof nach Maštov verdammt worden, sondern von den Kommunisten seines Amtes in Beroun bei Prag deswegen enthoben und ins gewesene Sudetenland verbannt worden, weil er ein zu guter Prediger war, der vor allem auf die Jugend seinen (wie man damals sagte) reaktionären Einfluß ausübte. Die Tatsache, daß Dekan Antonín Grus tatsächlich ein Kind mit seiner Köchin, einer attraktiven Brünetten hatte, störte die Genossen überhaupt nicht. Das sündhafte Verhältnis zu seiner Köchin hatte ihm der für kirchliche Angelegenheiten beauftragte Funktionär der Bezirksleitung der KPTsch[124] leicht verziehen, denn sein schlechter Ruf als Vater eines Kindes brachte der Kirche nur Schaden.

An jenem heißen Sommertag Ende Juli 1953, an dem ich beim Frühstück Maries Eltern unseren Entschluß, daß wir heiraten werden, mitteilte, habe ich im Lebensmittelladen, in dem ich Bier fürs Mittagessen kaufte, Pfarrer Antonín Grus getroffen.

Ein kleiner Junge zog ihn vor dem Pult mit Schokolade am Ärmel:

»Vati, kauf mir Milchschokolade, bitte!«

Pfarrer Antonín Grus hob seine Augen theatralisch zum Himmel und lachte:

»Allmächtiger, warum strafst du mich mit einem solchen Bengel!«

Dann wandte er sich der Verkäuferin zu.

»Geben Sie dem Burschen eine Tafel Schokolade und packen Sie mir zwei Stück ein!«

Vor dem Geschäft sprach ich Pfarrer Antonín Grus an. Ich fragte ihn, ob er mich taufen kann, möglichst bald und still, ohne Aufsehen. Der Pfarrer wurde ungeduldig, eher ängstlich. Immer wieder sah ich seine schweren Augen über meine schwarzen Achselklappen gleiten. Er schwitzte und hörte mir nur mit halbem Ohr zu. Und als ich zum zweitenmal das Wort Taufe aussprach, erschrak er, wandte sich von mir ab und packte seinen Jungen an der Hand.

»Kommen Sie mit Ihrer Verlobten am Nachmittag zu mir in die Pfarre. Hier können wir nicht reden!«

Nach einigen Schritten kam er zu mir zurück.

»Mit der Taufe ist es Ihr Ernst?«

»Ja.«

»Sie wollen Marie Ledvinová in der Kirche heiraten?«

»Ja.«

»Wissen Sie überhaupt, was Sie tun?«

»Weiß ich.«

»Also gut. Wir sehen uns heute nachmittag, sagen wir um sechzehn Uhr. Aber bitte, kommen Sie in die Pfarrei durch den Hintereingang. Ich lasse das Gartentor offen.«

Am Nachmittag saßen wir mit Marie auf dem Sofa in Pfarrer Antonín Grus' halbdunklem Büro. Die schweren Vorhänge aus braunem Samt waren zugezogen. Draußen kam ein Gewitter auf; kurz bevor es über dem Duppauer Gebirge donnerte, spürte ich unter meinen Sohlen ein Zittern.

»Machen wir es kurz, ohne langes Gerede. Sie wollen also getauft und Mitglied der katholischen Kirche werden. Darf ich wissen, warum?«

»Weil ich Marie liebe und weil ich sie ohne getauft zu sein nicht heiraten dürfte.«

»Das kommt mir seltsam vor.«

»Ist die Liebe zu einer Frau kein Grund zur Taufe?«

Pfarrer Antonín Grus schenkte drei Gläser mit hausgemachtem Himbeerwein voll. Er schob uns das silberne Tablett mit drei wunderschönen rotblauen Gläsern zu. Das eine Glas hob er an seine Lippen.

»Die Trauttmannsdorfs[125], ein gewisser Maximilian, hat das Silber und die Gläser der Pfarrei in Maštov gestiftet. Die Kommunisten haben es noch nicht geklaut. Also, zum Wohl!«

Der Himbeerwein war klebrig süß.

»Eigentlich haben Sie recht. Die Liebe zu einer Frau, die Sie heiraten wollen, ist ein Grund zur Taufe. Nur muß ich Sie weiter fragen: Glauben Sie an Gott, an die heilige katholische Kirche?«

»Bisher noch nicht ganz, aber ich werde es versuchen.«

Pfarrer Antonín Grus lachte.

»Eine ehrliche Antwort, gefällt mir! Und wann wollen Sie getauft werden?«

»Wenn ich vom Militär entlassen werde, mich ein wenig im Zivilleben umgesehen habe, ich nehme an Mitte Dezember.«

»Und wann wollen Sie heiraten?«

Über dieses Problem hatten wir mit Marie noch nicht gesprochen; die Frage des Pfarrers überraschte uns. Marie legte ihre Hand auf mein linkes Knie, gerade in dem Augenblick, als ein heller Sommerblitz mit einem lauten Prasseln nicht unweit einschlug.

»Am ersten Weihnachtstag, am fünfundzwanzigsten.«

»Noch in diesem Jahr?«

»Ja, noch in diesem Jahr«, sagte ich.

Auf meine Antwort bin ich stolz gewesen.

Ein dumpfes Donnern bewegte die schweren Vorhänge, die Fensterscheiben klirrten; aus den Fugen der uralten Balken über meinem Kopf rieselten zwei Wolken von ganz feinem Holzmehl auf meine Schultern herunter.

Gott bestätigte meine Worte. Ich habe vor Pfarrer Antonín Grus und vor Marie in Gottes Donner laut ja gesagt, und das gilt für jetzt und für meine und für Maries Ewigkeit.

Karel, der Sohn des Pfarrers, weinte nebenan in der Küche in leisen und langen Tönen, die mich an das langgedehnte Pfeifen der in meiner Jugendzeit immer wieder klemmenden Orgel in der katholischen Kirche in Hošťálková erinnerte. Wenn es draußen feucht oder regnerisch war, klemmte am Ende des Gottesdienstes, wenn der Organist Herr Kotěna den Wenzelschoral anstimmte, in der ersten Strophe bei der Silbe »vé-vodo české země« (›Heerr-zog des Böhmischen Landes‹) eine Pfeife. Herr Kotěna mußte den Choral unterbrechen und der Orgel von links einen mächtigen Fußtritt versetzen.

»Ich werde dir das Pfeifen schon auch beim Regen beibringen, du Sau!«

Die klemmende Pfeife verstummte und auch meine Großmutter Františka Filipová konnte mit ihrer zittrigen Stimme den Choral bis zum Ende singen.

Pfarrer Grus hob sein Glas.

»Gott möge euch beide segnen!«

Ich und Marie hoben unsere Gläser und tranken den zu süßen und zu dicken Himbeerwein. Draußen blitzte und donnerte es mächtig; der Regen war jedoch schon schwach und dünn.

Wir gingen mit Marie die Straße von der Kirche und Pfarrei hinunter Richtung Markplatz; das heiße Pflaster hatte die Pfützen schon ausgetrocknet. Ein scharfer warmer Wind wehte vom Duppauer Gebirge die Abhänge hinunter in die Straßen von

Maštov. Marie wußte und ahnte es nicht, ich aber versuchte zu beten: Gelobt sei mein Schöpfer, der mir an diesem heißen und stürmischen Nachmittag in der Pfarrei von Maštov diesen sündigen Pfarrer oder einen von seinen gefallenen Engeln schickte, um mir einen Ausweg und einen neuen, gemeinsamen Weg mit Marie zu öffnen! Gelobt sei mein Schöpfer, der meine und Maries Wege und Irrwege von Schlesisch Ostrau und aus dem sechshundert Kilometer Luftlinie weit entfernten Kupiaczów in der Ukraine im Zug von Prunéřov-Kadaň nach Podbořany zusammenführte. Er war es auch, der mir im Steinbruch in Stráž rechtzeitig aufzuschreien befahl und mich somit das Leben von sieben schwarzen Soldaten retten ließ, damit ich mir einen dreitägigen Urlaub bei Marie verdiene, drei für uns entscheidende Tage.

Wir, die zwölf schwarzen Apostel aus Stráž, blieben beisammen und bereiteten die Kaserne in Bilina für die Ankunft von tausend Rekruten, die am 1. Oktober 1953 zum 59. PTP, das inzwischen aus Most nach Bilina verlegt worden war, einrücken sollten.

Der Kommandant des 59. PTP, Major František Mužík[126] – vor einigen Jahren, erzählte mir sein Schreiber, der Obergefreite Alois Křen, als er noch nicht dem Alkohol verfallen war, ein begeisterter Mittelstreckenläufer –, ging Mitte September in einer versoffenen Nacht in der Bahnhofskneipe in Duchcov mit den Offizieren eines Pionierbataillons aus Leitmeritz und mit weiteren hohen Chargen aus Teplice die Wette ein, daß seine Schwarzen im 10-Kilometer-Geländelauf, von der Garnison in Leitmeritz am 5. Oktober 1953 aus Anlaß des Tages der tschechoslowakischen Armee organisiert, die ersten drei Plätze gewinnen werden.

Am nächsten Tag, als Major Mužík seinen Kater ausgeschlafen hatte, berichtete mir der Obergefreite Křen, gab er ihm den

Befehl, Langläufer und einen Trainer auszusuchen, sie sofort nach Bilina abkommandieren zu lassen, damit sie sich hier unter seiner Aufsicht für den Geländelauf am 5. Oktober in Leitmeritz vorbereiten können. Obergefreiter Křen, mit dem ich mich in Bilina angefreundet hatte, schlug Major Mužík mich, den ehemaligen Leichtathleten vom A. C. Sparta Prag, als Trainer vor.

Am nächsten Tag stand meine Ernennung zum Trainer im Tagesbefehl. Major Mužík, ein hagerer Mann mit traurigen Augen, befahl mich in sein Büro.

»Ist Ihnen Ihr Befehl klar?«

»Ja, Genosse Major!«

»Wie lautet er?«

»Die drei ersten Plätze im Geländelauf am 5. Oktober in Leitmeritz!«

»Wenn unsere Jungs nicht gewinnen, dann lasse ich Sie für den Rest Ihres Militärdienstes einsperren, bis Sie schwarz werden. Abtreten!«

Ich habe es mir ausgerechnet: Bis zum 5. Oktober, das sind drei Wochen, kann ich in Bilina als Trainer ein gemütliches Leben führen, Marie zu mir einladen, ihr ungestört jeden Tag einen langen Brief schreiben. Und wenn unsere Jungs den Geländelauf, für Major Mužík eine Ehrensache, denn er wollte es den Roten in Leitmeritz zeigen, nicht gewinnen, konnte ich dieses Risiko getrost eingehen; die nicht ganz sechs Wochen bis zum 15. November (es stand schon fest, falls kein Krieg ausbricht, daß wir an diesem Tag aus der Armee entlassen werden) halte ich – wie wir damals sagten – auch mit nacktem Arsch auf Rasierklingen sitzend aus. Ich wurde von der Arbeit in der Kaserne befreit und suchte mir aus den vielen Kandidaten, die zum Probelauf nach Bilina beordert wurden, die zehn besten aus. Um ganz sicher zu gehen, habe ich drei Mittelstreckenläufer vom A. C. Sparta, meine Freunde, gebeten, am 5. Oktober in Leitmeritz für uns, die Schwarzen, zu laufen. Wenn sie in Trainingsanzügen am Start erscheinen, wird keiner ahnen, daß sie nicht Angehörige des 59. PTP sind. Die Reisekosten aus Prag nach Leitmeritz und zurück habe ich übernommen, so viel war mir unser Sieg schon wert.

Am 5. Oktober 1953 geschah in Leitmeritz ein Wunder: Die Roten, Infanteristen aus Leitmeritz und Panzergrenadiere aus Theresienstadt, die Elite der tschechoslowakischen Armee, wurden von zehn schwarzen Läufern, politisch gesehen dem Abschaum der sozialistischen Gesellschaft, im Geländelauf vernichtend geschlagen: Die ersten drei Plätze belegten Mužíks Schwarze, eigentlich meine Freunde, die Spitzenläufer vom A. C. Sparta Prag. Vier Tage später wurde ich im Tagesbefehl zum Gefreiten befördert.

Am 22. Oktober 1953 starb Augustin Kliment, Mitglied des Zentralkomitees der KPTsch und Vorsitzender der Zentralrates der Gewerkschaften, in der Jugend ein Anarchist, nach 1917 bis zum Tode ein Stalin und der Sowjetunion ergebener Bolschewist. Seit meinem sechsten Lebensjahr, als mein Onkel František im Jahr 1936 Kliments Tochter Heda heiratete, hat mich Onkel Gustav, ich durfte ihn bis 1945 so nennen, gemocht.

Peter Hron, inzwischen Sergeant, mein Vorgesetzter, weigerte sich, mir einen Tag Urlaub nach Prag zu Kliments Begräbnis zu unterschreiben.

»Was geht dich dieser alter Bolschewist an? Sei froh, daß du ihn los bist.«

Obergefreiter Křen legte meinen Antrag auf einen Tag Urlaub in Prag Major František Mužík vor. Er unterschrieb den Urlaubsschein sofort, ließ mich jedoch wissen, ich soll mir das nächste Mal, wenn ich nach Prag zum Bumsen fahren will, einen besseren Vorwand als den Tod eines verdienstvollen Genossen und Revolutionärs ausdenken. Mit dem ersten Bus fuhr ich von Bilina nach Prag.

Nach fünf Jahren sah ich meine ehemalige Tante Heda wieder. Von zwei Männern gestützt, wackelte sie, eine menschliche Ruine, auf unsicheren Beinen hinter dem Sarg ihres Vaters, des Genossen Augustin Kliment, zum Krematorium. Eine Militärkapelle spielte den Trauermarsch der gefallenen Revolutionäre. Es begann zu regnen. Das gesamte Zentralkomitee mit dem neuen Staatspräsidenten Antonín Zápotocký an der Spitze drängte sich durch das Tor ins Krematorium.

Onkel František in einem schwarzen Wintermantel, der ihm zu groß war, packte mich am Arm und schleppte mich in einen Durchgang.

»Wieso bist du hier?«

»Ich habe Augustin Kliment schließlich auch gut gekannt und er hat mir öfters geholfen.«

»Das stimmt. Er hat dich sogar sehr gemocht. Ich weiß zwar nicht, warum, aber gemocht hat er dich.«

Onkel František zündete sich eine Zigarette an; es war, wie bei ihm üblich, wieder eine *partyzánka*. Als hoher Parteifunktionär in einem streng geheimgehaltenen Büro für die Bekämpfung von feindlicher ideologischer Diversion, mehr habe ich von ihm über seine Tätigkeit nicht erfahren, hätte er sich ein bessere Sorte erlauben können.

»Ota, ich wollte es dir schon sagen, schreiben konnte ich es dir nicht, du weißt ja, daß deine Post kontrolliert wird. Und dich zu besuchen, das wäre für mich ein zu großes Risiko. Ich selbst habe nämlich seit einem Jahr das unangenehme Gefühl, daß ich von unsichtbaren Schatten umkreist werde.«

»Du bist nervös, Onkel.«

Onkel František warf die nur zur Hälfte gerauchte Zigarette weg.

»Nervös? Ota, ich habe die Hose voll, ich habe großen Schiß!«

»Wovor?«

Onkel antwortete auf meine Frage nicht. Er legte seine rechte Hand auf meine linke Schulter. Das war für mich neu, diese Geste hat er in den langen Jahren unserer Freundschaft nie verwendet.

»Du hast mir, Ota, in Kadaň sehr geholfen.«

»Ich dir?«

»Ich muß mich kurz fassen! Als ich in Prag deine Fluchtvorbereitung anzeigte, wurden die Genossen mißtrauisch. Wieso zeige ausgerechnet ich die Flucht an? fragten sie mich. Mir, einem hohen Parteifunktionär, muß doch bekannt sein, sagten sie, daß meine ehemalige Ehefrau Heda, die im westlichen Ausland lebt, Kontakte mit imperialistischen Spionagezentren angeknüpft hat, was, ich darf mich nicht wundern, die Genossen zur Schlußfolgerung führt, daß Heda auch zu dir, ihrem einstigen Verwandten, der schon seit mehr als einem Jahr unter Verdacht steht, ein britischer Spion zu sein, Verbindungen aufrechthält und dich immer tiefer in ihr Netz einbezieht. Wir vermuten, daß die beiden, Filip und Ihre ehemalige Frau Heda, in engem Kontakt stehen. Es geht uns jedoch nicht in den Kopf, sagte ein Oberst, daß Sie sich, Genosse Mikolajczyk, im Parteiapparat für die Bekämpfung von ideologischen Diversionen zuständig, plötzlich, auch wenn Sie sein Onkel sind, für diesen Ota Filip engagieren und daß Sie sich erst jetzt, wo die Sache in Kadaň auch ohne Ihr Dazutun auffliegt, entschlossen haben, uns alles zu melden.«

Onkel František sprach zu hastig, er schaute sich immer wieder um.

»Es ist besser, wenn wir nicht zusammen gesehen werden. Besuche mich nicht, schreib mir nicht. Wenn Gras darüber wächst, werde ich mich selbst bei dir melden. Ist dir das klar?«

»Onkel, das ist doch alles verrückt!«

»Was weißt du schon! Vor einem Jahr ging es auch mir um

Kopf und Kragen, denn ich mußte zugeben, daß ich mit Heda in schriftlichem Kontakt stehe. Daß ich ihr nur zum Geburtstag, zu Ostern und zu Weihnachten nach Paris schreibe, war für die Genossen ein Beweis, daß ich meine Kontakte mit ihr nicht abgebrochen habe. Und ich mußte auch gestehen, daß ich zugleich auch mit dir enge freundschaftliche Kontakte habe, die, wie die Genossen sagten, weit über normale familiäre Beziehungen eines Onkels zu seinem Neffen hinausgehen. Eine von staatsfeindlichen Elementen in der Armee organisierte Flucht, eine Sache, in der es um Leben und Tod geht, vertraut doch kein reaktionäres Element wie Ihr Neffe seinem Onkel, einem hohen Parteifunktionär an! Da muß doch viel mehr dahinterstecken! Wir vermuten, daß Sie, Genosse Mikolajczyk, eine Verbindung zwischen Ihrem Neffen, höchstwahrscheinlich einem britischen Spion, zu seiner ehemaligen Tante, Ihrer ehemaligen Frau Heda, aufrechterhalten und sich erst jetzt, wo Ihnen das Wasser bis zum Halse steht, natürlich nur um sich zu retten, entschlossen haben, die Sache zu melden. Und weißt du, was er dann gesagt hat? Er zog ein Papier aus dem Safe und schaute kurz hinein. Ja, Genosse Mikolajczyk, es steht mit Ihnen nicht so fest, wie Sie meinen. Vor einigen Jahren haben Sie, Genosse Mikolajczyk, Schwierigkeiten mit der Partei gehabt, weil Sie ein Trotzkist gewesen sind, stimmt's? Ota, verstehst du mich jetzt besser, ich meine besser als vor einem Jahr in Kadaň? Ich hatte große Angst, ja, riesige Angst, daß sie aus dir ein Geständnis herausprügeln, daß wir zwei mit Heda, der Verräterin, in Verbindung stehen. Ota, das wäre mein Ende gewesen. Ich danke dir, Ota, daß du standgehalten hast! Du hast meinen Kopf gerettet!«

»Onkel, über Heda wurde ich nur einmal verhört. Ich habe die Wahrheit gesagt, und damit war die Sache erledigt. Und über dich fiel bei den Verhören in Ruzyň kein Wort! Ich habe deinen Namen nicht einmal erwähnen dürfen.«

Onkel František starrte mich an, er mußte sich an die Wand lehnen. Er wurde blaß im Gesicht, seine halbgeöffneten Lippen zitterten.

»Großer Gott! Und ich hatte im Juni so große Angst gehabt, daß auch ich in die Mühlen gerate. Das wäre mein Ende gewesen!«

Im Herbst 1953, die Bäume waren in diesem Jahr zu früh kahl und es war kalt, habe ich meine ehemalige Tante Heda, hinter dem Sarg ihres Vaters Augustin Kliment, zum letztenmal gesehen. Sie hatte denselben Wintermantel mit einem Persianerkragen an wie bei Jan Masaryks Begräbnis vor fünf Jahren. Heda war dick geworden; mir schien sie jedoch angeschwollen, wie mit Wasser aufgepumpt. Ihre Beine waren zwei in den Knien eingeknickte Säulen. Sie trug keine Stöckelschuhe, sondern, und das hat mich überrascht, denn auf die Eleganz ihrer Schuhe legte Heda immer großen Wert, ausgetretenes, billiges Schuhwerk mit niedrigen Absätzen.

Zwei kräftige Männer hielten Heda unter ihren Armen fest. Immer wieder mußten die beiden meine ehemalige Tante, die mehrmals von Schwächeanfällen und vom Schüttelfrost befallen zu stürzen drohte, auffangen und aufrecht halten.

In Prag gingen wilde Gerüchte um, denen ich nicht glauben konnte: Heda, die Tochter des Vorsitzenden der Zentralrates der tschechoslowakischen Gewerkschaften, des Altbolschewisten Augustin Kliment, lehnte es in Paris ab, nach Prag zum Begräbnis ihres Vaters zu fliegen, denn am Tag, als Augustin Kliment starb, entschied sie sich, in Frankreich politisches Asyl zu beantragen. Man munkelte in Prag, sie sei nach Slánskýs Schauprozeß und seiner Hinrichtung im Dezember 1952 in Paris dem Alkohol und den Drogen verfallen und hätte in der Öffentlichkeit, sogar auf einer offiziellen Party des tschechoslowakischen Botschafters, ihren Paten Klement Gottwald, den Staatspräsidenten und Intimfreund ihres Vaters, mehrmals für den politischen Mord an Rudolf Slánský, den zweiten Intimfreund ihrer Familie, der sie als kleines Mädchen, wenn er zu den Kliments zu Besuch kam, immer in seine Arme nahm und mit Süßigkeiten verwöhnte, mit einem hysterischen Wortschwall verdammt und verflucht. Und überhaupt, erzählte man in Prag hinter vorgehaltener Hand, führe Heda im Westen ein lustiges Leben, sei ständig auf Partys von westlichen Botschaften dabei und sogar ihr Mittelpunkt.

Einen politischen Skandal ersten Ranges soll der Geheimdienst der tschechoslowakischen Botschaft in Paris dadurch verhindert haben, daß die Genossen Heda in ihrer Pariser Wohnung einige Stunden nach Augustin Kliments Tod mit Spritzen ruhiggestellt und in Begleitung von zwei Sicherheitsoffizieren ins Flugzeug nach Prag gesetzt haben.

Mich haben diese Gerüchte verworren, erschüttert und verunsichert.

Beim Staatsbegräbnis ihres Vaters schien mir Heda im Gesicht schon tot. Ihre Wangen waren mit einer dick aufgetragenen Schminke glühend rot bemalt. Sie sah wie ein weibliches Gespenst aus. Der elegante Wintermantel war ihr zu eng geworden, ihr Haar war zerzaust und sie trug ein schwarzes Kopftuch. Tante Heda haßte Kopftücher.

Zu Beginn der Trauerfeier versuchte Heda nicht einmal aufrecht zu stehen. Immer wieder sackte sie zusammen. Ihre Knie waren geknickt.

In Hedas Schoß konnte ich mich im Krieg, in der deutschen Oberschule nur ein *polívka* oder Ersatzteutone, ein Tschusche, bei ihr mein lieber Otoušek[127], ausweinen. Sie hat für mich die wunderliche, von einem Juden ins Deutsche übersetzte schlesische Welt des Petr Bezruč entdeckt, sie hat mir Franz Werfels Vorwort zu der ersten deutschen Ausgabe der *Schlesischen Lieder* erklärt, sie hat mir nach dem glorreichen Sieg über Hitlers Faschismus und nach der siegreichen Weltrevolution unter Stalins Führung eine glückliche Zukunft vorausgesagt.

Und ich habe meiner Tante Heda geglaubt, ich habe ihr vertraut, ich habe meine Zukunft in ihre prophetischen Träume gelegt. Sie war für mich die einzig echte Wahrsagerin, die ohne faulen Zauber und ohne betrügerische Tricks Bescheid über die Zeit nach diesem tausendmal verfluchten Hitler weiß. Und sie hat mir wunderschöne Märchen gedichtet über den endgültigen Sieg des Proletariats über die Kapitalisten und über die bisher verdammte, von geldgierigen Mächtigen beherrschte Geschichte, die der Menschheit nichts gebracht hat, nur blutige Kriege, Ausbeutung, Armut und Verzweiflung. Tante Heda hat mich mit ihrer Hoffnung bereichert, daß es sich lohnt, die Zähne zusammenzubeißen und geduldig abzuwarten, bis ich erwachsen bin.

Die rotgeschminkte menschliche Ruine, die rechts von Augustin Kliments Sarg immer wieder zusammenbrach und von zwei Männern aufgefangen wurde, war nicht mehr meine Tante Heda. Sie war für mich nur eine Erinnerung an eine Zeit vor neun Jahren, als wir beide noch an unsere erträumten Wunder glaubten und an eine Zukunft, die es nach 1945 nicht mehr gab.

Ich nahm Abschied von Tante Heda.

Onkel František stand links vom Sarg, nicht in der ersten Reihe, dennoch weit genug vorne im grellen Licht der Scheinwerfer der Wochenschau, so daß ich, links vom Eingang von den Menschen an die Wand gepreßt, seine Unruhe beobachten konnte: Er fuhr mit seinem linken Zeigefinger immer wieder unter den zu engen Kragen seines weißen Hemdes, er schaute sich immer um, als würde er von hinten einen Schlag oder einen Überfall erwarten. Heda brach zum viertenmal zusammen. Sie gab sich auf, hängte sich mit ihrem ganzen Körpergewicht in ihre zwei muskulösen Begleiter ein, senkte den Kopf und bewegte sich nicht mehr.

Die Militärkapelle spielte die Internationale.

Der Sarg mit Augustin Kliment fuhr auf einer Bahre langsam auf Gleitschienen in ein dunkles Loch hinter einem halbgeöffneten Vorhang aus schwarzer Seide. Und in diesem Augenblick drängte sich Onkel František nach vorne zu seiner ehemaligen Frau, küßte sie und sagte ihr etwas ins linke Ohr. Die Schnelligkeit, mit der einer von den zwei Männern, die Tante Heda begleiteten, Onkel Františeks rechten Arm verdrehte und ihn vor sich durch das Spalier von bewaffneten Arbeitermilizionären zum Ausgang schob, überraschte mich.

Onkel František wehrte sich nicht. Einen Schritt vor dem offenen Tor drehte er sich um und sagte, wenn ich in den letzten Tönen der Internationale richtig gehört habe, laut:

»Heda, ich habe dich geliebt!«

Heda drehte sich nicht um. Am Ende der Trauerfeier ließ sie sich von ihren zwei Begleitern aus der Halle des Krematoriums fast tragen und in eine schwarze Tatra-Limousine zwängen.

Danach sah ich meine ehemalige Tante Heda nie wieder.

Wenn ich den zahlreichen Gerüchten, die ich Mitte der fünfziger Jahre gehört habe oder die mir erzählt wurden, glauben soll, dann wurde sie einen Monat nach dem Begräbnis ihres Vaters im Frauengefängnis in Pardubice vergiftet oder zu Hause mit Gas aus dem Backofen so umgebracht, daß es wie ein Unglücksfall oder wie ein Selbstmord aussah. Eingeweihte wollten auch wissen, daß sie erst irgendwann Ende 1954 oder Anfang 1955 in Prag auf der Kleinseite von einer Straßenbahn umgefahren und getötet wurde.

Im Frühling 1968 wagte ich Onkel František nach Hedas Grab zu fragen. Er hob seine wäßrigen Augen und öffnete seine von Zigarettenstummeln verbrannten Lippen.

»Wenn sie eins hat, dann weiß ich nicht, wo.«

Das Bier ging Onkel František aus. Er stand auf und wackelte auf unsicheren Beinen.

»Hab ich aber heut einen Durst!« sagte er.

Es war vollkommen überflüssig, ihn mit gutmütigem Zureden oder mit Gewalt von seinem alten Škoda-Rapid, Jahrgang 1935, fernhalten zu wollen, mit dem er seine zwei Kasten Bier täglich direkt von der Brauerei in Smíchov bezog.

Onkel Františeks Auto stand, wie ein Hund an eine Straßenlaterne angekettet, vor der Haustür. Um das Kettenschloß unter dem rechten Vorderrad aufzusperren, mußte er sich bücken, fiel dabei sanft auf das noch am frühen Abend warme Straßenpflaster und schlief, seinen halbkahlen, rot angelaufenen Kopf an den Reifen angelehnt, ein.

Am 16. November 1953 meldete ich mich in der *Mladá fronta* vom Militärdienst zurück. Miroslav Hladký, mein Chef, machte die Tür zu seinem Büro zu und setzte mich auf das Sofa aus den Zeiten des *Prager Tagblattes*, das auch in meiner Jugend, die eine halbe Ewigkeit, schon drei Jahre, vorbei war, eine Rolle spielte.

»Willst einen Schnaps?«

Wir tranken einen Wodka.

»Hast uns aber etwas eingebrockt. Drei Tage hat uns die Staatssicherheit in die Zange genommen. Wegen dir haben wir alle ein halbes Jahr Reisen ins Ausland verboten gehabt.«

«Tut mir leid, Genosse Hladký.«

»Sag Mirek zu mir, wie vorher. Und das Reiseverbot? Nicht der Rede wert. Den Žemla lassen sie ja seit vier Jahren sowieso nicht nach Wimbledon reisen und meine Reise nach Bulgarien habe ich leicht verschmerzt. Nach Stalins Tod scheint sich aber alles ein wenig gelockert haben.«

Hladký schenkte noch einmal zwei Wodka ein. Sein Glas kippte er schnell hinunter.

»Ich will mit dir offen reden. Bei uns in der Sportredaktion kannst du nicht bleiben. Meine Lage ist nämlich wacklig. Jetzt kommen in der Partei die sogenannten Liberalen zu Wort, und die gehen mir an die Gurgel.«

»Genosse Hejzlar versprach mir, bevor ich zum Militär ging, eine Wohnung in Prag, falls ich heirate ...«

»Und du willst heiraten?«

»Ja.«

»Ist sie aus Prag?«

»Nein, aus Maštov bei Podbořany.«

»Ziemlich weit weg von Prag. Ich muß dir offen sagen: Die Wohnung in Prag kannst du vergessen. Bis Ende November hast du Urlaub und ab 1. Dezember fängst du im Archiv bei Dr. Holý an. Und dann sehen wir weiter.«

Ich besuchte meine Freunde im A. C. Sparta; nach fast drei Jahren ohne Training war für mich ein neuer Anfang ausgeschlossen. Olina Modrochová, meine große Liebe, hatte mit dem Sport aufgehört. Keiner wußte, was mit ihr los war.

Dreimal klingelte ich an Nezbedas Tür in der Žitná-Straße 11; erst beim viertenmal, spät am Abend, öffnete mir Nezbedas Vater. Er freute sich, mich zu sehen, hatte jedoch schlechte Nachrichten für mich: Jirka saß wegen versuchter Republikflucht im Sommer vor einem Jahr fünfzehn Monate in Untersuchungshaft, jetzt darf er zwar weiter Medizin studieren, allerdings nicht in Prag, sondern an der militärischen Medizinhochschule in Hradec Králové. Jirka kommt nur selten nach Prag, und wenn er hier ist, dann sitzt er meistens zu Hause, sagte er.

»Lassen Sie ihn von mir grüßen. Und sagen Sie Jirka, daß er mich in der *Mladá fronta* finden kann. Haben Sie seine Anschrift?«

»Es ist nur ein Postfach. Aber es ist besser, wenn Sie ihm nicht schreiben.«

Ich besuchte auch die Novotnýs und wollte Jiří Nezbedas heimliche Ehegattin Aťa sprechen. Frau Novotná hat mich nicht erkannt. Erst nach einer Weile erinnerte sie sich an Ota Filip. In der Wohnung wollte sie nicht sprechen und weil sie gerade ihren Hund ausführte, spazierten wir zweimal um den Block.

Ihr Mann ist gestorben und Aťa ist im August einundfünfzig in den Westen geflohen. Zuletzt schrieb sie aus Australien und bat ihre Mutter einen Rechtsanwalt in Prag zu engagieren, damit er ihre Scheidung von Jiří Nezbeda beantragt, weil sie in Australien einen Architekten heiraten möchte. Der Richter wollte die Scheidung vertagen, bis Nezbeda wieder frei ist, aber Frau Novotnás Rechtsanwalt hat sich durchgesetzt und die Ehe wurde gerichtlich aufgelöst.

»Aťa ist in Australien neu verheiratet und bekommt ein Kind, mein einziges Enkelkind. Und was blieb mir vom Leben und von meiner Familie zurück? Nur dieser verdammte alte Köter, der mir die Teppiche bescheißt. Wollen Sie für mich etwas Gutes tun, Herr Filip?«

»Sehr gerne.«

»Dann nehmen Sie diesen Köter mit und töten Sie ihn.«

»Das kann ich nicht, Frau Novotná.«

»Habe ich mir gleich gedacht.«

Frau Novotná ließ mich vor der Haustür stehen. Ohne Gruß warf sie die Tür ins Schloß.

Das Archiv unterm Dach der *Mladá fronta* war immer noch eine Oase der Ruhe. Dr. Jiří Holý erwartete mich schon. Er war in den drei vergangenen Jahren um zwanzig Jahre gealtert.

»Bin grau geworden! Naja, bei uns schreitet alles schneller voran als in diesem verfaulten Kapitalismus, auch unsere Jahre. Wir haben einen großen Verlust erlitten, das ganze deutsche Archiv und die Bibliothek des *Prager Tagblattes* wurden vor einem Jahr abtransportiert. Im verschlossenen Teil gibt es jetzt nur verbotene tschechische Literatur.«

»Und wo ist das deutsche Archiv?«

»Ist im Altpapier. Das Schicksal einer Geschichte.«

Meine Arbeit bestand darin, die tschechische und die Presse aus den sozialistischen Ländern zu lesen und alles, was tschechische Innenpolitik betraf, auszuschneiden und zu archivieren. Ich hatte Zeit genug, um mich auf die Taufe und die Hochzeit vorzubereiten. Bei Herrn Hejl, einem Schneidermeister in der Roháčova-Straße, ließ ich Vater Bohumils nach Mottenpulver riechenden grauen Anzug, mein einziges Erbe, für meine Hochzeit umarbeiten; Vater Bohumils dunkelbrauner Wintermantel saß mir gut.

Jeden Samstag abend, bis Weihnachten 1953 waren es ja nur drei Wochen, fuhr ich aus Prag mit dem Bus nach Maštov zu Marie.

Die erste Woche im Dezember lernte ich im Archiv der *Mladá fronta* aus dem deutsch-tschechischen Katechismus, herausgegeben im Jahr 1913 für die Erzdiözese Prag, das tschechische Vaterunser, ›Gegrüßet seist du Maria‹, ›Ich glaube an Gott den Allmächtigen‹ und die Zehn Gebote Gottes auswendig.

Dr. Jiří Holý, ob er ein Christ war oder nicht, das weiß ich nicht, kam zu meinem Schreibtisch und schaute über meine Schulter.

»Ota, willst du Pfarrer werden?«

»Nein. Aber ich muß beichten, ich muß mich taufen lassen, damit ich Weihnachten Marie heiraten kann.«

»Hast du in der *Mladá fronta* schon mit jemandem darüber gesprochen?«

»Nein.«

»Dann behalte deine Beichte, deine Taufe und deine Heirat in der Kirche für dich. Das ist mein guter Ratschlag.«

Am zweiten Samstag im Dezember 1953 ging ich spät am Abend zu Pfarrer Antonín Grus beichten; es war auch schon höchste Zeit, denn am Sonntag, nach der Messe, war meine Taufe angesetzt.

Zwei wunderschöne Gläser aus dem siebzehnten Jahrhundert, jedes ein kleines Vermögen wert, standen in Pfarrer Antonín Grus' Büro auf einem silbernen Tablett, auch ein Geschenk der Trauttmannsdorfs. Die Flasche mit hausgemachtem Himbeerwein war geöffnet. Des Pfarrers fünf- oder sechsjähriger Sohn Karel saß hinter dem Schreibtisch auf Vaters Schoß. Der Pfarrer schenkte Wein ein.

»Machen wir es mit der Beichte kurz. Den kleinen Bankert müssen Sie gar nicht beachten, er versteht ja nichts. Also zum Wohl!«

Ich trank den widerlich süßen, klebrigen Himbeerwein nicht aus.

»Herr Pfarrer, mir wäre eine Beichte in der Kirche, wie es sich gehört, lieber.«

»Gott, mein Sohn, ist überall! Dein Herz kannst du ihm auch hier öffnen.«

»Ich möchte doch lieber in die Kirche!«

»Es ist kalt dort! Und außerdem, das elektrische Licht ist in der Hälfte des Dorfes, und ausgerechnet auch in der Kirche, ausgefallen.«

»Sie haben bestimmt Kerzen.«

Der Pfarrer stellte seinen Sohn auf die Beine, trank ein zweites Glas Himbeerwein und gab dem Jungen einen Klaps.

»Geh zu deiner Mutter in die Küche und sag ihr, daß ich hier einen ganz großen Sünder habe, der unbedingt in der Kirche beichten möchte.«

In der Kirche war es kalt und finster. Pfarrer Grus zündete eine Kerze an und stellte sie vor einen Beichtstuhl auf den Marmorboden. Dann setzte er sich in die zweite Kirchenbank.

»Im Beichtstuhl fühle ich mich zu beengt. Nehmen Sie Platz in der Bank hinter mir. Sagen Sie mir offen: Haben Sie in meinem Büro Angst vor einem Abhörgerät gehabt?«

»Nein, an Abhörgeräte habe ich nicht gedacht.«

Der Pfarrer kniete nieder.

»Dachte ich mir! Beten wir zuerst ein Vaterunser. Gott hat das feinste Abhörgerät, er wird Sie auch dann hören, wenn Sie nur in Gedanken beten.«

Nach dem Vaterunser richtete sich der Pfarrer nicht auf. Er fing wieder an, mich zu duzen.

»Also, was hast du Gott zu sagen? Sprich es aus.«

»Es fällt mir schwer, Hochwürden.«

»Das weiß ich, bist nicht der Erste und nicht der Letzte, dem es schwerfällt. Viele sind mir vom Beichtstuhl weggelaufen und kamen nie wieder. Wenn du willst, kannst du auch die Kirche verlassen. Ich und auch Gott können dich hier nicht mit Gewalt festhalten. Du hast mich selbst aus Liebe zu einer Frau um die Beichte und die heilige Taufe gebeten. Und meine Pflicht ist es, dich zu erhören.«

Der Pfarrer drehte sich zu mir um. Die linke Hälfte seines Gesichts war vom Kerzenlicht gelb erhellt, die andere lag im Dunkel.

»Wenn du meine Meinung hören willst, dann kann ich dir aus eigener Erfahrung sagen: Die Liebe zu einer Frau ist der überzeugendste Grund, den Weg zu Gott zu suchen, ihn zu finden oder ihn zu verlassen.«

Er wandte sich wieder dem Altar zu.

»Fang schon an. Es ist sehr kalt hier.«

Aus dem eingeschlagenen Fenster links über der Orgel fiel ein eisiger Wind auf meinen Kopf und drückte meinen Rücken so weit nach vorne, daß ich mit meiner Stirn die Kante der Kirchenbank vor mir berührte. Vom Marmorboden bohrte sich eine feuchte Kälte in meine Knie.

Meine ersten Sünden, mit welchen ich meine Beichte anfangen wollte, kamen mir in dem Augenblick, als ich sie aussprechen wollte, wie Geschichten vor, die ich mir selbst ausgedacht und erzählt habe.

Habe ich in der St. Josefskirche in Schlesisch Ostrau, damals, im Frühling 1940, zehn Jahre jung, gesündigt, als ich ungetauft gebeichtet und einen Tag später den Leib Christi empfangen habe, und das alles aus Liebe, aus meiner ersten großen Liebe zu Eva Schubert, und weil ich genau wie sie zu ihrem Gott gehören wollte? Und soll ich meine Versuchung beichten, die mich im April 1945 für einige Minuten am Ufer des Baches unter Vater Bohumils weißem Haus zurückhielt, damit ich meinen neugeborenen Bruder, der in Windeln gewickelt am Grund einer kristallklaren Tiefe lag, aus dem eiskalten Wasser nicht an die Luft und ins Leben heraushole? Damals schien es mir, als hörte ich eine sanfte Stimme von oben, die mir befahl, die böse Versuchung zu überwinden und mich für meinen vor zwei Monaten geborenen Bruder, der zwei Ellbogen tief im Wasser schlief, in einen Schutzengel zu verwandeln.

Und habe ich mich an Vater Bohumil oder an Mutter Marie versündigt, haben sie an mir gesündigt, oder bin ich ihre Sünde?

Von der Empore mit der Orgel schwebte ein Säuseln, ab und zu ein Rascheln und auch ein leises röchelndes Pfeifen herab. Das Geräusch aus der Finsternis erinnerte mich an den asthmatischen Goldschmied, den schwarzen Soldaten, der in Kadaň links von mir schlief und nachts, wenn draußen der Luftdruck fiel, schwer nach Luft ringen mußte.

Ein einsamer Ton fiel auf meinen Kopf und gleich darauf schlug mit dem kalten Zugwind eine auf einer himmlischen Orgel gespielte engelhafte Melodie in meinem Rücken ein.

Für mich, nur für mich, spielte an der Orgel ein Engel des Herrn. Ab und zu spielte er unsicher, oft wiederholte er eine schwierige Passage, griff in die falschen Tasten, kehrte mehrere Takte zurück, aber in meinen Ohren klangen auch die falschen oder aus dem Rhythmus geratenen oder auseinandergefallenen Töne wie echte himmlische Musik. Das Dröhnen der Orgel in der finsteren Kirche drückte meinen Kopf noch stärker an die

Kante der Kirchenbank vor mir. Ich war bereit zu beichten. Nichts habe ich in meiner dritten Beichte ausgelassen, nicht meine Todesangst, nicht meinen mich lähmenden Schrecken vor dem zehn Kilometer tiefen Todesstreifen vor der Grenze. Ich habe mein Gespräch mit Onkel František in der Nacht des 17. Juni vor einem Jahr in Großmutters Wohnung wiederholt. Und ich habe nicht den Fluch zurückgenommen, mit dem ich mich auf der Rückreise mit Onkel František im Zug von Prag nach Kadaň in die Hölle verstoßen habe, und zwar für meine Schwäche, für meine Todesangst und daß ich meine Verzweiflung nicht ertrug und daß ich sie mit Onkel František, dem Kommunisten, für mich jedoch den einzigen Mensch auf der Welt, dem ich vertraute, geteilt habe.

Und ich beichtete die schreckliche Nacht (oder waren es zwei Nächte) im verdunkelten Raum in Kadaň. Ich beichtete auch meine Sünde, die ich meinen sieben Kollegen, auch wenn ich nur drei von ihnen persönlich kannte, mit meinem Onkel František angetan habe, und ich bat Gott um Verzeihung, daß ich im Gefängnis in Ruzyň zu schwach, zu erschöpft und zu verzweifelt war, um meinem Untersuchungsreferenten, Leutnant Václav Mlejnek, ins Gesicht zu spucken, Widerstand zu leisten oder mich in der Zelle umzubringen.

Ich beichtete auch meine Sehnsucht nach dem Tod und wie ich im Gefängnis drei- oder viermal versuchte, mich mit dem feuchten Handtuch zu erwürgen; wie ich vor Wut und Verzweiflung heulte, weil ich nicht die Kraft und wahrscheinlich auch nicht die allerletzte Entschlossenheit hatte, um mir das Handtuch in den drei oder dreieinhalb Minuten, die mir nach dem Rundgang der Wache und nach dem letzten Öffnen des Gucklochs zur Verfügung standen, wie eine Schlinge um den Hals zu legen und richtig festzuziehen.

Ich beichtete lang und laut.

Die Organistin hörte auf zu spielen.

Pfarrer Grus legte seine Hand auf meinen Mund.

»Das reicht. Mehr will ich nicht wissen.«

Er erhob sich, streckte seine Glieder.

»Und meine Absolution?« fragte ich.

Pfarrer Antonín Grus bekreuzigte sich, dann auch mich und sprach einige lateinische Sätze.

»Wieviel soll ich beten?«

»Von nun an bete immer!«

Er beugte sich, hob die Kerze vom Boden und drehte sich zur Empore um.

»Frau Anna, sind Sie noch da?«

Die Frage war überflüssig; oben, links von der Orgel, brannte ein Kerze. Die Organistin hielt Notenblätter vor ihre Augen.

»Freilich bin ich da, Hochwürden! Ich warte nur, bis Sie mit Ihrer Beichte zu Ende sind, dann will ich mir die schwierigsten Passagen für morgen noch einmal überspielen.«

»Gute Nacht, Frau Anna! Und vergessen Sie nicht die Kirche abzuschließen!«

»Gute Nacht, Hochwürden!«

Draußen fiel vom Duppauer Gebirge ein nasser Wind auf Maštovs Dächer. Ein Windstoß blies die Kerze aus.

»Kann ich also morgen zur Taufe kommen?«

»Natürlich kannst du.«

»Und hat mir Gott verziehen?«

Der Pfarrer blieb in der Gartentür stehen.

»Das weiß ich nicht. Ich bin nur dazu da, die Sünder anzuhören, ihnen zu helfen, ihnen Mut zur Buße zu vermitteln. Die endgültige Entscheidung, was mit den Sündern geschehen soll, liegt bei Gott.«

Die ganze Nacht habe ich nicht geschlafen. Diese schlaflose Nacht tat mir gut.

Getauft wurde ich am 13. Dezember 1953.

Es war kalt in der Kirche. Pfarrer Grus, nervös und mürrisch, schaltete nur den kleinen Leuchter über dem uralten Taufstein ein.

»Ich weiß nicht, Herr Filip, ob es ein guter Einfall war, sich in der heutigen Zeit des ideologischen Kampfes gegen die reaktionäre katholische Kirche taufen zu lassen. Einige Genossen können es auch als eine Provokation betrachten. Ich muß Ihnen offen gestehen: Ich habe Angst. Diese Taufe kann mich, wenn der für kirchliche Angelegenheiten zuständige Genosse in Podbořany erfährt, daß ich die Taufe eines Erwachsenen vorgenommen habe, auch meine Bewilligung zur Ausübung meines Amtes kosten. Ich bitte Sie, zu niemandem auch nur ein Wort!«

Mit gesenktem Haupt stand ich vor dem Taufstein.

Pfarrer Grus sah sich in der leeren Kirche um.

»Und wo sind Ihre Taufpaten?«

Marie, meine zukünftige Frau, trat einen Schritt vor.

»Ich bin seine Taufpatin!«

»Das geht nicht, Sie sind mit ihm verlobt!«

»Aber noch nicht verheiratet!«

»Und der zweite Taufpate?«

»Ist Otas Onkel, aber der kommt nicht, er ist in Prag. Habe seine schriftliche Erklärung, daß er ...«

Pfarrer Grus las Onkel Františeks Einverständnis, im Buch der Getauften als mein Pate angeführt zu werden.

»Ist František Mikolajczyk ein katholischer Christ?«

Die Frage war an mich gerichtet.

»Katholisch ist er getauft, so ist er wohl ein Christ. Aber an Gott glaubt er nicht, weil er ein Kommunist ist.«

Pfarrer Grus mußte sich setzten.

»So eine Taufe habe ich noch nicht erlebt. Oh großer Gott, warum ist unsere Zeit so beschissen?«

Er wandte sich Marie zu.

»Es ist mir alles zu kompliziert. Heute sind Sie Ota Filips Taufpatin, in zwei Wochen sind Sie aber mit ihm verheiratet. Sie werden Ihr Patenkind heiraten und er seine Patin. Was passiert, wenn Sie sich einmal scheiden lassen sollten? Dann wären Sie, Fräulein Ledvinová, immer noch vor Gott für ihn und sein christliches Leben verantwortlich.«

Ich verfiel in Panik.

»Was soll ich tun? Ich habe außer meinem kommunistischen Onkel und Marie keinen, der mein Taufpate sein könnte, und die, die ich kenne, die sollen ja gar nicht erfahren, daß ich mich taufen ließ! Helfen Sie mir, Herr Pfarrer.«

Der Pfarrer erhob sich.

»Also, fangen wir, in Gottes Namen, mit der Taufe an!«

Auf die Fragen des Pfarrers, die dem Neugetauften gestellt werden, antwortete meine Taufpatin, meine zukünftige Frau Marie Ledvinová, wohnhaft in Maštov Nr. 127. Mein zweiter Taufpate, František Mikolajczyk, wohnhaft in Malá Štěpánská 14, Prag 2, war bei der Taufe nicht anwesend.

Onkel František, der alte Kommunist und Atheist, der jedoch niemals aus der katholischen Kirche, in die er mit seiner Taufe aufgenommen wurde, ausgetreten war, wollte zuerst von einer Patenschaft nichts wissen, nichts hören.

Er, ein Kommunist und überzeugter Atheist, werde sich an dieser reaktionären Komödie mit meiner Taufe nicht beteiligen! Und überhaupt, was ist mit mir los, bin ich verrückt geworden, mich in der Zeit des Aufbruchs der ganzen Gesellschaft zum Sozialismus in den Rachen der schwärzesten Reaktion, der katholischen Kirche und des Vatikans, zu stürzen? Er begreife auch nicht, warum ich mich taufen lasse und ob ich ihm nur einen einzigen akzeptablen Grund für meine Entscheidung nennen kann.

»Die Liebe, Onkel František, die Liebe zu Marie!«

Onkel František zündete sich eine *partyzánka* an, kippte ein Bier in seine Kehle hinunter, zog wütend Rauch ein und blies ihn mir mitten ins Gesicht aus. Nach einem heftigen Hustenanfall schnappte er nach Luft.

»Liebst du sie wirklich?«

»Ja, Onkel.«

»Und glaubst du, daß dir die Taufe hilft?«

»Das weiß ich nicht. Aber ich liebe Marie.«

»Dann laß mich als deinen Paten in deine Taufurkunde eintragen.«

Ich wurde im Namen Gottes, des Sohnes und des Heiligen Geistes auf die Namen Ota Jiří getauft, damit meine neuen Namen mit jenen übereinstimmen, die in meiner Geburtsurkunde vom 18. März 1930, ausgestellt in Schlesisch Ostrau, politischer Bezirk Frýdek, eingetragen sind.

In der Nähe hörte ich die Atemzüge meiner Taufpatin, meiner zukünftigen Frau, die in meinem Namen Gott versprach, auf meinen Glauben zu achten. Ich, der Neugetaufte, hielt ihre warme Hand fest; Marie war für mich von nun an mein ruhender Pol in dieser verrückt spielenden Welt.

Zum Zeitpunkt meiner Taufe trug meine Taufpatin und zukünftige Frau, wahrscheinlich erst drei Wochen, unseren zukünftigen Sohn Pavel, unser großes Geheimnis, das ich nicht gebeichtet habe, unter ihrem Herzen.

Ich war glücklich, daß unser zukünftiger Sohn bei meiner Taufe, in Maries Leib nur ein winziger lebendiger Knoten, dabei war.

Eine Woche später, am Sonntag, den 20. Dezember 1953, fuhren wir im Morgengrauen mit Marie mit dem Bus über Podbořany nach Nepomyšl zum Standesamt. Zu unserer standesamtlichen Trauung waren wir im Gebäude des Nationalausschusses auf neun Uhr bestellt. Schon um halb neun klopften wir an das Tor. Es fiel Schnee, es war kalt.

Punkt neun Uhr kam der ganz in Schwarz gekleidete Vorsitzende des Nationalausschusses in Nepomyšl, Genosse Václav Macek, und machte das Tor auf.

»Wo sind die Hochzeitsgäste?«

»Wir haben keine.«

»Und wo sind die Zeugen?«

»Haben wir auch nicht.«

»So eine Hochzeit habe ich noch nicht gehabt!«

Genosse Václav Macek machte das Tor wieder zu.

»Wartet ein bißchen, ich versuche Zeugen aufzutreiben.«

Nach einer halben Stunde war Genosse Václav Macek mit einem Zeugen, dem Hufschmied in der örtlichen Kolchose Josef Ježdík zurück; der zweite Zeuge, der Gemeindesekretär František Petříček, kam zehn Minuten nach neun und wartete mit uns vor dem Gebäude.

In dem feierlichen Raum war nicht eingeheizt.

Über einem großen Schreibtisch, aus dem im August 1945 von Revolutionsgardisten aus Pilsen geplünderten Schloß in Nepomyšl gerettet, einem Prachtstück mit dem handgeschnitzten Wappen einer deutschen adeligen Familie, hing an der Wand eine nicht gebügelte tschechoslowakische Fahne, neben ihr ein Porträt des damaligen Präsidenten Antonín Zápotocký. Links an der Wand noch Stalins Bild in einer weißen Uniform und unter ihm Marx und Engels.

Diese Deutschen müssen auch überall dabeisein! sagte ich mir.

Der Vorsitzende, Genosse Václav Macek, schimpfte.

»Heute kann man sich schon auf keinen mehr verlassen. Die Genossin Putzfrau hat wieder vergessen das Feuer anzumachen!«

František Petříček, der Gemeindesekretär, kicherte sich ins Fäustchen.

»Für das Geld, das sie kriegt, lohnt es nicht, am Sonntag aufzustehen, dazu noch bei diesem Sauwetter. Was wollen Sie, daß ich spiele, Genosse Filip?«

»Was für Schallplatten haben Sie?«

»Eigentlich nur den Hochzeitsmarsch aus der *Rusalka*. Ist aber auch schon zu abgespielt.«

Alle notwendigen Papiere lagen auf dem Tisch. Der Vorsitzende stellte sich unter das Bild des Staatspräsidenten, die zwei Zeugen, der Gemeindesekretär und der Hufschmied, links und rechts von ihm.

»Die Eheringe, bitte.«

»Wir haben keine.«

Marie und ich antworteten zweistimmig.

In der Tasche hatte ich in einem sauberen Taschentuch eingewickelt unsere zwei Eheringe, aber die wollten wir, wie Marie sagte, nicht von gottlosen Menschen empfangen. Es waren – und sind – massive Ringe aus sibirischem Gold, bei einem Prager Juwelier aus einer goldenen Zehnrubelmünze angefertigt, die Vater Josef von Russen, die im von Hungersnöten geplagten Frühling 1946 aus Moskau bis in die Ukraine, nach Kupiaczów kamen, um Mehl, Kartoffeln, Schmalz oder irgend etwas Eßbares für Gold einzutauschen. Für die goldene Zehnrubelmünze bezahlte Vater Josef mit vier Pfund Speck und mit Brot.

»Dann machen wir es eben ohne Ringe!«

Der Vorsitzende verlas die vorgeschriebene Rede, in der wir aufgefordert wurden, eine sozialistische Familie zu gründen und unsere Kinder im marxistisch-leninistischen Sinn zu erziehen.

Dann unterschrieben wir alle die Heiratsurkunde.

Die Hände des Hufschmiedes Josef Ježdík faszinierten mich: Seine Finger waren verknotet, die Gelenke wie angeschwollen und seine groben Fingernägel dunkelbraun und schwarz. Er unterschrieb unsere Heiratsurkunde sehr langsam; seine Unterschrift war klar und fest gezeichnet, nicht zittrig und mit keinem einzigen Schnörkel verunstaltet. Was diese Hände unterschreiben, das gilt und hält!

Der Gemeindesekretär bemühte sich, das Grammophon in Bewegung zu setzen. Es gelang ihm zwar, aber das uralte Gerät drehte sich zu langsam und der sonst erhabene Hochzeitsmarsch aus Dvořáks Oper *Rusalka* klang fürchterlich. Nach einigen Takten stellte der Gemeindesekretär das Grammophon ab.

»Man kann sich heutzutage wirklich auf keinen mehr verlassen! Sie haben recht, Genosse Macek!«

»Was sind wir schuldig?«

Maries Frage klang verlegen und leise.

»Nichts. Der Staat übernimmt die Kosten!«

Wir waren froh, unser Geld war nämlich sehr knapp.

Der Hufschmied wünschte uns als erster viel Glück und – er versprach sich, wurde sehr verlegen – Gottes Segen.

Unser erster Weg als standesamtlich, vor dem weltlichen Gesetz verheiratete Mann und Frau führte uns zu Fuß (am Sonntag fuhr der Bus zurück nach Maštov erst spät am Abend) acht Kilometer auf der verschneiten Landstraße über das Duppauer Gebirge nach Maštov.

Vor uns lag unberührter Schnee; es war windig. Unser Sohn, noch nicht einen Monat, nicht länger, in Mutters Leib, war mit uns. Wir wünschten uns, daß unser Weg durch die weiße Landschaft kein Ende nimmt.

Es hörte auf zu schneien. Ein dichter Nebel fiel auf die Landschaft. Wir waren ganz allein in diesem frischen, tiefen Weiß. Kein Baum war zu sehen, kein Umriß, keine Spur vor uns, nichts.

Vielleicht gibt es kein Maštov mehr, dachte ich, vielleicht führt unser Weg durch eine vernebelte Landschaft ohne Umriß, ohne Horizont durch verlassene, einst von Deutschen bewohnte Dörfer, die seit 1945 ohne Geschichte und ohne Zukunft sind. Vielleicht haben wir uns in unserem Glück oder von unserem Glück geführt verirrt, vielleicht …

Aus dem Weiß und Grau, aus dem gegen Mittag nicht mehr so dichten Nebel, hörten wir links und rechts und auch vom Himmel leise Glocken läuten.

Keine Kirche war breit und weit in Sicht.

Die kleine Kirche in Chmelištná, an der wir kurz vor Mittag vorbeikamen, hatte keine Glocken mehr, keinen Altar, keinen Heiligen, keinen Pfarrer und keine Christen in dem halbverfallenen Dorf.

Woher kam das Glockengeläute in der menschenleeren, gottlosen Landschaft mit zerstörten Kirchen? Wir wußten es nicht, und wir wollten es auch nicht erraten, denn wir waren Zeugen eines Wunders.

Marie, seit zwei Stunden meine standesamtliche Frau, noch nicht jedoch meine Frau vor Gott, blieb stehen und begann mein Lieblingsgedicht, Jaroslav Vrchlickýs »Weihnachten«, zu rezitieren:

> Über die weißen Wehen gleiten
> die Glocken – fern stirbt ihr Geläut,
> im Herzen schwingen alle Saiten,
> denn sie berührt die Kindheit heut.
> …
> Gleich Lilien will die Erde blühen;
> wo Schnee fiel, dort zertaut er nicht;
> Gott läßt am Himmel Sterne glühen,
> Lächeln auf Lippen, in den Fenstern Licht.
> …
> Mein Herz seufzt, und mein Geist will sinken
> in diesem Meer voll Seligkeit,
> und Glocken läuten, Lichter blinken …
> O Weihnachten, o Weihnachtszeit!

Am 25. Dezember 1953 heirateten wir in der Kirche.

Ich stand sehr früh auf, um mich in aller Ruhe rasieren zu können. Zwei Rasierklingen, damals Mangelware, habe ich mir für meinen kirchlichen Hochzeitstag aufgehoben und beide waren wieder einmal Ausschuß. Ich habe mir mit der zweiten Klinge, ein dritte hatte ich nicht mehr in Reserve, die linke Wange blutig angekratzt und versuchte im Garten hinter dem Haus mit Schnee das Bluten zu stillen.

Großmutter Marie Mikolajczyková weinte die ganze Nacht durch.

»Ota, ich weine vor Glück! Du hast wirklich eine gute Frau bekommen.«

Mutter Marie legte ihren grimmigen Gesichtsausdruck nicht ab; nichts gefiel ihr im Haus meiner Frau und am wenigsten Marie selbst.

»Ein Mädchen ohne richtige Aussteuer, ohne Haus und, wie schrecklich, weißt du, Ota, was du heiratest? Sie hat es auf der Lunge! Du wirst dich nur um sie kümmern müssen und was soll dann aus mir und deinem Bruder werden?«

Alles nahm denselben Lauf, wie es sich auch für einen Hochzeitstag in Kupiaczów gehört hätte: Wir knieten mit Marie vor ihren Eltern nieder und baten um ihren Segen.

Mutter Marie stand verlegen im Hintergrund; mit dieser altehrwürdigen Zeremonie hatte sie nicht gerechnet und wußte auch nicht, was sie tun und sagen soll. Großmutter Mikolajczyková, die mich, den ungetauften Heiden, dreizehn Jahre zuvor in die Schlesisch Ostrauer St. Josefskirche zu meiner ersten Beichte begleitet hatte, gab uns ihren Segen.

Auf meiner Stirn – den Kopf wagte ich nicht zu heben – fühlte ich dreimal die Berührung von drei Fingern, die mir zwischen meinen Augenbrauen dreimal ein Kreuz zeichneten. Bis heute fühle ich an dieser Stelle unter meiner Haut die Spur des dreifachen Kreuzes.

Im Rücken spüre ich den Druck der Hitze des glühenden Küchenherdes; ich atme immer noch den Duft des Schweinebratens in der Backröhre, den Dunst des in der Nacht gebackenen Apfelstrudel und des feuchten Weihnachtsbaumes in der Ecke ein.

Vor dem Altar in der Kirche wagte ich nicht in die strengen Gesichter der Engel zu blicken, die links und rechts vom Altar in der eisigen Luft schwebten. So ernst und düster dreinblickende Engel, keine pausbackigen Kinder mit winzigen Flügeln, sondern erwachsene, muskulöse Geschöpfe mit richtigen flugtauglichen Schwingen, hatte ich noch nicht gesehen. Oder haben diese kräftigen Diener des Herrn nur wegen mir, dem Sünder, ernste, ja fast drohende Mienen aufgesetzt, um mir die Wichtigkeit des auf mich zukommenden Schwures zu verdeutlichen?

Ich hielt mich an Marie fest.

Marie erzählte mir nach der Hochzeit, die Predigt, die Pfarrer Antonín Grus von der Kanzel über unseren Köpfen hielt, soll wunderschön, klug und auch literarisch gesehen hervorragend gewesen sein. Ich habe Pfarrer Grus' Stimme gehört, aber in meinen Ohren und in meinem Kopf verwandelte sie sich in eine Melodie, in eine gesprochene Fuge, in der sich die Themen, wie Gottes Barmherzigkeit, Vergebung und menschliche Liebe, auf eine wunderliche hoffnungsvolle Weise wiederholten.

Unsere, durch unser Leben begrenzte Ewigkeit, dennoch eine Ewigkeit, denn eine andere werden weder ich noch Marie erleben, begann mit unserem Schwur. Als ich Marie meine Treue bis uns der Tod scheidet schwor, beugte sich der sündige Pfarrer Antonín Grus zu mir.

»Verdammt sollst du sein, wenn du diesen Schwur nicht hältst!«

Die Kirche verfinsterte sich vor meinen Augen.

Mein Herz, das mich nie im Stich ließ, schlug zuerst wild und setzte dann für einige Augenblicke aus. Aber ich fiel nicht um;

im Augenblick, als ich den Tod im goldenen Ornat an mir vorbeihuschen sah, hielt ich mich an Maries Handgelenk und am Leben fest. Ich spürte Maries Puls und ich wußte, daß er auch für unseren Sohn, einen winzigen lebendigen Keim, schlägt.

Den kurzen Anfall von Ohnmacht, mehr war es nicht gewesen, er mußte nur einige Sekunden oder sogar nur den Bruchteil einer Sekunde gedauert haben, unterbrach ein himmlisches Dröhnen der Orgel.

Draußen flogen vom mächtigen Wind getragen Wolken an der Sonne vorbei und erhellten mit einem Schlag die Kirche mit ihren schrägen Strahlen aus purem Silber; mit einem zweiten Schlag stürzten sie uns, vom grellen Licht geblendet, in einen tiefen Schatten.

Das grausame Spiel des Lichts und der Schatten belebte das strenge Antlitz eines Engels links vom Altar; seine Gesichtszüge erinnerten mich an Vater Bohumil. Der Engel mit einem muskulösen Körper und mit Fittichen, die ihn bestimmt bis zum Himmel hinauftragen könnten, nahm auch die Stimme meines vor zwei Jahren im Vsetíner Krankenhaus sterbenden Vaters Bohumil an.

»Für meine und für deine Vergehen wirst du, Ota, bis ins dritte Glied büßen! So will es Gott und so steht es in der Bibel!«

Vater Bohumils letzte Worte, die er, bevor ihm der Sauerstoff in der Lunge ausging, auf dem Sterbebett ausstoßen konnte, fielen mir von der halbhimmlischen Höhe über dem Altar der Kirche in Maštov wie eine schwere Last auf meine Schultern. Aus dem Mund des strengen Engels klangen sie wie eine böse Prophezeiung. Vor ihrer unerbittlichen Ungerechtigkeit hatte ich eine gewaltige Angst und so einen lähmenden Schrecken bekommen, daß ich den Leib Christi nicht auf der trockenen Zunge zergehen lassen konnte. Ich schaffte es auch nicht, die Hostie zu schlucken, so ließ ich sie unter meiner heißen Zunge liegen.

Der große Engel, der Vater Bohumil ähnlich war, hing über meinem Kopf und rührte sich nicht. Der scharf gezeichnete Schatten seines Kopfes mit krausem Haar fiel ab und zu auf den durchgetretenen, zersprungenen Marmorboden.

Ich kämpfte mit der Versuchung, Maries Handgelenk loszulassen, mich von ihrem Puls, der auch der Puls unseres zukünftigen Sohnes war, wortlos zu verabschieden und mich aus Maries Leben zu entfernen. Die Last der Verantwortung für das Leben mit ihr, für das zukünftige Leben unseres Sohnes, die Schuld, die ich in mir trug, waren für mich, kurz bevor ich mein Ja sagte, unerträglich geworden. Vor dem Altar der Kirche in Maštov und dann immer wieder in meinem Leben brach ich unter ihr zusammen, ich zersprang, meine Hoffnung und meine Träume bluteten in mir aus. Mein Vertrauen zu Gott, mein Glaube an ihn waren und sind eher einer Verzweiflung näher als einer Hoffnung auf seine Barmherzigkeit und auf seine Verzeihung meiner Sünden.

Der Engel mit dem Antlitz meines Vaters sah mir von oben zu. Ich bat ihn um Fürsprache bei den Allmächtigen, um sein Erbarmen, um ein Zeichen der Gnade.

Er rührte sich nicht.

Ich weinte bitter; die wenigen, die mein Weinen in der Kirche sahen, meinten, ich weine vor Glück.

Vater Bohumil und der strenge Engel über meinem Kopf hatten recht: In der Bibel steht geschrieben, daß die Rache oder die gerechte Strafe des allmächtigen Gottes die Nachkommen eines Sünders oder Gotteslästerers bis ins dritte Glied trifft.

Auf seinem Sterbebett hat sich Vater Bohumil verrechnet: Mein und Maries Sohn, der bei meiner Taufe und bei unserer Heirat in Maries Leib als der winzige Keim eines neuen Lebens dabeiwar, gehörte, als er am 14. Januar 1998 für die Sünden seines Großvaters und vor allem für die Sünden und Vergehen seines Vaters an den Nächsten mit seinem freiwilligen Tod bezahlte, zur zweiten oder erst zur ersten Generation nach meinem Vater Bohumil und nach mir.

Eine dritte Generation wird es in unserer Familie nach Pavels Selbstmord nicht mehr geben.

Wer wird, da ich keine Enkelkinder und keine Kinder meiner Enkelkinder erwarten kann, bis ins dritte Glied, damit sich das biblische Wort und der Wille Gottes erfülle, für Vater Bohumils Sünden, für meine Sünden und für mein Versagen im einundzwanzigsten Jahrhundert nach Christi Geburt büßen?

Rom, Villa Massimo, 25.2.1999

Anmerkungen

[1] *Das Cafe an der Straße zum Friedhof, Die Himmelfahrt des Lojzek Lapáček aus Schlesisch Ostrau, Zweikämpfe* und *Die Sehnsucht nach Procida*, die alle in den Jahren von 1968 bis 1988 bei S. Fischer, Frankfurt/M., erschienen sind.

[2] *Augustin (Gustav) Kliment* (1889–1953), kommunistischer Berufsrevolutionär, im Ersten Weltkrieg tschechoslowakischer Legionär in Rußland, der sich jedoch voll für die bolschewistische Revolution einsetzte. Ab 1921 Mitglied der KPTsch, bis 1938 kommunistischer Abgeordneter im Tschechoslowakischen Parlament und Sekretär der Roten Gewerkschaften in Mährisch Ostrau. Nach 1938 organisierte Kliment die illegale Arbeit der KPTsch, wurde von den Nazis 1939 verhaftet und saß bis 1945 im KZ. Nach 1945 Vorsitzender der Gewerkschaft der Metallarbeiter, Mitglied des ZK der KPTsch, 1948 Minister für Schwerindustrie, 1952 Vorsitzender von URO, des Zentralen Gewerkschaftsrates; von 1945 bis zu seinem Tod 1953 einer der mächtigsten Kommunisten in der Tschechoslowakei.

[3] *Komsomol*, Kommunistische Jugendorganisation.

[4] Straße in Schlesisch Ostrau, benannt nach dem berühmtesten schlesischen Dichter Petr Bezruč (1867–1958). Sie wurde in den siebziger Jahren niedergerissen.

[5] Im Roman *Wallenstein und Lukrecia* (1978) schildere ich aufgrund von Recherchen in Olmützer und Vsetíner Archiven Albrecht Waldsteins alias Wallensteins erste im Jahr 1609 von den Olmützer Jesuiten aus machtpolitisch-religiösen Überlegungen organisierte Verkuppelung – eine Ehe aus Liebe war es in keinem Fall – zwischen dem Katholiken Wallenstein und der bigotten, reichen Lukrecia.

[6] *Tschusche*, von den Deutschen in Mährisch Ostrau vor 1939 und im Krieg verwendete pejorative Bezeichnung für Tschechen.

[7] Im Original »Všechny cesty vedou k Rixovi!« Vor dem Zweiten Weltkrieg das größte und teuerste Textilkaufhaus im Stadtzentrum von Mährisch Ostrau.

[8] *Polívka,* ›Suppe‹.

[9] *ASO:* Kaufhauskette der jüdischen Familie Anders und Sohn aus Olmütz.

[10] »Mit mir können Sie tschechisch sprechen, wir kennen uns doch, oder nicht?«

[11] »Nur keine Angst, Polívka, ich mache aus dir einen richtigen Deutschen, daß dich deine eigene Mutter nicht erkennt!«

[12] »Und Ihr Name?«

[13] »Verzeihen Sie, bitte schreiben Sie lieber Gottlieb Filip.« Der Vorname Bohumil wird deutsch Gottlieb übersetzt.

[14] *Bohuš,* der mährische Kosename von Bohumil.

[15] *Kotáry*, im mährisch-walachischen Dialekt Bezeichnung für Einöden auf den Bergkämmen der Beskiden.

[16] *Ogar*, im mährisch-walachischen Dialekt ein junger kecker Bursche.

[17] *Wasserpolacke*, vor dem Zweiten Weltkrieg ein Schimpfwort für Bürger ungewisser Nationalität im Völker- und Sprachgemisch von Schlesisch und Mährisch Ostrau, im deutschsprachigen Hultschiner Ländchen und im zum großen Teil polnischen Sprachgebiet am linken Ufer des Flusses Olsa.

[18] *Jaroslav Vrchlický*, »Vánoce« (›Weihnachten‹), deutsch von Uwe Grüning.

[19] *Hund*, im Ostrauer Revier auch ›hunt‹, Förderwagen in den Kohlegruben.

[20] »Liž cyp«, eine obszöne, soweit mir bekannt, nur im Ostrauer Kohlerevier sehr oft verwendete Beschimpfung, die frei übersetzt soviel wie »Lecke mir meine Genitalien ab!« bedeutet.

[21] *Ogaři*, Mehrzahl von ›ogar‹, in der mährisch-walachischen Mundart junge kecke Burschen.

[22] *Malá Fatra*, Gebirge in der Slowakei östlich von Žilina (Sillein). Im Januar und Februar 1945 tobten dort um die Übergänge ins Waagtal blutige Kämpfe zwischen dem tschechoslowakischen Armeekorps in der UdSSR und der Wehrmacht.

[23] *Václav Špála* (1885–1946), tschechischer Maler, beeinflußt von Edvard Munch, Paul Cézanne und dem französischen Fauvismus.

[24] *Zbrojovka*, Rüstungswerk in Brünn, vor dem Zweiten Weltkrieg Hersteller von hervorragenden Handfeuerwaffen und in der ganzen Welt berühmten und begehrten leichten und schweren MGs. Im Krieg, bis Anfang 1945, war die Brünner Zbrojovka für die deutsche Wehrmacht der wichtigste Lieferant.

[25] *Hrabyně* (Hrabin), ein Dorf an der Landstraße von Ostrau nach Opava (Troppau); im April 1945 leistete hier die deutsche Wehrmacht der vorrückenden Roten Armee und dem tschechoslowakischen Armeekorps heftigen Widerstand.

[26] *Petr Bezruč* (eigtl. Vladimír Vašek), geboren 1867 in Opava (Troppau), gestorben als hochgeehrter Nationalkünstler der Tschechoslowakei 1959 in Kostelec na Hané, wurde nur durch seinen einzigen Gedichtband *Schlesische Lieder*, 1909 auf tschechisch erschienen, berühmt. Schon im Ersten Weltkrieg, als Bezruč in der Habsburger Monarchie als Landesverräter verdächtigt wurde, kamen

seine *Schlesischen Lieder* 1916 in der Übersetzung von einem der bedeutendsten jüdischen Vermittler tschechischer Literatur in die deutsche Sprache, Rudolf Fuchs, im Kurt Wolff Verlag in Leipzig heraus. Franz Werfel schrieb zu dieser ersten deutschen Ausgabe eine begeisterte Vorrede. Die deutsche Ausgabe der *Schlesischen Liedern* öffnete dem Dichter, dem Anreger der proletarischen Poesie der zwanziger Jahre, den Weg in die Weltliteratur.

[27] *Otakar Bystřina* (eigtl. Ferdinand Dostál, 1861–1931), tschechischer Dichter, ein Freund von Petr Bezruč.

[28] *Kotláři,* ›Kesselflicker‹, Bezeichnung für die niedrig fliegenden amerikanischen Kampfflugzeuge, die seit Anfang 1945 die Züge und vor allem die Lokomotiven im südlichen Mähren angriffen.

[29] *Pagáč*, Zwetschgenkuchen aus der mährischen Walachei.

[30] *Fufajka*, russische kurze wattierte Winterjacke. *Papacha*, russische Pelzmütze.

[31] Bevor *Jan Žižka von Trocnov* (ca. 1360–1424) zum gefürchteten tschechischen Hussitenfeldherrn wurde, kämpfte er 1410 bei Tannenberg auf der Seite der deutschen Ordensritter und 1415 bei Azincourt gegen die Franzosen. In der Zeit der kommunistischen Herrschaft in der Tschechoslowakei galt er als Vorbild für die von den marxistisch-leninistischen Geschichtsverdrehern geprägte »fortschrittlich-volkstümliche Tradition des böhmischen Hussitismus«.

[32] *Automat*, russische Bezeichnung für eine automatische Pistole, Standardwaffe der Roten Armee im Zweiten Weltkrieg.

[33] *Karl Hermann Frank* (1898–1946), ein sudetendeutscher Nazi, von Beruf Buchhändler in Karlsbad, machte in den Jahren von 1939 bis 1945 zuerst als Staatssekretär, später als Reichsminister im Protektorat Böhmen und Mähren eine blutige Karriere. Frank wurde 1946 in Prag zum Tode verurteilt und öffentlich hingerichtet.

[34] »Job tvoju matj«, russischer Fluch, wörtlich ›Fick deine Mutter!‹

[35] Im Herbst 1938, nach dem Münchener Abkommen und nachdem die deutsche Wehrmacht die deutschsprachigen Grenzgebiete der Tschechoslowakei, die Sudeten, besetzt hatte, nutzte auch Polen die Ohnmacht der Tschechoslowakei aus und besetzte einen Teil Schlesiens am linken Ufer des Flusses Olsa, darunter auch die Städte Český Těšín (Teschen), Bohumín (Oderberg), Třinec (Trzynietz), Karvinná (Karwin), Orlová (Orlau) usw. Die polnischen Militärs erhoben damals Anspruch auch auf Schlesisch, bis 1918 *Polnisch Ostrau*. Polnische Patrioten zogen Anfang Oktober 1938 durch die Straßen von Schlesisch und auch von Mährisch Ostrau – die beiden Städte trennt nur der Fluß Ostravice – und demonstrierten für »Ostrawica granica!«, »Die Ostravice, ein Grenzfluß!«

[36] *Baník Ostrava*, Fußballklub, gegründet Mitte der zwanziger Jahre als S. K. Schlesisch Ostrau, in dem Vater Bohumil einige Zeit, Ende der zwanziger/Anfang der dreißiger Jahre, als Funktionär eine Rolle spielte.

[37] *Mařena,* eine Vergröberung des Vornamens Marie im Schlesisch Ostrauer Dialekt.

[38] *Kvak,* im Schlesisch Ostrauer Slang ›Kohlrübe‹.

[39] *Gerätschelt,* deutet auf die Aussprache ›rasch‹ statt r mit folgendem stimmhaftem sch hin, wie sie der tschechische Buchstabe ř verlangt.

[40] *Jeník,* tschechische Verniedlichung des Vornamens Jan.

[41] *1 Krone,* damals 10 Pfennig wert.

[42] *Iwan Stepanowitsch Konjew* (1897–1973), Marschall der UdSSR, zweifacher Held der Sowjetunion, Mitglied des Zentralkomitees, in den Jahren 1961–1962 Oberbefehlshaber der sowjetischen Truppen in der DDR.

[43] *George Smith Patton* (1885–1945), US-General, dessen Soldaten im Mai 1945 Westböhmen befreiten.

[44] *ÚRO,* Ústřední rada odboru – Zentralrat der Gewerkschaften, der verlängerte Arm der Kommunistischen Partei, mit dem sie die Gewerkschaften zuerst kontrollierte und nach 1948 beherrschte.

[45] Sein Name hat mir so gefallen, daß ich ihn mir für die Hauptfigur meiner beiden Romane *Die Himmelfahrt des Lojzek Lapáček aus Schlesisch Ostrau* und für *Zweikämpfe* ausgeliehen habe.

[46] *Andrej Januarjewitsch Wyshinskij* (1883–1954), in den Jahren der schlimmsten Schauprozesse in Moskau von 1935 bis 1939 Hauptankläger; Wyshinskij schickte zahlreiche führende Köpfe der bolschewistischen Revolution von 1917 und kommunistische Intellektuelle, wie z.B. Karl Radek, in den Tod. Bis zu seinem Tod 1954 war Wyshinskij Mitglied der sowjetischen Akademie der Wissenschaften und des ZK der sowjetischen KP. Von 1949 bis 1953 war er Stalins Außenminister.

[47] Der französische Schriftsteller *André Gide* (1869–1951) wurde wegen seiner kritischen Einstellung zu Stalin und der UdSSR von den tschechischen Kommmunisten heftig angegriffen. Sein Buch *Retour de L'U.R.S.S.* erschien 1936.

[48] *Milena Jesenská* (1896–1944) starb im KZ Ravensbrück; Franz Kafkas Freundin. Jesenská war in den dreißiger Jahren fünf Jahre lang Mitglied der Kommunistischen Partei der Tschechoslowakei und mit allen damaligen Größen der KPTsch befreundet. Erst kurz vor dem Zweiten Weltkrieg trennte sie sich von der KP, trat in die damals von Ferdinand Peroutka herausgegebene bedeutendste demokratische Zeitschrift *Přítomnost* (›Gegenwart‹) ein und publizierte dort ihre hervorragenden Artikel über deutsche Emigranten in Prag, den sudetendeutschen Faschismus und den Anschluß Österreichs. In *Přítomnost* publizierte sie auch ihre vernichtende Kritik der Kommunistischen Partei »Was bleibt von der Kommunistischen Partei übrig?«. Für die tschechische Journalistik ist Milena Jesenská als Autorin von unzähligen politischen Reportagen und Essays viel wichtiger als die Empfängerin von Kafkas Briefen.

[49] *Klement Gottwald* (1896–1953), vor dem Zweiten Weltkrieg Vorsitzender

der KPTsch und ein ergebener Stalinist. Im Krieg war Gottwald im Moskauer Exil eng mit Stalins Politik verbunden. Ab Anfang 1945 war er in Beneš' Regierung Ministerpräsident, zugleich auch Vorsitzender der KPTsch und nach 1948 Staatspräsident.

[50] Die Tschechoslowakische Republik hatte im englischen Exil bis 1945 unter Dr. Edvard Beneš eine von den westlichen Alliierten und auch von Moskau anerkannte Regierung. Als im Herbst 1943 der Machtkampf zwischen der tschechoslowakischen Londoner Exilregierung und der von Klement Gottwald in Moskau geleiteten und von Stalin unterstützten Gruppe von tschechoslowakischen Kommunisten um die zukünftige Politik in der befreiten Tschechoslowakei entbrannte, hat sich die Exilregierung unter Beneš gegen Stalins zukünftigen Einfluß und Machtanspruch in der Tschechoslowakei nicht durchgesetzt. Zum Schein akzeptierten die Moskauer Kommunisten, die ab Mai 1945 in Prag das Sagen hatten, den sogenannten tschechoslowakischen Weg zum Sozialismus, ein Mehrparteiensystem, die Presse- und die Meinungsfreiheit usw.

[51] *Sokol*, im Jahr 1862 von den tschechischen Patrioten Jindřich Fügner (1822–1865) und Miroslav Tyrš (1832–1884) nach dem Muster des deutschen »Turnvaters« Friedrich Ludwig Jahn gegründeter tschechisch-patriotischer Turnverein.

[52] *Kolben-Daněk-Werke*, Maschinenfabrik in Vysočany, im Zweiten Weltkrieg ebenso wie die *Ringhoffer-Werke* in Smíchov die wichtigsten Prager Rüstungswerke.

[53] *JAWA*, damals die größte Prager Fabrik für Motorräder. *Walter*, Fabrik für Maschinenbau.

[54] *Evžen Klinger*, tschechischer Kommunist, angeblich ein Trotzkist, in den dreißiger Jahren Milena Jesenskás letzter Ehemann. Klinger führte sie in die Prager kommunistische Gesellschaft ein. Im Zweiten Weltkrieg war er im Exil in London; nach 1945 arbeitete er in der Presseabteilung des Prager Außenministeriums. Nach dem Slánský-Prozeß saß Klinger von 1952 bis 1957 als Trotzkist im Gefängnis. Noch nach 1969, schon in Rente, war er für die kommunistische Presse und das damalige Regime der Trotzkist schlechthin.

[55] *Přítomnost* (›Die Gegenwart‹), die wohl einflußreichste tschechische Wochenzeitschrift von 1924 bis 1939, herausgegeben von dem bedeutendsten liberalen Journalisten der Tschechoslowakischen Republik Ferdinand Peroutka (1895–1978, gestorben in New York).

[56] *Julius Fučík* (1903–1943), von den Nazis hingerichtet; der bedeutendste kommunistische Journalist vor dem Zweiten Weltkrieg. Er gehörte Anfang der dreißiger Jahre zu Milena Jesenskás kommunistisch orientiertem Bekannten- und Freundeskreis. Im sogenannten Protektorat Böhmen und Mähren wurde Fučík 1942 als Mitglied des illegalen ZK der KP verhaftet; nach 1945 war er Nationalheld. Seine *Reportage unter dem Strang geschrieben* (ins Deutsche von Franz

Peter Künzel übersetzt), die Fučík in der Untersuchungshaft in Prag-Pankrác geschrieben und mit Hilfe eines tschechischen Aufsehers aus dem Gefängnis geschmuggelt hat, ist sein bedeutendstes, heute in Prag allerdings sehr umstrittenes Werk, offensichtlich von seiner Frau Gusta Fučíková 1945 mehrmals nach den ideologischen Bedürfnissen der KPTsch neu »redigiert« oder in einigen Teilen sogar umgeschrieben.

[57] *Jaromír Krejcar* (1895–1950, gestorben im Londoner Exil), Architekt, einer der führenden Köpfe der tschechischen Avantgarde vor dem Zweiten Weltkrieg, Anfang der dreißiger Jahre mit Milena Jesenská verheiratet.

[58] *Matura*, aus der Zeit der k.u.k.-Monarchie ins Tschechische übernommene Bezeichnung für Abitur.

[59] *Partyzánka*, die billigste und auch die schlechteste, dennoch meistverbreitete Zigarettenmarke in der Tschechoslowakei der fünfziger und sechziger Jahre.

[60] *London gehört uns*, Roman von Norman Collins, englischer Titel *London belongs to me*, tschechisch 1947 bei Melantrich in Prag erschienen (*Londýn patří nám*).

[61] *Nationalsozialisten*, tschechisch ›Národní socialisté‹, eine gemäßigt linke Partei der tschechischen Patrioten und des Mittelstandes. Spielte schon in der tschechischen Politik zwischen 1918 bis 1938 eine große Rolle. *Lidovci*, ›Lidové demokratická strana‹, deutsch ›Volksdemokratische Partei‹. Diese Partei war schon in der Ersten Tschechoslowakischen Republik zwischen 1918 bis 1938 die Partei der tschechischen Katholiken und wesentlich, vor allem im vorwiegend katholischen Mähren, von der katholischen Kirche beeinflußt.

[62] *Václav Nosek* (1892–1955), Mitglied des ZK der KPTsch, nach 1945 bis 1953 tschechoslowakischer Innenminister, der die gesamte Polizei unter seine Kontrolle brachte. Nosek organisierte die illegalen bewaffneten Arbeitermilizen, er bereitete vor und leitete den Putsch vom 25. Februar 1948. Schon im Jahr 1948 holte er sowjetische Berater, hohe Offiziere des sowjetischen Innenministeriums, in sein Ministerium. In enger Zusammenarbeit mit Noseks Staatssicherheit verhafteten die hohen KGB-Offiziere aus Moskau auch Vlado Clementis, später dann Rudolf Slánský und weitere führende Kommunisten; bis 1954 war Nosek an allen Schauprozessen – die meisten endeten mit Todesurteilen – persönlich beteiligt.

[63] *Kuratorium*, eine nach dem Muster des deutschen Jungvolkes oder der Hitlerjugend im Frühling 1942 im Protekorat Böhmen und Mähren von dem Kollaborateur Emanuel Moravec (1893–1945), dem damaligen Minister für Kultur und Volkserziehung, gegründete Organisation der tschechischen Jugend.

[64] Die Reiterstatue des hussitischen Heerführers *Jan Žižka von Trocnov*, die größte auf der Welt, wurde von dem tschechischen Bildhauer Bohumil Kafka (1878–1942) im Jahr 1931 entworfen und vor dem Zweiten Weltkrieg vor dem ebenso monströsen Nationaldenkmal (erbaut in den Jahren 1927–1932) auf der

Anhöhe Vítkov (Veitsberg) aufgestellt, wo Jan Žižka von Trocnov im Juli 1420 das Heer des Kaisers Sigismund vernichtend geschlagen hat.

[65] *Die Ritter vom Blaník*, laut tschechischer Mythologie ein Heer von böhmischen Rittern, die im mittelböhmischen Berg Blaník (632 m ü.d.M.) schlafen und erst dann aufwachen und in voller Rüstung aus dem Berg hinausreiten, um das Land zu retten, wenn das Böhmische Königreich von bösen Feinden arg bedrängt und drangsaliert wird. Dies ist in der Geschichte des Landes sehr oft geschehen; die Ritter im Blaník wachten jedoch aus ihrem Schlaf nie auf.

Die große Ära des Prager Bebop endete, wenn ich nicht irre, im Mai 1948, als die ganze, damals in Europa berühmte Band in den Westen floh. Bebop wurde als ein Ausdruck westlicher Dekadenz von der Zensur verboten.

[66] Schon am 21. Februar 1948, vier Tage vor dem kommunistischen Umsturz, bildete die KPTsch in jeder Fabrik, in jeder Stadt und in jedem Dorf sogenannte Aktionsausschüsse der nationalen Front (Akční výbory Národní fronty), deren Aufgabe es war, die Macht zu übernehmen und das öffentliche Leben unverzüglich von allen bourgeoisen und reaktionären, westlich oder christlich orientierten – wie man damals sagte – Elementen zu säubern.

[67] Im Haus Nummer 8 in der ›Herrengasse‹ befanden sich Redaktion und Druckerei des *Prager Tagblattes*, bis 15. März 1939 eine der bedeutendsten deutschsprachigen Zeitungen. Ab Mai 1945 erschien in der Panská 8 die tschechische Zeitung *Mladá fronta*, nach 1948 das Blatt des von der KPTsch kontrollierten Verbandes der tschechoslowakischen Jugend.

[68] *Ladislav Klíma* (1878–1918), tschechischer Philosoph, Autodidakt, in der Jugend aus allen Schulen in der k.u.k.-Monarchie ausgeschlossen. Von Berkeleys subjektivem Idealismus und von Nietzsches lyrischen Aphorismen beeinflußt, gelangte er in seinen zahlreichen Werken bis zum absoluten Nihilismus. Die meisten seiner belletristischen Arbeiten vernichtete er. *Die Leiden des Fürsten Sternenhoch* (*Utrpení knížete Sternenhocha*) erschien 1966 auch in deutscher Übersetzung.

[69] *Josef Váchal* (1884–1969), Graphiker, Holzschnitzer und Literat, Sammler von Trivialliteratur. Sein berühmtestes Werk *Blutiger Roman* (*Krvavý román*), »eine kultur-literarisch-historische Studie, dem Fräulein Anna Macková, der Feindin von schlechter Lektüre, herzlich gewidmet«, mit elf alten und 68 ursprünglichen Holzschnitten ausgestattet, hat der Autor, ein eigenwilliger Expressionist und Surrealist, ohne Manuskript in 800 Stunden gesetzt und gedruckt und in einer Auflage von 17 Exemplaren im Jahr 1924 in Prag-Vršovice herausgegeben. Die zweite Auflage dieses verrückt-wunderschönen Buches kam in Prag tschechisch im Jahr 1969, die dritte erst nach der Wende im Jahr 1990 heraus.

[70] Ich habe die Titel so abgeschrieben, wie sie Josef Váchal in seinem Roman auf Seite 34 anführt.

[71] *Potápka*, deutsch Stutzer, Snob oder Dandy. Im grauen und gefährlichen Alltag der deutschen Okkupation waren die Prager ›potápkas‹ die einzigen »bunten Vögel«. Sie trugen breitkrempige Hüte, kunstvoll frisiertes langes Haar, Zweireiher bis an die Knie lang, schmale Hosen, Schuhe mit dicken Sohlen und hohen Schuhspitzen. Sie gaben sich betont englisch, in ihrer Umgangssprache verwendeten sie, auch wenn sie kein Englisch sprachen, englische Phrasen und Idiome, natürlich hörten sie nur Jazz, damals gespielt von den zwei berühmtesten Prager Jazzbands, von R. A. Dvorský und Karel Vlach.

[72] *Rudolf Slánský* (1900–1952, mit eigentlichem Namen Salzman; der tschechische Name ist die Übersetzung des deutschen); ab 1921 Mitglied der KPTsch; im Zweiten Weltkrieg im Exil in Moskau, 1945 bis 1951 Generalsekretär der KPTsch in Prag; ein Stalinist. Holte sowjetische Berater, KGB-Agenten, nach Prag und organisierte mit deren Hilfe die ersten Säuberungen und die ersten Schauprozesse, bis er selbst von sowjetischen Beratern als Agent des Imperialismus und Zionist entlarvt im November 1952 gemeinsam mit neun führenden Funktionären der KPTsch (Josef Frank, Bedřich Geminder, Ludvík Frejka, Otto Šling, André Simone, Vladimír Clementis, Otto Fischl, Rudolf Margolius und Bedřich Reicin), alles Altbolschewiken, zum Tode verurteilt und am 3.12.1952 hingerichtet wurde. Die Leichen wurden sofort verbrannt und die Asche auf die vereiste Landstraße zwischen Prag und Melnik gestreut. Artur London, Eugen Loebl und Vavro Hajdů wurden zu lebenslänglicher Haft verurteilt.

[73] *Svobodné slovo* (›Freies Wort‹), neben der kommunistischen *Rudé právo* (›Rotes Recht‹) im Jahr 1945 die größte Prager Tageszeitung, gegründet 1906 als *České slovo* (›Tschechisches Wort‹), bis Februar 1948 das Zentralorgan der Tschechischen Nationalsozialistischen Partei.

[74] *Emanuel Moravec* (1893–1945), ehemaliger Oberst des Generalstabes in Prag, von 1942 bis 1945 Minister für Schulwesen und Volksaufklärung in der Regierung des Protektorates Böhmen und Mähren; der aggressivste Propagandist des nazistischen Gedankengutes in der Zeit der deutschen Okkupation. Am 5. Mai 1945 beging er Selbstmord.

[75] *Siegreicher Februar 1948*, tschechisch ›Vítězný Unor 1948‹ (der Name des Monates Februar mußte tschechisch – gegen die Regeln der Rechtschreibung – mit einem großen U geschrieben werden), war die bis Herbst 1989 von der KPTsch angeordnete Bezeichnung für den damaligen Umsturz und die kommunistische Machtübernahme.

[76] *SNB* (Sbor národní bezpečnosti), ›Einheiten der nationalen Sicherheit‹; nach Mai 1945 neu organisierte, von Anfang an unter kommunistischem Einfluß und unter der Kontrolle des kommunistischen Innenministers Václav Nosek stehende tschechoslowakische Polizei.

[77] *Za kopečky*, 1948 und bis heute tschechische Bezeichnung für die Grenze zwischen Böhmen und Bayern, deutsch ›hinter den Hügelchen‹. *Kopečkáři*,

tschechische Bezeichnung für Flüchtlinge, die nach dem kommunistischen Putsch im Februar 1948 zu Fuß über die Berge nach Bayern flohen.

[78] »Je na Západ cesta dlouhá, vzdálená je moje touha«, ein unter den Prager Tramps berühmtes Cowboylied.

[79] *Špičák*, 1021 m hoher Berg im Böhmerwald, dicht an der tschechisch-bayerischen Grenze. Der Skirennfahrer Špinar oder Šponar hat gelogen; die Skiabfahrt vom Špičák nach Bayern, habe ich bei meinem Urlaub in Haidmühle 1985 festgestellt, ist gar nicht waghalsig.

[80] *Jan Masaryk* (1886–1948), Sohn des ersten tschechoslowakischen Staatspräsidenten T. G. Masaryk. In den Jahren 1942 bis 1945 war Jan Masaryk in Beneš' Exilregierung in London Außenminister und stellvertretender Ministerpräsident. Nach dem kommunistischen Putsch am 25.2.1948 blieb Jan Masaryk auch in Gottwalds kommunistischer Regierung Außenminister. Am 10.3.1948 beging er in Prag Selbstmord, der bis heute nicht geklärt ist.

[81] *Wilson-Bahnhof*, der Hauptbahnhof von Prag, ein prächtiger Jugendstilbau, bis 1918 Franz-Josef-Bahnhof, 1918 nach dem amerikanischen Präsidenten Thomas Woodrow Wilson (1856–1924) umbenannt. Vor dem Bahnhof stand eine Statue Wilsons; in der Zeit des stalinistischen Terrors wurde sie beseitigt und an ihrer Stelle die Statue eines tschechischen Arbeiters aufgestellt, der einen Rotarmisten küßt, im Prager Volksmund nicht anders als »die Schwulen« berühmt und bekannt.

[82] *Franta*, die Verkürzung des Vornamens František.

[83] *Lány*, ein Dorf mit Schloß in der Nähe von Prag, bis heute Sommersitz und Erholungsort der tschechischen Präsidenten. Auf dem Friedhof von Lány liegt die Familie des ersten tschechoslowakischen Staatspräsidenten T. G. Masaryk begraben.

[84] *Antonín Zápotocký* (1884–1957), gelernter Steinmetz, in der Jugend Berufsrevolutionär, zwischendurch auch Schriftsteller; während des Zweiten Weltkriegs im KZ Sachsenhausen-Oranienburg. Kurz nach dem Februar 1948 Ministerpräsident und nach Gottwalds mysteriösem Tod im März 1953 bis 1957 Staatspräsident.

[85] T. G. Masaryk organisierte im Ersten Weltkrieg in Frankreich, Italien und Rußland tschechische *Legionen*, die gegen Deutschland und gegen Österreich-Ungarn kämpften. Die Legionäre waren nach 1918 die patriotische Stütze der Tschechoslowakei.

[86] *Heliodor Pika* (1897–1949), im Zweiten Weltkrieg Chef der tschechoslowakischen Militärmission in der UdSSR, nach dem kommunistischen Putsch 1948 als Spion und Verräter verurteilt und hingerichtet.

[87] *Vlado Clementis* (1902–1952), wurde gemeinsam mit Rudolf Slánský und weiteren acht hohen Parteifunktionären als englischer Agent im Dezember 1952 hingerichtet.

[88] *Milada Horáková* (1901–1950), von 1918 bis zu ihrem Tod eine der führenden Persönlichkeiten der tschechischen Politik; von 1940 bis 1945 saß sie als Widerstandskämpferin im KZ. 1950 wurde sie von den Kommunisten verhaftet, als Verräterin und Spionin verurteilt und am 27.6.1950 hingerichtet.

[89] *Miroslav Hladký* (geb. 1919 in Prag) war 1945 Mitbegründer der *Mladá fronta*, bis 1956 Chef der Sportredaktion, dann im Tschechoslowakischen Fernsehen tätig. Von 1961 bis 1984 auch Dekan an der Journalistischen Fakultät der Prager Karlsuniversität. In der Zeit des Prager Frühlings und danach, bis 1989, blieb er der KPTsch ideologisch treu und ergeben.

[90] *Otakar Březina* (1868–1929), tschechischer Dichter, einer der wichtigsten Vertreter des tschechischen Symbolismus. Franz Werfel übersetzte mit Emil Saudek Březinas im Jahr 1897 herausgegebenen Gedichtband *Větry od pólu* unter dem Titel *Winde von Mittag nach Mitternacht* ins Deutsche. Otto Pick (1887–1940) gab in seiner deutschen Übersetzung 1919 im Kurt Wolff Verlag in Leipzig Březinas *Hymnen* heraus; auch Rudolf Fuchs übersetzte ihn ins Deutsche.

[91] *HSTD* (Hlavní správa tiskového dohledu), ›Hauptverwaltung der Presseaufsicht‹, eine Abteilung der tschechoslowakischen Staatssicherheit, die in jeder Redaktion ihr Büro hatte und alles, was gedruckt, gesendet oder anders veröffentlicht wurde, vorher einer strengen Zensur unterzog.

[92] *Letná*, Stadtteil von Prag mit dem Fußball- und Leichtathletikstadion des A. C. Sparta. Damals, Ende 1948, stand auf der Letná-Ebene, in Sichtweite des A. C. Sparta, das Stadion von S. K. Slavia Prag, dem Erzrivalen von A. C. Sparta.

[93] *Otakar Jandera*, genannt Otec (›Vater‹) Jandera (1898–1977), vor dem Zweiten Weltkrieg achtzehnmal tschechoslowakischer Meister im 110-Meter-Hürdenlauf, im Hoch- und Weitsprung, Olympiateilnehmer 1924 und 1928, im Krieg als Mitglied einer kommunistischen Widerstandszelle in Prag verhaftet und vier Jahre im KZ, in Prag eine legendäre Gestalt. Nach 1945 widmete sich Vater Jandera als Trainer dem leichtathletischen Nachwuchs im A. C. Sparta Prag.

[94] *ATK Prag* (Armádní tělovýchovný klub Praha), der Armee-Sportklub Prag, in dem politisch verläßliche Spitzensportler aller Gattungen ihren Militärdienst leisten konnten. ATK bot ihnen auch nach dem Militärdienst eine glänzende, finanziell abgesicherte Karriere, Hochschulstudium, danach gut bezahlte Trainerposten usw.

[95] Auch *Mladá fronta* hatte eine von ergebenen und ausgewählten Parteigenossen besetzte Abteilung, die über jeden Mitarbeiter Kadermaterial sammelte und es auswertete. Ohne eine politische Beurteilung und Bewilligung der *Kaderabteilung*, die der Parteiorganisation der KPTsch unterstellt war, durfte auch in der *Mladá fronta*, wie damals in jedem Betrieb oder Büro, nicht einmal eine Putzfrau angestellt werden.

[96] *Aťa,* lese Atja, ein ungewöhnlicher tschechischer Mädchenname.

[97] *Egon Erwin Kisch* (1885–1948), deutschsprachiger Schriftsteller und Journalist, von 1906 bis 1913 Reporter in der Prager deutschen Tageszeitung *Bohemia,* ab 1925 Mitglied der Deutschen Kommunistischen Partei. Kisch wurde durch seine Reportagen bekannt; bis 1933 lebte er vorwiegend in Berlin, dann in Paris und in Mexiko. 1946 kam er aus dem Exil zurück nach Prag, wo er kurz vor seinem Tod am 31.3.1948 den kommunistischen Umsturz im Februar 1948 erlebte und begrüßte.

[98] *Tycho Brahe* (1546–1601), dänischer Astronom, den Kaiser Rudolf II. 1599 nach Prag berief.

[99] *Sanops,* einige auserwählte Krankenhäuser und Sanatorien, nur für hohe Funktionäre der KPTsch, für Regierungsmitglieder und in einzelnen Fällen auch für sogenannte »verdiente Künstler und Wissenschaftler der Nation« bestimmt. Diese vor der Öffentlichkeit geheimgehaltenen Krankenhäuser verfügten über die besten Ärzte, über modernste westliche medizinische Technik und über alle westlichen Medikamente, auf die der einfache Proletarier keinen Anspruch hatte. Über die Einweisung in ein Sanops-Krankenhaus entschieden nicht Ärzte, sondern eine Kommission im ZK der KPTsch.

[100] *Burgwache,* eine Eliteeinheit der tschechischen Armee, die den Amtssitz des Staatspräsidenten auf der Prager Burg und sein Schloß in Lány bewacht. Bei großen Staatsempfängen marschiert die Burgwache als Ehrenkompanie auf.

[101] *Gorodky,* eine russische Sportart, die vor allem auf dem Dorf gespielt wurde. Mit einem Stock galt es aus einer gewissen Entfernung – ähnlich wie beim Kegeln – Figuren zu treffen und umzuwerfen.

[102] *Zdeněk Hejzlar* (1921–1993), in der Zeit der deutschen Okkupation war er als Widerstandskämpfer im KZ Buchenwald. Von 1945 bis 1952 war Hejzlar Vorsitzender des von der kommunistischen Partei kontrollierten und zugelassenen Tschechoslowakischen Jugendverbands und Abgeordneter der Nationalversammlung. Im Herbst 1952 wurde er als vermeintlicher ideologischer Komplize des hingerichteten Generalsekretärs der KPTsch Rudolf Slánský aus der Partei ausgeschlossen und schlug sich als Hilfsarbeiter, später als Lehrer durch.

1968, in der Zeit des Prager Frühlings, war Hejzlar, einer der führenden Reformer, Direktor des Tschechoslowakischen Fernsehens; nach der Okkupation der Tschechoslowakei durch die Truppen des Warschauer Paktes am 21.8.1968 organisierte er das im Untergrund ausgestrahlte TV-Programm gegen die Okkupation. 1969 war er kurze Zeit Botschafter in Wien. Nach dem endgültigen Scheitern des Prager Frühlings ging Hejzlar ins Exil nach Schweden und zählte zu den führenden Verfechtern der sozialistischen Opposition gegen das totalitäre kommunistische Regime in Prag.

[103] *Kader*, im offiziellen Jargon der Parteifunktionäre der damaligen KPTsch eine Fachkraft, die durch ihre Bildung, ihre Kenntnisse oder Begabungen für förderungswürdig galt.

[104] *Sergej Ingr* (1894–1956), im Ersten Weltkrieg Offizier der tschechoslowakischen Legion in Rußland, Frankreich und Italien. Von 1918 bis 1939 bekleidete Ingr in der tschechoslowakischen Armee die höchsten Kommandoposten; 1939 ging er ins Exil, war von 1940 bis 1945 in der Exilregierung Kriegsminister und Oberbefehlshaber der tschechoslowakischen Einheiten im Exil. Nach dem kommunistischen Putsch resignierte er auf den Posten des tschechoslowakischen Botschafters in Holland und lebte in Amerika und in England, wo er eng mit General František Moravec (1895–1966) befreundet war, dem berühmtesten tschechoslowakischen Nachrichtenoffizier, der nach dem Februar 1948 emigrierte und als Berater des amerikanischen Verteidigungsministeriums tätig war.

[105] Emil Zátopek wurde von der tschechischen Presse – und die Weltpresse übernahm es dann – »menschliche Lokomotive« genannt. Sein Vergleich mit einer Lokomotive ist meine Erfindung, zuerst im Herbst 1949, wenn ich mich recht erinnere, in der *Mladá fronta* abgedruckt.

[106] *PTP* (Pomocné technické prapory), ›Hilfstechnische Regimenter‹. In diese Einheiten ohne Waffen wurden in den Jahren von 1949 bis Ende 1953 an die 60 000 Soldaten einberufen, die in ihren Wohnstätten von einer Kommission bestehend aus Gemeinderäten, Funktionären der KPTsch und Offizieren der tschechoslowakischen Staatssicherheit als reaktionäre, bourgeoise, westlich-dekadente Elemente oder als allgemein staatsfeindliche Personen disqualifiziert wurden. Die PTP-Soldaten wurden nur als Arbeiter beim Bau von Kasernen und militärischen Einrichtungen eingesetzt. Um sie in der Öffentlichkeit leichter zu erkennen, trugen sie schwarze Achselklappen; im Volksmund wurden sie »die Schwarzen« genannt oder als »schwarze Barone« bezeichnet.

[107] Die Kampftruppen, die Infanterie und ein Teil der Panzersoldaten trugen rote Achselklappen, die PTP-Soldaten schwarze. In Garnisonen, wo es Kampftruppen und auch PTP-Einheiten gab, hat auch die zivile Bevölkerung die Soldaten in Rote und Schwarze geteilt.

[108] *Karel Hynek Mácha* (1810–1838), tschechischer Dichter, sein Gedicht »Der Mai« (1836) zählt zu den wichtigsten Werken der tschechischen Romantik.

[109] Namen und Rang des Historikers darf ich auf seinen Wunsch nicht anführen. Die Informationen, die er mir über Oberst Fic nur mündlich mitteilte, sind in Prag immer noch geheim, obwohl František Fic seit Dezember 1952 tot ist.

[110] *Venca*, Kosename für Václav, ›Wenzel‹.

[111] *Na bojišti* (›Auf dem Schlachtfeld‹), eine Kneipe in Prag, weltberühmt durch den braven Soldaten Josef Schwejk geworden, der hier vor 1914 seinen

Stammtisch hatte. Nachzulesen in Jaroslav Hašeks Buch *Die Abenteuer des braven Soldaten Schwejk.*

[112] *Politruk*, in der sowjetischen Armee – und in den fünfziger Jahren auch in der tschechoslowakischen Armee – die Bezeichnung für Offiziere oder Unteroffiziere, die für die politische Erziehung der Soldaten verantwortlich waren.

[113] *Bardejov*, ein Kurort in der Ostslowakei; irgendwo in der Nähe gab es das schlimmste und gefürchtetste Militärstraflager in der Tschechoslowakischen Republik.

[114] *Prager Pepíks*, in der tschechischen und auch in der slowakischen Sprache damals und auch heute eine pejorative Bezeichnung für die Prager »goldene Jugend«.

[115] *Stalinwerke*, chemische Werke nördlich von Most (Brüx), unter dem Erzgebirge, im Zweiten Weltkrieg als Hermann-Göring-Werke von den Deutschen gebaut. Hier wurde aus Kohle Benzin für Görings Luftwaffe produziert.

[116] *Tatra*, nach Škoda die zweitgößte Autofabrik in der Tschechoslowakischen Republik. Tatra baute in den fünfziger Jahren Autos fast ausschließlich für Staatsämter, Parteisekretariate, Ministerien, für die Polizei usw.

[117] In diesem Zusammenhang kann das Wort *Realisation* nichts anderes als einen Polizeieinsatz bedeuten.

[118] *František Kubka* (1894–1969), tschechischer Schriftsteller, der nach dem kommunistischen Putsch im Jahr 1948 sein Talent ganz in den Dienst der Parteipropaganda stellte.

[119] *Sbohem* (›Mit Gott‹), ein Abschiedsgruß, der ein baldiges Wiedersehen nicht vorsieht.

[120] *František X. Šalda* (1867–1937), Literaturkritiker, die führende Persönlichkeit des tschechischen literarischen, intellektuellen und kritischen Lebens in den zwanziger und dreißiger Jahren. Šaldas Theaterstück, eines von drei, die er schrieb, wurde 1923 uraufgeführt.

[121] *Prcačkář*, im Prager Slang ein Mann, der wegen sexuellen Mißbrauchs kleiner Mädchen verurteilt wurde.

[122] Die Soldaten, die am 14. April 1951 zu den PTP-Einheiten einrückten, dienten nicht die damals üblichen zwei Jahre, sondern sieben Monate länger. Zwei Wochen vor dem 15. April 1953 wurden plötzlich alle Ausgänge und Urlaube gesperrt, und drei Tage vor der erwarteten Entlassung kam ein Befehl, der den Militärdienst für alle PTP-Soldaten um sieben Monate, bis 15. November 1953, verlängerte. Begründet wurde diese Verlängerung mit der Krise in Korea und mit der Gefahr eines kriegerischen Angriffs der amerikanischen Streitkräfte gegen das «Lager des Friedens und des Fortschritts«.

[123] Das tschechoslowakische Armeekorps in der UdSSR, an die 10 000 Tschechen, katholische, evangelische oder orthodoxe Christen, Nachkommen von tschechischen Kolonisten, die in der zweiten Hälfte des 19. Jahrhunderts als

Bauer und Handwerker in Wolhynien in der Westukraine lebten, kämpften unter Oberst, später General Ludvík Svoboda nicht für Stalin und nicht für den Kommunismus, sondern für die Befreiung ihrer ursprünglichen tschechischen Heimat von den Nazis und für das Recht auf eine Rückkehr aller Tschechen aus der UdSSR in die Tschechoslowakei. Bei den Kämpfen am Dukla-Paß in den Karpaten im Herbst und Spätherbst 1944 ließen die Sowjets das tschechoslowakische Armeekorps absichtlich ausbluten, denn die sowjetischen politischen Kommissare wußten zu gut, daß die tschechoslowakischen Soldaten, zukünftige Helden des Kampfes gegen Hitlerdeutschland, keine Kommunisten sind und daß sie, vorwiegend gute Christen und Menschen mit schmerzlichen Erfahrungen eines Daseins im sowjetischen Machtbereich, sich für Stalins Plan, die befreite Tschechoslowakei in einen sozialistischen Staat unter Moskaus Kontrolle umzuwandeln, gar nicht eignen.

[124] Jeder Bezirksausschuß der KPTsch beschäftigte einen Genosssen, vorwiegend einen sogenannten Arbeiterkader, der für alle Religionen zuständig war. Ohne Bewilligung des Referenten für kirchliche und religiöse Angelegenheiten durfte kein Pfarrer, kein Pastor, kein Rabbi usw. sein Amt ausüben.

[125] Die *Trauttmannsdorfs*, altes österreichisches Geschlecht. Maximilian Graf von Trauttmannsdorf (1584–1650) leitete in den dreißiger Jahren des siebzehnten Jahrhunderts die Untersuchungen gegen den im Jahr 1634 in Eger ermordeten Wallenstein und später die Friedensverhandlungen in Prag, Münster und Osnabrück. Für seine Kaisertreue wurde er von den Habsburgern auch mit dem Schloß und Gut in Maštov belohnt.

[126] Wie mich Alois Křen, mit dem ich im Zivilleben einige Briefe gewechselt habe, wissen ließ, soll Major František Mužík in den Jahren von 1953 bis 1957 die Militärische Hochschule in Moskau absolviert haben und dann militärischer Berater bei Fidel Castro auf Kuba gewesen sein. Seine Spur, behauptete Křen im Jahr 1973, hätte sich irgendwo in den Urwäldern von Bolivien verloren, wo er angeblich politischer Kommissar einer Gruppe von Freiheitskämpfern gewesen sein soll.

[127] *Otoušek*, tschechische Verniedlichung von ›Ota‹.

Zeittafel

28. Oktober 1918	Nach dem Zerfall Österreich-Ungarns Gründung der Ersten Tschechoslowakischen Republik
14. November 1918	T. G. Masaryk wird tschechoslowakischer Staatspräsident
18. Dezember 1935	Edvard Beneš wird nach Masaryks Abdankung dessen Nachfolger
29. September 1938	Nach dem Münchner Abkommen müssen die deutsch besiedelten Randgebiete der Tschechoslowakei an das Deutsche Reich abgetreten werden
Oktober 1938	Autonomie für die Slowakei und die Karpatenukraine
1. Oktober 1938	Beginn des Einmarsches deutscher Truppen in die Sudeten. Erzwungene Abtretung des Teschener Landes an Polen
5. Oktober 1938	Staatspräsident Beneš tritt zurück und emigriert
14. März 1939	Die Slowakei wird selbständig
15. März 1939	Hitlers Wehrmacht besetzt auch den Rest der zerfallenen Tschechoslowakei. Errichtung des »Protektorats Böhmen und Mähren«. Die Karpatenukraine wird selbständig.
1939 bis 1945	Tschechische Exilregierung unter Edvard Beneš in London
27. Mai 1942	Reichsprotektor Reinhard Heydrich wird in Prag Opfer eines Attentates (4. Juni), verübt von einer Gruppe tschechoslowakischer Soldaten aus England
1943	Karl Hermann Frank wird Nachfolger Heydrichs
Frühherbst 1944	Die Rote Armee überschreitet die tschechoslowakische Grenze in der Nähe des Dukla-Passes
5. April 1945	Unter sowjetischem Druck ernennt Beneš in der slowakischen Stadt Košice (Kaschau) eine Allpar-

	teienregierung der Nationalen Front unter Klement Gottwald
4.–6. Mai 1945	US-Truppen unter General Eisenhower besetzen West-Böhmen bis zur Linie Karlsbad–Pilsen–Budweis
5.–9. Mai 1945	Aufstand in Prag gegen die deutsche Besatzung. Einmarsch der Roten Armee in Prag. Wiederherstellung der tschechoslowakischen Republik unter Staatspräsident Edvard Beneš
8. Mai 1945	Bedingungslose Kapitulation der deutschen Wehrmacht
29. Juni 1945	Die Karpatenukraine wird an die UdSSR abgetreten
22. Mai 1946	Karl Hermann Frank wird in Prag zum Tode verurteilt und öffentlich hingerichtet
20. Februar 1948	Zwölf demokratische Minister treten aus Protest gegen die kommunistische Innenpolitik zurück
25. Februar 1948	Machtübernahme durch die Kommunistische Partei. Staatspräsident Beneš akzeptiert unter Druck die Demission der zwölf Minister und die Bildung einer Regierung der »erneuerten Nationalen Front«
10. März 1948	Der Sohn des ersten tschechoslowakischen Staatspräsidenten, Jan Masaryk, in Beneš' Exilregierung in London Außenminister und stellvertretender Ministerpräsident, dann Außenminister auch in Gottwalds kommunistischer Regierung, begeht unter ungeklärten Umständen Selbstmord
14. Juni 1948	Klement Gottwald wird Staatspräsident der Tschechoslowakei
1949	Repressionswelle gegen die Kirchen, besonders die katholische
20.–27. November 1952	In einem Schauprozeß werden prominente Kommunisten, u.a. der Sekretär des ZK der KPTsch Rudolf Slánský, als Agenten des Imperialismus und Zionisten »entlarvt«, zum Tode verurteilt und hingerichtet
21. März 1953 (bis 1957)	Antonín Zápotocký wird Staatspräsident der Tschechoslowakei

Velitelství 1. voj. ... unu
pošt. úřad Praha 004 — p... 3180

Č.j. B/4-1-4254/1952 Praha,dne 26.srpna 1952.

P R O T O K O L O V Ý P O V Ě D I

s obviněným

N E Z B E D A Jiří,nar.8.5.1929 v Táboře,národnost:česká,státní příslušnost:československá,povolání:pomocný dělník,školní vzdělání:5 obecných a RG. sociální původ:syn právníka,vojenský poměr: branec,náboženství:Mormonské,stav:svobodný politická příslušnost: bez politické příslušnosti.

Rodiče: otec:Václav NEZBEDA, právník ústřed pro mechanisaci zemědělství,bytem:Praha II. Žitná č.11.

matka:R ů ž e n a HLAVOVÁ,zaměstnaná v závodní kuchyni ONV Praha 1.jako pomocná síla.

Majetkové poměry:údajně nemajetný,dřívější tresty:údajně nebyl trestán,poslední bydliště: Praha II. Žitná č.11.tč. ve vazbě okresního prokurátora v Praze.

Jmenovaný byl obeznámen s předmětem výslechu a napomenut k udání pravdy vypovídá k věci :

Kdy a za jakých okolností jste se seznámil s Ottou F I L I P E

S Ottou F i l i p e m jsem se seznámil na hřišti Sparty a to někdy v roce 1947.Byli jsme spolu ve velmi dobrém kamarádském styku a dosti často jsme spolu chodívali do kina a do divadel.

Četl a podepsal : Nezbeda Jiří

»Am 26. August 1952 gab mein Freund Jirka Nezbeda zu Protokoll: ›Weil mir kein anderer Name einfiel, habe ich den Namen von Ota Filip genannt. Ich wußte, daß Ota Filip nicht in Prag ist, sondern in Kadaň seinen Militärdienst leistet. Ich habe mit Karel Holoubek und auch